JN247132

# 吉本隆明全集

# 12

1971—1974

晶文社

伝実朝墓五輪塔（鎌倉寿福寺裏山）　撮影　吉田純

＊「藍蓼春き」口絵＊

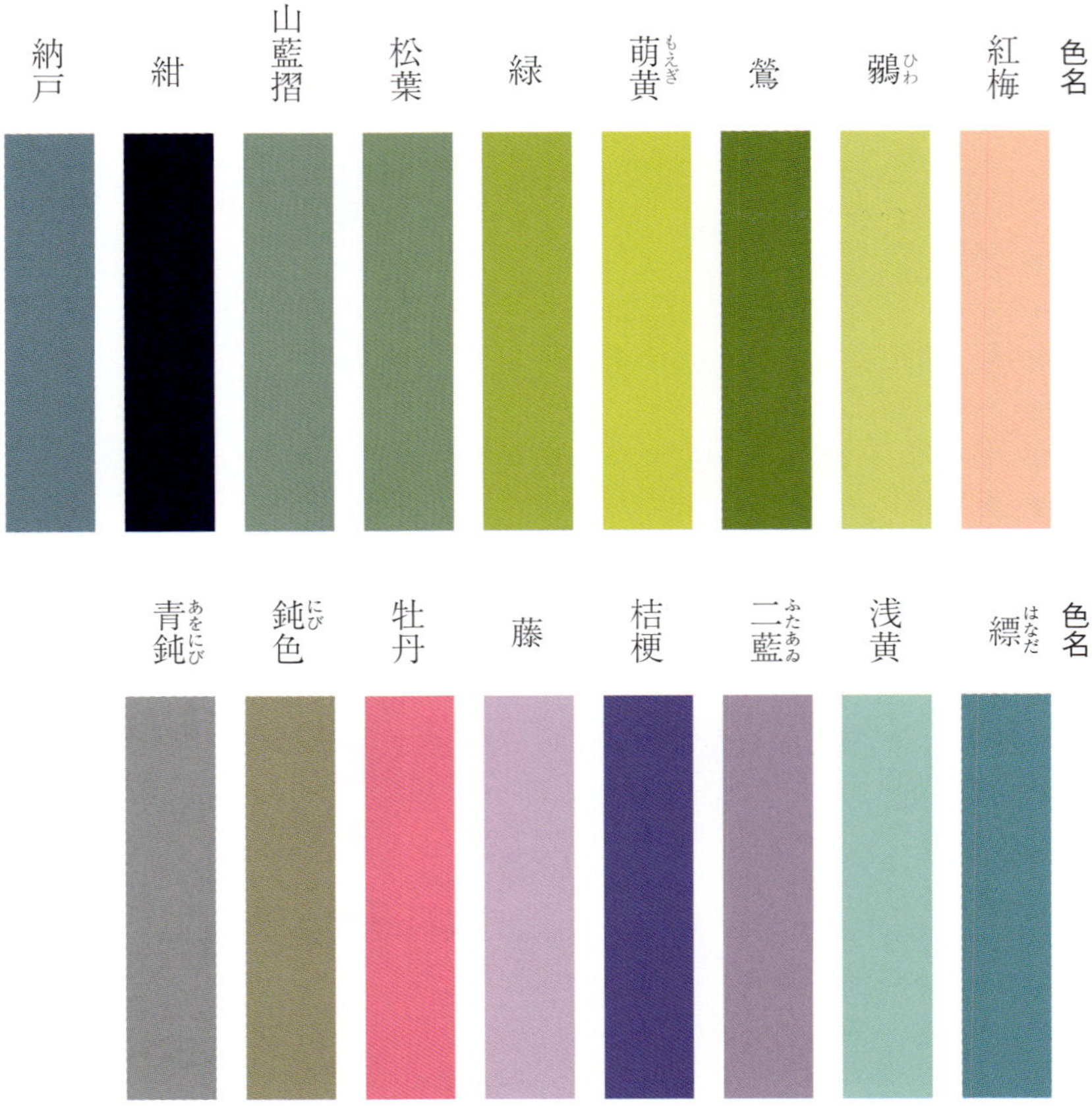


〈藍染め〉を使って得られる色

（本文525〜7ページ参照）

# 吉本隆明全集12　目次

凡例

Ⅰ

源実朝 5

Ⅰ 実朝的なもの 7
Ⅱ 制度としての実朝 25
Ⅲ 頼家という鏡 41
Ⅳ 祭祀の長者 54
Ⅴ 実朝の不可解さ 67
Ⅵ 実朝伝説 80
Ⅶ 実朝における古歌 108
Ⅷ 〈古今的〉なもの 128
Ⅸ 『古今集』以後 145
Ⅹ 〈新古今的〉なもの 157
Ⅺ 〈事実〉の思想 172

実朝年譜 195

参考文献 202

実朝和歌索引 207

実朝論断想 209

実朝における古歌 補遺 216

文庫版によせて 229

II
死は説話である　235
〈演技者の夕暮れ〉に　238
〈おまえが墳丘にのぼれば〉　241
ある抒情　244
〈農夫ミラーが云った〉　252
〈五月の空に〉　256
〈たぶん死が訪れる〉　258
帰ってこない夏　260

III
情況への発言──きれぎれの批判──［一九七二年二月］　265
なにに向って読むのか　279
岸上大作小論　284
思想の基準をめぐって──いくつかの本質的な問題──　292
情況への発言──きれぎれの批判──［一九七二年六月］　320
家族・親族・共同体・国家──日本～南島～アジア視点からの考察──　342
内村剛介　375
〈関係〉としてみえる文学［島尾敏雄］　382
斎藤茂吉──老残について──　385
情況への発言──きれぎれの感想──［一九七二年一一月］　390

「SECT6」について 409
『林檎園日記』の頃など――切れ切れの感想――［一九七三年六月］ 421
イギリス海岸の歌 427
情況への発言――切れ切れの感想――［一九七三年九月］ 446
情況への発言――若い世代のある遺文――［一九七三年九月］ 449
島尾敏雄――遠近法―― 463
鮎川信夫の根拠 483
わたしが料理を作るとき 486
情況への発言――切れ切れの感想――［一九七四年三月］ 502
藍蓼舂き 505
和讃――その源流―― 523
情況への発言――切れ切れの感想――［一九七四年九月］ 533
『石仏の解体』について［佐藤宗太郎］ 560
恐怖と郷愁――唐十郎―― 568
聖と俗――焼くや藻塩の―― 580
ひとつの疾走――安東次男―― 594

Ⅳ

吉本隆明の心理を分析する 606
ロールシャハ・テスト　被検者 吉本隆明／検査者 馬場禮子 615


617

たれにもふれえないなにか　吉本隆明／馬場禮子　624
ぼくが真実を口にすると…　吉本隆明／馬場禮子　644
対話を終えて　馬場禮子　662
起伏　吉本隆明　663

V

ひそかな片想い〔山室静〕　667
究極の願望〔高村光太郎〕　667
優れた芸術品〔白川静〕　668
『鮎川信夫著作集』　668
芹沢俊介『宿命と表現』　668
おびえながら放たれてくる微光〔小川国夫〕　669

*

『どこに思想の根拠をおくか』あとがき　669
『敗北の構造』あとがき　670
全著作集のためのメモ　672
『詩的乾坤』あとがき　672
『試行』第三五〜四一号後記　673
略年譜　684

解題　687

# 凡例

一、本全集は、著者の書いたものを断簡零墨にいたるまですべて収録の対象とし、ほぼ発表年代順に巻を構成した。

一、一つの巻に複数の著作が収録される場合、詩と散文は部立てを別とした。散文は、長編の著作や作家論、書評、あとがき類など形がそろうものは、さらに部立てを別にしたが、おおむね主題や長短の別にかかわらず、発表年代順に配列した。

一、巻ごとに、収録された著作の発表年代を表示した。

一、語ったものをもとに手を加えたものも、書いたものに準じて収録の対象としたが、構成者や聞き手の名前が表示されているものは収録しなかった。

一、原則として、講演、談話、インタヴュー、対談は収録の対象としなかったが、一部のものは収録した。

一、収録作品は、『吉本隆明全著作集』に収められた著作については『全著作集』を底本とし、そのうち『吉本隆明全集撰』に再録されたもの、あるいはのちに改稿がなされた著作は、『全集撰』あるいは最新の刊本を底本とした。また『全著作集』以後に刊行された著作については最新の刊本を底本とした。それぞれ他の刊本および初出を必要に応じて校合し本文を定めた。また単行本に未収録のものは初出によった。

一、漢字については、原則として新字体を用いた。芥川龍之介など一部の人名について旧字に統一したものもあるが、人名その他の固有名詞は当時の表記を底本ごとに踏襲した。また一般的には誤字、誤用であっても、著者特有の用字、特有の誤用とみなされる場合は、改めなかったものもある。

一、仮名遣いについては、原則として底本を尊重したが、新仮名遣いのなかにまれに旧仮名遣いが混用されるような場合、詩以外の著作では新仮名遣いに統一した。

一、新聞・雑誌・書籍名の引用符は、二重鉤括弧『　』で統一したが、作品名などの表示は底本ごとの表記を踏襲した。

一、独立した引用文は、引用符の一重鉤括弧「　」を外し前後一行空けの形にして統一した。

# 吉本隆明全集12

1971
|
1974

表紙カバー＝「佃んべえ」より
本扉＝「都市はなぜ都市であるか」より

# I

# 源実朝

# I　実朝的なもの

あの戦争のころ、できたらその一言一句もききもらすまいとねがっていた文学者のうち、太宰治と小林秀雄とは、もう最後の戦争にかかったころ、それぞれの仕方で実朝をとりあげた。太宰治は『右大臣実朝』をかき、小林秀雄は、のちに『無常といふ事』のなかに収録された「実朝」論をかいた。太宰の『右大臣実朝』は、ひとくちにいえば太宰の中期における理想の人物像を実朝に托したものといっていい。「駈込み訴へ」にはっきりと描かれているように、太宰の中期の理想像はキリスト・イエスであった。そして実朝にはキリスト・イエスにあたえた人物像をほとんどそのまま再現したといってよかった。聡明で、なにもかも心得ていながら口にださず、おっとりかまえているといった人物像は安定期の太宰のあこがれた理想像であった。こういう人物はかならず現実では敗北するのだが、その敗北はよく心得た敗北であり、もし人間性に底しれない深い淵のようなものがあるとすれば、真にそれを洞察できる人物は、こういう敗北を、あるいは敗北と感じないかもしれない。そこにいわば太宰治の人間にたいする祈願のようなものがあるといってよかった。実朝がじっさいにそういう人物であったかどうかはべつとして、北条氏執権の陰謀のうえにのりながら、暗殺されるまで耐えて、けっしてぼろをださなかった『吾妻鏡』の実朝から、太宰はそういう実朝像をこしらえあげたのである。もちろん太宰治の実朝像は『吾妻鏡』からうかがえる実朝像を極度に拡大してみせたものであった。だから実朝と北条氏時政あるいは義時とはじっさいは反目などはなく、よく心得て了解しあったものどうしの主従であった、というところまで解釈を拡げてみせなければならなかった。陰険な策謀のできる北条氏にたいして、いささかでも冷たい暗黙の反感をしめす実朝を描くとすれば、おそらく実朝の実像にはちかくなったかもしれないが、太宰治の理想の人間像にはかなわなかったのである。心得てだまされながら悠然としていられる人物、裏切られても悄げかえらないで、平気で滅亡できる人物が、太宰のひそかに願いつづけた自我像であったといってよい。

小林秀雄の描いた実朝像は、陰惨な暗殺集団のうえにのっかった無垢な詩人の孤独といったものに重点がおかれていた。しかしなによりも小林の実朝論がわたしを驚かしたのは、古典を身近に呼びよせてしまうその手腕であったといってよい。かれの実朝像がじっさいに叶っているか、学問的にいってどうかというたぐいのことはあまり問題ではなかった。ただ、かつてどのような批評家も研究者も、これだけ鮮やかに古典のなかの人物を蘇えらせたものはないようにおもわれた。小林の描いた実朝はべつに小林の理想像ではない。むしろ戦乱のなかで、ある意味で孤独であった小林秀雄自身が、実朝に移入されているとみてよかった。

そのころわたしの傾倒していた数少い文学者のうち二人までが、どうして〈実朝〉をとりあげたのだろうか。これにはべつに共通の理由はないのかもしれない。極端な復古主義的な風潮のなかで、じぶんなりの〈古典〉をしめしたかっただけであったのか。

けれど、読者のほうはいつもわがままである。そこに〈実朝的なもの〉ともいうべきものがひとりでに形成されてくる。〈実朝的なもの〉とは、外観からいえば第一級の詩心の持主であるということであり、また、暗殺によって夭折したものであるということである。そしてもしかすると〈貴種〉であるということであるかもしれない。しかし、その生涯の曲線にこれだけの条件があれば、作家や批評家の関心を惹くであろうか。どうもそれは疑わしいようにおもわれた。太宰や小林の〈実朝〉から、わたしがうけとったものは〈実朝〉でなくてもよいような何かであった気もする。それを〈実朝的なもの〉と名づけておくとすれば、この〈実朝的なもの〉は、暗い詩心ともいうべきものに帰せられる。そしてこの暗い詩心は、そのまま太宰や小林の内面に帰せられるものであった。太宰が「平家ハ、アカルイ」、「アカルサハ、ホロビノ姿デアラウカ。人モ家モ、暗イウチハマダ滅亡セヌ。」と作中の実朝にいわせたものが心に響いたといいかえてもよい。また、小林が〈箱根路をわれ越えくれば伊豆の海や沖の小島に波の寄るみゆ〉を引用して「この所謂万葉調と言はれる彼の有名な歌を、僕は大変悲しい歌と読む。実朝研究家達は、この歌が二所詣の途次、詠まれたものと推定してゐる。恐らく推定は正しいであらう。彼が箱根権現に何を祈つて来た帰りなのか。僕には詞書にさへ、彼の孤独が感じられる。悲しい心には、歌は悲しい調べを伝へるのだらうか。」とかいている心が問題であったような気がする。これについては、いくらか解説が必要である。

実朝の在世中は、源平合戦の余燼がまだくすぶり、とくに南海道や西海道では不安な小競合いがつづいていた。また、実朝が将軍職におさまる前後から死ぬまで、地方の家人たちと律令国衙《こくが》の官人たちとの争いや、社寺の反目、家人たちの領地あらそいは絶えなかった。そしてすぐ足元では、頼朝以来の宿老たちと北条氏との反目と内訌はあとをたたず、つぎつぎに梶原氏、畠山氏、和田氏は北条氏にたいして兵をあげて滅亡させせられたのである。この宿老たちの内訌で、梶原氏のばあいをべつにすれば、実朝はいつも北条氏にかつぎあげられて、愛すべき宿将たちを失わねばならなかった。しかし、この全国的な戦乱は、けっして〈暗かった〉わけではない。戦乱も合戦も単純で直截で愚かでというように、人間の心の動きと行動を規制してしまう。むしろ健康で、〈建設的〉で、痴呆でといったものが社会を支配する。これは戦乱をしらないものにいくら強調してもたりないくらいである。かれらはもしかすると、健康で明るく〈建設的〉であることが平和の象徴だと錯覚しているかもしれないから。そう教えこんだものたちが痴呆なのだ。実朝の生涯を世情として規定していたものは、こういう明るい危うさであったといってよい。太宰も小林も戦争期のこういう明るさと、〈建設の槌音〉との健康さがもつ退廃に、どこかでついてゆくことができなかった。それは文学の宿命のようなものであるといってよい。かれらの描いてみせた実朝像は〈暗いもの〉のもつ内実であったとかんがえてよい。これは、〈明朗アジアの建設〉というようなスローガンのどこかに、かすかな疑念をいだいていたわたしの心に浸みこむだけの力をもっていたのである。明るいもの、健康なもの、建設的なものはすべてまやかしであり、疑いをもったほうがよいというかんがえを、太宰や小林の実朝像からうけとった。かれらにとって、戦争のただなかにある自分という設定と、戦乱と合戦と武将たちの内訌のただなかにのっかった実朝という設定とは、おなじことを意味していたはずである。また、明るさ・単純さ・健康さ・痴呆・殺し合いのうえにのっかった実朝という設定と、建設的・単純・健康・鍛錬・戦争のただなかにおかれた自分という設定とは、おそらくおなじことを意味していたはずであった。わたしには、これが〈実朝的なもの〉の本質としてうけとられたのである。

いまにしておもえば、太宰の『右大臣実朝』にも、小林の「実朝」論にも、べつの問題がなかったわけではない。実朝の作品に、

太上天皇御書下預時歌

おほ君の勅を畏《かしこ》みち、わくに
心はわくとも人にいはめやも

山はさけ海はあせなむ世なりとも
君にふた心わがあらめやも

ひんがしの国にわがをれば朝日さす

はこやの山の影となりにき

太宰が作中の実朝に「叡慮ハ是非ヲ越エタモノデス」と云わせたところのものはこれらである。また、小林が〈山はさけ海はあせなむ世なりとも君にふた心わがあらめやも〉を引用して「この歌にも何かしら永らへるのに不適当な無垢の魂の沈痛な調べが聞かれるのだが、彼の天稟が、遂に、それを生んだ、巨大な伝統の美しさに出会ひ、その上に眠つた事を信じよう。」とかいたものとおなじであった。当時のわたしに、これらをいささかでも否定するだけの力はなかった。もっと、かれらよりも生々しく危ないところにいたからである。

また、だから逆に敗戦後に〈実朝的なもの〉のうち、この問題はなにを意味するのかは、別個の生きもののように脳裏をさらないできたともいえる。もし、いま、わたしが〈実朝的なもの〉とはなにかを問いかえすとすれば、ぜひともこの理由をさけてとおることはできない。それはじぶんがじぶんにそれをゆるすことができないからである。実朝はなぜこういう歌を詠まねばならなかったか。また、そのことにはどんな人間的な、また制度的な必然があったか。この問題は、詩人実朝をとりあげるのとおなじように、わたしには不可避である。わたしの〈実朝的なもの〉は当然これを包括しなければならない。

人間は病気で死ぬこともできるし、じぶんでじぶんを殺すこともできる。また他人から殺されることもできる。ただ、他人から殺されるばあいには、その〈死〉はどこかで他人の〈死〉と交換される条件がなければならない。つまりかれが〈死〉ななければ、ほかのたれかが〈死〉ぬとか、かれが〈生きている〉ことは、他人が〈生きていること〉と相容れないとか、いうことが、公的にか私的にかどこかでかんがえられていなければならない。もちろん偶然の〈事故〉で殺されるということはありうるが、そのばあいにも偶然性のなかにその〈死〉が他人の〈死〉と交換される条件がなければならない。だから、もしもかれが殺されなかったとしたら、という仮定は言葉の戯れとしてしかなりたたないのである。

実朝の生涯は単純きわまるものであった。その生活はほとんど鎌倉大倉郷の幕府営中でおくられた。伊豆・箱根権現への参詣をのぞいては、鎌倉在をはなれることはなかったのである。あれほど武家勢力の統領として、分を守ろうとした頼朝でさえ、二度は京都にでかけている。実朝は京風にあこがれていたと評されているが、不思議なことに一度も上洛しようという意志をほのめかしたことはない。たぶん実朝にとっては〈生〉よりも〈死〉のほうが関心事であった。もう、物心がついたときには兄頼家の惨殺に立ちあっている。頼家の殺されかたからかんがえて、じぶんだけは別ものだとおもえるような条件はなにひとつなかったはずである。そうだとすればじぶんの〈死〉と、〈死〉の彼岸にいつも心をこらしている実朝には、京都はただの風俗であり、生活はどこで営まれてもよい瞬間の問題だったとしても、いたし方なかった。『愚管抄』は、頼家の殺されざまをこう描いている。

さて関東将軍のほうでは、将軍頼家が二位に叙せられ左衛門督に任ぜられた。将軍頼朝の跡目であったので、範光が中納言弁であったとき、使者に査遣されたりしたが、建仁三年九月の頃に大病を発して、死に近いとき、比企の判官能員という武者のむすめを愛して、男子をうませ六歳になった一万御前という子があった。そこに家督を移して、能員の天下にしようと企てたが、母方の伯父北条時政がちょうど遠江守であったが、この企てをきいて、頼家の弟千万御前という頼朝の愛した子を、これこそ将軍に擁立してとかんがえて、能員を呼びつけて、遠景入道に組取らせて新田四郎に刺殺させ、武者たちをおくって病気中の頼家を大江広元の邸にうつして臥せさせた。子の一万御前を本家の意をくんで、人をさしむけ討とうとしたので、母は抱いて小門から逃れ出た。けれどたて籠っていた郎等たちのうち恥を知るほどの者たちは逃れず踏みとどまったので、みな討ちとられて殺された。そのなかで糟屋有末というものを敵もまた惜しい武者とおもい、由ないことだから逃れでてこいと呼びかけたが、ついに応ぜずに相手方の八人を討ちとって、じぶんも討死したのをひ

> とびとは大そう惜しんだ。そのほか笠原の十郎左衛門親景、渋河刑部兼忠などという武者たちもみな討たれて死んだ。比企判官の子たち、聟の児玉党のものなど居合わせたものはみな討ち取られた。これは建仁三年九月二日の事である。新田四郎は頼家のとくに目ぼしい近習の者であった。頼家までこうなるともしらず能員を刺殺したが、こうなってしまったので、頼家の左右の近習として義時と二人並び称せられていたのだが、おなじ五日によき戦いぶりをして討たれてしまった。十四歳《(原文のママ)》の頼家入道は伊豆の修禅寺という山中の堂へ幽閉された。頼家は世の中をおもいつめて心気症にとりつかれて八月晦日にかくして出家して、広元の手のうちにおかれたが、出家の後は一万御前の天下になるということで、みな親愛があってこういう処置がなされたとおもわないでいたが、出家すると即座に病は快方にむかった。九月二日、一万御前を討ち果すという風評がきこえ、これは大事だと云って、傍にある太刀をとって、つと立ちあがったが病後の衰弱がのこっていて、わが身が自由にならず、母の尼御前もおしとどめなどして、守護したうえ修禅寺におしこめたのである。悲しいことである。さてその年の十一月三日、終に一万君を義時がとりこめて、藤馬という郎等に命じて刺殺させ、埋めた。さて次の年は元久元年七月十八日に、修禅寺で頼家入道を刺殺した。簡単にはとり押えられなかったので、頸に緒をつけ、睾丸を切取りなどして殺したということである。なんとも無惨なことである。

慈円の文体は、途中でおもいだしたように半畳がはいる奇妙なものだが、かえって頼家の死を生々しく描きだしている。

頼家の死は、実朝が将軍職についた翌年であり、もちろん実朝はよくその殺されざまを知っていたはずである。しかも、頼家殺害は実朝を擁立した北条時政の刺客たちによるものであった。そこで実朝は兄頼家殺害の名目人として流布されたはずである。「なんとも無惨なことである」というふうにかんがえる慈円には、かつてじぶんたちの将軍職としてえらんだほどの頼家を、どんな理由があるにしろ、こういうひどい殺しざまで殺害してしまうということが、まったく不可解なことであった。しかし、実朝はいくらかでも関東の武家層の独特な倫理感と習俗になじんでいたはずだから、慈円ほどには驚かなかったかもしれない。しかし実朝には同化しにくい雰囲気であったことは、たしからしくおもわれる。頼家が関東の武門勢力の統領としての器量をもつと判断できるあいだ、絶対の忠誠をささげるが、それだけの器量もなく、また忠誠にたいして恩顧や庇護をあたえるだけの力がないと判断すれば、破れ草履のように切り捨ててしまってもよい。こういう独特の惣領と家の子のあいだの倫理になじまないかぎり、頼家の殺されざまは理解の外にあったといってよい。実朝はそういう倫理にも通じていたろうが、頼家の死にざまは、やがてじぶんの死にざまに通ずることも、よくおもい知ったはずである。ただ実朝は生れながらに幕府営中で育てられた二代目であり、武家層のあいだで流人としてもまれ、おのずから統領として頭角をあらわし、幕府を創始した頼朝とはちがっていた。すでに幕府創生期以来の宿将たちにとって、全霊をかけて服従するだけの器量人は、頼朝の死後はまったく存在しなくなっていた。そうだとすれば頼家や実朝の将軍職をささえたのは母北条政子の庇護と、鎌倉幕府という〈制度〉の不可避性であるといってよい。幕府という〈制度〉が必要であるかぎり、頼家や実朝は必要であった。北条氏をはじめ宿将たちは、それぞれ武力を背景として実質的には全国を支配するだけの合戦力をもっていたかもしれないが、すくなくとも鎌倉幕府の創立期には、幕府という〈制度〉と、京都にある律令王権とを、どう関係づけるかについてまったく無智であり、また、かんがえもおよばなかったからである。また、関東武門に固有な倫理と慣習が、伝統だけはすくなくとも千年も維持してきた律令朝廷の支配者たちに、そのまま通ずるはずがなかった。

平氏は武力を背景にして律令王権に喰い込み、その過程でみずからも〈王朝〉風に風化していったのだが、その末路をよくしっていた関東の武門勢力は、頼朝を牽制して征夷将軍以外の官職を、実質上はうけようとせず、また、京都に根拠地をうつし、律令朝廷をかつぎあげて全国を支配するという方法も避けたのである。

宮中に成長した実朝は貴族風に育てられたにちがいないが、なぜか、朝廷に接近しようと試みた形跡はない。

実朝の死が頼家とおなじような形で（つまり暗殺というような形で）おとずれるとすれば、北条氏が幕府という〈制度〉そのものの重要さに気づき、いわば一介の武弁から政治勢力へと成熟する時期のほかはなかったはずである。北条氏がそこまで成熟したのは、歴史的にみれば泰時の代であって、これは承久の乱としてあらわれたのだが、そうなるためには、まず頼朝の挙兵以来の宿将たちをつぎつぎになぎ倒し、最後に実朝を暗殺するほかはない。実朝は武技にはつたなかったが聡明であり、またその識見も学問も時代に屹立するだけのものをもっていた。頼家とはちがい、実朝を失脚させたり暗殺したりすることは、北条氏にも、そうやすやすとはできなかったはずである。

建仁三年（一二〇三年）実朝が将軍職につくと、北条時政は執権職にすわった。幕府の家人たちのあいだの政治的な裁定もふくめて、時政は幼少の実朝にかわって政務を総括した。だが、『吾妻鏡』などの記載をみれば、実朝は北条執権職の指し手のままに動く将棋の駒でなかったことがわかる。すくなくとも武門勢力の総祭祀権の所有者としての威力は実朝にあったとみることができる。源家の氏神である鶴ヶ岡八幡宮は幕下の武門勢力にとっても総氏神であり、その祭儀と仏儀とは実朝の主宰するところであった。また、伊豆・箱根権現への参詣には、実朝自身が浜下りのミソギをやったうえで、諸将を従え、いわゆる二所詣での慣習をつらぬいている。すくなくとも総祭祀権に関するかぎり、北条一族は、いちども実朝の権限を侵そうとする意図をしめしていない。もうひとつ実朝がたしかに握っていたのは、京都の律令朝廷にたいする重《おも》しの役割であった。ここでは当代有数の学識をもち、詩人としても一級の手腕をもっていた実朝の存在を、北条氏がとってかわることは不可能であった。北条氏の幕府における内政的な実力がどれだけ大きかったとしても、律令王朝からは一介の武将としてしかみなされていない。もし実朝が殺害されることがあるとすれば、このふたつの役割が、まったく武門勢力にとって無意味になったときである。歴史はまさにちょうどそのときに、公暁をかりて実朝を暗殺させたといってよい。殺害に習慣性があるのかどうかしらないが、すでに障害とみなされ、しかも存在することが周辺になにかの力をあつめるおそれがあると、必ずといってよいほど中心人物の殺害にゆきつくというのが武門勢力が擡頭してからの武家層の内紛の常道であった。実朝が右大臣昇進の拝賀の日に、その日の死を予期し、近習に鬢の毛を形見にあたえ、辞世の歌をつくって出立したというのは、まことらしい嘘であるとしても、じぶんの殺害がどういうときにおこるかははっきりと知っていたにちがいない。また兄頼家の子公暁が暗殺にむかわなくても、たれかが北条氏の意志を暗黙に察知した形で、じぶんの死を運んでくるだろう。そして、そのばあい、あまりためらわない習慣を武門勢力がもっていることをよく心得ていた。

実朝が暗殺された事件について、おなじく『愚管抄』はこまかく伝えている。

さて京へ上らずにこの将軍の拝賀を関東鎌倉で祝うことになって、大臣拝賀の式を建保七年正月廿八日甲午におおきな規模でおこなうことになり、京都から公卿五人が列席のため檳榔の車を具して関東に下り集まった。その五人は、

大納言忠信　内大臣信清息
中納言実氏　東宮大夫公経息
宰相中将国通　故泰通大納言息　朝雅旧妻夫也
正三位光盛　頼盛大納言息
刑部卿三位宗長　蹴鞠之折に本下向云々

華麗に飾りながら拝賀をおこなった。夜に入って奉幣をおわって、宝前の石段をおりて、扈従《こじゆう》の公卿が並び立つまえを会釈しながら裾尻をひいて笏をもってすすむところを、法師の衣裳で頭巾をしたものが馳せ寄せて、かさね衣のすその尻を足で踏みつけて、頭部を一の太刀で斬りつけ、倒れたところを、頸をうち落してとった。誘われたようにつづいて三四人おなじ風体のものがとび出してきて、供の者をおいちらして、源仲章が前駆をうけたまわって火明りを振りながらいるところを、北条義時だと勘ちがいして、おなじように斬ふせて殺して逃げた。義時は太刀をもって傍にいる近習をおさえ、中門にとどまれと申しつけて留めおいた。ひとびとは用心もせず言語道断の有様であった。皆蜘蛛の子を散らすように公卿たちも誰もかも逃げ出した。賢明にも光盛はここへはこないで鳥居のところに待ちうけていたので、じぶんの毛車にのって帰ってしまった。皆ちりぢりに逃げてしまって、鳥居の外にいた数万の武者たちはこの出来事を知らなかった。実朝を斬殺した法師は、頼家の子で、鶴ヶ岡八幡の別当にしておいた者だが、日ごろから思いめぐらしていて今日その本意をとげた如くである。一の太刀のとき〈親の敵はこう打つのだ〉と云った。公卿たちはあざやかに皆その声をきいた。このように闇打ちしたのち一の郎等とおぼしき三浦左衛門義村のところへ〈わたしはいま実朝を討取った、いまはわたしが大将軍だ。おまえのところへこれから行く〉と言いよこしたので、義村はこの旨を北条義時に連絡した。やがて法師は実朝の首級をもってであろうか、大雪で雪のふりつもったなか、谷丘の起伏をこえて義村のもとへ行く道すがらを、待うけてこの法師公暁に追手の武者が斬りかかった。法師はひどく瞋って武者たちを斬りはらい斬りはらいしながら逃げて、義村の家の板塀のところまできて、塀をのりこえて邸内に入ろうとしたところで討ちとられた。この事件をおもうにつけ頼朝はきわめて優れた将軍であったとおもう。その孫にあたりながらこういう所業をした法師武者の心がまえや、こういう者が出てくるようになった乱脈ぶりをおもえば、愚かにも武人としての心構えのひとつもなく文にのみ心をおいた実朝将軍は大臣をかねた大将の位階をけがしたというべきである。また実朝将軍は跡目もなくて死んだ。

慈円の史観は仏法にかなうものは栄え、かなわぬものはかならず滅亡するというものであった。そしてその仏法は天台系の古典仏法であった。また慈円の感性はあくまでも堂上貴族風のもので、とうてい実朝暗殺の実相にふみこむことはできなかった。ただ一場の残酷劇をながめて、古風な倫理感に不快な衝撃をあたえられただけだといってよい。

『吾妻鏡』の描写はこれとちがっている。『吾妻鏡』の編著者には、たぶん実朝暗殺の実相はわかっていた。だから暗殺を教唆したと断定できないまでも、暗殺の動きを知っていて許容したものが何者であるかを暗示的にあらわし、しかも実朝がなにごともよく理解しながら運命に耐えている人物であるように描くことに苦心をはらっている。そううけとるほかないほど、この暗殺は〈実朝的なもの〉を象徴する事件であったといってよい。

鶴ヶ岡八幡の宮寺の楼門に入ろうとするとき、右京大夫北条義時はにわかに心神に違例あり、奉じた剣を仲章朝臣にゆずって退去した。神宮寺においてはらい浄めのあと、小町御亭に泊り、夜になってから神拝のことをおえ、しばらくして退出しようとするところで、この宮の別当阿闍梨公暁は石階のそばにうかがいでて、剣をかざして実朝将軍に斬りかかった。そのあと扈従の武者たちは宮のなかに駕を馳せ入れたが讎敵《しゅうてき》の姿は得られなかった。或人が云うには、宮に上った折に別当阿闍梨公暁は父の敵を討つ旨の名乗りをあげた由である云々。そこでそれぞれ武者たちは襲ってその雪の下の本坊にいたったが、公暁の門弟の悪僧たちがその内にたてこもって戦いあったところ、長尾新六定景と子息太郎景茂、同次郎胤景などが先登をあらそったと云う。これこそ勇士が戦場におもむく仕方だというので人々はほめそやした。門弟の悪僧たちは敗北したが、公暁阿闍梨はおらなかったので武者たちは空しく退散した。ひとびとは悲嘆にくれるのほかなかった。ここに公暁阿闍梨は実朝将軍の首級をもち、後見人である備中阿闍梨の雪の下北谷の邸に向い、膳にむかって食事をするあいだも実朝将軍の首を手からはなさなかった。使者弥源太兵衛尉（公暁阿闍梨の乳母子）を三浦義村のもとに遣って〈いま将軍は無くなった、わたしが関東の長者にあたるものである。すみやかに討議をめぐらしてこの由を示しあわすべきである〉と申入れた。これは義村の息子駒若丸が公暁の門弟に列していたので、そのよしみをたのんだものであろうか。義村はこのことを聞いて、先君の恩顧の忘れがたきを思い涙をいくすじも流し言葉もなかったが、しばしして〈まず有光の蓬屋《ほうおく》においで下さるがよろしい。お迎えの武者をさしむけましょう〉と申し、使者を退去させたのち、使を発して右京大夫北条義時に事の次第を申しおくった。右京大夫義時はためらわず阿闍梨公暁を討ち殺すべき旨を下知し、その間一族のものをあつめて評定をこらした。阿闍梨公暁は膂力すぐれた剛のもので、一筋縄で討ちとるわけにゆかぬ人物であり、たやすくこれを誅殺することは難かしいことを各々が論議しているところ、義村は勇敢な武者をえらび、長尾新六定景を討手に差向けるべき旨を申しつけたので、定景は辞退することとならず、座を立って黒皮威《おど》しのかぶとをつけ、雑賀次郎（西国の住人で強力の者である）以下郎従五人を倶して、阿闍梨公暁の在所である備中阿闍梨の邸におもむいた。阿闍梨公暁は義村の使いがおそいので、鶴ヶ岡のうしろの峯にのぼり、義村の邸に行こうとして、途中に定景と出逢った。雑賀次郎はたちまち阿闍梨公暁に組みつき、たがいに雌雄をあらそっているところを、定景は太刀をとって阿闍梨公暁（素絹の衣の下に腹巻を着ていた）の首を打とった。公暁は金吾将軍頼家の息子で、母は賀茂の六郎重長のむすめ（為朝の孫むすめである）であった。公胤僧正の門に入り、貞暁僧都から修法をうけた弟子であった。定景は公暁の首を持って帰った。そこで義村は右京大夫北条義時の御亭に公暁の首を持参した。亭の主人は出てきてその首を被見した。安東次郎忠家が指燭をとり、李部に申しつけて云うには〈じぶんはほんとうはまだ阿闍梨の顔をみたことがない。それでなおこの首には疑いをもっている〉と。そもそも今日の変事は、かねて異変を感じさせる出来事が一再ならずあった。いわゆる拝賀に出立のときにおよび、さきの大膳大夫入道が参進して申すには〈覚阿成人したのち、まだ涙が顔面に浮ぶのを知らない。しかしいまま近かで実朝将軍に閲して涙が落ちるのを禁ずることはできない。これはただごととおもえない。さだめし仔細のあることにちがいない。むかし東大寺供養の日に右大将源頼朝の出御の例にまかせて、束帯の下に腹巻を着られるべきである〉と。源仲章朝臣が申すには〈大臣、大将に昇進するもので、そのような衣裳様式を着けた前例はない〉と反対していった。これによって武衣をつけることはやめることになった。また公氏が御鬢に近習していたところ、鬢の毛一筋をとって記念と称して賜わり、つぎに庭の梅を覧られて、禁忌の和歌を詠じられた。

出《イデ》テイナバ主ナキ宿ト成《ナリ》ヌトモ軒端ノ梅ヨ春ヲワスルナ

ついで南門を出るとき、霊鳩がしきりに鳴き囀った。じぶんで車を下りられるとき、雄剣がつき折れた。また今夜のうちに阿闍梨公暁の徒党を糾弾すべき旨が二位家から申し下された。信濃の国の住人中野太郎助能は少輔阿闍梨勝円を生虜とし、右京大夫の御亭に連行したが、これはかれが法師をうけいれたためである。

二八日、明け方加藤判官次郎が使節となって上洛した。これは実朝将軍死去の由を言上するためである。行程五カ日と定められた。辰の刻（午前八時）実朝夫人は髪を落した。荘厳房律師行勇が戒師となり、また武蔵守親広、左衛門大夫時広、さきの駿河守季時、秋田城介景盛、隠岐守行村、大夫尉景廉以下、御家人百余人は実朝死去の哀傷に堪えず出家をとげた。戌《いぬ》の刻、将軍実朝を勝長寿院の傍に葬った。昨夜から首級の所在が知れず、五体不具であり、はばかりあるによって、昨日公氏に渡された鬢の毛を首のかわりにして入棺した。

この記事は、実朝が暗殺される条件のすくなくともひとつを暗示している。執権職北条義時は突然気分が悪くなって奉剣の役を源仲章にゆずって退去し、仲章は実朝と一緒に殺された。突然気分が悪くなったため死を免かれた義時を偶然のいのち拾いとみなすのは不可能である。そうだとすれば義時は実朝が暗殺されることを知っていたことになる。もっと極端にいえば公暁をけしかけたのは義時だということである。

もともと、実朝の位階の昇進にもっとも強力に反対したのは北条義時であった。義時の云い分は、頼朝将軍でさえ武門としての分をまもり、征夷将軍のほかの官職はしいて求めようとしなかった。実朝将軍はまだ若く、べつだんの勲功があるわけでもないのに位階の昇進をもとめるのは宜しくないという理由であった。そして大江広元を通じて諫言した。これにたいして実朝は、源家の正統はじぶんでおわってしまう。そうだとすれば、せめて位階をもって家門の栄誉をかがやかすのはじぶんの務めであるというものである。もちろん、これは表面的な理由であったにちがいない。

実朝は宿老和田義盛一族が北条氏に抗って合戦したのち滅亡し、また、じぶんの渡宋計画が座礁して以後は、かならずしも北条氏の言うがままになっていない。位階の昇進にしても義時と大江広元の諫言をふり切って、みずから波多野弥次郎朝定を京都にやってこれを求めている。実朝にしてみれば、もし北条氏に暗殺されるまえに、太政大臣摂政の位を極めうるとすれば、みだりに手を出せないはずだとかんがえていたかもしれない。なぜならば、征夷将軍と太政大臣を兼ねたものを害することは、たんに鎌倉幕府の象徴的な首をすげかえるということではなく、律令王権の最高責任者に抗うことを意味したからである。実朝は左大臣を忌避している。それは平宗盛や重盛がその職で亡されたという先例を好まなかったからである。そうだとすれば、右大臣の就任は、もはやその上位に太政大臣摂政のほかないはずであった。摂政が鎌倉在住の武門にとってまず不可能であるとすれば、右大臣はおそらく与えられる最高の位階だったのである。

義時にしてみれば、実朝に太政大臣に就任されたとしたら、万事休すということにほかならなかった。なぜならば、そのときは武家勢力と律令王朝とは完全に融着したことを意味するからである。そのときは武門勢力の興隆という意味は、無に帰して、律令王朝の体制下にまったく組みこまれてしまうことになる。右大臣就任で実朝を阻止しえなければ、もはや北条氏に象徴される武門勢力が実質的な権力を全国に掌握することは絶望的であるといっても過言ではなかった。おそらく、義時や子の泰時にとっては、この時期を逃すことはできなかったし、実朝もまたシーソーゲームのように息せききって位階の昇進をもとめなければ、じぶんの死はそれだけはやめられる、という焦慮にかられたかもしれない。そういう焦慮は、同時に実朝にとっては北条氏との離反をますますおおきくしてゆく危険を意味するものといってよかった。どちらをむいても実朝にとっては死期をはやくすることにつながるものであった。

もし実朝が中世における第一級の詩人であったとすれば、本質的な意味での詩人実朝という意味は、卻《しりぞ》くことも〈死〉、またすすむことも〈死〉という境涯ではじめて問われねばならなかったといえるだろう。

実朝はどう身を処したのか。

『吾妻鏡』の記載でみるかぎりは、反対をおしきって渡宋計画を推進したのを契機に、ほとんど独走体勢にはいった。建保五年（一二一七年）五月十二日の記載では、寿福寺の二代目の長老行勇を、僧侶の分限をこえて政道に口をはさみすぎる、もっぱら仏法の修練をすべきであると叱りとばしている。そして三日あとには寿福寺にみずから出かけて、しょげている行勇を慰めている。

またおなじ二十五日に、持仏堂で文殊像を供養し、お布施として年来所持の符印をおさめようとした。大江広元が慣例に反するむねをのべたがこれを卻けている。そして建保六年二月には位階の昇進（大将）を督促するために使を京都に出発させた。

事態はもはや実朝にとって一触即発の危機に達していた。『吾妻鏡』は曲筆を舞わしているが、建保六年七月九日に北条義時がすでに最後の意志を決めたとうけとれるような記載をしている。九日の未明に義時は大倉郷にゆき南山のあいだに、適当な地を卜して一堂を建立し、薬師像を安置することをきめた。昨夜夢枕に薬師十二神将のうち戌神があらわれて〈今年の神拝は無事であるが、明年の拝賀のときはお供をしてはいけない〉というお告げがあったので堂を建立するのだというのである。まことに手前味噌な夢告であった。北条時房と泰時は、さすがに義時を諌めた。実朝将軍の左近衛大将就任の拝賀を華美にし、京の公卿をまねき行列をきわめたため、家人たちも人民も産財をかたむけて嘆いている。このうえひきつづいて堂寺を建立して費用をついやせば、ますます民を苦しめるだけであるとのべた。義時は一身安全のためで百姓に負担をかけるものではない、まして夢告のおもむきにそむくわけにはいかないと称して工匠たちに建立を命じた。おそらくこの記事は、実朝の右大臣昇進の拝賀の日に、宮寺でにわかに気分が悪くなって奉剣の役を源仲章に代ったという記事を書くための伏線である。いいかえれば、北条義時がすでに実朝を殺そうと意志したことを語っているとかんがえてよい。

ついで八月二十日に、蔵人左衛門尉大江時広は、禁裏の奉公のために上洛したいと、行村を通じて申出た。実朝は気色を変えて関東を侮辱するものだと瞋った。おもうに時広は実朝と北条氏のあいだにやがて直ぐにやってくるだろう争闘から逃れたいとおもい、実朝は孤立の苛立ちをぶちまけたのである。時広は義時に泣く泣く訴えて、義時からの口添えがあり、実朝はすでにあきらめてこれをゆるした。

まえから実朝の身辺で無双の近習といわれていた、東平太重胤、その息子胤行は、下総の国海上庄に下向したままもどってこなかった。実朝は書状をもって早々に帰参するように命じた。双方ともに危急が近いのを知っていて、一方は鎌倉へ戻るのをためらい、一方は身辺に武勇の士を求めたのである。別当公暁は鶴ヶ岡八幡の宮寺に籠ったまま、一向に姿を現わさなかった。

この急迫する鼓動を、実朝の詩心がどう聴いたのか測ることはむつかしい。ただ実朝は確実にじぶんの〈死〉の足音をききながら、もう気を転倒させても、いたしかたはなかった。どこにも逃げだす場所もなくなったし、神仏をたのむべき筋あいもない。右大臣拝賀の準備を習慣どおりにおしすすめるほかない。おもうに実朝は、少年のときからずいぶんながくじぶんの〈死〉を待ちすぎてきたともいえる。ごくあたりまえにいえば、人間がじぶんの〈死〉を意識するのは、老年になってからであるかもしれない。少年のうちからいやおうなしに、じぶんの〈死〉の瞬間をおもい描かねばならない境涯にあるとすれば、人間はどういう生き方ができるのだろうか。そこに〈実朝的なもの〉の象徴があらわれる。むこうからくる〈死〉が暗殺であっても自殺であっても、また自然死であっても、こういう境涯を永らえることは、たぶん、たれにとっても不可能である。かりに他者が〈死〉を仕向けなくても、内発的に肉体か精神かが瓦解せざるをえないはずである。そして〈実朝的なもの〉は暗さも明るさも無意味であるような場所まで追いつめられて、たどりついたといってよかった。

『吾妻鏡』は迷信、天変地異、夢魔、殺戮、合戦、陰謀などの作為を、実朝の生涯の環境に与えているが、そのなかで、ただ一個所だけ、ぼおっとした明るみがある。建保五年三月（小）十日である。

十日、丁亥。晴。晩頭将軍家桜花を覧んが為、永福寺に御出、御台所御同車、先づ御礼仏、次に花林の下を逍遥し給ふ、其後大夫判官行村の宅に入御、和歌の御会有り、亥の四点に及び、月に乗じて還御。

# Ⅱ　制度としての実朝

坪内逍遥の実朝をテーマにのせた戯曲「名残の星月夜」は、なかなかの力作である。実朝の謎の渡宋計画についてあたえられている独特の解釈がこの戯曲のやまばといえようか。おおざっぱにいえば、北条義時と決定的に離反するようになった実朝は、陳和卿の言葉にのせられたとみせかけて渡宋計画をうちだし、義時や母政子の反対をおしきって陳和卿に造船を命じ、北条氏には渡宋とおもわせてその船を途中で畿内にちかく寄港させて上洛し、後鳥羽院ら律令王権の勢力に合体して、北条一族を倒滅させるつもりであったというのである。逍遥にこういう空想をゆるしたのは、ひとつには理解にくるしむような実朝の渡宋計画であったが、もうひとつは実朝が「太上天皇御書下預時歌」を詠んでいることであった。ところで逍遥は、もし実朝が世間の風評どおりに計画を強行すれば、北条氏だけではなく頼朝将軍がつくりあげた武門勢力の府が瓦解してしまい、けっきょく京都の王権の思うつぼにはまるだけだと母政子に諌められて、この計画をおもいとどまり、船が浮ばなかったことにして、みずから計画を座礁させるというように筋をはこんでいる。逍遥の解釈はうがちすぎの空想にすぎないが、実朝の生涯の傾向のなかに、こういう解釈をゆるすものがなかったとはいえない。ただ逍遥は、北条義時の専横と据え人形のように名目だけの将軍職として、身ゆるぎもできない実朝の不満の鬱積という常識的な解釈から出発している。実朝にたいするこういう理解は、ドラマをつくるには都合がよいかもしれないが、たぶんあまりに通俗的にすぎている。『吾妻鏡』や『北条九代記』のような北条氏一族の息がかかっているとみられる筆録者の筆をもってしても、頼家にたいするものとちがって、実朝には、いやおうのない威力を認める筆つきになっている。これから推しても逍遥のような解釈が成立ちにくいことがわかる。逍遥にまったく欠けていたのは鎌倉幕府という〈制度〉の象徴としての実朝という観点であった。一個の人間は一個の人間であり、ひとりの詩人はまたひとりの詩人である。しかしひとりの人間はひとりの詩人であるとともに、ある共同体の象徴として威力でありうる。そしてこの威力は、かれがその威力をふりまわしたがゆえに威力なのではなくて、かれが共同体の象徴であるということ自体が威力なのである。実朝はみだりに威力をふりまわすていの人物ではなかった。また、北条氏を頂点とする武門勢力にかつぎあげられた、たんなる人形であったとみられなくはない。しかしこのことは実朝が鎌倉幕府の象徴として威力であったという理解をさまたげないのである。

太宰治の『右大臣実朝』や小林秀雄の「実朝」論を、当時どうしても読み破ることができなかったとすれば、わたしが〈制度〉としての実朝という観点をまったくもちえなかったからであった。詩人実朝の全体像に迫るには、どうしてもこの視点を逸するわけにはいかないのである。

鎌倉幕府の創立は、わが国の歴史を形どおりに大和王権の全国制覇以後に限定してみるかぎり、もっとも奇妙なものの成立であった。そして実朝は幕府の創設者である頼朝の二男として、また三代目の将軍として、この奇妙な〈制度〉の渦中におかれたのである。そしてこの奇妙な政府の成立の意義がどんなに誇張してもしきれないとすれば、〈制度〉としての実朝の存在の意義もどんなに誇張してもしきれないかもしれないのである。

鎌倉幕府の象徴的な統領としての実朝の意味をはっきりさせるためには、幕府そのものの性格をはっきりさせなければならない。すくなくとも実朝の横死は、頼朝によって創始された幕府そのものの必然的な帰結というよりほかない側面をもっているからである。

幕府そのものの性格は、まず、創始者である源頼朝の律令王権にたいする態度のうちに象徴的に看てとることができる。
義経、範頼ら弟たちの統率する兵力によって、平家を瀬戸内海一帯に追いおとしたとき、頼朝はまず京都にある律令朝廷に書状をもって申入れを行った。『吾妻鏡』の寿永三年（一一八四年）二月二十五日のところに、この申入れの大要は記載されている。

廿五日、甲申。頼朝は政治むきのこと、軍事むきのことで朝廷で承認し実行してもらいたい意向を記し、その箇条を泰経朝臣のもとにつかわした。その文面はつぎのごとくである。

言上

条々

一、朝務の事
右のように従来の法規を守り、徳政を施されるべきと存じます。ただし諸国の受領等はもっとも計らい御沙汰あるべきとおもわれますが、東国、北国両道の国々は、謀叛のものたちを追討する間に、農民、庶民たちは逸散して荒廃しています。今春から浪人たちを、もとの村郷に帰住させもとのまま安堵できるようにはからいます。そうすれば来秋のころは、国司を任命されて、官公務を執行して宜しいとおもいます。

一、平家追討の事
畿内や近国で、源氏とか平氏と号して、弓矢をとって兵火をこととしているもの、および住人等は、弟義経の指図にまかせて従うべき由を発令してください。海路のたたかいは容易ではありませんが、早急に平家を追討すべき旨は弟義経に申し伝えてあります。勲功の恩賞については、そのあとで頼朝がこれを定めたいと考えています。

一、諸社の事

わが国は神国です。往古よりの神領はそのまま安堵するつもりです。そのほか、こんどはじめて新しく加えられるべきものもあるかもしれません。ことに、鹿嶋大明神が京洛に勧請せられることを風聞に及んでいます。賊徒の追討は神慮が加わって加護するところによるものでしょうか。その上またもし諸社を取りつぶしうちこわしの必要があれば、功程にしたがって申しつけられるべきですが、功をなして後に裁許されるようにして下さい。恒例の神事は、儀式をまもって、怠ることなく勤行させることを、ことに調《ととの》えて下命あるよう願います。

一、仏寺の間の事

諸寺諸山の領地は、もとのままとし、恒例の変更をしてはなりません。近年は僧侶たちがみな武勇を好んで仏法を忘れてしまい、慈悲の徳行もきいたことがなく、肝じんの有用もなく、かかることはきつく禁ずべきとおもいます。それに加えて、濫行不信の僧侶にたいしては、法会《ほうえ》または講説のため召しだしてはなりません。今後からは、頼朝の命令として僧侶たちの武装は法によって剝奪し、朝敵を追討する官兵たちに給与される旨を御承知おき下さい。

右に申述べた箇条を言上する次第です。

寿永三年二月日　　源　頼朝

これらの条々は、強力な武装を背景に匂わせてはいるが、律令体制の象徴的な権力である朝廷にも、公家に帰属する社寺勢力にも根柢から変革を加えるつもりがなかったことを暗示している。ただ、頼朝は瀬戸内海とその沿岸地帯をまだ制圧している平家の勢力が残存しているうちに、すでに在地の領主である武家層を義経を介して幕府の統制下に組織しようとしていることが推察される。

律令体制は、国衙《こくが》領地と荘園領地をふたつの柱にして、すでに錯綜をきわめていた。たとえば中央に〈本所〉と称する不在支配者がおり、その強力を代行する〈領家〉があり、そのしたに〈預所〉がいて

〈下司〉と称する下廻りの差配がいるといった有様で、どこを抑えれば全体を制圧できるのかは、ひとことではつくすことができない状態にあった。頼朝がかんがえたのは、いわば〈下司〉から発達して在地の独立領有者になった武士層や〈下司〉たちの頭部にあった在地の族党を幕下に直接に組織することであった。そして律令体制の上層に手を触れるにさいしては、きわめて慎重で、むしろかれらの不安をなだめるのに気をつかいすぎたといってよい。あるいは幕下の領袖から入れ智慧されたかもしれないが、自身も律令体制の頂点にのぼりつめ、国家の在りどころである朝廷を牛耳るという発想をとらなかった。むしろ関東の武家層を直接の基盤に、その頂点に位して惣領体制をととのえるという方法を重くみた。この意味では、鎌倉幕府は、拡大された惣領制といってもよかった。在地の武家層はそれぞれの地域で惣領を中心に一族一門を形成している。杆財《かんざい》、年貢などを吸いあげるのは、在地の惣領に任せればよかった。そしてこれらの惣領を幕府に伺候させ、その所領を安堵させれば、営中にあって武家層を掌握することができたのである。それゆえ、比喩的に頼朝の鎌倉幕府の性格をいえば、武家層以下の庶民にたいしては〈国家〉であり、律令国家にたいしては一種の水平な二重権力であったといってよい。頼朝個人も律令国家の与えようとした位階のうち征夷将軍のほかは、あまり歯牙にかけず、もともと受けるつもりはなかった。ただ、頼朝もまた、武力を背景に実力で全土を平定したものであり、朝廷から発せられるどんな下命も幕府統領の視野の外にでたり、視野に反することは許さなかったが、これとても公的な制度としてではない。

源氏の追討軍の実質的な首領で、戦術家として優れていた弟の義経に、朝廷は検非違使左衛門少尉の位階をあたえた。義経はこれをうけなければ朝廷にわだかまりをのこすとかんがえて、頼朝に無断で受けたが、頼朝は、じぶんを、いいかえれば鎌倉殿を通さないで、幕下のものが直接位階をうけたとみなし義経の振舞いを許さなかった。なぜならば義経が勝手に位階をもらったことが不都合だというよりも、律令国家が幕府の家人に直接的な制度関係をもつことが許しがたいとみなしたからである。ここは通俗的に解すれば頼朝の義経にたいする猜疑心、兄弟肉親にたいする冷酷さというありふれた理解におちいることになる。しかし、ほんらいは〈制度〉の問題とみなすべきであった。関東武門の固有制度ではどうしても血縁よりも惣領制のほうが重かったのである。関東の幕府勢力は律令国家の濾過装置であり、律令朝廷は依然としてこの装置の上層に位していることにはちがいなかったが、在地の勢力に到達するためには、どうしても鎌倉幕府という濾過板をとおるよりほかないように装置されたといってよい。しかし、この濾過装置は、じしんが律令体制の上層に位しようとけっしてしなかった。ここに鎌倉幕府の国家内の〈国家〉としての独自さがあった。

北条時政をはじめ東国の在地武家層が源頼朝にもとめたのはもちろん〈貴種〉として、律令政権と武門勢力の双方にもっている象徴的な役割であった。しかし実質的にいっても頼朝の武家組織法は、濾過板の上層に律令国家の威力を封じこめることで、在郷武家層の領地を安堵させ、これを律令国家の制度的な系列から切りはなし解放することになった。この時期の東国の武門一族の構成は、〈惣領〉の統括下に一族のものが〈庶子〉としてあり、この〈惣領〉は世襲ではなくて、一族一門のうち器量優れたものに〈惣領〉の指名によって継承される慣例がおこなわれていた。そして〈惣領〉は武力権と一門の祭祀権をあわせもつものであった。したがって鎌倉幕府は諸方の在地の〈惣領〉を幕下に統合すれば、もっとも器量すぐれた在地の武門を統括していることになり、〈惣領〉の統制下にあった〈庶子〉層は、おのずから包括させることができた。〈惣領〉は一族一門のもっとも優れたものであり、名目的な血縁権ではなかったから、たれも〈惣領〉にそむくことはないからである。しかしながら、この在地武門の共同体は、血縁を疎外したところで統御されていたため、親子、兄弟が相せめぎ殺戮しあうという場面を許容することになる。家父長制を体験した以後の倫理感からは理解しにくいこの陰惨さは、当時の武門では普遍的であった。やがて頼朝の後継者たちは、この東国武門の骨肉相喰む陰惨さの洗礼を必然的にうけることになる。東国武門にとって、親子、兄弟のつながりよりも〈惣領〉と〈庶子〉のつながりのほうがはるかに重かったから、ある場面ではこの成り行きはさけることができなかったのである。

頼朝が鎌倉幕府という濾過装置より上層の朝廷にたいして、どういう考え方をしていたかを知るひとつの例として、『吾妻鏡』元暦二年（一一八五年）一月六日に記載された寄せ手の総帥、蒲の冠者範頼にあたえた指示をみると都合がよい。

十一月十四日の書状は正月六日についた。今日これから飛脚をたたせようとしたところ、この飛脚が着いたので、書状の内容はよく了解した。筑紫の武家住人のことは、従わないはずはないと考えるのがよいとおもう。かくべつことを荒立てずに、よくよくしずかに指令をだし、くれぐれも在地のものたちに憎まれないでほしい。馬が入用ということはまことにさもありなんとおもうが、平家は常に京の都をうかがっている次第だから、もし街道などで押収されたりすると、きこえも見苦しいことだから、送らないことにする。また内藤六が周防の遠石を妨害しているなど、もってのほかのことである。現在は、その国の武者や住人たちの気持を傷つけないことが良いことである。また屋島に在る大王家安徳ならびに二位殿女房たちなどと、あやまったあらそいなどせずに、眼の前で保護するようにせよ。そのようにあらかじめ申し開いておけば、二位殿などは天皇安徳をつれて正面からこちらへ保護されようとすることもあるかもしれない。なにぶん帝王のことで、いまにはじまったことではないが、木曾義仲は山の宮明雲、鳥羽の四宮門恵を討ちとったために命運つきて亡んだ。平家はまた三条高倉宮を討って、現状のように滅されようとしている。さればよくよく書き記して、敵をもらさずして、しずかに沙汰すべきである。内府平宗盛はきわめて臆病な人物だから自害など万々することはあるまい。生けどって京へ連れて来るようにせよ。後の世にそう言い伝えられれば、すこしは良い事である。くれぐれもこの天皇安徳のことは危ういことなので、何とかして事なきように処理してほしい。大勢の部下たちにもこの旨をよくよく言いふくめるよう頼む。武者たちに注意してこういうことは心ならずも起りうることだということを申しつたえてもらいたい。かまえて筑紫の武家、住人たちに憎まれぬように振舞ってもらいたい。関東勢を主力にして、筑紫の武者たちを用いて屋島を攻めさせるようにし、あせらぬように、悠然と事を運んでほしい。敵は弱体になったと世評があるにつけても、敵をあなどることはくれぐれもいましめてもらいたい。注意して敵をもらさぬ準備をととのえ、よくよく細心に事を運ぶことである。なお再三申すが、天皇安徳のことくれぐれも事なきよう処理されたい。二月十日ころには船の数をさしむけるはずである。佐々木三郎は筑紫へは遣わさなかったが、備前にやって児嶋を攻め落させた。心して騒乱状態にならず、しずかに戦さをやりきるようにせよ。侍たちのことは、あれこれと定見なき些細のことに心奪われ口説して人からうとまれるようなことがあってはならぬ。また追討の途次に兵糧がなくなったことを京都から方々に訴えたりしているが、さほどの大勢の軍粮斩を用意して攻め上ったのではないから、そうなって当然のこととおもう。坂東にもその後変ったこともなく、いささかの騒乱もない。委細はこの雑色に言いきかせておいた。では。千葉介はいくさにも功名をあげた。大事にされたい。

正月六日

蒲殿

このこまかい指令は頼朝のゆきとどいた神経と小心さを物語っているが、なによりも二位の尼の奉じた天皇安徳を無事に申しうけることと、西海道の武家や住人を離反させないようにすることを、くどく繰返しているのが特徴的である。ここには、すでに、のちの鎌倉幕府の性格がおぼろ気ながら形を現わそうとしているといってよい。それは、ひとくちに律令王権にけっっして抵触しないような二重権力を創設することであったが、まず基礎工事として頼朝は、東国からはじまって西海道や東山道にまでわたる在地武家層を統合化しようと試みたのである。

なぜ、頼朝の幕府は、はじめから律令王権のあり方に手を染めようとしなかったのだろうか。また、諸国の武門を手なずけるさいに、どうしてきわめて慎重だったのだろうか。この問いに情況的に応えるのはむつかしい。

関東の在地の武家層、ことに北条氏が流人頼朝を保護し、のちにこれを武門勢力の統領と仰いだのは、ひとつには頼朝が流ざんの〈貴種〉とみなされ、この出自の〈貴種〉性が武士勢力の象徴でありうるからであった。もうひとつは、おなじことだが、在地の武士勢力の利益代表として京都にあった律令王権の本所勢力を、実質上では途中で切断しうるだけの〈格〉をこの頼朝の〈貴種〉性がもちうるとかんがえられたからである。頼朝は武門にして且つ貴種という条件をあわせもっていた。しかも関東のこの在地武家層の願望にかなう条件は、ほとんど理想的な形で頼朝に具わっていたといっていい。たんなる地方へ下った〈貴種〉ならば、操り人形としてしか利用できない。また、たんに在地の巨きな勢力ある武門一族にすぎないならば、かれらとかくべつ変ったものではないから、対立、併合の関係はあっても、統括者として主従関係をむすぶことはできない。こうかんがえると、鎌倉幕府創設期までの頼朝はかれら坂東武者の願望にかなうものであった。

頼朝と関東の在地武家層との関係は、あたかもひとまわりおおきな国家内の〈国家〉の規模で、武家層内部における〈惣領〉と〈庶子〉の関係をそのまま再現したものであった。〈惣領〉は親と子、あるいは兄弟のあいだで継承されるものとはかぎらない。一族一門によって優れた器量と実力があるとみなされたものに継承される。頼朝にはおおきな規模でこの資格があったのである。ここに鎌倉幕府の独創性があった。将軍と幕下の家人のあいだにある独特の主従制度は、鎌倉幕府の〈国家〉としての存在の仕方から必然的にうまれ、またその存在の仕方を根柢から必然化したといってよい。頼朝は家人たちをふくむ争いがあると、言い分をきいたうえ自身で裁決したといわれる。また政所・問注所・侍所がそれぞれの事件を私法的に処断した。それであまり的外れな裁決とならず、また武家層の倫理感や宗教感や門族宰領の慣習律がひとりでに浮きぼりにされることにもなった。実朝の死後、いわゆる〈御成敗式目〉を制定した北条泰時は、後にこの間のことをつぎのようにのべている。

御式目の事

雑務や御成敗について、おなじ事柄であっても、強いものが申分をとおし、弱いものが埋もれてしまうことがあるので、随分細部にわたってくわしく裁定するところがあっても、おのずから人によって軽重などがでてきてしまう。こういうことのために、ここで式帳を作った。その記載を一通送る。こういうことには、主旨と法令の文について、その沙汰をすべきであるが、田舎ではその実質をよく理解できうるものは、千人万人のなかで一人もないといってよい。ほんとうに侵犯すればたちまち罪に処すべき盗み、夜討の類のこともうまく企て、身をそこなうものが多くいる。まして、仔細をしらぬものが沙汰しておいたことを、事にのぞんで恣意的に法令にあてはめてかんがえたりすると、鹿の穴を掘った山に入って、知らぬうちに穴に陥ちてしまうようなものである。このためか、右大将頼朝公の時代には法令に照して成敗のことを運ぶなどはなかった。代々の将軍のときもそのような儀はなかったので、いまもその例を守っている。所詮、従者は主に忠をいたし、子は親に孝をつくし、妻は夫に従えば、人の心の曲ったところを捨て、真直ぐなのを賞し、おのずから土民を安堵させる政策につながるものだとかんがえて、こういう式目を沙汰するのである。京都の公家では、きっとものを知らぬ東夷《あずまえびす》どもが書きあつめたものだなどと、嘲笑するむきもあるかもしれないとおもうと、片腹痛い次第でもあるが、きちっと定めておかないと人によって随意になってしまうことも出てくるかもしれぬとかんがえ、こういう沙汰をするのである。関東の御家人、守護所、地頭には全て披露してこの主旨を解らせるようにして欲しい。また同時に書き写して、守護所、地頭にはひとりひとりくばって、その国内の地頭、御家人どもに申しふくめてもらいたい。この書状で書きのこしたことがあれば、追ってつけ加え記して送る。あなかしこ。

貞永元年八月八日　　　　　　　　　　武蔵守泰時印

駿河守重時殿

（「北条泰時消息」）

また、泰時は、べつ状で、この式目が武家のためのもので、これによって「京都の御沙汰、律令のおきて聊もあらたまるべきにあらす候也」とのべ、律令の法令は立派なものだが、武家のならい、民間の法をしるものは少いがゆえに、文盲の輩のこともかんがえにいれて式目をつくるのだとも記している。たぶん、このいい分はほんとうのことであった。実朝までは、北条氏時政、義時に執権があったとはいっても、合議の裁決とおなじく、形式的には将軍職の親裁の場面もいくつか『吾妻鏡』には記されているのである。

この奇態な鎌倉幕府の創設の仕方は、平氏政権や木曾義仲の前轍も教訓とし、また関東武門の背後からの牽制もあって、頼朝ら首脳部がありったけの智慧をしぼってかんがえついた共同体のありかたであったに相違ない。律令王権はすでに昔日の面かげはなく、無能でろくでなしの集りだといえばいえたが、それにしても千年ちかくも、ふところ手をしたまま名目上の権力を維持してきたかれらは、それなりの伝統の重さと政治的かけひきは心得ていたといってよい。

当時、京都にあって西海の平氏に睨みをきかしていた源義経が、律令朝廷の意地悪な配慮にさからいきれずに、検非違使左衛門少尉に任ぜられたとき、頼朝は瞋り、義経を平氏追討軍からはずしている。またそのあいだに朝廷は、さらに従五位下を義経に贈り昇殿を許すと沙汰した。ことわりきれずに義経が拝賀昇殿の式をおこなったとき、頼朝が義経に決定的な不信をもつにいたったのは、頼朝の〈人格〉

的な猜疑心や小心さに帰するよりも、坂東の在地武家層の〈慣習〉に従ったもの（あるいは家人たちから牽制されたもの）とみなしたほうがかんがえやすい。兄弟であるという理由でこの処置を怠たれば、もともと〈惣領〉と〈庶子〉の関係にならされてきた関東武者たちは納得しなかったであろう。

ところで最初に京都を攻め落した旭将軍義仲配下の武者たちが、洛中で乱暴狼藉な振舞いにおよんだといわれているように、律令王権にたいする幕府の政治的位置づけについては、頼朝幕下の在地武家層は、あずかり知らぬところであった。また、対応するすべを心得ぬことでもあった。これはもっぱら〈貴種〉としての頼朝の宰領と、その面での助言者であった大江広元のような故実家のかんがえにゆだねられた。このことが律令王朝にたいする頼朝の慎重なあつかい方と、律令体制を改廃する意志がないかわりに、律令制の位階をもとめる意志もなく、ただ征夷将軍の任さえあればたくさんだという頼朝の基本的な態度となってあらわれたのである。

もっとも後に北条泰時でさえ、律令体制を改廃するつもりがあるとはいわず、わざわざ律令も結構であるが武門の治下にある田舎のひとびとには難かしすぎるので、という名目をつけて「御成敗式目」を公けにしたほどである。だから頼朝の方針を額面どおりにうけとれるかどうかは疑問があるともいえる。しかし、根柢から王権の改廃をかんがえたことがなかったのは確実である。この武門勢力の方法の非を根柢から問うことは無理であったかもしれない。ただ、実朝の死後、北条義時は、千年ちかくも存続したこの宗教的〈自然〉のような権力に、果敢に挑戦してはみたのである。

頼朝はまず律令体制の下層にたいして楔をうちこんだ。それは諸国の守護・地頭職の制定に朝廷の裁可を得るという処置となってあらわれた。

はじめ寿永二年に頼朝は、東海道・東山道・北陸道の国衙領、荘園を、もとの国司・本所に返還すること、不服のことがあれば頼朝の幕下において取りしまりと処置を行うべきことを主旨とする申状を律令朝廷に奏請した。これについて九条兼実の『玉葉』の記事、寿永二年閏十月十三日の項を拾ってみる。

十三日、甲戌。天気は晴。晩になって大夫史隆職がきて、世間のできごとを談じた。平氏は讃岐の国にあるという。べつの伝えでは、女房の船が天皇と剣璽を奉じて伊予の国にあるという。ただこのことについてはまだ実説を聞いていていない。また語っていうには、院の御使庁官泰貞がすでにもう前にかさねて頼朝のもとに向っている。申し伝えられた主旨は格別のことではなく義仲と和平してはどうかということである。さて、東海・東山・北陸三道の庄園・国衙領をもとのように領知すべき由の宣下をいただきたい旨を頼朝がかねて申請していたところ、宣旨を下さることは許されたが、北陸道だけは義仲をおそれてその宣旨からはずされた。頼朝がこれを聞けば、さだめし不満をいだくだろう。はなはだこまったことである。このことはまだ聞かないが驚き思うこと少なくない。このことを隆職は不審にたえず、泰経に問うたところ、答えていうには、頼朝はおそるべきであるが遠境にあり、義仲はいま京にあり、仕返しがあるとおそろしい。だから不当ではあっても北陸をのぞくべき由の答えであった。天下の政治はこんなものであってよいのか。小人が近臣となると天下の乱はとどまる時期とてないのだ。

つづいて文治元年、壇の浦に平氏を攻め亡してほぼ半年ののち、北条時政を代理として上洛させ、守護・地頭の設置の裁可を朝廷にもとめた。

『玉葉』文治元年十一月二十八日の項につぎのように記されている。

廿八日、丁未。曇ったり晴たり。伝え聞くところでは、頼朝の代官北条丸が今夜、経房に謁するとのこと。さだめし重要なことなどを示すものか。またの伝えでは、かの北条丸以下の郎従たちはそれぞれ分割して山陰、山陽、南海、西海の諸国を賜り、庄園、公地をとわず兵粮米（段別五升）を割りあてて徴収し、兵粮のことだけでなく、すべて行田地を治行するともいう。言語道断のことである。

あるいは律令朝廷内部のうわさでは、頼朝の守護・地頭の設定と兵糧米の徴収についての申入れは、あらたに畿内以西の全国をも統括するという申入れと伝わっていたかもしれない。兼実の「言語道断のことである」という記載は、たぶん本音であった。怠惰で無能な律令王朝の首脳たちも気位だけはもっていた。関東武門がかれらの膝下に根拠地を移そうともせず、かれらの無能さを風雅と誤解しようともせず、鎌倉に幕府をもうけて家人たちをあつめ、武家層にだけしか適用しない法度をきめて、べつの歩みをすすめようと試みはじめたとき、奇妙な恐怖と侮蔑と驚きにおそわれたことは想像に難くない。頼朝はかれらが大王家を頂点にして無能で格式ばりで、手も足も動かそうとしたことがないため、かえってかれらの土台を千年ちかくも長もちさせてきたので、それが簡単に崩れるはずがないと熟知していて、敬して遠ざけるという策をえらんだともいえなくはない。頼朝の律令王権にたいする扱いは慎重をきわめた。頼朝がかれらにつぎつぎにしめしていった譲歩の過程は、かれらが安堵する過程であった。東夷《あずまえびす》もそれほど無茶な横車をおすものではないというように。『吾妻鏡』の同年十一月二十八日、二十九日の条にはつぎのように記されている。

廿八日、丁未。諸国おしなべて守護地頭を補任し、権門、勢力家、庄園公地にかかわらず、兵粮米（段別五升）をわりあてて徴収すべき由を、今夜北条殿が藤の中納言経房卿に謁して申請した。

廿九日、戊申。北条殿が申請した諸国の守護・地頭・兵粮米のこと、はやく申請のとおりに裁可があるはずの旨、帥の中納言は院勅を北条殿に伝えた。

『玉葉』で兼実が片鱗をしめしているように、守護・地頭の設置は、律令国家の有力な本所的な領主である公家と社寺からの反対に出あい、所領はそのまま安堵したうえで、よけてとおらなければならなかった。そこで西国以南では、平氏の所領をとりあげた地域だけに実施されたといっても誇張ではなかった。もちろん、東山、東海両道は、すでに幕府御家人の直接的な制圧下にあったし、この地域の公家本所の統括権や領有権はすでに実力で引っこめられていたから問題はなかった。しかし、律令国家にたいする鎌倉幕府の国家内〈国家〉の奇妙な位相は、すでに頼朝の創生期に決定的になったのである。

もちろん守護・地頭は、荘園体系内における領家や下司の名称や人事だけの変更ではなかった。いわば横あいからこの体系をつきくずすためにこそ設置されたのである。しかし、領家や本所の上層では、鎌倉〈国家〉とは、ただ統領である頼朝を介してのみ抵触するようになっており、これは幕府体制下の武門にとっては考えの外の世界であったし、また直接にかかわることができないものであった。幕府上層の王権にたいする妥協度は、そのまま幕府が、王権体制下に包括される度合を象徴するものとなってしまい、しかもそれは幕下の家人武士層のあずかり知らぬものであるという奇妙な位相をもつものであった。

このことが、幕府の統領たる源家三代の将軍職の〈人格〉的な規範が、中世初期の独特な二重国家の〈象徴〉として重要であるゆえんである。そしてこの〈象徴〉の終末に実朝は位置していたのである。

制度としての実朝とはなにか。まずなによりも実朝は、創生期の鎌倉幕府の崩壊を象徴した。この崩壊は、頼朝がすでにもっていた〈貴種〉性と〈武家〉との制度的な地すべりを、実朝が極限までおしつめることになってもたらされた。

武家層は独特な倫理と文化とをつくりはじめ、政治的に成長するにつれて、もはや源家の〈貴種〉性を必要としなくなりつつあった。いいかえれば律令王権に直接対面する方法を体得しはじめたのである。

このとき実朝は制度としては、頼朝の律令王権との妥協度をどこまでもおしすすめるほかにゆくべきところがなかった。それと同時に、ある地点で王権と幕府とのあいだの懸け橋を、じぶんの人格の内部で切断することを強いられたのである。

# Ⅲ　頼家という鏡

頼朝の死は建久十年（一一九九年）正月十三日であった。『北条九代記』によれば、建久九年十二月稲毛重成が亡妻の追福のため相模川の橋供養をおこなった。重成の妻というのは頼朝の妻、北条政子の妹なので、頼朝は結縁のためこの供養に参会したが、かえり道、八的原《やまとはら》にかかったとき、義経、行家などじぶんが殺害した骨肉の怨霊をみた。また稲村ヶ崎で、平氏と一緒に沈めた天皇安徳の怨霊をみた。たちまち身心が昏倒し、落馬した。供奉のものたちが助けおこして館に運んだが、それっきり病に臥して、祈禱や医療の効なく、翌年、建久十年正月十一日に出家得度して十三日に死んだ、となっている。中世期の史書にありふれた因縁話であるが、頼朝は落馬し昏倒することはあっても、怨霊などをみる人物とはかんがえられない。落馬して予後がわるく死亡したということをのぞいては、たぶん真赤な嘘である。ただたしかなことは、鎌倉幕府という特異な国家内の〈国家〉を発明した人物が倒れたことである。おなじ二十六日、宣下によって頼朝の長子、左中将頼家が前征夷将軍のあとをついだ。外祖父北条時政が執権職となった。この頼家の将軍職の世襲は、本来的にいえば関東武家社会の慣例ではない。いま、実力、器量の備わるものが、前将軍の指名によって跡目をつぐという武門の習慣にしたがえば、頼朝ははたしてたれを〈惣領〉にすえたであろうか？　この設問は興味ふかいことである。

この仮定の問いはけっして無意味ではない。頼朝の死後、たぶん〈惣領〉として幕府を率いるものはたれもいなかった。わずかに北条時政が、器量と実力で他の御家人たちに抜んでていたが、年齢的に老いすぎていた。また、時政の子のうち義時は器量、実力ともに優れていたかもしれない。しかし頼朝とともに兵を挙げ、創生期の戦闘と鎌倉幕府の設置に加わった宿将たちは存命であり、それをとびこして義時がそのまま執権職にすわるという仮定は、まず成り立ちそうもない。北条義時もまた時政や政子があっての義時という面を免れなかった。そこで、ただ〈貴種〉の嫡子長男という名目的な意味で、頼家が征夷将軍として幕府の統領にすわるのが無難であった。しかしこの無難さに、実力と器量の裏づけはなかったのである。この無難さの背後は地獄であり、たれひとり幕府を背負う実力と器量をもつ抜んでた存在はなく、しかも他の一門にたいして一歩も譲ることはできないといった勢力が闇のなかでひしめきあっていた。

頼家はかれなりの仕方で、このことを熟知していたと推量できる。『吾妻鏡』の記載をはじめ、北条氏の息がかかったとみなされる史書は、頼家の振舞いには悪しざまな批判をくわえているが、そこにもおのずから頼家がなにを遺恨とし、どうしようとおもっていたかを推察できるだけの含みは具わっている。『北条九代記』はこうみている。

亡き頼朝卿の時代には問注所を営中において、自ら出向いて訴論をきき、是非を裁定した。諸人があつまって騒ぎたて無礼をなすものもあったが、ひたすら寛温で大きな度量で処してこれを咎めず、また寝所には諸国の御家人の名字を書きつけて壁にかけ、毎朝これを一覧し、また会所には鎌倉在住の大名、小名を書き記して掛けてあり、毎日これを一覧して、十日間も登城しないものがあると、使をやったり、その者に親しいものを介して無事でいるかと問うなどしたので、諸将はこれにはげまされて、毎日の出仕を欠くことはなかった。そして親しみ深く、交りを丁重にし、ある時は酒宴、ある時は歌の会、または弓馬の遊、笠懸、犬追物、そのほか数々の狩を催したりした。すべてじぶんの身を楽にしようとしなかった。天下の侍に親しむためである。そうだからか諸将、諸侍みな睦みあい、忠をいたすことのみを心がけた。それだけでなく無礼なものには法令をおしえ、侮慢なものにはさとし、罰するには幕府法にのっとり、忠あるものは賞した。そのために政徳になつくこと、嬰児の父母にたいするようであった。しかるに頼家将軍の代になると、万事を粗略にあつかい、外祖父の北条時政に任せきりで、自身は奥ふかくこもって、遊興をことととした。このため政治の理論について学びつとめるのも面倒と感じるような気持になり、それとはなしに営中で評定するときに、諍論者が不埒なことを仕出かしたらとんでもないことになる。ずっと以前に熊谷と久下とが領地の境界の諍いをしたことがある。対決の日に熊谷直実は論議の理路にまけて、西侍所でやけくその言葉をわめきちらし、髻《もとどり》をきって退出したことがあったが、こういうことは、きわめて無礼な行いではないか。今後は問注所は営外にたてて訴訟の裁決をすべきであると称して、大夫属《さかん》善信を執事として、以後大小の訴論のことは北条父子、兵庫頭広元、三浦義澄、八田知家、和田義盛、比企能員、藤九郎入道蓮西、足立遠元、梶原景時らが談合して、成敗の裁判を行うようにといい出した。それからは訴訟、公事、決定などがうやむやのうちに日を重ね、月をへて、困りきったものが鎌倉中に不満の声をならし、人々はみなむかしの頼朝将軍の時代をなつかしんだ。掃部頭藤原親能を京都の奉行として、六波羅におかれた。頼家将軍の近習の者としては、小笠原弥太郎長経、比企三郎、和田三郎朝盛、中野五郎能成、細野四郎の五人にかぎり、これを友として昼夜将軍の傍をはなれないようにさせ、そのほかのものたちは一人も参向することがならなかった。そして、この五人の近習についてはたとえ鎌倉中で狼藉におよぶことがあっても、敵対することはまかりならぬ旨の触れ書を村里にいたるまで下した。これを聞くものは老若を問わず舌を鳴らしてそしりあった。

『吾妻鏡』の記事もこれとほとんどおなじ文句である。頼家は、幕府の統領としては、公的な役割を放棄したにひとしかった。そして少数の気心の知れたものを傍にあつめ、勝手に振舞おうとしていることがわかる。この処置はどんなに無茶苦茶にみえても、実力と器量のない将軍職としては、どうにもならぬ遣りきれなさの表現であったかもしれない。頼家の幕下には暗い地獄の空洞があなをあけていた。頼家の無道は、じぶんはそれに関知しないという意志表示であったとみることもできる。

心理的にみれば頼家の振舞いは芝居の関白秀次であり、また忠直卿行状記であるが、それは作家や戯曲家の世界である。実朝とちがって聡明さも学識もなかったが武技にたけていたといわれる頼家は、すでに宿将たちの合議制によって決定される幕府の政治に関与すべき場面がなかったし、また、そ知らぬふりをして歌でもよみ学問でも深くするという吐け口もなかったのである。頼朝の死は、鎌倉幕府内部の変容を強要した。時代はもう頼家のもつ武勇を、将軍職として必要としていなかった。ただ、宗教的な象徴であれば将軍職は成立ったのである。なぜならば、律令王朝と鎌倉幕府の両方に共通する迷信と蒙昧とがあったように、関東に固有の迷信と蒙昧な宗教的な習俗があった。そしてこれを法的に保証するのは、条文の背後にある象徴的な権威であった。この権威はみずから怠らず宗教的な祭事、仏事に精進しなければ、〈法〉そのものが威力をもちえないと信じられていた。のちに「御成敗式目」を制定した北条泰時の時期でさえ、双方が〈起請〉した争いの勝敗が、迷信によって左右されている。

定

起請文条々

一　鼻血が出ること

一　起請文を書いた後に病むこと（但し元から病んでいたばあいは除く）

一　ハトやカラスが尿をかけること

一　鼠に衣裳を喰いやぶられること

一　身体から血を流すこと（但し楊枝《ようじ》を用いるとき、ならびに月経中の女性および痔病を除く）

一　重軽の服あること
一　父子に罪科がおこること
一　飲食の時むせること（但し背を打つほどになったときに失と定める）
一　乗っている馬がたおれること
右、起請文を書いてから、七日間右のような失態がなければ、また七日間延長して神社内に参籠させるべきものとする。もし二七日間なお右の失態がないばあいは、すべて道の理にかなうものとして成敗がきめられるべきものである旨、仰せによって定めるところ件《くだん》の如くである。

この迷信による法的な裁決は、関東武門に固有なものであった。このなかで訴訟者のあいだに責任があるのは「父子罪科出来事」だけであり、そのほかの箇条はすべて〈自然現象〉にしかすぎない。しかしながら、自然に異変があるのは人間の心身の行為に原因するという考え方は中世における固有の信仰であり、『吾妻鏡』にもしばしばこの種の理念がおおまじめに語られている。また、それを除くために陰陽道の占星術や加持祈禱がまともに修行されている。ただ、関東武門層のあいだでは、鼠一匹、馬一匹に禍福、正邪の象徴をよみとるような貧しい生活意識があったのだといってよい。

頼朝の創設した幕府理念の変容は、その死後幕下の御家人中の有力な諸族のあいだに対立と抗争がはじまる予兆であった。北条氏を核においた殺伐な殺しあいと内訌は、すぐに萌しはじめたのである。

まず、はじめは頼家将軍自身からであった。嘘か真か保証する手だてはないが、『吾妻鏡』や『北条九代記』の記載によると、三河の住人室平四郎重広の非道の報があり、頼家は安達弥九郎景盛に命じてこれを追討させ、その留守中に景盛の思い女を営中に引き入れて囲ってしまった。帰来した弥九郎景盛は嘆き悲しんだが、これがため主君に逆恨みをいだいていると告げるものがあり、頼家は近習の寵臣をつかって弥九郎を討たせようとした。さすがに母政子の諫言によって思いとどまったが、政子は頼家が政道をかえりみず、民の愁をおもわず、色に遊びふけり、近習にはおべんちゃらを集めて、北条時政をはじめ剛直の武将をしりぞけて、禍根をのこすことになっていると辛辣に言いはなったといわれている。

この事件は幕府の家人たちの乱のさきがけであった。ほとんど信じ難いほど、家人たちの殺しあいが間断なくつづき、坂をころげおちるように、源家三代の終末までゆきつくことになる。

まず争乱は、頼家将軍がひきおこした事件にたいする結城七郎朝光の批判に端を発した。朝光は侍所に参内のおりに、頼朝公が死んだとき出家遁世しなかったのは不覚であった、近ごろは将軍から下々にいたるまで、まるで薄氷をふむような危っかしいことばかり仕出かしていると口ばしったのを、梶原景時にざん訴された。頼家は瞋って朝光を討つべきことを申しだした。朝光は仲のよい三浦党の右兵衛尉義村に相談した。義村はいままで梶原景時のざん言で一門を滅亡させられたものは数しれない、宿老たちをあつめて梶原を退治すべき方策を練るべきであるとして、諸将連名で梶原景時の所業を頼家将軍に訴えた。梶原景時はやがて諸将から排せきされて鎌倉を追い出され、一門を連れて京都を志したが、駿河の国清見関で、諸将の非公式の討手とたたかい亡ぼされた。景時は、京都に入り、九州の反源氏の徒党たちと呼応して鎌倉幕府に抗う構想をたてるにいたったとされているが、もちろん、真偽のほどは確かではない。

頼家の失政はつづいた。正治二年（一二〇一年）十二月二十八日に諸国の田文を提出させ、大輔房源性に算用させて、治承・養和年間よりこのかた、新恩によって領地とされたものから人ごとに五百町にかぎり、余りの田地を召放って貧窮した近習にあたえるべき旨の指示をくだした。大江広元はこれをきいて仰天し、また世のそしり、人の憂慮はつのるばかりだというので宿将たちは手に汗をにじませて周章狼狽した。大夫属入道善信がしきりに諫めたので、頼家はまずおもいとどまった。諸将は心の底で離反するばかりであった。頼家の視野はすでに身辺に供奉するものの範囲までせばまっていて、それ以外のことは投げてしまったといってよい。

頼家はたしかに愚かで粗暴な人物だったかもしれないが、『吾妻鏡』や『北条九代記』の記事ほどに否定さるべき存在であったかどうかは疑わしい。むしろ、ひしひしと、だが陰湿に迫ってくる北条氏の圧迫にたいして、それなりの抵抗をしめしたともいえる。まだ、頼朝時代の合戦と武断の余燼が遺っているかぎり、頼家がやったことは、北条氏のために頼朝の幕府創設の理念が変質されてゆくのに抗う果敢な自滅の仕方だともいえるからである。もし頼家のこういう振舞いがなかったら、実朝の出番はなかったかもしれない。出番という意味は、鎌倉幕府創設のはじめにあった武力的な制覇の意味を、頼家が、決定的に〈無化〉したために、幕府は宗教的な象徴性と武力的な象徴性の分離を促進されたということである。執政権が、すでに、武門勢力のうちで頭角をあらわしてきた北条氏一族にあるとすれば、将軍職は宗教的な象徴である以外はない。実朝は資質的にみればこの適役であった。北条氏の眼に視えない糸にからめとられている自分を発見していたとしても、実朝は頼家のように、じかにぶつけるような資質ではない。平気を装って、のほほんとした貌でその上にのっかっていることができた。坪内逍遥も武者小路実篤も、実朝と北条義時の〈不和〉という仮定をもとにして、戯曲をつくりあげた。そして、原因を、実朝の内心にあるものとみた。べつのいいかたをすれば、実朝はじぶんが人形や将棋の駒のように北条氏にのせられているだけであることへの不満がかさみ、長い年月鬱積されたことが、〈不和〉の原因だという理解の仕方をした。これはけっして嘘だとはいえまいが、実朝はどうも、そういう不平や不満をすぐに行動にあらわす人物ではないようにおもわれる。実朝は不平があれば、宗教的にか、または思いもおよばない仕方でうちだすだけの見識をもっていた。たとえば畠山氏や和田氏の供養を公然とやったり、渡宋の計画をたてたりというように。太宰治は逍遥や武者小路のやった解釈の通俗さをきらって、実朝と義時とは評判とちがって、互いによくわかりあった主従として描いている。そして、このほうがずっと実際にちかかったようにおもわれる。実朝と北条氏一族との〈不和〉は、むしろ〈制度〉的な〈不和〉であり、その意味では個人的な不和にも、個人的な和解にもゆきつかないような決定的なものであった。個人として不和であったか、気心がよくわかっていたか、ということで、どうなるものでもなかったのである。

建仁三年(一二〇三年)七月二十日、『吾妻鏡』の記載では頼家は急に病気になり、一時は危篤状態に陥ったとされている。頼家は同年八月二十七日に幕府の統領として跡目のことを申出した。この頼家の病気というのは、たぶん心身の消耗ということで、この状態は母北条政子と時政とが合作してつくりだしたという公算がおおきい。でたらめな所業のために心身の衰弱状態になったのか、それを廃嫡の口実として作りあげられたか、そのいずれかであった。

頼家が申出したのは、関東二十八カ国の地頭ならびに惣守護職をじぶんの長男一幡に、関西三十八カ国の地頭職を弟千幡(のちの実朝)に譲るという内容であった。もし頼家の自発的な沙汰であれば、家督は長子一幡へ継承されることとなるはずであるが、母政子と北条氏の合意で、舎弟実朝にも跡目の分与が強制されたと推定される。頼家はむしろ強引に退位させられたのである。北条氏はサボタージュと極道で抵抗した頼家を見捨て、源家に世襲するなら、当然頼家の長子にゆくはずの家督権を実朝にあたえようとした。一幡の母親若狭局の父にあたる比企能員は、この処理に不服であり、すべてがじぶんの外孫にあたる一幡に譲らるべきものとし、北条時政を討って千幡の勢力をあらかじめそぐための謀議をめぐらした。この動きはすぐに北条時政に察知され、能員は呼び出されて謀殺された。一族は知らせをきいて一幡の住居である小御所にこもり、戦いに具えたが、北条政子の指令で、動員された諸将の兵力にかこまれ討ちとられた。また係累のものは処罰された。

頼家は病気がいくらか軽くなったとき、外戚比企能員と長男一幡の死をはじめてきいたことになっている。鬱屈のおもいやみがたく、和田左衛門尉義盛、仁田四郎忠常ら宿将をひそかによんで、北条時政を討つべき企てをもらして、蹶起を要請したが、和田義盛はこれに乗らず、時政に通告した。時政は仁田四郎忠常を邸にまねき、能員追伐の功を賞したが、一族のものは、忠常が頼家に北条時政を討つべき旨を下命されたのが露見して、北条邸で誅せられたものとおもい、兵を挙げた。そして北条氏一党に討たれた。四郎忠常も途中でこれをきき引きかえすところを加藤次景康に討たれた。もちろん、真相はどうかわからない。もし、『吾妻鏡』や『北条九代記』などの記載が正しければ、仁田の一族は、思いちがえのそこつによって亡ぼされたことになるが、これは疑わしい。頼朝以来の宿将として武勇と人望で北条氏に拮抗しえたのは和田義盛と仁田四郎忠常、畠山重忠などをのぞいてはありえなかった。そうだとすれば、仁田一族の滅亡は、北条氏のワナによるものであったと推定することは、けっして見当はずれではない。

頼家は、ことが露見したうえは、どうすることもならず、母政子のはからいで伊豆の修禅寺に幽居させられることになった。おなじ建仁三年九月十五日、頼家の弟千幡（実朝）は将軍職についた。

建仁四年（一二〇四年）は元久元年と改元されたが、この年の七月十八日、頼家は修禅寺で殺された。『北条九代記』によれば「同七月十八日実朝時政、討ひ申して、修禅寺に人を遣し、頼家卿を浴室の内にして潜に刺殺し奉る。」とかかれている。『愚管抄』では「とみにえとりつめざりければ、頸に緒をつけ、ふぐりを取などして殺してけりと聞えき」と記されている。

ところで、『吾妻鏡』だけはさり気なく〈空白〉を記載している。

十四日、甲戌。未《み》の刻、将軍実朝はにわかに下痢の症状をおこした。幕下の諸将たちが大勢参上した。

十五日、乙亥。将軍実朝の症状はまだなおらない。よって鶴ヶ岡八幡宮において、大般若経の信修読経がはじめられ、八幡宮の供僧たちがこれに奉仕した。駿河守季時は使いとして八幡の宮寺に参詣し、三カ日のうちに願かけをおえるべきむねが申しだされた。

十九日、己卯。酉の刻、伊豆の国の飛脚が参着した。昨日（十八日）左金吾禅閤頼家（年廿三歳）が、伊豆の修禅寺において死亡したという報告を言上した。

廿三日、癸酉。快晴。実朝将軍の病気はなおったので、沐浴された。

廿四日、甲申。左金吾禅閤頼家の家人たちが、地域にかくれて謀叛を企て、ことが発覚したので、相州北条義時は金窪太郎行親配下をさし遣わして、たちまちこれを誅殺させた。


たぶん、もっとも重要な事情があったにもかかわらず、また、この年、もっとも重要な事件であるにもかかわらず、十五日から十九日のあいだと、十九日から二十三日のあいだとが故意に〈空白〉とされている。そして頼家は〈死亡〉したのであって〈殺戮〉されたとはなっていない。わずかに、事件をはさんだ実朝将軍の〈痢病〉と、その平癒とを、神経性の下痢とでも勘ぐれば、つじつまがあうといえなくはない。

『北条九代記』の記載をまつまでもなく、頼家暗殺を指示したのは北条時政あるいは義時であることは間違いない。しかし、なぜこの時期に謀殺をおもいたち、手勢をおくったのかという疑問はのこされる。頼家はすでにその家人たちもふくめて、鎌倉幕府とつながろうとする一切の手段を断ちきられていた。また、その子一幡は殺されており、公暁は幼少でおあずけの身で洛中にあった。かんがえられるただひとつのことは、所在をくらましていた頼家の家人たちに、なんらかの謀叛の動きがあり、それが北条時政一門によって察知されたということである。しかし、これとてけっしてほんとうかどうかはわからない。先例に徴しても、武門勢力のあいだでは、いったん謀叛の風聞をたてられると、どうすることもならないようにできあがっていた。謀叛の風聞があり、幕府に参向せよという沙汰をうけとると、在地の家人武家層は、いつもどうすることもできなかった。のこのこ弁明のため参向すれば、そのまま謀殺されて死骸となって帰ることを覚悟しなければならない不安がいつもあった。そうかといって参向の沙汰に応じなければ、風聞とおりに謀叛の企てを肯定したことになり、ただちに追討をうけるよりほかなかったといってよい。退くも進むもならず、いったん謀叛の風聞をたてられると万事休することになったのである。

ここに関東武家層における〈惣領〉―〈庶子〉制度の悲喜劇の根っこがあった。かれらにとって、主君への忠誠は、あたかも一門の〈惣領〉にたいするのとおなじように〈絶対〉的である。しかし、このばあいの〈主君〉とは名目的な〈主君〉をすこしも意味していない。〈主君〉はまた、実力（武力）と器量（人格的および政治的）が、あきらかにじぶんたちより優れていなければならない。そうでなければ〈主君〉をはずされたとき、にべもなくかつての配下の武家層に惨殺されてしまう。そしてこの惨殺には倫理的な規範はまったく通用しなかったのである。膂力がすぐれていたとつたえられている頼家は、修禅寺の風呂場で謀殺された。なかなかに打伏せることができず、頸に縄をかけ睾丸を切りなどして討ち果された。『愚管抄』の著者のような朝廷や寺社上層の倫理では、このやり方は前将軍にたいするとてつもない残酷・非道とみえたにちがいない。しかし関東武家層の慣習律では、〈惣領〉にたいする忠誠や義理や心情的な帰依と矛盾するものではなかった。なぜならば、かれらにとって〈主君〉や〈惣領〉とは実力と器量で優れたものであり、心服すべき所業で裏づけられていなければならないからである。この条件にかなわない惣領ならば、いつでも謀叛される可能性をもち、いつでもじぶんを謀叛人として殺戮しにくる可能性をもつ存在であった。

また、親子・兄弟がわかれて内訌し、謀殺しあうということも、〈惣領〉―〈庶子〉制のもとでは、けっして倫理的に不可能ではなかった。なぜならば、血縁とかかわりない〈惣領〉にたいする忠誠は、すべてに優先したからである。このばあいに家門あるいは血縁がものを言うためには、〈惣領〉にたいして〈庶子〉層が家族として自立していなければならない。しかし、これはすくなくとも中世初期の〈庶子〉層ではかんがえられなかった。家父長制は確立されておらず、家族や血縁の親和性は、〈惣領〉にたいしては第二義以下の意味しかもちえなかったのである。この独自な倫理性は、東海・東山道のような当時の後進地帯に、共同の規範として形成され、のちのいわゆる〈武士道〉なるものの根拠となったものである。

頼朝の死後、鎌倉幕府は、上は将軍職から下は幕下の宿将や在地の〈惣領〉にいたるまで、挙げて独特な倫理にないあわされた暗殺と謀殺の府となる。そして一旦謀叛の疑いをかけられたときは、一族や配下の家人たちは全員が殺害されることにおわった。これは傾きかかった律令王権の内部からどんなに異様にみえても、それなりの必然性をもっていたといってもよい。いったん〈主君〉あるいは〈惣領〉の信を失えば、武家層にとっては自害か謀叛以外には方法がなかった。あるいは謀叛を口実とする自害のほかに道がなかった。そして、ざん訴によって理由もなく謀叛の疑いをかけられたものは、たいてい謀叛を装おった自殺行為をあえてしたといっていい。

頼家は、あるいは、この関東武士層のもつ独特の倫理と、一族家門制に公然と疑いをもった最初の武門であったかもしれない。それは病気中に寵愛した女の父親比企能員と、わが長子一幡を北条氏に殺害されたとき、一層切実なものとなったにちがいない。また、建仁三年十一月六日、修禅寺に幽居させられたのち、「深山の幽棲、今更徒然を忍び難し」として近習の武者たちの参入をゆるしてもらいたいという書を母政子と弟実朝将軍におくり、にべもなく拒否され、あげくのはてに今後鎌倉に書を送って通ずることも禁止されたとき、いつか、じぶんが謀殺されるかもしれぬという危惧をいだいたかもしれない。関東武家社会の倫理では、余計なものとして存在することはすでに〈悪〉であり、それでもなお存在するためには、意志的に〈無〉でなければならなかった。頼家は自身でもじぶんを〈無〉と化することができなかったし、ともすれば周囲に人があつまりやすい颱風の眼のような存在であることは、出自上どうすることもできなかった。そうだとすれば、謀殺の手がいつかやってくることを承知しなければならないはずである。余計な存在であり、しかも颱風の眼のように、いずれなにかの渦動の中心になりかねないものが、謀叛の疑いもなく存続することは、とうていかんがえることができないからである。

鎌倉幕府の習慣法のとどかぬ上層に、〈近習〉制を私設して、この〈近習〉を介してしか将軍職と接触できないという〈発明〉をやってのけた頼家が、権力の座から退かされたあとで、無事に生きながらえることなどとうていかんがえられるものではなかった。

〈主殺し〉は〈親殺し〉よりも大罪であるという倫理的な規範が通用するところで、北条時政父子は、もとの主君を虐殺した。たとえ、いまは廃嫡されて主君ではないとしても、これが赦される根拠はうすいはずである。そこではじめて〈名分〉という概念が必要になってくる。この〈名分〉は、自己の意志や利害よりも観念的に〈上位〉である次元に、〈正当性〉の根拠をもとめることに通じる。北条氏は、たぶん現将軍職である実朝の下命によって頼家を暗殺したとか、現将軍職への忠誠のために頼家を暗殺したとかいう〈名分〉を設けたのである。しかも、みずから手を下したという痕跡を消すことが必要である。しかし、さすがに『吾妻鏡』の編著者はそう記載することができなかった。この〈名分〉という概念の欺瞞性が、後世におおくの思想的マゾヒストを惹きつけた〈武士道〉なるものの核であった。もちろん〈武士道〉なるものが古典中国の思想をかりて理念的に強化されたのは近世に入ってからである。

実朝は、頼家とちがって、武門勢力のあいだに流布されている独特の倫理に、感性的な反撥をしめしていることが『吾妻鏡』の記事や、詩作品によってはっきりしている。しかも、関東武門勢力の象徴的な統領であり、その宗教的な慣習律に深く浸透されて、晩期をのぞいては忠実にその役割を勤めている。実朝はこの矛盾した位相で、はじめて〈事実〉に就くという詩的な思想をつくりあげたといっていい。あるいは、あらゆることを、自分自身をも含めてたんなる〈事実〉として視るところに逃れでたといってもよい。

『吾妻鏡』、『北条九代記』、『愚管抄』その他の断片的な記載は、頼家が膂力にすぐれており、弓馬に長じていたと伝えている。したがって北条氏執権にたいする反抗の仕方も、それにふさわしくかなり無謀にちかかった。私設した近習を相手に遊興にふけって、それ以外の諸将は近習を介してしか面会することができないようにした。政治的な裁定の場を営中から切りはなして、宿将たちの合議制にしてしまい、ほとんどじぶんではかかわらないようにした。気に入りの近習の振舞いにたいしては異議をさしはさむことはならないという触れ書きを鎌倉中にまわした。ただし、こういう馬鹿気た頼家の振舞いを事実とみるには、『吾妻鏡』や『北条九代記』の記事をそのまま鵜のみにすることが必要である。実朝は頼家にくらべれば温厚で理解力と学識に富み、幕府の御家人にとっても、外戚北条氏にとってもはるかに好感をもって迎えられたとかんがえてよい。この間の評価は『増鏡』にみることができるが、たぶん、妥当なものであった。

## Ⅳ　祭祀の長者

頼朝は治承四年から天下人となって二十年ほど経たことになる。北の方はさきに世評の高い北条四郎時政のむすめである。その産んだ男子が二人ある。太郎を頼家という、弟を実朝と称する。大将頼朝が死んだあと、兄はやがて跡目をついで、建仁元年六月二十二日、従二位、おなじ日に将軍の宣旨が下された。つぎの年、左衛門督に任ぜられた。けれど、すこし器量のない心がまえなどがあり、だんだんと家人の武者たちも離反するようになってきた。時政は遠江守であり、故頼朝将軍の在世中から私的な後見人であったが、ましていまは孫の世なので、いよいよ天下に重きを加え、勢力を独占して諸事思いのままになった。子供が二人ある。太郎を宗時といい、次郎を義時といった。次郎は心もたけく器量も優れていて、左衛門督頼家をものたりなくおもい、弟の実朝の方に肩入れして、心に企てる思いもあった。左衛門督頼家は月を経るにつれて家人たちに離反されてゆくにつけ、つよい心神症におちいり、建仁三年九月十六日二十二歳で頭をそって入道となった。世の中の執着おおく何ごとも未練あるのが当然な年ごろなので、さぞ口惜かったであろう。稚い子の一万というのに跡目を譲ったが、承知するものはなかった。入道は病いを治療しようとし、鎌倉から伊豆の国へ温泉を浴びに出かけたが、伊豆の修善寺というところで遂に討たれた。一万もやがて刺殺された。これは実朝と義時とが心をあわせて謀ったことであろう。さてそこで実朝が故大将の跡目を相続して、官位はつぎつぎ昇進し、すべて心のままであった。建保元年二月二十七日に正二位となったのは、閑院の内裏をつくった報賞といわれる。おなじ六年、権大納言になって、左大将を兼任した。そのうえ左馬頭の官職もつけられた。その年やがて内大臣になっても、なお大将の職任はもとのままであった。父にも幾分優れた器量をもっていた。この大臣は心がまえも麗しく、たけだけしくも優しくもすべて感じがよかったので、普通以上に武者たちがなびき従うさまも、代々以上であった。

（『増鏡』）

関東武家層の独特な倫理からでもなく、律令王朝や旧仏教の理念からでもなく、文治的な視方とでもいうべきものを設定すれば、『増鏡』の実朝にたいする評価はほめすぎではないかもしれぬ。ただ、こういう評価が成立つためには、実朝が将軍職としてつらぬいた役割を、すこし明瞭に把握しなければならないはずである。実朝自身が意識したかどうかは別として、頼家にくらべると、かれはじぶんを非政治的な象徴として自己限定し、自己を鍛えた形跡がある。べつのいい方をすれば、実朝は鎌倉幕府の祭祀権の所有者としてのみ、統領の役割を行使し、政治的な統括者としては北条時政、義時およびその出自である母政子に、すべてをまかせるところに自己を限定したといってよい。これは、北条氏および幕下の宿将にたいする捨てばち的な反抗から、政治的な統括者としても祭祀的な司長としても、じぶんを背任者に仕立てて〈近習〉を相手の遊蕩三昧や、無謀な横車をおしつけた頼家とはまったく異った点であった。

たぶん、実朝の独自な、またある意味では奇妙としかいいようのない生涯の軌跡は、この点からはじめて理解できるようにおもわれる。極端なことをいえば、実朝が生涯をつうじて務めたことといえば、鎌倉の里うちや伊豆・箱根の神社仏寺を詣でてまわることだけだといってもよいくらいである。また、一度も上洛して律令朝廷へ伺候することもしなかった。これが征夷将軍のやることだったのか、という疑問をたれでも禁じ得まい。源氏の氏神である鶴ヶ岡八幡宮は鎌倉にあった。また伊豆・箱根の二所権現に参詣するときは、浜下りの精進潔斎をやったのちに進発している。この二所詣では、おそらく最高の義務であって、欠儀がゆるされなかったのである。『吾妻鏡』によって実朝の記録をたどるものは、今日はこちらの社寺、あすはあちらの法会に参向といった記事があまりにおおいことに驚かされるはずである。まずこの意味をきわめるためには、実朝の当面の政治的な執行権がいかに少ないかをたどったほうがよいほどである。

建仁三年、将軍職についたのち、実朝が当面した政治的諸事件は、あからさまに執権北条時政一族によって処理されている。『吾妻鏡』からひろいあげてみる。

建仁三年
十月廿七日、壬戌。武蔵の国の諸将は、遠州北条時政にふた心をもってはならない旨を申しわたした。和田左衛門尉義盛を奉行とする。

十一月十九日、壬午。関東の諸国、相模・伊豆の国々の百姓に本年の年貢を軽くする布令をだす。

十二月三日、丁酉。政子のはからいで神宮寺のなかの塔婆の建設を中止させる。

十二月十五日、己酉。政子のはからいで諸国の地頭の狩猟を停止させる。

十二月十八日、壬子。訴訟の裁決において、文書を検討して後、三カ日たっても指令を行わないときは奉行は怠慢の科をうけるべき決りを設ける。

建仁四年・元久元年
二月十日、甲辰。伊勢の国、員弁《いなべ》郡司進士行綱を囚人として召捕る。和田義盛の訴えによる。

二月廿日、甲寅。諸国の庄園の所務等は、一事以上、右大将頼朝公の時世の例にのっとって沙汰する旨、遠州北条時政より下命がある。

二月廿二日、丙辰。備後の国御調《みつぎ》の本《ほん》北条の地頭四方田左近将監の任を停止し、国衙につけられるべしという下命が遠州北条時政から発令される。

四月廿日、癸丑。御家人のなかに、故頼朝将軍自筆の文書をもっているものがあるというので、実朝将軍はこれをみせてくれるよう申出る。写しとめるためである。清定が責任者としてこれを召出す。

五月八日、庚午。国司などの訴えについて遠州北条時政から指示がある。いわゆる山や海における狩漁は、国衙の役人の指示にしたがうこと。製塩小屋の収穫量の三分の一を地頭のとり分とすべきで、収穫塩すべてを抑えることをやめること。節料の炒り米は、国司のとり分たるべきこと。以上の三カ条を守り、かつ国司の宣下にしたがい、かつまた先例にのっとって指示することを地頭たちに申渡された。三浦左衛門尉義村、左京大夫進の仲業がこれの奉行となる。

五月十九日、辛巳。故右大将頼朝の文書について先日実朝将軍からたずね出があったが、所持しているもの多く、これを実朝将軍の閲覧に供した。そのなかでも、小山左衛門尉、同七郎、千葉介などそれぞれ数十通を献じた。そのほかあるいは一帖、もしくは両三通とこれを進覧に供した。実朝将軍はこれを写しおき、その折の裁決の意趣を学びとるためである。広元朝臣がこれに与った。六月八日、己亥。さきの伊勢平氏の乱を追討したおりの恩賞のことにつき、かさねて沙汰があり、まえのおり恩賞にもれたものたち、光員以下愁眉をひらいた。伊勢平氏亡んだあとは散在する名田をあてるという。遠州北条時政の下知による。

七月廿六日、丙戌。安芸の国壬生の庄の地頭職のことについて、山形五郎為忠と小代八郎たちと争論があったところ、守護人宗左衛門尉孝親の注進状について、今日、実朝将軍の御前で一決された。遠州北条時政と広元朝臣が御前に伺候した。これは実朝将軍がじきじき政治的なことに聴断を下したはじめである。

これとても北条時政と大江広元が傍にあって宰領する形式的なものといえばいえる。ただ、『吾妻鏡』のなかで尼政子や遠江守時政の指示が明記されない最初の記載であることはまちがいない。頼家ならばそのでたらめな政治的な裁決や所業を、とうのむかしに書きたてられているところだが、実朝の将軍職のすべりだしは、政子や時政の執政のかげで、温和にひかえ目に位置していたらしく、いわば〈順調〉であった。

もちろん、頼朝ならば自ら政治的な裁決を下して、北条時政や大江広元に口をさしはさませる余地はなかったにちがいない。また、時政を慴伏《しょうふく》させる政治的威儀をも具えていた。実朝にはその実力はなかった。ただ、及ばずながら頼朝の範例を学び、頭で理解しようとつとめている。聡明で学問好きであった実朝には理解力だけはあったはずである。しかし年齢的な制約というだけではなく、実朝の政治的手腕が実力さながらに将軍職であるという可能性はどうかんがえてもなかった。

それならば、実朝の存在は北条氏の操り人形にすぎなかったろうか？　こういう問いにたいして実朝の存在は微妙であり、簡単にこたえをだすことはできない。武門勢力の祭祀権の所有者という意味を無視することができないし、この意味での実朝の威力は、北条氏によって手易くとって代ることはできないところにあったからである。祭祀権の統領としての実朝の重さは、やはり『吾妻鏡』の記事から測ることができる。

建仁三年
十月十四日、己酉。鶴ヶ岡八幡宮ならびに二所（箱根・伊豆権現）、三嶋明神、日光、宇都宮、鷲宮、野木宮以下の諸社に神馬を献奉。
十月廿五日、庚申。将軍実朝は荘厳房行勇を招請して法華経を伝受させた。近習の男女もこの仏儀をうけた。
十一月三日、丁卯。晴。はじめて神馬を石清水八幡宮に献奉。
十一月十五日、己卯。鎌倉中の寺社奉行を定めた。仲業、清定執筆として記す。
　鶴ヶ岡八幡宮
　　江間四郎　和田左衛門尉　清図書允
勝長寿院
　　前大膳大夫　小山左衛門尉　宗掃部允
永福寺
　　畠山次郎　三浦兵衛尉　善進士
阿弥陀堂
　　北条五郎　大和前司　足立左衛門尉

薬師堂

　源左近大夫将監　千葉兵衛尉　藤民部丞

右大将家の法花堂

　安達右衛門尉　結城七郎　中条右衛門尉

十二月一日、乙未。実朝将軍の発願として鶴ヶ岡八幡上、下宮で法華八講を行う。講師は安楽坊である。

十二月十四日、戊申。実朝将軍、永福寺以下の御堂に参詣。

建仁四年・元久元年

一月五日、己巳。はれ、風しずか。実朝将軍はじめて鶴ヶ岡八幡宮に参詣。八幡の宮寺において法華経を供養。

一月八日、壬申。くもり。御所の心経会。導師真智房法橋。

一月十四日、戊寅。はれ。実朝将軍二所参りのための精進をはじめる。

一月十八日、壬午。快晴。辰の刻に、鶴ヶ岡八幡宮の別当阿闍梨尊暁は、実朝将軍の祈禱のために、二所に進発した。江馬四郎主が奉幣の使いとして一緒に出発した。まず御所に参り、南庭にひざまずいた。実朝将軍は南階から下りて、庭にたち、伊豆箱根三嶋の方にむかって、二十一回拝した(各七回)。次に四郎主がそこをたち、鶴ヶ岡八幡宮に参詣したのち、進発した。

二月九日、癸卯。晴。鶴ヶ岡八幡宮の御神楽の吉例。前大膳大夫大江広元が奉幣使である。

二月十三日、丁未。法華堂の仏事。導師は摩尼房阿闍梨である。

三月三日、丙寅。はれ。鶴ヶ岡八幡宮神事法会。駿河守季時が奉幣使である。

三月十五日、戊寅。幕府において天台止観の談義はじまる。

三月廿七日、庚寅。実朝将軍、勝長寿院に参拝。

四月十八日、辛亥。実朝将軍は夢のお告げにより、岩殿観音堂に参詣した。

五月五日、丁卯。くもり。鶴ヶ岡八幡宮の臨時祭。広元が奉幣使。

五月十六日、戊寅。尼御台所政子、金剛寿福寺で仏事を修する。祖父母の追善のため。

六月一日、壬辰。実朝将軍の発願で、今日中に愛染明王の像三十三体を造立され、供養の儀がある。導師は荘厳房行勇。

六月廿日、辛亥。臨時祭であるので実朝将軍が鶴ヶ岡八幡宮に参詣。神馬二匹を献奉する。


実朝のこの奇怪なほどひんぱんな社寺めぐりと、祈禱と法会への心くばりはなにを意味しているのか。夢をみれば観音参りをし、天変地異があれば、方位を気にして方違《かたたが》えの忌をおこない、ちょっとした病気にかかれば祈禱をあげる。すくなくとも実朝を幕府の統領たらしめている根拠は、政治的な宰領でもなければ、軍事的な号令でもない。ただ迷信と暗い夢幻の世界にあらわれる地獄絵にしたがって、神仏の法会をおこなうことに重きをおいている。こういう中世的なうすくらい世界に同化しうるために、実朝は適任であったかもしれない。坂東を中心にした武者たちの世界は、命をやりとりする水商売の世界であり、そこに必然的に縁起をかつぎ、奇怪な迷信に帰依し、仏道にすがるという心的な契機があらわれた。そして武門のこういう迷蒙の世界を収攬するのに、実朝は〈人格〉的に適していたといってよい。いつも夢か現かわからない世界に観念を遊行させ、ひ弱な身体と鋭い感受性とひかえめな温厚さをもったこの若い将軍には、そういう迷信の世界がそれほど住みにくい世界ではなかったのである。

関東の在地武家層における〈物領〉――〈庶子〉の族制では、〈物領〉は一族の軍事権と祭祀権とを一身に担う存在であった。この形態は、主として古代の海人部《あまべ》に特有な形態が伝承されたとみてよいとおもわれる。鎌倉幕府のもとに結集し、源氏三代の将軍を象徴としていただいた武家層の基盤は、おおざっぱにふたつにわけることができる。ひとつは、北条氏や三浦氏や千葉氏に象徴されるように、古代に駿河、伊豆半島、房総半島に、南シナや東南アジアの沿岸から本土の太平洋岸の突端をかすめて定着した海人部の習慣にしたがう出身者である。もうひとつは、比企氏などに典型的にあらわれているように、武蔵に定着し、関東平野を拓いた帰化人の系統につながるものである。このいずれも、縄文文化いらいの担い手であった丘陵地の土着民と混合し、複合的な信仰と文化と倫理的な規範とをつくりあげていったとみられる。頼朝が流配時代と幕府の創生期に保護をもとめ拠点としたのは、これらの在地豪族たちであった。

伊豆半島の頸部には北条氏が、また三浦半島には三浦氏や分族である和田氏が、房総半島には、安房《あわ》に朝夷《あさひな》氏が、上総《かずさ》には上総氏が、下総には千葉氏があった。武蔵には高麗氏の分流である比企氏や、秩父氏がひかえていた。これらの在地武士団を土着のものとみるか、地方官として赴任したまま居着いてしまった豪族とみるか、神寺護衛の家人たちの武装した集団とみるかは、あまりに不明なところがありすぎてわからない。ただ、いずれにせよ海辺の沖積地に集落をつくった海人部の末流を基盤にするか、丘陵部と沖積湿地帯の境い目に、狩猟や農耕を生業として集落をつくった原住あるいは帰化移入の部民の末流を基盤にするものであり、その祭祀形態はかなりな古層を保存していたとみてよい。そしてここでも不明な部分にわけ入ることになるが、山間あるいは丘陵部における祭祀形態と、沿海部における祭祀形態は、表面的には差異があるようにみえても、おなじ原初にゆきつくとみなされることもおおい。

中世初期の武門のあいだでは、〈物領〉が同族の政治的なあるいは軍事的な統括権とともに祭祀権の持ち主であり、この持ち主は容易に祭神自体に転化して〈現神《いきがみ》〉に擬せられるという習俗をもっていた。これはたぶん伊豆半島や三浦半島や房総半島などに定住した海人部の保存してきた共同体のしきたりであるが、諏訪の神家党のように、山間部でもこの形態を保存するものもあった。坂東の水稲耕作をおしえたのは帰化系の開拓者だったろうが、その影響が実朝の頻ぱんな社寺詣でをかんがえるとき、つよく印象されるのは、北条、三浦、和田、土肥、千葉、朝夷《あさひな》など半島の沿岸にちかく割拠していた門族の遺習であるとみてよい。鎌倉幕府の宗教的中心になったのは〈権現〉・〈明神〉・〈八幡〉信仰で、海人部や土着の国神系の祭神であったが、中世初期には神仏習合の風潮から、鎌倉でも栄西によってもたらされた禅・法華・阿弥陀信仰のような大陸の同時代仏教信仰と習合している。しかし、もとをただせば、西海道や南海道の海人部の信仰に帰着するものとかんがえることができる。

『吾妻鏡』の建仁四年一月十四日の項に、箱根・伊豆権現のいわゆる二所詣での前に「将軍家二所の御精進始」とあるが、この「御精進」は、南島や薩南でおこなわれているのとおなじような〈お浜下り〉の沐浴潔斎を意味している。また一月十八日の項で『吾妻鏡』は「将軍家南階より下御、庭上に於て伊豆筥根三嶋の方に向ひて、廿一反拝し給ふ（各七反）、次に四郎主其所を起ち、鶴岳宮に参るの後、進発せらる」とあるのをみると、幕府の統領のもつ祭祀権が、はなはだ土俗的な共同体の神信仰に類似しているさまをしることができる。

実朝は祭祀権に関するかぎり、北条時政、政子、義時などからも、大江広元からも脅やかされることはありえなかったといってよい。源家の氏神である鶴ヶ岡八幡宮の祭祀は、擬制的な氏子としての幕府の家人や宿将たちにとっても、帰依と信仰の対象であった。関東武家層におけるこの擬制的な氏神と氏子、あるいは頭家と村落共同体の成員という関係が強固でありえたのは、〈権現〉・〈明神〉・〈八幡〉の信仰の時間的な系列が、国神系や、海人部系の共同体信仰として同一の祖形にゆきつくものだったからである。すこしかんがえると、奇妙な気がするが、実朝の二所詣では、いつも精進潔斎のあとでおこなわれ、はなはだ必死な趣きを呈している。これは実朝じしんが信心深かったというよりも、祭祀権をゆだねられたひとつの共同体の統領が、たれよりも潔斎をかさね信仰を維持しなければ、祭祀によってははじめて強固な共同体を形成している諸門族が、神判意識をたぶんに保存した成敗の裁定を守らなくなるという畏れに根ざしている。この意味で、鎌倉幕府の祭祀の長者・実朝の威力は、北条氏といえども侵すことはできないものであった。

源家の氏神である鶴ヶ岡八幡宮について、『北条九代記』はつぎのような由来をのべている。

頼朝は大庭平太景義に申しつけて、鎌倉小林郷の北の山をえらんで、宮所を造営し、鶴ヶ岡の八幡宮を造成した。頼朝はこの間精進潔斎をおこなった。ところでこの宮社の所在地のことについては、本所から新地に遷すのは神慮にかなうかどうかわからない、ただ神の判断におまかせしようと、頼朝自身が宝前でおミクジをひいたが、三度まで〈小林の郷に遷るべきである〉という結果があらわれた。〈これは神も遷宮をみとめられたのだ、危くおもうことはない〉とかんがえ、華やかな造りとはいえないが、質素な宮殿を形式にかなうように修造した。さてこの鶴ヶ岡八幡宮というのは、むかし後冷泉院のとき、伊予守源朝臣頼義が勅によって安倍貞任を征伐するため東国に下向したとき、発願のすじあって、康平六年の秋、ひそかに石清水の八幡を勧請し、宮所を鎌倉の由井郷に建てたものである。その後永保元年二月に頼義の長男陸奥守源朝臣義家が修理をくわえ、あがめ祀った。いまこれを小林の郷に遷すこととなった。もとの宮所を下の若宮とよび、今の鶴ヶ岡を上の若宮という。

頼義にどんな発願のすじがあったのかはわからない。一般的には〈若宮〉とよばれるものは、分社とか末社とかの意味をもっていない。試みに『民俗学辞典』の説明をかりる。

**若宮**　大きな神格の支配下に置かれる前提の下に、はげしく祟る霊魂を神として斎いこめたもの。全国に若宮という名の神社はすこぶる多く、中には八幡若宮なりとしてまとまった解説をなすものも多いが、概して非業の死を遂げた者が祟りをなすのを怖れて、巫女神職のすすめにしたがい、神として祀るに至ったという由来のが最も多く、祭を怠れば直ちに祟り、その活動のはげしさは到底和やかにして偉大な神霊とは比べものにならぬほど人間的で、いわばまだ神になりきれぬ段階ともいうべき性格のものである。それを郷村の鎮守神とし、屋敷神・氏神としているのは甚だしく不可解であるが、恐らく神の御子または御猶子の観念が拡張して、眷属配下という低位のものまでを含むことになり、大きな神格がこれを統御したまう力を信ずる余りに、祟りを現じたものこそ若宮の神霊にふさわしく考えられ、若宮として祭るは大神の勧請にも似た趣を呈するに至ったものと思われる。（以下略）

そこで源家の氏神である鶴ヶ岡八幡若宮は、擬制的に幕府の家人たちにとっても荒々しい武門の神として氏子的な信仰をあつめるものとなった。源家第一位の寺社である勝長寿院は、寿永二年（一一八三年）の冬に、後白河法皇から左馬頭義朝ならびに鎌田兵衛政清の首級を東の獄門からとりだして鎌倉に送られたものを、頼朝が寺殿を建立し、二人の首級を葬ったものとされている。いずれも武門勢力のせめぎあいの怨念を鎮魂し、悼むために祀った氏神であった。

実朝は、三代目の征夷将軍として名目的には、鎌倉幕府の政治権と祭祀権を一身に統括する位置にあった。しかし、忠実に適切に行使できたのは祭祀権にかぎられたといってよい。そしてこの面では実朝は理想にちかい役割を演じた。

ひとつの共同体の男系の首長が、政治権と祭祀権とを一身に統合するという形態は、すでにはるか以前に大和朝廷では実質上放棄された権力形態である。その意味では、実朝が演じた役割とその体制は、きわめて前時代的な遺制で、おそらく海人部・国神系統の部民に根をおいて、おくれた地域にだけ流通していたものにちがいなかった。そして祭祀形態としてこの形を遡行すれば、ひとつは出雲の国の美保社を中心とする神人共同体と、北九州宗像神を中心とする神人共同体へゆきつき、もうひとつは房総・伊豆・伊勢・熊野から瀬戸内海・薩南をかすめてゆく神人共同体とにゆきつくことができる。そしてそれは朝鮮半島を経由するといなとにかかわらず、南シナや東南アジアの沿岸にちかい種族の祭祀共同体にさかのぼるかもしれない。

この種の共同体では、祭祀権が政治権よりも優位であった太古では、首長はまず〈現神〉としてあらわれ、時代がくだるにつれて、政治権者としてあらわれる。そして時として、祭祀権者と政治権者が、兄弟（あるいは姉妹）によって分割されることもあった。しかし、実朝がかろうじて具現したように、首長が祭祀権に追いつめられ、幕下の武将が政治権を掌握するという形態は、その共同体の崩壊する象徴としてしかあらわれるはずがなかったのである。

中世の世界は、迷蒙と信仰とが風にふるえる芦のように、人間の心を微妙に暗く覆った時代だといえば、自然信仰も、原始宗教も、大陸の道教や密教系の仏教の信仰も、ひとつに習合して人間の天上をくまなく支配している状態をいいあてることになるのかもしれない。しかしここで当面しているのは、ほかのことでは冷静で無惨で現実的である関東武家層が、神判にちかい未開な〈法〉に動かされたり、第一級の詩人であり、学識に富んでいた実朝が、ほとんど休む暇もなく鎌倉の里中の社寺に参詣して日をおくっている、なんともいいようのない不可解さである。何故こういうことになるのかという問いが、まだ、つづけられなければならない所以である。

# V　実朝の不可解さ

歴史のなかで、ある人物についての記載が不可解さをもっているとすれば、この不可解さは記述者の史観のなかにあるか、記述された人物の挙動にあるかのいずれかである。あるいはこのふたつが複雑にからみあっているためかもしれない。実朝の不可解さにも、たぶん、このふたつがからみあっている。実朝はふところの深い人物で、けっして判りやすかったとはいえないが、史書によって創りあげられたり、歪められたり、誇張されたりしているとかんがえざるをえないところも無くはない。そのような個所では、実朝はちょっとした霊能者になってみたり、入眠幻覚がつよくて、いつも夢か現《うつつ》かわからぬような精神状態にいたり、病弱でどうしようもない人物になっていたりする。これらすべては実朝の人物像としてあてはまる部分があったにちがいないが、史書によって歪められている部分もけっして少くはない。この意味では歴史上の人物に立ちあうことは、その人物に立ちあっているのか、史書の史観に立ちあっているのかわからないといってよい。そこに、歴史小説の作家が恣意的な想像をはたらかせる重要な個所がある。しかし批評にとってはその種の恣意的な想像などはどうでもよいことだ。

実朝の人物像をさぐるのにもっとも詳細なのは『吾妻鏡』である。そしてもっとも信じがたいのも『吾妻鏡』である。『吾妻鏡』は、だいいちに北条氏によりそう形で、作為がばらまかれている。しかもこの作為は、すぐにばれるような作為ではなくかなり高度である。という意味は、北条氏に不利な記載でも、単純に伏せているわけではないということである。その意味で『吾妻鏡』は、けっして出来の悪い史書ではない。『古事記』や『日本書紀』が、古宗教と天皇族の固有宗教とを習合させた観点から、天皇族を〈聖化〉しようとするモチーフにつらぬかれているように、『吾妻鏡』は神仏習合の観点から、実朝を〈聖化〉しようとするモチーフにつらぬかれている。そしてこのモチーフの間隙から、実相らしいものがときどき貌をあらわしているとみてよい。

『吾妻鏡』のなかで、実朝が生涯のうち、北条一族の執政にたいして、我意をおしとおしたとつたえられている事件は三つかぞえられる。ひとつは結婚のことであり、ひとつは渡宋の計画であり、もうひとつは晩年官位の昇進をしきりにもとめたことである。

結婚について『吾妻鏡』の記載は、あっさりしている。

元久元年
八月四日、甲午。実朝将軍の嫁娶のことについて、日頃は、上総前司の息女である予定のほどが沙汰されていたが、実朝将軍はうけいれず、京都に候補を申越されてことは済んでいた。そこでお迎えその他の用意について、今日内談があって、供奉人については、じかにはからいがあり、人数を定められ、容貌威儀の花麗な若武者をえらび派遣されることである。
十月十四日、癸卯。坊門前大納言（信清卿）の息女が、実朝将軍の御台所として下向するにつき、御迎のための人々が上洛した。その人々は、左馬権助、結城七郎、千葉平次兵衛尉、畠山六郎、筑後六郎、和田三郎、土肥先二郎、葛西十郎、佐原太郎、多々良四郎、長井太郎、宇佐美三郎、佐々木小三郎、南条平次、安西四郎等である。
十二月十日、戊戌。御台所下着。

『愚管抄』では、信清の娘が下向したのは元久元年十一月三日となっている。『愚管抄』によれば、信清大納言は後鳥羽院の外舅七条院の弟で、その娘の一人は院の妾として参内していた。また信清大納言の子忠清の妻は、北条時政の後妻牧氏の娘であった。

また、はじめに実朝の妻に擬せられていた女の父、上総前司足利義兼は、北条時政の娘をめとっていたので時政にとっては孫にあたっている。

いずれにせよ、どこから妻をむかえても実朝にとって、あまりかわりがなかったといってよい。広い意味では北条一族からの嫁迎えにはちがいなかった。ただ、上総前司足利義兼の娘をむかえれば、北条一族とのあいだの内訌関係がさらに複雑になることは確実であった。また、もともと政治・軍事的な権力は実朝のうえになかったから、外戚関係が複雑になることは実朝にとってどうでもよいことかもしれなかった。一方坊門信清の娘を妻とすれば律令王権にたいする和合の意味はより深くなるということはあった。ただ実朝が坊門大納言の娘をえらんだのは、京文化への憧れよりも、係累が武門におよばないということであったかもしれない。

関東の在地武門の慣習律でも、〈家族〉はけっして擬制ではなかった。しかし、〈一族〉あるいは〈家門〉という概念は擬制であり、かならずしも親族や家族を意味していない。また、〈一族〉や〈家門〉の重さにくらべれば、〈家族〉はまだ比べものにならぬほど低い位置しかなかった。家父長家族が成立していたともいえず、また、妻女は実家の〈族〉に属しているといってよかった。『吾妻鏡』や『北条九代記』の記載が、実朝の嫁迎えについて儀礼の華やかさのほかは問題にしないのはその意味では当然である。しかし実朝にとって、あまり問題にならなかったかどうかはべつである。

きわめて常識的にかんがえて、実朝にとっては坊門大納言の娘のほうがしのぎやすかったにちがいない。外戚である北条一族の息のかかったものを、いまよりもなお複雑な形でひきうけるほうがよいという理由はなにもなかったからである。

嫁迎えについて実朝がおしとおした我意は、北条氏一族にとって不都合でなかったから、かくべつの反対はなかった。足利氏の娘をむかえても坊門大納言の娘をむかえても、北条氏にとっては一族につながりがあるためである。また、律令朝廷とのつながりという意味でも、すくなくとも実朝時代の北条氏にとって、その方が好都合な面もかんがえられたのである。またこの嫁迎えも、十三歳の実朝に、十三歳の娘をむかえたということで、実質はままごとであったかもしれない。

もしこの婚姻が北条氏や母政子の意にかなわないものであったら、はげしい反対に出あったかもしれない。実朝の心はまだ北条氏をはなれてはいなかったし、北条氏にしても実朝は自由に操れるものという意味を出なかった。

晩年の実朝は、おもてむきはそうみえなくても北条氏に冷たくなっていた。原因はもちろん鎌倉幕府創設いらいの宿将たちを、実朝将軍を守るという名分で北条氏がつぎつぎに謀って滅亡させ、関東の在地武家層の勢力を一手に掌握してゆく過程を身をもって体験してきたからである。また、北条氏も実朝を必要としなくなっていった。もう、ただの名目だけの人形が将軍職でありさえすれば、幕府をとりしきっていけるだけの政治的な力量を獲得しつつあったからである。

建保四年六月八日に宋の仏師陳和卿が鎌倉に下向してきた。『吾妻鏡』はこう記している。

六月八日、庚寅。晴。陳和卿が参着した。このものは東大寺の大仏を造った宋人である。かつて東大寺供養の日、故右大将頼朝は結縁のため参列したついでに、対面したい旨を度々陳に申入れたが、和卿は〈貴方は多くの人命を殺させているので、罪業が重い。拝顔するのは、さしさわりがある〉といって遂に謁見しなかった。しかるに、いまの実朝将軍は仏の権化の生れかわりである。お顔を拝するために鎌倉に参上しましたと申述べた。筑後左衛門尉朝重の宅を定められ、和卿の旅宿とした。そして大江広元をやって仔細を問わしめた。

六月十五日、丁酉。晴。和卿を御所によんで実朝将軍は対面した。和卿は三度くりかえして拝し、はなはだすすり泣いた。実朝将軍はその態をいぶかり問うたところ、和卿は申していった。〈貴方はむかし前世に宋朝医王山の長老であった。そのときわたしはその門弟に列していた〉。おなじことは、以前、さる建暦元年六月三日丑の刻に、実朝将軍が眠っているとき、高僧が一人夢のなかにあらわれて、おなじ主旨のことを申した。そして夢のできごとであるので、あえていままで六年のあいだ口に出さないできたが、和卿の申したことと符合する。そこで和卿の申分を信じ入った。

ところで、六年まえにあたる『吾妻鏡』の建暦元年六月三日の条にはこう記されている。

六月三日、癸未。晴。寅の刻、実朝将軍の病状は軽くなった。夢のお告げはきびしく当っていた。これはひとえに昨夜の属星祭の効験によるものだとの由を信じ入られて、宮内兵衛尉公氏を使者に立て、祭りを奉仕した泰貞に馬一匹を賜わった。

実朝が陳和卿に語った夢の符合につじつまをあわせると、実朝は前日、急性の病気にかかって、御所の南庭で占星のまじない祭りをやったが、三日の明け方午前二時ころ、医王山の夢をみて、午前四時ころ症状が軽くなったことになる。ずいぶん小馬鹿にした話だが、前世譚や垂跡譚《すいじやく》は『吾妻鏡』だけではなく当時の史書や物語に流通していたものである。

陳和卿という仏師は得体の知れない、そして評価の定まらない人物だが、東大寺の大仏の修理を担当したことはたしからしい。本国で優秀な技工でとおっていたかどうかはべつとして、わが国では役立った人物であった。ちょうど三流の技術者でも、後進地域へでかけて技術指導にあたったら、何とかなったということかもしれない。多少のはったりをきかせながら、後進地域へやってきて、しかつめらしい顔をしてみせるといった、平凡な仏師を想像すれば大過がないとおもえる。それでも「宋人陳和卿は左右なき仏工なり。学智勝れ、道徳あり。本朝に来りて、跡を留め、東大寺の大仏を造立せり」（『北条九代記』）というくらいの評価もできないことはなかったのである。

たぶん、実朝は入眠傾向の強い人物で、陳和卿の口車にのったというよりも、その口車に同化したのである。実朝を〈聖化〉したいという『吾妻鏡』の編著者の意図もからみあっていた。建暦元年六月二日に、急に神経性の熱にうかされ、夢見ごこちに寝込んでしまったときの自分の症状を、何年もあとまで、はっきりとおぼえていたとは奇怪な話である。そして祈禱と夢告のあいだで回復したというのも。実朝の思いが陳和卿の言葉と態度で触発されたと解するよりほかにない。実朝の渡宋計画をかれの人間にひきつけてかんがえれば、もっともありそうな理由はどうもここに帰着する。しかし陳和卿はなぜ鎌倉くんだりまできて、頼朝を殺人鬼のようにくさして、実朝を前世は医王山の長老だったなどとおだてたのであろうか。かれは便乗して宋にかえろうとおもったのだろうか。あるいは鎌倉でも仏像の修造にありつこうとおもったのだろうか。

ほかのことでは、聡く現実的な武門勢力が擡頭した中世に、宗教的な迷蒙だけははなはだしかった。これを、今様な判断の方法で測れば、とんでもない誤解をうむような気がする。わたしには実朝も陳和卿もみえすいた嘘をついたり、それに乗ったりする馬鹿とはとうていおもえないのだが、そう云ってしまうと、中世の世界についてとんでもない思いちがえをやるかもしれない。だから、陳和卿が前世譚を語ったとき、それに白日夢のように記憶を同化させていった実朝の心の世界をかならずしも否定したいとはおもわぬ。しかし、問題はそれだけではなかった。実朝には、和卿から前世は医王山の長老だったといわれれば、それに同化したいような現実的な理由もあったにちがいないのである。これは、たぶん潜在的ではあるが、北条氏との決定的離反だったとおもわれる。もうひとつかんがえられるのは『吾妻鏡』の編著者の作為である。『吾妻鏡』には、頼朝を殺人鬼のようにくさす理由はそれほどなかったかもしれないが、実朝を、医王山の長老が〈和国〉に生れ代ったものだとして〈聖化〉する理由はあったにちがいない。なぜならば実朝は、関東武門勢力の祭祀権の統領であり、実朝を〈聖化〉することは、武門勢力を〈聖化〉するのとおなじことを意味したからである。天台派や真言派が密教化を深めていったとき、最澄や空海を〈聖化〉したのが当然ならば、実朝という祭祀の長者を、武門勢力が〈聖化〉して悪い理由はなかった。〈和国〉は、仏教的にいっても、本地であるインドと中継地である南中国の仏祖の垂跡地であるとするのが、文化的後進の地域に広布するためのもっともよい方法であった。

> 十一月廿四日、癸卯。晴。実朝将軍は前世に住んだ医王山を拝するために、宋にわたることを思い立ち、唐船を修造すべき旨を宋人陳和卿に命じ、また扈従の武者たち六十余人を定めた。朝光が奉行ということである。相州北条義時、奥州大江広元がしきりに諌めたが、実朝将軍はききいれず、造船を下命した。

すでに過敏にすぎる実朝の神経は、このときは異常であったのか。それはしきりに位階の昇進をもとめたこととともかかわっている。死の不安がどこかにあり、この不安は鎌倉を逃れるほかに医やすことはできなかった。しかし、鎌倉を逃れるとしても、実朝の安住の地は、東山・東海両道にも、南海・西海の二道にもありえなかった。また山陰道《やまかげのみち》にも山陽道《やまなみのひなたみち》にもなかった。また、たとえ出家して退位することをかんがえても、跡目の将軍のとりまきが、頼家とおなじように実朝をも殺すことは間違いなかった。

また、祭祀権の統領としての実朝が、信仰の宗地である南宋に巡拝するという口実は、それほど突飛であるとはいえない面をもっていた。これならば、当分、もどらなくても理窟はつけられるはずだったからである。

元久二年（一二〇五年）七月に、北条時政の後妻である牧氏が、女婿平賀朝雅を将軍職につかせようとして、北条時政をそそのかし、実朝を殺そうと企てたのは、それほど遠い過去ではない。実朝には、将軍職に在位しても、いつかは殺されるにちがいないし、自発的に退位出家しても、頼家のように殺されるほかないことがしだいにのみこめるようになっていた。そうだとすれば、退くことも居坐ることもできない息苦しさは、実朝の心をしめつけはじめていたにちがいない。多少の唐突さはまぬかれないとしても、陳和卿が示唆した道は、名目をたてながら逃亡しうる渡りに船であった。これで口実は立つともったかもしれない。

『吾妻鏡』建保四年十二月一日の記載をみると、まず実朝は滞積した訴訟の事件を、年内に処置するよう責任者に督促の沙汰を発している。

建保五年

四月十七日、甲子。晴。宋人和卿は唐船をつくりおえた。今日、数百人の人夫を家人から召出させ、その船を由比ヶ浦に浮べようとおもい、実朝将軍は出かけた。右京兆北条義時も見学のため浜に臨んだ。信濃守行光が本日の監督である。和卿は指示をたれ、人夫たちは筋力のかぎりをつくして、午の刻から申の刻ころまで四時間ほども曳っぱった。けれどこのあたりの浜は唐船が出入するような海浦ではないので、浮べだすことができなかった。実朝将軍は帰還し、船はいたずらに砂浜に朽ちはてこわれてしまった。

ここでは先進国の三流技師としての失策をしでかしたまま、陳和卿のそのあとの消息は杳としてわからなくなってしまった。

実朝の在世は十二世紀末から十三世紀の初頭（一一九二―一二一九年）である。

大陸では北方女真族が立国して金と称し、十二世紀の中葉には、漢族の国家である宋を華南の地に追いつめた。一一四二年の南宋と金の媾和の条件では淮《わい》河が両国の国境線であり、宋は金の従属国となった。後に金はさらに南進したが、宋は揚子江岸でこれを破り、一一六五年には金にたいしてすこしく従属性を脱した。が、十三世紀の初頭、一二〇八年には、また金にたいしてやや不利な立場にたつようになった。この間に漢族はかれらのいう〈北狄〉女真族にたいして、いつも下風にたつことになった。これは漢族の歴史ではかつてありえなかった状態だとされている。

宋が占めた華南の地区は、水稲耕作の発祥地といわれるほどの低湿地の沃野であり、ここを中心として文化的にはいわゆる宋学が栄え、また日本をもふくめた東アジア・中央アジアからの交易の中心をなすにいたった。

わが国でも、寛弘三年（一〇〇六年）には『五臣注文選』や『白氏文集』が輸入され、長和二年（一〇一三年）には天台関係の書物がもたらされた。また宋の太宗から、天台宗の成尋に『新訳一切経』五百余巻が贈られた。また藤原頼長が宋商・劉文沖に託して書籍をもとめたりしている。

また、南宋時代にはいって、貿易のため宋船が渡航してくる数も、わが国の交易船が渡航するものも数を増していた。また、石工・木工・瓦工・鋳金工などをともなった帰化僧の入来も、宋へ渡海する僧侶もおおくなった。これには、様々な理由がかんがえられているが、地理的な自然条件が似ていることから、政治的な課題、たとえば荘園の勃興、富豪層・官人・社寺勢力による水利の独占と、それにたいする小戸の洪水・旱魃による困窮など、おなじ問題をかかえているという点もおおかった。また、宗教的にも文化的にも交換と融合の要素がいくつもあったのである。

『東大寺造立供養記』につぎのような記載がある。

養和元年十月六日、大仏の頭部を鋳はじめられた。時刻になって、戒師一人が鋳工等に戒を授けた。次いでフイゴ（たたら）を踏み、羅髪三すじを鋳造した。（中略）寿永二年二月十一日、大仏の右手を鋳造し、同年癸卯四月十九日、始めて首の部分を鋳た。同年五月十八日、丙戌、鋳造はおわった。起工から完成まで卅九日かかり、前後十四度かかっておわった。鋳物師大工は陳和卿であり、このほかのものはこの宋朝の鋳物師大工の弟陳仏鋳ら七人である。日本の鋳物師草部是助以下十四人も加わった。（中略）建久七年、中門の石造唐獅子、堂内の石造の脇士、おなじく四天像は宋人宇六郎ら四人が造った。日本の石で造るのが困難なときは、宋に代価を支払って買いもとめた。運賃雑用等の費用はおよそ三千余石である。

この記載では、陳和卿は鋳物・木工の技師として大仏修造に主役を演じ、成功裏に仕事をおえただけではなく、宋の建築・彫像様式をつたえた一人ということになる。

また、実朝に宋文明の匂いをつたえたもう一人の存在は、寿福寺の長老栄西である。栄西は入宋留学僧であり、茶をもちかえって栽培したといわれている。『吾妻鏡』にはこうかかれている。

建保二年

二月四日、己亥。晴。実朝将軍はいささか病悩あり、近習のものたちがたち騒いだ。ただし、とくにどうというほどではなかった。これはもしかすると昨夜の酒宴の二日酔いであろうか。葉上僧正栄西が加持祈禱に呼びだされたが、このことをきいて、良薬と称して寿福寺からもってきて茶一杯をすすめた。また一巻の書をそえて献上した。茶徳をたたえる書物である。実朝将軍はよろこんだ。先月のころ坐禅の合間にこの書物をぬき書きしたと申された。

東大寺の大仏の修造に成功した陳和卿の名は、たぶん実質以上におおきく評価され、いわば南宋文明を代表するひとりであるかのように、鎌倉に伝えられていたかもしれぬ。ほんとうは宋を食いつめて、日本に渡ってきた一介の鋳物師・大工であったとしてもよい。この程度の技工は本国にはごくありふれた存在だとみるのが穏当である。しかしこの種の文化的な錯誤は、現在でもおなじようなもので、三流の欧米詩人や思想家たちをかついで、有難がっている研究者も文学者もあとを絶ったためしはない。ただ、陳和卿が、大仏の鋳造とそのために必要な組枠のつくり方に成功したとすれば、一気に渡宋するほどの船を造ることにも成功するにちがいないと実朝は錯覚した。小船で生命がけで北九州から乗りだして入宋するというのではなく、実質はともあれ、名目上は現任の征夷将軍とその扈従をのせて、安全に華南の寧波あたりまで航海するだけの規模を想定したとすれば、その船はべらぼうに巨きく設計されねばならなかったはずである。それをどんな方法でつくりあげたのかは、まったくわからない。大仏を鋳造するには、足場を兼ねた組枠をつくり作業するだろうが、この方法は船のばあいには通用しない。まず浜辺を海面より深く掘ってドックをつくり、海水をせきとめて、船を浮ぶだけのところまで造り、そのあとで水門をきって船を浮べ、最後に船内の設備を完成させるよりほかに方法がない。和卿は海浜に大仏鋳造のときとおなじように、組枠をつくり、船を造りあげたあとで、枠をとりはらい、人夫に曳かせて、船をひきずりおろそうとしたのかもしれぬ。

いずれにせよ、実朝は異常なまでに思いつめた渡宋の計画を、船が浮ばぬままに断念するよりほかはなかった。この断念がなにを意味するかは、実朝には明瞭にみえていたにちがいない。

『吾妻鏡』の記載するところでは、執権北条相模守義時の意をうけて、大江広元があまりにも位階の昇進をのぞみすぎるとして、実朝に諫言したのは建保四年九月二十日である。そして渡宋をおもいたって陳和卿に造船を命じたのは同年の十一月二十四日である。もし、この日付に因果の関係があるとしたら、実朝は最高の重臣たちの諫言を押し切ったとき、すでに行くべきところがないとかんがえ、渡宋をおもいたったことになる。

ところで『北条九代記』の記載では、義時の意をうけた広元の諫言は、陳和卿に造船のことを指示したあとのことになっている。『九代記』の記載でいえば、〈近ごろ実朝将軍は渡宋のことを思いたたれているが、はなはだこまったものである。いくら諫言をしてみてもききいれない。なげかわしいことである。それだけではない、まだ若く壮年にもならないのに位階の昇進をもとめることが早きに失する〉という理窟をつけて広元は実朝を諫めている。

実朝には固有の論理があった。その論理からすれば、宋にわたろうということと、どうせじぶんで源家三代はおわるのだから位階の昇進をということは、べつではなかったはずである。このときの実朝の論理は制度的でもなく、〈家門〉的でもなく、ただ〈家族〉的である。家門からいえば源氏一門は北条氏一族もふくめて、名跡が絶えるわけではない。大江広元がいう「只希くは、御子孫繁栄の御為には当官を辞して、征夷将軍の一職を守り、御高年の後には、如何にも公卿の大職をも受け給へかし」というばあいの「御子孫」は、家門一族を意味している。けれど実朝が「諷諫尤甘心すべしといへども源氏の正統今この時に縮りて、子孫更に相続し難し。然らば我飽まで官職を兼守り、家名を後代に輝さんと思ふなり」とこたえたときの「子孫」は、直接の〈家族〉を意味していよう。ここの論理では、広元も義時もなにもいうことはできない。〈家族〉としての頼朝の正統が実朝で絶えることは、かれらとてもしっていたはずである。ただ実朝の論理が幕府の統領の論理ではないこともよくしっていた。

一国の征夷将軍が扈従六十数人で唐突に渡宋すれば、政治的亡命とみなされることは確実である。かりに陳和卿の造船が成功したとして、そのあと実朝がどういう渡宋の名分をたてるつもりであったのかまったくわからない。宗教的聖地への巡拝を名目にすれば、国交をあたためるということになるかもしれないが、それとても唐突の感をまぬかれないだろう。ここには、子供のような幼稚な思いつきといってはすまされない奇妙な暗さがある。だからこの企ては義時にも広元にも理解を絶するふりをするだけの理由があったにちがいない。実朝は頼家が放蕩三昧と無茶苦茶な政治的横車といった形で獲得した私的生活に、もっと陰にこもった形で到達したのかもしれない。義時と広元の諫言を卻けたうえは、あと実朝にのこされているのは〈死〉だけだということは、あまりにも自明であった。ただ、実朝にしてみれば、北条氏や母政子や大江広元の諫言を卻けたうえは、自前の内的な論理をつきすすめるよりほかなかったのである。

## Ⅵ　実朝伝説

ある人物が伝説上のひととなる条件は、ある自然物が伝説上の風土となる条件と似ている。その似ているところは、いずれも〈共同〉の〈観念〉があつまるということである。これが〈伝説〉と〈風評《うわさ》〉とがおなじようでいて、まったくちがうところでもある。ひとびとはこうかんがえがちである。かりにあるひとりの有力な人物や機関があって、ひとりの人物または自然物を〈聖化〉しようとして、作為的に〈風評〉をふりまくようにした。〈風評〉はひとの口から口へとつたえられ、機関から機関へとばらまかれた。そしてついに固定した〈伝説〉になってしまう、と。しかしこれはどうもちがうような気がする。作為的にふりまかれた〈風評〉が固定して〈聖化〉が定着することも、その逆に〈俗化〉が定着することも歴史のうえでありうるにちがいない。しかし、ひとびとが時代と場所をこえて、その人物や自然物を〈伝説〉として保存するためには、対象とそれを対象にしつらえたひとびとのあいだに、〈共同〉の共鳴（共感ではなく響きあい）がひそんでいなければならない。そしてこの響きあいは〈個人的なもの〉の複数ではなくて、あくまでも〈共同のもの〉の位相にあるというよりほかない。では、なにが響きあうのか？

ひとつはそのなかにある〈劇〉である。もうひとつは〈時代〉の象徴性である。そして〈伝説〉が成立つためには、ある人物または自然物に〈劇としての時代的な象徴〉という性格がなければならない。これは、べつに歴史上に記録された〈伝説〉であるひつようはない。名もない村落の片隅に鎮守された祠神でもおなじことである。その祠神の本体は石仏であった。この石仏は、ある日、漁に出た漁師の網にかかって引きあげられたものだが、陸にあげてみたら、石仏の貌《かお》が変ってしまった。これは不思議であるというので祠神として小さな堂をたて、そのなかに祀った。この本体はそれからあとも雨が降る日と晴れた日とでは貌の表情がまるで変ってしまう。こういった〈伝説〉ならば、縁起譚にはどんな小さなものであっても、かならずつきまとっているはずである。

〈伝説〉などは、どんな伝説でもすべてつまらない。これは例外なくそうであるといえる。しかし〈伝説〉をつくりだすひとびとの心も、それを信じたふりをして保存するひとびとの心も、いつも簡単に片づけられない問題をはらんでいる。簡単に片づけられるのは、個々のひとびとがもっている迷蒙さだけだが、〈共同〉の迷蒙さはそうはいかないのである。なぜならばそれは〈時代〉の象徴としての不安、すがりつきたい〈共同〉の願望がいつも根柢に横わっているからである。〈共同〉の迷蒙が〈伝説〉にかかわるためには、かならずしも個々の人間が迷蒙であることを必要としていない。個々の人間がどんなに賢明であっても〈共同〉の迷蒙は成立するのである。ひとびとはここでもたぶん誤解しやすい。個々の人間が迷蒙だから〈共同〉の迷蒙が成立するのだというように。こういう理念は、いつも個々の人間を啓蒙すれば〈共同〉の迷蒙はなくなるはずだと錯覚して啓蒙家になる。この理念は途方もない虚偽にゆきつくほかはない。理念が逆立ちしているからだ。

こういう理念は、個々の人間が賢明だからこそ、むしろ〈共同〉の迷蒙が成り立つのだということを解ろうとしないのだ。あらゆる〈伝説〉が他愛ない嘘だとすれば、〈伝説〉を崩壊させるためには、個々の人間の蒙を啓くよりも、〈共同〉の迷蒙の根拠をつき崩すよりほかに方法はない。

『愚管抄』の著者である慈円は、法然が〈浄土教〉を流布しはじめたとき、これを途方もない迷蒙だとかんがえた。そしてこの迷蒙にひっかかるものは無智蒙昧のやからだとおもったのである。しかし、後世の眼からみれば、慈円の信仰していた天台教は、すでに加持祈禱で万物を動かすことができると錯覚していた、途方もない迷蒙だが、法然の〈浄土教〉に宗教の時代的な必然と開明さをみることができる。浄土教を無智のやからに迷蒙を強いるものとみる慈円の知識にとっては、知識を獲得しているものはけっして迷蒙でありえないという奇妙な錯覚があった。たしかに知識を獲得することは個人を迷蒙から救出するかもしれないが、〈共同〉の迷蒙にたいして慈円の知識はまったく無防備なものにすぎなかった。『愚管抄』はこう記している。

　また、建永年間に法然房という上人があった。おひざもとの京洛を住いとして、念仏宗一派を立て、もっぱら念仏を信ずべきであるということから、専宗念仏と号して、〈ただ南無阿弥陀仏を称えよ、ほかの顕教密教の修法はしてはならぬ〉と流布して、思慮のない蒙昧無智の尼僧たちによろこばれ、この念仏宗はただならぬ勢いで蔓えんしだしたが、そのうちに泰経入道配下の侍で出家して安楽房と称し念仏の行者となったものがあり、このものが住蓮と一緒になって、六時阿弥陀仏礼讃こそ善導和尚の意にかなう修行だと称えだして、尼たちに帰依渇仰されるにいたった。その勢いはなはだしく、極端にはしり、念仏に帰依すれば、女色を好むのもよい、魚や鳥のような生きものを喰べるのもよい、阿弥陀仏はすこしもとがめることはない。ひたすら念仏宗に帰依して南無阿弥陀仏の称名だけを信じれば、かならず後生のお迎えはやってくるぞと説いて、京洛も田舎もあげて念仏ばやりになった。ところでここに、院の小御所の女房、仁和寺の御室の母御がまともにこれを信じて、晦日に安楽房などいうやからを招きよせて、宗義の説教などを聴講しようとしたところ、また同行のものたちも現われ、夜なども泊めたりする乱脈ぶりもでてくるようになった。そのうち怪しく妙な具合になってきて、とうとう安楽房、住蓮などを斬首に処せられた。法然上人も京洛に住むことまかりならぬということで追放された。このような処置がとられたので、すこしく下火になったようにおもわれた。けれど法然はあまりおかまいなしとして、ゆるされて最後に大谷という東山で死亡した。そこで〈往生〳〵〉ということで人々があつまったが、さしたることもなかった。臨終の有様も増賀上人などのようにはいわれることもなかった。こういうこともあったので、これは昨今まで尾をひいて、魚鳥女犯の行いだけはやめようもないというわけか。山の修行僧たちは騒ぎだして空阿弥陀仏どもの念仏を追いちらそうとて、逃げるのを追いちらしなどしたのだろう。東大寺の俊乗房は、じぶんを阿弥陀仏の化身だと云いだして、じぶんの名を南無阿弥陀仏の名をとって、すべての人の上に一字をおいて、空阿弥陀仏、法阿弥陀仏などと名づけ、これをじぶんの名にした尼僧などおおく出た。そのあげく法然の弟子たちのうちでも、こういう気狂いじみたことをいうものもでてきた。まことに仏法の滅亡もうたがいなしという末世のきざしである。こういうことをかんがえると、魔には順魔逆魔というものがあるものだ。この順魔が念仏宗のようなゆゆしいことを教えるのである。弥陀一教利物偏増のまことに実現される世には、罪障がほんとにきえて極楽浄土へゆくひともいるかもしれない。そういう世が来てもいないで真言止観がさかんにされるべき時世に、順魔の教に帰依して得脱する人があろうはずがない。悲しむべき乱脈の世になってしまったものだ。

浄土教の新興を描いて生々しいが、慈円は、無智蒙昧のやからだから、南無阿弥陀仏を称えれば浄土へゆけるというような蒙昧な言説に迷わされるのだと信じて疑わないため、そういう現象だけをつつき出している。しかし、内乱と飢餓のつづく世のなかで、ひとびとがどんな不安な心で生活を強いられていたか、また、信じられることがあるならば、どんなことでも信じたいという切羽つまった心だけが、宗教の動かしうる心であるということを、まったく理解しなかった。慈円の知識には律令朝廷の顕官や、大寺社の天台・真言の信仰はみえていただろうが、下層のひとびとの心はみえていなかった。ひとびとの〈共同〉の迷蒙が、どんな根拠にたっているのかを測ることができなかったのである。ひとびとが浄土教に燎原の火のようになびいていったその〈共同〉の迷蒙こそが、慈円の接近していた律令王権の制度的な迷蒙の鏡であるということが慈円の心に解けていたら、まずじぶんの天台・真言の知識を、いっさいの〈制度〉から切り離そうとこころみたであろう。ちょうど道元がしたように。知識は〈共同〉の迷蒙にたいして無力だが、知識はいっさいの〈制度的なもの〉からひき剝がすことによって、はじめて、意味づけの方向にむかうことができる。あたらしい宗派はこういう迷蒙の仮面をかりて、金ぴかの開山〈伝説〉に転化するものだ、ということを慈円は眼のあたりに如実に悟っただろうが、そこからひとびとが〈共同〉にもっている〈伝説〉形成への深い契機をさぐる心をもたなかった。リアルな冷徹な眼が視うるものは、あらゆる〈伝説〉から貧寒な実体をさぐりだすことだが、問題はいつもそこでおわるのではなく、そこからはじまるだけである。〈伝説〉が形成される契機となる民衆の〈共同〉の迷蒙は、その根拠を崩さなければけっしておわることはないといっていい。

実朝の〈伝説〉化をくわだてたのは、もっぱら『吾妻鏡』であった。そして『吾妻鏡』の編著者に、実朝を〈伝説〉化する必要をおしえたのは、まだ浅い〈共同〉の伝統しかもっていなかった武門勢力であり、また実朝を〈伝説〉化するための方法をおしえたのは、たぶん、当時、おもに宗教的に常套になっていた聖徳太子説話だったのである。『吾妻鏡』を注意深くたどると、いままで視えなかったものが視えてくるようにおもわれる。

元久元年
四月十八日、辛亥。実朝将軍に夢のお告げがあり、岩殿観音堂に参詣があった。
七月十四日、申戌。未の刻、実朝将軍はにわかに痢病を発した。
十月六日、乙未。亥の刻大きな地震。
十一月三日、辛酉。実朝将軍いささか病気の症状がある。

建永二年
四月十三日、戊午。戌の刻に実朝将軍体調悪くなる。

四月十六日、辛酉。症状きわめて気色が悪く、相州義時の邸で祈禱が行われた。鶴ヶ岡八幡宮の供僧たちをたのみ、一日のうちに大般若経一部を唱読せしめた。

七月十四日、戊子。晴。月蝕（十分）があり、また月がみえるようになった。

七月十九日、癸巳。雨が降る。午と未のふたつの刻に大風があり御所の西対屋がひっくりかえり、便所掃除の女が二人怪我をした。

十月八日、庚戌。南風がはげしくふき、終日やまなかった。夜にはいり、若宮大路の人家が焼亡し、猛火烈しく、烟炎がとんで、数町におよんだ。

承元二年
一月六日、丙子。くもり。雪が時々ふぶき、午の刻に大地震がある。

二月三日、癸卯。晴。鶴ヶ岡八幡宮の神楽が恒例のごとくあった。実朝将軍は疱瘡にかかって参詣なかった。前の大膳大夫大江広元朝臣が使いとして神拝した。また実朝夫人が参宮した。

二月十日、庚戌。実朝将軍は疱瘡のため心神を痛ましめた。このため近国の御家人が多数参上した。

二月廿九日、己巳。雨降る。実朝将軍の疱瘡がなおり、沐浴した。

三月三日、壬申。快晴。鶴ヶ岡八幡宮の一切経会。実朝将軍は疱瘡の余気あって出御しなかった。

武州北条時房が奉幣の使となった。実朝夫人ならびに尼政子が参宮した。

閏四月十一日、庚辰。晴。実朝将軍は急に病みついた。

閏四月廿四日、癸巳。快晴。病気がなおってはじめて沐浴。

七月廿日、丁巳。午の刻に地震があった。

承元三年

四月一日、甲子。申の刻に地震。

五月廿日、壬子。法華堂にて、故梶原平三景時ならびにその一統の亡卒たちのために供養のことが行われた。導師は真智房法橋隆宣であり、相州北条義時が参詣した。これは日ごろ営中に奇怪なことがおこり、また実朝将軍に夢のお告があったので、かれらの怨霊をなだめられるため、急に取行われたものである。

七月五日、丙申。実朝将軍は夢告によって二十首の和歌を詠じて住吉社に奉納した。内藤右馬允知親（詩心のある人物である。定家朝臣の門弟）が使に立った。

承元四年
九月卅日、乙卯。晴。戌の刻に、西方の天市垣第三星の傍に奇星がみえた。光は東方にむかって三尺余、光芒はとてもさかんに光り、長さ一丈ばかりである。そのとおりだとすれば彗星であろうと云うものがいる。

十月三日、戊午。明け方、地震があった。

十月十二日、丁卯。京都から飛脚があって卅日にみえた異星は彗星であるとのことで、主計頭資元朝臣が陰陽寮からの意見書を差出した。この天変によって朝廷では内外の祈禱がおこなわれたうえ、改元があるべしとのことである。

十一月廿四日、戊申。駿河国建福寺の鎮守馬鳴大明神（安倍郡にあり）、さる廿一日卯の刻に、少児に神憑って、酉歳（建保元年に当る）に合戦があるという託宣があった。別当神主たちが注進におよび今日到着した。相州北条義時がこれを紹介した。そこで卜占すべきかどうか広元が申しあげたが、実朝将軍はちょうどその廿一日の明け方、合戦のことを夢にみて、お告げがあった。うその夢ではないのかどうか、このうえ占うことはいらないとして、剣をかの明神社に献進された。

十二月十五日、己巳。くもり。戌の刻と亥の刻の両方に月蝕があった。祈禱は摩尼房である。

承元五年・建暦元年
一月廿七日、辛亥。雨上りはれ。寅の刻に大地震があった。今朝の太陽に光がなく、その色は赤黄色である。

二月廿二日、乙巳。実朝将軍は鶴ヶ岡八幡宮に参詣した。朝光が太刀持ちの役。さる承元二年このかた、疱瘡のあとを憚って詣でなかったが、今日はじめて参詣した。

五月十五日、丙寅。未の刻に地震。

六月二日、壬午。くもり。実朝将軍は急に病気になり、危ない様子があるので、戌の刻に御所の南庭で属星祭。

六月三日、癸未。晴。寅の刻に病状が軽くなり、夢のお告あり。

七月三日、壬子。晴。酉の刻に大地震。牛馬がおどろき騒いだ。

七月四日、癸丑。雨上りはれ。実朝将軍は貞観政要の講読をおこなった。

八月十五日、甲午。晴。鶴ヶ岡八幡宮の放生会。実朝将軍いささか気分悪く参詣なく、相州北条義時が奉幣使として参拝した。実朝将軍は内証で廻廊の御簾《みす》中から舞楽を見物した。

九月十五日、甲子。晴。金吾将軍頼家の息子義哉が定暁僧都の部屋で髪をおろした。法名公暁。

九月廿二日、辛未。雨上り晴。禅師公暁は受戒をうけに、定暁僧都を伴って上洛した。実朝将軍より扈従の侍五人を差遣した。これは名目上養子であるからである。

十月十三日、辛卯。鴨社の氏人である長明入道が雅経朝臣の推挙で、鎌倉に下向し、実朝将軍と幾度か対面した。ところで今日は頼朝の忌日であるので法花堂に参り念誦読経のあいだ、生前のころをおもい涙をもよおし、長明は一首の和歌を堂の柱にしるした。


草も木もなびきし秋の霜きえて空しき苔をはらふ山風

十月十九日、丁酉。晴。午の刻に永福寺で宋版の一切経五千余巻を供養。実朝将軍の出御があった。

十一月一日、己酉。晴。寅の刻に、太白房上将星を凌犯した（相去ること六寸と評された）とのことで、陰陽師たちからそう知らせがあった。

十一月三日、辛亥。晴。寅の刻に、永福寺の惣門と塔婆一基（前武蔵守源義信の建立である）が焼けおちた。類火なし。戌の刻、天変が重なるので、御所で泰山府君歳星などの祭が行われた。

十一月廿日、戊辰。実朝将軍は貞観政要の談議を今日終えた。さる七月四日に始めたものである。

十二月廿八日、丙子。実朝将軍は明年に太一定分の厄年にあたるので、今日祈禱がおこなわれた。葉上房律師栄西、定豪法橋、隆宣法橋がこれを奉仕した。また指名のものが泰貞天曹地府祭を勤行した。武州北条時房がこれを指示した。

建暦二年
四月六日、壬午。晴。戌の刻に実朝将軍は病気にかかる。そして小御所の東面の柱の根っこに花が開いた。それで天地災変・鬼気などの祭を行うべきことを、相州北条義時から申渡しがあり、鶴ヶ岡八幡宮の供僧たちが、おおせにしたがい大般若経を和唱した。

五月廿七日、辛巳。雨降る。洪水があり河川の辺の人家が水に沈んだ。

十月廿日、壬辰。午の刻に、鶴ヶ岡八幡宮の上の宮の宝前に羽蟻がむらがり飛び、幾千万かわからないほどである。

建暦三年・建保元年
一月一日、癸卯。天気はよく晴れあがっている。巳刻に地震。

三月十日、辛亥。晴。戌の刻、故右大将頼朝の法花堂の後山に光る物があらわれた。長さ一丈ばかり、遠近を照らしてしばらく消えなかった。

三月十六日、丁巳。雨上りはれ。天変のことあるによって御所で祈禱が行われた。

三月廿三日、甲辰。浄遍僧都、浄蓮房等が召によって営中に参上し、御所で法花浄土両宗の宗旨を談じた。

四月七日、戊寅。幕府において、女房たちをあつめて酒宴があった。ときに山内左衛門尉政宣、筑後四郎兵衛尉ら、塀の中門の石だたみのところを見まわっていた。実朝将軍は御簾のなかから姿をみて両人を縁のところに呼んで盃をたまわったが、将軍は二人ともちかく生命をおとすかもしれない、一人は敵として一人は御所にかけつけて、と云われた。二人は怖ろしくなって盃をふところに入れて退出した。

五月十五日、乙卯。晴。亥の刻に地震が二度あった。

五月廿一日、辛酉。午の刻に大地震があった。音をたてて舎屋が破壊し、山崩れ地割れがおこった。このあたりでは、近いころではこのような大震はないとのことである。そして廿五日の内に兵火がおこることを陰陽師が予言した。

六月二日、辛未。晴。炎旱の日がすでに十日もつづいている。

六月三日、壬申。はれ。寅の刻に地震の祈禱が行われた。

六月廿九日、戊戌。晴。戌の刻に、光り物が現われ、しばらく北天を照して南方へはしり、地上にもその光芒がところどころにかがやいた。人々はこれをみて、人魂というものもあり、また流星というものもあった。

七月七日、丙午。はれ。丑の刻に大地震があった。

七月廿日、己未。故和田左衛門尉義盛の妻（横山権守の妹）は恩赦にあずかった。これは豊受太神宮七社の禰宜《ねぎ》である度会康高のむすめである。夫が謀叛した科で所領を召しあげられたうえ囚人になっていた。その領所は神宮一円の厨地（遠江の国の兼田）であるので、禰宜たちはその理由を申しのべたため、その領所を本宮に返させただけでなく、恩赦にあずかった。実朝将軍がことのほか敬神の心があるからである。

八月十八日、丙戌。はれ。子の刻、実朝将軍は御所の南面に出られた。ときに灯はきえており、人は寝しずまり、ひっそりと音もない。ただ月の色、鳴く虫をおもうて心を傷ましめるばかりの風情である。実朝将軍は和歌を数首独吟した。丑の刻になったころ、夢幻のように青衣の女人が一人、前庭を走ってとおりすぎた。しきりに誰何《すいか》されたが、ついに名告らず、それが門外に出ようとするときに、にわかに光り物があらわれ、松明の光のようであった。宿直の者にいいつけて、陰陽少允親職《ちかもと》を召出した。親職は衣を急ぎさかさまにひっかけざまに参前した。すぐにいまの出来事を話した。親職はすこしかんがえたのちに、とくに変異だとおもわれませんとこたえた。しかし南庭において招魂祭を行った。今夜つけていた衣を親職にあたえられた。

八月十九日、丁亥。丑の刻に大地震があった。

八月廿二日、庚寅。晴。未の刻に、鶴ヶ岡八幡上宮の宝殿に、黄色の蝶が大小となくむらがり集った。人々はこれを怪しんだ。

八月廿八日、丙申。くもり。さる廿二日の鶴ヶ岡の奇異なできごとは兵火の兆であるというものがあり、卜占を行ったが慎みあるべき旨の卦があらわれたと申すので、八幡宮で、百怪祭が行われた。

八月廿九日、丁酉。はれ。亥の刻に地震。

閏九月十二日、己卯。はれ。戌の刻、東の空に変異があらわれた。丑の刻に地震。

閏九月十七日、甲申。くもり。大地震。

十月十三日、己酉。晴。夜にはいって雷鳴あり、おなじ刻に御所の南庭に狐がたびたび鳴いた。

十二月三日、己亥。実朝将軍は寿福寺に参詣あり、仏事を行わせた。これは左衛門尉和田義盛以下の亡卒得度のためである。

十二月十一日、丁未。くもり。午の刻大地震。

十二月十三日、己酉。はれ。丑の刻地震。

十二月廿九日、乙卯。実朝将軍自筆で日頃円覚経を書写したものがあったが、今日供養のことが行われた。

十二月卅日、丙辰。昨日供養した経巻を左衛門尉三浦義村に申しつけて三浦に遣わし、海底に沈められた。夢のお告があったためである。

建保二年
一月三日、己巳。はれ。実朝将軍は鶴ヶ岡八幡宮に参詣した。この間に由比ヶ浜の人家が焼失した。

二月一日、丙申。晴。亥の刻に地震。

二月七日、壬寅。晴。寅の刻大地震があった。

二月十五日、庚戌。くもり。戌の刻に月蝕が白雲を透して七分みえる。

四月三日、丁酉。晴。亥の刻大地震。

五月十五日、己卯。晴。寅の刻に月は太白星を侵した（相去ること三尺の所）こと、占星師より言上があった。

五月廿八日、壬辰。はれ。ひでり炎天が十日以上になるので、鶴ヶ岡八幡宮で祈雨の祈禱がおこなわれた。

六月一日、甲午。晴。晩になっていくらか雲がかかり雷鳴があった。祈禱の効験か。

六月三日、丙申。はれ。諸国で炎天ひでりの心痛があり。よって実朝将軍は葉上僧正にたくして、雨乞いのため八戒をまもり、法花経を読誦させた。

六月五日、戊戌。甘雨降る。これひとえに実朝将軍懇祈の効験であろうか。

八月七日、己亥。甚だしき雨と洪水。

八月十五日、丁未。はれ。子の刻に月蝕がみえる（九分）。

九月一日、壬戌。晴。巳午の両刻に日蝕が現われた（五分）。

十月六日、丁酉。晴。亥の刻に大地震。

十月十日、辛丑。はれ。申の刻に甚雨雷鳴。

十月廿七日、戊午。晴。寅の刻に月が太白星を侵した（相去ること一尺五寸の所）とのこと占星師たちから知せがあった。

十二月二日、壬辰。霰が降った。

十二月四日、甲午。晴。亥の刻に、由比ヶ浜のあたりが焼けた。南風が烈しく若宮大路の数町におよんだ。その中間の人家はみな焼けた。

建保三年

一月十一日、辛未。晴。若宮辻の人家が焼け失せた。余焔は藤の右衛門尉景盛の宿所におよんだ。酉戌の両刻のあいだに二十余町がことごとく灰燼となった。

六月廿日、戊寅。今夜子の刻に、霊社が鳴動した。両三度である。

八月十日、丁酉。晴。実朝将軍いささか病状あり、御所で祈禱が行われた。

八月十四日、辛丑。子の刻に皆既月蝕あり。

八月十八日、乙巳。ひどく雨降り。午の刻に大風が吹き、鶴ヶ岡八幡宮の鳥居（前浜）が倒れた。

八月十九日、丙午。くもり。地震がある。

八月廿一日、戊申。晴。巳の刻に、鷺が御所の西侍の上にあつまった。未の刻地震がある。

八月廿二日、己酉。はれ。地震と鷺の恠《あやしみ》のことで卜占を行ったところ、重変があるとのことで、御所をでて相州北条義時の邸に入った。信綱が剣をもって倶奉。義時は他所へ移った。

八月廿五日、壬子。晴。親職、泰貞、宣賢以下の陰陽師たちが、御所で百恠祭を行った。鷺の恠のためである。

九月六日、壬戌。晴。丑の刻に大地震。

九月八日、甲子。くもり。寅の刻大地震。

九月十一日。丁卯。晴。寅の刻大地震、未の刻にまた小震がある。

九月十三日、己巳。晴。未の刻に地震。

九月十四日、庚午。晴。酉の刻に地震。戌の刻に地震。同時に雷鳴がある。

九月十六日、壬申。晴。卯の刻に地震。

九月十七日、癸酉。晴。戌の刻三度地震。

九月廿一日、丁丑。晴。つぎつぎの地震によって祈禱が行われた。

九月廿六日、壬午。亥の刻。雷鳴が何度かあり、すもも大の雹が降った。

十月二日、丁亥。晴。寅の刻に地震があった。

十一月八日、癸亥。快晴。実朝将軍は相州義時の邸から御所へかえった。鷺の恠によって七十五日泊っていたわけである。

十一月十二日、丁卯。霊社において解謝など行事があった。日ごろしきりに怪異があるためである。

十一月廿日、乙亥。晴。戌の刻、太白星逈《はるか》に哭星が第一星を侵した（七寸の所）。

十一月廿一日、丙子。はれ。亥の刻、太白哭星が第二星を侵した（七寸の所）。陰陽少允親職が御所に参上してそう申すので実朝将軍は南面においてこれをみた。

十一月廿五日、庚辰。幕府において、急に仏事を行わせた。導師は行勇律師である。これは実朝将軍が昨夜夢に、和田義盛以下の亡卒があつまり参前する姿をみたためである。

十二月十五日、己亥。晴。亥の刻に、金木同度。同時に地震があった。

十二月十六日、庚子。はれ。終日風が烈しく吹いた。つぎつぎおこる天変のことについて占星師は上奏文を捧呈した。実朝将軍においては、殊に謹慎あるべき変異であると。大夫属三善善信がこれをとりついだ。相州北条義時、大官令大江広元、藤の民部大夫らは、善政をさかんにし佳運が長く久しくなる方法をめぐらさなければならないという下知を出した。

十二月卅日、甲寅。天変の祈禱がおこなわれた。御前の南庭で、宣賢歳星祭を行った。三浦左衛門尉義村が下知した。

建保四年

一月十五日、己巳。相模の国江嶋明神の託宣があった。大海がたちまち道路に変り、そのため参詣の人は舟船のわずらわしさがなくなった。鎌倉からはじめ、国中のひとびとが上も下も群をなして参りにきた。末代まで珍らしい神変である。三浦左衛門尉義村が使いとしてその霊地に向った。帰ってきて容易ならぬことと申上げる。

二月一日。甲申。くもり。日蝕は現われなかった。

三月七日、庚申。海水が色を変え、赤いこと紅を浸したようである。

六月十一日、癸亥。晴。戌刻大地震。

建保五年

一月十一日、己丑。晴。戌の刻、御所の附近が焼けた。

八月十五日、庚申。はれ。鶴ヶ岡八幡宮の放生会に実朝将軍が恒例により参詣された。帰ってあと、明月に望んで庚申の祭をおこない、当座に和歌の会を催された。

九月四日、戊刁。雨降る。午の刻に大風があり御所の東西の廊その他、鎌倉中の舎屋は大略倒壊した。

十月十一日、乙卯。晴。阿闍梨公暁、鶴ヶ岡の別当職に補せられた後、はじめて神拝があった。また宿願のことあって、今日以後一千日、宮寺に参籠するとのことである。

建保六年

六月八日、戊申。晴。戊の刻、東方に白虹があらわれた。ただし片雲がたちならび、星のかげはまれである。夜半になり雨が降り、その変異はきえた。

六月十一日、辛亥。くもり。卯の刻。西方に五色の虹があらわれた。上一重は黄、次に五尺余へだてて赤色、つぎに青、つぎに紅梅色で、その中間は赤色が広くあつく、その色は空と大地に映り、しばらくしてきえて、雨が降った。

十二月五日、癸卯。はれ。鶴ヶ岡八幡宮の別当公暁は宮寺に参籠して、退出しない。また数ヶの祈請を出し、除髪の儀を行わないので、人々はこれを怪んだ。また白河左衛門尉義典をやって、太神宮に奉幣のため進発させた。その外、諸社に使節をたてた旨、今日御所に披露された。

（『吾妻鏡』より抄出）

自然が実朝の内的不安に加担しているとでもいおうか。かなり大きな地震がひんぱんにおこり、地震の前兆といわれる光現象があらわれて人々の心を一層不安にしている。試みに『理科年表』（昭和四十六年）の「日本付近の被害地震年代表」では『吾妻鏡』の記事にみあうのは、建暦三年五月二十一日（西暦一二一三年六月十八日）の地震だけである。この地震はM（マグニチュード）六・四で、いわゆる中震程度でかなり大きく、「鎌倉、山くずれ、地裂け、舎屋破壊した」と記載されている。また、地殻隆起によって鎌倉と江の島のあいだは、徒歩で渡れるようになり、遠近の人々が群れをなしたと記載されているが、これも『年表』にはみあった記載はない。

自然現象が〈伝説〉化されるばあいも、ある歴史上の人物が〈伝説〉化されるのと似たところがある。つまり〈共同〉の迷蒙がそこになければならない。自然はあくまでも人間の理解の手がとどかない理由によって星宿をひきよせたり離したり、蝕をあたえたり、地震や風を起したりする。また、羽虫や蝶が群れをなしてあつまったり、建物の柱の根っこから花が咲きでたりすることから、人家のちかくに狐がでてきて鳴いたりすることまで理解を絶することになる。炎天や降雨がつづいたり、病気になったりすることも不可解なことになる。たしかに、自然現象が予想どおりにめぐってこないで、たびたび異常なことが重なることは気持のよいことではないかもしれない。しかし理解の手がとどき、その理由がわかれば、すくなくとも〈共同〉の迷蒙の対象にはならないのである。もちろん理解の手がとどいても自然現象が、ひとびとの心の外でおこることをやめるわけではないが、すくなくとも〈共同〉の不安とはなりがたいのである。ひとびとが〈共同〉の不安をもっていれば、自然の現象も過剰な意味づけの不安のなかにおかれる。陰陽道や天台・真言の密教化は〈理念〉としてこの過剰な意味づけに加担した。実朝は、それほど積極的に天変地異に心をくだいた形跡はみえないが、そこに中世的な観念の世界がおおいかぶさっていたのである。ほかのことでは、それ相当に現実的でもあり、利害に聡かったり、惣領制の倫理にのっとって、単純で率直に行動することをしっていた武門勢力が、自然現象の異変にたいしては、まったくの宗教的な迷蒙に鼻づらをひきまわされているさまは、いまからかんがえると不可解なものにみえる。だが、ほんとうはそれほど不可解でもなかった。そういう不均衡さは、いつでも人間の心の世界ではありうるからである。ただ中世の初期に、ひとびとを支配していた〈共同〉の迷蒙がどれだけの重さをもっていたかを、現在、如実にはかることは難かしい。

実朝がすくなくとも個人としてもっとも打撃をうけた事件は和田義盛の乱であった。義盛は幕府創業いらいの宿将のひとりであり、一徹な武人であった。下総の国の守護職になることを念願しても容れられず、その古風な忠誠心も要求も、眼の前で幕府の執政権に冷たくさえぎられた。そして執政権の象徴は実朝だが、その冷たい執行職は北条義時と大江広元である。幕府の創設いらいおこった家人の武将たちの内訌がいつもそうであったように、いったん異議があれば北条氏を相手に討つか討たれるかの合戦を仕掛けるよりほかはなく、北条氏を相手に合戦を挑めば、かならず擁立された将軍への謀叛という名目にならざるをえない。すでに実朝のもとでは、気心が知れていて、慈悲と忠誠にうらうちされた統領と家人という私法的な関係から、事が裁決せられることはありえなくなっていた。介在するものは制度であり、制度の象徴であるかぎりの実朝は、義盛の心事をよく理解しながらも、制度として振舞わざるをえなかった。それが十全に理解できなかったところに、この老将の悲劇があったといっていい。

和田義盛の一門が、鎌倉で北条邸と大江広元邸と御所を囲んだとき、義盛はもちろんこの側近を討ち滅ぼして、実朝を奉じるつもりであったろう。それはうまくゆかなかった。実朝は夢枕に義盛一門の亡卒が立つという体験を二度もやっている。そのたびにこの愛すべき老将一門の供養をやった。『吾妻鏡』の記載をみると、実朝はきわめて病弱であったことがわかる。「御不例」とか「御病悩」とかいう記事はたびたびあらわれる。ところがこの「御不例」や「御病悩」は軽いばあいには二日酔や下痢のようなものがあきらかにみられるし、重いばあい疱瘡があからさまに記されている。しかし、全体的には神経性の虚弱体質とみるよりほかにないようにおもわれる。

また〈夢告〉の記載もおおくかぞえられる。そしてあるばあいこの〈夢告〉は〈正夢《まさゆめ》〉であったとされている。もっともよい例は、陳和卿が貴方の前世は医王山の長老であったといったとき、実朝がそれはじぶんが以前にみた夢のなかのお告げと符合するとのべた例である。また、馬鳴明神の託宣によって変事があるという申出があったときも、実朝がそれはじぶんの夢と一致するとのべた記事がある。また、もっとも生々しいのは、建暦三年（一二一三年）四月七日の記事である。女房たちと酒宴をしているとき、御所の中門のあたりにいた山内左衛門尉政宣と筑後四郎兵衛尉をそばによんで、二人とも近く死ぬかもしれない、ひとりは敵方として、もうひとりは営中にかけつける味方として、と実朝は云う。二人は蒼くなって盃をふところにして実朝の前を退出する。『吾妻鏡』の実朝についてのこういう記事は、半分くらいは曲筆であろうし、最後にじぶんの死の予言にまで実朝をつれてゆくための布石ともうけとれる。しかし、あとの半分は実朝につよい傾眠症状をみとめてもよいような気がする。

この症候を実朝のばあいにそくしていえば、ひとつは、しばしば夢と現実とがわかちがたく、白日夢を体験した記事があることである。実朝がみた光物も青衣の女人も、つよい入眠幻覚であるかもしれない。あるいは公暁から派遣された刺客であるのかもしれない。もうひとつ心的な異常としてかんがえられることは、たやすく相手の異常状態に同化しうることであり、これは夢告や正夢の記事となってあらわれ、あるばあい予言めいた言葉を吐いて、それが実現したという記載になってあらわれている。

おどろくべきことに、『吾妻鏡』の記事によれば、実朝の在世中は、伊豆・房総・鎌倉などで地震が続発した。そのたびに兇兆としてうけとられ、僧侶と陰陽師による加持祈禱や卜占がおこなわれた。武門権力の惣司祭としての実朝は、たぶんその特異な性格からして適役であった。あるいは惣司祭としての役割を負わされているうちに、生来の異常に鋭敏な感覚がさらにとぎすまされて、シャーマン的な能力が身に加わるようになったというべきかもしれない。これが『吾妻鏡』を実朝の個人についての記載として真《ま》にうけたときに読みとれるものである。

関東武門勢力の祭祀の長者としての実朝に影響をあたえた宗教的な教理は三つあった。ひとつは陰陽道であり、もうひとつは天台・真言のような密教系の加持祈禱である。そしてもうひとつは海人部や帰化系統の〈現神《いきがみ》〉の信仰である。

陰陽道が鎌倉幕府に入ったのは、おそらく京都の律令朝廷における信仰の模倣であった。実朝はしばしば〈方違《かたたがえ》〉などをまともにやっていることが『吾妻鏡』の記事から明瞭であるが、もともとこれは唐制の模倣をやった律令官制に発祥している。鎌倉幕府に採用された陰陽道では神聖な星として〈天一星〉と〈太白星〉とがあり、ある星（またはその星にあたる十干・十二支に相当する生れのもの）がこれらの星の運行の方位を侵すときは〈方違《かたたがえ》〉によってその方向を避けなければ災厄に出あうと信じられた。

平安朝晩期から鎌倉期にかけての土俗的な道教としての陰陽道と、習合的な密教であり陰陽道とも土俗的に混合した真言・天台系の加持祈禱の息災法や、山伏せの修験道とを区別してかんがえることは難かしい。しかし病気になれば祈禱し、地震があれば加持し、夢に和田一族の怨恨のさまをみれば修法をおこなわせ、また自身も写筆の円覚経を三浦義村に護持させて三浦の海に沈めるといった実朝の司祭としての生活は、京都から移入された真言・天台系の密教の流入をかんがえずには、あまりうまく説明できないかもしれない。

建暦三年八月十八日、実朝が深夜おきて御所南面の庭をみて和歌数首を詠んでいると、丑の刻に夢幻のように青衣をかついだ女人一人が前庭をよぎっていったので、名を問わせたがこたえず門外へ走り去った。そして光り物が松明のようにかがやいた。陰陽少允親職を召しだして理由をきいたが、親職はべつにさほどの変異ではないと答えたが、前庭で招魂祭が行われた。

この個所の『吾妻鏡』の文章は、もっともすぐれたものの一つだが、これは道教の〈三魂七魄〉の説によってかかれているとみなされる。『玉函霊宝秘典』には「三魂とは、爽霊、台光、幽精の三なり。肝下にあり、形ち人の如し、並びに青衣を着る。内には黄衣をきるなり。毎月初三日、十三日、二十三日の夜は、人の身を離れ去つて身の外に遊ぶ。一魂は直ちに木属宿営に居し、一魂は地府に居し、一魂は形内に居す」と記されている。そこで、『吾妻鏡』の記事を解釈すれば、陰陽師の親職は、南庭を過ぎる青衣の女人は、実朝の三魂が遊行したのだと解して、かくべつの変異ではないとかんがえたことになる。けれどこの三魂をもどすために招魂祭をおこなった。

おなじかんがえは仏教にも習合されている。『十王経』には「曰く三統の魂識とは、一には胎光業魂神識と名づけ、二には幽精転魂神識、三には相霊現魂神識云々」とかかれているという。

真言・天台系の密教化と道教系の陰陽道とは密通しやすい点をもっていた。密教では天然であっても人間であっても、十戒をたもって修法すれば、対象に同化しつくすことが可能であるとかんがえられ、あらゆる修行の到達点をそこにおいた。これは天然を魔としてその運行によって人事はおおきな支配をうけるという陰陽道のかんがえと表裏をなすとみなすことができる。すでに落ちぶれきっていた神道信仰は、〈密〉〈道〉を習合することによってしか延命をはかることができなかったとみてよい。ただ神道では〈天御中主《あめのみなかぬし》〉を中心におくか〈天照大神〉を中心におくかが流派のわかれであっただけである。これは南部支那の辺境異族の信仰である土俗的な道教を中心にするか、東南アジアの原住部族の南方的シャーマンを中心におくかのちがいとみてもよい。また、平安末期の密教のほうからは、神道と習合することによってしか仏教が大衆のなかに滲透することができないという問題にほかならなかった。かれらは両方の利害から神社には宮寺をつくり、寺院には明神あるいは権現信仰を附着させて、ほとんど密教と陰陽道的な信仰の区別を、あとかたもなく融合させようとしたのである。

たとえば、霊亀元年（七一五年）には藤原武智麿が気比神社の境内に神宮寺をたて、また若狭比古神社にも神宮寺をたてたとされる。また神亀二年（七二五年）には宇佐八幡宮の境内に薬師・弥勒《みろく》を本尊とする宮寺をたてた。また行基は〈天照大神〉の本地は〈大日如来〉であると称して東大寺をたて、宇佐八幡の分霊を東大寺にうつし手向山八幡宮とよんだ。もちろん鶴ヶ岡八幡宮のばあいもこの神仏習合の伝統はうけつがれたのであり、実朝も鶴ヶ岡八幡宮の宮寺に詣でたという記事がしばしばみえ、また〈放生会〉その他〈一切経会〉のような〈法会〉がここでおこなわれている。

鎌倉幕府の祭祀権の統領であった実朝は、その日常をほとんど仏教と密教と陰陽道が習合した祭事仏会についやした。そしてこの面では関東武家層の固有信仰はかげに潜在していただけであったといっていい。

しかし、『吾妻鏡』には実朝を超能力をもった〈現神《いきがみ》〉に仕立てあげようとした痕跡がいくつかみうけられる。度々の夢告の記事がそれであり、また夢告が予知となって陰陽師の星占いと一致したという記事などもそれである。このばあい、すべての〈現神〉信仰とおなじように二つの側面があらわれる。ひとつは文字通り、武門勢力の祭祀権者として、いっさいの神事と仏事とを主宰するということである。もうひとつは、自身が〈現神〉となるということで信仰の象徴でありながら、同時にその共同体の〈生《い》け贄《にえ》〉としての意味をもつということである。このばあいには、その共同体にとって怨嗟のまととなることを、すべて引きうけなければならないことになる。また、じっさいにも尊崇と怨嗟とはおなじ意味をもつものとなる。『吾妻鏡』に曲筆があるとすれば、実朝の独特な人格をとらえて、そこに関東武門の内訌からくる怨嗟をすべてなすりこんでしまい、ついに、ほんらいは北条氏にあつまるべき敵意を実朝に集中させ、これを血祭にあげて死なしめたという点にあらわれる。『吾妻鏡』は、もしそう読もうとすれば、実朝の鋭敏な傾眠症的な人格と〈現神〉としての象徴性とを交錯させながら、巧みな死にいたる伏線を引きつめていったというふうに読めないことはないのである。そしてこのような役割を背負うには頼朝も頼家もそれぞれ別な理由で不適格だが、実朝だけがその適性をもっていたと云えなくはない。

『吾妻鏡』は、実朝の〈現神〉化の方法をどこからつかんできたのだろうか?

たぶん、天台・真言のような密教化した旧仏教から、浄土教や法華宗のような新興仏教にいたる宗派で、ひとしくおこなわれた聖徳太子の転生説話であった。天台宗は教祖慧思の生れかわりが聖徳であるという説話をつくりあげた。七六七年にかかれた『一心戒文』にはつぎのようなはし書きがかかれているといわれる。

隋代の南嶽衡山に、思禅師あり。常に願つて曰く、我れ没して後かならず東国に生れ、仏道を流伝せむと。其の後日本国に、聖徳太子有り。生は聡にして慧なり。時に小野の臣妹子を遣はし、隋の天子に聘せしむ。即ち太子妹子に教へて曰く、我に取るに法華経と錫杖鉢を持ちて来たれと。妹子教へを奉じ、尋ねて将来を訪はしむ。時人皆云ふ、太子は是れ思禅師の後身也と。

わが国の天台宗の祖である最澄は、弘仁七年（八一六年）に上宮（聖徳）廟に詣でて、天台宗の祈請を行い、そのときの奉納文につぎのような言葉があるとされている。

今の我が法華聖徳太子は、即ちこれ南嶽慧思大師の後身也。厩戸に託して生れ、四国を汲引し、経を大唐に請持し、妙法を日域に興し、等鐸を天台に振り、其の法味を相承す。日本の玄孫興福寺の沙門最澄、愚なりといへども、願はくは我が師の教へを弘め、渇仰の心に任ぜざらんや。

天台・真言の密教化がすすむにつれて、転生説話もまた神秘化されていった。そしてこのような転生説話は神仏習合化の風潮によく合致するものであった。日本の真言密教の開祖空海も弘仁元年（八一〇年）に聖徳太子廟に参籠して「我はこれ救世大悲の垂跡也。我れ昔安養世界において、此土の衆生の利益のために、かの安楽を捨て、この穢土に来る。我が母后は、これ本師無量寿仏の化身の垂応なり。我れ定恵の妻女は大勢至菩薩の垂跡を得し也。三尊結契して生を和国に受け、化を日域に施す。遷化して年久しく、彼の三尊の位に擬し、三骨を一廟に並す」（『顕真得業口決抄』）という啓示をえたと伝説されている。かれらはいずれももとをたどれば帰化人の出自であると俗称されているが、それは事実かどうかわからない。ただ当時において帰化人の出自であるといえば、現在、欧米に留学した西欧学者だというのとおなじような、のど自慢にはなった。ただ、かれらが太子聖徳を仏祖の日本における生れかわりだとし、じぶんをその道統をひくものだとしなければならなかったところには、かれらなりの悲劇がなかったわけではない。ここでは聖徳の転生説話は密教化した旧仏教にとって重要なパターンであり、それは転生観自体を普遍化するのに役立ったのである。おなじように奇蹟譚もまたこの種の説話につきものであった。

これらの性格は、もとより教祖を〈聖化〉しようという企てが宗教のあるところどこでも普遍的だという意味では、『新約聖書』におけるイエスの〈聖化〉などとも共通している現象である。

新興仏教の宗派とりわけ浄土教でも、太子聖徳が日域の仏祖であるという説話はそのままうけいれられた。親鸞の作とされる「聖徳和讃」はそのあらわれである。また、夢告を得たという伝説がある磯長の太子廟に参籠した親鸞は、建仁二年(一二〇二年)、夢想のうちに太子聖徳があらわれて、

我ハ三尊鹿河ノ界ニ化スナリ　日域ハ大乗ニ相応スルノ地　諦聴セヨ諦聴セヨ我ガ教ヘシムルトコロヲ　汝ガ命根十余歳ニ応ヘタリ　命ヲハッテ速ヤカニ清浄ノ土ニ入ルベシ　善信ヨ善信ヨ真ノ菩薩ヨ

という呼びかけをえたという宗祖譚を附会されている。

この時代の宗教的な情勢のうちにあって、坂東の武門勢力は、その固有な俗信仰の土台のうえに、それにふさわしい伝説をつくりだしたいとかんがえた。実朝という武門勢力にとって祭祀の長者であり、当代の第一級の詩人である人物は、この伝説化に耐える唯一の人物であった。そこに、たぶん『吾妻鏡』のもっている独特な位相があったのである。

『吾妻鏡』の承元四年十月十五日の項に、

十五日、庚午、聖徳太子の十七箇条の憲法、ならびに物部守屋逆臣のあとで官で没収した田地の広さと在所、および天王寺・法隆寺に納めてある重宝などの記録について、実朝将軍は日ごろから尋ねられるところがあった。大江広元朝臣が、これを方々にきき求めて、今日進覧に供した。

これが実朝を〈現神《いきがみ》〉化するための作為でなければ、太子聖徳の説話を実朝は鎌倉に下ってきた天台宗や真言宗の僧侶をつうじてよく知っており、また、四天王寺と法隆寺の地下には伏蔵があって、そこにはたくさんの重宝や仏像や舎利、木材などが埋められているという伝説にも興味をもっていたことを

意味している。そして『吾妻鏡』にもし基本的な性格があるとすれば、実朝の実像と説話化とが、二重性としてあらわれるため、いつもツヴァイドイッテッヒ（両義的）な解釈が可能であるところにあらわれている。編著者の作為としての実朝と、特異な性格の持主としての実朝というように。

『吾妻鏡』の承元四年（一二一〇年）十一月二十二日の条には、実朝が太子聖徳の供養を行っていることがみえ、建暦二年六月二十二日の条には、持仏堂で聖徳の聖霊会を施行している。これは当時の聖徳説話が新旧の仏教宗派によってともども流布されていたことを物語っている。実朝はその信仰のされ方にそのままのっているといっていい。のちに、じぶんの生涯が聖徳説話によって潤色されるかもしれないことを知らなかったろう。また、『吾妻鏡』の作為や曲筆の境界をどこで引いておけばいいのかもわからないのである。ただ、いかに当時の聖徳伝説がはなはだしいものであったかは、易行道をといた親鸞でさえやっている。「皇太子聖徳奉讃」をひろってもはっきりわかる。

○救世観音《くぜくわんおん》大菩薩、聖徳皇と示現して　多々《たた》のごとくすてずして　阿摩《あま》のごとくにそひたまふ
○大慈救世《だいじくぜ》聖徳皇　父のごとくにおはします　大悲救世観世音　母のごとくにおはします
○和国の教主聖徳皇　広大恩徳謝しがたし　一心に帰命したてまつり　奉讃不退ならしめよ
○上宮皇子方便し　和国の有情をあはれみて　如来の悲願を弘宣せり　慶喜奉讃せしむべし

親鸞にしてしかるか、という感慨を禁じえないが、掛け値のないところこうだった。現在からみれば想像を絶することだが、どんなにおもいをめぐらしても、当時の実体をつかむことはむつかしい。中世とはこういう袋小路をいたるところにもっていたのである。

実朝は『吾妻鏡』の編著者によって聖徳伝説になぞらえて、超能力をもった〈現神《いきがみ》〉に祭りあげられ、その祭壇のうえで犠牲に供されたおもむきがたしかにみうけられる。そして徐々に死の祭壇に登ってゆ

き、ついにはじぶん自身でじぶんの死を予知したというための伏線が引かれていると読むことはできるのである。ただ、ここで重要だとおもわれるのは、北条氏の息がかかっているとみられる『吾妻鏡』の編著者でも、実朝を人形のような据え物として描くわけにはいかなかった必然性が、たしかに人間的にも制度的にも、実朝の側にあることを認めざるを得ない点である。

実朝はたしかに特異な資質と鋭敏な洞察力をもった人物であり、その象徴的な役割を無視することは『吾妻鏡』の筆者にもできなかった。そのために、天台・真言系の宗派が太子聖徳にあたえた説話とおなじような説話を、関東武家層の固有信仰である〈現神〉信仰にのっとって実朝に附着させるほかはなかったのである。実朝は鎌倉幕府の祭祀の長者であるとともに、律令王権の宗教的な慣例ともつながりをもった祭祀権者として、扇のかなめを演ずることになっている。そしてこの扇のかなめを演じられるものは実朝をおいてなかったのである。実朝は夢告によって事を行うことができる密教的な呪者であるとともに、自己の死にいたる過程さえも正確に予知することができる〈現神〉でもあった。陳和卿のいう実朝の前世は宋朝の医王山の長老であるという言葉は、まったく聖徳太子が天台宗祖慧思の生れかわりであり、天照大神や天御中主が大日如来の生れかわりであるという中世仏教説話を、関東武門に特有な方法で模倣したものにちがいない。そして奇蹟をおこない、夢告によって超能力を発揮する『吾妻鏡』の実朝は、すでに仏教宗派によって流布されていた聖徳太子説話のパターンをもとにしてつくられたといっても過言ではない。

ただ、詩によって実朝を透視すれば、やはり『吾妻鏡』のどんな曲筆によっても糊塗することのできない一級の詩人であった。そこでは、どうしても説話的な役割を超えて、しっかりとした洞察力で事態を視すえていた人物としてしかかんがえられない。晩年のじぶんの運命にたいする予感も、過敏にすぎる夢想のなかの悔恨も、人格的な根拠をもっていたといってもけっして不具合ではない。

初期の鎌倉幕府とくに実朝の下で、武門勢力の内訌は、私闘やさやあての小競合をのぞいては、ほとんどすべて北条氏にたいする反乱としておこなわれたといっても過言ではない。そして北条氏に手むかうことは、源家将軍に手むかうことだというように北条氏は存在していた。ゆいつの例外といえば北条時政と義時の父子が、実朝の擁立をめぐって親子で対立したときだけであるといっていい。

実朝はたしかな眼をもっていて、じしんはモダンな京風の遊興が好きであったが、畠山重忠や和田義盛のような頑固で武骨な宿将のほうが、北条氏や大江広元などより好きであった。しかしこれら幕府創業いらいの宿老たちの時代が過ぎつつあることをも、よく洞察していたとおもえる。この聡明な将軍が、おいの公暁に討たれたのは不覚の不意打であったろうか？　それはあまり信じられないことである。実朝には、どう振舞えばじぶんは殺害され、どう振舞えば生きのびられるかはよくわかっていたはずである。それは北条氏執権にさからうかどうかによって決定された。だが北条氏執権にさからわなければ、生涯を全うすることができるか。そうではなかった。歴史が武門勢力に祭祀の長者を要求しているかぎり、北条氏にさからっても、さからわなくても実朝を殺害することはできない。しかし、北条氏が鎌倉幕府創業いらいの宿将たちの一族をつぎつぎに滅ぼし、そしてつぎに律令王権にたいする関係をどうえらぶかについて制度的な識見と実行力を獲得したのちは、ただ飾りものの将軍だけが必要であり、実朝はいずれにせよ不要の存在となる。このときが刻々に近づいているかもしれないことを、実朝がしらなかったとはとうていかんがえられない。北条義時が拝賀の日に、気分が悪くなったからといって行列の途中から消え、公暁は父の仇だと呼ばわって、実朝と、義時の急な代役をつとめた源仲章を殺したなどという『吾妻鏡』の記事は信じようがないのである。

ところで、ある男がある別の男を怨恨によって討ち果したという考え方を信じきれない次元では、公暁はただひとりの操られた人形にすぎなかった。そしておなじように実朝もまた何ものかの象徴にすぎなかったというべきである。そして公暁を背後で操ったであろう北条氏もまた象徴にすぎなかったともいえる。いったい誰が誰を殺害したということになるのだろうか？

たぶん北条氏の背後には、武門勢力の祭祀の長者として、律令王権との懸け橋となっていた源家将軍の正統性を、足元から切りはなすべき社会的な契機が熟しつつあった。もはや関東武家層の〈惣領〉制は、足元から崩壊しつつあり、〈家長家族〉の重さが無視しえなくなったところで、〈惣領〉の威力もまた失墜しつつあった。そうだとすれば、たとえ行政権を掌握していても、祭祀の長者としては無視することはできないような象徴的な主権者は、幕府には不要であった。ただ操り人形のような名目の将軍職さえあれば充分だったのである。たしかに関東の武門層の勢力は、律令王権とすぐに抗争するという発想にまではいたってなかった。ただ将軍職は操り人形でなければ御しにくいが、〈象徴〉としてだけは必要であった。実朝がこの条件におあつらえむきでなかったことは確かである。なぜならば祭祀の長者としての実朝の威儀と学識と洞察力は、かれら武門勢力にとって、掛け値なしに慴伏するほかないものだったからである。

〈惣領〉——〈庶子〉制が変容せざるをえなくなったひとつのおおきな原因は〈家族〉が家長を中心に、独自な位置をもちはじめ、家族内の血縁と私的な従者との結合の強さが一門の〈惣領〉にたいする忠誠心を相対的にゆるめていったことである。北条氏が源家将軍のしんがりである実朝を除こうとおもいたったのは、ひとつは同格の宿将たちをつぎつぎに蹴おとして、政治力について自負をたかめていったところにあった。けれど最終の理由は実朝のもつ威力が、烟たくなってきたということであった。〈庶子〉層の、家長を中心とした結合力が、独特の位置にせりあがってきたとき、すでに祭祀だけの長者は必要でなくなった。祭祀の共同性は、一門の共同体にとって重荷になっていったからである。もはや本来的にいえば、祭祀は〈家長家族〉ごとの信仰の対象であり、共同の宗教は、しだいに実質を失いつつあった。実朝が、源氏の正統がじぶんでおわると云ったとき、この情況をよく知りつくしていたかもしれない。

## Ⅶ　実朝における古歌

本居宣長は「石上私淑言《いそのかみのささめこと》」のなかで和歌の〈物のあわれ〉説をいうために、『古事記』のイスケヨリヒメの物語に仮託された二首を引用している。

伊須気余理比売命《いすけよりひめのみこと》の御歌に

さゐ川よ雲たちわたりうねび山木の葉さやぎぬ風ふかむとす

うねび山ひるは雲とゐゆふされば風ふかむとぞ木の葉さやげる

このふたつの歌は天皇神武が死んだ時に、手研耳命《たぎしみみのみこと》が、弟の皇子たちを殺そうと謀ったのを、皇子たちの母であるので悲しんで、このことをしらせるために風雲に託してこううたったものである。さて皇子たちはこの歌をききしってそれに備えたという。手研耳は異母の皇子であった。くわしいことは『古事記』にみえている。このほかにも類似の歌の形がある。また後世にもなおこの類の歌がおおい。これらは見るもの聞くものに触れて〈物のあわれ〉をのべているのである。さてこの類の歌はとくにその物をひきよせて詠んでいるように聞えるが、本来的にかんがえるとそうではない。

すべて心に深くおもうことがある時は、目にふれ耳にふれる物がことごとくそのように思われてしまうものなのである。つまりその物に託して詠みだした歌であるから、これもまたおのずから自然なことであって本来は工夫をこらしたものではない。

宣長のいいたいことは、心にひとつの執着があるときは、どんなこともそうおもわれてしまうもので、そこに〈物のあわれ〉を知る心があるのだという心理的な根拠である。だが、宣長は、かれがかんがえているより、はるかに重要なことを〈和歌〉について暗示している。もちろん、宣長はこのうたを、そのままあった事実としてよむことをたてまえとしているので、その意味では問題にならない。でたらめな物語に任意の歌をはめこんだだけだから、解釈としてとりあげるには価しない。ただ詩観として重要さをもつということである。

中世詩人としての実朝を詩人たらしめているものは、〈和歌〉とよばれる詩形式であった。そしてこの詩形式は、現在でもなお短歌としてさかんに流布されている。ひとりの中世詩人について語りたいなら〈詩〉を語ればよいので、〈和歌〉を語る必要はないはずである。ただ、こう言いきることには、どうしてもある不可解なためらいのようなものがのこされる。これは宣長のいうところともかかわっている。いまの短歌詩人たちに、この詩形式についてたずねてみるとして、まとをいいあてた答えに出会うのは絶望的かもしれない。それでは中世詩の研究家にこの詩形式についてたずねたとする。べつに答えをきいてまわらなくても、やはり事態は絶望的であるようにおもわれる。この詩形式には言葉の誤解と錯覚の迷路をつきすすんでいるうちに、いつかそういう形式と内容になってしまったといった不可解さが含まれている。これは経験的にはつぎのような事実から想定することができそうだ。

ひとりの詩人が、以前に俳句の創作体験をもっていたとする。するとこの体験はかならず現代詩の創作にむすびつけることができるにちがいない。また、ひとりの詩人が、かつて現代詩の創作体験をもっていた。もしかれが小説の創作にのりだしたとすれば、かつての詩体験をそこにむすびつけることができるはずである。ここには詩的体験と散文的体験とのあいだに普遍的な契機を想定することができる。ところで、ひとりの詩人が、以前に短歌の創作体験をもっていた。そして、ある時期から、現代詩あるいは小説の創造に転じた。かれのかつての短歌体験は、詩または小説の創造にむすびつけることができるだろうか？　かれの短歌の創作体験は、たぶんどこにもむすびつく契機をもたないはずである。短歌はただ短歌的表現の迷路と深みにだけゆきつくようにみえる。これにはとおい由来がなければならない。

記・紀歌謡を、いまのところもとめうる最古の詩形式とかんがえると、このなかに〈和歌〉の形式をもった歌謡をいくつか数えあげることができる。

八雲立つ　出雲八重垣　妻ごみに
八重垣作る　その八重垣を

これは神話のスサノオが出雲の国の須賀に新居をつくり、土地の首長の女を得て、新たな家をつくり住む物語に挿入されているものである。一首の意味は〈たくさんの雲がのぼり立つ出雲の国で八重も垣をめぐらした新居をつくり、あたらしく娶った女と一緒に住むのだ〉といったものとされる。しかしこの〈和歌〉形式の詩的表現を、そう解釈することは絶望的である。それで異説は、

八蛛《やく》も断つ　出雲《いづも》掟《や》へ書《か》き　嬬籠《つまこ》みに
掟《や》へ書《か》き作る　その掟《や》へ書《か》きを

これは土地に先住する原住族に掠奪婚の風習を断って、服従民となるべき契約をつくらせたという意味とされる。このような、まったくちがったさし代えができるのは、この詩形式が、それ自体でなにかを語っているとみなすことが不可能なところからきている。

赤玉は　緒さへ光れど
白玉の　君が装し　貴くありけり

『古事記』では、これもまた神話の豊玉比売《とよたまひめ》が玉依比売《たまよりひめ》に托して、ヒタカヒコホホテミにおくった歌とされている。〈赤い玉はそれをつらねるためのヒモさえも輝やくばかりだが、白玉の貌をした貴方の姿のほうが気高い〉といった意味になっているが、この詩形式からそういう意味を一義的にとることは難しい。ことに〈赤玉〉と〈白玉〉に、当時托されていた宗教的内容をはっきりさせなければ〈種族的な相異といったような〉無理な解釈となる。
そこで『日本書紀』のほうは、べつに読みかえている。

明珠《あかたま》の　光はありと
人は云へど
君が装し　貴くありけり

そして意味は、豊玉比売がいもうと玉依比売に托して、〈わたしの生んだ貴方の子どもはきれいな玉のようだとひと伝てにききましたが、貴方の姿のほうが気高いとおもっています〉、というふうにさし代えられている。

このさし代えの可能性は、まえとおなじように、〈和歌〉形式がそれ自体で詩の表現の〈部分〉ともなりえず、また完結した詩的表現ともなりえない独特な、ある意味で多義的な形式であることからきているようにみえる。さらに表音的につかわれている漢字が、ある時代をへて表意的に読みなおされると、まったく別の内容に転化されてしまうというところに、意味のさし代えの可能性がうまれるとかんがえることができる。しかしこれは言語学上の問題でありしばらくおく。これにたいし、ヒコホホテミの答えた歌（『書紀』では、ヒコホホテミがさきに詠ったものとなっている）、

沖つ鳥　鴨着く島に　我が率寝《ゐね》し
妹は忘れじ　世の尽《ことごと》に

これは〈和歌〉の形式として完結した詩的表現となっているようにみえるが、たぶん、この歌は『万葉集』の中期に挿入してもおかしくない新しい時代につくられたものだからである。〈和歌〉という詩形式の初原をかんがえるにはあまり意味をもたない。

『古事記』は、宣長のいうように、天皇神武が死んだあと、その子タギシミミがじぶんの異母弟たち三人を殺そうとしたとき、母であるイスケヨリヒメが、歌をもって殺されそうな子供たち三人に急を知らせようとして詠んだとして二首をあげている。

狭井《さゐ》河よ　雲立ち渡り　畝火《うねび》山
木の葉さやぎぬ　風吹かむとす

畝火山　昼は雲とゐ　夕されば

風吹かむとぞ　木の葉さやげる

この二首がイスケヨリヒメの歌だというのはもちろん架空の神話だが、この完全な叙景歌が殺害しようとしているものがいるぞと息子たちに伝える暗号にさし代えられて、挿入されていることは、おおきな意味をもっている。すくなくとも、どんな〈物〉でもそう思ってみればそうみえるものだという宣長の〈物のあわれ〉説は意味をなさない。この二首を神話にはめこんだやり方は、神話の編著者たちにとって、完全な叙景の〈和歌〉形式が、危急をつたえるための暗号として意味をさし代え得るとかんがえられていたことを意味している。あるいは一般的にいえば、ある事象をつたえるには、その事象とまったくかかわりない景物の叙歌形式をもちいればよい、とかんがえられていたことを意味している。どうしてそうかんがえられていたのか。宣長のいうように、どんな〈物〉でも〈あわれ〉とおもってみきさすれば、その〈あわれ〉の内容に沿ってみききできるものだという主観的な契機によるものだとはおもわれない。むしろ、ある〈景物〉の叙歌形式において、その〈景物〉が個人の観念の表象であるよりも、〈共同〉の観念の表象としてあったということが、歌のなかで〈物〉と〈心〉とが響きあう根拠であった。〈狭井河〉とか〈畝火山〉とか云えば、大和盆地に住むあたりの集落人には、すぐにわかる〈共同〉の表象があったのである。その〈共同〉の表象は信仰に関係するか、農耕水利に関係するかはべつとして、〈景物〉が〈共同〉の表象であることが、〈心〉を伝える暗号として意味をもった理由である。ここには〈和歌〉形式が初原的にもっていたおおきな問題がかくされているようにみえる。〈和歌〉形式の発祥するあたりのところで、詩的表現として、この形式が完結するためには、極端にいえばふたつの方向しかかんがえられない。この畝火山の歌のように完全な〈叙景〉であること、そうでなければ完全な〈叙心〉であることである。たとえば大雀《おおさざき》の仁徳が、髪長ヒメを得て詠んだとされる物語の歌

道の後《しり》　古波陀嬢子《こはだをとめ》を　雷《かみ》のごと
聞《きこ》えしかども　相枕《あひまくら》まく

また、仁徳が妻に会いたくて口子《くちこ》の臣《おみ》を使いにやったとき、妻が会うのを避けて口子の臣をはぐらかしたとき、仁徳の妻につかえていた口子の臣の妹口《くち》ヒメが詠んだ物語の歌

山城の　筒木の宮に　もの申す
吾が兄のきみは　涙ぐましも

また、置目《おきめ》の老媼《おうな》が、年老いたので故郷へ隠退したいと願いでたのに、顕宗が詠んだ物語の歌

置目《おきめ》もや　淡海《あふみ》の置目　明日《あす》よりは
み山隠《やまがく》りて　見えずかもあらむ

これが発祥のあたりで、〈和歌〉形式によって〈叙心〉をうたったときの精いっぱいの表現であった。精いっぱいというのは、この詩形式では、実質的には〈涙ぐましい〉とか〈おまえのすがたは見えなくなってしまうだろう〉としか、〈叙心〉としては云えていないということである。

このことは逆にいえば、〈和歌〉形式の詩的表現が、完全な叙景であるばあいにも、ある事柄の〈暗号〉でありうること、また、〈叙心〉（思想をのべること）であるときには、きわめて単純なことしか述べえないことに、本質的な特徴をおいた詩形式であるということに帰する。この〈和歌〉形式の詩的表

現が、発生の初原でもった本質的な特徴は、この詩形式に独特な迷路と独特な展開の仕方をあたえたといってよい。

まず、〈和歌〉形式の展開の仕方のひとつの特徴は、〈万葉東歌〉の古俗的な表現にすぐとらえることができる。ここで古俗的という意味は、時代的に古いかどうかということではなく、詩的表現として古俗的ということである。

そのもっとも鮮やかな特徴のひとつは、上句または下句の〈叙景〉を、まったく無意味化することによって、下句または上句との〈響き合い〉にしてしまうことである。

伊豆の海に立つ白波のありつつも
つぎなむものを乱れしめめや
（『万葉集』巻十四・三三六〇 東歌）

この上句の叙景には〈意味〉がない。ただこの叙景によっておびき出される〈白波がうちつづくようにつづくべき自分たちの恋を乱されるようなことがあってはならぬ〉ということにだけ、この詩の意味がある。

足柄の箱根の山に粟播きて
実とはなれるをあはなくもあやし
（『万葉集』巻十四・三三六四 東歌）

筑波嶺のをてもこのもに守部すゑ
母い守れども魂ぞあひにける
（『万葉集』巻十四・三三九三 東歌）

これらでも一首の前半には〈意味〉はない。

はじめのものでは〈二人の恋が実っているのに逢わないのは悲しい〉というだけであり、二首目では〈母親が二人の仲を監視していても二人の心はいつも通いあっている〉というだけで、〈足柄の箱根の山に粟を播いて〉や〈筑波嶺のあちらこちらに砦をまもるための兵士たちが配置されている〉という上句の景物描写は、一首の詩的意味には関係のないものである。

吾が背子を大和へ遣りて待つしたす
足柄山の杉の木の間か
（『万葉集』巻十四・三三六三　東歌）

〈わが夫を大和へ旅立たせて待つこと久しい〉という上句が、一首の意味で、〈足柄山の杉の木の間にちょぼちょぼ生えている松のように心細く間遠《まとお》なことだ〉というのは、もちろん推量によってつながるだけである。これは〈和歌〉形式の宿命的な展開の仕方であり、また、そこにこの形式の独自性があるといってよい。

時間的前後を手易くいうことはできないが、この東歌がもつ空間的意義は、〈和歌〉形式の展開の経路からみれば、きわめて発生のあたりに近いとみてよいとおもわれる。『万葉集』のなかに、おお手をふってあらわれている類似の手法は、これよりもやや高度なものとみなされる。

鎌倉のみこしの崎の岩崩《いはくゆ》の
君が悔ゆべき心は持たじ
（『万葉集』巻十四・三三六五　東歌）

足かりの刀比の峡地《かひち》に出づる湯の

よにも絶よらに子らが言はなくに　（『万葉集』巻十四・三三六八　東歌）

余明軍の、大伴宿禰家持に与ふる歌二首（のうち）

あしひきの山に生《お》ひたる菅《すが》の根の
ねもころ見まく欲りし君かも　（『万葉集』巻四・五八〇）

弓削の皇子の、吉野に遊しし時の御歌一首

滝の上の三船の山に居る雲の
常にあらむとわが念はなくに　（『万葉集』巻三・二四二）

十市《とをち》の皇女の、伊勢の神宮に参赴《まゐむ》きたまひし時、
波多の横山の巌を見て吹芡《ふぶき》の刀自の作れる歌

河上のゆつ磐群に草生《む》さず
常にもがもな常処女《とこをとめ》にて　（『万葉集』巻一・二二）

辛人《からひと》の衣染むとふ紫の
情《こころ》に染みて念《おも》ほゆるかも　（『万葉集』巻四・五六九　大典麻田連陽春《やす》）

山部宿禰赤人の歌六首（のうち）

阿倍の島鵜の住む石《いは》に寄する浪
間なくこのごろ大和し念ほゆ　（『万葉集』巻三・三五九）

鏡の王女の、御歌に和《こた》へ奉れる一首

秋山の樹の下がくり逝く水の
吾こそ益《ま》さめ念《おも》ほすよりは

（『万葉集』巻二・九二）

これらの表現では、上句は、下句にある一首の〈心〉を誘導するための〈暗喩〉としてつかわれている。そのかぎりでは、すでに無意味な叙景とはいえない。ただ詩の心棒である下句に〈含み〉をそえるものとして不可欠のものとなっている。たぶん、ここまできて〈和歌〉の形式は詩的表現として完成されたとみてよい。ここまでくれば、もうよみ代えはそれなりにできないような、強固な〈意味〉をもつにいたっている。もちろん、これらの表現でも上句の叙景には詩の言葉として生きた意味はない。だがすでに、下句にある詩の〈心〉へ接続しようとする意識が働いている。ということは、一個人の作者を想定しなければならないし、すでに音声として発する言葉の遺制はなくなって、書き言葉の意識が前面にでてきていることを語っている。一個人が書き言葉の意識で詠んだとすれば、その段階では、べつの読み方に理解をかえることはできない。そこで上句の叙景は、いわば〈喩〉としての役割をもってぴたりとはめこまれている。〈喩〉が巧みであるか、そうでないかは作品の出来栄えということにかかわるが、現実の恋愛が成就するかどうかとはかかわることはない。しかし、さきの東歌では、上句または下句に適切な〈響き合い〉をつけられるかどうかは、じかに掛け合いの相手が、どれだけ恋愛の〈心〉を理解しているかの尺度となりえたので、かりにこういう歌垣の場面を想像すれば、よき〈響き合い〉をつけられたものは、相手の〈心〉を深くしったよき恋人であるとみなされたのである。

　東歌の稚拙な表現をもとにしてかんがえれば、対になったひとびとによる掛けあいの和唱の場（たとえば歌垣とか集団の仕事の場）をじっさいに想定してもよいほどである。そういう場で、ひとりが「筑波嶺のをてもこのもに守部すゑ」と事実をうたうと、もうひとりのたれかがこれをうけて即興的に「母い守れども魂ぞあひにける」と掛けあい、どっと囃《はや》し声があがるといった場面である。いまでは、こういう即興的な掛け合いでも、専門的な修練を必要とするようにみえるかもしれないし、じじつひとかどの芸人でなければできなくなっているが、そういうことは、集団的な雰囲気のなかではあまり不可能ではなかったはずである。ところが上句が下句の〈暗喩〉として必然化された表現の段階では、おそらくそういうことはあまり可能性がなくなって、やはりある意味での専門化と、個人の創作という意味が前面にくることを余儀なくされたはずである。

ところで〈和歌〉形式は、ここまでたどりつく過程で、すでに数えきれないほどの錯覚をつみかさねているとかんがえることができる。その錯覚は表音からくるよみ代え（たとえば〈海《あ》部語歌《まかたりうた》〉が〈天《あま》語歌《かたりうた》〉に転化するというような）も数えきれないほどあったろうが、詩形式からくる錯覚も数えきれないほどあったにちがいない。そしてそのつど、錯覚のほうが真実になりといった過程がくりかえされた。いまのこされている最古の古典語をもとにしても、隣接地域の言語と共通の祖語に到達しにくいのは、はじめに表音として借りた文字が、世代を下るにつれて表意的に読みこまれたというような、錯覚が真実化してゆく過程に、はっきりと楔が打ちこめないからである。また古典詩の展開のされ方をたどるのが困難なのは、かきのこされた最古の歌謡をもとにしても、すでに無数の形式的な錯覚が真実に転化してしまうといった過程がはっきりされていないからである。

実朝が『万葉集』を手にしたのは、『吾妻鏡』によれば建暦三年十一月二十三日とされている。「京極侍従三位（定家卿）相伝の私本万葉集一部を将軍家に献ず、是二条中将（雅経）を以て尋ねらるるに依るなり」云々と記されている。もちろん当時流布されていた歌書によって部分的には『万葉集』に通じていたにちがいない。

しら雪のふるの山なる杉村の
すぐる程なき年のくれかな

我宿の籬《ませ》のはたてに這ふ瓜の
なりもならずもふたり寝まほし

沖つ島鵜のすむ石による浪の
間なく物おもふ我ぞかなしき

金《こがね》掘るみちのく山にたつ民の
命もしらぬ恋もするかな

これらの実朝の作品で、上句はすべて〈暗喩〉であって、一首の意味はただ下句にのみあつまっている。いままでのべてきたように、このかたちは、〈和歌〉が詩として成立したときの初原にあるもので、その意味では現在にいたるまで貫かれている。実朝は『古今集』から『新古今集』にいたる八代の勅撰集をみている可能性があり、この手法はまた八代集のなかにもつかわれていて珍らしくない。だが実朝に『万葉』の影響があったというとき、この影響の意味を表現としてうけとるかぎり、これらの作品をまずとりあげるよりほかかない。

べつに実朝の歌は、力強いから『万葉』調なのでもなく、『万葉』を模倣したから『万葉』詩人なのでもない。実朝のある種の秀歌が、〈和歌〉形式の古形を保存しているから『万葉』の影響があるというべきなのだ。実朝の引用のうたは、いずれも恋歌とみられるが、実際の〈恋〉を詠んだものではない。もしそうだったら『万葉』の影響をうけることはできなかったろう。実朝は『万葉』の東歌をよく読みこんでいたとみられる形跡があるが、さすがにそこまで質的に影響をうけることはできなかった。たぶん、この四つの歌には『万葉』からの影響の極限のかたちがあらわれており、また、それが主題として恋歌で、しかも架空の恋うたであるというのも偶然ではない。歌によるかぎり、実朝は奥向の局《つぼね》とじっさいに恋愛関係にあったとみられる一、二の例があるが、そのばあいの歌は『万葉』の影響をうけようがなかったのである。

よく説かれているように、賀茂真淵は「歌意考」、「にひまなび」、「国歌八論余言拾遺」、「国歌論臆説」などで、『万葉』尊重の立場から、くりかえし実朝の歌に讃辞をあたえている。真淵の評価は、実朝の歌そのものについてならば嘘のおおいものだが、ほんとうは実朝の歌から察知される『万葉』の読みこみ方に傾倒したといってもよかった。実朝の歌は、すこしでも古歌を本歌としているかもしれぬとおもわれる作品をみてみると、たしかに『万葉』学者である真淵のかんがえ方に、詩の感性から類似しているとみられなくはない。真淵はそれを実朝の洞察力の深さとみたのである。「にひまなび」に、

鎌倉の右大臣実朝の歌は、当時の都ぶりの歌人として此のひとという第一人者である。その歌体は古い『万葉』の風儀にかなっているので、たまたま『古今歌集』の言葉つかいをまじえてつかっているものでさえ、『古今』とは似つかぬものとなっており、歌のもとの心も調べもすぐれて高いことがわかる。さてこの実朝将軍の歌「筥根道を吾が越え来れば」、「もの丶ふの矢並つくろふ」などのような、世にもすぐれた歌が多いことは云うまでもないことである。事もなく詠みなされているような歌「此の寝《ね》ぬる朝けの風に薫るなり軒端の梅の春の初花」、「王藻刈る井手の柵《しがらみ》春かけて咲くや河辺の山吹の花」などのもとになる表現の仕方、またごくありふれた事を巧みに云いなしている末の調べの心の高さをみよ。また「梅開厭雨」という題で「吾が宿の梅の花咲けり春雨はいた

くな降りそ散らまくも惜し」と詠まれた歌を考えてみると、実朝が、当時、京の都で歌を詠んだ人々をみて、みな進んだ技法を心にもってかえって技巧負けしているにちがいない、そこでいざ古風によって歌を詠んでみせようと考え、天下の専門歌人たちを見くだした気持があったのではないかとも推察されるほどである。このような雄々しい心をもたぬひとが、またすこしでも先覚的な人の技巧すぐれた歌をきくとそれに背けず、また離れられないような気持になるのとくらべれば、とても実朝には及びがたいことだと考えるべきである。

真淵には古典学者として、『万葉集』にたいするはっきりした見解があった。真淵はじぶんが重要だとかんがえている『万葉』の個所から、実朝もまたその影響をうけているとみたのである。真淵のいい分は、『万葉』のうち巻一と巻二だけが明瞭に橘諸兄の撰によるものだということであった。だが字のちがい、訓の誤りがきわめておおい。これについては巻十一、十二、十三、十四が撰ばれたものであるかもしれない。このうち巻十一、十二、十三はよみ人知らずの古い歌であることはたしかであろう。いずれも都ぶり・宮廷ぶりであるが、巻十四は東歌で、多く国ぶりである。そこで巻十三はきわめて古い長歌と短歌がふくまれているので、これを巻三とし、巻十一、十二を巻四、五とすればよろしい。『万葉集』といえばすべてよい歌だとかんがえたら間違いで、よいものとよくないものとを区別できなければいけない――というものであった。そこで真淵の実朝にたいする評価は、実朝がよくこのことを心得て、本歌を取っているという点からなされた。

実朝が建暦三年(一二一三年)、定家から私本の『万葉集』をおくられた以前に、それほど深く『万葉』をよみこんでいたかどうかは確定できない。しかし、真淵が実朝に高い評価をあたえた根拠は、たぶん、つぎのような実朝の作品が、真淵の万葉観と類似しているという点にあった。ただしこの類似性はわたしの推測にすぎないので、実朝が実際に『万葉』のこれらの作品を本歌としたかどうかは別問題であり、それを実証しようとするいとまはない。

世の中はつねにもがもな渚こぐ
あまの小舟の綱手かなしも　（実朝）

世の中の常かくのみと念《おも》へども
半手《かたて》忘れずなほ恋ひにけり　（『万葉集』巻十一・二三八三）

*

高円《たかまど》の尾の上《へ》の雉子《きぎす》朝な〳〵
嬬《つま》に恋ひつつ鳴音かなしも　（実朝）

人の親の未通女《をとめ》ごすゑて守山辺から
朝な朝な通ひしきみが来ねば哀しも　（『万葉集』巻十一・二三六〇）

*

秋ちかくなるしるしにや玉すだれ
小《こ》簾《す》の間《ま》とほし風の涼しさ　（実朝）

玉たれのこすの隙《すけき》に入り通ひ来ね
たらちねの母が問はさば風と申さむ　（『万葉集』巻十一・二三六四）

＊

箱根路をわが越えくれば伊豆の海や
沖の小島に波のよるみゆ
（実朝）

相坂《あふさか》をうちいでて見れば淡海《あふみ》の海《うみ》
白木綿花《しらゆふばな》に浪立ち渡る
（『万葉集』巻十三・三二三八）

＊

乳房吸ふまだいとけなきみどり子の
共に泣きぬる年の暮かな
（実朝）

みどり子のためこそ乳母《おも》はもとむといへ
乳のめやきみが乳母《おも》もとむらむ
（『万葉集』巻十二・二九二五）

＊

物いはぬ四方《よも》のけだものすらだにも
哀れなるかな親の子を思ふ
（実朝）

鴨すらもおのが妻どちあさりして
後《おく》るるほどに恋ふといふものを
（『万葉集』巻十二・三〇九一）

＊

くれなゐの千入《ちしほ》のまふり山の端に
日の入るときの空にぞありける
（実朝）

くれなゐの濃染《こぞめ》のころも色深く
染《し》みにしかばか忘れかねつる
（『万葉集』巻十一・二六二四）

実朝の秀歌は、まったく実朝のものになりきって、本歌を問題にするのも愚かなほどである。また、本歌をとったとしても〈心〉をとったので、言葉尻を模倣するという段階からは、はるかに深くつきすすんでいる。ほんとうの影響とはこういったものであるのかもしれない。

ことに引用の最後の実朝の歌は、本歌とくらべて特色がはっきりと出ていて、しかもみくらべて劣るところはない。山の端に入りかける真赤な濃い夕日の色をみて、古代のくれない染めの、繰返し浸しては振った千《ち》入《しお》染《そ》めの色のようだな、とおもったそれだけのことであるが、「日の入るときの空にぞありける」という表現は、ただ〈そういう空だな〉といっているだけで、しかも無限に浸みこんでゆく〈心〉を写しとっている。この〈心〉は、けっして〈忘れかねつる〉という『万葉』の恋歌の恋しさの単純さとは似ていない。〈事実〉を叙景しているだけの実朝の歌のほうが、複雑なこころの動きを〈事実〉として採りだしている孤独な心が、浸みとおっているようにみえる。これが実朝のおかれた環境であったといえばいえるのである。

引用の第三首目の「秋ちかくなるしるしにや」もまた、まったくの叙景にみえる。ただ「風の涼しさ」といっているだけのようにみえる。しかし、この「風の涼しさ」は、ある瞬間に風がとおりぬけ、そのときだけ救われたようにほっとしている実朝の〈心〉の状態をまるで白黒写真のように写しとっているようだ。本歌とみられる『万葉』旋頭歌の恋歌の、無邪気さとは似つかないのである。実朝の歌は恋歌にしたいところを、どうしても恋歌に行けない〈心〉を叙景のうちに瞬間的に停止させている。「世の中はつねにもがもな」の歌も、本来ならば恋歌の着想であるといえる。しかし実朝の〈心〉のうごきは、由比ヶ浜の渚でいつかみた漁舟の、こぎ手の手の動き、櫓綱のうごきのイメージで停止している。そして不安な将軍職のうえにいるじぶんの〈心〉をみてしまうのである。

真淵が実朝を高く評価した理由はあきらかであった。ただ、実朝が真淵のかんがえるように『万葉集』をふかく読み、真淵の評価する『万葉』の巻十一、十二、十三をよみわけていたと仮定しなければならないが、この仮定は、たぶん成立する。対比されている個々の作品をみればわかるように、そして、これだけ噛みくだいて『万葉』の秀歌を択りわけ、その眼で『万葉』の作品から影響をうけられるとすれば、実朝に具わったおおきな表現力を想定するほかに解釈の方法はみつからない。

しかし、いうまでもなく『古今集』から『新古今集』にいたる八代集もまた、『万葉』時代のとり残された作品を拾いあげ、その上『万葉』の影響をおおきくこうむっている。実朝が『万葉』から直接に影響されるよりも、八代集の作品を通して『万葉』からの影響をこうむったというかんがえかたは成立する。そして、この類例もまたおおくみつけだすこともできる。そこでは真淵の実朝評価はあまり一義的な意味をもたなくなってくる。

〈和歌〉形式が詩的表現として独立し完成されたすがたをとった時期は、『万葉』におくほかにかんがえられない。実朝が『万葉』から影響をうけたという意味は、ただ実朝が〈和歌〉の本性を体得したということでいえば、うたがわしいものをのこしていない。〈和歌〉のもつ迷路と深みという問題を、実朝は『万葉』から背負わされたといえばいえるからである。〈和歌〉のもつ迷路と深みとは、「物に寄せて思を述ぶる」ということではなく、〈物〉を叙することは〈意味がない〉ことにつながり、〈心〉を叙するとすればたったひと息くらいしか可能でないというあの本性である。

白まゆみ磯べの山の松の色の
ときはに物をおもふころかな

つまりは、「ときはに物をおもふころかな」としかいえないことは、〈和歌〉そのものの本性にほかならなかった。すると、どうしても、なにを詠んでも鈍色の光をはなって、けっして愉しさにも、かなしさにも、あわれにも、たどりつけないようにみえる実朝の詩心は、〈和歌〉形式に過不足のない安住の地をみたのだろうか。それをきわめるには、実朝の詩心を、〈和歌〉の詩的表現としての〈変容〉のうちに、手さぐりするよりほかないのである。

## VIII 〈古今的〉なもの

『古今集』の成立は、というよりも、そこにあつめられたような〈和歌〉表現の成立は、〈和歌〉にとってある決定的ななにかを意味していた。けれどこの決定的ななにかはよくたどれないのである。『万葉集』に〈和歌〉形式の詩としての完結したすがたをみつけ、それで『万葉集』を象徴させるようには『古今集』を象徴させえないのである。『万葉集』と『古今集』とのあいだには、〈和歌〉の詩的な性格のうえで見事にちがってしまったなにかがあるのだが、この過程をたどるのは、ほとんど絶望的であるといってよい。ただ作品にあらわれたところから結果的には、つぎのようにいうことができる。

ひとつには、〈物〉を叙すことが、すなわち〈心〉を叙すことの暗喩であり、したがって〈物〉を叙した部分は〈和歌〉全体のなかでは〈無意味〉でありうるという〈和歌〉形式が発生のはじめにもっていた性格は、見事に〈変容〉してしまっていることである。

もうひとつは、〈和歌〉形式のなかで〈心〉を叙するばあいには、それ自体としては単純な〈心〉の動きしか表現できないという性格も、また〈変容〉してしまっているということである。

残念なことにこれらの〈変容〉がなぜおこったかを正確に根拠づけることはできない。ただこれらの〈変容〉の結果として、〈物〉を叙することは詩的な内面の〈象徴〉に転化し、この〈象徴〉によって、〈心〉は結果的に表現されるという性格があらわれるようになった。

こういう視点からいえば、『万葉』にくらべれば『古今』は詩として問題なく転落しているといういいかたも、『古今』的な風雅の世界とか、王朝風の高貴さと遊びの〈心〉とかいういいかたも、自然に感じやすい日本人の心などというういい方も意味をなさないのである。こういういい方は、日本語の詩的な表現が必然的に袋小路にはいっていいった不可避性の問題にくらべれば、つまらないたわごととしかおもえない。そういういいかたは、王朝の風雅だとか、『万葉』の野性的な直截な詩心だとかいうことに、過剰な意味をみつけたがるものにまかせておけばよい。わたしたちはただ詩的表現の暗部に、なんとかして光をあてたいとおもうばかりである。なぜなら、その暗部には、たんに詩の問題ばかりでなく、言葉が関与するすべての問題の暗部がかくされているとおもえるからである。

二条后の春の始の御歌

雪のうちに春はきにけり鶯の
凍れる涙いまやとくらむ　　（『古今集』）

題しらず

をちこちのたづきもしらぬ山中に
おぼつかなくも呼子鳥かな　　（『古今集』読人しらず）

雲林院の皇子のもとに花見に北山のほとりにまかれりける時によめる

いざけふは春の山べにまじりなん
暮れなばなげの花のかげかは　　（『古今集』素性）

〈鶯の凍った涙がとける〉という表現も、〈おぼつかない心にさせる呼子鳥〉という表現も、〈日が暮れれば花のかげもあるかなきかになってしまう〉という表現も、〈物〉を叙したのでもなければ〈心〉を叙したものでもない。また物に寄せて思いを述べたものでもない。いささかでも〈物〉を叙した表現があっても、いささかでも〈心〉を叙した個所があっても、〈物〉そのものでもなければ〈心〉そのものでもない〈象徴〉としてあらわれているといえるだけである。自然の事象が、むこうからひとの〈心〉を襲ってくることもなければ、ひとの〈心〉が自然の事物にじぶんを見つけだしにゆくのでもない。人の凍った涙がとけるかどうかではなく、凍った鶯の涙がとけると表現することのなかに、なにかの〈象徴〉があらわれる。この〈象徴〉はもちろん、ひとつには凍った〈鶯の涙〉がとけるという着想そのことにささえられており、もうひとつには〈鶯の涙〉という着想をせざるをえない〈心〉を、背後に推測せしめることによって成立っている。この〈心〉が、ひとが涙を凍らせるか涙を流すかという直かな感情よりも〈鶯の涙〉がどうであるかということにしか着想できなくなっていることは、すでに〈和歌〉そのものが、さまつなものにのめりこんでゆく方向にむかった徴候とみることができるかもしれない。しかし、真淵のように、それだから『万葉』にくらべれば『古今』はすでに品下ったものであるという評価はなりたちそうもない。それは詩の表現の歴史を復古主義によって逆さにもどそうとするのににている。そうだとすれば〈和歌〉形式が発生の当初にもっていた生々しさや鮮烈さを喪ってまでも、〈象徴〉の地平を、いわば第二の自然、つまり〈物〉として見出さざるをえなくなった必然にも、それなりの詩的な意味がなければならないはずである。たぶん、このあたりに『古今集』のもつ詩的な特質があったとおもわれる。

なぜどうして、いつのまに〈和歌〉形式の詩はこういうことになってしまったのだろうか。これは紀貫之のかいた『古今集』の「序」にもとめてもなにがわかるわけではない。貫之はすでに唐詩の六体をまねて〈和歌〉を「そへ歌」・「かぞへ歌」・「なずらへ歌」・「たとへ歌」・「ただごと歌」・「いはひ歌」など外形的に分類している。うしなわれたものの過程は、すでに暗闇にかき消されてしまっている。仮名文字の発達と、唐詩の作詩法の模倣によって、〈和歌〉形式が変容してしまったという次元でならば、詩としてなにも重要さはふくまれていないといってよい。〈和歌〉形式の表現が必然的に変容してしまったという問題には、もっと根源的なことがふくまれているはずなのだ。

題しらず

野べちかく家ゐしせれば鶯の
なくなるこゑは朝な朝なきく

（『古今集』読人しらず）

このばあいの「朝な朝な」は『万葉集』の〈和歌〉のなかの「朝な朝な」ほどの生々しさはなくなっている。ほんとうの意味では〈景物〉を叙した言葉ではなく、〈景物の象徴〉を叙した言葉になっている。もちろん叙景の歌ではなく、詩的な〈規範〉にのっとった空想であって、いわば〈規範〉の象徴詩ともいうべき性格をもっている。

『古今集』にはじめてあらわれたこの詩的な〈規範〉は、たんに唐詩の風体の模倣からきた外形的なものではなかった。詩の言葉が、現実の体験とのつながりをうしないかけたときに必要な、あの〈規範〉という意味をもっていたのである。詩の言葉が現実の体験とのつながりをはなれるとき、無際限に翔び去ってしまうのを引きとめるものは、かつて現実に体験したことがあるとか、現に体験しつつあるとかいう〈空間〉に限定された想像力の圏ともいうべきものであり、これが詩の言葉を〈規範〉として繋ぎとめる。この〈規範〉が崩壊すれば、詩の言葉は、はじめのひとつの言葉からおわりのひとつの言葉まで、〈無意味〉なものに転化することで、かろうじて詩をささえるようになる。『古今集』は、はじめて〈和歌〉形式のなかでこの詩的問題にぶつかったのである。

実朝は、とくに初期に『古今集』からたくさんの影響をうけている。これは歌をつくるほどのものは『古今集』を手本にすべきものだという歌学が流布されていたからである。じじつ、それはただしかったともいえる。よほどの力量がないかぎり、『万葉』から手本をとることは不可能なほど、すでに詩の時代はかけはなれていた。実朝の類似の歌、

己がつま恋ひわびにけり春の野に
あさる雉子《きぎす》の朝な朝な鳴く

実朝の歌で秀歌の部類にはいるが、これもまた〈規範〉の象徴詩であり、直接の叙景がもっている生々しさとは無縁であるといっていい。「朝な朝な」という言葉は、〈物〉を叙するという意味からは、それほど切実な言葉ではない。「朝な朝な」という言葉が〈和歌〉形式のなかで〈規範〉として象徴するある意味があり、そういうものとしてつかわれている。実朝の本歌取りにはいつもあらわれることだが、まずはじめに「朝な朝な」という言葉に衝撃をうけ、それから歌がつくられている。この衝撃は「朝な朝な」という散文の言葉が〈和歌〉形式のなかにあらわれたときの乱調によっている。この僅かな意識の撩乱に、実朝は生命を感じて『古今』の本歌をとっている。そのとき現実の恋愛体験に心を患わせているのではなく、詩的な〈規範〉が乱される音に耳を傾けているのである。

同時代の詩的雰囲気として実朝をとりまいていたのは『千載集』または『新古今集』であった。そして当時流布されていたとみられる歌書は、いずれも『古今集』をもととして歌を詠むべきことを教えていた。『古今集』と『千載集』または『新古今集』のあいだの断層が、実朝の生きていた時代の詩的な雰囲気と、先行する古典時代の詩的な遺産との距たりにひとしかった。「朝な朝な」の歌は、実朝の古典詩にたいする姿勢のあらわれである。『古今集』の本歌では、野べの侘び住いに、鶯の鳴くこえが朝

ごとにきこえるという歌で、〈物〉を〈規範〉とする象徴詩である。実朝の類歌は、じぶんのつまをもとめているらしい雉子が、朝ごと鳴くという歌で、〈心〉を〈規範〉にしている歌である。雉子はむしろ作者そのものに近いようになっている。実朝が『古今集』を手本にしながら、どうしようもなくちがってしまうところは、この歌によく象徴されている。しかし、それにもかかわらず「朝な朝な」という言葉から直接にやってくる衝撃の方が、実朝にとっておおきかったと正直にいっておくべきである。

実朝が三十首の歌作をえらんで定家に批評をたのんだのは、『吾妻鏡』によれば承元三年七月とされている。そして定家からの講評と詠歌の口伝が実朝にとどけられたのはおなじ年の八月と記されている。この詠歌の口伝とは、「承元のころ、征夷将軍より尋ねらるるにより先人の注送せる所の秘書也」と終にかかれている遺送本の「近代秀歌」を指している。定家が実朝におしえたところは、

歌の言葉は古い時代のものを大切にし、心は新しいものを探求し、およばぬとても高い歌のすがたをいつもねがって、寛平以前の歌にならうようにすれば、おのずからよい効果があらわれるようになるでしょう。古い時代の歌の高さにたどりつこうとするために、昔の歌の言葉をかえて詠みならうようにすることを本歌取りといいます。この本歌とりについていえば、たとえば五七五の七五の字をそのままにしておいて、七七の字を同じようにつづけるとすると、新しい歌ときこえないところがあります。五七の句はそのときの様子にあわせてそうするというようにかんがえるべきです。たとえば、

いそのかみ古き都　郭公《ほととぎす》なくや五月《さつき》　久方のあまのかぐ山　玉ほこの道行き人

などいう成句は、いくたびもこれを詠み入れないと歌はできてきません。

年のうちに春は来にけり　袖ひぢてむすびし水　月やあらぬ春やむかし　桜ちる木のした風

などいう句は詠みいれてはならないと教えられています。つぎに現在肩をならべている同時代の歌

人、またたとえば現在この世になくとも、昨日今日でてきたような歌は一句でもその人自身が詠みつくったものだというように見えることを心がけなければならないとおもいます。

定家が実質的に実朝におしえているのは、本歌取りが〈和歌〉をつくるのに大切だということだけだといってよい。〈和歌〉形式の詩について、定家はなにを実朝に云っているのだろうか。

かれは初学者に〈和歌〉形式の詩においては、まず、〈規範〉を徹底してのみこむべきことを力説しているようにみえる。すくなくとも、月並の宗匠和歌をつくるための作法を語っているとはうけとりたくない。「いそのかみ古き都」・「郭公なくや五月」・「久方のあまのかぐ山」・「玉ほこの道行き人」という枕詞をいただいた〈物〉の名辞は、〈和歌〉のなかで、それだけで三分の一を占めてしまう成句である。しかし、この〈物〉の名辞は、すでに自然が、人間の〈共同〉のある観念の表象ではなくなってしまった以後において、その代同物とみなしうるがために、定家はこれを重要視しているので、こういう成句をつかえば便利でらくに歌がつくれることを説いているのだとはおもえない。これは深読みだという危惧がないわけではないが、歌の理論家としての定家は、創造の心理をよくこころえている詩人であった。本歌取りと成句をつかうこと、の必要を実朝に説いたとき、たぶん、〈規範〉から入ってそれぞれの歌作者の主観を象徴する鏡になってしまった〈和歌〉形式における〈物〉の歴史を、まず、模倣することの重要さを説いたようにおもわれる。そして模倣したうえでつき抜けなければならない。そのときはじめて、詩の同時代性とはなにかがわかるはずだからである。

定家は、このあとのところで、秀歌とおもわれる例をあげているが、とくに本歌としてとるべき歌として、

君こずばひとりやねなむさゝの葉の

み山もそよにさやぐ霜夜を　　　　　　（清輔朝臣）

難波人すくもたく火の下こがれ
上はつれなき我身なりけり　　　　　　（清輔朝臣）

思ひきやしぢのはしがきかきつめて
百夜も同じまろねせむとは　　　　　　（俊成卿）

あたら夜を伊勢の浜荻折りしきて
いもこひしらにみつる月かな　　　　　（基俊）

これらの作品は、たしかに優れた力量をもった歌人が、言葉を練りつくしてつくったものにちがいなく、それなりにぴたりときまっている。ただこれらの〈秀歌〉のもっている白黒写真でのぞいた薄暮のような、あせた色はなにによるのだろうか。いずれも恋歌であるが、けっして明るいものではない。あるいは恋歌にはちがいないが、いずれも恋の喪失のうたであるといってもよい。恋人がこなければ、ささの葉が山にそよそよと葉擦れの音をたてている霜夜をひとり寝ようというのが、じっさいの失恋のうたであろうと、空想歌であろうと、聴いているのは耳ではなく〈心〉が聴いている。いいかえれば象徴詩であって、経験的な現実とのつながりを、言葉は絶ちきっている。

実朝にこれをそのまま学べといっても無理であった。これらの作品が〈秀歌〉であることは洞察できても、実朝の喪失感はもっと生々しい武門勢力のあつれきのなかから、直接にやってくる性質のものであった。いきおい実朝の本歌取りは、定家のいう〈規範〉にはあまり従っていなかった。実作からもはっきりみてとることができる。ただ実朝はきわめて初歩的な歌作上の注意と、歌の創造をまず徹底的な模倣からはじめよということを学んだといってよい。

定家は、風ふり、雪ふき、うき風、はつ雲などというような簡単なことをまちがえたり、つづかないのを、無理につづかせたりするのは見ぐるしいものだというような、初歩的なことも教えている。定家が実朝にいっていることは、寛平以前の古歌をもとにして本歌とりをやれということにつきるといってよかった。ただ、定家の歌論は、もっと深みにまで達していたが、まだ実朝の詩才をみぬくだけの材料がなかったのである。この問題は、定家のもっとも優れた歌論である「毎月抄」などで、もっとつっこんで展開されている。

万葉よりこのかたの勅撰集をていねいによんでみて、変ってゆく歌体のあとをのみこむようにすべきです。そのばあい勅撰集の歌だからといって、必ずどの歌もいちいち学ぶのはよくありません。人にともない世にしたがって歌の興りすたりがあります。万葉は時代も古く、人の心もさえていて、現在のものがまなんでも及ぶものではありません。ことに初心のときに古体をこのむことはあるべきではありません。ただし、修練もつみかさねてじぶんの歌体もさだまったあとでは、万葉の風体を知らない歌詠みはよいとは申せません。修練をつんだあとで万葉を詠みならうとしても気をつけなければなりません。すべて詠むべきでない歌体も歌詞もあります。よむべきでないすがた言葉というのは、あまりに俗にちかかったり、また奇をみせるようなたぐいのことを言います。

常に心ある体の歌を心がけて下さい。ただし、いつもこの体が詠みうるとはかぎりません。朦気がさして心底が動揺しているときは、いかによもうとおもっても、有心体ができません。それを詠もう詠もうと執していると、ますます性根もよわって正しい風体がなくなることがあります。そういう時は、まず景気の歌といいましょうか、歌体も言葉も気をひきたたすように詠むと、心はなくとも、なんとなくよい歌いぶりのようにみなされます。そういう場合のこととしてとくに心得ておられるべきです。こういう歌を、四、五首、十首と詠んでいると、朦昧の気味がふっきれ、根機もうるわしくなって、本体に詠めるようになります。また、〈恋〉とか〈述懐〉などのような題を与えられたときは、ひたすら有心の体で詠むべきとおもいます。この体でなければよろしくないと申せましょう。だからこの有心体は、そのほかの九体をおおうべきものです。そのわけは幽玄にも心があるべきですし、長高《たけなが》にもまた心があるべきで、残りの体でもまたしかりです。まことにまことにいずれの体でも、ほんとうは心なき歌はわるいものといえます。いまわたしが歌の十体のなかに、有心体をならべて挙げているのは、そのほかの体の歌にその心があるというのではありません。ひたすら有心の体のみを前提としてよむべき体としてえらび出したのです。いずれの体のばあいも、ただ有心体を含んでいなければなりません。

また歌で大事なことは言葉の取捨ということです。言葉について強弱大小があります。それをよくよくみたうえで書き、つよい詞をひたすらつづけて書き、よわい言葉をまたひたすらにつらねてかき、このようにしながら思いかえし推敲をかさね、ふとみもほそみもなく、なだらかにききにくくないように詠みなすことがきわめて大切なことです。いってみれば、すべて言葉にはわるいところもよいところもないようにすべきです。ただつづけ方で歌詞の勝劣があります。幽玄の言葉に鬼拉の言葉をつづけて詠んだりすると、とても見苦しいことになりそうです。だから心をもとにして言葉を取捨せよと亡父俊成卿は申しおいたのです。ある人が花と実のことを歌の比喩にとって、古歌はみな実をもっているが花を忘れ、近代の歌は花だけを心にかけて実には目もくれないと申しました。もっともなこととおもいますし、そのうえ、古今集の序にもそういう考えがあります。そういうことにつけてもなおこのほかに、わたしのかんがえを思いめぐらしてみますと、こういう点を注意すべきとおもいます。ここで実というのは心のことであり、花というのは言葉のことです。かならずしも古歌の言葉がつよくきこえることを実というとはかぎりません。古人の詠作にも心がない歌を実無し歌というのです。今の人の歌でも麗わしくただしいものを実の有る歌と申します。さて、心をさきにせよと教えれば、言葉を次にせよというように考えられてしまいます。言葉こそ大切にすべきだというと、心はなくともよいと思われがちです。所詮、心と言葉とをかねそなえたものをよい歌と申すことができます。心と言葉の二つはただ鳥の左右の翅のようであるべきと思います。ただし心と言葉の二つをともにかねそなえることは大切ですが、心を欠いているよりは、言葉の拙ないもののほうがよいのです。

また本歌のとり方は、さきにも書いたようなもので、花の歌をそのまま花に詠み、月の歌をそのまま月の歌として詠むことは、熟達したものの技術というべきです。春の歌をば、秋・冬の歌などに詠みかえ、恋の歌をば〈雑〉や〈季〉の歌などに詠みかえて、しかも本歌をとったものだとわかるように詠むべきだとおもいます。また本歌の言葉をあまり沢山とってくることはすべきではありません。そのやり方はこれだとおもう言葉を二つばかりとって、創作しようとしている歌の上句と下句にわけてとりこむようにしたらどうかとおもいます。たとえば、〈夕暮は雲のはたてに物ぞおもふ天つ空なる人をこふとて〉という歌をとろうとするときは〈雲のはたてに物思ふ〉という言葉をとって、上句と下句において、恋の歌ではない〈雑〉・〈季〉の歌として詠むべきです。いまでもこの歌をとるとて、〈夕ぐれ〉という言葉も取りそえて詠んでいるたぐいもあります。〈夕ぐれ〉などはとり入れたとてどうということもなく、わるい評判もありません。優れていてこれぞとおもう言葉を、それだけでとり入れることがわるいのです。また、あまりに少ししか本歌をとらなかったので、その歌をとって詠んだともみえないのは、せっかくの甲斐もないことですから、よろしくこれらのことを心得てしかるべきものと存じます。

また、題をわけることとでは、一字題をいくども下句にあらわすべきです。二字三字より後は、題の字を甲乙の句にわけておくべきです。結び題を一緒におくことはよくありません。また頭初にもってくるのは心ないことです。古くはすぐれた作品のなかにそういう例もありますが、それを見習うべきではありません。ゆめそうしてはならないとおもいます。ただし、よくでてくるような歌にとり入れて、すべて五文字ではなくて、題の字がおかれることは、かくべつかまわないと伝えられています。

また古詩の心と言葉をとって歌を詠むことは、おおよそ和歌については戒めるべきであると古くから申していますが、それほど敬遠すべきことでもありません。ひんぱんにとってはよくないが、時々まぜるぶんには、特色あることになります。白氏文集の第一第二の帙の中に大切なところがあります。つねにその個所を見られるようにと申上げます。詩は心を気高く澄ますものです。もっとも歌をよもうとするとき、貴人の前などならば、心の中にひそかに吟じ、そうでない会席ならば高吟してもよいでしょう。歌を詠むには心をよく澄ますことは、第一に修練すべきことです。じぶんの心に、日ごろ興の深いとおもったような詩でも、また歌でも心において、それを頼りにしてよむべきです。初心の段階ではあながち案ずべきことではありますまい。そのように歌は思案すべきことであるというようなことだけをかんがえて、しょっちゅうそればかり案じていると、放心状態になり、心が入らないようになることになります。習熟するためには柔軟な気持で詠みならうようにしてください。さてまた時々ひっそりと思案して詠めと亡父俊成もいさめました。はれがましい会合のときはあまり歌数をおくよんではならないものとされます。修練も初心もおなじ心構えです。百首などの続き歌を詠むときは、初心は四、五首、熟達しているものは七、八首がちょうどよいとおもいます。初心のときには一首ずつの歌をつねに早くもおそくも自在に詠めるように内心に修練するのがよろしい。詠みすてた習作をやたらに人に無造作にみせたりしては決してなりません。未熟のあいだは、日ごろよみなれた題でよむべきであると申上げたいとおもいます。わずらわしい題でたやすくとりつけないようなものは、詠むのはよくありません。くせ題などは詠み方になれたあとで、さてやってみようかというときに詠みならうべきとおもいます。難題などを手がけなければならないこともあります。歌はきちんとしてただしい挙措で詠みならうべきです。立ちながら歌を思案したり、うつぶして詠みなど身体を自由にして詠みつけると、はれのとき、どうも法式がちがうような気がして詠みえないことになります。何事もくせになって、どうしようもないことになります。すべての手だてはきちんとした麗しさを保つのをよしとします。あからさまに座をただしくしないで歌を詠んではならないと戒しめている次第です。また歌の五文字はよくかんがえたあげくに書きはじめるべきです。それゆえ故禅門も、歌ごとに五文字を注につけました。披講のときにこの申出があって、どういうつもりで歌ごとに初句の傍にこうするのかと人々が不審におもわれたときの返答に、五文字をあとでよみかきするときに、注のような役に立たせるためだと申されたところ、満座のひとびとは、なるほど特色のあることをきいたとて感服されたということです。

「毎月抄」のような、定家の本格的な歌論をよむと、〈和歌〉の創作が、すでに一人の人物が生涯をつぶして修練しなければどうしようもないほどになってしまっているのが、息苦しいほどに看取される。どうしてこういうことになってしまったのか。

ある意味では詩の表現の歴史は、言葉の修羅場になってしまう必然性をもっている。その意味ではやむを得ないというほかはない。〈和歌〉もすでに定家の時代には、専門家が生涯をつかってやる修練になってしまって、『万葉』の東歌のような、よいとまけの即興的な掛合いのようなものが、ひとりでに優れた詩になっていたという時代は、遠い夢のまた夢にすぎなくなっていた。

しかし、もうひとつべつの理由をかんがえてもよい。〈和歌〉がとりこんだ〈物〉は、自然の〈景物〉であっても、人間と人間の関係であっても、古歌の時代（定家のいう寛平以前の時代）には、たんに個人の外にあるもの、あるいは個人の内にあるものというだけではなく、〈物〉自体が、ある〈共同〉性の象徴でありえた。この〈和歌〉形式のもつ特性は、〈物〉がすでに〈共同〉性の表象でありえなくなったところで、〈和歌〉形式が依然として背負わねばならないものであった。そこで〈物〉は、歌作者の〈心〉を象徴するとともに、失ってしまった〈共同〉性をも潜在的に表象するものとなった。そしてこの詩としての歴史は、歌作者が表現過程のなかで修練によって処理するよりほかなくなったのである。「毎月抄」は定家の歌論のうちもっとも優れたものといえるが、技術から創作心理にいたる過程について、実作者ならではとても云えないような機微にわたって、詠歌の心得をのべつくしている。実朝にあたえた歌論「近代秀歌」は、十八歳の初心者に本歌取りの要諦をのべたにすぎないが、「毎月抄」では本歌取りのこまかい注意にいたるまで書きつくしている。

実朝の歌作をみればたしかなように、定家の教えた本歌取りについては忠実すぎるほど忠実であった。しかし、本歌取りについて、定家が注意した作法は、ほとんど守っていないことがわかる。実朝の本歌取りは一定の傾向をしめしている。まず古歌のうち、心にかかる印象深い言葉があると、必ずといってよいほどその句に固執し、固執した句を中心にすえて歌をよんでいる。そういう句に心を奪われることがなければ、実朝の本歌取りは成り立たないといってよいほどである。

梅花《うめのはな》さけるさかりをめのまへに
すぐせる宿は春ぞすくなき　（実朝）

徒らにすぐる月日はおもほえで
花見てくらす春ぞすくなき

（『古今集』藤原興風）

ここで、実朝がまず固執したかったのは、はっきりと「春ぞすくなき」という句であることがわかる。つぎに「すぐる月日」は「すぐせる宿」にかえられている。定家のいうのと逆に、上句と下句にわかれている「すぐる」と「すくなき」を下句にあつめ、しかも春の歌を秋や冬にかえず、おなじ春の歌にしてつくっている。そして『古今』の興風の歌から「春ぞすくなき」という句に固執したのは、言葉にたいするよい感覚といってよい。

我袖《わがそで》に香をだにのこせ梅花《うめのはな》
あかでちりぬる忘れがたみに

（実朝）

ちりぬとも香をだに残せ梅の花
こひしき時の思ひ出にせむ

（『古今集』読人しらず）

「香をだに残せ」という句に実朝はまず惹かれて、この句をとっている。そして「思ひ出にせむ」という本歌の句は「忘れがたみに」という本歌よりも新しく大胆な表現にかえられている。その本歌取りの着眼はやはり非凡であるというほかはない。もちろん定家のおしえている本歌取りの作法は眼中においていない。ただ、本歌は叙情歌だが実朝の歌は叙情歌ではなく、梅の花が散るという〈事実〉を叙した歌であり、いやおうなしに実朝的な歌になってしまっている。実朝はなぜかこういう中途半端な思い入れをいつも嫌っている。

夕やみのたづ〳〵しきに郭公《ほとゝぎす》
声うらがなし道やまどへる
（実朝）

夕闇は道たづ〳〵し月待ちて
いませわがせこそのまにも見む
（『万葉集』巻四　豊前国の娘子《をとめ》大宅女《おほやけめ》）

夜やくらき道やまどへるほととぎす
わが宿をしもすぎがてになく
（『古今集』巻三　紀友則）

ここでは「たづ〳〵し」と「道やまどへる」という言葉が実朝にある感じをあたえ、それをもとにして、類似のモチーフをもった歌として構成してゆくときの作歌心理が、手にとるようにわかるといってよい。ある意味では、実朝はこのふたつの印象深い句が歌にとりこむことができれば、一首の全体のできばえはどうでもよいとかんがえていたかもしれない。定家のおしえた本歌取りの作法は、ここではまったく無視されている。

「声うらがなし道やまどへる」という実朝の表現は稚拙といってもよいし、大胆な新しさといってもよい。定家ならば貌をしかめるか、驚くかしかなかったであろう。『西行上人談抄』にでてくる紀貫之の幼ない娘の歌、

鶯よ　などさは鳴くぞ　乳やほしき
小鍋やほしき　母や恋しき

実朝の稚拙さは、この稚拙な大胆さによく似ている。

ただよくよんでみると、実朝の歌では、しらずしらずの本歌取りが、上句と下句をまったく独立の詩としてしまうような、別個のまとまりに転化する契機をみせている。たとえ『万葉集』や『古今集』に本歌をもとめても、どうしようもなく新体になってしまうという時代的な契機が実朝の詩の新しさであった。古体の和歌をもとに本歌を取るという方法のうえで、実朝がいやおうなしにつきあたったのは、この問題であった。そして、この問題は、べつの側面からは『古今集』以後の〈和歌〉が不可避的にぶつかったことでもあったのである。

# IX 『古今集』以後

『古今集』以後の勅撰集のうち、もっとも注目すべきものは『後拾遺集』である。この集中の作品によって、〈和歌〉は、またひとつの変容をとげたとみることができる。これは一口にいってしまえば、俗語の大胆な導入ということになるが、絵画風にたとえていえば薄墨色で描かれた『古今集』とそのあとの詩に、太陽の光線を導きいれるといった効果をもたらした。
なぜ、どうして〈和歌〉形式の詩は、ここでも変容しなければならなかったのか。これを追求することは、また詩人実朝に到達するためのいたし方のない階梯でもある。

鶴《たづ》のすむ沢べの蘆の下根とけ
汀《みぎは》もえいづる春はきにけり
（大中臣能宣朝臣）

紫も朱《あけ》も緑もうれしきは
春のはじめにきたるなりけり
（藤原輔尹朝臣）

梅が枝《え》を折ればつゞれる衣手に
思ひもかけぬうつり香ぞする
（素性法師）

春がすみへだつる山の麓まで
おもひもしらずゆくこゝろかな
（藤原孝善）

岩つつじ折りもてぞ見る背子《せこ》が着し
紅《くれなゐ》ぞめの色に似たれば
（和泉式部）

声絶えず囀《さへづ》れ野べのもも千鳥
残りすくなき春にやはあらぬ
（藤原長能）

「汀もえいづる」・「うれしきは」・「思ひもかけぬ」・「おもひもしらず」・「色に似たれば」・「残りすくなき」といった言葉を詩に導入することは、たぶん、途方もない大胆なことで、たれも〈和歌〉形式の詩に、こういう言葉がはいりこむことができるとは思いもかけなかったのである。これは、べつのいい方をすれば詩的な〈規範〉のたががゆるんで、〈象徴〉性が崩壊しはじめたことを意味している。また、べつの側面からいえば〈物〉（景物・季・自然信仰）の崩壊であるといってよい。これぞとおもわれる〈景物〉は、信仰の中心に祀られ、そこに信仰があつまり、俗化して名所となったり、歌枕となったりするといった〈景物〉の見かたそのものが崩壊して、触目のなにげない自然の動きが〈心〉にとって関心の対象となった。おなじように、男女のもの思いといえば、所定の〈景物〉にむすびついた集団的な歌垣でのやりとりや、宮廷や官所での歌合せのやりとりや機智にむすびついて成立つといった〈規範〉は崩壊して、〈わたし〉が〈かれ〉を恋うるとか〈かれ〉が〈わたし〉に惹かれるとかいう契機に変容したことが、これらの〈和歌〉を平明な自在なものにしている背景であるといってよい。『後拾遺集』

ともなれば、〈和歌〉の発生のあたりからはすでに千年ちかくもたっていて、すくなくとも初期『万葉』とかんがえられる詩からは、行方もわからぬほど隔たっていた。もう『万葉』を手本に歌の修練をつむべしといっても、そのような基盤は霞のむこうにわからなくなってしまっていたのである。水際に緑色の若芽をだしている蘆に春をかんじたり、紫のかすみや朱の花や地肌や緑の木に春のはじめをかんじたり、梅を手折った衣にうつり香が匂ったりという描写では、その風景も水辺も梅の木も、かくべつに由緒あるものでなくてもよかった。小川はどこにもある小川であり、梅の木はありふれた梅の木であり、風景はただの風景であり、べつに歌枕の〈景物〉であることを〈和歌〉形式が必要としなくなった。『後拾遺集』ではそのように歌はつくられている。日常どこにでも眼にとまる〈景物〉であり、梅の木であり、芽ぐむ蘆であることが〈心〉にとって切実になっている。

このことは重要であった。まず、〈和歌〉形式の詩が、歌枕的な意義をもつ〈物〉をはなれて、個々の詩人の感性に基礎をおくために、自然の〈景物〉そのものを伝承や宗教的な〈規範〉からとりはずし、〈景物〉はどこにあっても眼に触れる〈景物〉そのもので、ほかにどんな習俗や伝承にしたがうものでもないというように解き放たれることが必要であった。古来の伝承があるからとか、歌枕として尊重されているからとか、祀られた自然であるからとかによって〈景物〉が重要なのではない。ただ、それがそこにあり、〈心〉がそこにむくからはじめて重要なのだということになるほかはない。そうなれば、『万葉』を本歌として模倣することはすでに無意味であったといってよい。定家をはじめとする歌の理論家が『万葉』を敬して遠ざけ、あるいは及ばざるものとして尊重し隔離したのは当然だったのである。定家たちの千年ちかくの詩の時間にたいする認識は、たいへん重要であった。わたしたちが古典詩をとりあげるのは、それが現在性をうつだけの力をもっているためにちがいないが、それでも古典詩はこちらまでやってきてくれるわけではない。わたしたちは、いわば現在性にいながら、分身をはなってその時代にでかけてゆくほかない。するとわたしたちの現在性が、わたしたちの分身と錯合する。この困難さを無造作にとびこすことはゆるされないのである。ただわたしたちは、あまりに遠い古典詩にたいしては、分身をはなつだけの想像力をもつことができなくなる。そしてここに誤解が生ずるのかもしれない。

正岡子規の実朝評価は、近代における『万葉』調の復興のさきがけをなした。「歌よみに与ふる書」で、実朝の〈「武士《もののふ》の矢並つくろふ小手の上に霰たばしる那須の篠原」、「時によりすぐれば民のなげきなり八大竜王雨やめたまへ」、「物いはぬよものけだものすらだにもあはれなるかなや親の子を思ふ」〉などをあげて、力つよい優れた詩としてほめたたえている。これは真淵の実朝評価にもさかのぼってつながるが、〈アララギ〉系統の歌人の『万葉』尊重にも流れてゆく源流をなしている。しかし〈アララギ〉系統の歌人たちが、『万葉』をほんとうに理解していたかどうかは疑わしい。たとえば島木赤彦は、

筑波嶺の嶺《ね》ろに霞みゐ過ぎがてに
息衝《つ》く君を率寝てやらさね

（『万葉集』巻十四・三三八八）

この〈万葉東歌〉を、〈あなたは、吾が家のあたりを行き過ぎんとして、猶躊躇して深き溜息を洩らしてゐる。それほどにして私を思うて下さるのに、何うして只このまま帰らせませう。いざ共に寝ようといふのであつて、「過ぎがてに息づく君」の写生が会心であり、云々〉と解釈している。これはちょっとかんがえると正当な解釈のようにみえるが、たぶん近代的な読みちがえである。〈筑波山の尾嶺のところに霞がたなびいてとどこおっている〉というのは〈無意味〉な虚詞であって、一首の意味は〈吐息をこらしてわたしのまえにいるあなたと共寝をしようね〉というところにしかない。この歌は東歌のなかで、いちばん原型にあるものとはいえないが、古い歌垣的な掛けあいの音声の名残りをとどめた作品であるといえる。赤彦のようなかんがえ方は、〈和歌〉形式そのものにたいする本質的な誤解であり、また、『馬酔木』・『アララギ』系の万葉風の写実歌が、ほんとうは誤解にもとづいていたかもしれぬ証

左となりうる。もうひとつ赤彦の評釈を引用してみる。

足柄の彼面《をても》此面《このも》に刺す係蹄《わな》の
か鳴る間《ま》静《しづ》み児ろ吾れ紐《ひも》解く

(『万葉集』巻十四・三三六一)

赤彦によれば〈足柄山のをちこちに、鳥獣を獲んがための係蹄《わな》を刺しておく、その係蹄を引く時々に音を立て、音と音との間は山野が静まりかへつてゐる。その静かさを序として、二人相静まつて紐どき寝る心情を歌うたのであつて、初より「かなる間」までが「静み」を言はんがための序詞になるのである。〉と理解されている。言葉の解釈について確定的なことを云おうとはおもわないが、この東歌は〈和歌〉形式の原型といえるもので、一首の意味は下句〈話しあうのをやめてひっそりと女もじぶんも下紐をといて共寝しようとする〉というところにあり、「足柄の彼面此面に刺す係蹄の」は〈物〉を叙した虚詞であるとみるべきである。このばあい上句を、下句とつながりある序詞とみることは、〈和歌〉の本質にとっては誤解でなければならない。

定家は『古今集』以後の勅撰集を本歌としてよむべきで、かるがるしく『万葉』を模倣してはならないといったとき、この微妙な後世風の誤解が生ずることをよく知っていたとおもえる。まずはじめに〈物〉を叙す音声の唱いがあれば、もう一人は〈心〉を叙しておなじことを繰返さねばならないというのが、この東歌のような形式を発生させた。そこには意味の同時性、いいかえれば上句や下句いずれかにある〈物〉を叙する意味が、意味の同時的な打ち消しと二重性をもっていた。べつに「かなる間」をおびきだすために上句が存在していたのではない。しかし、すでに〈和歌〉形式が詩として独立したとき、この〈意味〉の打ち消しや二重性はわすれられて、いつのまにか上句は下句の〈暗喩〉としてうけとられるようになり、歌を詠むということがそういうことに変容してしまったのである。

『後拾遺集』にはっきりあらわれた変容は、すでに詩の表現が、集落から朝な夕な眺められる信仰や関心のあつまる屯所としての〈景物〉に、とくべつに意義をもとめることをやめてしまったことを意味している。山は〈足柄〉や〈富士〉や〈筑波〉でなくても、集落のはずれの小高い無名の丘陵でもよかったし、垣にちかく乾された藁でもよかった。〈心〉がそれを択ぶかぎり〈景物〉は〈和歌〉形式のなかに導入できるようになった。

忍びていひわたる人ありき、はるかなるかたへゆかんといひ侍しかば

結《ゆ》ひそめて馴れしたぶさの濃紫《こむらさき》
思はず今も浅かりきとは　（実朝）

藤の花折りてかざせば濃紫
わがもとゆひの色やそふらむ　（『後拾遺集』源為善朝臣）

為善の作品を本歌としたかどうか確定的にいえないが、藤の花のいろで元結の色がもっと濃い紫に染まるというかくされた〈恋〉の道行きの歌を、実朝はあからさまな〈恋〉のうたの暗喩にかえてしまっている。〈もっとふたりは結びあっていたとおもっていたが、遠くへいってしまうほどにおまえとの仲は浅かったのか〉ということになる。たぶん、為善の歌は〈恋〉を詠題とした空想歌であり、〈景物〉に寄せて思いをのべた典型的なものである。実朝の歌は、はじめからおわりまで〈心〉のうたでありながら、逆にどこかに〈景物〉の匂いがしてくる。これは実朝の得意の手法のひとつであるといえる。しかしかんがえてみると、この種の転倒ができるのは、〈景物〉が〈和歌〉形式のなかで、もうさほどの

物神性をもたなくなっているためだといってもよい。あるいはそれとかかわりあるにちがいないが、〈和歌〉形式の詩としての特異性が、しだいになくなりつつあったことが、その理由であったかもしれない。もともと、虚詞のもつ同時性と二重性から発祥した〈和歌〉は、虚詞の〈物〉を叙する部分に〈共同〉の物神性がなければならなかった。この物神性がなくなったとき、〈物〉は歌作者の〈心〉だけにかかわるものとなり、また作者の〈心〉にかかわるかぎり、必要なものとなったのである。この必要性は追いつづめてゆくと、音声の言葉の掛け合いという発生当初とは異った意味で、書き言葉のなかで、上句と下句が分立する契機につながるものとなった。つまり、ありあまる〈意味〉をかかえてしまうようになると、ふたたび上句と下句が分割するほかに形式をたもてなくなったとみればよい。これは『玉葉集』や『風雅集』あたりまでくだれば、もっとはっきりと指摘することができる。そして、その徴候はすでに『後拾遺集』以後にも萌していたのである。為善の歌でも「わがもとゆひの色やそふらむ」とひとりが書くと、別のひとりが「藤の花折りてかざせば濃紫」と句を付けるとしてもそれほど不自然でなくなっている。しかしこれを本歌とした実朝の作品にはそういう傾向があっても、ひと息に深くさばいていて、上句と下句とのふたつともが浮きあがってくることを防いでいる。力量というよりほかない。〈和歌〉形式のなかで〈物〉はどれだけの〈変容〉をうけたか。ならべて千年の時間を測ることはできるとおもう。

埴生《はにふ》坂《さか》　わが立ち見れば　かぎろひの
もゆる家群《いへむら》　妻が家のあたり
（『古事記』歌謡　七六）

足柄の箱根の嶺《ね》ろの和草《にこぐさ》の
花つ妻なれや紐解かず寐《ね》む
（『万葉集』東歌　三三七〇）

日下江《くさかえ》の　入江の蓮《はちす》　花蓮《はなはちす》
身の盛《さか》り人　羨《とも》しきろかも
（『古事記』歌謡　九五）

我が庵は三輪の山もと恋しくば
とぶらひきませ杉たてる門
（『古今集』読人しらず）

きかばやなそのかみ山のほと、ぎす
ありしむかしのおなじ声かと
（『後拾遺集』皇后宮美作）

〈物〉が〈共同〉の象徴としてとらえられていればいるほど、〈心〉を叙することとつながりはないというように、発生期の〈和歌〉の形式は存在している。その理由はおそらく単純である。〈心〉は詠んだひとのものだが、このばあいの〈景物〉は〈共同〉の観念の表象であるから、その意味では、詩の意識が景物の〈共同〉性につながりようがないからである。〈畝火山〉も〈埴生坂〉も〈足柄の箱根〉も〈日下江〉も、固有名詞に名指されている山や坂や入江そのものではなく、〈雲〉とか〈かぎろひ〉とか〈和草〉とか〈花蓮〉とかにたどりつくための〈共同〉の表象である。だから当然〈畝火山〉や〈埴生坂〉や〈足柄の箱根〉や〈日下江〉は、ただそう詠まれただけで、多数の人間に共通の関心をよびおこすものでなければならない。それが信仰のあつまりであるのか、風景よろしき名所であるのか、ひとびとが物を交換にあつまる市のあたりであるのか、あるいは往古の由緒ある伝承地であるのかはわからないが、その地名を詠んだだけで、いまではわからなくなっているある〈共同〉性をよびおこすものとされなければならない。

このような〈景物〉は、さかさまにいえば、あるものにとってはまったく〈無意味〉であるばかりか〈無縁〉でもありうる。ほんとうは〈景物〉そのものではなく〈名辞〉であり、この〈名辞〉はただ〈共同〉の観念の表象であるにすぎないからだ。ひとびとが実際にみるのは、ほかの山や坂や入江となんのかかわりもない〈景物〉であって観念ではない。

ところでなぜ〈景物〉は〈和歌〉のなかで、まず〈共同〉の観念の表象としてあらわれたのだろうか？　この理由をきわめることはむつかしいが、〈和歌〉形式の発祥がなんらかの意味で〈共同〉の観念の場面にかかわっており、この〈共同〉の観念の場面は、〈景物〉を対象としていたとかんがえるのが、もっともらしいかんがえ方ということができよう。その場面は山であっても坂であっても入江であっても、集落の人々の信仰や遊楽や採集や交換の〈共同〉の場面であった。

一般に人間は、まずどのような〈景物〉や〈風土〉に行きつきたいであろうか？

ひとびとの評判によるか、古くからの伝承によるか、あるいは必要にせまられるのかはべつとして、まず、名所や旧蹟や名勝の地をえらぶのがはじまりである。しかし利害に関しないかぎりは、そういう〈景物〉はやがて捨てられるようになる。〈景物〉に行きつきたいという契機には、ひとびとと共通の体験にゆきつきたいという願いがあるとおなじように、〈日常〉の場面でない場面という意味があり、そういう〈景物〉は、じぶんとおなじようにひとびとも行きつくということでは、すぐに〈日常〉の〈景物〉に転化するからである。はじめにより際立っている〈景物〉であるために〈共同〉の場面となりえたのだが、ひとびとが〈共同〉の場面とすることによって際立たないものにかわってしまう。そのとき〈景物〉という意味はべつのものに変容されてくる。〈共同〉の場面としての〈景物〉は後景にしりぞき、その場面を背景にした〈自然〉が前景におしだされる。こうなっても、わたしたちはなお〈景物〉のなかに〈日常〉でないものをもとめ、そこに行きつきたいとねがうかもしれない。〈雲〉はどこの山にかかっていても〈雲〉であり、〈かぎろひ〉はどこからのぼっていても〈かぎろひ〉であり、〈和草《にこぐさ》〉や

〈花蓮《はなはちす》〉はどこに咲いていてもおなじ草や花なのであり、それが行きあいたい〈景物〉なのだが、なお〈共同〉の場面を背景としたその〈景物〉にゆきあいたいのである。

しかし、〈景物〉の意味は、もっと変容することができる。〈景物〉は〈景物〉そのものであるというところまできて、〈和歌〉における叙景の意味はまったく変容した。それはたぶん詠むものの〈心〉にじかにかかわるものとして、この詩形式にあらわれるようになったのである。「我が庵は三輪の山もと恋しくば　とぶらひきませ杉たてる門」における「三輪の山」は、たしかに詠んだものの住家がある「三輪山」のふもとであり、この「三輪の山」にはどんな〈共同〉の観念もともなわないようにつかわれている。このことは、いまおぼろ気に推察されるよりもはるかに重要なことであったにちがいない。〈和歌〉形式のなかに、はじめて信仰の〈共同〉性から自由になった信仰の山の名称があらわれ、その名称には〈その山のふもとにじぶんの家がある〉という意味の現実性をともなってつかわれているからである。〈和歌〉はこのあたりの変容によって、それまでとまるでちがったものに転化したのである。

近代になっても、『古今集』の成立が〈和歌〉の原質の崩壊を意味しているとみるものは、『万葉集』の賞揚におもむいた。しかし、かれらは『古今集』の成立によって失われたものと、それから必然的な表現の変容とを、ほんとうに理解していたかどうかは、すこぶる疑わしい。この変容はかな文字の成立による表現の自在さにたくさんの側面を負っているだろう。これはきわまるところ、平俗な言葉の導入にまで、どうしても走らざるを得なかったものである。それとともに〈景物〉の描写は、詠むものの眼によって切断されるまでになった。〈和歌〉形式の独自な存在理由は、このあたりで危うくなる徴候をしめしはじめたといってよい。定家はこの必然をよく理解していたようで、もはや『万葉』はかえらないことを感じ、なまなかのものは『万葉』を学ぶというようなことをかんがえないほうがよいとおしえたのである。

『後拾遺集』は俗語の自在な導入という意味で、〈和歌〉の世界をとうとうもってゆくべき最終のところまでもっていった。これは〈景物〉からいっさいの伝承性をうばいさるものであった。

我が宿の梅のさかりにくる人は
おどろくばかり袖ぞにほへる
（『後拾遺集』前大納言公任）

三島江の角《つの》ぐみわたる蘆の根の
ひと夜のほどに春めきにけり
（『後拾遺集』曾禰好忠）

これらの表現がどんなに新しいものであるか、また、どんなに〈和歌〉の表現として危ういものであるかを、現在そのときとおなじように追体験してみせることは難しい。なぜならば現在の感性では〈わたしのところの梅の花のさかりにやってくる人はおどろくほど花の香を袖に移らせてはいってくる〉とか〈三島の入江のほとりの蘆の芽ばえは一夜たつと春らしく浅緑にかわっている〉といったトリヴィアルな風景を、そのままの言葉で詠んでいるだけだとしかうけとれないからだ。しかし〈和歌〉形式は、こういうごくあたりまえの〈景物〉を表現のなかに導き入れるために、いかに長い歳月をへたかということは、どんなに誇張してもしきれるものではない。もしも、現在のわたしたちからみれば、ありふれた景物をありふれたいい方でのべているだけとしかおもえない〈和歌〉形式の詩が、詩としてよめることに不可解さを感じるとすれば、この不可解さは、長い時間をかけた表現の必然的な転移が、いやおうない力で、わたしたちをうつからである。

いうも愚かなことだが、かれらは、現在のわたしたちとおなじように、梅の香をかぐこともできたし、入江の浅地にそろそろ緑をだしはじめた蘆の様子を、いつでも、すぐに眼にみることができた。あるいは、現在よりももっとひんぱんにみることができた。だから、そういう体験だけからいえば、わたしたちがその〈景物〉を陳腐であると感ずるのとおなじように、陳腐であると感じてよいはずである。あるいは実際に陳腐であるとおもったかもしれない。しかし、〈和歌〉形式のなかに、その陳腐な〈景物〉を導入することは、まったく陳腐とは別のことである。わたしたちには現在まったくわからなくなっているが、かれらにとっては〈和歌〉がこういう陳腐な〈景物〉を収容できることを発見したとき、どんなに驚異を感じたか、はかりしれなかったのである。

実朝が『後拾遺集』から直接に影響されたあとはさだかではない。わたしの検証にひっかかってきたかぎりでは次の一首だけである。

ふらぬ夜もふる夜もまがふ時雨かな
木の葉ののちの嶺の松風　（実朝）

木の葉ちる宿はききわくことぞなき
時雨する夜も時雨せぬ夜も　（『後拾遺集』源頼実）

この頼実の歌は『西行上人談抄』にも引用されているから、当時流布されていた歌書には名歌としてよく引用されていたもので、実朝はそこから直かに本歌とりをやったのかもしれない。ただ、実朝にとって『後拾遺集』の問題は、ただちに『千載集』や『新古今集』におきかえられ、現在性としてあらわれたとみれば、『後拾遺集』からの本歌とりがすくなくても、それほど不思議でもない。『千載集』や『新古今集』の問題は、実朝にとって同時代の詩の問題であった。それとともに実朝にとって詩的な同時代は、畿内と関東という地域の差異としては、異時代でもあった。そこに実朝の独創の余地があったのである。

# X 〈新古今的〉なもの

ひとりの詩人が、同時代の詩から影響をうけとるうけとり方はさまざまでありうる。作品をじかに競いあうということもあるかもしれぬ。またおなじ文化の雰囲気にかこまれ、おなじ社会条件に共通に支配されているところからくる感性的な響きあいもあるにちがいない。しかし、その根本にあるのは、同時代的な存在だというそのこと自体の影響かもしれない。いいかえれば、存在していること自体の歴史性ともいうべきものである。ごく常識的にいって、実朝が同時代的な存在として影響をうけた詩があるとすれば、『千載集』と『新古今集』の詩的な雰囲気である。厳密にはべつのことになるが、『千載集』と『新古今集』とを併せて〈新古今的〉なものとよぶとすれば、この〈新古今的〉なものは、実朝にとって同時代の詩の世界であるとともに、いくぶんかは、異質の詩の世界でもあった。この異質さは畿内と関東とのちがいからきている。詩を中心に実朝の年代記をつくってみると、つぎのようなものができあがる。

詩的年譜

元久二年（一二〇五）　14歳

○3月26日　新古今集奏進。

○4月12日　和歌12首詠。

○9月2日　藤兵衛朝親京都より下着、新古今集を持参。
元久三年（一二〇六）　15歳
○2月4日　大雪。義時の山荘で和歌の会。
建永二年（一二〇七）　16歳
○1月22日　箱根・伊豆二所詣に進発。
○1月27日　帰還。
承元二年（一二〇八）　17歳
○2月3日　疱瘡を病む。
○2月10日　疱瘡のため心神を悩ます。
○2月29日　疱瘡なおる。
○5月29日　京都から夫人の側近の侍、兵衛尉清綱、藤原基俊筆の古今集を献上。
承元三年（一二〇九）　18歳
○7月5日　夢告により詠歌20首を住吉社に奉納。同時に詠歌の30首をえらび、定家の合点を求む。
○8月13日　知親、京都から定家の合点を持参、詠歌口伝一巻を贈られる。（遺送本近代秀歌）
○11月4日　弓馬を棄てるなと義時に戒められる。
承元四年（一二一〇）　19歳
○5月6日　大江広元邸で和歌宴。広元三代集を贈る。
○9月13日　営中、和歌の会。
○11月21日　営中、和歌の会。
建暦元年（一二一一）　20歳

○7月15日　寿福寺参詣。（時によりすぐれば民のなげきなり八大竜王雨やめたまへ）
○10月13日　鴨長明をこの頃引見。
建暦二年（一二一二）　21歳
○2月3日　母政子と二所詣に進発。
○2月8日　二所より帰還。
○9月2日　筑後前司源頼時京都から下向、定家の消息と和歌文書を持参。
建暦三年（一二一三）　22歳
○1月22日　二所詣に進発。
○4月15日　御所南面に歌会。
○7月7日　営中に歌会。
○8月17日　定家、二条雅経にたくし実朝がたずねた和歌文書を献ずる。
○8月18日　歌数首独吟。丑の刻に怪異あり。
○11月23日　定家の献じた私本万葉集一部到着。
建保二年（一二一四）　23歳
○1月28日　二所詣に進発。
○9月29日　二所詣。
建保三年（一二一五）　24歳
○11月25日　昨夜、和田義盛一党の亡霊が夢にあらわれる。
建保四年（一二一六）　25歳
○9月20日　大江広元、義時の使として官位昇進を諫める。
○11月24日　渡宋の船の建造を陳和卿に命ずる。

建保五年（一二一七）　26歳
○1月26日　二所詣。
○4月17日　和卿の船成る。
建保六年（一二一八）　27歳
○1月13日　権大納言に任ず。
○2月10日　大将に任ぜられたくて広元に京都行きを命ず。
○2月14日　二所詣。
○3月6日　左近衛大将。
○10月9日　内大臣に任ず。
○12月2日　右大臣に任ず。
建保七年（一二一九）　28歳
○1月27日　右大臣拝賀のため鶴ヶ岡八幡宮に参詣。公暁に殺される。
○1月28日　勝長寿院に葬られる。

これでみると、実朝が『新古今集』に接したのは元久二年、十四歳のときである。しかし、〈新古今的〉なものを詩的な感性として把握したかどうかという問題は、まるごとそのアンソロジイを手にとって読んだかどうかとはかかわりがないといってよい。〈新古今的〉なものとはなにをさせばよろしいのか。

ひとくちにいえば、すでに〈景物〉ではなく〈景物を詠む〉ことが〈規範〉となった詩の世界をさしている。〈景物〉はもう〈和歌〉にとって詠まれねばならない対象であった。その〈景物〉に感動をおぼえるかどうかはどちらでもよい。また〈景物〉は退屈なものにすぎなくなっていてもよい。ただ〈詠まれねばならぬもの〉であった。だから〈和歌〉のなかの〈景物〉は、ほそく、ちいさく、とぎすまされる。すでに泡雪がさらさら降るのか、意識がその尖端を追いつづけるのかあきらかでないといったように、〈景物〉と〈心〉とは境界をなくして追いつめられる。なぜならば、すでに〈和歌〉形式にとって〈景物〉は本来的にはデカダンスでしかなくなっているにもかかわらず、〈詠まれねばならない〉という〈規範〉として、かろうじて詩的に包含されているだけだったからである。これはもう意識の純粋詩であって、〈景物〉は〈景物〉でなくなったあげく、かえって〈心〉の精髄のようなものになっている。

つれぐ〵とふるは涙の雨なるを
春のものとや人の見るらむ
（『千載集』和泉式部）

夕月夜潮みちくらし難波江《なにはえ》の
葦のわか葉をこゆる白なみ
（『新古今集』藤原秀能）

とうてい〈景物〉をながめて詠んでいるとは信じられない。春雨を憂い心で眺めやっている女も、淀の入江で、みじかい葦の若茎を、さざ波がこえるようによせている薄暮の光景をみている男も、じっさいにそれをみたことがあったのかもしれないが、〈和歌〉形式のなかでは、そんなことはどうでもよくて、想像的な意識の尖端のほうで、若い葦の叢茎を、波が沈めては露わしているようにおもえる。なぜこういうことになるかといえば、べつに歌学上のしきたりがあってもなくとも、〈景物を詠むこと〉が〈規範〉として、かろうじて〈和歌〉形式をささえているという詩としての必然がうまれてきているからである。これは〈和歌〉形式としては、ほとんど最終のすがたであるといってよい。もう、ひと息に〈景物〉をさっと描き、つぎに〈心〉を直截に叙することによって、〈和歌〉が生々しいすがたをとった

『万葉』の世界は、かんがえることもできぬようになってしまって、音数律は、ただ同心円をえがいて小刻みにおなじ調《トーン》で膨らんでみせるだけである。戸外で〈景物〉に〈心〉を寄せて物思うことも、〈景物〉の描写に〈心〉を象徴させることも、もういらない。暮夜ひそかに〈桐火桶〉を抱いて、意識の流れの尖端に〈景物〉を追ってゆけばよい。その追いすがってゆく想像的な努力のはてにあらわれる光景が、〈和歌〉とよばれる詩であった。その光景は、もはや〈景物〉ではなく〈心〉の〈心〉みたいなものであればよい。またそのはてにあらわれる〈心〉は、現実的な体験に根をもっていなくてもよい。ただ意識として〈和歌〉形式を接続する流れをもっていさえすれば。

「亡父卿は寒夜のさえはてたるに、ともし火かすかにそむけて、白き浄衣のすゝけたりしをうへばかりうちかけて、紐むすびて、その上に衾をひきはりつゝ、そのふすまの下に桐火桶をいだきて、ひぢをかの桶にかけて、たゞ独閑疎寂寞として、床の上にうそぶきてよみ給ひけるなり。」（定家「桐火桶」）俊成が歌を苦吟しているさまを活写してあるのかどうかはわからない。ただ〈和歌〉が、創造の修練と苦心のはてにつくりだされる意識の〈景物〉を〈心〉とする、というところまで追いつめられていった過程は、桐火桶を抱いた俊成の貧寒な詩的営為のすがたによく象徴されている。〈夢〉とか〈あくがれ〉とか〈もの思ふ〉とか〈はかなくて〉とかいう言葉は、修辞であるというよりも、意識の世界を象徴させるものとして存在した。

朝夕に花まつほどはおもひ寝《ね》の
夢のうちにぞ咲きはじめける
（『千載集』崇徳院）

花ざかり四方《よも》の山べにあくがれて
春は心の身にそはぬかな
（『千載集』藤原公衡朝臣）

さざなみや長良《ながら》の山の嶺つづき
見せばや人に花のさかりを
（『千載集』藤原範綱）

いづ方《かた》に匂ひますらむ藤の花
春と夏との岸をへだてて
（『千載集』康資王母）

眺むれば思ひやるべき方《かた》ぞなき
春のかぎりの夕ぐれの空
（『千載集』式子内親王）

『新古今集』の作歌もかくべつ区別されるものではない。

身わたせば山もとかすむ水無瀬川
夕べは秋となに思ひけむ
（『新古今集』太上天皇）

春の夜の夢の浮橋とだえして
嶺にわかるる横雲の空
（『新古今集』藤原定家朝臣）

はかなくて過ぎにしかたをかぞふれば
花に物思ふ春ぞ経《へ》にける
（『新古今集』式子内親王）

吉野山花のふるさとあと絶えて
むなしき枝に春風ぞふく　（『新古今集』摂政太政大臣）

故郷の花のさかりは過ぎぬれど
おもかげ去らぬ春の空かな　（『新古今集』大納言経信）

花は散りその色となくながむれば
むなしき空に春雨ぞふる　（『新古今集』式子内親王）

春ふかく尋ね入るさの山の端に
ほの見し雲のいろぞのこれる　（『新古今集』権中納言公経）

かれら律令王権の首脳たちは、天皇崇徳、後鳥羽などをはじめ、夢のなかで桜が咲いたのをみて春がきたとおもって心をおどらせたり、花盛りの山辺にあこがれてそわそわしたり、雲や空をながめてその日その日を暮していたのだろうか。すでに位階勲等を与えるだけの府に化してしまい、所領地からまきあげてきた地進料によって、その日の糧とし、誰が天皇の外戚であるからというような理由で、位階の昇進をめぐって陰湿なさや当じみた政争をやるよりほかに、なにもすることがなかったことは事実であるかもしれない。そこには〈和歌〉がやせほそってゆく理由はないことはなかった。〈もののあわれ〉かどうかはわからないが、これら〈新古今的〉なものから、〈あわれ〉を知る思いいれや、優美さや、艶やかな肌ざわりなどをうけとると、とんだおもいちがいをするようにおもわれる。かれらの〈あわれ〉や〈むなしさ〉や〈あくがれ〉や〈物思い〉や〈涙〉は、おそらくは〈詠まれるべきもの〉として存在した〈規範〉である。わたしには、出しゃばり好きの太上天皇や、身もほそるほど位階の昇進をのぞんでもだえ苦しんだ定家に、ほんとうの優しさや麗体や艶な有心体が、人間としてあったとはおもいがたい。また、おそらくそういうところには〈新古今的〉なものの本質はなかったのである。けっして素朴ではない歌を、詩人の感性の直線的な吐露だなどとおもったら、途轍もなく化かされるような気がする。〈和歌〉形式の本質からいって、〈景物を詠むこと〉が〈規範〉であれば、〈詠まれるべき心〉もまた〈規範〉でなければならないはずである。現在の流行の歌謡で〈涙〉や〈別れ〉や〈さびしさ〉が詩的規範であるように、かれらの〈物のあわれ〉なるものも、さまざまな形態であらわれる〈心〉の〈規範〉であったとみてよい。

このようにして中間的な俗っぽさに、詩的規範によって近づいた〈和歌〉形式の表現は、もちろんこの詩形の崩壊への徴候でもあった。〈新古今的〉なものの歌が平明に感じられるのは、〈和歌〉的な〈律〉が、発生の当初にもっていた垂直性をうしない、小刻みな和音の連続にかわり、いわばのっぺらぼうになっていっているからである。ただこの〈律〉の変容と〈景物〉の内在化によって、印象派の絵画ふうにいえば、戸外の光線を歌にみちびきいれた。たぶん、この理由は、〈景物〉が歌を詠む〈個〉のものになったという自在さ、〈景物〉が共同の観念を背負わされたところから解放されたための〈軽さ〉によっている。〈あわれ〉であっても〈物思い〉であっても、〈うれい〉であっても〈はかなさ〉や〈むなしさ〉であっても、その光線は明るい。

同時代的な〈秀歌〉と呼ばれた精巧な歌が、律令王権の首脳たちや周辺に集中していったのはなぜだろうか。かれらだけが徒食者で暇人だったから、地方の荘園からの徴貢で居ながらに生活しつつ、歌の専門的な修練にうちこむことができたからだというのは、いちばん有りうべき理由である。平安末から中世の初期にかけてはとくにそうだが、律令王朝のなすべきことは位階勲等をさずけることと、儀式をまもることのほかになかった。実際の行政は、荘園や在地の土豪からおこった武門勢力によって担われており、王権は法の所在する国家にはちがいなかったが、つねに行政の結果を収攬しているだけであった。かれらがそういう役割に不服でさえなければ、名辞だけの国家として、たしかにもてあますほどの暇はあったのである。もちろん、知行地はしだいに在地の武門ににぎられていったから、徴収できる産物もとどけられることは少くはなっていた。また、寺社も私兵をかかえ所領地から生産物をとりたて、紛争のときはその領地を守ろうと企てた。そして大寺社の僧侶たちも、徒食しながら教養として〈和歌〉の修練をつむ余裕はあったのである。かれらは詩的なものの守護者だったのではなく、詩的なものを私有する集団だったといったほうがいい。だから逆の意味で〈和歌〉は、かれらの私有する感性によって美の規準がたてられ、変貌していったのである。律令王朝における〈幽玄〉とか〈麗体〉とか〈有心〉とかいう〈物のあわれ〉は、律令王朝が唐制の模倣にすぎなかったように、古代中国的な、あるいは古代朝鮮的なものの変種にしかすぎなかった。

同時代の詩人としての実朝は、〈新古今的〉なものの雰囲気にかこまれ、それに影響されているが、もし異質さをもとめるとすれば、やや光線が暗いかわりに、歌はもっと直截で垂直性をたもっていた。特異な二重国家である鎌倉幕府の、祭祀の統領であった実朝が、詩人としてじかに接触したのは、王朝の影響をうけているとはいっても、本質的には関東武門層の感性であった。この感性には特異な倫理感と、迷蒙さと、殺戮と忠誠とがいつも背中をあわせたような、不可解な荒っぽさがあった。実朝がこの感性によく馴染んだとはいいにくいが、たとえ背をむけていても、いつも接触していた感性であることにはちがいなかった。武門といつも接触しなければならなかったことからくる詩的な感性が、矛盾や嫌悪をもふくめて、実朝の歌の性格をきめているとおもえる。

このねぬる朝けの風にかほるなり
軒ばの梅の春のはつ花
（実朝）

うたたねの朝けの袖にかはるなり
ならす扇の秋のはつ風
（『新古今集』式子内親王）

＊

ながめつゝ思ふもかなしかへる雁
行くらむかたの夕ぐれの空
（実朝）

ながめつつ思ふもさびし久方《ひさかた》の
月のみやこの明け方の空
（『新古今集』藤原家隆朝臣）

＊

見てのみぞおどろかれぬる烏《ぬ》羽《ば》玉《たま》の
夢かと思ひし春の残れる
（実朝）

ひととせははかなき夢の心地《ここち》して
暮れぬる今日ぞおどろかれぬる
（『千載集』前律師俊宗）

＊

吹く風は涼しくもあるかおのづから
山の蟬鳴きて秋は来にけり
（実朝）

おのづから涼しくもあるか夏衣《なつごろも》
日も夕暮の雨の名残《なご》りに
（『新古今集』藤原清輔朝臣）

＊

花におく露を静《しづ》けみ白菅《しらすげ》の
真野《まの》の萩原《はぎはら》しをれあひにけり
（実朝）

おく露もしづ心なく秋風に
みだれて咲ける真野《まの》の萩原
（『新古今集』祐子内親王家紀伊）

本歌にくらべて、よくできているのも劣っているのもあるが、「ながめつつ思ふもかなしかへる雁」や「吹く風は涼しくもあるかおのづから」のように、じぶんでじっさいにその〈景物〉を体験して詠まれた歌には、明るい光線は感じられないが、〈和歌〉のもつ本質的な〈律〉が強くのこされている。これらの前詞をみると、「きさらぎの廿日あまりのほどにや有けむ、北向の縁にたち出て夕ぐれの空をながめひとりをるに、雁の鳴《なく》を聞《きき》て読《よめ》る」とか、「蟬のなくをきゝて」とかかれていて、その〈景物〉はひとたびは体験されたものであることがわかる。つまり体験があり、つぎにこの体験を〈和歌〉形式にまとめようとするとき、はじめて本歌取りの技法があらわれている。実朝は鋭敏なあたまで、たえずもろもろの本歌を転がしていたにちがいない。しかし本歌のほうは「ながめつつ思ふもさびし」とあっても、ほんとうに眺めていたかどうかは疑わしい。眺めた体験をもとにしなくてもつくれる歌であるし、じじつ眺めないことに〈新古今的〉なものの真髄があったからである。「おのづから涼しくもあるか夏衣」という本歌の前詞も「崇徳院に百首歌奉りける時」とかかれていて、かくべつ体験を詩に化したものではなく、いつか体験したであろうことが詠われているという内在化された〈景物〉の歌であるといってよい。ここは実朝の歌を〈新古今的〉なものからわかつおおきな特徴であった。「このねぬる朝けの風にかほるなり」は、真淵がほめている作品であるが、本歌のほうが優れているといってよい。ただ、「このねぬる朝け」という『万葉』以来何度もつかわれている言葉に、実朝も惹かれたにちがいない。そしてじぶんの姿躰や心の状態をあまり描写したがらないで、〈事実〉をのべて歌の〈心〉とする実朝の特徴は、いやおうなしにあらわれている。これは「思ふもかなし」という言葉をつかいたかった「ながめつつ思ふもかなしかへる雁」でもあらわれている。「思ふもかなし」という強い言葉を上句にもってゆけば、主情歌にしあげられるところを、「行くらむかたの夕ぐれの空」というようにとめて、その余りがふたたび「思ふもかなし」に還るようにしている。

「吹く風は涼しくもあるか」は、実朝の歌のなかで指おりの秀作である。それは、たぶん「おのづから」のつかいかたにあるにちがいない。〈涼しい風が丘山のほうから吹いてきて、その風にのってくるように山の蟬のなく音がやってきた、もう秋か〉という〈景物〉のイメージは卓抜である。鋼鉄色のメタフィジックを喚起し、それが実朝のあるべきようの境涯につながっている。これは本歌とおもわれる清輔の作品が、〈景物〉にくつろいでいるだけの〈心〉なのとくらべて、格段にすぐれている。征夷将軍ではなくて、いつ殺されるかもしれない詩人実朝の、〈秋がきたか〉という感慨につながるようにさえおもえてくる。あたかも殺される年明けのすぐまえの秋につくられたかのように。

詩人としての実朝にも悲喜劇がないことはなかった。「花におく露を静けみ白菅の」にもあらわれているが、べつに感性としてそう必然性がないにもかかわらず、〈景物〉や〈心〉を、〈新古今的〉なものの〈規範〉にのっとって詠まねばならなかったことであった。

実朝は生涯のうち、何回か箱根、伊豆に出かけたほかは、鎌倉周辺をでたことはない。それにもかかわらず、真野や高円山や伏見の里の〈景物〉を詠みいれたりしなければならなかった。その意味では実朝も時代の子として、王朝風の詩的規範を模倣するほかなかったのである。

いづくにて世をばつくさむ菅原や
伏見の里も荒ぬといふ物を　（実朝）

高円《たかまど》の尾の上《へ》の雉子《きゞす》朝な〱
嬬《つま》に恋ひつゝ鳴音かなしも　（実朝）

〈伏見の里〉や〈高円山〉は古歌にいくどもあらわれる歌枕的な存在であり、〈景物〉としても〈共同〉の観念が附着した唯名的な場所である。だから規範的な〈景物〉であって、〈景物〉の現実ではない。しかし〈和歌〉形式があたかもその〈景物〉を体験したかのように詠みなせるということは、手腕にもよるだろうが不可解な形式であることがわかる。実朝の方法の本質には、〈景物〉の内在化によって、すべてを想像的意識の象徴にしてしまうという〈新古今的なもの〉ともちがうし、〈景物〉を虚詞あるいは暗喩として直截な〈心〉の表象とする〈万葉的なもの〉ともちがって、〈景物〉も〈心〉も〈事実〉と化することによって〈和歌〉形式の詩的表現をなりたたせる独特なものがあった。これが〈伏見の里〉や〈高円山〉のような〈規範〉に化した歌枕的な〈景物〉を、空想だけで詠みこみながら、絵そらごとともおもわれないし、叙景ともおもわれないが、〈事実〉であるようにはみえるという歌にしてしまっている。

　これは優れた手腕といってしまえばそれまでのことだが、たぶんそれだけではない。歌を習うということが律令王朝の風儀を倣うことだ、という面が〈新古今的〉なもののなかにあって、それがある程度は実朝をひきずったのである。もちろん本質的には武門勢力の祭祀の長者という位相が、実朝の詩の根柢であり、それが実朝を『万葉』調の詩人であるとひとびとに誤解させたものであった。

しかし、この個性的な人格の持主であり、特異な生涯を強いられた詩人の作品を、何調の詩だと片づけることは不可能である。景物をうたっても、人事を詠んでも、恋を謳歌しても、けっきょくは〈事実〉の詩になってしまうところには、実朝のどうすることもできない詩的思想が潜んでいた。それは悲劇であり、宿運であった。

# XI 〈事実〉の思想

建仁三年（一二〇三年）八月、実朝の兄頼家は身心の病悩がはなはだしいという理由で、弟実朝（千幡）に関西三十八カ国の地頭職をゆずり、わが長子一幡に関東二十八カ国の地頭職ならびに惣守護職をゆずる旨をあきらかにした。しかし、この申出が頼家の自発的な意志によるものであったかどうかは疑わしい。また、身心の病悩というのも、じつは無茶苦茶な所行によって北条氏に抗ってみたものの、思いとおりにゆかず、身辺がすこぶる危うくなったことから必然的にノイローゼにかかったということかもしれなかった。

頼家の外戚比企能員は、当然、頼家の子一幡が将軍職をつぐべきものであるのに、弟実朝に関西全域の地頭職が分配されるのが不満であった。また実朝に地頭職を分配することは、やがて外孫一幡と実朝とのあいだに、将軍職の継承について争いがおこり、その争いは北条氏との争いに帰することは眼にみえていた。比企能員は、北条氏を除くのはいまをおいてないと判断し、将軍頼家にはかって北条氏を討伐しようと企てたが、失敗に帰し、孫一幡もろともに、かえって北条氏与党に攻め亡ぼされた。あとから、能員とわが子一幡が殺されたことをきかされた頼家は、「鬱陶に堪えず」宿老和田義盛と仁田四郎忠常にはかって北条一族を誅討しようと企てた。だが、頼家にはこれらの宿老を動かすだけの器量と威力がなかった。かえって母北条政子から、ノイローゼで統率の器なしという理由をつけて僧体にさせられ、伊豆修禅寺に態よくおしこめられてしまった。

実朝は執権を北条時政として、兄にかわってすぐに将軍職についた。翌年、頼家はなにものともわからぬものから、無惨な殺され方をした。『吾妻鏡』は元久元年（一二〇四年）七月十九日の項に「伊豆国の飛脚参着す、昨日、左金吾禅閤（年廿三）当国修禅寺に於て薨じ給ふの由、之を申すと云々」とそしらぬ風をよそおっているが、頼家を殺害したものが、なんらかの意味で北条氏の息のかかったものであることは、まったく疑問の余地はなかった。豪勇の頼家は不意をうたれ、首に綱をかけ睾丸を斬りとられたりして惨殺されたといわれている。

まず、将軍職になったばかりで、兄頼家の惨殺をきき、その惨殺を密命したものがじぶんであるということになる政治的論理にくみこまれたとき、実朝はなにを感じたであろうか。実朝は頼家とちがって文学好きであり、頼家のように、ことごとに横車をおして北条氏に抗うということはできなかった。しかしどうかんがえても、将軍職は居心地のよいはずはなかったにちがいない。頼家の殺害が、ちょうど実朝が「痢病」にかかって臥していたあいだに行われたのも偶然とはかんがえられない。実朝は十三歳になっていたが、じぶんの行手が幸さきのよいものでないことを充分にしったはずである。ただ、実朝は頼家とちがって、複雑なよく耐える心をもった人物であって、ある意味では北条時政にもそう手易く御しうるような存在ではなかった。その年に嫁をむかえる段になって、きめられていた上総の前司足利義兼の娘をめとることを拒絶して、京都から迎えようという意志をしめしている。もし足利義兼の娘をめとれば、たとえ北条氏の息がかかっているとはいえ、やがて外戚となった義兼と北条氏とのあいだに争いを生ずることになるにちがいない。そうすれば、じぶんの運命は頼家とひとしいものになる。それよりは係累もなく、また〈和歌〉や文筆をつうじて関心をもっており、またべつに武力で北条氏と争う力も必然もない京都の堂上から嫁をむかえるほうがずっとよかった。実朝が和歌の習作や遊びごとから、京風の文化にあこがれていたという説もあるが、ほんとうかどうかわからない。生涯のうち京へ出かけてみようという発想を実朝はいだいたことはない。だが、宋へ渡ろうという発想はあったのである。祭祀権者としての義務であった伊豆・箱根権現への〈二所詣で〉をのぞいて、実朝が鎌倉幕府の周辺をでようとおもいたったことがないのは興味ぶかい。また、どうせゆくならば京都ではなく〈宋〉の国だという発想はけっしてわるくはない。

こういう実朝にとって、歌ははじめ〈玩具〉であったかもしれない。幼少のときから、あたかも謎ときのように作歌に熱中した。元久二年、十四歳のとき、はじめて十二首の和歌を詠んだことが『吾妻鏡』にみえているが、もちろんその以前から習作にうちこんでいたであろう。それはこの年九月二日の記事に、実朝が和語を好むことが京都にきこえているように記していることからも推察される。また、『金槐集』にあつめられた実朝の作品が、何歳からのものか確定できないとしても、創造はまず幼少期の模倣からはじまるということを、あまりにはっきりとみせていることからも推測される。

実朝が将軍職について、まずはじめに当面しなければならなかったのは、宿老畠山重忠の伏誅であった。北条時政の後妻牧氏が、時政をそそのかして、女婿平賀朝雅と不仲であった畠山重忠父子一族を謀叛の企てありとして、強引に滅ぼしてしまった事件である。牧氏は時政とはかり、勢いにのって、実朝を殺害し、女婿平賀朝雅を将軍職につけようとした。しかし時政の子義時も、時政の娘、政子もこれを許さず、実朝を擁して逆に平賀朝雅の一党を滅ぼし、同時に父時政を僧体にして隠居させてしまった。この一連の事件で、実朝がどんな貌をみせたのかまったくわからないが、危うく生命をおとすようなはめにであったことはたしかである。

この事件をへて北条氏の実権は義時にうつり、また義時のひきいる北条一族に相伴うような形で、実朝の位置も安泰になったかにみえた。しかし、この事件をへて、実朝ははじめてじぶんをとりまいている武門の内訌がどうしておこり、またどういうことによって安定するかをみきわめたにちがいない。

実朝はじぶんがたんなる武門権力の御輿にのってかつぎあげられた〈象徴〉にすぎないことをしった。そして同時に、この〈象徴〉が武門勢力にとって絶対に必要であるゆえんも悟ったにちがいない。もしじぶんが存在しなければ鎌倉の幕府はゆくところまでゆきつくまでは、陰謀と不意打ちの合戦の府にかわってしまうだろう。なぜ武門は弱年のじぶんをひつようとするのか。それはじぶんが幕府を創始した将軍の正統をつぐ子孫であることが第一の条件である。第二の条件は、じぶんが武門の実力者に強いて抗おうとしないかわりに、かれらが自由に将棋の駒のように動かそうとするには、少しばかり烟ったい人格でもあるということであるにちがいない。歌を詠んでも権力などそなわるはずもないが、歌作の修練がひとにあたえるものは、徒労の生命でさえ、なお耐えて通りぬけてゆかねばならない体験にていないことはない。

　　雨いたくふれる夜ひとりほとゝぎすを
郭公《ほとゝぎす》なく声あやな五月《さつき》やみ
きく人なしみ雨はふりつゝ

実朝は、しばしば深更に起きだして、廊から南庭をながめるのが好きであった。そのある夜の作であるにちがいない。この詠み口は『古今集』のわりあい初期のものに似ている。とすればそれほど後期の作品ではないはずである。しきりにふる雨の夜ふけに、郭公の声をききわけようとして南面の廊に佇っているすがたは、実朝にわずかにゆるされた固有の時間である。おなじような歌はまだある。

　　雨のふれるに庭の菊をみて
露をおもみまがきの菊のほしもあへず
晴るれば曇る村雨《むらさめ》の空

これは昼間の歌だが、けっして明るいものではない。〈景物〉の描写がまったく詠むものの〈心〉にかかわるようになったのは『後拾遺集』以後であるとみてよいが、実朝の歌がおのずからそこにゆきついたのは、まったく固有の理由によるといいきるべきか。すでに十二歳の弱少で将軍職となってから、かれは鎌倉幕府の〈象徴〉的な統領としての役割を背負わされた。政策むきのことは、おおく北条時政、義時の父子と、母政子の手に握られていたが、祭祀権の所有者としては、ほとんど寧日なく神事と仏会に立ちあわなければならなかった。これはたんなる信仰の問題ではなく、むしろ〈制度〉に属していたとかんがえたほうがよい。

京都の律令王権のもとでは、とうの昔に制度としての宗教は停滞して慢性化した行事になりかわっていたが、関東武家層ではこの意味はまだ生きていたのである。実朝の位置は、諏訪明神社の〈大祝《おおほうり》〉の位置ににている。近隣の集落から素質のありそうな子供をえらんできて、精進潔斎させたあとで、磐座《いわくら》の石のうえで盟いをたて〈現神《いきがみ》〉としての即位の式をやらせる。烏帽子をのせ束帯をつけてからは、かれは〈現神〉として振舞わなければならない。しかし近隣の集落を政治的に支配するものはこの〈現神〉ではなくて、司祭たる神長氏一族である。〈現神〉は少数の重要な祭事のほかあまり出あるくことはないが、その代理はむりやりに択ばれ、馬にのせられて近隣の集落に〈神〉の加護をふりまいてあるく。そのあげくに密殺されることもあったといわれている。つまり、かれはある共同体の宗教的な象徴であるとともに、なにかあるときの犠牲の生け贄でもあった。

実朝は十七歳のとき疱瘡にかかり、二十日ばかりで平癒したが、それからあと数年は神仏事から遠ざかった。しかし、それ以外では晩年をのぞいて、祭祀権の統領としての役割を忠実につとめあげている。ただかれを将軍職につけて、祭祀の長者にまつりあげるための〈座〉は、けっして磐座のように強固な不動のものではなかったのである。むしろ、すきがあれば武器を行使して、とってかわろうとする武門勢力の拮抗しあう力の場が、実朝をささえている磐座であるといってよかった。これが居心地のよい座であるわけがなかった。実朝がわれにかえることができるのは詠歌のなかだけであったかもしれない。これは、べつの言葉でいえば〈景物〉に接する時間だけが実朝に属するものであった。その意味で実朝はどんな言葉をつかっても不可避的に『後拾遺集』以後の歌人であらざるを得なかったのである。

実朝は、すでに、特異な国家にまで成長した武門勢力のあいだに育ったが、実朝にのみこみにくかったのは、武門に固有な倫理であったかもしれない。関東の武家層の倫理では、惣領にたいして絶対の忠誠をいたさなければならない。これは血縁のきずなよりもはるかに重いといってよかった。しかし、惣領であるものは、実力・手腕・家人たちの所有領の安堵力のすべてについて、じぶんたちを心服させるだけの器量をもっていなければならない。もし惣領としての器量にかなわないならば、無造作に首をすげかえても、とって代っても、あるいは殺害してもよかったのである。これは武家層の倫理では絶対の忠誠心と矛盾するものではなかった。初代の頼朝は、もちろん充分にこれを心得ていた。かれは幼少から、まだ在地の武器をもった土豪にすぎなかった時代のかれらの手のうちで育てられ、その風習にしたがって武技をみがき、生活する体験をもっていたからである。しかし、実朝は、頼朝の〈貴種〉性が律令王権とのつなぎになるといった環境で育っていて、理解力はあっても、それほど馴染めない世界であったにちがいない。

承元三年(一二〇九年)五月、頼朝以来の宿将のひとりであり、実朝が好意をよせていた和田左衛門尉義盛が、上総の国司に任ぜられるよう望んで内々に申入れた。実朝はこの老将の望みをかなえてやりたいとかんがえ母政子にはかったが、頼朝の時代には武門の受領はこれを停止すべきよしの沙汰があり、このような例はゆるされなかった。いま、この願いをいれるのはあたらしい範例であり、女性の口を入れるべきことではないからとていよく拒否された。実朝はこの義盛のねがいをかなえることができなかった。

義盛は旬日をおいて、上総の国司を所望であるむねを、こんどは陳情書をもって大江広元まで提出した。それには、治承以後の和田義盛一族の勲功をのべ、上総の国司の任を賜ることがこれからの余生にただひとつの望みであると記されていた。

いっぽう北条義時は、これより数カ月あとに、郎従のうち功あるものを侍に准ずる位にとりたてる沙汰を賜りたいと申出た。実朝は無秩序にそういうことを許すのは後難のもとだとして、これを卻けた。また、おなじころ和田義盛の上総の国司所望の件について、内々に時をみてはからうから沙汰を期して待つようにとなだめた。義盛はよろこび感謝した。

このあたり実朝の決裁はさえている。たぶん、義時の所望も義盛の所望もこのかぎりでは実朝の判断をこえるような不可解さはなかったのである。和田義盛と北条義時のちがいはなんであろうか。たぶん、義盛には〈制度〉としての武門という観点がなく、忠誠一途の武将であったが、義時には〈制度〉も〈権力〉もなにを本質とするかがわかっていた。義盛が上総の国司を望んだのは、頼朝が蜂起してから忠誠と武勇をもってつくしてきた一族が、律令官制上の一国の国司を望むことは不当ではないというかんがえかたに基いている。だが、義時が郎従の功あるものを侍分にとりたててほしいと申出たとき、それは幕府国家の内部で処理しうるものだからという視点にたっていた。実朝にはこのふたつの意味がよく判っていたはずである。

実朝は疱瘡のあとずっとそうであったといえばいえなくもないが、晩年にちかづくにつれて、神事・仏事に熱がはいらなくなって、おおくは代理を奉幣させるようになっている。ようやく青年にたっしたときには、実朝のこころは乾いてしまっていたかもしれない。なぜそういう臆測をくだすかといえば、実朝の〈景物〉はあたかも〈事実〉を叙するというよりほかないような独特な位相であらわれ、けっして〈物〉に寄せる〈心〉でも、〈心〉を叙するために〈景物〉をとらえる叙情でもないとしかいいようがないところがあるからである。

みな月廿日あまりのころ夕の風すだれうごかすをよめる

秋ちかくなるしるしにや玉すだれ
小簾《こす》の間《ま》とほし風の涼しさ

萩をよめる

秋はぎの下葉もいまだ移ろはぬに
けさ吹風《ふくかぜ》は袂《たもと》さむしも

十月一日よめる

秋は去ぬ風に木の葉は散りはてて
山さびしかる冬はきにけり

霰

もの丶ふの矢並つくろふ籠手《こて》の上に
霰《あられ》たばしる那須の篠原

同

笹の葉に霰さやぎてみ山べの
嶺の木《こ》がらししきりて吹きぬ

これらの〈景物〉を叙している歌は、八代集のどこにも場所をもうけることはできない。『万葉』の後期にいれるには、あまりに〈和歌〉形式の初原的な形をうしないすぎているし、『古今』にいれるには、語法が不協和音をいれすぎている。『後拾遺』にさしこめば、あまりに古形を保存しすぎている。そうかといって『新古今』にさしはさむには、もっと光線が不足している。この独自さは実朝の〈景物〉の描写が、〈景物〉をただ〈事実〉として叙して、かくべつの感情移入もなければ、そうかといって客観描写のなかに〈心〉を移入するという風にもなっていないところからきているようにみえる。実朝の〈心〉は冷えているわけではないが、けっして感情を籠めようともしていない。感情の動きがメタフィジックになってしまっている。実朝は青年期にたっしたとき、すでにこういう心を身につけなければならない境涯におかれていた。

〈夕べの風がすだれをうごかして透ってくる涼しさ〉という表現は、〈涼しいな〉という主観でもなく、〈涼しくわたってくる風〉という客観描写でもなく「風の涼しさ」という状態でとめられている。それだからどうしたということではない。この止め方は実朝の詩の方法のひとつの特徴である。この特徴が表象しているものは、「風の涼しさ」を感じているじぶんを、なんの感情もなく、じぶんの〈心〉がまた〈物〉をみるように眺めているという位相である。だから心情の表現が叙景の背後にかくされているのではなく、〈じぶんの心情をじっと眺めているじぶん〉というメタフィジックが歌の背後にあらわれてくる。このメタフィジックもまた詩人としての実朝に独特のものであるといってよい。

「けさ吹風は袂さむしも」というのは、まったく主観的に〈さむいことであるな〉といっているにもかかわらず、さむがっている作者ではなく、さむがっているじぶんという〈事実〉をながめているじぶんという位相しかつたわってこないようにおもわれる。なぜこういうことになるのだろうか。たぶん実朝の〈心〉が、詩的な象徴というよりも、もっと奥深くのほうに退いているからである。この独得の距離のとり方が実朝の詩の思想であった。「秋は去ぬ風に木の葉は散りはてて」の歌でもおなじなのだ。「山さびしかる冬はきにけり」を〈山はさびしき〉とか〈山ぞさびしき〉と表現すれば、並の叙情歌になったろうが「山さびしかる」と表現しているために、〈心〉は奥のほうに退いて〈山はさびしくなるだろうなとおもっているじぶんを視ているじぶん〉というようにうけとれることになる。

「もの丶ふの矢並つくろふ」は真淵もあげ、子規も引用している周知の歌だが、かれらのいうこの万葉調の力強い歌は、けっしてそうはできていない。名目だけとはいえ征夷将軍であったものが、配下の武士たちの合戦の演習を写実した歌とみても、そういう情景の想像歌としてみても、あまりに無関心な〈事実〉を叙している歌にしかなっていない。冷静に武士たちの演習を眺めている将軍を、もうひとりの将軍が視ているとでもいうべきか。

「笹の葉に霰さやぎてみ山べの」も、叙景のようにみえて、〈景物〉を叙しているじぶんの〈心〉を〈心〉がみているという位相があらわれざるをえない。

実朝の詩の思想をここまでもっていったものは、幕府の名目人として意にあわぬ事件や殺戮に立ちあいながら、祭祀の長者として振舞わねばならない境涯であった。

建暦元年（一二一一年）十二月二十日、和田義盛は上総の国司を所望した陳情書を、子息四郎兵衛尉を介して返却してもらいたい旨を大江広元に申入れた。業を煮やしたというべきであろうか。あまりに沙汰がないところから、義盛はいまはこれまでとかんがえたにちがいない。実朝は、しばらく余裕をみてうまくはからう旨をつたえてあるのに、この挙におよんだことを心持よくおもわなかった旨を『吾妻鏡』は記している。しかし義盛にしてみれば、北条氏があれほど特権をうけながら、忠誠一途の宿将である和田一族にたいして、それくらいのことが握りつぶされていることが堪えがたかったにちがいない。おそらくは母政子と北条一族のさしがねであった。実朝としては、この一徹の老将の心事をおもって心苦しかったにちがいない。建暦二年も六月になって、実朝は和田義盛の邸を訪れてこの宿将を慰めねぎらっている。
さらに八月には、北面の三間所に伊賀前司朝光とともに和田義盛を詰めさせるようにはかった。つまり近習なみにあつかおうとしたのである。宿老ではあるが、昔の物語などをききたいからだというのが実朝の名目であった。実朝は義盛がおもいつめている気配を感じて、これを慰めようとしたのかもしれないし、この老将がじぶんの気ごころを理解する最後の生き残りとかんがえたかもしれなかった。実朝はよく気がつくやさしい心くばりをもっていた。

ところが、建暦三年二月十五日、安念という僧侶が捕えられたのを期に、謀叛の企てがあることが発覚したと『吾妻鏡』はつたえている。そのなかに和田義盛の子息義直、義重の名があげられ、和田平太胤長もとらえられた。謀叛といっても、もちろん北条氏を除こうとする企てであった。義盛は上総の伊北庄にいたが鎌倉にはせ参じ、わが子義直、義重らの助命をこうた。実朝は忠誠一途の老将の心にめでてこの二人を赦した。義盛は「老後の眉目を施して退出」したが、翌日、一族九十八人を引率して南庭に列座し、一族和田胤長の助命をも請うた。実朝は和田胤長が張本人とされているため、北条氏の手前、どうしても赦すわけにはゆかなかった。そして和田一族の列座の前で、胤長に縄をかけたまま奉行山城判官行村にひき渡させた。万事休すであり、この屈辱をうけた和田一族は、北条氏から実朝を奪うため蹶起する以外に道がなくなった。胤長の屋敷領地は北条義時に拝領となり、もはや合戦よりほかに和田一族のなすべきことはのこされなくなったのである。

もちろん、実朝にはその帰すうはよくわかっていた。義盛には兵をあげるほかに道はのこされていないはずである。

すでに和田一族の蹶起は、幕下の諸将においても自明のこととしてうけとられるようになった。実朝の近習として信任の厚かった和田新兵衛尉朝盛は、父祖一党の蹶起が近くにあるのを知って蟄居していたが、実朝の下に参上して「公私互に蒙霧を散じ」(『吾妻鏡』)、心ゆくまで交歓を遂げたのち退出し、そのまま髪を切って浄蓮房の草庵で得度し、実阿弥陀仏と号して、郎等数人をつれて京都へ旅立った。板ばさみの苦しさを逃れるためである。朝盛の出家を知らせるため、郎等は義盛のもとに朝盛からの書状をたずさえていった。「叛逆の企ては、いまにおよんではとどめることもできません。しかし一族にしたがって実朝公に弓をむけることもできません。幕下に参じて父祖に敵することもできません。それよりも世をのがれて自他の苦しみを免れたいとおもいます。」とかかれていた。義盛はこれをきいて、僧体になっていても連れもどしてこいと四郎左衛門尉義直に命じた。朝盛は武勇にすぐれ、合戦のばあいに将としての器量をもっていることを惜んだのである。

実朝は、翌々日朝盛が出家したことをきいて、衝撃をうけ、人をやって「父祖の別涙を訪はしめ」た。和田義直は朝盛入道を駿河国手越駅のあたりでつれもどしたが、義盛は対面のうえ朝盛を叱嘖した。また朝盛は黒衣のまま幕府に参上し実朝に挨拶した。これは実朝より慰撫のよびだしがあったためである。義盛は年来帰依するところ厚かった道房という僧を追放したが、人々は追放に名をかり、和田一族勝利の祈禱をなさしめるため大神宮へ遣わしたのだという風評をたて、ますます物情騒然となった。

実朝は、宮内兵衛尉公氏をつかわして和田邸におもむかせ、合戦の準備をしていると風聞があるが本当かどうかを問わせた。しばらくして義盛は寝殿からでてきて造あわせをとびこすとき、烏帽子がぬけて公氏のまえに落ちた。ちょうど人の首がうち落されるのに似ていた。公氏は心中で、義盛は一族が叛乱にたつときはいさぎよく誅に服する志をあらわしているのだな、とうけとった。公氏は実朝からの問いただしの旨をのべた。

義盛はこたえた。頼朝将軍が在世のときは忠誠をはげみわれながら功をつとめた。そのために恩賞にあずかることも過分にすぎるほどであった。頼朝将軍がなくなられたあとは、まだ二十年を経ないのに、おきわすれられたものの恨みをかこっている。たびたび陳情愁訴におよび、涙ながらに訴えるところがあったが実朝将軍の心にとどかない。これでは退いて家門の運のつたなさを恥じるばかりであり、すこしも謀叛の企てなどない——と。言葉がおわって保忠、義秀以下の勇士たちが列座して、兵具を整備して開陳した。公氏は帰ってこの旨を報告した。その間、相州北条義時は参上して鎌倉在所の御家人たちを御所に呼んだ。そして義盛は日ごろ謀叛の疑があり、蹶起の事はすでに決っているかもしれないから、準備をおこたらぬよう指示した。ただし、まだ甲冑をつけるにはおよばないと申し伝えた。夕刻に、刑部丞忠季を使者にたて、和田義盛のもとにやった。和田氏反逆の風聞があるが驚いている。まず蜂起をやめて退いて実朝将軍の裁可をまつべきであるとおもう——と。義盛はそれに答えていった。実朝将軍になんの恨みもいだくものではないが、相州北条義時の振舞いは、あまりに傍若無人でほかに人なきが如くであるので、問責のために鎌倉に発向しようとする群議が、近ごろ和田一族の若武者のあいだにある。義盛は度々これを諌めようとしたが、一切は無効でもはや決意を交してしまっている。この期に臨んでは老骨の力のとどかぬものとなってしまった——と。

かくして、いわゆる和田合戦の火ぶたはきられたことになる。和田一族の企図は、北条氏を打倒して、実朝将軍を奉ずるというところにおかれた。

和田義盛は兵を率いて将軍の幕下に攻め入った。同時に北条義時邸と大江広元邸を囲んだ。和田合戦の模様は、嘘も真もこきまぜて『吾妻鏡』が詳細に描写している。しかし、わたしにはそれほど興味がない。和田四郎左衛門尉義直が伊具馬太郎盛重のために討取られたのをきいて、義盛は、この愛する武勇の子のためにこそじぶんは上総の国司を所望したのだ、いまはもう合戦にはげんでも何の意味もなくなった、と声をあげて「悲哭」し、狂乱の態をなし、ついに江戸左衛門尉能範の所従に討たれたという。

実朝はもちろん、和田義盛をはじめ一族が、じぶんに謀叛の気がなく、ただ北条義時一族の勢力をそぐのが目的であったことをよくしっていたし、また、一途な宿老の心中もよく察していた。北条氏一族もまた、それをよく心得ていて、『吾妻鏡』は北条泰時に「義盛上に於て逆心を挿まず、只相州に阿党《あだ》せんが為」、謀叛をおこしたのだ、といわせているくらいである。

実朝はついに父頼朝の代からの忠誠一途の宿老たちのすべてを失ったことを悟ったにちがいない。実朝の心にもはや何の希望もなくなったのは、たぶん和田合戦のあとであった。実朝の乾いた心は、そのまま冷えたといってよい。

実朝が営中の南庭で丑の刻、夢のようにして青衣の女人が走りさり、光物が松明のようにかがやいて消えるのをみたのは、その年の八月十八日であると記されている。それが幻覚か、刺客か、和田氏の亡霊かはわからないが、『吾妻鏡』の編著者は、伝説にしたがって、そう記すよりほかなかったかもしれない。

庭の萩わづかにのこれるを、月さしいでて後見るに、散りわたるにや花の見えざりしかばよめる

萩の花暮々までもありつるが
月出てみるになきがはかなき

それは萩の花であったのか、愛すべき老将和田義盛のすがたであったのかわからない。また、

たそがれに物思ひをれば我宿の
萩の葉そよぎ秋風ぞふく

山辺眺望といふ事を

声たかみ林にさけぶ猿よりも

我ぞもの思ふ秋の夕べは

十二月三日、実朝は寿福寺に詣で和田義盛一族の亡卒の得脱のために仏事を修した。また十二月（六日、建保と改元あり）二十九日には、自筆の円覚経を写して寿福寺に供養し、その暁の夢告によって、この経巻を三浦の海に沈めて和田一族の霊を慰めた。

建保三年（一二一五年）十一月二十五日、実朝は昨夜義盛以下の和田一族の亡霊が幕下に群参する夢をみて、営中で供養の仏事を行った。実朝の胸中を臆測すれば、宿将和田義盛とその一族の死は、ながく心の傷をあたえた。それ以後、実朝はほぼ確実に自分の変死を信ずるようになったと思われる。あとには北条氏一族と巧妙な三浦一族しかのこっておらず、ほとんど信頼すべき家人とて無い有様であった。心中ひそかに期するところがあった。もはや、何ものにもわずらわされず我意をおし通そうと心に決めたのである。それは、すくなくとも二つの事実となってあらわれている。

ひとつは東大寺の大仏修鋳を請負った宋人陳和卿の東下りをきっかけに渡宋を計画したことである。もうひとつは、強引ともおもえる位階昇進を、京都の朝廷に促進させたことである。このいずれも北条氏の強力な反対にであったが、実朝はこれを卻けて強行した。

渡宋の計画は、母政子や北条義時や大江広元などの側近には気狂い沙汰としかうけとられていない。実朝が和田合戦のあとで心中ひそかに決心してしまったことが北条氏や側近の重臣たちにはわからなかったのである。あたらしい仏教文化を媒介にした宋の文物にたいする実朝の憧憬、すでにどんな希望ももちえなくなった幕府の統領としての生活、たび重なる天変と地異、陳和卿による挑発……といった、ありうるすべての現実的な理由をかぞえても、渡宋の計画は突飛であった。しかし実朝の心の奥深くかくされたモチーフまでかんがえれば、あまり唐突だともおもわれない。たとえば和田朝盛ならば父祖一党にも加担しえず、また父祖一党に弓をひくことができないとすれば、難しくはあっても、髪をおろして京都に逃れて遁世することもできた。しかし、実朝が進むことも退くこともできないとすれば、結果や手続きがどうであれ、渡宋でも企てるよりほかにすべがなかった。

実朝は徹頭徹尾これを心中の奥ふかくにしまいこんだままもらさなかった。うわべは北条氏とも大江氏とも母政子ともうまくいっているようにみせていたのである。ただ、北条氏にとっても母政子にとっても、大江氏にとっても、すこしく常軌を逸したようにみえたことは間違いない。幸か不幸か、陳和卿の造船術は拙劣で、船は浮ばず実朝の渡宋の計画は頓挫した。この白けきった気持は相当なものだったろうが、実朝はすぐにべつの吐け口をみつけだした。それは位階の昇進である。北条義時は大江広元にはかって、みだりに官職の昇進をもとむべきではないと実朝をいましめた。頼朝将軍は武門の一分を守って征夷将軍以外の官位を辞退した。しかるに実朝将軍は、さしたる勲功もなく父祖の跡目にすわり、また若年なのにしきりに位階の昇進をもとめるのはよろしくない。武門の統領として征夷将軍の役責だけにつとめ、年をへてのちいかようにも位階の昇進を願うべきだというのが義時や広元の諫言であった。実朝は、申し条はもっともだが、じぶんでもって源家の正統はとだえてしまう。せめて位階の昇進を願うのが家門の最後としてじぶんのなしうるすべてであるとこたえた。

もともと実朝には俗世的な欲は薄かった。それゆえ、やたらに昇進をもとめたことのなかに、なにも私心がなかったことは確実である。ただ実朝の心中はかなり複雑であったにちがいない。和田合戦以後、北条氏の専断はつのり、渡宋事件をはじめ実朝がことごとく我意を通しはじめたとき、すでにそれ相当の覚悟が実朝にはあったはずである。また、北条義時も、すでに実朝を見捨て、ひそかに暗殺の画策もあったかもしれない。そういうことを見通せないほど実朝は愚かではなかったはずである。『吾妻鏡』はこの間の経緯についてなにも記載していないが、おそらく北条一族は、源家将軍なしでも武門勢力を統御できるだけの抜んでた実力を獲得していたとみることができる。

実朝が位階の昇進をもとめ、律令王権のクモの糸にみずからもとめてからめとられていったとき、じつは鎌倉幕府が創生期からもっていた限界が当然にゆきつくはずのものを〈象徴〉していた。頼朝には律令王権を打ち倒してしまうという発想はすこしもなかった。ただ武門の権力を、まったくちがった位相でうちたてたかったのである。そしてある程度はそれを実現したといってもよい。実朝がつぎつぎに武門のうち信頼すべき勢力を失ない、渡宋によって一切から逃れようとする〈あるいは宋朝からの威信をとりつけようとする〉企ても座礁したうえは、単独で律令王権の位階制のかげにかくれるよりほかにどんな方法ものこされていなかったとみてよい。この実朝晩年の意図は、文字通り並びたっていた勢力をつぎつぎに滅亡させて、武門勢力を掌中にして、武門政権樹立への自信を深くしつつあった北条氏の意図とはかけはなれてゆくばかりであった。

実朝は建保六年（一二一八年）二月十四日、最後の二所詣でに進発している。


箱根の山をうち出て見れば波のよる小島あり、供のものに此うらの名はしるやとたづねしかば伊豆のうみとなむ申すと答侍《はべり》しをききて

箱根路をわが越えくれば伊豆の海や
沖の小島に波のよるみゆ

あら磯に浪のよるを見てよめる

大海の磯もとゞろによする波

われてくだけて裂けて散るかも

又のとし二所へまゐりたりし時箱根のみづ海を見てよみ侍《はべ》る歌

玉くしげ箱根の海はけゝれあれや
二山にかけて何かたゆたふ

同詣《おなじまうで》下向後、朝にさぶらひどもも見えざりしかばよめる

旅をゆきし跡の宿守をれ〳〵に
わたくしあれや今朝はいまだ来ぬ

走湯山参詣の時

わたつ海のなかに向ひて出《いづ》る湯の
伊豆のお山とむべもいひけり

いずれも実朝の最高の作品といってよい。また真淵のように表面的に『万葉』調といっても嘘ではないかもしれない。しかし、わたしには途方もないニヒリズムの歌とうけとれる。悲しみも哀れも〈心〉を叙する心もない。ただ眼前の風景を〈事実〉としてうけとり、そこにそういう光景があり、また、由緒があり、感懐があるから、それを〈事実〉として詠むだけだというような無感情の貌がみえるようにおもわれる。ことに二所詣での下向後に近習や警備の武士たちのすがたがみえないのを「をれ〳〵にわ

たくしあれや」とかんがえる心の動き方は、瞋っているのでもなく、もとめているのでもなく、どこかに〈どうでもよい〉という意識があるものとよみとることができる。こういう〈心〉を首長がもちうることを推察するには、武門たちの〈心〉のうごきはあまりに単純であった。

たぶんこれが実朝のいたりついたじっさいの精神状態である。また、ある意味では鎌倉幕府の〈制度〉的な帰結でもあった。源家三代の将軍職は、実朝まできて、そこに〈将軍職〉があるから将軍がいるのであって、必要だからいるのでもなく、また不必要にもかかわらずいるのでもなく、ただ〈事実〉としてそこにいるのだ、ということになってしまったともいえる。

これが、ようやく壮年期に入ろうとするものの心の動きかたとはうけとりにくいが、あらゆることを〈事実〉としてうけとり、それにたいして抗ってもならないし、うち込んでもならないし、諦めても捨ててもならないという境涯にあまりにながく馴染みすぎたのである。これ以外の心の動きかたをしても、行為にでても、すべて危険な死であることは、兄の頼家や宿老たちの末路をみれば、はっきりとわかっていたはずである。はじめは実朝にとって、歌はじぶんに固有な時間であり、その意味で慰安であったにちがいない。しかし、あとでは、ただ〈心〉としても〈制度〉としても、実朝自身のおかれた状態の不可避的な象徴となるほかはなかった。もちろん幕府の祭祀の長者としてもしだいに怠惰になっていった。

心の心をよめる

神といひ仏といふも世の中の
人のこゝろのほかのものかは

無常を

うつゝとも夢ともしらぬ世にしあれば
有りとてありと頼《たのむ》べき身か

人心不常といふ事を

とにかくにあな定めなき世の中や
喜ぶものあればわぶるものあり

道のほとりに幼きわらはの母を尋ねていたく泣くを、そのあたりの人に尋《たづね》しかば、父母なる身まかりにしとこたへ侍しを聞《きき》て

いとほしや見るに涙もとゞまらず
親もなき子の母をたづぬる

慈悲の心を

物いはぬ四方《よも》のけだものすらだにも
哀れなるかな親の子を思ふ

大乗作中道観歌

世中《よのなか》は鏡にうつる影にあれや
あるにもあらずなきにもあらず

得功徳歌

大日の種子よりいでてさまや形《ぎやう》
さまやぎやう又尊形《そんぎやう》となる

歳暮

乳房吸ふまだいとけなきみどり子の
共に泣きぬる年の暮かな

老人憐歳暮

うちわすれはかなくてのみ過《すご》し来ぬ
哀と思へ身につもる年

歌が晩年に詠まれたものと、べつに主張しようとはおもわない。この種の歌はなかなか類形がみつけられない。また叙景歌でもなければ叙情歌でもない。そうかといって物語の語りが附着した叙事歌でもない。〈事実を叙するの歌〉とでもいうよりほかないものである。このばあい〈事実〉というのは、現実にある事柄とか、現実に行われている事とかいう意味ではない。〈物〉に心を寄せることもしないし、〈物〉から心をひきはなすこともしないで、〈物〉と〈心〉とがちょうどそのまま出遇っているような位相を意味している。

「心の心をよめる」という題辞は、ある意味では心の奥にあるものをうち明けてみれば、ということになる。「神といひ仏といふも世の中の人のこゝろのほかのものかは」とおもいだした実朝が、武門たちのように一族の祭祀や仏事をまともに心から実行したはずがない。また、「人心不常といふ事」は、実朝にとって畠山氏や和田氏の一族の最後を生々しくおもいおこすことなしに詠みえなかったろう。どういうわけか、実朝は、老人や幼児や捨て子たちの境涯に、とても壮年のこころとはおもえないような関心のしめし方をしている。老人は畠山氏や和田氏であり、幼児はじぶんを育てた乳母であり、捨て子はじぶん自身のことであったかもしれない。

この中世期最大の詩人のひとりであり、学問と識見とで当代に数すくない人物の心を訪れているのは、まるで支えのない奈落のうえに、一枚の布をおいて座っているような境涯への覚醒であったが、すでに不安というようなものは、追い越してしまっている。

鶴ヶ岡八幡宮の別当になっていた頼家の子公暁が、その宮寺に参籠したまま退出せず、除髪の儀もおこなわず、白河左衛門尉義典を伊勢神宮に奉幣のため派遣し、そのほかの諸社にも使を立てて、なにごとか祈禱に入ったのは建保六年十二月五日であり、この知らせはすぐに営中にとどけられ、人々はこれを怪しんだ。北条義時が夢告によって建てた堂寺に、薬師如来像を安置する供養を行ったのはその三日前である。またこの日は実朝が右大臣に任じられた日であった。

たぶん、実朝には、翌年正月二十七日の右大臣就任の拝賀の日をまたなくとも、この日にすべてがわかったかもしれない。

建保七年一月廿七日、実朝は鶴ヶ岡八幡宮拝賀に出かけるまえ、鬢の毛一筋を抜いて記念のためとて公氏におくって歌をよんだ、

出《イデ》テイナバ主ナキ宿ト成《ナリ》ヌトモ軒端ノ梅ヨ春ヲワスルナ

南門を出るとき霊鳩がしきりに鳴き囀り、車から下りるとき雄剣をついて折ってしまった。

（『吾妻鏡』より）

実朝の辞世の歌として『吾妻鏡』や『北条九代記』が記載している歌は、『新古今集』の春歌上の部にある式子内親王「ながめつるけふは昔になりぬとも軒端の梅はわれをわするな」を換骨して、『吾妻鏡』の編著者が挿入したものとおもわれる。

# 実朝年譜

**建久三年**（一一九二）　一歳
八月九日に生れる。頼朝の二男。千幡《せんまん》と命名。

**建久八年**（一一九七）　六歳
頼朝の長女大姫死ぬ。

**建久十年・正治元年**（一一九九）　八歳
頼朝死亡する。
頼朝の次女三幡《さんまん》死ぬ。

**建仁三年**（一二〇三）　十二歳
八月二十七日、関西三十八国の地頭職に補せられる。
九月七日、従五位下、征夷大将軍となる。実朝と改名する。
十月八日、元服する。
十月九日、政治始め、甲冑を着、馬に乗る。弓始めの行事をおこなう。
十月二十四日、右兵衛佐に任ぜられる。
十月二十五日、行勇をよんで法華経をならう。
十二月十四日、永福寺に参詣する。

**建仁四年・元久元年**（一二〇四）　十三歳
一月五日、鶴ヶ岡八幡宮に参詣する。

一月七日、従五位上に進む。

一月十二日、読書始め（孝経）である。

三月六日、右近衛少将に任ぜられる。

三月十五日、天台止観読講をはじめる。

三月二十七日、勝長寿院に参詣する。

四月十八日、夢告により岩殿観音に参詣する。

四月二十日、頼朝の手になる指示書などを保存している武将に台覧のため進上を求む。

六月一日、愛染明王像三十三体の供養を行う。

六月二十日、鶴ヶ岡八幡宮に参詣する。

七月十四日、痢病にかかる。

七月十八日、兄頼家修禅寺で殺される。（十九日、己卯、酉の刻に伊豆の国の飛脚が参着し、昨日十八日、左金吾禅閤頼家年廿三（卅三）歳で伊豆修禅寺で薨じた旨の知らせが来る。）（二十四日、甲申、左金吾禅閤御家人等がひそかに謀叛を企てていることが発覚して相州義時は金窪太郎行親以下の氏を派遣してたちまちこれを討伐させた。）

七月二十六日、安芸の国壬生の庄の地頭職の争いについてはじめて実朝自身が裁決をくだす。

八月四日、夫人は上総前司（足利義兼）の息女であるとの決定があったが、実朝はこれを受け入れずに、京都に申し遣して、しかるべき嫁の迎え入れを内談する。

九月二日、馬二疋を伊勢内外宮に奉納。

十月十四日、実朝の嫁として坊門前大納言信清の息女を迎える人々が上洛した。

十一月三日、実朝は少しく病気を発する。

十二月十日、実朝の御台が鎌倉に下着した。

藤原俊成歿（十一月三十日）

**元久二年**（一二〇五）　十四歳

一月五日、正五位下に任ぜられる。

一月二十九日、右近衛中将に任ぜられ、加賀介を兼ねる。

二月十一日、鶴ヶ岡八幡宮に参詣する。

二月十七日、鶴ヶ岡八幡宮に参詣する。

三月一日、寿福寺の方丈、並に若宮別当にゆき、法文を談じ、蹴鞠を遊んだ。

三月二十六日、新古今集が実朝に奏進された。

四月八日、鎌倉中の諸堂を騎馬水干で巡拝する。

四月十二日、和歌十二首を詠んだ。

五月二十五日、営中で五字文殊像を供養する。

六月二十二日、畠山重忠が殺される。

閏七月十九日、北条時政の妻牧氏は実朝を殺し、女婿平賀朝雅を関東将軍としようと謀る。母政子は長沼宗政、三浦義村をやり実朝を義時の屋敷に迎える。

九月二日、藤兵衛朝親が京都より下着、新古今集を持参した。

**元久三年・建永元年**（一二〇六）　十五歳

一月二日、鶴ヶ岡八幡宮に詣でる。

二月四日、大雪が降る。晩に雪見のため名越山に出て、義時の山荘で和歌の会を行う。

二月二十三日、従四位下に任ぜられる。

三月三日、鶴ヶ岡八幡宮の一切経会に詣でる。

四月三日、鶴ヶ岡八幡宮例祭に詣でる。

六月十六日、政子の屋敷で頼家の子の善哉の着袴の儀に臨む。

十月二十日、頼家の子善哉を猶子として営中に入れる。

**建永二年・承元元年**（一二〇七）　十六歳

一月二日、鶴ヶ岡八幡宮に参詣する。

一月五日、従四位上に任ぜられる。

一月二十二日、箱根伊豆の二所詣に進発する。

一月二十七日、二所詣から帰還。

四月十三日、病疾がある。

五月五日、鶴ヶ岡八幡宮に詣でる。

八月十五日、鶴ヶ岡八幡宮放生会に詣でる。

八月十六日、鶴ヶ岡八幡宮に詣でる。

十一月八日、鶴ヶ岡八幡宮の神楽に列席する。

**承元二年**（一二〇八）　十七歳

一月十六日、三善康信の邸失火。実朝の蔵書が焼失した。

二月三日、鶴ヶ岡八幡宮に神楽がある。疱瘡を病み参詣せず。

二月十日、疱瘡のため心神を悩ます。

二月二十九日、疱瘡なおる。

三月三日、鶴ヶ岡八幡宮一切経会が行われる。疱瘡のため参詣せず。

閏四月十一日、俄に病む。

五月二十九日、昨日、京都からきた夫人の近侍兵衛尉清綱を引見する。清綱、藤原基俊筆の古今和歌集を献上する。

七月十九日、永福寺、阿弥陀堂に二十五三昧を行ずる。政子と共に聴聞する。

九月十四日、熊谷直実死ぬ。

十二月九日、正四位下に任ぜられる。

**承元三年**（一二〇九）　十八歳

一月九日、鶴ヶ岡八幡宮に年首の奉幣を行う。

四月十日、従三位に叙せられる。

五月十五日、神嵩《だけ》と岩殿観音に参詣する。

五月二十六日、右近衛中将に任ぜられる。

七月五日、夢告により詠歌二十首を住吉社に奉納する。

八月十三日、知親京都からかえり、定家の合点を返し、詠歌口伝を献上する。

十一月四日、弓馬を棄てるなという北条義時の言により、切的の勝負を興行する。

十二月二十三日、勝長寿院、永福寺、法華堂に詣でる。

**承元四年**（一二一〇）　十九歳

五月六日、大江広元邸で和歌の宴を催した。広元は三代集を実朝におくった。

八月十六日、鶴ヶ岡八幡宮に北条義時を代参させる。

九月十三日、営中に和歌の会を催す。

十月十五日、聖徳太子十七条憲法その他を大江広元より供覧する。

十一月二十一日、営中に和歌の会を行う。

十一月二十二日、持仏堂で聖徳太子の絵の供養を行う。

十一月二十四日、駿河国建福寺の鎮守である馬喰大明神に奉剣する。

**承元五年・建暦元年**（一二一一）　二十歳

一月五日、正三位に叙せられる。

一月十八日、美作権守を兼任する。

二月二十二日、鶴ヶ岡八幡宮に詣でる。（承元二年以来疱瘡の痕を気にして出なかった。）

四月二十九日、永福寺に詣でる。

六月十八日、持仏堂に如意輪観音を供養する。

七月四日、貞観政要を読む。

七月十五日、寿福寺に詣でる。

八月二十七日、鶴ヶ岡八幡宮に詣でる。

十月十三日、鴨長明をこの頃引見する。

十月十九日、永福寺に宋本一切経、曼陀羅経を供養する（栄西導師）。

十二月十三日、法華堂に詣でる。

十二月二十二日、勝長寿院と永福寺に詣でる。

十二月二十五日、持仏堂で文殊を供養する（栄西導師）。

**建暦二年**（一二一二）　二十一歳

一月十九日、鶴ヶ岡八幡宮に詣でる。

二月三日、政子と二所詣に進発する。

二月八日、二所詣から帰る。

二月二十五日、持仏堂に文殊の供養を行う。

三月三日、鶴ヶ岡八幡宮に一切経供養を行う。

三月九日、政子および御台と三浦三崎に遊ぶ。

四月六日、病気。

四月十八日、大倉郷に大慈寺をたてる。

六月二十日、寿福寺に詣でる。

六月二十二日、持仏堂に聖徳太子霊会を催す。

八月二十五日、鶴ヶ岡八幡宮放生会に詣でる。

八月二十五日、持仏堂で文殊講。

九月二日、筑後前司源頼時が京都から下向し、定家の消息と和歌文書を持参する。

九月十八日、岩殿榾本寺の観音堂に詣でる。

十二月十日、従二位に叙せられる。

十二月二十九日、法華堂以下の諸堂を巡拝する。

方丈記成る。

**建暦三年・建保元年**（一二一三）　二十二歳

一月一日、鶴ヶ岡八幡宮に詣でる。

一月二十二日、二所詣に進発する。

二月一日、営中に和歌会を催す。

二月二十七日、正二位に叙せられる。

三月十六日、天変あり、御所南庭に祈願を行う。

三月二十三日、浄遍僧都、浄蓮房より法華、浄土の宗旨をきく。

三月三十日、寿福寺に詣でる。

四月八日、持仏堂に仏生会を行い、寿福寺に灌仏を拝する。

四月十五日、御所南面に歌会を催す。

四月十七日、営中に八万四千基塔婆を供養する。

五月二日、和田左衛門尉義盛兵を挙げる。実朝法華堂に入り火災をのがれる。

五月三日、義盛ら戦死。

六月八日、亀谷堂に属星祭を行う。

七月七日、営中に歌会を催す。

八月十七日、定家は実朝のたずねた和歌文書を献じた。

八月十八日、丑の刻に怪異がある。

八月二十日、新御所が完成して移る。

八月二十八日、二十二日に鶴ヶ岡上宮宮殿に怪異がある。

九月二十二日、武蔵火取沢に逍遥する。

九月二十六日、長沼宗政が重慶（重忠の子）の首を斬って持参する。実朝不興。宗政不平をもらす。

十一月二十三日、定家からの私本万葉集が一部到着する。

十一月二十四日、永福寺に詣でる。

十二月四日、持仏堂に薬師法会を行う。

十二月十九日、雪降る。

十二月二十九日、実朝の書写した円覚経の供養を行う。

十二月三十日、昨日供養の経巻を三浦の海辺に沈める。夢告による。

**建保二年**（一二一四）　　二十三歳

一月三日、鶴ヶ岡八幡宮に詣でる。

一月二十二日、鶴ヶ岡八幡宮に詣でる。

一月二十八日、二所詣に進発する。

二月四日、病気。

二月二十三日、鶴ヶ岡八幡宮に詣でる。

三月九日、永福寺に詣でる。

七月二十七日、大倉に新造した大慈寺に詣でる。

八月十五日、鶴ヶ岡八幡宮に詣でる。

八月十六日、鶴ヶ岡八幡宮に詣でる。

九月二十九日、二所に詣でる。

十一月十三日、頼家の子僧栄実が殺害される。

十二月十日、永福寺に詣でる。

**建保三年**（一二一五）　　二十四歳

一月一日、鶴ヶ岡八幡宮に詣でる。

一月六日、北条時政死亡。
一月七日、鶴ヶ岡八幡宮に詣でる。
一月二十五日、持仏堂に文殊像の供養を行う。
三月三日、鶴ヶ岡八幡宮に詣でる。
四月二日、甘縄神宮と日吉別宮に詣でる。
五月十二日、証菩提寺に詣でる。
七月五日、栄西が死ぬ。
八月十日、病気。
八月十五日、鶴ヶ岡八幡宮に詣でる。
八月二十二日、地震と怪異がある。
九月九日、鶴ヶ岡八幡宮に詣でる。
十一月二十一日、天変。
十一月二十五日、昨夜、和田義盛一党の亡霊の夢をみる。

**建保四年**（一二一六）　二十五歳

一月十三日、鶴ヶ岡八幡宮に詣でる。
一月十八日、持仏堂に詣でる。
二月二十三日、二所に詣でる。
三月五日、頼家の女（十四歳）を猶子とする。
四月八日、寿福寺に詣でる。
五月十日、持仏堂に詣でる。
五月十三日、法華堂に詣でる。
六月十五日、東大寺の造仏師宋人陳和卿を召し対面する。
六月二十日、権中納言に任ぜられる。
七月二十一日、左近衛中将に任ぜられる。
八月十五日、鶴ヶ岡八幡宮に詣でる。
九月二十日、大江広元、北条義時の使として官位昇進を諫言する。
十月二十九日、願事のため鶴ヶ岡北斗堂に詣でる。
十一月十二日、鶴ヶ岡八幡宮に詣でる。
十一月二十三日、中納言に任ぜられる。
十一月二十四日、渡宋の船を造ることを陳和卿に命ずる。
十二月十三日、法華堂に詣でる。

**建保五年**（一二一七）　二十六歳

一月一日、鶴ヶ岡八幡宮に詣でる。
一月二十二日、鶴ヶ岡八幡宮に詣でる。
一月二十六日、二所詣に進発する。
二月八日、鶴ヶ岡八幡宮に詣でる。
三月十日、永福寺に詣でる。
四月三日、鶴ヶ岡八幡宮に詣でる。
四月十七日、和卿の船ができあがる。
五月十二日、寿福寺の長老行勇が参上する。

五月十五日、寿福寺に詣でる。
五月二十五日、持仏堂に詣でる。
八月十五日、鶴ヶ岡八幡宮に詣でる。
八月十六日、鶴ヶ岡八幡宮に詣でる。
九月三十日、永福寺に詣でる。

**建保六年**（一二一八）　二十七歳

一月十三日、権大納言に任ぜられる。鶴ヶ岡八幡宮に詣でる。
二月十日、大将に任ぜられたくて使者に京都行きを命ずる。
二月十四日、二所詣に進発する。
三月六日、左近衛大将を兼任する。
六月二十七日、鶴ヶ岡八幡宮に詣でる。
七月八日、鶴ヶ岡八幡宮に詣でる。
八月十五日、鶴ヶ岡八幡宮に詣でる。
十月九日、内大臣に任ぜられる。
十二月二日、右大臣に任ぜられる。

**建保七年**（一二一九）　二十八歳

一月二十七日、右大臣拝賀のため鶴ヶ岡八幡宮に詣でる。石階わきで当宮別当阿闍梨公暁に殺される。
一月二十八日、勝長寿院に葬られる。

# 参考文献

1


塚本哲三校訂『山家和歌集・拾遺愚草・金槐和歌集』有朋堂文庫　大正十五年十一月二十三日発行

風巻景次郎・小島吉雄校注『山家集・金槐和歌集』日本古典文学大系29　岩波書店　昭和四十二年十二月十五日第8刷

龍粛訳註『吾妻鏡㈠―㈤』岩波文庫（発行日不揃いのため記さない）

『吾妻鏡』吉川本　第一―第三　名著刊行会　昭和四十四年二月二十日第二版

『玉葉』上・中・下　昭和四十一年十月一日　非売品　すみや書房

『八代集』上巻・下巻　国民文庫刊行会　明治四十五年二月十五日三版

『水鏡・大鏡・増鏡・今鏡』国民文庫刊行会　明治四十四年六月十五日再版

佐佐木信綱編『日本歌学大系』第三巻・第四巻　風間書房　昭和三十八年六月二十五日（第三巻）昭和四十三年五月十五日（第四巻）

平泉澄校訂『神皇正統記・愚管抄』大日本文庫刊行会蔵版　昭和十年七月三十日発行　春陽堂

土橋寛・小西甚一校注『古代歌謡集』日本古典文学大系3　岩波書店

遠藤元男校訂『愚管抄』雄山閣文庫　昭和十二年六月十日

武田祐吉校註『万葉集』上巻・下巻　角川文庫　昭和四十四年七月三十日二十七版（上巻）　昭和四十五年九月二十日二十版（下巻）

佐藤進一・池内義資編『中世法制史料集』第一巻　鎌倉幕府法　岩波書店　昭和三十二年六月三十日第二刷

久曾神昇著『芸術論集』近世歌論篇　湯川弘文社　昭和十八年二月二十五日

武笠三校訂『保元物語・平治物語・北条九代記』有朋堂　昭和四年四月十三日

渡辺照宏編集『最澄・空海集』筑摩書房　昭和四十四年九月二十日初版第一刷

大橋俊雄校註『法然・一遍』岩波書店　昭和四十六年一月二十五日第一刷

島地大等編『聖典』浄土真宗　訂正版　明治書院　昭和四十四年四月十五日訂正三十二版

『古事記・万葉集』河出書房　昭和四十三年三月二十五日初版
武田祐吉校註『記紀歌謡集』岩波文庫　昭和三十三年十二月二十日第十二刷
土岐善麿編『国歌八論』増訂　改造文庫　昭和十八年十一月一日

2

斎藤茂吉著『源実朝』岩波書店　昭和十八年十一月十日第一刷
川田順著『源実朝』厚生閣　昭和十五年四月十三日
松村英一著『源実朝名歌評釈』非凡閣　昭和九年十二月十五日
斎藤清衛・斎藤茂吉・風巻景次郎著『山家集研究・金槐集研究・拾遺愚草研究』新潮文庫　昭和十三年十二月二十日十三版
上田英夫著『源実朝』青梧堂　昭和十七年十月十五日
大塚久著『将軍実朝』高陽書院　昭和十五年十一月
小林秀雄「実朝」新潮文庫『モオツァルト・無常という事』所収　昭和三十六年五月十五日
太宰治「右大臣実朝」『太宰治全集』6所収　筑摩書房
大岡博「源実朝」『菩提樹年刊作品集　第一集』所収短歌新聞社　昭和四十四年版
中野孝次「怨念の散歩——実朝、ホモ・レリギオーズスの文学——」雑誌『すばる』昭和四十一年　第三号所収
坪内逍遥「名残の星月夜」『坪内逍遥全集』2所収春陽堂　大正十五年十二月
武者小路実篤「実朝の死」『武者小路実篤全集』17所収　新潮社　昭和三十一年二月

3

石母田正・佐藤進一編『中世の法と国家』東京大学出版会　昭和四十年七月十五日第二刷
『史料による日本の歩み』中世篇　吉川弘文館　昭和四十四年三月一日第十三刷
石井進著『日本中世国家史の研究』岩波書店　昭和四十五年七月二十日第一刷
和歌森太郎著『中世協同体の研究』清水弘文堂書房　昭和四十二年九月二十日
永原慶二著『日本の中世社会』岩波書店　昭和四十三年五月二十三日第一刷
平山行三著『和与の研究』吉川弘文館　昭和三十九年十一月十日
豊田武著『武士団と村落』吉川弘文館　昭和四十三年

五月二十五日第三版
藤田元春著『上代日支交通史の研究』刀江書院　昭和十八年九月十五日
周藤吉之著『宋代史研究』東洋文庫　昭和四十四年三月二十五日
渡辺保著『鎌倉』至文堂　昭和四十三年六月十五日二版
杉原荘介・竹内理三編『古代の日本』7・関東　角川書店　昭和四十五年六月十日初版

4

風巻景次郎著『新古今時代』塙書房　昭和三十六年八月十五日第二版
島木赤彦著『万葉集の鑑賞及び其批評』岩波書店　昭和十二年十一月二十日第十四刷
前田妙子著『和歌十体論研究』弘文堂　昭和三十二年六月二十五日初版
室伏秀平著『万葉東歌』弘文堂　昭和四十一年四月十五日初版
小野清秀著『加持祈禱秘密大全』大文館　昭和三十九年七月二十日
東京天文台編『理科年表』昭和四十六年　丸善株式会社
福井久蔵著『大日本歌学史』不二書房　大正十五年八月二十五日
『日本と世界の歴史』9・10　十二世紀・十三世紀　学習研究社　昭和四十四年七月一日（十二世紀）・昭和四十四年九月一日（十三世紀）
柏原祐泉・薗田香融著『日本名僧列伝』現代教養文庫　社会思想社　昭和四十五年九月三十日初版

5

圭室諦成「太子説話の展開」雑誌『古典研究』第二巻第三号　昭和十二年三月一日所収
石母田正「平氏政権の総官職設置」
佐藤進一「寿永二年十月の宣旨について」
川添昭二「鎌倉時代の政治形態」
以上雑誌『歴史評論』昭和三十四年七月号所収
外山幹夫「鎌倉の武家法」
新妻俊次「中世武家法における思想の一系譜」
以上雑誌『歴史教育』昭和四十五年十月号所収
上横手雅敬「鎌倉幕府法の限界」雑誌『歴史学研究』十一　一九五四年十一月　ナンバー・一七七所収

以上は本稿をかくのに参考にした文献のすべてである。しかし、実朝についても、和歌関係についても、中世史関係についても、ごく一部分にすぎない。怠けもののわたしが、それら全部にあたる努力をしなかっただけであることを断っておく。

また、圭室諦成の論文「太子説話の展開」は、どうして『吾妻鏡』は、こう実朝の寺社参詣と夢告や予兆の記事を数多く記載しているのだろうか、というかねてからの疑問を、わたしなりに解くのに示唆をあたえてくれた。とくに、聖徳説話についてのわたしの手薄な知識は、ほとんどこの論文によって補われていることをお断りしておく。

おわりに本稿をかくのにお世話になった筑摩書房編集部の川口澄子氏その他の方々にお礼を申上げる。

なお、実朝歌「くれなゐの千入のまふり」について牟礼慶子氏の注意があり、訂正した。御指摘に感謝する。

箱根路をわが越えくれば伊豆の海や沖の小島に波のよるみゆ　9、121、124、188
花におく露を静けみ白菅の真野の萩原しをれあひにけり　168、169
ひんがしの国にわがをれば朝日さすはこやの山の影となりにき　10
吹く風は涼しくもあるかおのづから山の蟬鳴きて秋は来にけり　167 ～ 169
ふらぬ夜もふる夜もまがふ時雨かな木の葉ののちの嶺の松風　156
郭公なく声あやな五月やみきく人なしみ雨はふりつゝ　175
見てのみぞおどろかれぬる烏羽玉の夢かと思ひし春の残れる　167
物いはぬ四方のけだものすらだにも哀れなるかな親の子を思ふ　124、148、191
もの丶ふの矢並つくろふ籠手の上に霰たばしる那須の篠原　121、148、181
山はさけ海はあせなむ世なりとも君にふた心わがあらめやも　10
結ひそめて馴れしたぶさの濃紫思はず今も浅かりきとは　150
夕やみのたづたづしきに郭公声うらがなし道やまどへる　143
世中は鏡にうつる影にあれやあるにもあらずなきにもあらず　191
世の中はつねにもがもな渚こぐあまの小舟の綱手かなしも　123、126
我袖に香をだにのこせ梅花あかでちりぬる忘れがたみに　142
吾が宿の梅の花咲けり春雨はいたくな降りそ散らまくも惜し　121
我宿の籬のはたてに這ふ瓜のなりもならずもふたり寝まほし　120
わたつ海のなかに向ひて出る湯の伊豆のお山とむべもいひけり　189

# 実朝和歌索引


秋ちかくなるしるしにや玉すだれ小簾の間とほし風の涼しさ　123、125、179
秋はぎの下葉もいまだ移ろはぬにけさ吹風は袂さむしも　179、180
秋は去ぬ風に木の葉は散りはてて山さびしかる冬はきにけり　179、181
いづくにて世をばつくさむ菅原や伏見の里も荒ぬといふ物を　170
いとほしや見るに涙もとゞまらず親もなき子の母をたづぬる　191
うちわすれはかなくてのみ過し来ぬ哀と思へ身につもる年　192
うつゝとも夢ともしらぬ世にしあれば有りとてありと頼べき身か　191
梅花さけるさかりをめのまへにすぐせる宿は春ぞすくなき　141
大海の磯もとゞろによする波われてくだけて裂けて散るかも　188
おほ君の勅を畏みちゝわくに心はわくとも人にいはめやも　10
沖つ島鵜のすむ石による浪の間なく物おもふ我ぞかなしき　120
己がつま恋ひわびにけり春の野にあさる雉子の朝な朝な鳴く　132
神といひ仏といふも世の中の人のこゝろのほかのものかは　190、192
くれなゐの千入のまふり山の端に日の入るときの空にぞありける　125
声たかみ林にさけぶ猿よりも我ぞもの思ふ秋の夕べは　186
金掘るみちのく山にたつ民の命もしらぬ恋もするかな　120
このねぬる朝けの風にかほるなり軒ばの梅の春のはつ花　121、166、169
笹の葉に霰さやぎてみ山べの嶺の木がらししきりて吹きぬ　179、181
白まゆみ磯べの山の松の色のときはに物をおもふころかな　127
しら雪のふるの山なる杉村のすぐる程なき年のくれかな　120
大日の種子よりいでてさまや形さまやぎやう又尊形となる　192
高円の尾の上の雉子朝な朝な嬬に恋ひつゝ鳴音かなしも　123、170
たそがれに物思ひをれば我宿の萩の葉そよぎ秋風ぞふく　185
旅をゆきし跡の宿守をれをれにわたくしあれや今朝はいまだ来ぬ　189
玉くしげ箱根の海はけゝれあれや二山にかけて何かたゆたふ　189
玉藻刈る井手の柵春かけて咲くや河辺の山吹の花　121
乳房吸ふまだいとけなきみどり子の共に泣きぬる年の暮かな　124、192
露をおもみまがきの菊のほしもあへず晴るれば曇る村雨の空　175
時によりすぐれば民のなげきなり八大竜王雨やめたまへ　148、159
とにかくにあな定めなき世の中や喜ぶものあればわぶるものあり　191
ながめつゝ思ふもかなしかへる雁行くらむかたの夕ぐれの空　167～169
萩の花暮々までもありつるが月出てみるになきがはかなき　185

# 実朝論断想

1

かりに実朝の歌のなかで、もっとも優れた作品を三つ挙げよ、といわれれば、わたしはつぎの三首をえらぶ。

くれなゐの千入《ちしほ》のまふり山の端に
日の入るときの空にぞありける
吹く風は涼しくもあるかおのづから
山の蟬鳴きて秋は来にけり
秋は去ぬ風に木の葉は散りはてて
山さびしかる冬はきにけり

はじめの一首は、どうしようもない名作であるとおもう。どうしようもないという形容は文字通りどうしようもないということである。そしてこのどうしようもなさは、たぶん〈和歌〉に固有なものである。ほかの詩形だったら、どんな優れた作品をみても、そこに作者の手腕や方法の跡をたどることができるため、この作品はどの程度のもので、どういう修練の経路をへれば到達できるはずだという見当がつけられるのだが、〈和歌〉の絶品に出あったときは、どういうわけでこの作品ができてしまったのかというような当りが、うまくつけられないのである。この種の絶品を生涯のうちに一首でももっている歌人は、歴史のなかでも数えるほどしかない。

　もちろん、全作品の平均的な水準では、実朝などより優れている歌人は数えきれないほど挙げることができるような気がする。とくに専門の歌人ならば大抵はそうだとおもう。ただ、どうしようもない一首をもたないだけである。

　なぜ、どうしようもない〈和歌〉の作品が存在しうるのだろうか。ひとつの理由は〈和歌〉の詩形が、特異などうしようもない迷路をもつためである。もうひとつは、どうしようもない一首の〈和歌〉がうまれるためには、歌人の側に偶然も必然もこきまぜて、さまざまな要因が参加するということである。ようするにかれは詩人として、どうしようもなく不運であったか、どうしようもなくめぐまれていたかなのだ。

　好き嫌いだけでいえば、わたしは実朝より西行のほうが好きだが、西行の〈和歌〉も実朝とおなじようにつまらない作品が比較的におおいが、どうしようもない作品がある。

　　年たけてまた越ゆべしと思ひきや
　命なりけり小夜《さや》の中山

こういう作品は、好き嫌いをいっても仕方がないし、どんな優れた歌人でも生涯のうちにつくれるかどうかわからないのである。詩的修練以外のなにかが、詩人の想像力や手腕の彼岸から偶然にあるいは必然的にこちらへやってくるよりほかに出来あがる方法がないといってよい。そしてこういう作品をもつ詩人を大詩人というよりほか仕方がない。

実朝論を書きつつあったある日、わたしは勝長寿院跡を訪ねようとおもって鎌倉へ出かけた。地図をたよりにどうやらその近くまでたどりついた。いかにも以前から住みついているといったような魚屋さんで訊ねたが、そこのおやじさんは、まるで知らなかった。地図をさし出して位置を説明すると、〈高時やぐら〉を知っていて、それならばと路を教えてくれた。鎌倉という街は、北条氏以後の街であり、源家三代の街ではないということを改めて知らされたおもいがした。地図でみれば高時の腹切り〈やぐら〉から直線距離ではきわめて近いはずである。鎌倉は小さな丘の起伏がおおく、教えられた路を昇ってゆくと、高時の〈やぐら〉はすぐにわかった。そこから路はもっとせまく昇りになって小高い丘につっこんでいく。これ以外に路がないのだから、これをゆけばすぐに丘ひとつへだてて勝長寿院跡に出るにちがいないとおもったが、路を昇りつめて尾根つたいに藪の中の路をかなり歩いたが、なかなか降りにならず、無理をして降りてみたら八雲神社の裏路にでてしまった。その日は、あきらめて帰るほかはなかった。

しかし、路に迷ったおかげで、鎌倉という街の地形がいっぺんでわかったような気がした。あるいは間違っているかもしれないが、この低いこみ入った丘を背中に負って前に海をひかえた街は天然の小さな要塞であり、また、地孔（かまくら）をとおしてしか近隣と接触しない閉じられた世界であったとおもった。また、丘に入りこむ路を歩きながら、〈山の蟬〉の音も、木の葉のさやぎも、〈涼しい風〉も感ずることができた。実朝の「おのづから山の蟬鳴きて」も「山さびしかる冬」もわかるような気がした。実朝はなぜこういう表現の仕方をやったか。この街に特有な、いたるところに起伏する小さな丘や小高い尾根が、まるで空のほうからおおいかぶさるように路や人家をかこんでいる風景のせいだとおもえる。

「おのづから」という言葉は実朝によって見事なつかいかたをされているが、それは涼しい風にのって蝉の鳴く声が頭上からおおいかぶさるようにきこえてくるという位相をさしている。いたるところにある小さな起伏が「おのづから」という感じをあたえるにちがいない。なぜならば「おのづから」というのは、〈どこからともなく〉というよりも〈どこからくるのかわからないが〉という方位の不明を告げているようにおもわれるからである。

## 2

実朝の叙景は、はじめは大つかみで、あらっぽいようにみえるが、すこしかんがえこむと稠密な神経がとおっているような気がして印象がちぐはぐになる。そして、よくよくかんがえてゆくと、叙景が大つかみであらっぽいのではなく、景物そのものが〈拡大鏡〉でみたように拡大されているので、けっしておおざっぱな把握を特徴とするのではないことがわかる。たぶん、この実朝の想像力の特徴は鎌倉という地形からきている。実朝が表現している〈山〉はじつは標高数十米から百米にみたないような起伏のことを意味しているにちがいない。しかもこの起伏は、いつどこでも、すぐ傍にみることができるものであった。「風に木の葉は散りはてて山さびしかる」という表現をとっているときの〈山〉はそういう起伏をさしている。それゆえ「風に木の葉は散りはてて」という詩句は、冬になると木の葉は散りはてるものだという一般的な概念によって択ばれたのではなく、ほんとうに小さな起伏から葉を散らす灌木を吹く風を視ていて、そのとおりなのである。

この景物を近くにひき寄せて〈拡大鏡〉にかけるという実朝の想像力の特徴は、つぎのような遠景を眺めた大味の歌でもよくあらわれている。

箱根の山をうち出て見れば波のよる小島あり、供のものに此うらの名はしるやとたづねしかば伊豆のうみとなむ申すと答侍しをききて

箱根路をわが越えくれば伊豆の海や
沖の小島に波のよるみゆ

わたしには、どうも望遠レンズをのぞいているようにみえる。じっさいに白い波がしらの帯がみえるはずがないという意味でいうのではない。実朝の想像力の働き方が、〈伊豆の海〉と〈沖の小島〉と〈波〉とをおなじ倍率でおなじ大きさであるかのように捉えているという意味でいうのだ。これは遠景でみているものを、あたかも近景でみているように詠む実朝の特徴をよくあらわしている。そして、見上げればすぐ眼の前におおいかぶさって濃淡や細部を視ることができる鎌倉の丘の起伏に慣れた眼で、遠景を眺めたとき必然的にとらざるをえない景物の把握のようにおもわれる。鎌倉の見なれた丘の起伏だったら、すぐにあるひとつの心の状態がやってくるのだが、あまりに遠望の景物であるために、ただそこにそういう景物があり、そのとおり視えるだけだということになってしまっている。そして景物はあたかも眼の前に視ているように等質に拡大されている。

## 3

わたしは実朝を論じながら、しばしば古典を論ずることの意味についてかんがえた。古典詩人を論ずるというテーマは、ものを書きはじめたときからいつもわたしの心にあったものである。西行の伝記に

ついての準備と、京極為兼論についての構想は、もう十年以上もまえに、いくらかしつらえたことがある。しかし、わたしにはいま他者のすすめがなければ、とうてい古典について論ずるだけの精神のゆとりはない、というのが本音である。なぜこういうことになってしまったかについて、わたしなりにいくつかの根拠を数えることができる。もともと古典も詩人もきらいではないから、たっぷりと時間をかけて古典詩人をあつかえる心の状態がわたしにあったらなあともかんがえる。

しかし、年齢を喰うとだんだん心身ともにゆとりができて、しみじみとかゆったりとかもっと極端なばあいには、つらつらとか、わびとか、さびとか、がわかるようになるというのは嘘のような気がする。年々、心は余裕を失ってゆき憩い方を忘れてゆくようにみえるという実感がある。わたしがこんな状態で、心ゆくまでとはとうていいえないまでも実朝についてじぶんの理解の筋道をつけられたのは、たぶん、たれかのたまものである。そして、わたしの実朝論のなかに心のゆとりのなさや、憩いのなさがあらわれているとすれば、わたしとしてはいい出来であるといっていいとおもう。静かに落着いた稠密さで古典をとりあげることも、現在のパターンを古典に仮托してあげつらうのも、わたしの柄ではない。実朝を論じながら結構愉しいおもいもしたが、愉しみにひたりそうになると、なぜか〈おれはここで休んではいけないのだ〉という衝迫にかられた。なぜ、ここで休んではいけないのか、わたしにもよくわからない。しかし、そういう思いにかられたことは疑いようもないことであった。

古典はどうしてもひと度はその時代にもぐりこんでみなければ全貌をあかしてはくれないように出来上っている。では、その時代にもぐりこみ、そこに腰をおとして作品をじっくりながめてゆけば、古典は全貌を明かすだろうか。ここのところが問題のおおい点だとおもわれるが、どうもいまのかんがえでは、その時代に腰を落ちつけたら最後、古典はまたべつな意味で全貌を明かしてくれないような気がする。それならば、ひと度はその時代にもぐり込んだあげく、また現在にひきかえすほか、古典は全貌を明かさないらしいのである。だから、たぶんどこで現在にひきかえすかがもっとも重要な問題であるにちがいない。その点ではわたしの実朝は、まだひき返し方が早急にすぎているはずで心がすこし残っている。

死にちかい母親の病院のベッドの傍で、はじめの二日ほど、ときどき実朝論の校正刷りをながめる余裕があったが、そのあとはもう死の足音が不可避的に近づいてくるのを、余裕をなくしてきくばかりであった。医師に水分を禁じられた母親は、その場かぎりのいい逃れを云って水を与えないわたしの方を視て、子供のとき叱りとばしたときとおなじ貌をときどきした。わたしはそういうとき、よく生活とたたかっていまここにいる母親の生涯を、瞬間におもいうかべた。

# 実朝における古歌　補遺

実朝が『万葉集』を手にしたのは建暦三年十一月のことであった。『吾妻鏡』の同年十一月二十三日のところに「京極侍従三位定家卿、相伝の私本万葉集一部を将軍家に献ず。是れ二条中将雅経をもつて尋ねらるるに依る也。」云々と記されている。それ以前に評判は知っていたし個々の歌で親しんでいたものはあったかもしれない。だが『万葉集』をはじめて贈られて驚喜した様子がみえるから、『金槐和歌集』における『万葉集』の影響が歌にあらわれたのはこの年以後のことといってよい。ここでその影響の跡を実証的にたどろうとするつもりはすこしもない。ただ実朝がどういう具合に『万葉』を読みどう本歌を取ろうとしたか、想像を混じえて少し考えてみたい気がする。実朝の『万葉集』の読み方ははじめから、本歌を取ろうとする創作意識を抱きながらというところに特徴があった。別のいい方をしてもいい。読みながらすぐに惹き込まれて作歌を触発されていった。たぶん観照的な態度をもつ余裕はなかったのである。あるいは観照的な態度をとるまえにある特定の〈言葉〉に捉えられ、その〈言葉〉を中心にじぶんの歌をつくろうとする動機が渦巻いてゆく、といった具合であった。かれの歌を読んでゆくとどうしてもそういう想像がしたくなってくる。

世中《よのなか》はつねにもがもななぎさこぐ
舟

海士《あま》の小舟の綱手かなしも　（『金槐和歌集』巻之下　雑部）

この歌にできるだけたどりつくように『万葉集』を読んでいったとする。とりわけ読人の知れないような雑歌に眼をとめてみる。するとこの歌が『万葉集』の幾つかの歌から構成的に本歌を取られているようにおもわれてくる。

世の中の常かくのみと念《おも》へども
半手《かたて》忘れずなほ恋ひにけり　（『万葉集』巻十一・二三八三）

人言《ごと》はしましぞ吾妹《わぎも》縄手《つなで》引く
海ゆ益《まさ》りて深く念《おも》ふを　（『万葉集』巻十一・二四三八）

世のなかの常無きことは知るらむを
精尽《こころつく》すな丈夫《ますらを》にして　（『万葉集』巻十九・四二一六）

鮪衝《しびつ》くと海人《あま》の燭《とも》せる漁火《いさりび》の
ほにか出でなむわが下念《したおもひ》を　（『万葉集』巻十九・四二一八）

かれが『万葉集』を読みすすみながら「世の中の常かくのみと」とか「半手忘れず」の「半手」という言葉のような、考えてもみなかった新鮮な表現に強い印象をうけたと想像してみる。この想像はかれの歌から逆にたどって根拠がないとはいえない。するとそのひとつづき五十首ほどあとに「人言は」の歌があって「縄手引く海ゆ」という言葉にぶつかって立ちとまった。かれの想像力は「半手」という言葉から「縄手」という珍らしい言葉へと連結されて、海の場面の方へたどってゆく。もとよりこれは想定にすぎないがありうべき心の動きであると信じられる。実朝は『万葉集』のもっと後のところでまた「世のなかの常無きことは」という言葉にぶつかった。そのすぐそばには「鮪衝くと海人の燭せる」の歌があった。これらのひと続きずつの二個所の歌から「世中はつねにもがもな」という実朝の歌は作りあげられた。ふたたびいうがこれはたんに想像にしかすぎない。けれどありうべき想像だとはいえよう。このひとつづきの四つの歌は、二つずつ近接した個所にあることがこういう想像を強いるのである。実朝に〈言葉〉と〈調べ〉に強くひっかかってのめり込んでゆく資質がなければこの想像も成り立たない。その根柢には鑑賞よりも作歌を模索しながら『万葉』をたどっていった実朝の姿があった。

定家の「近代秀歌」や「毎月抄」に象徴されるように、同時代の歌学は〈言葉〉と〈調べ〉の強い印象に目をとめて本歌を取ることを極度に嫌った。実朝はそれを心得ているはずであったが、実行したのはまるで正反対のことであった。かれは本歌の強い〈言葉〉と〈調べ〉を島伝いのように跳び移りながら構成的な本歌をとったとしかおもえない。

箱根の山をうち出でて見れば波のよる小島あり供の者に此うらの名は知るやと尋ねしかば伊豆の海となむ申すと答へ侍りしを聞きて

箱根路をわが越えくれば伊豆の海や
沖の小島に波のよるみゆ

(『金槐和歌集』巻之下　雑部)

これの本歌と見做される歌は二つ『万葉集』にみつけられる。

浪の間ゆ見ゆる小島の浜久木《はまひさぎ》
久しくなりぬ君に逢はずして

（『万葉集』巻十一・二七五三）

相坂《あふさか》をうちいでて見れば淡海の海
白木綿花《しらゆふばな》に浪立ち渡る

（『万葉集』巻十三・三二三八）

このふたつの歌はけっしてひとつづきに近接しているとはいえない。けれどいずれも実朝が好んで言葉をとった「巻第十一」と「巻第十三」にある歌である。「浜久木」と浜木綿《はまゆう》の白い花のイメージがこのふたつの歌を実朝のなかで結びつけた。それは打寄せる波がしらの白いイメージに連結されていった。これだけのことがあれば「箱根路を」の歌が出来あがるのは自然であった。もちろんこのふたつの歌が実朝のなかで結合される過程はまったく無意識な記憶であったかもしれない。本歌の言葉の残像が「箱根路を」の歌をなさしめたとしてもわたしの推論にとっては不服はない。

あら磯に浪のよるを見てよめる

大海の磯もとゞろによする波
われてくだけてさけて散るかも

（『金槐和歌集』巻之下　雑部）

『万葉集』からこの歌の本歌だったろうとみることができる歌は三つかんがえられる。

伊勢の海の礒もとどろに寄する波
恐《かしこ》き人に恋ひ渡るかも

（『万葉集』巻四・六〇〇）

大海の礒もとゆすり立つ波の
寄らむと思へる浜の浄《きよ》けく

（『万葉集』巻七・一二三九）

聞きしより物を念へばわが胸は
破《わ》れて摧《くだ》けて利心《とごころ》もなし

（『万葉集』巻十二・二八九四）

この三つの恋愛相聞の歌があれば実朝の「大海の」の歌は優につくりあげることができた。これは手易く出来あがったという意味ではない。言葉の上からは実朝の独想は「裂けて散るかも」だけであとは、本歌の言葉の並べかえだけのようにみえても詩作はそうはいかないものだ。実朝には男女の恋愛の歌をどうしても景物の叙情にしてしまわなくてはおられない独特の孤独な蔭があった。いわば、人間にたいする関心の煩わしさを逃れて景物へといってしまう心があった。もし恋愛歌にしてしまったらかれは偽装意識にやられて本歌とさしてちがわないつまらない素朴な歌になっていたろう。実朝の心を人事や恋愛にむかわせなかったものが、この叙景歌を孤独な心の高速度写真のように複雑で微妙な響きにしている。

山の端に日の入るを見てよみ侍りける
紅のちしほのまふり山のはに
日の入るときの空にぞありける

（『金槐和歌集』巻之下　雑部）

落日のまえにじっと佇っていて景物に思いを籠めつづけている。この独自な叙景歌もまた人間と人間の関係にたいする断念を秘めているようにみえる。その印象がどこからくるかは、本歌とおもわれるものと対比してみると、いわば解剖学的にはっきりするようにおもえる。この本歌になぞらえられる万葉歌は、

紅《くれなゐ》の八塩《やしほ》の衣《ころも》朝な朝な
なれはすれどもいやめづらしも
（『万葉集』巻十一・二六二三）

竹敷《たかしき》の宇《う》敝《へ》可《か》多《た》山は紅の
八入《やしほ》の色になりにけるかも
（『万葉集』巻十五・三七〇三）

ことにあとの望郷の歌（大蔵麻呂）は、傷心がそのまま叙景としてあらわれている。実朝の好きな万葉歌であったにちがいない。そしてこの歌は実朝によって個性的な、人間にたいする断念を秘めたような叙景歌につくりかえられたといってよかった。実朝は本歌の景物にたいする思い入れすら卻けて「日の入るときの空にぞありける」のように景物を景物そのものとして投げ出す表現に変えた。それによって逆説的に思い入れの深さが籠められた。「なりにけるかも」であってはいけない、「にぞありける」のように、存在の重さそのものでなくてはならなかった。この表現で景物は塊りとしてただそこに、落日のように存在していることになったのである。

まず本歌のうち強い印象をしいる〈言葉〉が残ってくる。それからあとでその印象の〈言葉〉を徐々にじぶんの内心の〈調べ〉に融かし込むという過程がやってくる。これが実朝の作歌の背後に繰返して

あらわれる表現意識の型のようにおもえる。その融かし込みのなかでいつもあらわれるものは人間の心の動きでさえも景物のようにみてしまう受身の心であった。あるいはもともと相聞恋愛の心としてしかありえない人間にたいする関心の動きを、景物の叙述に変えてしまう孤独な心であったといってもよい。

おしなべて春は来にけり筑波《つくば》嶺《ね》の
このもかのもに霞たなびく
（『金槐和歌集』巻之上　春部）

筑波嶺の彼面《をても》此面《このも》に守部《もりべ》居《す》ゑ
母い守《も》れども魂《たま》ぞ逢ひにける
（『万葉集』巻十四・三三九三）

高まどのをのへの雉子《きゞす》朝な〳〵
つまにこひつゝ鳴く音悲しも

おのが妻こひわびにけり春の野に
あさる雉子の朝な〳〵鳴く
（『金槐和歌集』巻之上　春部）

たまくしげはこねの山の郭公
むかふのさとにあさな〳〵鳴く
（『金槐和歌集』巻之上　夏部）

あさな〳〵露にをれふす秋萩の
はなふみしだき鹿ぞ鳴くなる

山田もる庵にしをれば朝な〳〵
たえず聞きつるさをしかの声
（『金槐和歌集』巻之上　秋部）

秋の野におく白露の朝な〳〵
はかなくてのみ消えやかへらむ

むこの浦の入江のすどり朝な〳〵
常に見まくのほしき君かな
（『金槐和歌集』巻之中　恋部）

人の親の未通女児《をとめご》居《す》ゑて守《もり》山辺から
朝な朝な通ひし公《きみ》が来《こ》ねば哀《かな》しも
（『万葉集』巻十一・二三六〇）

まそ鏡手に取り持ちて朝な朝な
見れども君に飽くこともなし
（『万葉集』巻十一・二五〇二）

紅の八塩の衣朝な朝な
なれはすれどもいやめづらしも
（『万葉集』巻十一・二六二三）

まそ鏡手に取り持ちて朝な朝な
見る時さへや恋の繋けむ
（『万葉集』巻十一・二六三三）

大海の荒磯《ありそ》の渚鳥《すどり》朝な朝な
見まく欲しきを見えぬ公《きみ》かも
（『万葉集』巻十一・二八〇一）

朝な朝な草の上白く置く露の
消えなば共にといひし君はも
（『万葉集』巻十二・三〇四一）

うらもなく去《い》にし君ゆゑ朝な朝な
もとなぞ恋ふる逢ふとは無けど
（『万葉集』巻十二・三一八〇）

朝な朝な筑紫《つくし》の方を出で見つつ
哭《ね》のみわが泣くいたも術《すべ》無み
（『万葉集』巻十二・三二一八）

本来ならば「朝な朝な」のような耳に障わったり、眼に立ったりする〈言葉〉を本歌にとることはよい手段ではないはずであった。同時代の歌学の常識に反して実朝はむしろ一度そういう言葉に動かされると徹底的に固執したといってよかった。そこに技術よりも心にしたがう実朝の感性の基層があった。同時代のどんな歌人も、かれの心の位置にある名づけようもない運命の重さをもつことはなかったのである。

もののふの矢なみつくろふこての上に
霰《あられ》たばしるなすの篠原
（『金槐和歌集』巻之上　冬部）

わが袖に霰たばしる巻き隠し
消たずてあらむ妹が見むため

（『万葉集』巻十・二三一二）

なるほど真淵や子規のいうように実朝の歌は〈丈夫ぶり〉にちがいなかった。袖に吹き溜ったあられを融けないように巻きかくして遇いにゆく女にみせてやろうという本歌の濃やかな恋愛感情の動きを、まるで弓矢をつくろう武者人形を茫んやりみているような叙景の概念に変えてしまっている。その概念は巨きく荒々しくさえあるのだが、その感情はたいへん不幸なもののように繊細にふるえてみえる。むしろ実朝の叙景歌の痛ましい特徴があらわれている。

わが宿のませのはゝそにはふ瓜の
なりもならずもふたりねまほし

（『金槐和歌集』巻之中　恋部）

を山田の池の堤に刺す楊《やなぎ》
成りも成らずも汝《な》と二人《ふたり》はも

（『万葉集』巻十四・三四九二）

久堅のあまとぶ雲の風をいたみ
我はしか思ふ妹にしあはねば

（『金槐和歌集』巻之中　恋部）

相見ては千歳や去《い》ぬる否をかも
我や然念《しかおも》ふ公《きみ》待ちがてに

（『万葉集』巻十一・二五三九）

玉くしげ箱根の海はけゝれあれや
ふた山にかけて何かたゆたふ

（『金槐和歌集』巻之下　雑部）

珠《たま》くしげ見諸戸《みもろと》山を行きしかば
おもしろくして古《いにしへ》念《おも》ほゆ

（『万葉集』巻七・一二四〇）

物いはぬ四方のけだものすらだにも
哀なるかなや親の子を思ふ

（『金槐和歌集』巻之下　雑部）

鴨すらもおのが妻どち求食《あさり》して
後《おく》るるほどに恋ふといふものを

（『万葉集』巻十二・三〇九一）

まず耳に立つ〈言葉〉と〈調べ〉に衝撃をうけて、それを固有のるつぼに融かし込んでゆくところに歌が成立した。たんに若年だからだけではなく資質的に、相聞歌は景物をそのまま投げ出したような叙景歌に変容していった。そしてどんな気分も情緒も叙してはいない歌からおおきな不幸の感情のようなものが聴えてくる。そこに実朝の歌がはらんでいる謎のようなものがあった。

こう思い込んでゆくと、実朝が『西行上人談抄』として伝えられている歌書を、西行の歌とともに読んでいたという臆測が成立つような気がする。『西行上人談抄』がいつごろ成立したものか、その内容の真偽はどうかについて確定的な説があるのかどうか詳らかにしない。けれども想像をたくましくすると実朝の二、三の歌は『西行上人談抄』の存在と不可避的に結びついてくる。

ゆふやみのたづ〳〵しきに郭公《ほとゝぎす》
こゑうらがなし道やまどへる
（『金槐和歌集』巻之上　夏部）

吹く風は涼しくもあるかおのづから
山の蟬鳴きて秋は来にけり

秋の夜の月のみやこのきり〴〵す
鳴くは昔のかげやこひしき
（『金槐和歌集』巻之上　秋部）

おのづからさびしくもあるか山深み
草のいほりの雪の夕ぐれ

ふらぬ夜もふる夜もまがふ時雨かな
木の葉ののちの嶺の松風
（『金槐和歌集』巻之上　冬部）

おのづから秋はきにけり山里の
葛はひかるる槙の伏屋に
（『西行上人談抄』）

鶯よなどさは鳴くぞちやほしき
こなべやほしき母や恋しき
（『西行上人談抄』）

木葉ちる宿はきゝわくことぞなき
時雨する夜も時雨せぬ夜も

（『西行上人談抄』）

『金槐集』の引用の第一歌、第三歌の終末の〈調べ〉や着想と『談抄』の第二歌の〈調べ〉や着想との類似、『金槐集』の最後の引用と『談抄』の最後の引用との着想の同一性とがそういう推測に導いてやまない。もっとも『談抄』の記載からは、「鶯よ」の歌と「木葉ちる」の歌は当時の歌人たちのあいだには口の端にのぼるほど評判だったかもしれないから、『談抄』の存在なしにも実朝の耳に風聞が伝わっていたかもしれない。もとより実証的な探索などわたしの柄ではない。あくまでも臆測にとどめておくことにしよう。『万葉集』とおなじように西行の存在の蔭も『金槐集』の背後に見えかくれしているようにみえる。実朝は建保七年一月二十七日に公暁に暗殺された。したがってこの臆測からは『西行上人談抄』はそれ以前に成立していたことになる。

# 文庫版によせて

西国の武家層が頭角をあらわしてくるのは、宮廷や貴族の警護のさむらいとしてだ。名門で武勇にすぐれ、美丈夫でもあり、また貴族的な意味で知識教養もある。そういったよりすぐられた武門の出自が、起源の像にふさわしい。平清盛や西行（佐藤義清）などはこの典型的なものだった。保元・平治の乱がそうだったように、宮廷の内部で武力をまじえた争いや政事のいさかいがあると、じぶんが出仕している天皇や貴族にしたがって、一族あげてとか一族がたがいにわかれて、武力を背景に加担した。あげくに清盛のようにだんだんと権力をひろげて、じぶんたちが貴族化する速さと貴族層にとってかわって政権を手にする速さとが一致するところで、中世の武家支配の時代を用意した。またなかには西行のように、その風潮をきらって権力の周辺から遠ざかるため出家し、歌人僧侶としての生涯をえらんだものもいる。

東国の武家層の像はどうもこれとちがっているようにおもわれる。村落や村落の連合体の自衛の武力組織として、他の村落や別の部族との争いなどに参加しながら、だんだんと勢力を養い、農耕村落や漁業村落の共同体のうえに君臨するようになった。そこらに武門の起源の像を描けるような気がする。西国の武門でももっとさかのぼれば、東国とおなじ農耕や漁業の村落共同体の自衛組織のところまでゆきつくにちがいない。ただ朝廷や貴族の周辺にあったところから、勢力の拡大の仕方が特殊な形をもつにいたった。関東北条氏を背景に、頼朝が全国支配の望みをみせるまでは、東国の武家層は、村落のうえに部族共同体をこしらえる以上のことはしなかった。またそんな発想ももたなかった。また源家の頼朝は、全国を望んだといっても、けっして中央に勢力を移して全国を制覇するという発想をとらなかった。ただ守護・地頭をもうけて律令制度を二重化してみせただけだといえよう。この関東の源家を惣領とする武門勢力には、すぐに指摘できるふたつほどの特色がある。

㈠もしある惣領の下の家人のひとりと敵対関係に入ったときには、その一族はもちろん、それを家人として支配している惣領ともまた敵対関係に入ったことを意味する。(これは『曾我物語』によくあらわれている。)

㈡もしある惣領が家人にとって威力をうしない、無能で利益をもたらしえない、また悪政をしいて信頼をもたれなくなったときは、惣領を殺害してじぶんがとってかわってもよい。(源家三代の惣領の死にざまはそれを象徴している。)

政治的にも、合戦についても、経済についても、惣領としての器をもっていたのは頼朝だけだったとおもわれる。頼家はわがままで、粗暴で、悪政をやり、家人層からみれば陽性の暗愚だった。実朝は感受性がゆたかで、温和な人格だったが、武事も政事も不得手だったに相違ない。家人層の敵対する関係の象徴として名目上の惣領だった。頼家も実朝も殺害されることになる。頼家は『愚管抄』によると家人の妻女をひどい仕方で横取りするなどの悪業を報復されるように、ふぐりをきりとられるなどして惨殺された。実朝は頼家を殺害した家人の惣領とみなされて、公暁から報復され殺される。東国の武門層の習俗からすれば、いつかかならずやってくるものとして、実朝はしだいに自覚していったにちがいない。宋の国へ亡命しようとかんがえたこともあったが、造らせた船は浮ばなかった。

実朝の趣味は和歌をつくるひとすじだった。まるでそうするよりほかないかのように深入りし、定家におしえられた堂上歌学の方法と、東国武門層のあらえびす風の習俗とのあいだで、独特の声調をつくりだしていった。大胆な本歌取りをたくさんやってのけたが、それは本歌取りというよりも、『万葉集』と『古今集』の任意の気に入った歌から、上句と下句を自由につなぎあわせて、新しい歌にするといった、パズル遊びのようにおもえるときがある。ほかに楽しいことなどないのでそうして遊んでいる嬰児の言葉遊びに似ていなくもない。わたしたちはじぶんの体験にひきよせて、そこに実朝の孤独をみつけられそうだが、実朝自身は、孤独とはどんなことかよくわからない孤独を、体験していたにちがいなかったとおもう。

# II

# 死は説話である

遠いところからやってきたさいはての
親の死は　子を死のまえに裸にする
母の死はおれから庇《ひさし》をひき剝がしていった
〈自然の序列ではつぎはおれの番だ〉
娘に母の死顔をよく視るようにせよとおしえた
〈娘よよく視な　いま視ているのはやがておれの死顔だ〉
娘はいま親が死ぬとおもっていない
ので親のまた親の死顔を星よりも遠く視ている
突然あるとき近くおおきな死顔の記憶が蘇える
たぶん愛と性をしったとき
さいはての親の死は子から性の重荷をとりはらう
母は衰えた性器をおれに視られるのを拒む力をなくした
ということは母の死を決定した
すべての死は詐欺をふくんでいる
母の死は〈死〉の匂いである

病院は完備した箱である　二階の生誕から
地下の死亡まで揃っている
死はかんがえさせる宝庫である
瀕死の母の眦からにじみでた涙である
医師は生命をにぎっていると信じ
こませている〈女《すけ》こまし〉である
〈女《すけ》こまし〉の手にある藁のような体温計にすがりつく娘たち
医師は死を生にかえるよりも
死に筋道をとおしている
看護婦は雲助《くもすけ》運転手ににている　疲れ
苛立ち威張りちらす失墜した巫女である
病院は不健康な箱である
不健康な箱であるのは当然じゃないか
というものは不健康という概念を健康という言葉で
いつも喋言っているものたちである
病人は赦しあっているようにみえるが
じつは他者に関心をなくした身体のエゴイストである
色《いろ》んなことがわかった
どんどんわかった
トロブリアンドの島では　母の
死は夜の海岸をひたひたと寄せてきて

やがて眠った娘の髪のなかにとまる
娘は吐気《はきけ》がする
母の死は娘の胎内に蘇える

# 〈演技者の夕暮れ〉に

きみはさびしい笛の音いろをまたぐ
それから擦りつけられている弦弓の環をくぐる
舞台は風につづいている
袖は河原におりている
きみはす早く演じたかった
視えないいちずな虹を
きみにとってこの夕暮れは
いちまいのなだらかな舞台であった
きみは観客にとっての観客
たれもが亡びることを望んでいるとき
亡びる時間をもたなかった
きみは踏みはずしたかったのに
世界は縁のない板であった
きみは秘めていた
微風よりも濃い夢を銃でとめて

ちょうど濯ぎ場で布を流している
少女たちに視えないひと束の由緒書を
書きつけられた埋蔵所を
〈ここは　どこの　ちいさいみちか〉
〈天の河原の　ちいさいみちぢゃ〉
〈きっと　とおしてくれるか〉
〈無用のものは　とおさない〉
〈ぼくの子の　ちいさな祝祭に〉
〈風のお札をおきにゆく〉
〈このみち　だめ〉
〈このこと　だめ〉
太陽が少女たちの腰に湛まるとき
胸の線よりすこし小さく曲った
さびしい歓喜がとおりぬける
樹々をささえている掌のひらに
ちいさな〈かくめい〉の街がひとつ
もりあがった墳墓が西と東にわれていて
そのあいだ　とおる路がある
双曲線のようにそれて

風は死　空は死

香りのない乳房を埋葬しているとき
風がいった〈死んだんだ〉というほどもなく
〈死んだんだ〉
死んだひとがまた死んだんだ
疑いに射られて
鳥たちは堕ちてゆく黒点である
世界は疑わしくないんだ
劇なんかなにもなかったんだ
ただ死んだものがまた死んだんだ
そのために棺はとどかなかったんだ

空の死に　風の死に

# 〈おまえが墳丘にのぼれば〉

おまえが墳丘にのぼれば
そこは誄をひく長びいた音吐と幡旗《はた》の
しめやかな殯《あらき》の場にかわる
時間のないものが夢をみている
この首長の葬礼が長びくとして
たった三年くらいのあいだに
葬られた死者は　白鳥に
尾長は　ふくろうに
風景は　廃市に
語り部は　乞食に
幡旗《はた》は　雲に
かたつむりは　死魚に
かわるといえる

それから疾風のように　夢は

とおい海を襲う
おまえが一瞬眠っているうち
この世界が革まるとしても
死にきれなかった下丁が
高句麗《こうくり》の軍歌などうたって
喜捨を乞う
その道に
千年も前のあせびの白い花が垂れている

けっきょくこれは風景
ほんの小さな安息日
無際限にふりそそぐ夏の炎から
おまえの渇きに送られた訴状だ
それから挨拶だ
かすれた喉咽がありったけ時間を呑みこむとして
とうていおまえに耐えられない　この
時間を失った夢を
殺りくの山陽《やまなみひなた》の道の岸べから
まっさおな空と
ひきつった雲に投げかけることは
愛の死を意味している

丹《に》の土の屑　それらしい土器のかけら
あけび色の蔓から第五号墳丘の土面に昇ってくる
さらば　夏の日の
迅速な憩い

# ある抒情

## 1

風の衣がきみの鼻さきをかすめると
ちいさな架空な愛になる
それから〈つかぬことをうかがいますが〉というような
あの挨拶とおなじ言葉で
事務的な嫉妬のまねごとがはじまる
この世界にはひとつの遣り方があって
隅々だけはピンでとめておかなくてはならない
風の衣はきみの心までを撫でない
けれどもそれは愛の仕草だ
いさかいは天のあたりでやり
ゆきちがう心は
雲と日ざしのむこうがわを通りすぎる
やっぱりきみは

ひとつしかない心をふたつにふりわけて
あまりに巧みなあしらいをマナーにみせようとする
ひとりのふつうの愛に揺れている
風のむこうには風があり
日ざしのむこうにはまた日ざしがそそいでいる
それらのまたむこうで
きみの心が孤独になり
孤独のまたむこうで
かたくなに世界を拒んでいる

2

舞い遊ぶ幼女のちびた下駄のあいだから
小石が転げおちる　すると
軽くなるかもしれない世界
突然夏の光が塊まって肩におちれば
重くなることもありうる世界
由緒のない殺戮が
悔いることもありうる世界
いちめんに水浸しになった虚像から
こうして逃亡している

きみには微塵にくだけて
普遍になった愛が必要だ
情操がとおる　形がゆく
したしい骨片が空を過ぎる
尖った心に巻きついた夕顔の蔓から
ひらかれた白い過去があらわれる
行っているのか　戻っているのか
この位置を定めるには
荒涼と地形図とがいる

蒼ざめた暁
出遇ったことのない代赭色の実現
微風のような決起
無限に耐えている時間への投身
〈だが海がない
微風がない
風景だって墳丘だって学校だって
夏の炎に溺れかかっている
これらの風景の死と一緒に　きみは
なにを死ねばよいのか〉

きみは血を滲ませた殺人者のように
たくさんの怨嗟を浴びて
かたくなになった貌をつきだしている
〈きみが直接手にかけたのは何人か〉
〈たぶん数人だろう　さいわいに
　血の色も肉体も透明で
　埋めた場所も光のこしらえた洞穴で
　たれにも視えなかった
　けれどきみには判っているし
　怨嗟の声もまちがいなくきこえる
　きみが罰をうけなければ不思議だ
　そうでなければこの世界は
　あまりにひどすぎる〉
ざんげの色に空を塗れば
眼に視えない訴状をもった追捕吏も
きみの刺した傷口から流れている
血の色が視えないらしい
〈どうやってどこで殺したのか
　吐かなければきみの貌から
　くらい影はきえない〉
〈だいたいすべてのケースにおいて

他者にむけられた人間の愛には
空隙の瞬間がある
そのとき人間は人間以下に孤独なのだ
きみはそのとき乾板のように
じぶんの孤独を情操以下に統御した
それ以上の凶器はない
きみは死んだ
他者も死んだ
いまものこっているのは
たぶん　みんなが肉体とよんでいる
その格好のうえに
言葉としてある必然だけだ〉

言葉は天のお札
たれにも属していない
神だとか仏だとかよりも
とろけるような甘美よりも
不機嫌な情慾で変形したきみの貌よりも
横になったまま背筋をつたわる　それは
一枚の起請文の底冷えだ
〈コトバノ必至ヲ信ジキルノナラ

オマエノウソ寒イ知ノ岸べカラ
モウサキハ視エナイハズダ
コトバニヨバレタ女トイッショニ
コトバニ溺レルダケノコトダ
ソレガヨイ　シズカナ
ソレガヨイ〉
たしかにそのさきは視えない
眼の衰えにも涙が住めるはずなのに
きみはわずかな水が湛えられていれば
すぐに眼のなかで溺死しそうになる

3

喪ったものを数えあげてみよ
と云ってくれる男などとうにいない
だが喪ったものの目録を作れ
死も愛も喪った　その中間にある釘も喪った
つくろうとする家も喪った
過去も喪った
そして未来は？　過去の亡霊に似てやしないか
きみの脳裏の推計によれば

たったひとつの温もりがほしいために旅にでた男は
ちょうど十数年あとに
成熟した愛の乳房に触れることもなく死ぬはずである
きみの好きな花瓣は
もうしばらくして微風にさらわれて落下するはずである
きみは過去の約束に呪縛されて
すべてを暗くみすぎてはいないか
と問うほどの暗さをもった男などどうにいない
きみの暗さは暗さとの対比においてあるのに
明るさと比べられている
しかしながらすべての狐のように光った青春よ
きみはまちがっている　不潔だ
かつ甘ったれだ
暗さにおいて暗さをみるものはいないか
幼稚園では噴水の傍に花々が咲いていた
幼児たちの水浴びを見守っているユキコ先生は
義務からはみだした愛らしい眼をしていた
大学では教授の九割が食いつめもので
あとの一割が視姦症であった
〈教授と学生の強姦か和姦かは学問よりも重要である！
　学生の学生殺しは

大学の隆盛に役立っているのでないか！〉
〈お小言で「町」を設計する中年詩人のいうことに
感心する若い奴の顎にはみかけだおしの髭がある
　とは思わないか〉
詩は青春の文学か
老年の文学か
〈莫迦《バカ》！　それは年増の女を美とみられるか
　若いぴちぴちした女に惹かれるかのちがいだ〉
忍びよるもっともらしさに
粉をかけて歩け
瞋りすぎた心に鐘をつけて沈めよ
〈愛〉の終り　〈終り〉の愛
しずかに足元から流れてゆくのは
心を喪った言葉の失地

世界のない世界へ
微風のない微風へ
岸辺のない岸へ
知の岸辺へ

# 〈農夫ミラーが云った〉

一九四七年初夏に農夫ミラーが云っている
〈アメリカの耕作地帯には害虫が一匹も
いなくなった　空は青くひきしまり
空気はまるで鋼だ　われわれは
いま真空のなかでキビ畑の上に立っている〉
また　つぎの年の秋　ハリケーンの去ったあとの日記に記している
〈われわれは知らなかった　まだ
自然には眼をつくる力があることを
少しづつではあるがわれわれは復讐されている
われわれは富よりも先に
自然と直かに取引したい　だが
われわれはそれに必要な銀行をもっていない
われわれは眼にみえない手形をふりそこなったのだ〉
農夫ミラーよ
きみに告げることがある

もし手帳があるなら　つぎに云うことを
ひかえておきたまえ

〈トウキョウのある墓地で
カタツムリを探しにいった子供が発見した
雨の後なのにカタツムリは一匹もいないことを
アメリカ製のコカ・コーラの空罐に
口紅のあとがあった
コーン・フレークは喰べのこされて捨てられていた
敬虔な石仏が僧侶によっておし倒されていた
あるひとつの墓石には　　ただ
「眠」と刻まれていた
「眠」の下に這入らねばならないのは
誰か？
トウキョウの子供は採集メモにそう記している〉

眼にみえない菌カビに喘ぎながら
ひとりの女がつぶやいた
〈農夫ミラーよ　わたしの男を　菌カビの幹を
噴霧せよ　　ただそっとおしえておくが
かれはトウキョウ・インスティテュート・オブ・テクノロジーの出身だ
除草剤が匙加減で成長促進剤
になることをよく知っている

量を厳密に！
あくまでも厳密に！
農夫ミラーよ　あなたにできるか
わたしの死ぬ前に〉
せばまった身体と
心の継ぎ目のあいだに女の呼吸を追いこんだ
罪だらけの男がいった
〈この汚れた空気には心がある
だが樹木をわたる清浄な風に心はない
農夫ミラーよ
自然がそのまま善だという伝承は嘘だ
わたしの女が喘いでいる　たぶん
自然の不在からではなく　愛の不在のために
存在が役立たないとおもわせたら
すべての〝She〟は死ぬ
失意にも　失愛にも
心の分配をスムースに！
その量を厳密に！
あくまでも厳密に！〉
農夫ミラーははげしいなぐり書きで
ひきちぎったノートのきれ端にメモした

〈わたしには判らない
鳥獣をアリゾナの原野で傷めたことが
どうしてトウキョウの墓地に伝染するのか
墓石はなぜ“Sleep”のあとに“that knows no breaking”と刻まれないか　一切は
不明だ〉
またの日　農夫ミラーは云っている
〈一切は　すべての起源において不明だ
そして一切はその終末の種子から
緑色に萌えだしている　いまは
夏のはじめか　それとも冬の終りか？〉

## 〈五月の空に〉

忘れられた空には
ほんのすこしの痛みがのこっているので
ほうたい色のスクリーンをとおして
吸引されつづけている
唇のよこ雲が臥している
きみは恋うる
きみ自身を閉ぢこめるため
遠いかなたからやってきて
まだ氷のかけらをつけている
五月の空を

まずかったなあ
それはまずかったなあ
来歴はいつもそう囁き
その都度

ああ　まずかったよ
ちょうど今日のように後悔には
ちょっぴり沁みている紺青の布切れと
数すくない言葉を当てがい
ぼろぼろになるまでは
まだやれる
まだまだやれるよう
言葉からしたたる雫にまじって
幽かなささめことの風が
きこえるかぎりは

〈あゝ　わが人〉
などとうたうなかれ
それは昔　詩の教師がうたったことだ
さよならと云ってしまえば
ほのかな未決の空の色がのこるため
み籠《こも》よ　口ごもる
それがきみの
恋うる生存ではあるまいか

# 〈たぶん死が訪れる〉

階段を昇るとき　はじめの一歩が
ちょうど右足にかからなければ　その日は凶だ
そんな占いに幼い日凝った
おぼえがあるか
あの不安には未知の日々がひらいていた
不安といっても
親しみがどことなくよそよそしいのに
その理由がわからないで切ない
そんな程度のことであった
やがて或る日　ちいさなきっかけで溶けてしまうだろう
あの予望は何遍もあった

やがてどんな関係も
あの不安から出発していると知った
そのとき少女が登場した

ほかに得体の知れない影も登場した
少女は影であったのか
影が少女であったのか
影はやはり影であったのか
そのときからじぶんの貌は仮面のようにおもわれ
じぶんの声は他人のように響き
じぶんはもうじぶんに出遇えなくなった

いまも喋言っているとき
不思議な男が喋言っている
鏡に映すとき
不思議な男の貌が映っている
愛するとき
不思議な男が愛している
すべての出来事は
よそよそしいじぶんが
じぶんに仕掛けたとばっちりではないか

じぶんがぜんぶ
よそよそしいじぶんに変ったとき　たぶん
死が訪れる

# 帰ってこない夏

あの夏は帰ったか？
日のまばゆさのなかに
焦慮よりももっと焦げた
ある瞬時の光熱のなかに
さいはてという言葉が必要なほど
白く遠い空の果てに

そうすることがよかったのかどうか
悔いの真似事によって
あの空のしたの出遇いは帰ってきたか？
焦げるような艶かしさに
もしも「慕」という名を与えるとしたら
どこへ帰ったらよいのか？
行ったまま帰ることができない
そんなものにみんな名前をつけるとして

それは生きること自体に似ていた
まるで時間の壁にぶつかるような

ゆくところまでは行ったか？
佇ちつくすじぶんにむかって問う
これからさきは破壊がなければ
どうすることができる？
などと弁解することなかれ
きみがうみだしたのは息を喘えがしているひとつの過敏な神経
と　不信とだけ
きみがもたらしたのはきみの心の軟禁だけ
立ちのぼる明日はない
どこへゆく風信線も絶ち切れて
きみがもたらしたのは監視する視線だけ
みじめな心になってしまった病者の眼の光だけ

燃えでた緑にはどこか災厄があったと
七四年版『理科年表』は　とある頁の一隅に記すだろう
凍える長雨と蒸気の暑さとが
きみの額の冷たい汗に映った

きみは生涯を賭けたか？
きみは反省の趣味を拒絶できたか？
きみは友の冷たんを無視したか？
きみは病者の首を締めるほど残忍たりえたか？
つちかった背徳をすべて呑みほして
どんなおつりがあったか？

演じられた劇のなかできみはいう
〈もはや戻る道はと絶えたが
　ゆく道もと絶えた
　おれにできたことといえば
　すべての風信をせばめたあげく
　ついにもっとも惨たんたる
　不可能に帰ったこと〉
興行せよ　二幕目を
きみには無限の貸しがある
せめたてる死の債鬼があっても
きみはもう肝じんのヒロインを呼びもどせない？

Ⅲ

# 情況への発言

——きれぎれの批判——

## 1

中共を訪問した左右の政治的な、経済的な利権屋たちは、口を揃えて〈日本人民〉を代表し、戦争中の〈残虐行為〉なるものをお詫びをすることになっている。そして中共はこういうペテン師の言辞をどうきいていることになるのか。いい気な猿芝居である。他国に侵入した軍隊は、その〈残虐行為〉の方法をどこから学ぶのだろうか。丸山真男の考究では天皇制を頂点とする無責任体系の末端の兵士たちが、天皇の名に許容され、そういう行為をほしいままにしたことになっている。しかし、わたしはそうはおもわない。他国に侵入した軍隊は、その〈残虐行為〉の方法を、その国の支配者が、自国の貧民に加えた〈残虐行為〉から学ぶものであるとしかいえない。中国の軍閥が貧農にたいして加えてきた〈残虐行為〉や、中国の古代からの支配者が、その人民に加えてきた〈残虐行為〉の伝統なしには、日本兵士の中国人にたいする〈残虐行為〉の方法はありうるはずがない。かくして、わたしたちは、戦争中における日本兵士の中国人民にたいする〈残虐行為〉が提起されるたびに、日本の支配者が日本人に加えてきた〈残虐行為〉の歴史的蓄積と、中国支配者が中国人民に加えてきた〈残虐行為〉の歴史的蓄積との、二つを提起されることになるのだ。それ故、わたしたちは訪中の左右利権屋どもが代表するところの〈日本人民〉たることの片面を、謝辞する自由を保有している。この頓馬たちは、ただ自分たちの利益を、自分たちで代表しているだけなのに、日本人民を代表しているかの如く装っているにすぎない。

## 2

現象的にだけみても、中共の文化革命のとばっちりで、わが国の左翼思想は、十数年ひき戻された。そこで合計二十数年の損という勘定になる。いたるところに、十数年まえの硬派スターリン主義の亡霊を背負った若い男たちが、力みかえって日本人民の〈残虐〉や〈差別〉や〈犯罪〉を嗅ぎ集めている。毛沢東の幼稚な思想が、これほどの影響力を世界にもつことだけは、わたしの予測をはるかに超えた。〈無智が栄えたためしはない〉というのが真理であるのとおなじように、〈無智はかならず再生産される〉というのも真理である。

## 3

さて、わたしは、ちょこまかとした幽霊たちへの反批判から、丁寧に、あっさりと片づけてゆこうではないか。『現代の眼』（新年特別号）という「左翼ゴロツキ雑誌」の「少数異見」欄の匿名の亡霊は、「情況に客観せざる闘いのみを切実に闘いうるのがわれわれの衰弱した〈情勢〉なのである。そうでなければ、一月十九日の、全国で数十万を動員したという沖縄闘争、とりわけ同日一八〇〇人もの記録的な逮捕者を出した『過激派』のゲバルトの、鴻毛のごとき軽さはいったい何に由来するのか。」などと書いて、先号の本欄に反論している。この男が誰であるのかをしらない。ただ〈ゴマ化しちゃいけねえ〉と云うだけだ。

わたしはかつて指導者と大衆とをごたまぜに批判したことはない。この男のいう「一八〇〇人」の逮捕者も「全国で数十万」の大衆も、さしあたってわたしは批判の対象としたことはない。この男も、そして「全国で数十万」の大衆を動員した指導者も、「一八〇〇人」の逮捕者を出す街頭闘争を指導した「過激派」の指導者も、つとにわたしがただひとりで提起した沖縄返還論議にたいする否定的見解に、耳を傾むけて行動したことなどなかったのだ。沖縄奪還だとか祖国復帰促進だとかぬかしていた指導者たちが、条件つきであわてふためいて提起した沖縄闘争一日デモなどに、どんな政治的意義があるのだ。この無意義さは、そこで逮捕された「一八〇〇人」の学生大衆や動員された「全国で数十万」の大衆が、胸に刻みこんだであろう支配者と指導者と自己への〈憎しみ〉の有意義さとは、断じて区別さるべきなのだ。「少数異見」の亡霊よ、いつまでも、ゴマ化しの尾をふっきれないようじゃ、そのまんま自滅だぜ。

わたしは、六〇年闘争後の〈たそがれ〉のたたかいのなかで、逃亡してゆくきみのような亡霊に追いすがることをやめて『試行』を自立せしめてきたのだ。いまさら、きみのような亡霊の、おちょぼ口の御託宣などをまつまでもなく、〈孤立〉〈たそがれ〉という激烈な新旧スターリニストの攻撃のなかで、はじめて〈自立〉は出発したのだ。いまさら何をおそれる必要がある？　どんな離反や敵対をおそれる必要がある？

もちろん、わたしだって、きみと雑誌『群像』のお座敷で、素顔をかくして〈シロ―クロ〉を演じて、アブク銭をかせいでいる男とを区別するくらいは知っている。きみには「左翼ゴロツキ雑誌」で道化を演じている自分の悲哀が判っているが、『群像』の〈シロ―クロ〉男には、文壇内左翼のぞおっとするような、嫌らしい得意顔しかないからな。

## 4

『現代詩手帖』十二月号の「廃墟案内」で、平岡正明は「この喧嘩、買った。自立派との十年戦争にふみきることにする。」と書いている。自立派なんていているのかね、ということはさておいて、たった一言〈この先生十年も生きるつもりかね〉。

わたしも近年すこし堕落して、二年くらい先の〈情況〉を、ついうかうかと読み切ろうとする言辞を吐くことはあるが、十年も生きるつもりで物を言ったことはない。どうして〈生命あるかぎり自立派(?)とたたかう〉といわないのだ。おまえの書いているアジテーションが泣くぜ。

わたしは〈敵〉を求めたことはないが、〈敵〉を買ってでた連中とは生命あるかぎりたたかう。〈三島由紀夫の怪挙は、ひと殺しをする気がなかったから、あれはファッシズムではない〉などという珍妙なことを、週刊誌に書いて、かつて三島由紀夫をスイセンした自分を、三島由紀夫の怪挙からひき離そうと自己弁明している男などと、訳がちがう。この男にくらべれば平岡正明の三島由紀夫の怪挙は反面教師であるという批評のほうがましである。

また、便々として生きているものは、三島由紀夫を批判する資格はないというわたしや同類へのローマン的な憤りを「この論考（吉本論—註）の連載中に、三島由紀夫と高橋和巳を失い、四十歳を迎えてしまった私は、急に〝余生〟の感覚に心を領有され、いまや政治思想的な情況論を書く意志をほとんど失った。」という錯乱した言葉で語っている磯田光一のほうが、『群像』家料理店の奥座敷で、素面をかくして〈シロ—クロ〉商売を実演しているくずれ左翼よりもましである。わたしには磯田光一のこの〈憤り〉を鎮静させる余裕はない。しかし鎮静させることの困難はよく知っている。それは三島由紀夫の文学的業蹟と、その自刃への行動を〈無化〉することの、困難さにほかならないからだ。

ところで、雑誌『情況』（一九七一年十一月号）に、平岡正明が、「首おとしあるいは前段階的衝撃の告白」という谷川雁への〈恋情〉告白的〈怨〉を、菅孝行が「谷川雁試論—裂けた集団と〈工作者〉の韜晦」という訳のわからぬ文章をかいている。両方とも谷川雁にたいする買いかぶりのぐうたらものである。

わたしはかつて女にもてたためしはなく、またろくなざまはみせてこなかったから、他人の女性関係を云々する資格は最初から放棄しているが、谷川雁の〈女〉と称する奴から、とんだとばっちりを蒙った覚えがある。平岡は思わせぶりなことをうじうじ云わずに、できるなら、とことんまで谷川雁の女性関係を暴露してみせたらどうなんだ。おまえはそんな根性だから、谷川雁の指導する〈テック経営陣〉に勝てないのだ。

ただ、私行為を暴露されてポシャッてしまうのは、もともとあぶくのような人気稼業以外の何ものでもない〈芸能人〉だけだ、ということは心得ておくがいいのだ。資本制社会の利潤の網の目にがっちりとからみ込んでいる〈企業〉は、資本制的利潤から見離されたときしか倒れるはずがないことは云うも愚かである。現中共であろうと、元左翼であろうと、〈利潤〉に結合するかぎり、資本制は喰い込み擁護することをやめはしない。

菅孝行は、映画会社に就職し、労組の闘争を体験するや否や、「むしろ重役の脱走を、車の前に体を投げ出して阻止した戦闘的労働者は民青であったこと」、「反面、ノンセクト新左翼のいかがわしさを、自分たちの振舞いのなかで思い知らされ」て、「安保の記憶のうち快かった部分＝インテリゲンチァの自立運動の、かすかに信じ得た可能性」を死なせてしまったらしく、そんなことばかり繰りかえしぐちっている。しかし菅は誤解している。映画会社内の労働者のなかで、民青が戦闘的労働者にみえるのは、ほかの労働者が政治党派などに、まったく関心をもたないからであり、また関心をもたない美点をもち、関心をもたない程度においてである。そういう労働者運動の現状など、百も承知でなければ〈自立〉などを云う必要はないのだ。菅と津村喬のあいだは、かくして五十歩百歩のちがいであり、これは福田善之と菅のあいだが五十歩百歩であるのと同じである。また、菅が〈新劇〉という範囲でしか〈劇《ドラマ》〉をかんがえられないこととおなじである。政治的なたわ言ではない河原乞食的な修練を、政治的寓話劇ではない反政治的な根源を、という〈劇〉の問題は、いぜんとして菅の手の内にはない。

わたしがこの連中をなによりも下らないとおもうのは、小手に隙きをみせれば小手を、面に隙きをみせれば面を打ってくるおあつらえむきの猪口才さである。そういう猪口才さ、アクロバットの常識的ないやらしさ、〈本人だけが巧いことを云ったつもりのいやらしさ〉は、花田清輝だけで反吐《ヘド》がでるほど飽き飽きしているのだ。このいやらしさは東大的秀才のいやらしさに通ずる。北川透の好さは、こういういやらしさに無縁な仕事を、レンガを積むように積んでいることである。ジャーナリズムをコマネズミのようにはしゃぎまわっても、〈映画〉や〈劇〉や〈芸能〉をだしに、革命や軍事を論じてもどうってことはないのさ。もちろん「変革のための綜合誌」と銘うった商業雑誌『情況』でゲリラや武装闘争を論じてもどうってことはないのとおなじさ。

## 5

底知れぬ頓馬である津村喬は、『情況』増刊号(革命中国特集)のなかで、『朝日ジャーナル』に集団で売りこんだ、つまらぬお喋言りの文章が、編集部に二十五行分削除されたことを「こんにちのなしくずし的言論弾圧の典型でもある。」などとワメいている。『朝日ジャーナル』が、朝日新聞社という商業的メディアの枠内でしか、自由な言論をもたず、それが「国民文化会議」と、ちょうど見合った程度の進歩性を売りものにしてきたことは、この男がワメくよりも十年もまえから自明のことであり、また、一般に〈資本主義〉国が、〈資本主義〉的な枠内でのみ言論の自由をもち、〈社会主義〉国が、〈社会主義〉的な枠内でのみ言論の自由をもっていることは、このチンピラ・スターリニストがワメくまでもなくあたりまえのことである。しかるがゆえに、この男のつまらぬお喋言りが、二十五行削除されたのは、それが文字通り〈つまらなかった〉か、〈つまらぬ内容である上に、『朝日ジャーナル』にとって、経営上で不利益であった〉かの何れかであるにすぎない。わたしはかつて、某進歩誌から依頼原稿を数ヶ月にわたって握りつぶされたことがあるが、この男のように〈言論の自由の侵害だ〉とか、〈公害だ〉とかワメきちらさずに、編集者にお説教をくわしたうえ、黙って原稿を引きとり、原稿料は労働の当然の報酬として頂戴したことが何度かある。ただ、それだけのことじゃあないか。赤瀬川のポンチ絵や、この男のつまらぬ(にきまっている)お喋言り原稿が、二十五行削除されたくらいで、かっさいを送ったり、天下の一大事だと思う奴は、よほど頭がどうかしているか、じぶんが〈情況〉を動かしていると錯覚した、とんだ自惚れ野郎にきまっている。このチンピラ・スターリニストは、〈カマトト〉ぶっているのでなければ、救いようのない頓馬である。だからこそ、若い身空で、いったん商業ベースに言論が上ったら最後、永久にもとにもどらない、片道切符のぐうたらメディアである「新日文」などに逃げこんだのだ。もちろん、わが『試行』は、寄稿者たちが、いい作品をかいて商業ベースに上ることを歓迎し、拍手する(まずここがスターリニストと二重底ちがうところだ。よく覚えておけ)。なぜならば、資本主義は片道だけはかならず確実に、芸術、文学の創造をたすけるからだ。資本主義は「新日文」にたむろするチンピラのように、他の文学者の足を引っぱったりはしない。ただ使いつぶしたがるだけだ。後続は「新日文」とか、ほかの同人誌からつぎつぎ補給すればいいわけだからな。

それゆえ『試行』は、無言のうちに、そういう寄稿者たちが、いつでも、どこでも、こんにちの〈資本主義〉国的な、または〈社会主義〉国的な言論抑圧に屈しない自由な、つまり現在のところ恣意的な、言論、作品活動のために還りうることを歓迎し、その場を準備しようとしてきた(これがスターリニストと二重底ちがうところだ。覚えておけ)。

「新日文」や「国民文化会議」が何ものであるかを知るには、ただそこに所属をおいた、かれらの長老たちの文壇的、論壇的な挙動を一べつすれば充分である。かれらが文壇、論壇でかいている作品や論考以上のものを、かれらは決して、かれらの機関誌にかくことはできないし、その姿勢ももっていない。そういう奴も青二才のときは、津村喬のようなことを決議して、文人墨客を四十年以上も以前から脅迫してきたのだ。歴史の足かせは抜けやしないさ。ぶっ倒すより仕方がない。

## 6

——きみの『心的現象論序説』についての「東京医科歯科大学助教授・精神医学専攻・宮本忠雄」の書評を読んだかね。

——『週刊読書人』という書評紙をとってないので、うわさだけはきいていた。こんど知人がコピーをとって送ってくれたのでよんだよ。

——感想は？

——ひでえもんだよ。でも「はしがき」で予言した以上のことは云っていないな。じぶんの著書について書かれた論は、反論することはしない原則だけれど、書評の範囲を逸脱した点について一言申し述べておくよ。ただ、照れくさいから対話形式でね。

——そう遠慮するなよ。柄にもない。きみは悪罵面罵の好きな、気狂い犬ということになっているんだ。いまさら遠慮しても評判は変らねえよ。

——よせやい。おれは、こうみえても、じぶんの方から悪たれたことは一度もない平和主義者だぜ。まあ、そんなことはどうでもいいや。まず、宮本忠雄の「わたしの教えていた医学生から二三冊（雑誌『試行』のこと—註）を借りて読んだのだが、一読して、その生硬な文章、奇怪な造語癖、フロイトやビンスワンガーの勝手な引用、臨床的事実の誤解や曲解などに辟易し、そのあとを読みつづけるのをやめてしまったのをおぼえている。」という個処から反論しようか。

——おい、相手は専門の精神医学者だぜ。大丈夫かね？

——馬鹿を云うなよ。おれは、あれだけの文章をかくのに、宮本忠雄の専門論文三つ、著書二つ、編共訳書数冊を読んでいるんだぜ。宮本はおれの著書や思想を、一度もまともに検討したことなんかあるまいよ。おれの『心的現象論序説』を一蹴するには、おれの思想体系の全部をくつがえすことができなければできないはずだよ。おれは宮本忠雄をヤブ医者だとおもっているが、それは論文と著書からそう判断できるのだ。すくなくとも、おれが気が触れても東京医科歯科大学精神神経科にだけは担ぎ込まないでくれよ。

——そんな与太話をしていると『群像』の匿名の〈シロークロ〉商人が、「大言壮語」癖だなどというぜ。

——なにを云ってんだ。こいつらは、おれが文壇につきあって書いた文章しかよんでないで、つべこべ云ってるんだ。ここ十年来、おれの本来の仕事は『試行』でしかやっていないよ。文壇左翼と左翼文壇の二また膏薬なんか、「問題外の外」だよ。

——まあ、まあ、そうおこるな。きみのは前おきが長すぎるよ。すぐにやってくれよ。宮本忠雄の発言にたいする反論を。

——よしきた。まず「奇怪な造語癖」から反論しよう。おれは、『心的現象論序説』で、どうしても、じぶんの原理的な考察の必然上、必要な概念がほしいところでしか〈造語〉していないと断言できる。この先生が「奇怪な造語」といっている例を具体的に指摘してくれたら、必ず、それが何故必要であったか、それがたれの〈造語〉したものから概念を借りたか根拠を説明して上げるよ。そうすれば、おれの〈造語〉が意外に少ないことが判るさ。自称専門家の悪いくせで、じぶんの知識の範囲外にある概念は、みな素人の勝手な〈造語〉だと思い込んじゃうのだ。だいたいおれはあの著書の中でも〈個体の心的現象を治療可能体系に還元するためにこれを書いているのではない〉ことを繰返し説明している。人間の心についての省察ならば、文学を何十年もやってきたおれの方が宮本などより専門家さ。あたりまえじゃないか。

いつか〈住民大衆〉という言葉をつかったら、自称レーニン主義者から、勝手な〈造語〉だといわれたことがある。ひでえもんだよ。〈住民大衆〉という言葉は、レーニンが主著のなかでさかんにつかっている言葉なんだ。

――きみがそういいたい気持はわかるよ。おれたちだって、斎藤茂吉が歌を作り、北杜夫や加賀乙彦が小説を書いたからといって、専門家気取りで、精神医のくせに歌や小説など書きやがって、などという批評はしないものな。

――さあ、これからが攻勢反論だ。

宮本忠雄は『人間的異常の考察』（筑摩書房）という解説書のなかで、「筆者はこれを仮りにエピ－パトグラフィーと呼んでいるが」とかいて、じぶんが勝手な造語をやっているじゃないか。他人をくさすまえにじぶんをくさすことだよ。それに宮本が〈エピ－パトグラフィー〉という造語の具体例として挙げている「光太郎・智恵子」という文章の内容が、事実誤認や曲解から成り立っているんだ。「高村光太郎」の研究、その文献開拓の先駆者は、北川太一とおれ（吉本）だから、宮本忠雄的にいえば、おれは専門家だといっていい。しかし、宮本はおれの著書も北川太一の著書や研究資料も読まずにこれをかいているため、大へんな事実誤認や曲解をやっている。だから「智恵子」の発狂によって光太郎は創造上の刺激をうけて「『智恵子抄』を頂点とする彼の芸術をわれわれのまえにもたらすのである。」という単純な結論を導いている。なぜこういうことになるかといえば、「智恵子」の発狂を知るのにもっとも重要な、中原綾子宛の書簡を見ないで、宮本忠雄の造語〈エピ－パトグラフィー〉のあてはめをやっているからだよ。「智恵子」の発狂によって高村が本業の彫刻の仕事を中絶し、経済的にも悩まされ、ほとんどホン訳以外になにも手がつかない空白を数年もっていること、また書簡にある「智恵子」の病態の記述を知っていたら、簡単に〈分裂病〉という結論が出せるかどうかわからないこと、を宮本は知ったはずだよ。宮本忠雄の『人間的異常の考察』という著書自体が、この程度の甘い理解から成る解説書の域を出ないものだという理由については敢えてここで論評しない。しかし、じぶんのパトグラフィーの仕事が、こういう危ない仕事だということを知ったうえで、おれの『心的現象論序説』を読んでいたら、ひとごとではないはずだぜ。自惚れなさんな、ということさ。

もっとおかしいのは、宮本が理論的な拠り所の一人にしているビンスワンガーの著書は、〈奇怪な造語〉だけでできているようなものじゃないか。勝手なページを引用してみようか。

「誰しもが空気の精のような世界に住むことがあるとしても、つまり誰しもが空気の精のような世界（空想や願望や憧憬や希望の世界）を『持つ』ことがあるとしても、エレン・ウェスト（症例の人名―註）の持った空気の精の世界は、それがこの現存在において主導的な役割を果たしていることにおいて特有のものであるのみならず、それが実践の世界との宥和、環境世界、共同世界、自己世界との交渉交際との宥和、要するに『ある観点のもとにとらえたりとらえられたりすること』(Nehmen-und Genommenwerden bei etwas)との宥和を認めないということにおいても特有のものである。」（L・ビンスワンガー『精神分裂病』I、新海安彦・宮本忠雄・木村敏訳）

こういう〈奇怪な造語〉の世界、生硬な文章が判り、しかもホン訳さえしている宮本忠雄が、おれの『心的現象論序説』の世界を、〈奇怪な造語〉、〈生硬な文章〉などというのは滑稽じゃないか。もし、あたらしい原理的な考察が、あたらしい概念を必要とするなら、あたらしい造語も必要になる。おれは宮本とちがって、個体の心的な現象を治療可能体系に還元しようとしているのでもなければ、〈現存在分析〉派に乗り移って、論文や解説書を書いているわけでもない。じぶんの必然的体系を記述しようとしているだけさ。

――おい、そのくらいにしておけよ。おまえだって宮本忠雄先生の編訳書からはずいぶん恩恵をうけているんだからな。

――そうにはちがいないさ。だが、bei etwasを「ある観点のもとに」と訳すくらいのところは我慢して〈奇怪な造語〉や〈奇怪な訳語〉の世界をよんでやっているんだぜ。

――でもビンスワンガーの〈奇怪な造語〉は、ハイデッガーやフッサールからきているんだから仕方がないよ。けっして宮本忠雄先生のせいではないさ。

――では、つぎ「フロイトやビンスワンガーの勝手な引用、臨床的事実の誤解や曲解などに辟易し」という宮本忠雄の論証ぬきのきめつけにたいする反論といこうか。だいたいこの先生も、いつか雑誌『早稲田文学』だかで〈いまの文芸批評家は、精神医学の知識がなさすぎる〉などと書いて、芥川の『歯車』のなかの歯車のまわりだす症状に、初歩的なお説教を垂れていた加賀乙彦も、文芸批評家を馬鹿にしすぎているよ。なんでも向精神薬万能で患者を治療してしまっているくせにさ。

　おれはビンスワンガーについてはあまりいいたくない。ただいまのところビンスワンガーの『精神分裂病』をよんでも、現存在分析が解釈学の域をでないという感じをおおえない、という印象をもつとだけは云っておきたいし、たとえ、わたしの『心的現象論序説』が、解釈論の域をでないとしても、わたしの立場がビンスワンガーとちがうことは、はっきりとうちだしてあるはずだ。わたしの原理、わたしの立場、この意味がお判りかね、この先生は。

　ところで「フロイトの勝手な引用」というのは、許せないね。おれの体系からするフロイト理解とフロイト批判は、どこへもっていっても通用するはずだし、フロイト理解で、おれの方が宮本忠雄より駄目だということは、まず決してありえないよ。宮本の『人間的異常の考察』と比較してみろよ。

――「臨床的事実の誤解や曲解」というのはどうかね。これだけは経験のない素人のきみには、手に負えないだろうて。

――冗談いうなよ。おれの方からいえば宮本忠雄の論文も小尾いね子の論文も、ほしいのは臨床的事実の記載だけだった。かれらの解釈や結論のほうは、とうてい承服しがたかったんだ。こっちからいえばそっちのほうが「誤解や曲解」しかしていないと思われたからこそ、勝手に臨床的事実だけを引用させていただいたのさ。おれが調べた範囲で、素人がよんでハッとするような臨床記述と、その理解を体験したのは、新海安彦が分裂病の「幻覚性賦活体験」について説明している文章（『精神分裂病』所収、医学書院）だけだといってよかった。この文章は、おれに宮坂雄平の「精神分裂病の言語幻聴の経過的観察」や、新海安彦の「逆狂性健忘に就いて」の論文のコピイをとってきて、読もうという意欲をかきたてたさ。

いずれにせよ、おれには臨床的事実や臨床的体験についてなら、宮本忠雄の説くところに耳をかたむけるつもりも、謙虚さもあるが、人間の心的現象について、宮本のきめつけなどを聴く気は毛頭ないさ。おれのほうが専門家だし、人間体験も豊富だしね。宮本忠雄の人間理解の程度がどの位かは『人間的異常の考察』や『精神分裂病の世界』（紀伊国屋新書）を読めばすぐにわかる。あえて、宮本のひそみにならって、宮本の芸術家や文学者の理解がどの程度のものかは、別にして云わないことにするとしてもね。

——ところで、きみの『心的現象論序説』の欠陥についての自己内省は？

——もちろん、じぶんでひそかに思いあぐんでいるよ。だが、それは宮本忠雄の批判している個所にも、難解だ独断解釈だという声のところにも全く無いよ。ただ、〈媒介項〉が足りないという点だよ。根源的〈了解〉とは〈時間性〉であり、根源的〈関係づけ〉とは〈空間性〉であるというところから、〈感覚〉をうまく規定できたところでは、しめたとおもったよ。ただ、この知覚作用の統一的な説明には、〈媒介項〉が足りないのではないかという疑問を禁じえない。また、ある意味では、ここは〈新カント派〉返りだといわれそうな気もしている。だけどね。弁解する気はないが、哲学の伝統などまったくないところで、創りだすことに悪戦しているわけだよ。ここがうまく伝わってくれれば、いまのところ文句はないよ。

だがね。つまらねえ作家の尻を追いかけたり、文芸時評のお座敷にはべっているのが文芸批評家の役目だという文壇常識で裁断されたり、安田徳太郎の『万葉集の謎』なみに、素人のたわごとだみたいに片付けられたらかなわんからね。もっとも、服部四郎がいうように、レプチャ語と日本語とが似ているという安田徳太郎の見解を否定しさることは、いまの日本語源学の水準ではできないわけだがね。そういうことを知っているのが真の専門家というものだ。宮本忠雄には服部四郎のような見識はすこしもない。じぶんが精神医学を専攻した甘い芸術青年にすぎないんだよ。

おれの〈了解性〉は〈時間性〉であり、〈関係性〉は〈空間性〉であるという考え方が、臨床的に検証できなければ仮説にすぎないだって。冗談じゃないよ。理論は理論、原理は原理さ。もちろん、臨床的に検証してもらいたいね。たいてい間違いないはずだよ。宮本忠雄の学会誌に発表している論文も、どれひとつ臨床的に検証されているものなどないということを忘れたもうな。ずぶの素人を脅かしちゃいけねえよ。いまの段階で〈クスリ〉をつかわずに〈現存在分析〉で患者が治ったら、逆立ちしてみせるよ。ついこの間も、東京医科歯科大学精神神経科でくれた〈クスリ〉を絶対飲まなかった未知の人が、おれのすすめた精神科医の〈クスリ〉は飲んだぜ。ああ、ばかばかしい。

# なにに向って読むのか

いぜんには、なにに向って読むということもなしに、手あたり次第に読み、途中でたちとまって書物からひき出されるとりとめもない空想や感想にふける、という読みかたをする時間があった。貸本屋がどこにでもあった頃で、時代小説や推理小説を借りては読み、借りては読みして、とうとう近所の貸本屋の大衆小説の棚には目新しい本はなくなってしまったこともあった。その体験には本を読むということの、本とうに大切な部分があったような気がする。書を読むということは、ひとが云うほど生活のたしになることもなければ、社会を判断することのたしになるものでもない。また、有益なわけでも有害なものでもない。生活の世界があり、書物の世界があり、いずれも体験であるには違いないが、どこまでも二重になった体験で、どこかで地続きになっているところなどないから、本を読んで実生活の役に立つことなどはないのである。また、世界を判断するのに役たつこともない。書物に記載された判断をそのまま受入れると、この世界はさかさまになる。重たいのは書物の判断で、軽いのは現実の体験からくる判断だというように。これがすべて優れた書物であればあるほど多量にもっている毒である。そこで、書物の判断は、いつもパズルを解くような反訳をしてからでないと、現実には受け入れられないようにできている。書物がそういうものであるとすれば、読むことの中心には、いつも、何に向って読むのか、ということを〈無〉にしてしまうものがあって然るべきだ、といったほうがいい。

あなたは、なにに向って読むのか？

こういう本質的な問いにたいして、いまのわたしは、たぶん答える資格を欠いている。学生が試験に向って読み、学者が研究に向って読み、司法家が法律に向ってよみ、実務家が利潤に向って読み、といったことと、あまり変りのない読み方しかしていないからである。そして、こういう読み方は、読書の中心にある大切なものを欠いた読み方にしかすぎない。図書館にゆくと、すべての書物は、誰かによって手をつけられていることがわかる。けれど、たぶんほんとうに読まれたのではなく、なにかの役にたてようとして読まれる方がほとんどなのだ。余裕もなく、はやく結論がみつけられないかどうかと焦りながら。そして、書き手もまた、読み手のせき込みに応じようとして、なにかに尻をたたかれながら書物をつくりあげたという書物が、ほとんどであるかもしれない。

ある書物がよい書物であるか、そうでないかを判断するために、普通わたしたちがやっていることは誰でも類似している。じぶんが比較的得意な項目、じぶんが体験などを綜合してよく考えたこと、あるいは切実に思い患っていること、などについて、その書物がどう書いているかを、拾って読んでみればよい。よい書物であれば、きっとそういうことについて、よい記述がしてあるから、だいたいその個処で、書物の全体を占ってもそれほど見当が外れることはない。

だが、じぶんの知識にも、体験にも、まったくかかわりのない書物にゆきあたったときは、どう判断すればよいのだろうか。それは、たぶん、書物にふくまれている世界によってきめられる。優れた書物には、どんな分野のものであっても小さな世界がある。その世界は書き手のもっている世界の縮尺のようなものである。この縮尺には書き手が通りすぎてきた〈山〉や〈谷〉や、宿泊した〈土地〉や、出遇った人や、思い患った痕跡など、がすべて豆粒のように小さくなって籠められている。どんな拡大鏡にかけても、この〈山〉や〈谷〉や〈土地〉や〈人〉は、眼には視えないかも知れない。そう、じじつそれは視えない。視えない世界がふくまれているかどうかを、どうやって知ることができるのだろう?

もし、ひとつの書物を読んで、読み手を引きずり、また休ませ、立ちとまって空想させ、また考え込ませ、ようするにここは文字のひと続きのようにみえても、じつは広場みたいなところだな、と感じさせるものがあったら、それは小さな世界だと考えてよいのではないか。この小さな世界は、知識にも体験にも理念にもかかわりがない。書き手がいく度も反復して立ちとまり、また戻り、また歩きだし、そして思い患った場所なのだ。かれは、そういう小さな世界をつくり出すために、長い年月を棒にふった。棒にふるだけの価値があるかどうかもわからずに、どうしようもなく棒にふってしまった。そこには書き手以外の人の影も、隣人もいなかった。また、どういう道もついていなかった。行きつ戻りつしたために、そこだけが踏み固められて広場のようになってしまった。じっさいは広場というようなものではなく、ただの踏み溜りでしかないほど小さな場所で、そこからさきに道がついているわけでもない。たぶん、書き手ひとりがやっと腰を下ろせるくらいの小さな場所にしかすぎない。けれどそれは世界なのだ。そういう場所に行き当った読み手は、ひとつひとつの言葉、何行かの文章にわからないところがあっても、書き手をつかまえたことになるのだ。

わたしは、なぜ文章を書くようになったかを考えてみる。心のなかに奇怪な観念が横行してどうしようもなくもて余していた少年の晩期のころ、喋言ることがどうしても他者に通じないという感じに悩まされた。この思いは、極端になるばかりであった。とうとう、誰からも無口だといわれるほど、この感じは外にもあらわれるようになった。父親は、おまえこのごろ覇気がなくなったというようになった。過剰な観念をどう扱ってよいかわからず、喋言ることは、じぶんを表わしえないということに思い患っていたので、覇気がなくなったのは当然であった。われながら青年になりかかるころの素直な言動がないことを認めざるをえなかった。いまおもえば、〈若さ〉というものは、まさしくそういうことなのだ。他者にすぐ判るように外に出せる覇気など、どうせ、たいした覇気ではない、と断言できるが、そのとき・そういいきるだけの自信はなかった。そうして、喋言ることへの不信から、書くことを覚えるようになった。それは同時に読むようになったことを意味している。

わたしの読書は、出発点でなにに向って読んだのだろうか。たぶん、自分自身を探しに出かけるというモチーフで読みはじめたのである。じぶんの思い患っていることを代弁してくれていて、しかも、じぶんの同類のようなものを探しあてたいという願望でいっぱいであった。すると書物のなかに、あるときは登場人物として、あるときは書き手として、同類がたくさんいたのである。自分の周囲を見わたしても、同類はまったくいないようにおもわれたのに、書物のなかでは、たくさん同類がみつけられた。そこで、書物を読むことに病みつきになった。深入りするにつれて、読書の毒は全身を侵しはじめた、といまでもおもっている。

ところで、そういう或る時期に、わたしはふと気がついた。じぶんの周囲には、あまりじぶんの同類はみつからないのに、書物のなかにはたくさんの同類がみつけられるというのはなぜだろうか。ひとつの答えは、書物の書き手になった人間は、じぶんとおなじように周囲に同類はみつからず、また、喋言ることでは他者に通じないという思いになやまされた人たちではないのだろうか、ということである。もうひとつの答えは、じぶんの周囲にいる人たちもみな、じつは喋言ることでは他者と疎通しないという思いに悩まされているのではないか、ただ、外からはそう視えないだけではないのか、ということである。後者の答えに思いいたったとき、わたしは、はっとした。わたしもまた、周囲の人たちからみると思いの通じない人間に視えているにちがいない。うかつにも、わたしは、この時期にはじめて、じぶんの姿をじぶんの外で視るとどう視えるか、を知った。わたしはわたしが判ったとおもった。もっとおおげさにいうと、人間が判ったような気がした。もちろん、前者の答えも幾分かの度合で真実であるにちがいない。しかし、後者の答えのほうがわたしは好きであった。眼から鱗が落ちるような体験であった。

わたしは、文章を書くことを専門とするようになってからも、できるだけそういう人たちだけの世界に近づかないようにしてきた。つまり、後者の答えを胸の奥の戒律としてきた。もし、わたしが書き手としてすこしましなところがあるとすれば、わたしがほんとうに畏れている人たちが、ほかの書き手ではなく、後者の答えによって発見したじぶんをじぶんの外で視るときのじぶんの凡庸さに映った人たちであることだけに基いている。

# 岸上大作小論

岸上大作と最初に出会ったのは、六〇年の何月であったか。記憶は定かではない。わたしのほうに記録とか記憶とかを信用しきれないところがあり、投げやりであるため、記憶のほうもまた逃げてしまうといった関係があるのかもしれない。また、ある意味で、ある程度まで、人間は極端に都合のいいことと、極端に都合のわるいことを、まったく〈都合〉の構造にしたがってしか記憶しないようにできあがっている。つまり記憶は現在の別名にしかすぎないともいえる。

その頃、岸上大作は、国学院大学短歌研究会のメンバーとして、講演を依頼したい旨の手紙をよせてきた。この種の依頼には、いつも消極的にしか応じないのだが、ちょうど〈安保闘争〉の敗退したあとの大雪崩のなかで、じぶんなりに〈情況〉のある部分をひき受けようと意志していたので、たしか、承知した旨の返事をかえした。ところが、しばらくたってから、せっかくの受諾をいただいたのに、短歌研究会担当教授から、さしとめられた、理由は〈建学の方針〉みたいな学是があり、それに背反するというものである、じぶんは短歌研究会のメンバーとして、その不当さとたたかうつもりである、という来信があった。すまなさ一杯といった心事があふれていて、わたしのほうがむしろ恐縮した。早速、返信して、そういうことに割合に慣れているし、また、もともと人前でのお喋言が苦手なので、中止が幸いといった気持だから、気にする必要はないから、という主旨のことを申し述べたと記憶している。岸上大作のほうでは、それではおさまらなかったらしい。ふたたび返信があって、短歌研究会の人たちが、一緒にたたかってくれないので、どうすることもできない、じぶんは研究会をやめるつもりでいる、というようなことが書かれてあった。

さて、そのあとはほとんどじぶんの記憶を信ずることができない。ある日、岸上大作がわたしの家を訪れた。わたしのほうが、そんなことはどうでもいいんだ、暇なときに一度、遊びにきて下さいと返信した結果の訪問であるのか、岸上大作の自発的な訪問であったのか、それも定かでない。また、このときが最初の対面であったのかどうかも、このあとに第二、第三の訪問があったのかも、しかと覚えてはいない。

こういう定かでもない記憶をたよりに、岸上大作との小さな交渉を書きはじめたのは外でもない。そのあと、しばらくして〈突然〉（わたしにはそう感じられた）、岸上大作の自殺の報が耳を打ったからである。わたしは、一瞬、講演中止について〈過剰〉にすまながっていた岸上と、むしろ中止のほうが勿化の幸いだくらいに〈過少〉にかんがえていたわたしの、ちぐはぐさの〈感じ〉に、かれの自殺を結びつけた。〈おれはもしかすると、あの学生歌人の必死なおもいを、読みきれなかったのではないか。それが全部の原因とかんがえるのは傲慢だとしても、原因の一部ではないのか。おれが、講演を依頼してきた学生一般のひとりとかんがえていても、相手のひとりひとりは、固有の思いと事情を持っているかもしれないではないか〉。

この思いは、わたしの安保体験の〈狃れ〉や〈事件ずれ〉の退廃に喰い込んで、はっと内省の光線が射しこむのを〈感じ〉た。〈おれは無意識のうちに少し駄目になっているな〉と思わずにはいられなかった。だが、どうすればいいのかについて、応急な処方箋が得られたわけではない。岸上大作の遺書「ぼくのためのノート」が公表されたのを読んで、さらに愕然とした。そこには、わたしに関する記載がある。

〈遺書〉をよんで、まっさきにわたしを通過したのは、言葉にならない一種の〈かたまり〉のようなものを呑み込んだ思いに似ていた。この〈かたまり〉の内容は、たやすく分析することができる。〈まったく面識のない学生歌人が、講演依頼に関連して二、三度訪問してきた。かれは、もの静かで大人しく、問われると、とりとめのない話題について、口数のすくない会話を交わすほどで、いつも帰っていった。わたしのこの印象にまちがいがなければ、それだけの私的交渉からは、あまりにもおれは立ち入られすぎている。こういうことがありうるのだろうか〉という思いに尽きている。ここでも何かが〈ちぐはぐ〉である。たぶん、この体験は〈もの書き〉にとっては、大なり小なり普遍的な体験にちがいない。岸上大作の遺書は、わたしに、この〈ちぐはぐ〉さの意味をかんがえつめることを、ほとんど強制したといってよい。あるいは〈書く〉ことの恐ろしさ、重さを、これをみろというふうにつきつけられたといいかえてもよい。〈言葉〉は〈凶器〉であるのか。〈書かれたもの〉を公開するということは、いったい何を意味するのか。

わたしの得た一応の結論はこうである。

〈書かれたもの〉を公開するかぎり、読んだ者から過剰に〈立ち入られ〉ても耐えるべきである。過剰な評価も、過少な評価も、感情的な評価も許容すべきである。いささかの弁解も、誤解を正すことも、すべきではない。なぜならば、〈書く〉という行為が、純粋に自己にたいする行為であれ、他者の注文に応じた行為であれ、書く者にとっては自足した行為であることにかわりはない。そこでは、書く者の世界が、よくもわるくも完結した世界を閉じている。しかし〈書かれたもの〉が公開されるのは、まったく別個のことで、書く者にとって余計な〈露出〉であることにかわりはない。この余計な〈露出〉が、たぶん、読む者に過剰な〈立ち入り〉や恣意的な評価を強いる根源ではないだろうか。そうだとすれば、どんな結末がふりかかっても、それをひき受けるべきではないだろうか。

〈書く〉という行為と、それを公開するという行為のあいだで完結される表現者の位相について、岸上大作の自殺は、わたしに最初の内省を強いたといっていい。だが、わたしの得た結論がどうであれ、おなじような出来事は、そのあとも幾度かつづいた。そして、わたしはその都度、無類の思いで耳をとぎすまさねばならなかった。

しかし、岸上大作のばあい、わたしには救いがあった。かれの〈死〉のなかに、かりにわたしの〈書かれたもの〉が介在していたにしても、かれは歌人として、優にその存在を主張するだけの力量をもっている。かれとわたしとの接点が、どんなに重く速やかだったと想定しても、かれはじぶんの軌道をそのまま〈自死〉までたどっていった、といってよかったからである。

わたしが自殺者の近親者からうけた非難は、いつも〈おまえの書いた変な書物をよまずに、まともに学業にはげんでいれば、こうはならなかったものを〉というパターンをもっていた。だが岸上大作の近親者からは、おそらく、そういう非難をきくことはあるまい。それに〈遺書〉のなかで、じゅうぶん、わたしの著書に復讐している。

呼びかけにかかわりあらぬビラなべて汚れていたる私立大学　（「意志表示」）

美化されて長き喪の列に訣別のうたひとりしてきかねばならぬ　（「しゅったつ」）

欺きてする弁解にその距離を証したる夜の雨ふらしめよ　（「しゅったつ」）

ほぼこれが、岸上大作とわたしが、はじめて会った一九六〇年秋ごろの岸上の場所であったといっていい。あるいは、六月十五日の国会構内の抗議集会のどこかで、すれちがって出会っていたのかもしれない。そして、誰もとおなじように、かれもわたしも窒息しそうで、他人をかえりみる余裕もなく、門外におし出されていた。フィルムを逆にまわしてみなければならないが、その直前の岸上大作は、いったいどこでなにをしていたのだろうか。よくわからないところがあるが、たぶん岸上は、母親に育てられた貧困な生活から必然的にやってきた心情的な社会主義感に、理論的な支えを獲得しようとして、社会科学や経済学の勉強をはじめていた。すでに短歌の創作で早熟な才能をしめしていた岸上大作には、これは、まことに不得手な格闘であったようにおもわれる。「いま、僕にとって急務はマルクス主義による理論武装であることは、はっきりわかっていながら、実際はデカダンスな毎日であった」（高瀬隆和宛一九五九年四月二日付書簡）と書いている。

なぜかわたしには「マルクス主義による理論武装」というときの岸上の努力が痛々しく感ぜられる。この感じは、すでに〈歌人〉として早熟な自己確立をとげているのに、みすみす孤立の道へ一歩ずつ近づいてゆくときの岸上の弱々しさからやってくるのだが、その上に、また戦後マルクス主義の破産か否かが、問われる刻限に近づいている〈情況〉のなかで、はじめて「マルクス主義による理論武装」の問いに迫ろうとする岸上の〈処女〉性が、痛々しさをもたらすものだといってよい。だが、青年をはじめてとらえる内的な、また外的な課題は、はたからはどうすることもできないものである。かれは時代の不幸をじぶんの不幸に、うまく重ねあわせようとする。しかし、うまくゆくかどうかは誰にも、また、おそらく本人にもわからない。かれは自己の資質と自己の課題のあいだで、孤独な格闘を、矛盾を、手に持ちなおすよりほか術がない。

すでに父親は戦争で死に、あとは母親の手で一家の生計が支えられている。

人恋うる思いはるけし秋の野の眉引き月の光にも似て
悲しきは百姓の子よ蒸し芋もうましうましと言いて食う吾れ
恋を知る日は遠からじ妹の初潮を母は吾にも云いし
ひっそりと暗きほかげで夜なべする母の日も母は常のごとくに
白き骨五つ六つを父と言われわれは小さき手をあわせたり　（「高校時代」）

貧しく静かで、内に籠った母子三人家族の生活はこんなふうに描かれている。たぶん、この時期の歌は啄木の影響をおおきくとどめている。母親は、息子を大学に通わせようとしている。そして、できるなら実業的な科目をえらび、ゆくゆくは、一家を支えてもらいたいと願っている。息子は大人しく母親おもいであるが、できるなら、文学的な仕事を専門にしたいとおもっている。説得すれば、母親は自分の志望を肯定しないまでも、赦してくれるだろうとかんがえている。これは、どこにでもみられる貧困な母子家庭の生活で、そのうちでは岸上の家族は、葛藤のすくない平穏な家庭に属しているかもしれない。けれど息子には、どうしてよいかわからない岐路がやってくるのが、眼にみえている。母親を棄民するか、自己を座礁させるか、そのいずれかを択ばなければならない日が。もっとも短歌の創作は、金銭と結びつかず〈余技〉という性格をもっているから、抜け道はあるかもしれない。一家の生計を支えながら〈歌う〉こともできるかもしれない。

岸上大作は、たぶん、この岐路の予感をまえにして、即物的な貧困と、心情的な社会主義との相互反撥を、ある〈構成〉を媒介にして、ひとまず切り離したいとかんがえた。それは初期に多くの人が惹かれた体験をもっている啄木の影響からの離脱であり、また、一挙に現代性まで、歌作を跳躍させる欲求でもあった。

その背後〈家〉負うことば母の愛ある時つねに放れて　淫乱
接吻くる母の眛き瞳みたる頬埋めんにむしろ負担にて　雪の白
愛などにもはや哭き得ぬ母の裡荒野ありそこ耕やさん　誰
過去断てば華麗のかたち母のため設計しているわたくしの家
（「四角い空」）

この〈構成〉の媒介によって、父親の戦死後に〈女手ひとつ〉で子を育ててきた貧困な母の像は〈変容〉する。母親は亡夫の残像と貧困に制約されながらも、〈放たれた女〉として岸上の短歌の世界に登場する。いずれが実像に近いのかを問うことはいらない。この〈変容〉は、母親から〈母〉を棄民し、〈女〉を拾いあげたための〈変容〉である。また、短歌のうえでは、啄木の影響の大きかった初期から、一挙に現代短歌まで跳躍したための〈変容〉であるといってよい。

岸上大作の感性が、この〈構成〉をつらぬきとおすだけの冷たい眼をもっていたら、危機は煮つめられた形ではやってこなかったかもしれない。けれどこの〈構成〉は、短歌的にいってもきわめて不安定であり、また感性的にいっても岸上大作の持続できるものではなかった。貧困だけがあり、無惨な家族であったら、かえって、それも可能であったかもしれないが、貧困はそのまま母子家族の小さな温味のある調和とも結びついており、とてもその吸引力の圏外に跳び出したままでいることはできにくかったにちがいない。さればといって、軌道はもとにもどれないヒステリシス現象を呈する。前後する時期の「風の表情」は、また、べつな母親の像で、その間の機微をあかしているようにみえる。

母にやるわれの言葉を運ばんに風はあまりに乾きていたり
坂はすでに影を映さぬ時刻にて母はあまりに遠くに病めり
風はすぐゆくえ知られず去りしゆえ残されて母の病いは重し
ある時は母の言葉をはなちつつ坂を転がる風の表情
（「風の表情」）

「風」が乾いているという表現は、ここでいう〈機微〉に触れている。「風」は吹かなければよかったし、また、吹くならば乾いていなければよかったのだが、岸上がすでに佇っているところは、そのいずれからも拒否された場所だったのである。

わたしが、一九六〇年秋ごろから巻きもどしてきたフィルムは、たぶん終りに近くなっている。岸上大作は、既成の前衛から離脱して急進化していった一群の学生運動の熱気のなかに、しだいに跳び込むようになった。同時にその渦中で、ひとりの女性に惹かれていった。岸上には、その女性に惹かれていったために、新左翼の学生運動の渦中に入ったのか、少年期からの貧困の体験から獲得した心情的な社会主義感に、現実的な機会を獲ようとしてその渦中に入っていったのか、あまり定かではなかったにちがいない。安保闘争の座礁から、指導部が四散したとき、すでに孤立した焼けのこりの杭がとりのこされ、風に吹き晒されて、文字通り孤立のうちにこの風圧に抗わねばならなくなった。この〈情況〉のなかで、岸上大作もまた、その場所で孤立した焼けのこりの棒杭のように、風圧をまともにうけなければならなかった。岸上は、ふたたび、マルクスやレーニンの著書にとりつき「しゅったつ」の決意をしめした。どのような具体的な事情が介在したかわからないが、安保闘争の渦中で出会った女性との恋愛を同時に失った。たぶん、白けきった〈情況〉のなかで、誰もが大なり小なり体験した白けきった情緒の喪失がやってきたのだ。岸上大作は、その風圧に耐ええなかったとき、時代の風圧の証しとして自殺した。かれは〈遺書〉のなかで、失恋だと書いたり、弱かったのだと書いたり、また故意に道化てみせたりしているが、もっと奥深いところからかれを誘って死におもむかせたのは、かれの〈遺書〉の裏側を流れている巨きな、時代的契機であったような気がする。わたしは岸上大作の死に〈立ち入り〉すぎたかもしれない。ただ最初に出会った時までの、岸上のおおよその軌跡を、わたしなりに納得してみたかった。もはやここで筆をおくべきだろうか。岸上の霊よ安かれ。

# 思想の基準をめぐって

## ――いくつかの本質的な問題――

――吉本さんの言語表現論や心的現象論などの論考の根本のところには、「心的領域」の人間的な固有性、あるいは、「人間」を他の動物から分つものはなにか、という問いがあるように思うのですが。これをどう考えるかによって、思想的立場の最初の分岐点もでてくるのではないでしょうか。

困難で単純な問題だとおもいます。答えるなら、根源的にそして単純に答えられるべきで、もしそうでないのなら、問題はどこまでも派生しておわらないのではないでしょうか。

人間とおなじように他の動物も「心的領域」をもつかどうかという言い方は、人間とおなじように他の動物も「言葉」をもつかどうかという言い方とおなじに、「心的領域」、「言葉」という概念をどうとるか、という問題に還元されてしまいます。いいかえれば、人間と他の動物を「分つ」という問題ではなく、あくまでも「人間的概念」としての〈言葉〉のカテゴリーの問題にすぎなくなってしまいます。具体的には、動物が親愛の行動をとるときと、敵対的な行動をとるときとでは、表情も音声もちがってしまうが、それを「心的領域」や「言葉」のカテゴリーにいれるかどうかという、人間の判断の基準のことになってしまいます。そこでできるだけ際どい問いにしてゆくのはどうでしょうか。

二、三の例を挙げてみます。ひとつは、〈脳髄が脳髄についてかんがえる〉ということです。脳髄によって脳髄とはなにかをかんがえることができる、といいかえてもよろしいとおもいます。これは動物であるじぶんが動物であるじぶんとはなにかをかんがえるといいかえても、自然物であるじぶんが自然物であるじぶんをかんがえるといいかえてもおなじです。

この過程が成立するためには、少なくとも、ふたつの思考の経路が存在しなければなりません。ひとつは、〈脳髄が脳髄の作用を直接に（自体的に）識知する〉という過程です。もうひとつは、〈脳髄をあたかも自体の外にあるかのように識知する〉という過程です。これは、もちろん、じぶんの生理（自然）過程を、生理（自然）過程で直接に識知する過程と、じぶんの生理（自然）過程を、あたかもじぶんの外にある対象であるかのように、じぶんの生理（自然）過程によって識知する過程とのふたつにいいかえてもおなじです。このいずれの識知も「心的領域」に包括させるとすれば、後者の過程（的矛盾）は、人間にだけ可能な「心的領域」のように推察できます。他の動物は、たぶん、この過程を知らないとおもいます。前者の自体的な識知は、あきらかに生理過程の〈変容〉そのものであり、信号、反応、刺戟、伝播という概念で記述できる〈状態〉ですが、後者の対象的識知は、生理（自然）過程の自己矛盾であり、〈観念化〉という概念を与える以外に、理解の方法はないからです。生理学が〈観念〉という概念と命名を拒否しても、生理（自然）過程としては絶対的矛盾ですから、〈観念〉という言葉でいいあらわされるものと、おなじ実体を想定せざるをえないことは確実だとおもいます。

つぎに、もうひとつ知覚作用の例を挙げてみます。

以前に蛙の視覚作用の生理的な機構について説明された文献を読んだときに、ひとつの疑問を感じました。その実験から、人間の眼の網膜の背後には、色彩を弁別できる神経、明暗や輪廓を弁別できる神経、形態を弁別できる神経……が分布しており、対象物から眼に到達する光作用が、網膜の背後にあるそれぞれの分担神経に刺戟を与え、脳髄の視覚野に刺戟がつぎつぎに到達し、対象物の全体像が何らかの機構で形成されることは確かです。しかし、各神経組織の刺戟の継続と強弱が、どうして対象物の全体像を構成するのかは、一向に明確ではありません。生理過程として確かに実在するのは、各分担神経組織を伝播される刺戟の質量だけであり、なぜそれが脳髄の視覚野に到達したときに、全体的構成が起こるのかは不明だからです。生理学はこのことを無視するように気をつけています。また、心理学はわけもわからぬゲシュタルト概念を密輸入したりします。しかし、なぜこれだけの生理過程から、対象の色や全体像が構成され、〈この対象は茶碗だ〉とか〈この対象は森だ〉とか了解されるのかは、どうしても導けそうもないのです。ここでも生理過程は、対象物からうけとる神経刺戟だけから、対象物を全体的に構成して把握し、了解するという矛盾に当面するようにおもわれます。もちろん、これを矛盾といえば、人間だけでなく、他の動物も矛盾に当面することになります。ただ、他の動物は、矛盾をさらに対象的に〈識知〉することなしに〈反射〉すればよろしいわけです。その〈反射〉は対象物にとびかかるとか、おそれて逃げるとか、じっとうずくまるとか、さまざまでありえましょうが、いずれにせよ〈反射〉するだけの条件が生理的にあれば、よいということになります。だから対象物を脳髄が構成できれば、いいかえると一団の継続する刺戟を脳髄が、ひとつの集合として受け入れれば充分です。しかし人間は対象を再構成し、了解することまでやらなければ、対象物にたいして、どう行動するか、どう行動しないか、さえできません。ここでも生理過程は、その矛盾を〈観念〉の領域へと疎外するほかに、この生理的矛盾を解消する方法はありません。このようにして人間は、他の動物にたいして、固有な観念の領域を包括せざるをえません。これは〈観念〉という言葉を忌むかどうかの問題でもなく、〈観念〉という概念のカテゴリーをどうとるかの問題でもなく、いやおうない実体をさしているようにおもわれます。

この種の例はまだ挙げることができましょう。しかし、そのさきにも、問題はたくさんあります。なぜ人間だけが他の動物とちがってしまったのでしょうか。それは、進化のどの段階で、どの時期に、そうなったのでしょうか。

これについて、いまのところ具体的なことは何ひとつついえないとおもいます。何かいっているのは、猿から人間は単系に進化したものだと信じている人だけでしょう。そう信ずるには、〈猿〉と〈ヒト〉とのあいだが、あまりにかけはなれており、中間の存在がいまのところ不足しています。ただ、はっきりといいえることは、原人が〈猿〉と類似していようが、同系の祖先にゆきつこうが、原人が足をそれほど歩行のために使わず（使えず）に、手を極度に使わざるをえないという生存の環境に、幾世代も幾世代もおかれたであろうということだけです。それは「心的領域」が人間化するための必須の条件です。つまり対象物（生存必需物）にたいする空間的な接近の世界が制約され、しかも手を極度につかってより高度な道具を作り、対象物を加工し、その空間的な制約を補充しなければならないという生存環境は、〈観念〉を高度化するための必須条件だからです。いったん人間化した「心的領域」を獲得してからは、〈観念〉の高度化は、加速度的に進んだはずです。〈原初の人間〉と〈現段階の人間〉とのちがいは人類史の問題であり、この問題についていては人間はいつも未知の、先がわからない体験をかきわけてきたとおもいます。たとえば、〈乳幼児〉と〈成人〉のあいだはこれと似ているようで、ちがいます。〈乳幼児〉は、いつも個体が背負うかぎりでの人間史の現在性に向かって開かれた可能性の存在ですから。

──人間は生理過程の矛盾を不可避的に「観念」として疎外する、という考察は、もしそうありえたならば動物のままのほうがよいのだ、という考えにつながっていないでしょうか。つまり、幸福か不幸かという対の意味とは違うと思いますけれど、人間の本質は〈不幸〉なものであるという認識がそこにあるように思うのです。

もしそうおもうならば、人間の本質は〈不幸〉なものだとおもいます。この〈不幸〉の内容は、つぎのように要約されましょう。

ひとつは、いったん〈人間〉的な過程にはいった人類は、人間のつくる観念と現実のすべての成果（それが〈良きもの〉であれ〈悪しきもの〉であれ）を、不可避的に蓄積していくよりほかないということです。つまり〈人間〉を制度的にも社会的にも、さらりとやめて、〈動物生〉に還るわけにはいかないということです。いいかえれば、人類の現在性を〈離脱〉した〈生〉は不可能だということです。もちろん、ある種の文化・芸術観念が、きわめて現代的な装いで、この種の〈退化〉を実現しようとする発想をもっていますし、ある種の政治観念が〈未開〉、〈辺境〉、〈後進〉、〈被抑圧世界〉（「第三世界」）……の政治運動方式を導入しようとする〈退化〉を演じています。現象としては興味深い素材を提供していますし、関心をもちますが、〈理念〉としては〈問題外〉です。人類史にたいする根源的な認識の〈錯誤〉です。

第二に、人間は、他の動物のように、個人として恣意的に生きたいにもかかわらず、〈制度〉、〈権力〉、〈法〉など、つまり共同観念を不可避的に生みだしたため、人間の本質的な〈不幸〉は、個人と共同性とのあいだの〈対立〉、〈矛盾〉、〈逆立〉としても表出させざるをえないという点です。

第三に、このような人間の歴史的な過程が、さまざまな時期に、さまざまな形でなされた抗議の表出にもかかわらず、不可避的に、現在の〈世界〉、〈制度〉をもたらした側面を認識するならば、この不可避性を止揚する過程もまた、普通、かんがえられているよりも、遥かに困難な、そして、過程をあやまりなく踏むことを必須とするはずです。つまり、すべての個人としての〈人間〉が、ある日、〈人間〉はみな平等であることに目覚め、そういう倫理的規範にのっとって行為すれば、ユートピアが〈実現する〉という性質のものではないということです。

これらが、人間の本質が〈不幸〉なものであることの内容だとおもいます。ただ、この〈不幸〉は、〈不幸〉なことが識知された〈不幸〉であるために、窮極的には解除可能な〈不幸〉ではないでしょうか。

――大衆の〈原像〉を思想の基準におく、その存在性に価値をおく、という場合の根本的モチーフは何でしょうか。一般的な価値感を逆転させるということがあるわけですね。そしてそれは〈不幸〉の解除可能性へ向う、ということと対応しているように思うのですが。

大衆は、その〈常民〉性を問題にするかぎり、その時代の権力に、過不足なく包括されてしまう存在です。だから大衆的であること自体はなにも物神化すべき意味はないとおもいます。そしてこのような存在であることは、そのままその時代の権力を超えてしまう可能性に開かれている存在であることをも意味しています。つまり権力に抗いうる可能性というよりも〈権力に包括され過ぎてしまう〉という意味で、権力を超える契機をもっている存在だということです。だからあらゆる〈政治的な革命〉は、大衆の〈され過ぎてしまう〉から例外なく始動されてゆきます。終わりをまっとうするか、〈過不足なく包括される〉ところに還ってしまうかは、このような大衆の存在自体からはなにも出てこないこともあきらかなのですが。

このような大衆の存在可能性を〈原像〉とかんがえれば、そこに価値のアルファとオメガをおくよりほか、ありえないとおもいます。一般にこのような価値観が存在権をもちえないのは、いくつかの理由があります。ひとつはこのような大衆は、知識を与えるべき存在とみなされているからです。政治的に扱われても、文化的に扱われても、このような大衆は啓蒙さるべき存在とみなされています。しかし、どのような方向へ向かって啓蒙さるべきなのでしょうか？　その生活圏の彼方には、さまざまの出来事や、文明や、知識や、物語や、制度があることを啓蒙さるべきなのでしょうか？　このようにして、たとえば、主婦は会合女性に、会合女性はウーマン・リブの女史に、ウーマン・リブの女史は、ヒステリー女に、そして終わりです。庶民は、半知識人に、半知識人は、知識人に、知識人は、前衛に、前衛は、官僚に、それで終着駅です。なぜならば、人々はずっと以前から、このような過程を、大衆の〈造りかえ〉の過程とみなしてきたからです。しかし、これは何ら〈造りかえ〉の過程ではなく、人間の観念作用にとっては〈自然〉過程にしかすぎません。つまり、ほっておいても、遅かれ早かれそうなる過程という以上の意味はありません。人間の観念にとって真に志向すべき方向への自覚的な過程は、逆に、大衆の〈原像〉（社会的存在としての自然基底）を包括すべく接近し、この〈原像〉を社会的存在としての自然な基底というところから、有意味化された価値基底というところへ転倒することにあるようにおもわれます。

人間の生き方、存在は等価だとすれば、その等価の基準は、大衆の〈常民〉的な存在の仕方にあるとおもいます。しかし、この大衆の〈常民〉性を、知識の空間的な拡大の方向に連れ出すのではなく、観念の自覚的な志向性として、この等価の基準に向かって逆に接近しようとする課題を課したとき、この等価の基準は、価値の極限の〈像〉へと転化します。これは、実感的にも体験できます。一般的には、生まれ、成長し、婚姻し、子を生み、老い、死に、その間に風波もなく生活し、予め計算できる賃金を獲得し、子に背反され、老いるという生涯について、人々は〈空しい生〉の代名詞として使おうとします。けれど、経験的には、こういう言い方は虚偽であることがわかります。人間の生涯の曲線は、どんな時代でも、こういう平坦な生き方を許しません。大なり小なり波瀾はどこにでも転がっていて、個人の生涯に立ち塞がってきます。だから、人間は大なり小なり平坦な生き方の〈原像〉からの逸脱としてしか生きられません。この逸脱は、まず、生活圏からの知的な逸脱としてあらわれ、また、強いられた生存の仕方の逸脱としてあらわれます。そうだとすれば、かつてどんな人間も生きたことのない〈原像〉は、価値観の収斂する場所として想定してよいのではないでしょうか。

もちろん、常識的な歴史の記述は、知的な巨人、政治的な巨人、権力的な巨人を、より多く記述のなかに登場させます。これは、価値の極限をこういう〈巨人〉の生き方、仕事においているからです。しかし、これらの〈巨人〉は大なり小なり価値の源泉からの大きな逸脱にすぎません。この大きな逸脱は、平坦の反対であり、ただ資質の必然、現実の必然という要素を認められるとき、はじめて許されるようにおもわれます。つまり、人間は求めて波瀾を手にすることもできなければ、求めて平坦を手にすることもできない存在です。ただ、〈強いられ〉て、はじめて生涯を手に入れるほかないものです。

歴史の究極のすがたは、平坦な生涯を〈持つ〉人々に、権威と権力を収斂させることだ、という平坦な事実に帰せられます。しかし、そこへの道程が、どんな倒錯と困難と殺伐さと奇怪さに充ちているか、は想像を絶するほどです。

――「何のために」生きるかという問いに普遍的に答えようという志向は、しばしばそのような「価値」から遠ざかる、と言ってよいでしょうか。あるいは、共同の課題を設定してそこに個を結びつけようという志向、とも言えると思いますが。もちろんこの種の問いや選択も、さまざまな現実の場面がありうると思いますけれど。

この種の問いに普遍的な答えはない、ということは、すくなくとも、わたしにとっては当然のようにおもわれます。また、〈おまえは何のために生きるか〉という問いにさえ、答えを〈持っ〉てはいません。この種の問いに答えを拒否するなにかがわたしのなかにあるからです。「何のために」の以前に、人はすでに生きています。すると、「何のために」という問いが「普遍的に」提起されるのは、人間の生涯が、ちょうど前世代に象徴される歴史の現在性（家族内部では親に象徴されます）と衝突する時期（青年期の初葉）にあたっています。この時期に提起された「何のために」にたいして、〈これこれのために〉と答えることは虚偽のようにおもわれます。生誕のときとおなじように「何のために」にたいして個人の意志、判断力、構想が貫徹されるのは、ただ、半分だけで、いったん現実に衝突してからは

〈何々させられる〉とか〈何々せざるをえない〉とか〈何々するほかないように強いられる〉という根拠が、個人の生涯を占有するようにおもわれるからです。つまり〈生きさせられる〉という点で、生誕のときと変わらないようにできています。そうならば、無条件に〈生きさせられている〉存在は、極限状態にあるといえるのではないでしょうか。こういう考え方は、一見するとネガティヴなようにおもわれるかもしれませんが、「何のために」という問いにたいして、たくさんの可能性があるようにみえるのは、〈観念〉が〈観念〉のうちに止まっているときだけだということが、直ぐに納得されます。いったん現実に衝きあたったときは、ただひとつの可能性が辛うじてたどれるというようにしか、人間の生涯はできていないようにおもわれます。

〈価値〉という概念は、了解性から、いいかえれば〈時間〉にたいする認識からやってきます。この〈時間〉が、歴史的な〈時間〉であるとかんがえても、意識の〈時間〉とかんがえても、また表出行為の〈時間〉とかんがえても、おなじことです。自己の生活圏から現実的にも観念的にも出ようとしない大衆の〈原像〉は、あくまでも〈原像〉としてとらえたときに、えられる概念であり、具体的に生きて行動している大衆は、どれほど極端なばあいを想定しても、大なり小なりこの〈原像〉から逸脱して生活していることになります。けれど、この〈原像〉に思想の基準をおく根拠は、一般に知識と関心を拡大し、自己の生活圏の外に向かって知的な空間を拡げ、判断力を獲得しようとする過程は、観念にとっては　〈自然〉過程にすぎないという思想的なモチーフに基づいています。人々はこれを教育的、自覚的、あるいは啓蒙的な過程とみなしていますが、わたしは観念にとって〈自然〉過程だとかんがえます。そうすると、当然、観念にとって教育的、自覚的、あるいは啓蒙的な過程は、たんに〈生活圏〉の別名であるように存在している大衆を、〈原像〉としてとらえかえす過程におくよりほかありません。現在も以前も、認識力によって大衆と区別される存在は、具体的な〈生活圏〉を大衆の近くに移行させるべきだという理念があります。かくして知識人は日雇い労働者に、あるいは農業の人民公社に移行されるというわけです。なるほど、それは新しい経験主義です。しかし、経験が人間をたすけるか、あるいは駄目にするかは、まったく個々の人間の恣意にゆだねられ、それ以上でも以下でもありません。馴れない仕事で身体を損傷し、その代りに倫理を肥大させ、馬鹿なことをいいだせばだすほど、意識を改造した人間ということになります。その代りに大衆の〈原像〉を思想的に繰り込むことをいったとき、すこしも具体的にその〈生活圏〉に身柄を移行させる、ということを意味していないことは明確です。そんなことは、どうでもいいことですし、人間は〈強いられた現実〉しか、生き抜くことはできないにきまっています。色々な生活の仕方の可能性というのは、もともと観念内部にとどまっている〈観念〉か、余裕のある〈観念の遊び〉か、のいずれかに過ぎません。

――家族や身近なもののためには死ねるが、〈理念〉や〈共同観念〉のためには人間はなかなか死ねないものだ、と述べておられますが、逆に、〈理念〉や〈観念〉であるが故にそのために生きたり死んだりする、とも言えるのではないでしょうか。自殺はそのことを示しているようにも思うのですが、いかがでしょうか。

〈死〉の問題は、どんな角度からとりあげたとしても、たいへん答えることが困難な問題だとおもいます。だから、家族や身辺のもののためには死ねるが、〈理念〉のためにはなかなか死ねないという言い方も、逆に人間は途轍もない〈観念〉に促されて、しばしば死ぬものだという言い方も、即興的なニュアンスを削りおとして、あらためてとりあげたばあい、問題の困難さだけがのこるような気がします。ただ、経験的に確実なことは、〈死〉の問題は、自分に〈死ぬ〉覚悟があるとか死ぬ意志があるとかいう主観性を、度外れに普遍化すると間違うような気がするということです。いつでも〈死〉の覚悟がついているということだけで、〈死〉を論ずることも、〈死〉を他者に強いることもできないということです。〈死〉は自己のものであるとともに、自己のものでないという特質をもっています。他者の〈死〉を覚悟することなしには、ほんとうは自己の〈死〉を覚悟することはできないので、このことを考慮にいれない〈死〉への覚悟は、いつでも主観のうちにとどまるとおもいます。戦争中、じぶんはとうに〈死〉の覚悟がついているとおもっていました。そして主観のこちら側では、そのことに虚偽はないとおもっていました。突然敗戦がやってきたとき、この覚悟は少しも変貌したとおもわないのに、現実のほうが変貌したとき、なしくずしにずるずると〈生き〉てしまったようにおもいました。あのときのちぐはぐさは決して忘れられません。つまり〈死〉は、主観的な覚悟にたいして、いつも正面から応じてくれるとはかぎらず、しばしば、肩すかしを喰わせるものだということです。人間は現実からそれ以外には方法がないというように追いつめられたときしか〈死〉ねないようにおもいます。それ以外のばあいには〈死〉の覚悟性は、たぶん主観のうちにとどまっています。現実のほうが肩すかしを喰わせたら、この主観的な〈死〉の覚悟は、白けたまま、なしくずしに崩壊させられてしまいます。そこで、たぶん、家族や身辺のもののために〈死ねる〉か、遠くにあり耳目にふれないが故に、あるいは〈理念〉や〈観念〉であるが故に、〈死ねる〉かという問いは、〈死〉の覚悟性ではなく、かれが〈思想〉の原点を、どこにおいているかという問題にほかならないとおもいます。

　共同幻想のレベルでは、個人は個人としては、いつも〈観念〉として存在しています。それゆえ生身の肉体が〈死〉の危険にさらされるかどうかということは、いずれにせよ〈観念〉から派生する問題でしかありません。だから〈観念〉によって派生させられる〈死〉を受容するかどうかは、かれが何に〈思想〉の重点をおいているかという問題を、別の言い方でいいかえたという意味にしかならないとおもいます。

「何のために」人間は生きるかという問いは、「何のために」人間は死ぬかという問いとおなじように、〈空想〉的にしか論ぜられません。だからこの問いを拒否することが〈生きる〉ということの現実性だということです。あらゆる共同幻想は消滅しなければならないということは、窮極の〈読み〉としてはっきりしておかねばならないことです。これは窮極の〈読み〉、いいかえれば、〈思想〉の原理、またいいかえれば、構想力の問題ですから、〈空想〉としてではなく言い切るべき問題として存在しています。そう言い切ることは〈空想〉ではありません。

〈自殺〉は人間だけに特徴的なものだ、という言い方が流布されています。けれどこれは疑わしいのではないでしょうか。動物の行為にも、植物にも、そうとしかいいようのない状態が観察されるような気がします。人間の〈自殺〉ということは、もっと過程的に追いつめてかんがえるべきではないでしょうか。これは〈自殺〉を強要されるということとはちがいます。強要された〈自殺〉は、殺害であり、かれは殺されたのです。

だから、自己意志によって〈自殺〉できるのは、人間に特徴的なものだという言われ方にいつも疑問を感じます。その瞬間まで〈自殺〉の過程を追いつめてゆくと、意志の喪失、人格の崩壊状態が必ず存在するようにおもいます。だからわたしは、どんな〈自殺〉にも、心身の病的状態が存在するとか、無動機の〈自殺〉とみえるものでも、ささいな現実的な原因がいつもみつけられるとか、いうような言い方のほうが好きです。人間は、自身がまったく意識せずに、〈自殺〉行為としかおもわれないことをやっていることがあります。自己防御のための〈自殺〉、自己処罰としての〈自殺〉、そういうことを自身ですら気づかずに、やっているとしかおもえないことがあります。典型的な例をとってきますと、敗戦後の横光利一の死は、わたしにはそう映りました。『夜の靴』や『日記』の類を読んでいると、奇妙な理屈づけに凝って栄養失調をじぶんで招きよせていると感じられました。その背後には敗戦の打撃がみえてきます。もちろん、だれの〈自殺〉をとってきてもいいのです。難しい時代は人を択ぶものではなく、〈死〉もまた人を択ぶものではないからです。たぶん、このことは人間が〈生〉と〈死〉に責任がないにもかかわらず、その間のコースを歩くということに関連しています。青年は〈生〉のむこう側の

〈未生〉から〈自殺〉し、老年は〈死〉のむこう側の〈死後〉から〈自殺〉するのです。そして、壮年は〈生〉の過程そのものから〈自殺〉するとおもいます。

――ところで、大衆の〈原像〉を価値基底へ転倒させるということは、党派性の止揚という問題とからんでくるわけですね。

大衆の〈原像〉をくりこむことを、思想の課題として強調するという考え方を、こんどは体験的な言い方からひき出してみます。戦争中に、国家の政策を、知識人があらゆるこじつけを駆使して合理化し、それを大衆が知的に模倣し、行動では国家以上に国家を推進するという様式が、なによりも敗戦後の反省の材料でした。それならば、戦後は、昨日あらゆるこじつけで国家の政策を広宣した知識人が、左翼思想や市民主義思想に乗りうつり、国家の欠陥をあげつらい、大衆が知的にそれを模倣し、行動的には模倣以上のことをするという様式は、まったく、国家に迎合することの逆だから肯定さるべきでしょうか。これは大変な疑問におもわれました。そこには〈構造〉的な変容がなにもないからです。知識人が国家を〈棄揚〉するためには、知識人を模倣することをやめるほかないとおもわれました。大衆が模倣することをやめた大衆は、その知的な関心をどの方向に向ければよろしいのでしょうか。いうまでもなくその〈生活圏〉自体の考察へであって、どんな政治的な、あるいは知識的な上昇へ、ではありません。「党派性の止揚という問題」に関連して、わたしがかんがえたことは、おおざっぱにいえばふたつの方向がありますが、そのひとつは、いま申し述べたところに帰します。この方向をつきつめていったとき、どんな問題がでてくるのでしょうか。〈閉じられた〉共同性から、たえず〈大衆の原像〉を繰り込んだ〈開かれた〉共同性へ、ということです。もうひとつは、「価値」そのものの転倒が、〈大衆の原像〉を志向するというその思想性にあります。この現実的な意味について、あらためて述べることはいらないとおもいます。

〈自己の生活圏から行動においても思考においてもでてゆかない存在〉とは、それ自体が原基である存在ということでしょう。だから〈行動においても思考においても〉、自己の生活圏を下降する方向を課せられたとき、転倒された、「価値」の過程がかんがえられるのです。自己の生活圏から行動においても思考においてもでてゆかない存在と、事があればワッとウルトラにゆきすぎる存在とは、いわば〈価値可能性〉の両面とみるべきだとおもいます。

〈政治力〉が身近にやってきたとき、たしかにまず〈大衆の原像〉と〈知識人〉とが、何ごとかの可能性に向かって力を集中するでしょう。しかし、それはここでいう〈価値〉ではありません。なぜなら、そのようなものの行きつく果ては世界史の現実がすでに立証済みです。つまりわたしたちが求め欲するもので〈ない〉ことは自明です。しかし、大衆自体の〈生活圏〉に向かって思想的に下降したとき、また、知識人が〈大衆の原像〉を繰り込むという課題に向かって出発をはじめたとき、すでに〈政治力が身近〉に来るか、〈政治力〉に向かって接近するかどうかにかかわりなく、〈政治力〉はすでに手中に包括されてあるといえます。それが〈開かれた〉政治力であるとおもいます。すべての現実の政治党派は、実践的に破産したとき、〈理念〉は正しいが、やり方とやり手が〈誤っていた〉のだと弁明します。しかし、それはまったく虚偽です。もちろん、やり方とやり手も〈誤っていた〉でしょうが、〈理念〉がはじめから駄目にきまっていたのです。そして駄目でない〈理念〉をもった政治や思想の党派が、現在のところこの世界に〈皆無〉であることも、はじめからわかっていることとです。そうでなければ、すくなくとも〈政治的〉に、また〈思想的〉に、何かを語ることも探究することも必要ありません。ただ、やればよい、あるいは現在を我慢すればよい、というだけです。

――吉本さんは、対談でも、日常というものに大変関心が深いんだ、とおっしゃってますが、それは大衆や党派性の問題と強いつながりがあるのだと思います。そこで、そのような問題を「日常性」と「非日常性」という概念から考えてみるとどうなるかお聞きしたいのですが。

「日常性」と「非日常性」という概念は、人によって使われ方がちがっているかもしれません。しかし原則的なことは単純なことではないのでしょうか。「日常性」のなかでは、人間は、市民社会に具体的に生活していることを指しているのです。そして「非日常性」のなかでは、人間は〈幻想〉的に生活しているということをいいたいわけです。もちろん、言葉は、さまざまに使われるでしょうが、ほんとうは、そういうことをいっているのだとおもいます。〈管理社会〉という言葉がありますが、これは「日常性」のなかで、とくに社会経済の場面を、重点にかんがえている概念でしょうし、〈家族〉とか〈家庭〉とか〈マイ・ホーム〉とかいう言葉は、家族生活の場面を主にかんがえているのだとおもいます。「非日常性」についても、たくさんの言われ方が、重点の置き方によってありうるのが当然です。〈政治〉とか〈文化〉とか〈宗教〉とか〈芸術〉とか、人間の〈幻想〉の行為を本質とする場面は、すべて「非日常性」に属するといえばよいことになりましょう。それでは、人間はたれでも「日常性」と「非日常性」に領有されていることにはかわりありませんから、「日常性」と「非日常性」とは反対概念でも、〈あれか、これか〉でもありません。当然でしょう。その関連と撰択の置き方とが問題なだけです。

では、「非日常性」の場面、とくに〈政治〉の場面から、なぜ「日常性」の場面を問題にしなければならないのでしょうか。こういう問いにたいして〈情況〉的に応えれば、あまりに長い持続を必要とする〈情況〉では、「日常性」を考察に入れない〈政治〉運動は、かならず〈閉じられた倒錯〉か〈背離〉を、体験せざるをえないだろうということです。また、理念的にいえば〈大衆の原像〉とは〈日常性〉の代名詞のようなものですから、これを繰り込みえない「非日常性」の思想は、〈閉じられた円環〉に入りこむよりほかないことは、原理的に明瞭だからです。

でも、そういう講釈が必要なのではなく、おまえはどのように「日常性」を処理しているのか、ということが問われているのかもしれませんね。わたしは、「日常性」を抹殺したつもりになったり、日常生活のひとこまにも屁理屈をつけなければおられない〈前衛主義〉を駄ボラとしてしか認めないのです。そのかわりに、「日常性」を平穏で退屈だなどというたわ言を信用していませんし、「日常性」のなかに深淵を、裂け目を、背信や裏切りや殺人や退廃を視る眼をもっているつもりです。亭主が早く死んでくれたらとか、女房を殺してやりたいとか、友人を奈落の底に蹴落して、素知らぬ貌をして土に埋めるとか、いうことが、「日常性」のなかの〈眼に視えない〉（それは「非日常性」の特徴ですが）劇として行われていることを視ることができるつもりです。また、「非日常性」のなかに、〈眼に視える〉「日常性」の存在を視ることもできます。それに、自己のいまいる場所を〈強いられた〉必然と感ずるかぎり、与えられた束の間の平穏があれば、それを〈喜んで〉享受できないような早急さなどは、どうせ何をやらせても大したことはできるはずがないと、たかをくくっていることもたしかです。

「日常性」が、現在の世界で国家の秩序に荷担したものでしかないことは、たれにとってもその通りで、これを摘発しても、しなくても、免かれることはできません。だから、山の中にこもっても、政治運動に従事しても、べつに「日常性」からの免罪符になるわけでも、逃れられるわけでもありません。だからこそ「非日常性」の思想をもつことを、人間は〈強いられる〉のではないでしょうか。また、その共同性がもとめられるのではないでしょうか。現在、秩序の重圧感が非常に生活と密着したものと感じられていることは確かでしょう。けれど現在の問題はどうも、少しちがうような気がします。「日常性」も「非日常性」も、束の間のうちに白けた拡散に見舞われてしまい、果てしない泥沼のなかに陥ちこんでゆくことを耐えるために、現実は奇妙に明るく、そしてやりきれない圧迫感がやってくるようにおもいます。むしろ正体不明の圧迫感や息苦しさのほうが、正体のわかったそれよりも、この情況をきついものにしているようにおもいます。もちろん正体不明とはこのばあいひとつの比喩で、実際は正体のわかった圧迫の多重性にほかならないとおもいます。「日常性」と「非日常性」は、人間の総過程として〈在る〉もので、あらためてそれを見直すかどうかという意味は、「日常性」のなかに「非日常性」を、「非日常性」のなかに「日常性」を〈視る〉ことができるかどうかということで、市民社会の具体的な場面に政治的な意味づけを与えようとすることではありません。

ところで「党派性」の「止揚」ということについて、さきに、ふたつの方向にかんがえていったといいましたが、先程とちがったもうひとつの方向は、人間の観念のうみだす総体の世界をおさえ切るということでした。すくなくとも観念の働きの世界をのっぺらぼうなものだとかんがえることはできないことをはっきりと把握するということです。そのばあいの〈結節点〉の問題として〈家の問題〉は、いいかえれば個体と他の個体とのあいだに生みだされる観念の世界は、ひとつの次元を構成するものとして、登場してくるということです。それゆえ、〈家の問題〉は、〈社会的〉というハンチュウにあるという家族社会学のモチーフの対象となる点が、問題となるということではなく、〈家〉という構成の中心である〈性〉という対なる〈幻想〉の観念性と現実性が、問題の中心になるということです。だから、もちろん〈家の問題〉は「日常性」の問題であるとともに「非日常性」の領域の問題です。

人間の観念がうみだす総体の世界をおさえ切るということが、それだけで人間を救済するわけではないでしょう。しかし、〈結節点〉においてそれぞれ異なった次元を構成する観念の総体性をおさえることは、それをのっぺらぼうの世界とみなすことからくるすべての錯誤から、人間を脱出させることは確かです。そして錯誤から脱出するということは、すくなくとも現在の課題としては、ほとんどすべての課題の発端であるとおもいます。

——「日常性」のなかでは、人間は相対性にさらされざるを得ないわけですが、急進的な思想は相対的な矛盾に鋭敏であるあまり、しばしばそれを止揚せんとして新たな矛盾に衝きあたるように思われます。党派性の止揚という課題は、思想の「急進性」ということとはどう関係してくるでしょうか。また、思想が政治党派の共同性によって主張される場合に起きてくるさまざまな問題についてはどうお考えですか。

〈人間〉の存在の仕方が、相対的なものにすぎないという思想と、〈党派性〉とを結びつけてかんがえるためには、中間の〈環〉をいくつかとおすことが必要だとおもいます。あらゆる〈思想〉が、〈深さ〉と〈場所〉をもつものとすれば、〈深さ〉はよりおおく個体に、〈場所〉は共同性に属するといえるとおもいます。〈思想〉の〈絶対性〉と〈相対性〉についていえば、〈相対性〉が積み重ねられて〈絶対性〉に達するのでもなければ、普遍的に〈絶対性〉をもつ〈思想〉が存在するわけでもないとおもいます。あらゆる〈思想〉は、その〈思想〉が喚起するハンチュウでしか〈絶対性〉の意味をもちません。そこで思想の「急進性」、「穏和性」、その他さまざまな色合いが、それぞれ存在しうる根拠があるのだとおもいます。だから〈思想〉はその〈場所〉がどこにあるかだけでは、測ることができず、その〈深さ〉がどれだけあるかということに依存します。「急進性」と「穏和性」とが、あるハンチュウのなかで、それぞれの〈確信〉で主張されうるのはそのためでしょう。また、発想、論理の組みたて方が寸分ちがわない右翼と左翼とに共通の構造があったり、「穏和性」とは、たんにタガのゆるんだ「急進性」の別名であるために、ある日、突然、急進化した「穏和性」をみて、あれよあれよということになる〈風景〉もみられるわけです。

もともと〈思想〉という言葉は「日常」生活にまつわる思想のレベルから、世界にたいする思想のレベルまでを包括する概念に対応します。〈党派性〉という概念は、ただ〈場所〉に〈深さ〉を収斂させたときにかんがえられるものでしょう。だからあらゆる〈党派性〉の核心をなしているのは、〈信念〉

というような曖昧なところに収斂しやすいのだとおもいます。それだから、人間の幻想領域の次元の異なった位相を〈認識する〉ということは、それだけで〈党派性の止揚〉になっている〈党派性〉であるとはいえないでしょうが、〈信念〉というような曖昧なものに収斂してしまうものを、〈認識〉に転化させるという意味では、〈党派性〉の〈止揚〉への〈開かれた可能性〉をもつとだけはいえるのではないでしょうか。現在のところそれ以上のことを主張しようとはおもいません。

わたしの概念でいえば、自己幻想や対幻想のレベルでは、あるいは、それらと共同幻想との関係においては、対立がなくても、共同性にかかわる政治思想のレベルでは激しく対立することはあ、り、う、るのではないか、という疑問に対して、一応の答えを出すことはできそうです。

たしかに、現実的には、具体的な方策、処理、混入してくる心情などによって、激しく対立する多数の〈党派性〉がありうるし、現にあります。疑問を〈政治党派性〉について提起して、それについてかんがえます。具体的な方策、行動などによって異なる多数の〈政治党派〉が、それぞれ他の〈党派〉を消滅させ、包括しうるまでに激しく対立することが許容されるとすれば、共通の標的とするものとの距離が、至近にまで達した〈瞬間〉だけだとおもいます。なぜならば、その〈瞬間〉には、標的を貫通する道はただひ、と、つであり、それ以外の道をとおれば失敗するだろうからです。それ以外のところでは、激しい対立とは〈閉じられた可能性〉しかない〈党派性〉それ自体に原因があるようにおもわれます。〈閉じられた可能性〉に向かって、具体的な方策のちがい、処理の方法のちがい、心情の激発が、すべて流れ込んでゆくからです。でも、このような問題について語るのは、現在では〈空想〉を語ることですから、あまり好い気持ではありません。

ところで〈思想〉が個人によって担われる場合は、政治思想であれ、文学思想であれ、事情は少しくちがいます。かれは〈間違える〉ことを許されない微かな道を、いつも開拓するほかないのです。もちろん、思想の〈変化〉は許容されるでしょう。しかし、その〈変化〉の過程は、明瞭に客観的にたどれるものでなければならないのです。個人によって担われたものとして〈思想〉をみるかぎり、〈或る日、突然〉も許されなければ〈共同の決議の結果〉も許されないのです。また〈固定化〉も許されないのです。つまり、〈思想〉の表出自体が、かれにとって行動であるため、この考えはまずかったから、あの考え方へというようなことは、不可能なのです。それにもかかわらず、その軌跡と〈変化〉の過程が、明瞭でないような思想の表出者、一週間もたてば事実によって覆されてしまうような、また、都合の悪いときには首をひっこめて、調子のいいときだけ首を出すような思想の表出者、その思想の表出が、現実の〈政治党派〉の具体的な軌跡によって、左右されてしまうような思想の表出者は、まったく思想者としては認め難い存在だとおもいます。

――「思想的弁護論」のなかで、限定された政治的効果と自分の生命を引きかえにできるかという問いを発したときに安保闘争に敗北した、と書いておられますが、これは、党派性の問題とどういう関連にあるのでしょうか。現実的には、思想がある場面では党派的たらざるを得ない矛盾、ということになるでしょうか。

そういう意味の言葉は、むしろ内省、独り言のようにかんがえてもらったほうが判りやすいとおもいます。もちろん、文字通りに理解してもらっても結構なのですが。たかだかこれくらいの政治的効果とひきかえに、くたばってたまるか、とおもったとき白けきってしまう、この〈白ける〉というのはどこからくるのでしょうか。それは〈情況〉と〈行動〉との矛盾や空隙からやってきます。もうひとつ内省的な言い方でいえば、限定された政治的効果のうちに、いつも〈思想〉と、それを担う〈生命〉とを表出できるまでにつきつめられなかった、ということだとおもいます。〈壁〉はいつもあちら側にあるようで、じつはこちら側にもあります。限定された政治的効果があらかじめわかっているのなら、限定された政治的行動で対応させせればよいという考え方に組しえないときに、〈観念〉は境界を超え、肉体はこちら側でせきとめられる、というようにいってもよいとおもいます。そこにいつも〈空隙〉があいていたように覚えています。このばあい、あくまでもわたしの個人の内省的な判断についていってきました。これは「党派性」の問題としていえば、あくまでも限定された政治的効果しか得られないことが認識されながら、政治的行動では限定されない普遍的な課題への肉迫であるという関係がうまくつかみえなかったための〈空隙〉ということです。もちろんひとつの政治的な行動の〈総括〉は、個人的にも、共同的にも可能でしょう。

理念が、党派的であるにもかかわらずすぐれている、あるいは、すぐれているからこそ党派的になってしまう、というのは、〈思想〉の〈現実的な制約〉の表象である以外の意味をもたないとおもいます。あるいは〈思想〉は、党派的な制約を不可避的に〈強いられる〉ときにのみ、党派的であることもやむをえないといってもよいとおもいます。はじめから党派的な〈思想〉など、〈思想〉のうちに入れる必要はなく、ただ現実処理の技術のモザイクとみるべきだとおもいます。〈思想〉は〈強いられた〉党派性を止揚する〈可能性〉に向かって〈開かれている〉べきです。

そうはいうものの、実際にAなる〈党派〉とBなる〈党派〉とのあいだに、あるいはそれぞれの内部に、理念から心情にわたる対立が生じたばあい、際限なくキリをモミ込んでゆく〈憎悪〉は必至であるようにおもわれます。かりにわたしが当事者であるとしても歯止めがきくかどうか保証し難いものがあります。そこで、わたしが抱いている体験的〈原則〉を申し述べましょう。この〈原則〉はほぼ確実に実行しえているものです。

一、ある政治、思想、文化の党派が、集団的に、特定の個人を批難したときは（あるいはそういう決議をしたときは）、その党派を粉砕するまで許すべきではない。あくまでもたたかうべきである。ただし、批難された特定の個人が単独でたたかうべきである。この場合の特定の個人は、どんなたたかい方をしてもよい。絶対にたたかうべきである。これをおっくうがる個人は、このような〈党派〉とおなじく、どんな穏和なことを主張していても、反スターリン主義を理念としていても、必ず潜在的に集団的〈殺人〉を行うか、許容する可能性がある。

二、特定の個人が特定の個人を批判することは、どんな批判でも許される。したがって、もちろん、どんな反批判をも許される。

三、政策的、企図的な特定の個人にたいする批判は、個人によってなされても、党派によってなされても、反批判に価しない。ただ足蹴にすればよい。そういう個人または党派は、どんな穏和な主張をしていても、何をいっても潜在的に集団的〈殺人〉を行うか、加担する可能性がある。

四、すべての〈党派性〉に属するものは、個人によってなされる〈党派〉への批判、批難を許容すべきである。この批判、批難を反撃するばあいは、個人の資格においてすべきである。これを実行しえない政治党派は、反スターリン主義を理念としていても、潜在的に集団的〈殺人〉の可能性がある。

——国家や権力の残酷さは両面の矛盾を強いてくるところにある、とおっしゃってますね。「マチウ書試論」でも、もしこの矛盾がたち切れないならば革命とはなにか、という自問を提出しておられますが……。こういう矛盾を止揚しうる共同性というものを想定しておられますか。

まずはじめに、〈革命の可能性〉あるいは〈革命の不可能性〉という問題が、個々の思想者の左右できることでもなければ、個々の政治党派の左右できる問題でもない、という前提が必要だとおもいます。このばあい、〈政治党派〉ということは、どんな〈政治党派〉をもふくむもので、例外はひとつもないということを胸に刻みこんでおくべきです。このことは、あらゆる共同幻想は窮極的には消滅しなければばならないという、まがうことのない原理的な〈読み切り〉の問題とは別個のことです。では、〈革命の不可能性〉あるいは〈革命の可能性〉を、定めるのはだれでしょう。これについて確定したコースと方法があるようにいうことは、まやかしです。つまり党派的〈主観〉か党派的〈空想〉です。ただひとついえることは、まずはじめに、〈原像〉としての〈大衆〉がそれを定めるということです。この場合、〈原像〉としての〈大衆〉が、全コースをまっとうするかどうかは、おのずから別問題ですが、まず最初にそれを定めるのが〈原像〉としての〈大衆〉であることだけは確言できそうです。

すべての共同性は〈開かれている方がよいのですが〉過渡的なものです。どんな共同性が現在、必要であるのかという問いにたいして、おくれた地域での共同性の組み方が、相対的により進んだ地域における共同性の範型にはならないということは、原理的に〈先験的〉であり、また、眼のあたりその理念的破産を目撃したばかりです。もうひとつ、ブロック国家圏〈社会主義国家圏、資本主義〈自由主義とよばれていますが〉国家圏〉方式が駄目なことも、現在の世界で、眼のあたりみている通りです。そして、わたしがそれを指摘したのはもう十年くらいまえのことでした。それでは、どんな共同性が想定できるのでしょう。具体的に語ればよいのですが、それは現在のわたしの守備と攻撃の範囲を逸脱しますからやめます。けれど、わたしが追及してきた問題の、追及の仕方のなかに、その問いにたいする答えはふくまれているとおもいます。ただ、凸レンズで収斂しなければならないでしょうが、それをわたしがやることは親切すぎるとおもいますが、どうでしょう。

――戦後、吉本さんが政治思想レベルで最も固執して論及してこられた問題の一つは〈天皇制〉だと思うのですが、この間の過程で、〈天皇制〉に対するウエイトのおき方にいくぶんの変化があったと思うのです。それは国家の本質論を〈共同幻想の構成〉として展開されてきた過程でもあったわけですが、この推移の思想的モチーフ、と言いますか、現在〈天皇制〉について何がいちばん解明さるべき課題とお考えか、ということを最後にお聞きしたいと思います。

〈天皇制〉をめぐる考察で、ここ十年くらいのあいだをとっても、重点のかけ方がちがっていることをじぶんでも感じています。というよりも〈権力〉とか〈威力〉とか呼ぶものの本質がどういうものかについて、すこしきめをこまかくかんがえなければいけないのではないかとおもってきたということだとおもいます。そこで整理してみますと、

（1）〈天皇制〉の政治的権力としての問題は、基本的には敗戦によっておわっている。

（2）〈天皇制〉の〈象徴的な威力〉がどうあるのかの問題はおわっていない。

　これだけの簡単なことを前提としてかんがえてみます。戦後憲法の規定では、天皇は〈国民統合の象徴〉ということになっています。これは、日本の近代国家を〈政治的国家〉というところでかんがえるかぎり、ほとんど決定的な打撃だということができましょう。ただ、これは〈歴史家〉の眼で、ひとと おりみればということで、もちろん竹内好さんのように、一木一草にまで〈天皇制〉は染みついているという概念でいえば、別の問題になります。ただ、〈象徴〉的な存在となった天皇は、近代以前の歴史では、そう珍しいことではありません。むしろ〈象徴〉的な存在であった時期のほうが〈天皇制〉の歴史としては多いくらいだとおもいます。それにもかかわらず、陰々として生きつづけてきたわけです。そこで、問題を近代国家以後（明治以後）に限定せずに、歴史時代のすべてにわたって〈天皇制〉を放てば、〈象徴〉もまた〈権力〉や〈威力〉でありうるということが改めて問題となしうる大きさをもっていましょう。もちろん〈宗教〉、〈象徴〉の共同性としての〈権力〉や〈威力〉の問題としてです。

　戦後憲法が天皇を〈国民統合の象徴〉として規定したとき、〈象徴〉以外のものとして存在した〈天皇制〉の部分は、どこへ行ったことになるでしょう。もちろん、市民社会の具体的な場面へ行ったり、〈政治〉以外の共同観念のなかに、存在の場面を見出すよりほか、行きどころはありません。これが竹

内好さんのいう一木一草にまで染みついているという次元の問題だとおもいます。たとえば南島の帰属問題のなかに〈天皇制〉の〈象徴〉としてすましきれない部分が、余燼や遺制としてくすぶり、また、部落問題にからみつき、在日朝鮮人問題のなかに傷口をさらけだし、というように数えていけば、個々の感性のなかにも、草木や〈風景〉のなかにも、視えない形でくすぶっています。このことは、歴史時代をたどり、つっこんでゆけばゆくほど、からみ込んできます。三島由紀夫ほどの文学者を、躓かせるだけの根柢があるのです。しかし、歴史的根柢からみてゆけば、現在の政治的な情勢論でいけば、時代錯誤にしかすぎません。しかし、歴史的根柢からみてゆけば、なかなか容易ならない問題であることがわかります。だから左翼にも、裁判もせずに天皇やその一族の〈首〉がころりというのは民主的ではないとか、人民裁判にかけて〈首〉をつれとかいう馬鹿気たことを、大真面目にいう長老や青年がいるのです。ようするに〈天皇制〉の本質がわかっていないから、〈天皇制〉の処遇にとって、なにがラジカルな問題かが把えられないのです。裁判にかけるとか〈首〉をころりなどというのは、劇画的な趣味のとばっちりにしかすぎません。天皇一族の共同的〈威力〉の根柢をささえている、タブーを、制度的に解体させれば充分ですし、それに触れないで、裁判や〈首〉つりで、残酷趣味を満足させても無意味なのです。

たぶん、わたしの〈天皇制〉への関心の置き方の重点が変わったことを、自己分析してみれば、〈天皇制〉は現在、資本主義の〈影の部分〉ですから、〈政治〉的な標的としては副次的なものにすぎないが、〈歴史〉的にもまた根柢をつきくずさなければ、竹内好さんのいう一木一草にまで染みついているという問題は解決しえないだろうという認識に根ざしているとおもいます。歴史的に〈天皇制〉を問題にするとき、歴史時代的にこれを問題にしたらだめで、歴史時代以前の視点を包括する眼で問題にしなければ、在日朝鮮人問題や南島問題や島嶼辺住民族の問題を包括する形での問題はでてこないだろうとかんがえます。三島由紀夫さんは、歴史時代の原点にさかのぼって、〈天皇制〉に文化的な価値観を収斂させていったとおもいます。三島由紀夫さんの〈美〉意識が、漢学的なものだからそうなったともいえますし、本居宣長いらいの方法を踏んだともいえましょう。

このことは、別の言い方をすれば、〈法〉が法以前の〈宗教〉的な〈威力〉であったときの共同体の問題、〈国家〉が国家以前であったときの共同体の問題を包括させるということを意味しています。〈象徴〉の〈天皇制〉は、狭義の〈政治〉からは無化されているようにみえますが、〈国家〉が国家である本質を、いちども手ばなしてはいないともいえるとおもいます。日本人とよばれうるものが、一連の島嶼に住みついた時期は、数十万年までさかのぼれるかもしれませんが、〈天皇制〉統一国家の歴史は、千数百年にしかすぎません。そういうものに、人類的にも生活的にも文化的にも価値を収斂させるわけにはいかないということです。

〈象徴〉的な、あるいは〈宗教〉的な〈威力〉としての天皇制が、本来的な意味で政治的な権力をもつ専制君主として、ほんとうの実力をもっていたのは、たぶん、きわめて初期（奈良朝以前）に限定されるとおもいます。もちろん、このデスポットが機構化されたのは律令官制によるとおもいますが。その初期を除けば、政治的な権力を実際に把握しているようにみえる時期も、官制上の規定によるばあいでも、たぶん、政治国家の意のままに将棋の駒のように動かされたりしたとおもいます。大化改新のように、また、鎌倉、南北朝時代のように、また明治維新のように、天皇が積極的に政治権力を目指して陽動したり、また、政治的・法的な〈国家〉の頂点に位置づけられたりしたことはあります。これらの例外を例外としてみないという考え方はできるとおもいます。いいかえれば、真のアジア的・日本的専制を復元しようとする政治的動機をみつけることもできましょう。けれど、わたしたちが〈天皇制〉に不可解なほどの生命力をみとめ、舌をまいて驚くのは、日本的なデスポットとしての天皇制の、政治復元力や復元して何をしたかという事実にあるのではないとおもいます。政治的権力に直接たずさわっているときも、間近に在るときも、遠ざかって棚上げされているときも、〈天皇制〉が一貫してその背後に〈観念〉的な〈威力〉を発揮していたという事実にあるとおもいます。この問題には、アジア的・日本的な共同体の共同の心性にまで掘りさげられるような何かがあるとおもいます。たぶん、日本的なデスポットあるいは絶対主義の特長は、政治的な権力が、露骨に、非情に、政治的な権力として具現されず、その周辺に宗教的とか慣習律的とかいうあいまいな〈威力〉を、〈合祀〉してきたという点にあるとおもいます。だからデスポット周辺の官僚は、いつも〈名分〉的な〈威力〉を、デスポット一人（〈上御一人〉、〈御一人者〉）にあずけて権力を行使しえたとおもいます。

そういう観点からいえば、戦後憲法により〈国民統合の象徴〉というところに遠ざけられた〈天皇制〉の政治権力的な復元力を、まったく見込まないことは、おかしいということになりましょう。けれども、復元の可能性は、もうあるまいというとき、かりに政治的復元力を想定しても、〈合祀〉的な政治権力という意味はもたないだろうという考え方に根ざしています。では、かつて戦争期までもっていた天皇制の政治的権力の行方は、不明になって〈蒸発〉してしまったということになるのでしょうか。たぶん、そうです。市民社会の一定の成熟度が、それを受け入れないでしょうから、おくれた農村の部落共同体へでもゆくより仕方がないとおもいます。また、かつて政治的にもっていた社会経済的な力量は、制約をうけながらも、〈天皇制〉管理機構（宮内官僚機構と諸法規）を通じて存在するとおもいます。この詳細を追及したことはありません。

〈天皇制〉が歴史時代を生きつづけてきた理由は、それが〈気にならないが無視できない〉という意味で、最適の位相を政治にたいしてとりつづけたからだとおもいます。この最適の位相は、〈日本的専制〉として、宗教的にも、慣習律的にも、日本人の共同観念に適合するものだったので、ちょうど髪の毛が気にならないように身についているのとおなじで、〈適合した盲点〉に位置していたからだろうとおもいます。そこで、歴史時代の新興勢力が、天皇制を駆逐するという発想をとらなかったのは、〈駆逐するまでもない弱体〉な政治権力であるとかんがえたのか、〈意のままにどうにでも動かせるかぎりはこれを利用したほうがいい〉とかんがえたのか、あるいは、日本的なデスポットは、あまりに隔絶が甚だしく、駆逐しようにも空を打ってしまう〈いと高きところ〉にあったのか、あるいはその逆に〈いと低きところ〉にあったのか、あるいはそれらのすべてであるのか、きちっと決められなければならないでしょう。日本的デスポットをべつの観点から、ウィットフォーゲル流の言い方をしてみれば、小規模、狭領域のデスポットだということです。はじめに自然の水源をおさえたものが、デスポットに近づき、つぎに小規模な灌漑用水工事を、技術的に手に入れます。この技術は大陸からの導入です。そこでこの日本的なデスポットは、中国の冊封体制に迎合しながら何を特色として生みだしたのでしょう。たぶん、国家本質を手離さないことを体得したのです。つまりどの位相を〈宗教〉、〈法〉、〈国家〉にたいしてとればよいか、政治的権力にたいしてどの距離をとればよいか、ということにたいして、独自な体制をみつけだしていったのです。そのことの解明の方法のひとつは、日本的デスポットの成立過程を、前共同体との関連においてはっきりさせることです。これは前古代的、あるいはアジア的共同体への遡行ということだけを意味するのではなく、時間的な遡行が、同時に現在的な政治権力にたいするより包括的な、より世界的な把握であるような視点の発見を意味するということです。

# 情況への発言
## ——きれぎれの批判——

### 1

まず、一九七二年三月号で、特集「吉本隆明をどう粉砕するか」を編集した左翼ゴロ雑誌『流動』の編集者である左翼くずれに一言いっておくべきであろう。わたしは、きみたちと雑誌『流動』を粉砕する自由と権利を獲得したのだということを胆に銘じておくがいい。きみたちが忘れようと、わたしは絶対に、この権利を行使する。丸山真男のような紳士と、わたしとをおなじものとおもうな。わたしはものを考えること、思想をのべること、それを公表することを、自称政治運動家の〈実践〉などより、はるかに重いものとみている。したがって、きみたちと雑誌『流動』とは、わたしにきみたちを粉砕する絶対的な権利を与えた、ということを忘れるべきではない。出来ごころなどとは死ぬまで言うことを許さない。必ず見つけだし、追跡し粉砕する。ところで、蔭でそのかした奴と、踊った中島誠、宮本忠雄その他の売文家はどういうことになるんだ。ひと袋にぜんぶ詰めこんで、蹴っとばすだけだ。いいかおぼえておくがよい。はじめから政治的に意図された批判は、組織的におこなわれようと、黒田寛一や竹内芳郎や津村喬のように個人名でおこなわれていようと、足蹴にするか、〈頓馬〉とひと言で片付ければ、いいのだ。こういう連中が、〈連合赤軍〉のリンチ殺人は狂気の仕業であり、じぶんたちは、無縁であるというような遁辞で、延命しようとしても、わたしは、まったく認めない。

## 2

つぎに、平岡正明、太田竜、松田政男らに云っておく。わたしはきみたちの陰に陽に行使してきた批判にたいして、反撃を開始したが、〈連合赤軍〉なるものが、きみたち自身の茶番を、きみたちよりも必死に演じるというハプニングをみせてくれた。きみたちが、わたしと対等にたたかえる足場を回復した、と判断するまで、反撃を中止する。権力とマス・コミの声に和して追い撃つことを好まないから。もちろん、きみたちのわたしへの批判や批判的煽動はまったく自由である。

だが、ポカンと阿ほうづらをして、歌舞伎が革命的だといってみたり、キム・ジバのような、つまらぬ韓国詩人の、まったくつまらぬアジ詩などをもちあげたりして、いい気な革命家気取りになるな。また、浅間山荘の銃撃戦はよかったが、リンチ殺人はよくなかったなどと頓馬なことを発言して、口を拭ってすました気になるな。そんなことをわたしが許してはおかない。きみたちは〈連合赤軍〉なるものを、絶対的に擁護するだけの論理を展開して、権力とマス・コミの流布している論理と倫理を、はね返し得なければ、すくなくとも、表現者としては〈死〉であることを忘るべきではない。もっとも、わたしの云っている意味がわからないだろうな。それならば、まったく頓馬としかいいようのないことを、ホザキながら、くたばるよりほか仕方がない。

## 3

〈連合赤軍〉事件なるものへの、マス・コミと権力の総和唱のなかで、〈政治〉的にと〈精神〉的にと伴奏された政治的知識人たちの、言動をとりあげることから、まずはじめようではないか。山崎カヲルという構改派のチンピラが『日本読書新聞』（昭和四十七年三月六日号）で、マラパルテという大根役者の『クーデターの技術』に言及しながら、あれよあれよとあきれるほかないことをいいはじめて、〈連合赤軍〉事件の前ぶれを告白してくれた。曰く「Gewaltを本質とする国家の問題と……」「マラパルテが到達しえたのは、戦略（イデオロギー）と戦術（『クーデター』）の分離可能性という命題であった。真に世界を動かしうるのは『左右』のイデオロギーではなく、『クーデター』という『技術』を習得しえた者たちなのである。」、「我々は、マルクスが『執行権力』としての『軍事＝官僚機構』の『破壊』を、プロレタリア革命の第一の目標に置いたことを、思い出しても良いであろう。この真正な命題に到達するためには、マルクスの才能などいらないのである。つまり、革命の問題とは、なによりもまず軍事の問題であり、軍事の九〇パーセントは『技術』の問題なのである。」、「革命の軍事的側面についての我々の理解の貧しさからすれば、マラパルテもまたひどく貴重ではないであろうか。」……

ざっとこんな具合である。わたしは、ある種のチンピラのいうように、戦争期の体験にしらずしらず固執しすぎているのかもしれないが、それにしても、この〈軍事〉についての無智蒙昧さはひどすぎる。それに構改派といえば、道路が濡れていると、座り込みもやらない三流のスマート・ボーイの集団という先入見があって、いつの間にか、フルシチョフ路線を玉条として組織をつくったいいだ・ももが、第三世界などといいだしたり、山崎カヲルなどが、革命の問題は〈軍事〉の問題だ、などといいだすようになったのかつまびらかにしなかったので、びっくり仰天するほかなかった。もっとはっきりいえば、いいだ・ももや山崎カヲルのような、猪口才な軟派のスターリニストがつくづく嫌になった。わたしが、どんなにマルクスを「思い出」しても、プロレタリア革命の第一目標は、「軍事＝官僚機構」の「破壊」だ、などというたわ言が浮んでこないのだ。また、革命の問題は、軍事の問題、軍事の問題の九〇パーセントは、「技術」の問題だ、などというあほらしい革命論を、まともにきいていられるか。Gewaltを本質とする国家などという国家論は、どこを圧せばでてくるんだ。馬鹿だねえ、この連中は。

だが、馬鹿だねえ、でゆるされないのは小山弘健や浅田光輝である。

　山崎カヲルと、ほとんど同じ時期に、小山弘健が『図書新聞』に軍事技術研究の必要を説いているのに出会い、山崎とこみでわたしを驚かせた。すくなくとも小山弘健は、ライフル銃をかっぱらってきて、射撃訓練をやって、〈軍事〉技術を習得したなどとおもっている他愛ない小僧たちとちがう体験をもっているはずである。つまり、戦前の左翼運動の体験と、戦争の体験を。小山弘健の軍需産業と軍事工業技術の追求は、〈生産力理論〉のひとつの典型として、そのまま戦争讃美につながっていった。そういうにがい経験をもっているはずである。この経験の思想的な深化の課題は、小山弘健にとっては、思想的な死活の問題ではないのか。だが、小山弘健の発言は、懐かしのメロディーをうたっているにすぎないのだ。昔とった古い杵づかを、青年たちの〈軍事だ、軍事だ〉という浮かれ話に迎合して、ふところから取り出してみせたにすぎない。そこには、ひねりもなければ、屈折もないのだ。わたしは、あまりのひどさに憤りをおさえきれず、たまたま居合せた戦前からのマルクス主義者に、〈山崎カヲルのような構革派の青年も、小山弘健のような戦前派の左翼も、軍事だなどと口にすべきではないのではないか〉と語ったのを覚えている。そして、そのとき〈軍事〉の問題は、〈観念〉の問題ではないのだろうか。権力が十丁の銃をもっていれば、十一丁の銃をかきあつめてむかえば、権力を倒すことができるというような、プラグマチズムや、撃ちあいに〈軍事〉の本質があるというのは、まったくまちがいではないか、という考えをのべたことをおぼえている。

　しかり、〈軍事〉の問題とは〈観念〉の問題であり、権力のかんどころはどこにあり、そこにいたる経路は、どういう迂路を確実にとおらねばならないか、という筋道を発見する問題である。そんな筋道は、銃撃戦でも、ゲリラ戦でも、やってみないでどうやって発見できるのか、などというべきではない。銃撃戦やゲリラ活動で、筋道がつくくらいなら、なにも苦労はいらないのだ。

　すでに、山崎カヲルや小山弘健の発言のうちに、〈軍事〉というまったく〈観念〉の問題、政治権力の問題を、〈技術〉の問題にすりかえてしまう、マラパルテとかマリゲーラとかいう、人殺しの技術いがいになんのとりえもない、無智な大根テロリストとおなじ発想がつらぬかれている。マラパルテ『クーデターの技術』やマリゲーラ『都市ゲリラ教程』などは、〈技術〉的にみても『戦陣訓』や『歩兵操典』以下のしろものである。こんなものにいかれる男たちが、大学の教授であったり、学生であったり、〈評論家〉であったり、学生運動上りであったりすることの不可解さは解明に価する。

三月二十八日、〈あさま山荘〉に人質とともにこもった〈連合赤軍〉なるものに、「赤十字」の気持で現地へ駈けつけた浅田光輝は、『週刊サンケイ』(三月二十七日号増刊)で、二人の学生運動上りと座談会をやっている。わたしは、山崎カヲルや小山弘健の発言をよんだときとおなじように、浅田光輝の発言のいい気さに、ほとほと嫌気がさした。学生運動家や学生運動上りが、武装蜂起の決意を語り、〈あさま山荘〉の〈連合赤軍〉なるものの銃撃を、武器をエスカレートさせた闘争の発端として、高い評価をあたえるのはよい。どうせ、党派的主観を語っているだけで、全情況的な意味などないことは、はじめからわかりきったことだから、気焔をあげているると受けとればよいからだ。しかし浅田光輝はちがう。かれは戦争の体験もあり、戦後にも、日共の党派あらそいのとばっちりで自殺した中央労働学院の講師の死を契機に、百万言をついやして、日共の非人間的な組織体質を糾弾したものである。その浅田光輝が、あまりに手易く、〈武装闘争〉を前提とした発言に移行してしまうことが不可解なのだ。知識人とは、そんなちゃちなものなのか。また、学生運動に依存しなければ、知力をもつことが、できない存在なのか。

そのあとつぎつぎに〈連合赤軍〉なるもののリンチ殺人が明るみにでてきた。マス・コミもまた、一せいに〈連合赤軍〉なるものを、非人間的な〈狂気殺人集団〉として、なぶり殺しにするカンパニアをはじめた。わたしには、山崎カヲル、小山弘健、浅田光輝の発言はこの時点でけしとばされた、とおもえた。すくなくとも、その軽薄な武装へのシンパッシーは崩れおちたとしかおもえない。その時点で、こんどは、ヤブ医者の精神病理学者が、そのヤブさ加減を暴露するために、登場する番であった。

東京医科歯科大学助教授、宮本忠雄は、『週刊朝日』（一九七二年三月二十四日号）で、「女性的犯罪の結末」という〈誤診〉を公表して、ヤブ医者の落ちゆく先をまざまざとみせている。

宮本忠雄の診断によれば、〈連合赤軍〉なるもののリーダー森恒夫は、パラノイアにちかい心理状態にあったとかんがえられ、「自分が全能者だという幻想を抱い」たと推定されている。さらに宮本によれば「パラノイアはふつう性格－環境－体験という三者の複合から形成されるが、森の場合にも既述の偏執的性格、山岳での孤絶の環境、同志の脱落や逃亡といった体験などが条件となって、異常性を強めていったと想像される。」ということになっている。宮本の診断によれば、永田洋子も同様の心的メカニズムに作用されたと推断され、そのうえ永田にはバセドウ氏病があり、「バセドウ氏病の場合には一般に感情が不安定になり、興奮性や衝動性が高まり、不安・嫉妬・憎悪・怨恨などの情動が刺激されやすくなる。こういう状態の彼女には人民裁判の検事役はたぶんうってつけのものだったろう。」ということになっている。そして、この森と永田の異常な心理が、同様な環境下の仲間たちに、感応（感染）していった、というのが、宮本忠雄の〈連合赤軍〉なるものにたいする〈総括〉的な診断である。クレッチメルの『敏感関係妄想』の受け売りではないか。

こういう馬鹿気た診断をくだす精神医学者に、世の精神病や精神異常の子弟をもった親たちは、決して子弟の治療を托すべきではあるまい。宮本の現存在分析学や、人間学的精神医学の看板はどこにすっとんでしまったのか。ここにはつまらぬ常識人の心理的カングリ以上のものは何もないのだ。また、世のバセドウ氏病患者は結束して、こういう馬鹿気たデマゴギーをふりまく自称精神医学者に、抗議すべきである。ここには、心的な存在としての人間存在を、全体像のうちにとらえようとする現象学的人間学の片鱗もなければ、共同存在としての人間の心的な機制の必然性にたいする洞察のひとかけらもないのだ。左翼ゴロ雑誌『流動』のダラクした左翼くずれの編集者におだてられて、特集「吉本隆明をどう粉砕するか」で道化を演じている自分に、歯どめをかける抑制心をうしなって、ついに『週刊朝日』などというくだらぬ週刊誌で、精神医学者としてのひとかけらの見識もない誤診をとくとくとして語るにいたるまで落ちぶれてしまう。その速やかな転落は、何に由来するのか。わたしはあらためて、精神医学的な治療が、同一の患者を基準にかんがえてみても、如何に医学者自身の人間観や人間洞察力に左右されるか、を痛感させられ、いわゆる〈皮膚《はだえ》に粟を生ずる〉おもいがした。わたしは、森恒夫も永田洋子も、精神異常者ではないと確信する。また、宮本のいうように孤絶した環境のなかで異常性を強めていったともおもっていない。もし異常性がかんがえられるとしたならば、共同存在としての人間の心的な機制は、個体としての心的な機制と、おなじ次元で測ることも、みることもできない心的な領域を付加されるという点にあるのだ。このことを理解しないで、どうして森恒夫や永田洋子の心的な機制に接近することができようか。またこのことの理解があいまいなのは、宮本忠雄の依拠する現象学的精神医学の欠陥でもある。

4

『週刊読売』（四月五日臨時増刊号）は、〈連合赤軍〉の「服務規律」なるものを公開している。この信憑性について保留しておくが、話半分としても、その「規律」なるもののひどさは言葉を絶するものがある。

○家族、財政は党に一元化される。……（三字不明）よって行われる。（第一節　総則　第二章　六大原則の3項）

○党決定、規約に違反した場合、最高、死に到る処罰を受ける。（同右　6項）

○行動は指揮に従う。次の原則を守る。
㋑個人は組織に従い、
㋺少数は多数に従い、
㋩下級は上級に従い、
㊁全党は中央に従う、
（第八章の1項）

○私有財産を認めない。その組織への完全公開と必要な献財をやり抜くこと。課の剰余収支は部長へ報告しなければならない。（第十五章　財政）
処罰は、三段階ある。㋑自己点検・自己総括　㋺権利停止　㋩除名
除名においては、死、党外放遂《（ママ）》がある。他は、格下げ処分を行う。㋑㋺においては軍内教育、除隊処分、他機関での教育を行う。

ある組織が、共同性の次元で、「個人は組織に従」うことを規定することは当然である。しかしあくまでも〈共同性〉の次元においてであり、この〈共同性〉の次元が、〈個人〉に固有な次元をもつ異質な領域や、〈家族〉に固有な次元をもつ異質な領域に侵入して「私有財産を認めない」などと規定するにいたっては、理論的な無能と無智以外のなにものも示していない。また、個人が組織にしたがい、少数が多数にしたがい、下級は上級にしたがい、全党は中央にしたがうという規定は、「中央」と称する赤色専制者群を析出してゆくだけである。この〈アジア〉的な共同性への祖先帰りは、なによりもまず〈政治イデオロギー〉的なくだらなさの極致をさしている。かれらが、中南米アラブのゲリラ指導者の入門書に学んだのか、毛沢東の形式論理と実訓に学んだのかはしらない。しかし、いずれにせよ、くだらない〈理念〉に学んだのだ。

この種の〈規律〉を組織原則とする組織が、国家権力から追いあげられていったとき、生れてくる粛清の論理と、その解体の仕方はどこに向うだろうか。

〈連合赤軍〉のばあい、具体的にあらわれたところでは、きわめて単純で、〈家族〉性および〈個人〉性が、個々の成員のなかで、具体的にあらわれたとき（あらわれるのは当然である）に、〈総括死〉〈粛清〉がおこなわれている。組織の決定違反、あるいは異議申立によって、〈総括死〉があらわれた例はむしろ少数例になっている。

これは、はじめから、〈組織〉と、その個々の成員とのあいだに〈矛盾〉を生じた、という意味をまったくもっていない。〈規約〉によれば、はじめから〈家族〉性も〈個人〉性も、まったく認めないで、これを組織の共同性に解消しているため、個々の組織成員は、〈亡霊〉としてしか存在していない。この亡霊たちが、多少とも〈家族〉性や〈個人〉性を表現する場面（夫婦の成員の荷作りを手伝ったとか、いたわりの言葉をかけたとか、胎児や幼児をかかえていたとか）を〈上級〉者に〈視られた〉ときには、〈総括死〉が行われている。これは〈連合赤軍〉なるものが、共同性の次元に、家族も個人も、まったく包括してしまうという度外れな〈規律〉を、組織の指導部の側から、下級にむかって強制する〈規約〉をもっているところから必然的にでてきている。これは古代の奴レイ制的な専制共同体以上の〈未開〉なものである。いわゆるアジア的な共同体では、少数のデスポットと、その周辺以外は、総体的に奴レイとかんがえてさしつかえない様相を呈した時期があった。しかし、そのような共同体でも、分配は平等に、〈心情は父子〉といった理窟が、それなりに存在することができた。個々の奴レイが、〈家族〉をいとなむこともできなければ、〈個人〉の恣意性をもつこともできないとすれば、経済社会的な収奪による窮乏からであった。しかし〈連合赤軍〉の〈規約〉によれば、個々の〈家族〉や〈個人〉性が、存在を認められない理由は、まったく経済外の、観念的な〈規律〉にもとづく、観念的な強制である。かれらの〈規律〉によれば、全人間的な領域は、共同性以外に〈家族〉も〈個人〉も存在しえないことになっている。つまり、〈規約〉に従うかぎり、ライフルをうっても、リンチ殺人をやっても、幽霊が幽霊を殺しているだけである。つまり〈殺人〉の意味を論理的にはもっていないし、別言すれば、かれらのリンチ殺人は、とても、いうところの〈殺人〉の実体に到達していないのだ。未開人の共同体が、フクロウを不吉の鳥だと規定していたとすれば、フクロウがたまたま屋根にとまっている〈家族〉は、不吉をふりまくものだと判断されて、殺害されてもよかったという例がある。かれらは、結果的には、これとおなじ論理にしたがっているだけである。

殺害されたものの論理と心情は、文字通り〈死人に口なし〉で、直接にはうかがうことはできない。ただ、これらの途方もない〈規約〉の作成に参加したか、承認したことは疑いない。かれらは〈総括死〉をうけたとき、たぶん、スターリン粛清下の対立者とおなじように、〈革命家〉の当然うけとる宿命として承認したのではないか。〈革命〉のためには〈死〉もまた甘受すべきであるという論理と心情である。

マス・コミと新聞ジャーナリズムが権力と協力して猟奇的に塗りたくった、どぎつい色彩をはがしてみれば、帝国軍隊といっこうかわらぬ〈上官の命令は朕の命令〉という〈規律〉に金縛りになった、〈革命戦士〉なるものの貧寒な小集団の姿がのこる。この〈革命戦士〉たちが、帝国軍隊の兵士たちとちがっていたのは、その共同性の水準が国家のレベルにない局部的なものであること、国家から追跡される状態にあったことである。もうひとつの問題は、〈連合赤軍〉の〈規律〉なるものには、赤色デスポット群を析出してゆく過程にたいするチェックの装置が、条項として添え物程度にしか存在していなかった。この点ではゲバラのゲリラ兵士の規定よりも、はるかに陰気でいじけた規定であり、まったく〈日本的〉なデスポット体制にふさわしいといったほうがいい。つまり、権力との、きびしい、場合によっては死にいたるたたかいを維持し、遂行しようとするときは、組織違反にたいしては、死にいたる規定をもうけなければ、〈規律〉を保てるはずがないという共同体形成の心的な根拠が、依然として存在するところは、いかにも〈アジア〉的であり、〈日本〉的である。

この心的な根拠は、たとえば寺沢一のような、ぐうたらな市民主義者のなかにも存在する。この東大紛争を弾圧した張本人のひとりは、『週刊現代』(三月二一日号増刊)でのべている。

(前略)ところが犯人(「あさま山荘」にこもったメンバーのこと——引用者註)は、あれだけ銃撃戦を展開していながら、それでいて最後には逮捕されてしまった。これはわれわれ戦中派には理解できないことです。

われわれ戦中派なら、最後は人質を放し、自分たちは自決する。銃弾もまだ残っているのに毛布をかぶって逮捕されるなど考えられないことです。

東大闘争にくらべて、逮捕のされ方の無残さは同じだが、闘争の質がちがいます。学生側からすれば、東大闘争はある意味で必然的なものです。ところが今度のはそうではない。いかなるいいぶんが学生側にあろうと、もう擁護はできません。狂徒と化していますよ。(以下略)

寺沢一のイデオロギーは、ここでは問題にすまい。しかしこの男は、安田講堂事件のときも、〈ひとりくらいとびおりて自殺する奴がいるかとおもった〉と冷笑している。わたしにいわせれば、安田武とはちがった意味で、戦中派なるものの耻っさらしだとおもう。かれは戦争から何も学ばずに、戦後に滑り込んだにちがいない。つまり寺沢一は、戦争中も主観的、空想的にしか死の覚悟性を追いつめたことがなかったし、戦後もそれに反省をくわえたことはなかったのだ。大学紛争の過程で、学生どもに〈つるし上げ〉られたとき、抗弁し、刀でもふりまわして、学生どもの中におどり込むこともできず、閉じこめられた同僚をたすけようともしなかった寺沢が、学生どもには〈自決〉を要求する。この身勝手な論理構造に気付かないことこそが、アジア的なデスポットを、わが国で永続させてきた近代日本の、どうしようもない精神構造なのだ。寺沢は、〈死〉が主観によって決まるものでもなければ、組織の〈規律〉によって決まるのでもなく、ただ強いられて決まるだけだ、ということを知らないのである。〈自殺〉といえど、強いられて決まるだけである。寺沢一には人間の心的な構造も、共同性の構造も、理解できないということは、さしあたってどうでもよい。寺沢を学者としてそれほど買いかぶったことはないから。しかし、その〈死〉についての観念の〈空想〉性が、すこしも反省されずに戦後に滑りこんだことは問題となしうるのだ。「あさま山荘」のメンバーたちは、わたしのみていたかぎり、冷静に最後までたたかっていたとおもう。ただかれらに誤算があったとすれば、自分たちがライフルでも発射してたたかえば、機動隊もまた、銃撃で応ずるだろうと考えていたのではないか、ということである。だが機動隊は放水とガス弾でいぶり出した。かれらがたたかい疲れて、人質とともに〈捕虜〉になったのは当然ではないか。寺沢一はもう忘れてしまっている。銃の担ぎ方がちょっと曲っていると、いきなりぶんなぐるような厳格さや、一糸乱れぬ統率や、生きて捕虜の耻かしめをうけず、などという戦陣訓的な軍隊が、どんなに脆く弱いものであるかを。どんなだらしないものであるかを。

〈連合赤軍〉派の自己批判なるものもまた、雑誌、新聞などに公表されている。

永田洋子の〈自己批判手記〉なるものは、『サンデー毎日』(五月七日号)に抄録されている。これが正当な抄出であるかどうかには保留をおくが、永田洋子の手記はこう述べている。

(前略)現在、これ(リンチ殺人にいたるまでの過程の必然性――引用者の註)の説明がつかないということで、この事実が精神異常者、性格異常者によるものとして片付けられようとしている危険を今はっきり私は感じます。

このように片付けてはいけないのです。普通の青年男女が、こんなに残虐なことをしたところに歴史的教訓があると思います。この教訓を無視して、事実を精神異常者の犯行として片付けてしまったら、十二名の死は全く無駄になり、現在殺人犯で問われている私たちの痛苦がなんだかわからなくなります。

十四名の死の詳細な経過、その間に行われた討論等をみんなの前にさらけだし、この事実は革命を心から信じ、革命戦争と〝人の要素〟を主観的にしろ結びつけ信じた私たちが行った冷酷な行為として、はっきりさせ、みんなの力で教訓を汲んでもらいたいのです。

私たちの犯した大きな誤りの前に、私はボウ然としています。捕われている仲間も同じことだと思います。何故私たちがこんな大きな誤りを犯したのか、私たちは真剣に死にものぐるいで考えなければならないと思います。しかし、焦って早く答えをだせないし、だしてはならないと思います。

〈以下略〉〈永田洋子〈取調官に渡した手記〉〉

ここには、宮城音弥や宮本忠雄や加賀乙彦や、なだ・いなだのような、精神医学者の〈狂気〉説、〈集団犯罪心理〉説にたいする頂門の一針がふくまれている。狂っているのは〈人をみれば気狂いとおもえ〉という人間学の足かせを、実際には一歩も出られない宮本や宮城や、なだのほうにあるのだ。また、〈尖閣列島は中国の領土だ〉などという、これが〈社会主義〉国の指導者のもつ領土感や国家観なのかを疑わせる発言をやっている中共の指導者や、それに迎合して〈尖閣列島〉は中国のものだなどという声明を発表している羽仁五郎のような老人や、石田郁夫のようなチンピラや、それに雷同している〈進歩文化人〉の〈理念〉そのものなのだ。〈尖閣列島〉はこれらの頓馬たちのものではなく、そこを現に生活と生産の場に利用し、また歴史的にも利用してきた住民大衆のものであり、それ以外のたれのものでもない。上原生男のいい草ではないが、〈尖閣列島〉は、日中両国の頓馬たちの墓場になることを、わたしは確信している。

永田洋子自身でさえ、なぜこうなってしまったのかわからない、とのべているリンチ殺人の必然性を、他から解ったような顔をして論ずるわけにはゆかない。ただ、〈規律〉なるものを検討するかぎり、かれらが、組織の共同性の規範を、〈家族〉〈私有財産〉および〈個人〉の規範を包含するもの、と考えるほどに、赤色デスポチズムを徹底化させてしまっていることは、国家から追いつめられた情況のなかで、この種の惨劇を必然化させた理念的な根拠であることはうたがいない。この理念的な錯誤について、現在の世界の〈左翼〉イデオロギーは、いずれも自由ではありえない。

もうひとつ根本的に問われていることは、〈死〉をふくむ権力とのたたかいのためには、〈死〉をも罰則としてふくむ組織的な〈規律〉が必要であるという〈論理構造〉そのものの問題である。この〈論理構造〉は、天皇制の軍隊をも支えた〈論理構造〉であり、もっとつきつめていえばアジア、アフリカ、ロシア、ヨーロッパの共同体、および国家の組織が、濃淡の度合を異にしながらも有力に保存している論理的な心性である。そして〈連合赤軍〉なるものは、毛沢東の人民軍規定や文革に影響され、中南米、アラブのゲリラ戦略に傾倒し、ベトナムの戦争の人民軍組織に影響されて、現在の世界において、もっともこの〈論理構造〉を、多く保存している弱い環の地域を、ことさら択んで理念的につなぎあわせている。ここにも、リンチ殺人の必然性はまちかまえている。かれらの共同性が、どんな言葉の装いをこらしても、天皇制の〈軍隊〉を超える本質をもっていないし、毛沢東の人民軍の思想をも超えるものをもっていなかったことはあきらかである。いいかえれば、民族〈国家〉を至上とする〈人民〉の〈軍隊〉というところにしか収斂しようもないことはうたがいない。

森恒夫の上申書なるものは、『週刊読売』（四月五日臨時増刊号）に掲載されている。

（前略）三、日本階級闘争の中でかつてないし烈な権力の攻防を通じて我々がかちとろうとし、その端緒についた革命戦争の党建設、その内実としての「共産主義化」の闘いは、敵権力に対する銃を軸としたせん滅戦以前に、我々自身に死にもの狂いの闘争を要求していた。この闘いの中での彼らの死は決して反革命や個人の卑俗な人間性の問題として片づけられるものではなく、文字通り生死を賭けた革命戦争の主体構築の闘いの中に刻み込まれなければならない。(後略)(森恒夫「上申書」)

これが、森のリンチ殺人についての、組織の内在的な論理づけである。〈連合赤軍〉なるものの、卑俗な〈規律〉の適用に則していえば、〈権力にたいする死を前提としてふくむ闘争をやるには、動揺するあやふやな組織員を殺せるくらいの覚悟はなければならなかった〉といっていることに帰せられる。この論理は、けっして不可解なものではない。また、心情の論理としても、けっして不可解ではない。むしろ、わたしなどには、たいへんわかりやすく、同感できるものだといってよいくらいである。わたしも、ぶっ殺してやりたい左翼の著作家どもをもっているからだ。しかし、そのためには、内省と、あからさまな疑義とを、自己に提出しながら、できるかぎり〈真なるもの〉へ近づこうとする研鑽を前提としなければならないことを知っている。この研鑽を怠たったときは、他者を論理的に抹消する根拠を、自らの手で放棄しなければならないのは当然である。

もし、森の上申書がいうように、〈個人〉の〈人間性〉の問題が卑俗で、組織の共同性の問題が崇高だ、という赤色デスポチズムの論理(後進国スターリニズムの理念)が、正当であるならば、〈革命〉などを口にするのはよすがいいのだ。かりにこういう連中が権力をにぎっても、何をするかは歴史的に検証ずみなのだ。森が「おれたちが群馬県の三つのアジトで十二人を処刑したのが犯罪になるなら、社会主義や共産主義国の人間は、全員が犯罪者だ」と放言したという記載が、ほんとだとしたら、その通り犯罪者だ、あたりまえじゃないか、だから現在の〈社会主義や共産主義国〉などに、ろくな国はないのだ、と答えるよりほかない。そうでなければ、政治について、思想について、言葉をついやすひつようはないのだ。この連中のように、無惨きわまりない〈規律〉をつくりあげて、だまって鉄砲でも撃っていれば、〈革命〉はできあがることになるのだ。

加賀乙彦は『週刊読売』（四月五日臨時増刊号）で、〈連合赤軍〉なるものの精神構造について語っている。加賀は、さすがに宮本忠雄ほどのヤブ医者ぶりは発揮していない。加賀の指摘はつぎの点に要約することができる。

一、〈連合赤軍〉なるもののメンバーの行為は、決して異常な精神状態においてなされたのでもなく、精神異常者たちでもない。

二、人間の「頭」と「心」とを区別してかんがえるとすれば、かれらは「頭」で、つまり理論で結合したもので、「暖かい」「心」で結合したものではない。だから「論理」がすこしでもズレた人間は殺すということになる。

三、群集心理、つまりたれがやったかわからない状態での行為の〝無名性〟にもたれてリンチ殺人にいたった。

四、永田洋子の〝情性欠如〟的な異常性格が、バセドー氏病の興奮性の作用により拡大された。森恒夫の〝敏感性格〟つまり、弱さと強さとがせめぎあっている性格が、極端な強がりとして出てきた。ここで両者の結合が、日本の古い親分子分関係といっこうにかわらぬ集団形成となってあらわれた。

五、戦前の暗い軍国主義時代に起きたリンチが、戦後も生きていたという「事実」にやり切れないおもいがする。「わたくしは労働者という働く人たちを中心にした革命運動、革新運動でなければ〝革命〟というものは成功しないと思う。」

たれでももっている、永田洋子のある条件での〈情性欠如〉が、バセドー氏病によって促進されたとか、たれでもそうであるにちがいない〈敏感性格〉を、森恒夫にかぶせて、こうとでも云わなければ、精神医学のコケンにかかわるとでもいうような、無理な、そのくせ常識的な診断は、まったくナンセンスだが、加賀乙彦の考え方を、すこしでも宮本忠雄よりましなものにしているのは、精神医学者的な部分の診断ではなく、作家的な部分の人間洞察であるといってよい。

しかし、かれらが「頭」で、いいかえれば革命理論で結合したものだから、「心」の結びつきなどなかった、という診断は、うそである。かれらの「服務規律」と称する論理と技術とをかねた条項を読めば、かれらが〈理論〉で結合したのではなく、〈心情〉で結合したものであることが理解される。これは、かれらの理論的な水準が、お話にならないほど幼稚だ、という自明さを、さしていうのではない。かれらの理論が、すべて〈わたしは抑圧されている人民のために、差別されている人々のために、たたかいます〉という〈暖かい〉心情論理から、一歩も出ようとしない未開なものであるという意味でいうのだ。〈抑圧されている人民〉とはなにをさすのか、〈差別されている人々〉にたいする個人的な倫理感や同情心と、〈差別〉を共同性として、政治運動の問題にするときとは、どうちがわなくてはならないのか、またどうちがうのか、というようなことについて、自らに問いを発し、疑義を提出し、それに自ら答えをつくりあげ、というような〈冷たい〉論理にむかう思考の過程を、まったく停止していることが問題なのだ。この種の幼稚な毛沢東の〈心情論理〉を、これまた幼稚な中南米ゲリラ指導者のゲリラ戦技術入門書と結びあわせ、つくりあげた〈規律〉に呪縛された集団が、いわば無限の心的な退化にむかうことは必至である。中共の文化革命いらい、この種の〈心情論理〉に政治戦略的な衣を着せた〈天ぷら理論〉を、誇大に煽動する理論家たちが、ごまんと輩出した。わが国のスターリン主義左翼と、裏がえされたトロツキズムとが、毛沢東理論と中南米アラブゲリラ理論との混融する地点に陥ち込んだのだから、どうしようもない。つまり、かれらは〈一発の銃弾〉で、消しとんでしまうような、つまらぬ〈心情理論〉に陥ちこんで、判断を停止したといってよい。

〈連合赤軍〉事件なるものの巻きおこした波紋のうちで、わたしを愕然とさせたことがひとつある。それは、トロツキイ張りの革命理論をもてあそんでいた男たちが、意外におおまじめな、心情的な差別同情者を出ない心性の持主であったり、左翼的悪ふざけを売物にしていた男たちが、日本人の〈差別〉感とか〈残虐行為〉とかをつきつけられると、意外に弱い坊主ざんげ主義者であったり、大衆の意識などと無関係なことなど、充分承知のうえで、武装闘争だとか銃撃戦だとか、軍事だとか主張しているのだとおもっていた組織が、案外につまらぬ俗流大衆論で、〈人民は海、革命戦士は魚〉みたいな、他愛もない直喩によって、リンチ殺人の自己批判をやったつもりになってしまうという〈事実〉であった。つまり、とんだ買いっかぶりという奴であった。ハイジャックで北鮮にとんだ男たちが、たちまち金日成の思想を、ベタほめするようになる。いまさら金日成にいかれる位なら、なにも苦労することはないのだ。それにこの〈頓馬〉たちは、北鮮にとべば、おなじ赤色戦士だから、歓迎されるとでもかんがえていたのだから、嗤わせる。

〝隊伍を整えなさい。隊伍とは、仲間であります。仲間でない隊伍がうまくゆくはずがないではありませんか〟

届くならちぎれるまで手を差しのべたい。

革命に向けて、同志たち、友人たち。燃える連帯をこめて、勝利の日まで。さようなら。(『週刊読売』四月十五日号　赤軍派アラブ代表　重信房子)

こういう中学生の応援団長でも滅多に口にしない、歯の浮くようなことを、ぬけぬけと語る神経に出あうと、鳥肌がたつおもいがする。こういう語り口は、〈いつか聴いた〉ことがあるからだ。こういう語り口しかできない〈心情論理〉が、〈人民〉について語っても〈革命〉について語っても〈武装闘争〉について語っても、ついに、マルクスのいわゆる〈アジア的デスポチズム〉を、赤色主義的に抽出してゆくほかないことは、戦争期の〈天皇制〉および日本社会ファッシズムが、まざまざとみせてくれたものである。隊伍は仲間で仲間なら仲よく集団を組める、というほど共同性の構造が単純だったら、刻苦して理論や思想形成の営為をする必要はないのだ。

では、現在、なぜ日本左翼は、これほど思想的な心情退化に遭遇しているのだろうか？わたしは、たったひと言で〈毛沢東主義とフルシチョフ主義は諸悪の元〉と片づけたいおもいがする。それ以上くだくだしく理論的な解説をするのは、うんざりだからだ。だが、〈情況〉の筋目だけはどうしても解説しておかなくてはならない。

ソ連共産党の第二十回大会で、フルシチョフたちは、いわばスターリン主義を柔軟化させてきた。第二次大戦をへて、かれらがとった戦略は、いわゆる〈社会主義〉国家ブロックを統合して、いわゆる〈資本主義〉国家ブロックと平和共存のうちに対峙させ、国家単位でいわゆる〈社会主義〉国家の数を増加させようとするものであった。これらはハンガリー事件、チェコ事件のソ連による弾圧にみられるように、〈社会主義〉国家間の矛盾の深化に出あった。ところで、もうひとつの世界的な規模にわたる矛盾は、いわゆる後進地帯で、つぎつぎに局地的な植民地解放戦争をうみだしていったことである。いわゆる中ソ論争と、国境における武力衝突などで、中共は、植民地解放といわゆる後進国における民族解放戦争だけが、世界革命の現在の課題であるという見解を、ソ連に対置させてゆずらなかった。周知のように、この論争の過程で、第四インターの一部は、中共の植民地解放戦争の路線を支持する方向にむかったのである。

この段階ですでに、ソ連の社会主義ブロック国家論と、中共の植民地戦争路線の自己矛盾は、すでに明白であったといっていい。ソ連はハンガリー、ポーランド、チェコの反抗に遭遇して、これを武力弾圧することによって、カイライ政権を設置し、国家ブロック論の破産を縫い合せるほかなかった。中共は、みずからも民族主義の地肌を露骨にしただけではなく、植民地や後進地帯における反国家戦争にたいして、民族主義イデオロギーの次元から離脱させるどんな〈理念〉をもあたえることはできなかった。また、すくなくとも、この間に、世界のもっとも先進的な地域では、成熟期にたっした近代民族国家あるいは民族連合国家は、たえまない古典国家像の〈変質〉と〈解体〉と〈停滞〉の契機を深化させつつ現在にいたっているとかんがえてよい。六〇年以後における日本の左翼は、この間に、中共路線とソ連路線にひき裂かれながら、そのはざまにうろうろしてきた。とくに中共の文化革命は、植民地戦争支援の路線と、自国における工業化への進転段階に生じた矛盾を、国内的に一挙にはらいおとそうとして強行されたが、うまくいかずに、米国と象徴的な取引をすることで、対ソ連および対国内の矛盾を一時的に救済する芝居をうつほかはなかったのである。ところで中共の文化革命にたいする過大な評価は、いつもそのときどきの世界の路線に追従せずには、なにもうみだすことができない日本の左翼に、おおきな幻影をあたえた。そして、そのあたりから、奇妙な思想的な退化現象がはじまったのである。そういう意味では、〈連合赤軍〉事件は、植民地、後進地帯を世界的に縫い合せることで、現在の世界の左翼的な混迷を、トンネルさせようとする毛沢東路線の錯誤を象徴する、ひとつの現象にしかすぎないともいえる。たとえ、わたしたちが、どのように思想的な模索の壁をつきぬけることができない段階にあっても、〈社会主義〉ブロック国家論と植民地、後進国根拠地戦争論の安易なトンネルのなかに、わたしたちが、辛苦して独力で築いてきた思想的な営為と、その成果を、捨てさるわけにはいかないのだ。それを捨てさったとき、わたしたちは世界を失うのである。文字通り、この世界を闇で塗りつぶしてしまうことになるのだ。

## 5

ところで〈連合赤軍〉事件なるものは、たんに現在の世界の政治的な混迷をなぞっている一事件であるばかりではない。現在の市民社会の混迷を象徴する一事件としての性格をそなえている。その意味では、わたしたちのたれも、かれらのリンチ殺人を非難することはできない。もし、〈連合赤軍〉の〈規律〉なるものの共同性に、まったく叩き込むことができると信じた〈家族〉と〈個人〉とが、山岳生活のなかでかれらに蘇えってきたのだとしたら、政治理念上の錯誤はそれとして、かれらは日常的な関係に復しゅうされたのだともいいうるからである。わたしたちは、たれも、日常生活のなかでぶちこわされそうな家庭、夫婦、友人、知人、近親などの関係を、辛うじて縫い合わせながら生活している。あるいは別のいい方をしてもいい。これらの市民社会における関係のなかで、何べんも他者への殺意とそのうち消しとを、また、背信と信じようとする意志や努力、またそうすることの空しさのなかで生活を繰返している。その行手に曙光がみえるわけでもなければ、いつかはそれを恢復しうるという望みがあるわけでもない。ただやみくもに、この日常性の果てしない泥沼のなかをかきわけているといっていい。そうだとすれば〈連合赤軍〉なるもののリンチ殺人は、また、わたしたちが心的にくりかえし、現実的には抑制しているものの〈象徴〉とみることさえできる。かれらがそれを現実的に実行し、わたしたちの日常性が、それを心的に行うことに踏みとどまっているのはなにによるのか？　それは、わたしたちが、殺人罪をおそれているからだろうか？　それとも、わたしたちが、かれらにくらべて、〈正常〉で〈健康〉で、高い〈倫理性〉をもっている善玉だからだろうか？　わたしには、このいずれの理由も信じられないし、かえりみて他をいう気にもなれない。

ただ、ひとついえることは、わたしたちが〈家族〉や〈個人〉の日常性に住んでいるのに、かれらが、もともと観念的にしか住むことができない共同性に、すべてを叩き込もうとしていた、という差異だけである。また、わたしの〈理念〉では、〈組織〉の共同性と〈家族〉や〈個人〉とが、まったく別の次元に属するという認識をもっているのに、かれらが無理にも〈組織〉の共同性に、〈家族〉や〈個人〉の次元を、封じこめようとする〈理念〉に支配されていたという差異だけである。かれらを〈狂気〉、〈異常〉、〈非人間〉と非難してはばからない権力やマスコミやそれに乗せられたひとびとは、ただ、眼をすこしの瞬間だけ内側にむけてみれば、けっして他人ごとでないことに気づくはずである。おそらくここには現在の〈政治理念〉の問題があるとともに、〈情況〉の課題がまちかまえている。ここで〈政治理念〉の問題としてならば、すぐに決着をつけることができるが、〈情況〉の問題としては、けっしてそれ自体で解決されない困難さが横たわっている。この困難さは組織の共同性に、〈家族〉や〈個人〉を圧殺して、鉄砲でも撃てば、解決されるものでもなければ、果てしない日常性の泥沼をかぶってゆけば、どうにかなるというものでもあるまい。かれらは、その課題をわたしたちにつきつけたのだ。

（五月十九日）

# 家族・親族・共同体・国家

——日本〜南島〜アジア視点からの考察

## Ⅰ

吉本です。本日は婚姻、家族、親族、共同体、国家等について学問的な話をしようとおもってやってきました。本当に全部話すには六時間くらい時間が欲しいのですけれども、今日は時間の制約があるので、はしょった形になるとおもいますけれども、それはご了解願いたいとおもいます。

まず、結婚問題からお話しようとおもいます。婚姻の形態というのは、南島においても、どこにおいてもそうなんですけれども、ある一定の見方をしますと、一定の段階を踏むということがいえます。第Ⅰ表をご覧いただけるとよろしいわけですけども、まず初めに、「共同婚」というように書いてありますけれども、その婚姻の仕方というのは、いわば村落共同体における適齢期の、つまり成人式をおえた男女が共同体の共通の広場にある時間集います。——広場というのは、いろいろな呼び方があります、琉球、沖縄では「夜なべ宿」というように云われています——、また共同のそういう住居じゃなくて「野遊び」とか「浜遊び」とかというような形で適齢期の男女が集り、そしてそこでもって、いわば婚姻形態が成立します。そのばあいに「夜なべ宿」とかいろいろな呼び方が各地であり、「若者宿」とか「寝宿」とかと呼ばれているものがあるわけですけれども、それはどういう意味あいを持つかと申しますと、いわば、部落共同体の共同性ということの象徴ということになります。

もう一つは婚姻における居住性というのがございます。つまり婚姻したらどこに住むのかということは、居住性の地縁というものです。共同体が共通に管理するところの、また、共同体の成員であれば参加することができるような「若者宿」とか「寝宿」とかあるいは、沖縄でいえば「夜なべ宿」とか、そういうものが婚姻における居住性の原点になるということ、つまり居住性の起源になるということがいえます。それは、共同体の共通あるいは共有性に属する、というようにいうことができるとおもいます。

現在の民族学の報告者の多くの報告をみますと、今より一世代二世代前には、男女が自由に「若者宿」つまり「夜なべ宿」に、適齢期になるといって、自由に対手を選択して、婚姻が成立する。実質上

第Ⅰ表　婚姻形態

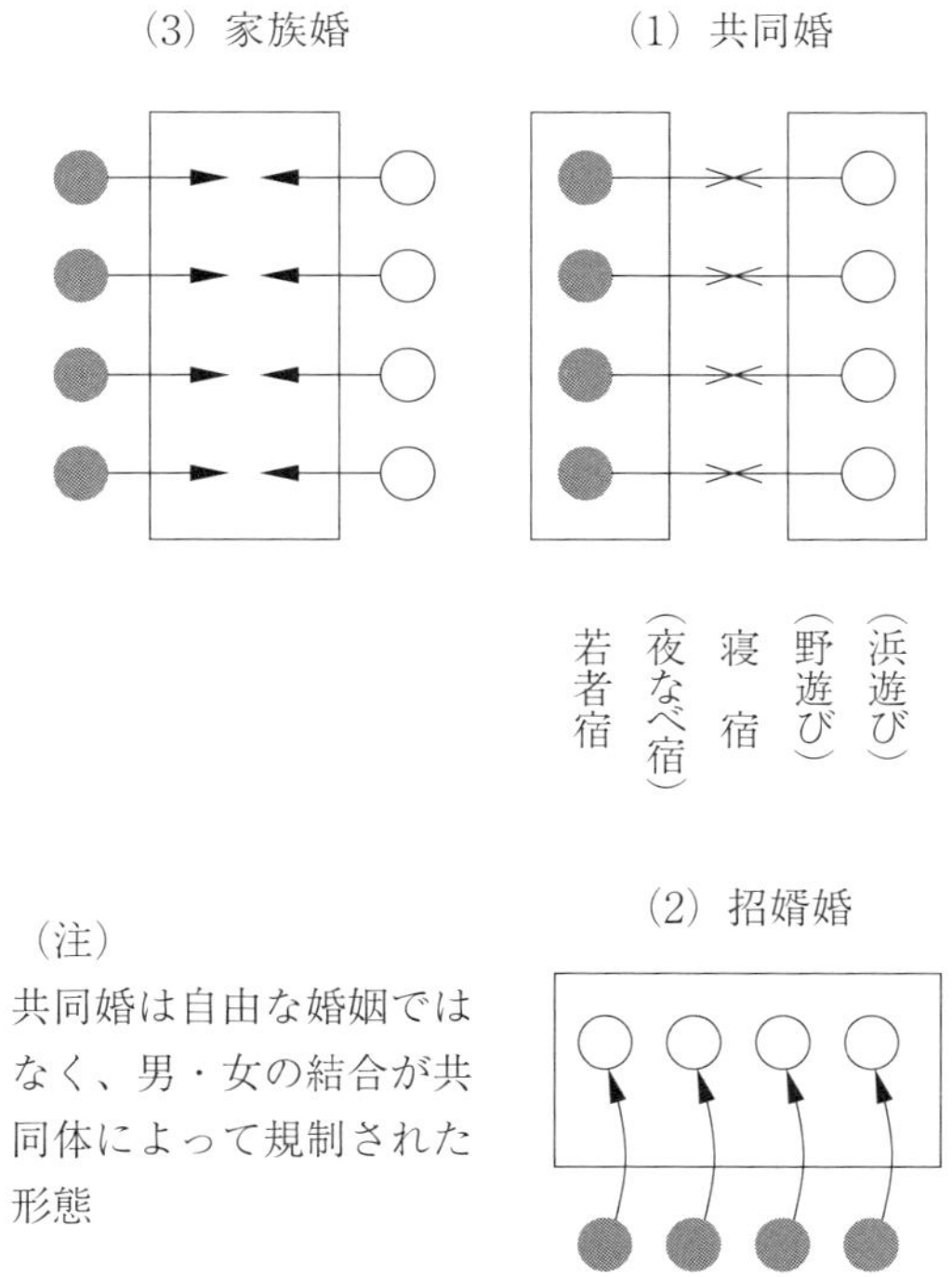

(注)
共同婚は自由な婚姻ではなく、男・女の結合が共同体によって規制された形態

の婚姻が済んだ後で、親の承認を得るというような、きわめて自由恋愛に近い形が一世代または二世代前にあったというように報告しています。けれども、わたしはそれは全くまちがいだとおもいます。なぜならば、それは「寝宿」つまり「若者宿」あるいは村落共同体が経営しているたれでもがそこに出入りすることができるという、そういう居住地、あるいは家屋であるばあいもあるわけですけれども、そういうものが、いわば共同体に所属するものであって、決して共同体の各成員に所属するものでもなければ、あるいは共同体のなかの家族に所属するものでもないわけです。そのことを理論的に考慮に入れないで、男女が自由にそういうところに集って、ワーワー騒いだり、夜なべ仕事をしているうちに対手を選択するから、それは自由な恋愛、あるいは自由な婚姻関係だというような錯覚を生ずるわけです。それは理論的な錯誤でして、理論的にいいますと、「寝宿」、「若者宿」というのが、共同体の共同性の象徴、あるいは共同体の権威の象徴、あるいは権力の象徴でもいいですけれども、そういうものとして必然的にあるんだということを考慮に入れないから、先述した民族学者たちの考え方が出てくるわけです。そういう考え方は、いわば人間の本来の姿に祖先がえりするのだといって、原始共産制みたいなものがいちばんいいんだというようなことをいう輩が出てくるのも、やはり共同体の位相というものと、家族の位相、あるいはそこにおける個々の男女の婚姻の形態というものとの相互関係について理論的考察を欠いているためだとおもいます。つまり願望と史実と理論問題をとりちがえる考え方が出てくるわけです。

しかし、よく考察してみればわかるように、共同婚というものは、つまり「若者宿」で自由にそこに寄って来て、自由に男女が対手を選択できる、そして事後に近親者あるいは親の承認を得るという婚姻の形態は決して自由結婚という意味を持たないのです。

上述の問題は全面的に共同体に規制された、つまり先験的に、あるいは習慣的に、あるいは掟的に規制された婚姻形態であるということがいえます。これは南島だけじゃなくて、日本本土でもそうですけれども、またあるいはアジア諸国でも太平洋の島でもそうですし、あるいはヨーロッパでもそうですけども、婚姻形態の最初にくる形態をある観点から拾っていきますと、そういう婚姻形態が最初の形態だというようにいうことができます。もちろんそのばあいに「若者宿」あるいは共同体が管理している宿舎みたいなもの、そういうものの形ではなくて、つまり家屋の形ではなくて、南島におけるように「野遊び」とか「浜遊び」とかというような形で成年に達した男女が一緒に遊ぶ、そしてその過程で対手を選択する、そういうような、いわば宿舎でなくて、広場であっても、つまり野原であってもいいわけですし、山であってもいいわけですし、もちろん浜であってもいいわけです。しかし、そこで共通にいえる意味あいは、共同体が、つまり共同体の象徴としての居住性ということ、婚姻における居住性ということが——一見すると集団婚にみえますけれども、そうじゃないので——、「野遊び」とか「浜遊び」という形でもって男女が婚姻の対手を選択するという、そういう形が生れたということが理論的にはいえるわけです。

その次の段階にくるのが、普通一般に「招婿婚」といわれている、つまり、家族が母親から娘へというように相続されていく、その家族形態が存在するところ、その段階で行われるわけですけれども、「招婿婚」というように呼ばれている形があります。そのばあいに、「招婿婚」には具体的にはさまざまな形態があります。南島においてもさまざまな形態があります。その「招婿婚」のいわば芯棒だけとってきます。例えば娘のいる家に、一定の入口がありまして、その入口から男性がしのんでいく、そしてそこでもって現実上の婚姻が成立する、その婚姻が成立することを娘の親は、知っていても知らないふりをする、つまり黙認をするという形態をとります。一定の段階で、両方の家の親同士、あるいは近親者同士の相互の求婚というような形式を踏みまして、それで婚姻が成立するという形態です。そのばあいでも、男性は永久にそこに通うという形と、それからある一定期間通った後に、今度は男性の家に女性が住むという形とかいろんなバリエーションがあって、具体的には数えあげるとキリがないのです。

けれども、いずれにせよ根本的な形態は母系的な家族形態が存在するところで、母親から娘へというふうに相続され、そしてそこに男性が通ってゆくという形が、「招婿婚」として一般的にその骨組を取り出しますと出てまいります。そしてそれがおそらく、先述の第一のタイプ、共同婚というようなものの後にかんがえられる段階だと云うことができます。

その次の段階にくるものが、われわれがいう「見合婚」というやつで、見合婚でも恋愛婚でも無承認で同棲しちゃうという人を除いては、今でもそうかもしれませんが、それは両方適当な仲介人がいて、娘と息子が近親者に連れられて見合いをし、そして見合いをした後に、双方がよかったら婚姻が成立するという形です。それをかりに「家族婚」と呼びますと、「招婿婚」の後にくる段階だとかんがえることができます。このばあいに「招婿婚」が母系的な家族形態、つまり女から女へ家族の財産の所有権とか祭りの継承とかそれから性的な関係とかいうようなものが、継承される母系的なものとすれば、「家族婚」の段階は、双系的なものだとかんがえられます。つまり、母方、父方、男性方あるいは女性方、それが同等の重さを持ってかんがえられるという形が、この三番目の「家族婚」というものに対応するだろうとおもいます。

現在までのところでは、今申しあげました三つの段階をかんがえますと、だいたい理論的に解けるのではないかとおもいます。皆さんのなかには、「おれはそういう手続きを踏んだりはしていない、勝手に同棲しちゃった」という人もおられるかもしれませんけど、それは現在のところでも、全体数からみれば少数例であるとおもわれますから、その三つの段階をかんがえますと、人類のとってきた婚姻の段階、形態というものはだいたいの骨組を取りだすことはできるとおもいます。いうまでもないことですけども、その三つのあいだには、適当な混合があったり、適当な移行形態があったり、あるいは具体的には種々様々な形態がもちろんありますけれども、骨組を取ってきますと、そういうようにいうことができるとおもいます。

現在の南島でも、三番目の「家族婚」といいましょうか、当人同士が恋愛であっても、両方の親が承認するという形が、おそらく一般的なものだとおもいます。しかし、また、先ほどの講演者、金城朝夫氏もいわれていたように、南島の、またその離島みたいなところでは、「招婿婚」の形態に近い形態が存在することがあるとおもいます。それから南島の離島のまた離島というところでは、第一の共同婚というような形、つまり、共同体に寄生する男女の婚姻というような形態にほぼ近いものが、存在するところも必ずあるはずです。

つまり、人類の歴史は、古いものをおっぽって新しい段階に突き進むわけですけども、その際に古いものは決して滅びるわけでも、なくなってしまうわけでもなくて、それはそれなりの変化の形態をとりながら、現在まで続いてくるということが一般的な構造です。そういうことからかんがえましても、この三つの形態は現在の南島においても確実に存在するとおもいます。しかし、三番目の「家族婚」の形態が現在では大部分を占めているだろうとかんがえられます。

ところで、先ほど講演者の方々、金城朝夫氏や上原生男氏等は、琉球、沖縄というものの古さ、または、これにまつわる劣等感とか優越感とかいうことに視点をおいて発言されておりましたけれども、そういうことではあんまりコンプレックスをもつ必要がないんです。そのことを証明するために、ここで日本人が日本と近代国家の成立過程において、法的にもそれを最高の統治者とし、そしてそれ以前の歴史時代、古代以後ずっと統治者として最高のものだとあがめてきた天皇の婚姻の仕方が、どの段階にあるかということをお話してみたいとおもいます。

これは、第Ⅰ表でいいますと、(2)の「招婿婚」の段階にある婚姻の形態ですけども、これを儀礼化しますと、その過程は九つくらいに分けることができます。

第Ⅱ表をみてほしいのですけど、第一にケシキバミと申しまして、男と女の両方の親がなんとなく、〈おめえのとこの娘はいいじゃないか〉とか、つまりほのめかしをやるということなんです。

**第Ⅱ表　天皇の婚姻形態と儀礼**

| 1 | 2 | 3 | 4 | 5 | 6 | 7 | 8 | 9 |
|---|---|---|---|---|---|---|---|---|
| けしきばみ | 文使 | 婿行列 | 火あわせ | 沓かくし | 衾覆 | 後朝使 | 露顕（三日餅） | 婿行列 |
| 求婚へのほのめかし | 形式上の婿側からの求婚 | 夜に入っての婿の出立 | 共火儀礼 | 入婿の承認 | 共床儀礼 | 性行為のあとの交換 | 親にみつかったことの儀礼 | 嫁方の一員としての婿方の初出 |

(2) 招婿婚の段階

その次にフミツカイというのがあります。フミツカイというのは、形式上、婿側から、婿側の近親者が求婚に近い形の、つまり、そのような意向を打診にゆくというようなことです。それで〈まあ、よかろう〉みたいな形になって、第三に婿行列といいまして、夜になって婿が出ていって、嫁のうちにゆきます。そこで第四に打ち火でもって火を打ち合わせて、儀礼的名称でいえば、共火儀礼ということになるんですけども、つまり、両方の家族が結びついたぞ、という儀礼的なものです。そうして、その次に沓隠しというのがありまして、入ってきた婿が再び逃げてゆかないように、婿のはいてきた沓、履物ですね、それを嫁方が、親とか近親者が隠してしまうという儀礼です。その次に、六番目は一緒に寝ようじゃないかという儀式でして、それはフスマオオイというわけです。それは新婚の男女が寝てるところに、近親者がなにかをかぶせるということです。それで性行為がおわりまして、翌日が第七のキヌギヌシというわけです。共床っていうのが、キヌギヌシというわけで、その翌日から、また共床儀式をやって第七に婿のほうは家へ帰ってしまうわけです。それでもってまた翌日も通うというようなことになるわけです。そのあいだに、三島由紀夫さんが、日本文化の精髄とみなしたような恋歌を男女がとり交すわけです。そういうことをやるわけです。ずっと通っているわけですけども、三日目に第八番目の露顕があります。露顕というのは、親に露顕したという儀式です。本当はもっと前から露顕しているわけです。露顕というのは本当の呼び方はトコロアラワシと呼ぶわけですけども、天皇のほうでは、三日餅の儀っていうふうに云っています。それは三日目にあるわけですけども、男がしのんでいって適当にやっていたのが、近親者に、娘の母親にみつかったとか、父親にみつかったということを儀礼化したもので、親にみつかったということ、いいかえれば親が承認したということを意味するわけです。そして現場を押えられたということろで、嫁方（女性方）でついた餅を、親とか近親者が一緒に食べたり食べさせたりするという儀式なんです。それを露顕あるいはトコロアラワシ、あるいは、三日夜餅の儀とか、そういう呼び方をします。それが済み親にみつかった、云いかえれば承認したとなりますと、男のほうは今度は嫁方の母系的な家族の一員としてのじぶんということで、初めて外出して、第九番目の婿行列といいますが、近親者とか、男の実家とか、そういうところに挨拶まわりをする、それですべての天皇の婚姻の秘儀はおわりなわけです。

九つの儀式のうちの6とか7とか——7は、今の天皇の一族は歌なんか歌えないですから、これはないでしょうけども——6とか8とか——これらはぼくが確言することはできないですけども——4ですか、火あわせですね、現在でも、前の皇太子と美智子妃の結婚のとき、今申しあげました4、6、8の三つのことはなされているとかんがえるわけです。この儀礼形態をよくみればわかりますように、これは明らかに、第二の「招婿婚」つまり家族の継承が母親から娘へというようなそういう形で相続されていって、男性はそこにしのんでいって会うとか、そこの家族の一員として行動するとかいうような母系的な家族形態の段階にあることははっきりわかります。現在天皇一族で行われている婚姻儀礼は、もちろん形式上は嫁をもらったということになっていますが、儀礼としては、「招婿婚」段階の儀礼が現在でも行われていますし、まず当分のあいだこれからも行われるだろうとおもわれます。

そのことは南島の人々からいえば、大和の近代国家というものが、近代国家の近代知識人や民衆が最高の統治者として戴いてきた一族がやっている儀礼意識が、依然として「招婿婚」段階にあるということがわかるわけです。儀礼的な意味で「招婿婚」段階というのがはっきりしているのは、奈良朝末から平安朝にかけてですから、今でも日本の近代国家の最高権威、あるいは最高威力を発揮した統治者の意識段階が、依然としてそういうところにしかないんだということを、やっぱりはっきりさせておかなければいけないというようにおもいます。

沖縄の人はべつに日本本土に遅れた沖縄と進んだ本土などとコンプレックスを抱く必要もなにもないのです。われわれがいくら近代文明を開発し、近代国家の仲間入りをしたからといっても、明治以降われわれがなにを最高統治者としてきたか、憲法がなにを最高統治者として規定してきたかという、その最高統治者がもっている意識形態が依然としてそういう段階にしかないということ、そんなものを戴いてきたということは、それは沖縄の人にとっても不愉快でしょうけれども、われわれにとっても大変不愉快なことには変りないということを、やっぱりはっきりさせておいたほうがいいようにおもいます。

## Ⅱ

家族の本質はいうまでもないことですけれども、セックスそのものにあるわけです。それから家族の発展形態というものもセックスをもとにして発展していくわけです。

ところで、いまひとつ家族形態の問題で理論的に問題になることがあります。それは、この第Ⅲ表に

## 第Ⅲ表　古代家族の空間と時間の構造

近江国志向郡古市郷
大友但波史族広麻呂計帳（天平 14 年）（742 年）

### （1）共同婚段階

- 奴　平麻呂（二九）一八年前（逃亡）
- 婢　都牟志売　一三年前

### （3）家族婚段階

- 戸主　広麻呂（五四）
- 妻君（不明）
- 男　子君（一九）
- 男　乙麻呂（一七）
- 弟　吉催麻呂（五二）
- 女　佐美売（二一）
- 女　虫玉売（三四）
- 妹　床世売（四五）
- 妹　姉売（三八）
- 異父妹　大友田佐広羽売（六一）

### （2）招婿婚段階

- 寄口　但波史旅酒美（五〇）
- 妻　阿直史姪売（五二）
- 寄口　下火首君麻呂（三六）
- 妻　登美史久御売（三一）
- 男　人鹿（一七）
- 男　国虫（四）
- 女　玉売（一三）
- （以下略）

例をあげたわけですけども、これは天平十四年ですから七四二年ですけども、七四二年における部落の長ぐらいの位置にある人の戸籍です。その当時の戸籍が各地でほんのいくつか、四つか五つか残っておりますけども、そのうちのひとつを引張ってきたわけです。これは近江の国の大友但波史族広麻呂計帳に記載されているものです。第Ⅲ表のいちばん右側(1)共同婚段階のところにかいている奴と婢は、マルクス流にいわせれば、ようするに奴隷階級です。言葉はどぎついですけど、西欧的な奴隷という意味と内容を同じようにかんがえると少しちがうかもしれませんが、社会科学的にいえば奴隷階級です。その奴つまり男のほうは、一八年前に逃亡しちゃっているわけですけれども、一八年前の戸籍に載っていたのをかりに引張ってきました。また、同じ(1)での婢つまりこれは女の奴隷ってことになりますけれども、これは一三年前の戸籍に載っているわけでして、この七四二年の計帳には載っていません。同じ家族ですから、比較上もってきてならべてみたわけです。この戸籍は近江の国の志向郡古市郷ですから、大和朝廷の根拠地にわりあいに近いところにあった存在形態です。だから今でいえば先進地区における家族形態の戸籍であるといえます。

さて、古代家族の研究者一般の研究意識からいいますと、こういうのに対して、関東における戸籍をもってきて、関西、関東の戸籍の形態を比較するという課題がでてきます。当時でいえば、関東というのは後進地帯ですから、後進地帯の家族形成の仕方と、先進地帯関西の家族形成の仕方は、どうちがうのかというように問題意識をたてるわけです。そのたて方をもう少し抽象的に申しあげますと、ある意識形態あるいは婚姻形態あるいは家族形態の差異というものを、地域的な差異として比較しようというのが、そういう問題意識から取り出せる論理構造であるわけです。つまり、先進地帯である関西の近江の国に残っている家族形態と、それから関東の房総半島なら房総半島、安房の国なら安房の国にたまたま残っている家族形態とを比較しまして、そして先進地帯における家族形態、婚姻形態意識とそれから後進地帯における婚姻意識あるいは家族形態というものはどうちがうのかというふうに問題をたてる、いわば、その意識形態のちがい、段階のちがいを先進地域と後進地域との空間的な比較の上で成り立たせようという問題意識が通常な問題意識です。それが、通常古代家族の研究者によって把えられている問題意識のたて方です。

しかし、ぼくはそれは確かにそのとおりだということで、そういう問題のたて方を決して否定しはしませんけれども、それは単純な発展段階論の考え方であって、実は時間的な問題と空間的問題は相互に置換可能なものとして歴史や世界はあるのです。例えば、この第Ⅲ表に記されている近江の国の家族のなかで、それまでの日本人の歴史の婚姻形態のすべての段階を想定することができるのです。それはどういうふうにできるかといいますと、少くともこのばあいのこの家族の戸主と妻君と子どもっていいますか、そういう家族が、ここで同一の住居に住んでいるということを前提としますと、こういうものが一緒にいるっていうことは、いわば、「家族婚」の段階というものが、戸主あるいは、その戸主一族の直接家族の形態の中に象徴されるとみることができるのです。

だが、これ自体を関東地区と関西地区、あるいは今日の問題意識でいえば、日本と南島というふうに、つまりその段階の進み方を空間的に還元してかんがえたらそれでいいのかといえば、決してそうじゃないわけです。つまり、それは一家族の中で婚姻形態の時代的な、あるいは時間的な構造というものを受けとることができるわけです。だからこのばあいには、戸主あるいは傍戸主の家族の中に同一の家屋に住んでいると想定されますから、それは婚姻段階における第三の段階を象徴しているとみることができます。

ところでもう一つ、第Ⅲ表に寄口というものがあります。キグチというものはなにかといいますと、さまざまな解釈がありますが、要するに戸主の近親者、あるいは非近親者でなんらかの意味でつながりがかんがえられるもので、村落の中に、居住性も含めて、じぶん自身の家族を形成することができなかったものをかんがえればいいとおもいます。

そうしますと、キグチは、いわば共同体からは疎外されているのですけれども、じぶん自身は共同体と別の次元に、つまり共同体の基本成員と異なった次元に、家族形態を取ることができなかった者、戸主の近親者、あるいは非近親者でなんらかのつながりがある者、ということになります。だがこのキグチはⅢ表からみますと、細君と同一家屋にいるとかんがえられます。戸主の家屋とは別かもしれませんけれども、そういう家屋にいるということは、細君と同居することは出来ているわけです。だから、これはおそらく先ほど述べた第二の「招婿婚」の段階で、つまり男の方が細君のところへ通っていて、それが親族の軸となる家族との関係で、こんどは男方に所属が移ったというようにかんがえるか、あるいは、もともと女の方がなんらかの経済的な事情、あるいは不意の災害などで居住性を失って男方に住みついた、いわば寄食した、そういうようにかんがえればよろしいとおもいます。

キグチの理論的な段階は、今申しあげましたとおり、共同体からは疎外されているんだけれども、共同体と異なった次元に家族形態を形成することが、なんらかの意味でできなかったものとかんがえれば、この概念がえられるのではないかとおもいます。それは必然的にどうしても「招婿婚」の段階をふまえざるをえないのです。家屋としても、居住性としても、戸主の居住性と別個の棟を与えられるとか、そういうふうな形、あるいは手伝いみたいな形で存在する以外にないので、だから「招婿婚」の段階を象徴するとかんがえてよいとおもいます。

さて、いわば奴婢階級といいましょうか、社会科学的に一般論的にいうと奴隷階級ですけれども、そういうものは一体どうだったのかといいますと、これは第一段階としての「共同婚」の形態をとっていたとかんがえられます。彼らは「若者宿」とか、共同体が共有している箇処で、女性と婚姻を結び、そして相互に、相互の属している家族に引きあげていき、そしてそういうところでまた逢うというような形を想定する以外に、この階級にとっては婚姻形態を想定することができないわけです。

そうしますと、いわば後進地帯と先進地帯との家族形態の差異から婚姻の段階をかんがえていくという考え方をとらなくても、先進地帯であれ後進地帯であれ、一家族のなかにおける家族構成の仕方のなかに、すでに婚姻形態の全ての段階は象徴させることができるということです。婚姻段階の差というものは、年月でいえば何千年の差があるかもしれません、「共同婚」の段階と「家族婚」の段階とでは何千年か何万年かしりませんが、そういう差があるかもしれませんが、その形態は、一家族の構成メンバーのなかに、その段階の時間的な差異を想定することができ、そういうものが一家族のなかで含まれているということです。

だから必ずしも、空間的に当時の先進地帯である近江の国と、当時でいえば大和朝廷から遠ざかっている安房の国との家族形態を比較することによって、婚姻段階の問題を検討する必要はないのであって、一家族形態のなかで、人類がとってきた婚姻形態のさまざまの段階というものを包括し、またそこで理論的に問題を出しうるといえるわけです。この問題は、現在行われている、先進国とか後進国とか第三世界とか、そういう概念を空間性に関連つける欺瞞性というものを示唆するとかんがえます。いわゆる第三世界論などは、人類史の発展の仕方を一種の関係的な進化段階としてみるという考え方と、他方そういう発展の差異というものを、空間的なちがい、あるいはそれぞれの地域のちがいというように想定する、単純な頭によってなされているのです。その問題のたて方の欺瞞性は、依然として一家族形態のなかにでも、人類がとってきた婚姻形態のあらゆる段階の形態を想定することができるという、いわば、空間的にそのように想定せざるをえないものは必ず時間的に変換してそれをかんがえることができるんだということにより明らかだとかんがえます。つまり決して後進地帯とか先進地帯とかいう問題は、空間的な地域の差というものによって規定されるものではない、そういうものによってかんがえて、かんがえつくされるものではないというような問題意識を持つことを必要とされるとおもいます。

まず先進国革命だとか、いやまず被抑圧民族の解放だというような考え方は、決して政治運動家だけの問題じゃなくて、学者、研究者のなかでもやっぱり自然にそういう問題意識が出てくるのです。

それらの問題意識は決してまちがいではないでしょうが、そういうもので世界の構造を全て理解できるとかんがえられたら困ってしまうわけです。つまり、とんでもない考え方を導きだすということになりかねないのです。それは家族形態について、家族の構造についての純研究的な課題においても同じことであって、もし家族形成の形態が、どの段階にあるかということを、後進地域と先進地域との家族形態の比較においてしようという問題意識だけで、婚姻形態あるいは家族形態の構造がはっきりさせられるとかんがえたら、それは理論的にはまちがいだろうとぼくにはかんがえられます。そういうことは、注意してみなければならないことの一つであるようにおもわれます。

Ⅲ

次に家族の共同性はどのようにして親族の共同性に転化していくかといった問題があるわけです。そのばあい、もちろん、家族が男女における性的関係を基軸にして形成されるということはまちがいないことだとおもいますけれども、それがなぜ、親族形態に転化されるかということをかんがえてみます。それはやはり家族のばあいと同じように、性的な関係が、親族展開の基本的な基軸になるということは、はっきりしているとおもいます。家族における性的関係と、親族展開における性的関係とはどこがちがうかといいますと、性的関係というものを、性的親和性あるいは反撥性でもおなじですけれども、そういうものを基軸にしてかんがえたばあいに、それは家族形態の問題になります。性的な親和性あるいは反撥と、性的なタブー（禁制）を同時的におなじ重さでかんがえたばあい、それが親族展開の基本的な構造になっているとかんがえればよろしいとおもいます。

南島において親族形態はどういう形で存在するのかということを申しあげてみましょう。わたしでしたら――これは問題意識のとり方によってちがうわけですけれども――、第Ⅳ表に示しましたが、兄弟姉妹関係を軸にして発展する、そういう親族展開の仕方を南島においてはいちばん重くかんがえてよろしいんじゃないかというようにかんがえます。

その理由はなにかといいますと、母系的な相続形態というものをかんがえていきますと、所有権やいろんな宗教権それから性的関係、そういうものが母親から娘に相続されていきます。そのばあいに、男の兄弟は家族から出ていくより仕方ないんです。あるいは出ていかないとしても、その家族の直系の相続人からは除外されるわけです。そうしますと、その兄弟は、階層によって「共同婚」の形をとらざるをえないか、あるいは「招婿婚」の形をとらざるをえないか、あるいは「家族婚」に似た形態をとって、他の家族の女性と婚姻を結ぶかということはさまざまありえましょうけれども、少くとも直系の家族を

第Ⅳ表　南島における親族組織の構造

(1)　兄弟姉妹関係
　①　地縁優勢の契機をもつ
　②　宗教的結合の契機を保存する
(2)　双系的親族関係（ハロウジ、パラジー）
　①　経済的相互扶助（と矛盾）
　②　宗教的結合の契機が劣勢である
(3)　その他
　①　門中
　②　組
　③　母系的・父系結社
　　(イ)　家族、親族組織との必然的矛盾の契機をもたない
　　(ロ)　単性的であること
　　(ハ)　宗教、儀式、祭式に関係があること
　　(ニ)　掟に関係があること

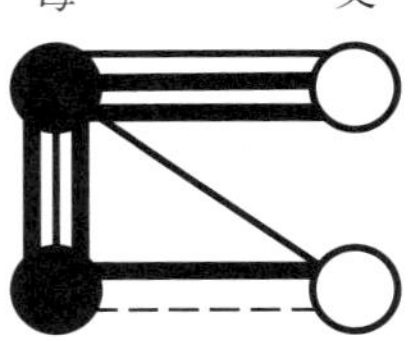

かんがえますと、その直系の家族からは疎外されていくわけです。そのばあい、男の兄弟と姉妹とのあいだの関係は、なにによって保たれるかといいますと、ひとつは祖先を同じくするという関係で存続されていきます。それから、南島においては特にオナリ神関係といいまして、兄弟が旅にゆくとか、長く漁にゆくとか、遠出をするときに、その細君ではなくて、その姉妹ですね、姉なら姉の髪の毛をひとともっていけば、旅が無事に営めるとか、漁がうまくいくとかいうのが、今でもあります。つまりそういうように、兄弟と姉妹との関係は、直接的な性行為としては成立しないですけれども――もうすでにタブーとなっているわけですけども――性的な関係というものを生理的なものと観念的にと総体としてかんがえたばあいには、依然として性的な関係は、兄弟と姉妹とのあいだで存続しているということが、さまざまの儀礼習慣の中に存在していることからいえます。兄弟と姉妹の性的関係の存在の仕方というのは、日本の本土におけるよりもはるかに大きな度合で、現在でも南島には存続しています。だから親族展開をかんがえるばあいに、ぼくならば、それを第一の要素としてかんがえざるをえないわけです。

家族の共同性が親族の共同性へ転化するもうひとつのことは、そういうようにして直系の家族からはずされていく関係をつきつめていくことから把えられるとかんがえます。

現在でもそうですが、直系的、単系的な家族関係からはずれた双系的な親族関係、親族組織というようなものが、南島においては一般的なわけです。双系的というのは父方の親戚と母方の親戚と、いわば、同じ重さで同じ範囲だけを両方とも同じ大きさで親族として包括するという、そういう包括の仕方をいい、双系的な組織あるいは親族関係というわけです。これは南島での呼び方でいいますと、ハロウジとかパラジーとかいろいろな呼び方があるわけですけれども、要するにその本質は双系的に展開される親族組織というものをさすわけです。それは非常に一般的で、単に親族名称だけではなく親族呼称という呼び方でも双系的に展開されているというのは、ごく普通にありえている形態だとおもいます。

それに対して、先に述べた兄弟姉妹関係を軸とする親族展開の仕方は、現在では儀礼的に、あるいは儀礼のみを通じた点が抽象されて存続しているというような、例外的ばあいのほうが多いかもしれません。しかしそれは、重要さからいいますと大きな比重をもつというようにかんがえられます。兄弟姉妹関係がおそらく南島における親族形態、あるいは親族の組織の展開の仕方の中では、理論的に大きなウエイトを占めるとおもいます。

以上の兄弟姉妹関係、および双系的親族関係のほかにも、親族的展開パターンはあります。例えば、〈門中〉というのがあります。門中というのは民族学者は、父系的な（男系的な）一種の親族形態、一族一門中の形態であるとかんがえています。それはどういうことなのかといいますと、各家族の父親みたいなのだけが集ってその一族を形成して、一族の墓、あちらでは門中墓といいますけれども、一族の共同墓をまもっています。その共同墓で一族の祖先を祀るみたいな感じで、一族の男系（父系）だけが集ってそこで祭祀を営むというような形態を、門中組織というわけです。そして門中組織というのは、現実的には南島では、琉球王時代（つまり薩摩に半ば属領化されていた時代）でいいますと士族といいましょうか、武士だと認められた氏族のところ、つまり比較的中層あるいは中層からちょっと上というようなところで組まれた一族組織であるわけです。

この門中組織というのは父系的に展開された親族組織というように民族学者はいいますけれども、ぼくは、親族組織としてはそんなに大きな意味はない、理論的には親族組織というようにはいえないだろうとおもいます。なぜかと申しますと、この形態は階層的にも一部しか行われていないということもありますけれども――一部行われていることはいいのですけども――、家族との必然的な矛盾とか、家族との必然的な非矛盾とか、つまり家族形態との関係における必然性というものが存在しないということが大きなことだとおもいます。だからこれを父系的な親族組織あるいは親族形態というように呼ぶことはできないだろうとぼくはかんがえます。門中というのは、具体的にいうと一部士族階級にだけ行われてきた、存続してきた形態です。この形態は、門中墓をみても、だいたい二、三百年以上を遡ることはできないというようにされています。いいかえれば非常に新しい、いわば本土が幕藩体制に入ってから、日本における武士道、あるいは儒教的なイデオロギーの流入によって、そしてそれにある程度促されてできたのが、沖縄の門中組織だとかんがえます。これを父系的な親族組織と呼ぶことは、おそらくできないだろうとぼくはかんがえます。

他に親族的な結合関係として門中と同じようなものとして、今度はそれよりも階層としては下のほうに存在するものとして〈組〉というのがあります。これも同じようなものです。なにかといえば寄り集りあって、いろいろ手伝いをしたり、相互扶助をしたり、というようなことをする〈組〉というものが存在しています。いわゆる学者連中は、門中―組というのをひとくくりにして、父系的な一種の親族組織みたいなものというようにかんがえているのですけれども、本質的に親族組織としてはかんがえられないのではなかろうか、とかんがえます。

南島における親族組織の展開の仕方の中で、日本の本土における親族組織の展開の仕方と現在残っているところでちがうところ、つまり特徴づけをかんがえれば、兄弟姉妹関係を基軸として展開される親族体系というものが、本土におけるそれよりも著しく残っている、その形態の名残りが著しく残っているということが最大の特徴であって、その他の点ではおそらくいずれにせよ本土にあるものと同じようなものだとおもいます。つまり、理論的に把える限りではいっこうに変りないとおもいます。

親族展開というものは、先ほど申しましたとおり、性的な関係と性的な禁制(タブー)との両方を基軸にして展開されていくわけです。けれども、その展開の仕方を基本的に左右しているものは、その他でいえば所有の問題があります。財産権とか所有権とか、そういう所有の問題がでてきます。それから他のもうひとつは、宗教的な祭祀権の継承というものが大きく作用して、その三つのもの、性的関係と、所有と、祭祀とが親族展開をかんがえるばあいに、重要な基本的な問題だろうというようにかんがえることができます。

さてつぎに、親族展開がいかにして共同体に転化するか、その契機はどこにあるかというような問題をかんがえてみます。

理論的にいってしまえば、簡単に云い切ることができるのです。つまり親族展開の仕方が、親族を構成する個々の家族にとって矛盾をきたすとき、云い換えれば、親族展開の仕方、そしてそれによる相互経済的、宗教的、政治的またその他の関係というものが、個々の家族にとって矛盾をきたすとき、つまり個々の家族にとって親族関係が重荷になるとき、またある家族にとってそれは全く重荷でないのだけれども、その親族のある別の家族にとっては、重荷であるというそういう矛盾をきたしたときに、親族展開というものはおわりを告げます。

つまり、親族展開というものは、かりに血縁としてのつながりがどのくらいつながっているかということは、生理的・肉体的に指摘できても、また肉体的にはそのつながりを否定することができなくても、親族としては展開を打ち切られてしまいます。その展開の止む契機というのは、今申しあげましたとおり、親族を構成する個々の家族にとって、親族展開そのものが矛盾をきたしたとき、あるいは、親族を構成する家族の一部分にとっては、親族的結合は利益であるけれども、しかしある部分の家族にとっては大変不利であるという、そういう矛盾をきたしたとき、親族展開の仕方はそこで止ってしまうわけです、打ち切られてしまうわけです。

打ち切られてしまったところで、親族の限定範囲が決ってくるのですけれども、それと同時に共同体の萌芽といいましょうか、共同体に転化する契機というものが、同じようなところで出現するのだということができます。親族展開のおわりとは、いわば、肉体的・政治的・血縁自体が、具体的な生活過程あるいは観念過程にとって矛盾をきたしたということを意味しますから、血縁的結合・村落的結合が、そこで矛盾をきたすってことと同じことになります。そこで血縁に対して、地縁的な、あるいは地域的なかたまりが、かりに血族ではなくても地域的なかたまり、グループというものを中心にして、いわゆる村落共同体が営まれていくわけです。親族展開の仕方が、血縁性を離れたとき、血縁性に矛盾をきたしたときに出てくる地縁的形態というものを、村落がとったばあいには、それはいわば共同体に転化するひとつの契機であるというように理論的にはいうことができます。

この形態というのを、南島のばあいに則して、具体的に申しあげます。なにがいちばん問題になるかというと、村落共同体におけるグスクというのがあるんです。グスクというのは〈城〉っていうことです。今日お話になった金城さんの〈城〉です。〈城〉というのはグシクとかグスクとかいろいろ読み方、音がありますけれども、グスクっていうものの考察は重要だとおもいます。

グスクについては、高松政秀さんが立派な考察を残しているわけですけれど、グスクというのはなにかっていいますと、詳細に分けていくと、文字どおりの〈城〉っていう意味があります。つまり第V表の1に書いておきましたけれども、第一にはっきりしているグスクの意味は、例えば琉球王朝時代の首里王府があった首里城というのは明らかに支配者の居住地ですし、同時に城であるということで、これは全く明瞭なわけです。首里城みたいに全琉球の支配者という意味あいでなくても、三山時代等の地域的な集団の城とかそういう形で、明らかにこれは支配者の居住地であり同時に、防衛する城であるという性格をもったものです。

しかし、いわゆる支配者の城という意味はあまり重要じゃないわけです。重要じゃないというのは、琉球王朝なんてのが重要じゃないのと同じことです。

グスクの中でいちばん重要なのは、グスクの祖型といいますか、古型を保っているグスクです。それは村落のはずれの丘陵地や、あるいは平地みたいなところでも、ただ石垣積みがあるんだけれども、それ

吉本隆明全集 12

吉本隆明さん随感……中村稔
ヘールボップ彗星の日々……ハルノ宵子

月報9
2016年3月
晶文社

# 吉本隆明さん随感

中村稔

私は吉本さんにお会いしたことは、たぶん宮沢賢治に関する座談会に同席したときのただ一回であった。なごやかな座談会で議論が白熱するようなことはなかった。私は吉本さんの人柄に親しさを感じ、懐かしさを感じた。

その前後といっても、いつのころかはっきりしないのだが、私の勤務先の特許法律事務所に二、三回お電話を頂いたことがある。必ず、江崎事務所の吉本です、と名のられた。江崎事務所は私の同業の特許事務所であり、若いころ、吉本さんは江崎事務所の特許明細書の独文和訳か和文独訳かの仕事で生計をお立てになっていた。私が電話を頂いた当時はすでに文名高かったから、そのころまで翻訳の仕事をなさっていたとは信じがたいのだが、吉本隆明《たかあき》です、と名のったのが不可解であった。たぶん吉本さんは吉本隆明という名が著名であると自覚しておいでにならなかったのだろう。私は吉本さんのそうした高ぶらない態度に好意をもっていた。何の用件だったかは憶えていない。特許関係でも文学関係でもない、素朴な法律問題だったのではないか。いずれにしても、用件は印象に残るほど重要な事柄ではなかった。

その程度の淡い交際だったから、吉本さんについて個人的な思い出はもっていない。そういう意味で、私には吉本さんの著書の中では『戦後詩史論』が吉本さんの記憶ともっとも強烈に結びついている。私自身は詩史といったものを書くことは夢想もしていない。たとえば、萩原朔太郎にしても、高村光太郎にしても、宮沢賢治にしても、中原中也にしても、師もなければ弟子もない。かりに詩史を考えれば、彼らはみな孤立していて、歴史の変化の中に位置づけられるのか、私には想像できない。それら近代詩といわれる、いわば歴史上の詩人たちについてそうなのだから、まして星雲状態にある戦後詩人たちをどのように系統づけ、位置づけ、鑑賞するか、ということは極度に難しいはずである。こうした詩史を論じるには、巨視的で鳥瞰的な視点と柔軟な受容力を必要とするにちがいない。吉本さんの『戦後詩史論』はまさにこうした能力を具えた超人的な業績であった。

しかも、同書で論じられている詩人たちが小熊秀雄、岡崎清一郎、山之口貘、草野心平、尾形亀之助、逸見猶吉、淵上毛錢からはじまり、中島みゆき、小長谷清実、荒川洋治、松井啓子、稲川方人、平出隆といった、吉本さんや私などよりはるかに若い世代の詩人たちにまで及んでいるのだから、その展望のひろがり、時代的制約を超えた鑑賞と批判の鋭利さは、私などにはただ驚異という他はなかった。

ただ、私には『戦後詩史論』はかなり独断的に思われた。一例として、私の作品を採りあげてみる。私に「凧」と題する十四行詩がある。その第一連は次のとおりである。

夜明けの空は風がふいて乾いていた
風がふきつけて凧がうごかなかった
うごかないのではなかった　空の高みに
たえず舞い颺ろうとしているのだった

吉本さんは「この作品の全体的な感覚的イメージが、表現の意味の側面の構成にたよりながら、それとあたかも無関係な鮮やかさをもって感受されるのはなぜだろうか」と設問している。私にはこの設問における「感覚的イメージ」「表現の意味の側面の構成」「それとあたかも無関係な鮮かさ」といった表現が理解できない。その上で吉本さんは「そのもっとも大きな理由は、この詩が日本語表現を印欧語的な天秤型構成につかおうと試みているからであるとおもえる」と述べ、

A　　　　　B
夜明けの空　乾いていること

「「夜明けの空」が「乾いていること」を表現する場合に、日本語では、「夜明けの空は（が）乾いている」というのがふつうである。印欧語的には「夜明けの空　いる　乾いて」というような形に表現される。ところで「空が乾いている」という概念は日本語では、きわめて感覚的な表現であって、具体的な形象を喚起できない。この詩の第一行の場合「風がふいて」という表現は、日本語的には「夜明けの空」に「風がふいている」ことと、「夜明けの空」が「乾いている」ことの二つを作者が主体的な感覚としてもち、それを表現しているにもかかわらず、あたかも印欧語的な「いる（である）」と同じ役割をはたしている。これは「風がふいて」の「て」の独特な用法に原因しているとかんがえられる。いわば、この「て」の機能が「風がふ

いているため」に「夜明けの空」が「乾いている」のでもなく、「夜明けの空」に「風も吹いている」し、「乾いてもいる」のでもない独特な機能を「風がふいて」にあたえ、あたかも印欧語的な「である」とおなじような感覚的意味を喚起しているのである。」

以下、少し続くが、略して、結論を引用すれば次のとおりである。

「中村稔の作品のすべてが、形象的な言語表現にとぼしく、いわゆる語いに乏しいにもかかわらず、非形象的なイメージを豊富にあたえる最大の理由は、この詩人が日本語を印欧語的に構成しているためであり、日本語の機能を故意に変えて、表現主体の現実からの自立性をたもつことに意識的な努力をはらっているためである。」

ここまでくると、吉本さんは私の詩法を評価しているようにみえる。しかし、その論理はひどく独断的であり、非論理的である。

じつは吉本さんの評価の興趣は、こうした独断性、発想の意外性にあり、それによって私たちが新鮮な視点を得るからではないか。

（弁解すれば、引用の詩は私が二十二歳のころの作だが、私には日本語の印欧語的に構成する意図も、日本語の機能を故意に変えるような気持もまったくもっていなかった。発表した作品がどのように分析・評論されても、作者は甘受しなければならないが、たぶん私は吉本さんがおかんがえになったほど意識的に詩作していない。私の記憶では、このソネットは発想してから一時間たらずで書いた。ごく素朴な心象の風景を描いたものであった。

（なかむら・みのる　詩人）

## ヘールボップ彗星の日々

ハルノ宵子

一九九七年にやって来た「ヘールボップ彗星」は、今のところ私の人生で最大の彗星だ。その前のコホーテク彗星も、子供の頃から楽しみに待っていたハレー彗星も、「もしかしてアレ…?」程度でショボかった。

ヘールボップ彗星は夕方、近所の区役所の二十五階の展望台から西の空に、はっきりと確認できた。アマチュアカメラマン達は、西の窓辺に三脚を並べ陣取っていた。

その頃、我家は最大の家庭崩壊の危機に陥っていた（それまでも何度もあったが）。ヘタをすると今回は、もっと最悪なことが起きる予感すらあった。

とある父の著書――正確に言うと対談本の内容が、母を激怒させていたのだ。私は母より先に読んでいたのだが、「あちゃ〜！　また調子に乗ってベラベラと…こりゃ〜修羅場必至だな」。位にしか感じなかった。私や妹だって、父の著作には何度も傷付けられた。事実誤認はもちろん、やはり家族のことに触れると、どうしたって父親目線・夫目線という〝バイアス〟がかかるのだ。きっと芸人の家族なんて、もっと面白おかしく脚色されたネタとして披露され、こんなもんじゃ済まないんだろうな――とは思うが、我家の場合腹立たしいのは『吉本の言葉は真実である』と、熱心な読者に信じられてしまうところだ。

その本を読んだ母の怒りと絶望は、私の予想をはるかに越えていた。内容のある部分が琴線に触れたのだ。母は自分の人生を全否定されたように受け取ったのだと思う。お定まりの「出て行く！」「イヤ、オレの方が出てくから！」もあったが、父は前年に西伊豆の海で溺れ死にしかけ、それをきっかけに眼も脚も急激に悪くなっていた。母にしたって身体が弱く病気がちで、お互いそんな体力なんてあるわけが無い。そして母は、父への最大の復讐として〝自死〟を決意していた。「死んでやる！」なんて宣言する人は、死にやしない。母は静かで人や物にアタることも無く、やけに優しかった。最も危険なパターンだ。私は母の昔からの親友に、こまめに電話して母の胸の内を聞いてくれるよう頼んだり、付きっきりで、毎日のように散歩や飲みに連れ出した。少しでも頭から〝死〟を遠ざけようと、若者や子供が遊ぶようなレジャー施設に連れて行ったりもした。

木蓮の花が美しい季節だった。「ほら見て！　キレイよ」と言うと、「そうねキレイね」と、母は微笑む。しかしその横顔は、感情が動かない〝死に捕われた人〟の顔だった。私は諦め始めた。何か大きなきっかけが無い限り、こんなことを続けていても、どうにもならない。

一方父は、心配して電話をかけてきた妹に、「オレたち今度は本当にダメみたいだ」。と打ち明けていた。妹は父に「やっぱ女は宝石だよ！　ダイヤの一つもプレゼントして、頭丸めてあやまってみれば？」と、実に無責任な家庭外目線にして最強の最終手段をアドバイスしていた。

果たして父は、折りしも四月一日、本当にそれをやってのけた。「プッ！　バカね」と母は小さく吹き出し、プレゼントを受け取った。小さな小さなダイヤモンドのペンダントだった。丸坊主になった父は、祖父にそっくりだった。まぁ…根本的な解決にはなっていないので、その後も〝家庭内離婚〟は続いていたが、父の渾身のパフォーマンスによって、母の感情は動き出した。

その頃ヘールボップ彗星は、太陽の反対側を廻り遠ざかり始めた。夜、家の二階の北側の窓から、その姿が確認できた。極度の近視の母も、かろうじて見ることができた。「ねえ…お父ちゃんにも見せてあげたら?」と、母が言うので驚いた。父の眼は近視と違って網膜症なので、視野が暗くなる。夜の空なんて一番ムリじゃないかな…とは思ったが、こんなチャンスは無いと、父を呼びに行った。脚も悪くなっていた父は「どれどれ」と、這うようにして階段を上がってきた。「ホラ! あそこよあそこ! 駒込病院のちょっと左上」と指差す母に、許されたと感じた父は「おう! そうかそうか!」と、実に嬉しそうだった。父の見えない眼に、ヘールボップ彗星はどう映っていたのだろうか。

まったくもってハタ迷惑で、危うくやっかいな夫婦だ。それでも父は、〝道化〟まで演じてでも母を失いたくなかったのだ。太陽と彗星のように、ものすごいエネルギー値で反発し合い、引かれ合う。そのエネルギーの大きさが釣り合うのは、お互いこの二人以外いなかったのだろう。

次にヘールボップ彗星が巡ってくるのは、二千五百年後だ。

(はるの・よいこ　漫画家)

## 編集部より

＊次回の配本は第1巻を予定しております。発売は２０１６年6月です。

＊吉本隆明さんの書簡を探しています。お持ちの読者の方がいらっしゃいましたら、封書の場合は、文面、封筒の表・裏、はがきの場合は、はがきの表・裏の複写をご提供いただければ幸いです。

第Ｖ表の１

(1) 共同体の祖型

(イ) 城（グスクの問題）

① 首里城・北山城・中山城のように支配者の居城であるもの（高松政秀のＡ式）

② 支配，口碑などからも不明な野面積みの石垣遺構（Ｂ式）

③ やらぎ森城のようにＢ式より後世に属するもの

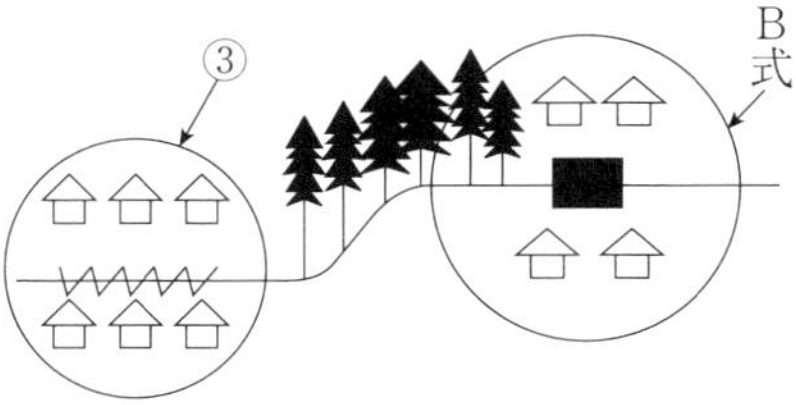


(ロ)マキリの問題

がなにに使われたのか、なんのためにそれがあるのか、そういうことが文献的にも、口述伝承でも、あんまりよくわからないっていうようなものなどがあります。石垣を野面に積み上げたとか、丘陵地帯に積み上げたみたいな、そういう跡は残っているのです。

その遺構からいろんな祭器、土器がでてくるわけです。木器、それから貝塚、魚の骨、牛馬の骨とかいうようなのが出てくるわけです。それらをみますと、丘陵地等の意味で残っているグスクはかなりの古型というか、かなりな祖型に遡ることができるとかんがえられます。

これらのグスクっていうのはなんであったかというと、近世ではたいてい部落共同体の首長の住処であるとか、あるいは琉球王朝のアジの住処であるとか、あるいは同じところがまた女性神つまりノロとか、下層においてはミカとかいうわけですけれども、ノロとかミカとかの住処、つまりオタキ、ミタミであるとか、そういうような形になっていたわけです。

しかし、これを更に祖型まで遡っていきますと、例えば丘陵地なら丘陵地における祖型まで遡っていきついたその祖型はなんなのかは、上の意味とは別の問題です。

先にも触れた高松政秀さんは、その論文の中で、それを原始共同体から古代共同体へ移っていく過渡的なところで、いわば、村落がグスクを中心にして営まれた、そういう跡であろうと推定しています。

そのばあいの原始共同体から古代共同体に移る過程っていうのは（そのばあいの原始共同体とか古代共同体とかっていういい方自体にはたくさんの問題がありますけれども）、要するに、古い時代において、ここを、いわば中心点として、古い集落が営まれていたというようにかんがえ、その遺構であるというようにかんがえることができます。

そして、農耕がしだいに大きなウェイトを占めてきたときに、集落は丘陵地みたいなところから平野地のところへ移るわけです。平野地へ移った村落共同体の山側、つまり丘陵に近いところの森を、いわば神聖な場所っていうようなことで信仰の対象としていったわけです。本土でいえば鎮守の森のようにヤシロの代用品みたいに扱って、いわば、そこの森の木自体に神性がある、あるいは木に神が降てくるというような信仰です。

平野地に村落共同性が住処を移した後に、そういう森林信仰というのがでてきます。けれども、恐らく森林信仰よりも以前の段階において、丘陵地におけるグスクというのが集落の中心となって、平野地に移って農耕が主になってからの村落共同体にとっては、ウタキというのが、つまり部落の、村落のはずれの森林というもの、ある方角にある森林というものが神聖なものとかんがえられていたとすれば、その神聖なものの次元のところに、集落を移して、その集落の中心をなすのがグスクの古型であるといえます。それで高松さんは美意識グスクというようにいっていますけれども、その美意識グスクはそういうものだろうというように推定を下しています。

その推定の当否は別としましてというのは、立派な推定だとおもいますけれども、断定することはできないということですけれども――当否は別としてとして――、一般的にいって、人間が集落を形成するばあいに、山ぎわとか丘陵地とかから農耕が主体となるにつれて、平野部に移っていくという形態はどこでもかんがえられることですから、その考え方からすれば、ウタキと、つまり平地における村落共同体の神聖な場所であるウタキというものと同じ次元のところに、もっと先の共同体の集落がグスクを中心にしてあったという考え方は、大変妥当な理論的な考察であるとかんがえられます。ただ実証はいずれにせよ不可能であるということにすぎないのですけれども、大変理論的には立派な推定であるとかんがえられます。そのようにして南島における共同性の祖型というものをかんがえますと、そういうような形で、共同体の最初の祖型が描きうるわけです。

## V

つぎに共同体の一般的な特徴といいますか、つまり共同体というものがどういうものか、どういうように形成され、どういうように展開するものであるかということをかんがえてみます。第V表の2でこれを南島的、日本的と一応分けておきました。

南島的といわれる共同体形成の仕方の大きな特徴は、先述のように祖型に近い村落共同体があると、その村落共同体がいくつか寄り合っている間切です。マキリってよんでいるのは、本土でいいますと、何々県、何々郡、字（アザ）なんとか村っていう、その字っていう概念に、空間的にも字っていう範囲に該当するだろうとおもいます。それはわりあいに小さな村落共同体が、いくつか集って作られている共同体で、それを沖縄ではマキリっていいますけれども、そのマキリっていうものの具体的なイメージは、日本では字なになにの字っていう概念に似ていて、同じように類推すればほぼ具体的なイメージがわくんじゃないかとおもわれます。

このマキリがいくつか統合しまして、第Ｖ表の２に書いておきましたけれども、琉球王朝が成立する前に中山、北山、南山ってありますけれども、そういうような日本でいえば、何々県、何々郡ていう郡、あるいは郡がいくつか集まった概念でかんがえれば具体的なイメージをおもいうかべられるとおもいますけれども、中山、北山、南山っていう豪族がいて三山といいました。そのうちに、その三つの共同体の集合、統合がありまして、そのうち中山の尚氏が、勢力を拡大しまして、北山と南山とを武力的に制圧して、琉球王朝（首里王朝）を形成していく、そういう過程があります。

その過程というのは共同体の形成過程としていいますと、呼び方はともあれ、小村落共同体があり、それがいくつか集まって、ある少し大きな共同体ができる、その共同体がまたいくつか集まって、ある地域的な共同体ができる、つまり三山のような国家以前の国家みたいのができる、そして、そういうもののなかで非常に力のあるものが、武力でもって他の同じレベルにある共同体連合を撃滅する、そして じぶんが統一王朝を形成するというような過程です。

第Ｖ表の２

(2) 共同体形成の特徴

① 南島的　Ａ式、村落共同体→間切 ─ 中山・北山・南山 ｝中山の尚氏の制覇

② 日本的　Ａ式、直列共同体形成
　　　　　Ｂ式、接合共同体形成

(3) アジア的共同体

① 大陸的　② 島嶼的

共同体の展開の仕方が、いわば直列的に展開していくというのが南島における共同体の形成の仕方の中で最も特徴的なものだとかんがえられます。

この共同体の形成の仕方は、いわば下から上へというものです。また、体制的にいいますと上から下への支配っていうことになるわけです。つまり上から下へ序列がきまるわけです。下から上へという、つまり直列的な展開の仕方でもって共同体がより包括的な共同体へ、より包括的な国家へ、そういう形で形成され展開してきているってのが、おそらく南島における共同体形成の仕方の、最も大きな特徴であるとおかんがえになるとよろしいとおもいます。そういう共同体形成の仕方が、おそらく現在でも南島の人々の意識形態を、ある程度規定している面があるとおもいます。つまり、そういうことは基本的なことだというようにかんがえられたらよろしいとおもいます。

ところで、それでは比較のために日本本土における共同体の形成の仕方をかんがえてみます。日本では、もちろんひとつの形態というのは今いいました南島的なものと全く同じで、いわば小村落共同体がいくつか集合して、またより包括的な共同体ができる、それでまたそれがいくつか寄り集ってまたそれを包括する共同体ができる、そしてそれらが他の共同体との勢力を争って、その他の共同体を併合するというような形、その形は、もちろん日本本土における共同体の形成の仕方でも、あるいは世界的な意味での共同体の形成の仕方でも明らかにひとつの大きな典型であるというのはまちがいないことです。

ところで、日本本土においては、共同体から国家へというのは、そういう直列的形成の仕方をそれ一本でかんがえられるかというと、そういえないところがあるんです。

あるひとつの共同体が、あるいは国家または国家以前の共同体でもいいんですけれども、存在したときに、全くちがう国家あるいはちがう勢力が、その共同体の上層をかすめ取れば、その共同体の首長として統合することができるということは、共同体自体あるいは国家自体の本質のなかにあります。

つまり国家というものを観念の共同性という水準でかんがえたばあいには、その観念の共同性を収奪するためには必ずしも下から共同体を連合して積み重ねてゆくというやり方、つまり今でいえば村長になって、そのつぎは県知事になって、そのつぎは国会議員や役人になって、なんていう奴がいますけれども、共同体あるいは国家は、政治権力というものをかんがえるばあいに、必ずしもそういう径路をふまなくても、全く外からやってきて共同体の上層をぶっとばしてしまえば、その共同体を統治することができるということがあるんです。

共同体は、いわば小から大へと積み重なるように形成されるとは決してかぎらないということです。つまりある共同体が存在したときに、また同じ勢力の範囲の共同体があったときに、それはチャンバラをして、こっちを合併するやり方だけとはかぎらないので、全く横あいからやってきて、その共同体を支配するということは、共同体の本質上できうることだということです。

日本本土の古代あるいはそれ以前、つまり新石器時代からの共同体の展開の仕方をかんがえたばあいに、閉ざされた少数の集落を統合してきてだんだん大きくするそういう南島的な直列的な統合の仕方というのは、明らかにひとつ存在します。けれど、もうひとつは、いきなり横あいからやってきて、その共同体あるいは国家を収奪することができるという典型が、ある一定の疑わしさを持ってですけれども、ありえたということです。

その二つの共同体自体の本質にまつわる積上型と略奪型の可能性からして、例えば皆さんもご承知のように、一方に後者にたつ江上波夫さんの騎馬民族説というのがあります。騎馬民族説というのは、日本が郡単位の共同体から、県郡単位の国家というのを形成してあい攻めあっていたところへ、いきなり朝鮮半島を経由して、北方系の騎馬民族が北九州に上陸して、もともと騎馬にたけ、また武器をもてあそぶことに長じていたので、九州を席巻し、中国、それから近畿に入ってきて、大和朝廷（まあ天皇制の起源ですけれども）を形成して、いわば統一国家ってものを形成したという考え方です。江上さんのような考え方が存在しうる理由は今申しあげましたとおり、共同体あるいは国家は決して下から固めていかなくても、バッと横あいからこれを収奪することができるというそういう本質的な構造に根ざしています。その本質的な構造といいわば照応する関係で、騎馬民族説というものが、ひとつの有力な形の古代学者の説として成立する根拠があるのです。

だけれども騎馬民族説というのは正しいかどうかというようにかんがえますと、ぼくはちがうとおもいます。正しくないとおもいます。しかしいずれにせよ、日本のいわば古代史については、ぼくはたびたび申しあげたことがありますけれど、当るも八卦、当らぬも八卦で、三割くらい確からしいことをいってあったら、よしとしなければならないことがありますから――ぼくはそうでないとおもってますけれど、それはおもってないっていうだけで――、騎馬民族説というのはナンセンスというようにはいわないことにしておきます。

だけれども、そういう考え方を成立させる理論的な基盤というものが、共同体の形成自体、あるいは国家形成自体の中に存在するということです。

騎馬民族説という考え方に対立し、いわば下からこういうようにずっと拡大していってひとつの大きな国家みたいなものに共同体が包括されてゆく、そういうような共同体のもうひとつの本質に根ざして、もうひとつ極端な説、考え方を申しあげますと、それはこういうことなんです。

いちばん都合がいいのは大和朝廷の発起点というのがいわば大和ですから、そこらへんのことでいうわけです。四〜六世紀ころに、いわば統一国家以前の国家を形成していた共同体がいくつか存在していた。そういう共同体では宗教的な理念とか、宗教的な、あるいは呪術的なものが現在でいう法律に代わるものとして、最高の位置を与えられています。大和盆地周辺に国家以前の国家を営んでいたいくつかの共同体があったというわけです。それらの共同体が、例えばそのひとつが、じぶんたちの共同体は、宗教的な象徴として、天神を祀ることにする、つまり神は天から降りてくるという、天にたいする信仰を、共同体の象徴、あるいは掟、法律に代わるものとして択んだとします。つぎの共同体は、共同体を統一する法的な規範として、地神を祀るというように設定したとします。そうしますと、例えばおれたちは天神をもって共同体の象徴的な規範とする。他方でおれたちは地神をもって共同体の象徴的な規範とするということがあります。そういう国家以前の国家が、大和地方にいくつか存在したとします。その中でかりにおれたちは天神を祀るという共同体が――先ほどいいました南島の、中山、南山、北山じゃないですけども――地神を祀る共同体とじぶんたち以外の天神を祀る共同体とを武力をもって制圧してしまったと仮定します。そうしますと、その共同体は、法以前の法として通用する、つまり宗教的な規範として天神を祀ると同時にじぶんたちの一族の祖先は天神であったということ、つまり一族の祖先信仰と、共同体の規範としての信仰とを、その併合した共同体の主張は同じものとして設定するだろうということは、まことに疑いのないことなんです。

大和朝廷、つまり統一国家の起源というものは、そういう形でもかんがえられるんです。それがいわば一方の直列型の極端にある考え方です。

第V表の2では、A式、B式といいましたけれども、つまりA式をとって南島的な共同体の形成の仕方というものをかんがえていくと、そういう形が出てくるわけです。そうしますと、決して、日本の統一国家を成立せしめた一族は、騎馬民族として北方から朝鮮半島を経由してやってきたというようにかんがえなくてもよろしいわけです。かんがえなくても、いわば祭祀形態というもの、あるいは古代あるいは前古代的な共同体の宗教的な規範（法律に代わるものですが）としての祭祀というもの、その祭祀にもとづいて共同体の形成というものをかんがえていって、そのなかの天神を祀ることにするという共同体が、他の共同体を合併したばあいには、必ずしも統一国家を成立せしめた天皇一族、支配者の一族は、大陸から朝鮮半島を経由してきて北九州に上陸し、そして大和盆地に入ったというようにかんがえなくても、統一国家の形成というものを理解することができるわけです。

真理というものは両者の中間にあるのか、あるいはその二重性にあるのかどうかしりませんけれども、わたしは先に述べた両方ともにあまり賛成ではないという主観を持っています。

現在のところ学問的に不明でありますから、不明なところで推定を下しうるとすれば、その二つの極端しかないので、共同体の構造自体に合致する考え方でありえます。だからその二つの極端のいわば中間にか、あるいは二重性のところにか、おそらく日本の統一国家成立の起源あるいは統一国家成立以前の共同体、あるいは国家以前の共同体の様相というものを推定することができるのではないか、とおもいます。

それらを総括しまして、今申しあげましたものをもっと大づかみな概念でいいますと、総体としてアジア的共同体というようにいえます。アジア的共同体というのは、マルクスの出してきた概念ですけれども、マルクスは、古典古代的の以前のものとして、アジア的共同体という概念を出してきています。地域的にはインドないしは中国をいわば典型に描いて出してきた概念ですけれども、このばあいアジア的共同体というものを社会科学的にいうばあいの、アジア的という概念は、決して地域的なアジアということを意味してないということをはっきりさせておかなければいけないとおもいます。マルクスにとっては、いわば時間的な、あるいは時間的な推移形態のひとつとして古典・古代の以前に属するものとしてアジア的という概念が使われているので、典型はインドないしは中国からとってきていても、それは地域的にアジアということを意味しているだけではないということ、つまりそういう概念ではないということがいえます。いつでも時間的な概念に転換することができる概念として、アジア的共同体というものを想定しているとおもいます。

もちろん南島的であれ、日本的であれ、中国的であれ、アジア的共同体のひとつの型というようにかんがえられるわけです。アジア的共同体というように大づかみにしたときの特徴は、どこでかんがえたらよろしいかということがあります。今日は時間もないですから大ざっぱに話しますと、それは一人の専制君主、デスポットみたいのがいまして、そしてそのあとは、階層的な段階はわりあいに少いということです。

そのような東洋的専制を可能ならしめた条件としては、第一に水利の問題をかんがえなければいけないのです。つまり農耕のばあいの灌漑用水とか、運河の交通とか、そういう水利というものをかんがえなければいけないということです。水利というのは、相当な規模でもって行わねばならないもので、どうしても少数の専制君主とその周辺のものしか、それを行う力がないというのが、アジア的共同体の大きな特徴です。これは、中国でも同じことです。

その特徴の中で、例えば、『支那の経済と社会』や『東洋的社会の理論』等のウィットフォーゲルという学者のやり方をみてみますと、水利というばあいでも二つに分けて、水利と水力とがあるといいます。水力というばあいには、相当な大規模な灌漑工事なんです。それは農耕用水の問題だけではなくて、交通用の運河を掘るとか、そういうことも含めての水力という概念、大規模な水利概念で、それを掌握するということ、掌握しみずから工事をおこし、みずから行うという、そういうことがアジア的、特に支那的共同体の形態の大きなポイントだというようにいっています。

ところで、そのアジア的ということの中で日本的あるいは南島的というような特徴をかんがえますと、南島的、つまり琉球・沖縄的と日本的とをそういう大づかみな把え方ではあまり区別することができないんです。アジア的共同体を内陸性と島嶼性というように分けることはできるとおもいます。中国等に対する日本・南島等の島嶼性の特徴というものは、ひとつは灌漑、水利というものが大陸におけるよりも小規模の工事でいいということです。日本的あるいは島嶼的なところでは、小規模の工事を行えばよろしいということです。それは規模が小さいということで、ひとつの特徴です。それからもうひとつの特徴は、段階的な共同体概念が、島嶼性では必ずしもそのまま通用しないということです。

農耕段階の以前には狩猟を人類がやっていたというような歴史的概念があります。ところがそのばあいに、狩猟民族は農耕民族とはちがうのだという予備概念があります。農耕種族と狩猟種族とが全くちがう種族あるいは共同体に属するもので、それはちがう共同体のちがう種族によって担われるもので、狩猟民族は農耕民族にどんどん追われていって農耕社会になるというような概念があります。けれども、その一般的な概念は必ずしも島嶼性のばあい、日本的、あるいは南島（しいていえばですよ）というばあいには、島嶼性ではそれが必ずしも通用しないということです。

日本における狩猟を主に行っていた、例えば縄文時代人や、それ以前の旧石器時代人と、農耕をしり、弥生時代に入った民族、種族とを必ずしもちがうということをいってはいけないところがあるのです。

例えば、海辺に住んで魚あるいは貝を取って暮している共同体、種族があるとします。その種族は、日本では例えば、古代ではアマベと呼ばれていたり、ハヤトというように呼ばれていたり、いろいろ呼び方がありますけれど、そういう村落を構成する種族が、今度は、少し内陸のほうに入って、平野部に定着したばあいには、農耕民に転化することができるのです。これを種族的にみていっても、種族的に農耕をやっている種族と、海辺の種族とは全くちがうということは必ずしもいえないのです。ちがうこともありうるのですが、ちがうと必ずしもいえないところがあるのです。海辺で漁をするのが得意であった種族が、いったん内陸に入って農耕を始めますと、農耕民に転化することができるのです。

農耕をやっていた共同体のある種族が、今度は狩をやろうとすれば、丘陵部とか山間部に狩にゆけば、これは狩猟をする狩猟民になりうるということなんです。つまりそのばあいの相互転換が、異種のつまり異なった人種・異なった種族あるいは異なった民族というものを必ずしも想定しなくてもいいということなんです。想定しなくても、そういう転化ができるということなんです。これは狭い島嶼性に規定されない広い内陸大陸では、そういうわけにはいかないので、既にもう農耕をやってきた種族、あるいは民族形成をやってきた共同体は、ずっと以前から農耕をやってきたということになり、またちがう地域で、狩猟を生業としている民族がありますと、それは古代からも、ずっとあとからも狩猟をやっていく、そしてそれは、農耕種族との対立のうちで、文明開化的な意味で滅ぼされてしまうという、そういう一般的な形成がかんがえられるのです。

しかし、アジア的共同体のうち、島嶼的な地域では、それが必ずしもそういうようにいえないということがあるのです。そういうことの相互転換が可能だということになります。だから本来ならば、古代のアマベに属するとかハヤトに属する、そういうものが、山間部で狩猟を生業とする村落をつくってしまっているとか、あるいは平野部で農耕を主体とする村落をつくってしまっているという例を数えることができます。そういう相互転換は必ずしも民族的、あるいは種族的なちがいを意味しないということが、アジア的共同体という概念の中での島嶼的な、つまり日本的とか南島的なというようなものの大きな特徴だというようにかんがえればよろしいかとおもいます。この問題は、おそらく、あらゆる共同体形成の際に必ず問題となりうることでありますし、先ほど申しあげました——A式、B式といいましたけれども——共同体形成の仕方とか共同体が国家として統一していくばあいの統一のさせかたの極端な二つの典型というのを問題にしましたけれども、その典型の問題、あるいはその二重性の問題、あるいはその混合の問題というような、つまり共同体といわなくても国家の水準での共同性の創造をかんがえていくばあいに、やはり、大きな基本的な問題として、今後もまた問題になっていくのではないかとおもわれます。

もっともっと話す時間が欲しいくらいに、ぼくは何年も勉強してきたのですが、まあ、こういうところで皆さんの参考になんらか供しうれば幸いであるということで、今日はそういう話を少しまとめてしてみました。

## 内村剛介

ロシヤ文学にたいして、最初に、悲劇的な、それゆえまた不可避的なかかわり方をした近代以後の文士は、透谷と二葉亭であり、また本質的にはそこまでにとどまるというのが、わたしの文学史的な勘である。透谷は、内田魯庵が、英訳から重訳したドストエフスキイの『罪と罰』を、現代日本の文士であるわたしたちと、ほぼおなじ意味で読みおえた最初の人物であった。透谷の勘はすべてに同時代を超えていたが、嘘か真かわからぬ重訳の『罪と罰』から、〈考えることをしている〉貧しい青年に、なぜ無動機ともいえる殺人をおこなう必然がありうるのかを、鮮やかに読み透してみせたといってよい。二葉亭は、小心で優柔で決断力の乏しい知的な青年が、世間の片隅で官途をとざされ、恋いこがれている下宿の俗物娘を、俗物のしゃれ男に奪いとられてしまうにいたる過程を描ききることで、〈考えることをしている〉青年が、どうして見すぼらしく、おどおどしながら、社会から吹きよせられてゆくかを鮮やかに描き、ロシヤ文学を近代風に読み抜いていることをしめした。あるいは逆に〈考えることをしている〉青年が、どうして俗物娘に憧れをもつというみじめさを演じなければならないか、どうしてまがいものの金ぴか青年から蹴落されながら、軽薄な金ぴかを恨むことも、罵倒することもできないか、を鮮やかに描いたといいかえてもよい。

いや、まだ忘れてはいないか。徳冨蘆花や、武者小路をはじめ白樺派が、トルストイを読み、チェホフを読み、神西清もまたチェホフを読みぬいたのではないか。また、プロレタリア文化は、社会主義ロシヤの文化を読んだのではないか。それは切実に、ぬけ目なく、至上物であるかのように読んだのではないか。そうかもしれない。たしかに、模範回答として読んだかもしれないが、ロシヤ文学を愛しようと憎悪しようと、いやおうなしに惹きこまれて読むほかはなかった、というような不可避さが薄いように感ぜられる。すでに、ロシヤを愛するものもなくなり、ただ、実践的な至上物として読み、蹴つまずいてよろけたというだけだったかもしれない。

わたしは、ロシヤを知らないし、ロシヤに関心をもつ必然性をなにももっていない。それでも、思想するにも文学するにも不自由を覚えたことはない。もっとも、どこにも関心をもってはいないから、ロシヤだけが特殊であるということではない。そういうわたしに、ロシヤを手にとるように啓蒙したのは、内村剛介であった。わたしは、かれに出あって間もないころ、まず、質問した。巷間、日本の文士で、団体や徒党を組み、作家同盟の招待などでロシヤに出かけるのがいるけれど、いったい、ああいう文士たちは、どの範囲でどういう文士たちと遇い、どの程度の接触が可能なものだろうか？　かれは応えた。それは外国の文士が、日本の左翼文壇や商業文壇の招待で訪れたとき、どういう文士に遇い、どういう接触をして帰るかを考えてみればすぐにわかる（ここからさきは、わたしの恣意的な補足で、内村剛介には責任はない）。ようするに、ロクでなしの文士に遇い、接触して帰るだけさ。ほんとうの文士などが、のこのこ招待文士に遇うために出かけてゆくものかね。よろしい、それでわかった。では、また質問するが、ロシヤには同人雑誌というものが存在するのだろうか？　存在するとも。小さな数人だけで、勝手なことを書き、行い、展示しというようなものがね。それは政治的な上層や作家同盟が、この絵画は、ロバの尻尾であるかどうかとか、文学芸術は、歩兵か砲兵かとかいうときに対象とするものと、無縁なところで存在しているにきまっている。また、質問した。ロシヤは駄目かね。いや駄目じゃない。すくなくともロシヤの何でもない市民は、日本の市民などと比べものにならないほど、立派で堂々としている。権威や権力に対しても。あの伝統を日本のなんでもない市民がものにするのは絶望的だよ。

よろしい、わかった。内村剛介は、ロシヤの政治指導部に小さな評価しか与えないが、ロシヤの大衆に大きな評価を与えるものなのか。こういう問いかけにたいして、はじめて内村剛介の独自さがあらわれる。その独自さは、こう応える。そもそもロシヤの政治上層や官僚は下らないが、ロシヤのなんでもない大衆は立派だ、という類別の仕方は〈ジャパン〉的なものだ。ロシヤをつらぬく論理はただひとつだ。それは、たとえてみれば、トルストイの『戦争と平和』や、ドストエフスキイの『カラマゾフの兄弟』のなかで、登場人物や、作者が、作品の全体的構成をぶちこわしても平気で、勝手な長口舌を振うのとおなじだ。その長口舌が、歴史についての理念であろうと、深淵な哲学談義であろうとかまわない。ただ論理がそれ自体で、全体をぶちこわして部分の破片に変えてしまうほどに延々とつづき、終点まで展開されてしまうというパトスをもっていることが重要なのだ。

わたしは、内村剛介の啓蒙的でない文章や口舌が、わたしをロシヤについて啓蒙することに、しばしば驚嘆した。もし、ロシヤ学というものがありうるとすれば、かれは、現代で、ロシヤについて手にとるように鮮やかに語りうる唯一のロシヤ学者である。かれは、ドストエフスキイのきたない言葉と文体でかかれた作品が、日本に移植されると、とり澄ました深遠な作品に変貌してしまう〈ジャパン〉の秘密を、わたしに教えた唯一の人物であった。そして営々として地下水のように営まれている現代ロシヤ文学の水脈を忘れて、政治的上層と結びついたロシヤ文学のみが、現代ロシヤ文学であるかのように錯覚しているわが国の、文学的風潮の虚像を、教えてくれた唯一の人物であった。

はしなくも内村剛介が、一級のロシヤ学者である証拠は、エフトシェンコにふれた文章のなかに語られている。〈プラウダ〉という言葉は〈真理〉というように訳される。ところがこのばあいの〈真理〉は、ロシヤの大地に滲みこんだような〈真理〉である。〈イースチナ〉というロシヤ語は、おなじく〈真理〉という言葉である。だが「論理的真理を指す語イースチナはロシヤの文化上の先達ブルガリヤからの借用語であった。より抽象性に富むことばがおおむね外来のものであるということ、これはロシヤ文化の古くからの位相をかなり明らかに物語っている」と、内村剛介は書いている。はたして、わたしはここまでくると、さまざまな空想を刺激される。〈鮮魚〉という日本語は新鮮な魚を指している。しかし、この言葉は、おおむね、近世までのわが国の文化的先達であった中国の語法になぞらえてつくられた言葉である。〈生きのいい魚〉という言葉は、新鮮な魚ということを指している。これは現代の日本語の話法によってつくられた言葉である。じっさいの魚屋は〈生きのいい魚〉という言葉をつかう。しかし、看板には〈鮮魚〉とかかれているのがある。南九州や琉球では、これに該当する言葉は〈びえん（無塩）のいお（魚）〉である。このようにして〈魚〉という字は〈ギョ〉・〈サカナ〉・〈ウオ〉というように読まれる。こういうことを、階層的にも地域的にも心得ているものを尊重したいならば、〈プラウダ〉と〈イースチナ〉の流通圏を心得ているロシヤ学者を尊重しなければならないだろう。

内村剛介はなぜロシヤに固執するのだろうか。ここまでくれば絶句するより仕方がない。ロシヤは内村剛介の体験にとって、この世の地獄であり、また、同時に愛すべき人間どもの住むところであった。そして、その地獄と、愛すべき人間の世界は、同時にある普遍性をもっていたので、かれの所謂〈ジャパン〉なるものの卑しさ、下らなさ、地獄をも体験させる力があった。視るべきものは極限のすがたで視てしまったか、視るべからざるものさえ視てしまったものは、ただ生きており、また死に至れば死ぬより仕方がない。内村剛介のロシヤ体験を、それと見立ててもよいのかもしれない。ただ、愛すべきロシヤの大衆が、一点だけかれのロシヤ像に、灯りをともしてくれたにちがいない。ロシヤの大衆は、思い上った青年共産同盟員を、たしなめるだけの底力をもっていた。また、他国の囚虜を辱かしめる官僚や軍人を、叱りとばすだけの迫力をもっていた。政治権力は貧弱で根が浅くても、ロシヤの大衆は底深く下ろした根をもっていた。この体験がなかったら、かれもまた生きる気力をもたなかったかもしれない。ロシヤの大衆は、根の浅い近代しかもたない〈ジャパン〉の大衆よりも、遥かに立派なものであった。そこで、かれはロシヤの心と論理とを身につけて帰ってきた。

内村剛介には、たとえば結核患者の身体が、あるところで成熟を停止してしまうように、成熟しないまま年齢を加えてしまっている個処がある。かれは、そのことに気づいていて〈生き急ぐ〉のである。何にむかって〈生き急ぐ〉のか。いまだ未成熟のまま年齢を加えてしまった、じぶんの内部のある部分にたいしてだ、と応えれば、きわめて〈ジャパン〉的な応え方になってしまうかもしれない。内村剛介は、ロシヤの収容所生活で過ごした空白の年月を、急いでとりもどしたいとおもっているのだとかんがえることは、いかにも日本の知識人的である。かれがとりもどしたいとおもっているのは、〈とっちゃん坊や〉のままで、かれの内部にあるものではあるまい。そういう意味でなら、ロシヤの収容所体験は、たれも体験できなかった、極限の体験であり、強いられたものであると同時に、かけがえのないものである。内村剛介のなかに巣をつくって居ついてしまったものは、きわめて〈ロシヤ的〉なものである。そこで、また、わたしたちが、内村剛介を評価するばあいの誤差が生じる場所ができてくる。かれはゲルシェンゾーンの『創造的自己認識』から、つぎのような個処を引用している。

ロシヤのインテリゲントといえば、それは、何よりもまず、弱年のときから、文字どおりにおのれのそとで生きている人である。つまり、自分が関心を持ちそれに参加していく価値のある唯一の対象は、彼のリーチノスチ（個人・ひととなり・人柄・人格・人物）の外側にあるところの何ものか——ナロード（大衆・民衆・人民）、オプシェストヴォ（世間・世の中・社会）、ゴスダールストヴォ（国家）——であると認める人である。わがくにのごとく世論の支配がかくも専横をきわめるところは世界中どこにもない。しかもわが世論は、すでに四分の三世紀に亘って、この至高のプリンシプルの認承の上に不動の姿でわだかまっているのだ。おのれのリーチノスチのことを考えるのは、エゴイズムであり不埒であるという。ほんものの人間とは、世の中のことを思い、世の諸問題に関心を抱き、共通の利益のために働く者だけをいうのである。（中略）

なるほどこれなのだ。〈ロシヤ的〉というのは。この方法は、内村剛介に観念の構築作業に専念することにたいする嫌悪と、実感的な、民俗的な大衆の言葉にたいする偏愛を生みだしている。日本のインテリゲントの発想でいえば、このロシヤ・インテリゲントのもつ特性は、どこかにゴマ化しがなければ成り立ちそうもないということになる。だがこのロシヤ・インテリゲントの特性には、闇でつきうごかしている衝動がかくされていて、どうすることもできないものなのだ。日本のインテリゲントの特性はこれとはちがう。かれらは、地肌では非インテリゲントそのものであり、知識人としては、借り衣の観念の体系を好み、論理の整合を偏愛する。そしてこの分裂が本音とたてまえをうみだし、しかつめらしい論理の皮を剝いでみたら、まったく単純な花札の〈坊主〉しかのこらないということになろう。このロシヤ・インテリゲントと日本のインテリゲントのあいだの誤差は、内村剛介のわが国における働きを不幸にしている。かれが日本を〈ジャパン〉としか呼びえないのは、わが国のインテリゲントのように、ユウロポ・フィルからではなく、スラヴォ・フィルからであり、スラヴォ・フィルが血肉にまで、方法化されているからである。

内村剛介とは何者なのか？　かれは、かれのいわゆる〈ジャパン〉なるものと、年月に顔のしわを削りとられ、土くれた手の皮膚を粗くさせてしまった〈妣《はは》〉なるものが潜んでいる〈日本〉なるものとの空隙を埋めるために、ロシヤの文学や思想を耕している者といえば、ある程度は当を得た把握であるような気がする。かれが生半可の抑留体験者だったら、〈ジャパン〉なるものと〈妣なる国〉との空隙を埋めるために、日本の文学や思想を耕すことから始まり、そこに終るという方法をとったにちがいない。あるいは抑留と収容所生活の悲惨な体験を、怨恨のつるはしで穿ち続けるということになったかもしれない。しかしかれはこの何れの方法もとらなかった。そして一見すると迂遠なようにみえるロシヤの言語・民俗学に精力をそそいできた。わたしはロシヤを知らないし、またロシヤの文化にも政治権力にもあまり関心はない。わたしが内村剛介の仕事に関心をもつのは、かれが穿ちつづけているロシヤ語の世界と民俗とが、結局、〈妣〉なる日本と、西欧なる日本との空隙を埋めるための摸索にほかならないとおもえるからである。かれの内部には双頭の悲劇が住みついていて、この悲劇は外部に放てばどこへでもとびたっていくというようには存在していない。双頭の悲劇にふたつの足をかけ、そのあいだに身を横たえるよりほかに術がないことを、かれはよく知っているようにみえる。

かつて明治の二十年代に、はじめて『罪と罰』を近代的に読み込むことができた透谷は、純粋な空想界に身を屹立させて、社会と対峙するよりほかなかった。そして自死へとたどりついた。また、はじめてロシヤの文化を、近代的に読み込んだ二葉亭は、優柔で、おどおどして、実社会ではなんのとりえもなく社会の片すみによせられて生きざるをえない平凡なインテリゲント内海文三の人間像を、ロシヤに促されて創出せざるをえなかった。つまり、二葉亭は、巨大なロシヤ文化を圧《お》せば、卑小な、おどおどしたインテリゲント内海文三がとびだしてくる明治の〈ジャパン〉のメカニズムをよく洞察していたといってよい。そして、現在、ロシヤの言語・民俗学を圧《お》すとき、どんな日本インテリゲントが創出されるかを、内村剛介はわが身を実験台にのせて確めつつある。いま、その労苦と荷重と研鑚に耐えるものは、かれのほかに存在しない。そこに、たぶん内村剛介の悲劇と光栄と生き甲斐があるにちがいない。

# 〈関係〉としてみえる文学

島尾敏雄の作品群を眺めわたすと、ある生活体験が、どうやって作品にまで昇華されるかが、よく了解される。まず、はじめに日録というべきか、随想というべきかはべつとして、体験への関わり方をしめす文章がかかれる。つぎに、この種の文章に、想像力の働きをさり気なく流し込んだ〈半作品〉が、やってくる。そしてこの〈半作品〉が、特異な世界にまで〈変貌〉した〈作品〉が到達してくる。

島尾敏雄の主な作品は、たいてい、こういう三層にわたる操作を経て形成されているといってよい。こういう三層にわたる作業を通じて、どういう特色が、体験の核からのこされ、変形され、また、ひきのばされ、あるいは省略され、削除されるのだろうか。もちろん、個々の作品によって、異っているが、共通な根拠をみつけ出すことはできる。かれの作品の背後には、かならず現実上の体験があるといってよいが、この体験は、ふつう云う意味での、おおきな体験であっても、ささいな体験であってもよい。かれの作品形成にとって重要なことは、ただ、現実上の出来事が、かれの身体に侵入し、かれにひとつの〈関係〉を強要するだけの力があるかどうかにかかっている。この〈関係〉は、究極的には、かれの心的な世界を、喚びさますものでなくてはならない。かれの心は、どんな〈関係〉を強いられたときに作品にむかって起きだすのだろうか。はじめは、たれでも少しは思いあたるふしがある〈関係〉意識からやってくる。〈きっとこうなるぞ、いやだな、いやだな〉とおもっていると、狙いを定めたように向うの方でも、そこへ吸い寄せられてきてしまうという、あの異和をふくんだ〈関係〉の体験だ。この自己と作者との〈関係〉の仕方には、ふたつの要素が含まれている。ひとつは、自己が相手に実質以上にこだわっているから、あたかも、そのことが過剰な関心に吸い寄せられるようにみえるだけだということだ。いいかえれば関係妄想の世界にまでゆきつくような、妄想体験にしかすぎない面をもっている。だが、このありふれた〈関係〉意識の世界は、もうひとつの要素を含んでいる。じぶんの方で〈犬〉を嫌だなとか、怖いなとかおもっていると、たしかに〈犬〉の方もそれを察知しているとしかおもえないといった体験がありうるのではないか。島尾敏雄の〈関係〉意識は、このことに耐えられず、ついに〈犬〉がじぶんの尻の肉を噛みとってしまう、というところまで、ひっぱって作品形成を遂げずにはおられないのである。人間と人間の〈関係〉の仕方にも、そういうことは現実にありうるのではないか。とくに人間が〈男〉と〈女〉としてあらわれる場面ではそうではないのだろうか。こういう問題への島尾敏雄の執着の強さは、幼児期の母親との〈関係〉の仕方に発祥しているようにおもえる。つまり、人間とは〈関係〉によって伸縮、変形されるくらげのようなもので、実体あるものではないのではないかという潜在したモチーフが、島尾敏雄の作品の世界を占拠しているようにみえる。そしてたしかに、人間は〈じぶんが好意をもったり、恋情をもったりすれば、他者もそうにちがいない〉という錯覚をかかげて、他者との〈関係〉に突入するのだ。たぶん、このことは、文字通り錯覚にしかすぎない。ただ、そうするより仕方のない錯覚なのだ。また、体験的にいえば、この錯覚は、錯覚ではない部分を含んでいるのではないか。たしかに、そうかも知れない。このばあいには、自己の錯覚と他者の錯覚が〈共時〉的に進行することが必須な条件である。人間のあいだの〈関係〉では、〈中性〉の構造が重要であり、〈好き〉や〈嫌い〉の感情は、たえず〈中性〉構造に繰りこまれることによって、新たに純化された〈好き〉や〈嫌い〉にむかうというより仕方がないのだ。

　島尾敏雄は、たぶん、眼の前で、あれよあれよというまに、人間と人間との〈関係〉が形成されてゆくのを目撃したとき、蒼ざめるにちがいない。人々にとって人間と人間とのあいだの〈関係〉は、不断に存在し、また消失する束の間の流動に過ぎないのに、島尾敏雄にとって、どれもが〈一期一会〉であるべきだとみなされているからだ。かれは、この思いをかたくなに守るために、あるときは、かたつむりのように甲殻のなかに身を縮めたり、蔓草のように身を延ばして、纏わりついたりする。そのとき、かれの心は、作品形成にむかうようにおもわれる。

# 斎藤茂吉

——老残について——

茂吉は、なぜかドイツ留学から帰ったころから〈老い〉のきざしをみせはじめた。もし〈老い〉が、生理的にやってきて、生理的に〈死〉にまで、なだらかな減衰曲線を描くものならば、かくべつ特異さも、個性もないもので、すでに四十代に足を踏みこんでいた茂吉にとって、〈老い〉のきざしはあたりまえのことだったといってよい。だが、人間の〈老い〉は、そう簡単ではない。まったく個性的に、内面的に演ぜられる劇《ドラマ》が、この生理的な〈老い〉に伴奏される。もっと極端にいえば、生理的な〈老い〉のほうが伴奏で、ほんとうの〈老い〉は、個性的にひそやかに演じられる心的な劇《ドラマ》にあるといってよいのかもしれない。ミュンヘンにいたとき、暮夜ひそかに陰毛にまじった白毛を切って棄てた（『ともしび』）と歌ったとき、茂吉は、たぶん、生理的な〈老い〉にたいして、はじめて背離し、分裂してくるじぶんの心的な世界に気づきはじめたかも知れぬ。

それならば、人間はどうやって生理的な〈老い〉に、無理してたたかいを挑んでみたり、あるいは、わざと眼をつぶってそっぽをむいたり、あるいは自然にうけ入れたふりをしたり、また反抗し、またそれから諦め、また拒否し、といった内的な劇《ドラマ》を演ずることになるのか。この過程は、きわめて複雑であり、それとともに個性的なはずである。茂吉はじぶんの生理的な〈老い〉にたいして、はじめて心的に対面し、去年あたりからじぶんの性欲は弱くなったし、こうして無くなってゆくのか（『たかはら』）とか、たれもの〈老い〉とおなじように、じぶんの口ひげも白くなってきた（『たかはら』）、などと気にしはじめるようになって、歌作のうえで、あるあきらめに似た平明さを獲得してくる。これは茂吉の歌に、『明星』調を導入させることになった。

章魚《たこ》の足を煮てひさぎをる店《みせ》ありて玉《たま》の井《ゐ》町《まち》にこころは和《な》ぎぬ　（『たかはら』）

吉井勇であってもさしつかえない歌である。生理的な〈老い〉の自覚がやってきたとき、とくに短歌の世界では、あとに残されるのは〈自然〉との内的な交歓か、〈事実〉にたいする手放しの容認しかないのかもしれぬ。それが過ぎたあとで、老衰をみせるというのが、たれにでも考えられる普通の過程である。茂吉といえども、その過程をたどっていると、いえなくもない。だが、偶然が茂吉に加担しているというべきかどうかは判らないが、戦争のきざしが、もともとあった茂吉の〈事実〉にたいする好奇心を刺激することになっている。巨きく云えば、茂吉にとって戦争のきざしも、風景も、世上の事件も、すべて〈事実〉として、自然の景観のようなものとなってしまった、といってよいかもしれない。

機関銃のおとをはじめて聞きたりし東北兵《とうほくへい》を吾はおもひつ　（『連山』）
一つだに山の見えざる地《ち》のはてに日の入りゆくはあはれなりけり　（『連山』）
政宗の追腹《おひはら》きりし侍《さむらひ》に少年《せうねん》らしきものは居らじか　（『石泉』）
心中《しんぢゆう》といふ甘《あま》たるき語《ご》を発音するさへいまいましくなりてわれ老《お》いんとす　（『石泉』）

こういうモチーフも、歌調も、『赤光』のときから、すでにあった。しかしなにかが異ってしまっている。茂吉的にいえば〈声調〉がちがったということになるが、ようするに、じぶんの生理的な〈老い〉にたいして、手綱をゆるめてしまっていること、つまりあきらめ手放しになっていることが、ちがっているのだ。吉井勇などは、弱年のときに、すでに手綱をゆるめた、小金に不自由しない遊治郎という位相から出発した。つまり短歌という形式にたいする不平を、すこしもたないで〈声調〉を放下してしまったところから出発し、そこを出る気はなかった。そこで、心的な〈老い〉から出発し、生理的な〈老い〉が、あとから追いかけ、追いついて肩をならべ、ついには追い越した。だが、茂吉は『赤光』のはじめから、短歌形式にたいして不平まんまんであり、この形式を強引にネジ切って、切り口をみせることから出発した。そして〈老い〉の放下と諦めに達している。これでおわれば、茂吉もやっと、自然らしさが身についた、ということになったかもしれない。だが、〈老い〉の複雑さは、なお、茂吉のなかで、ひと暴れしている。不可解といえば、それまでだが、背景になにかがあって、ということもかんがえられる。それが『白桃』以後である。『白桃』以後で、茂吉の〈老い〉は、また〈変容〉しているとおもわれる。この〈変容〉に理屈をつけるとすれば、〈老い〉の中心にある心的な劇《ドラマ》に、ある普遍性をあたえた、といってよい。べつの云い方をすれば、〈老い〉を広場にもってきた、ということになる。〈老い〉を心的な劇《ドラマ》としてみるかぎり、あくまでも内面的な、個性的なものであり、普遍化することなどできるはずがない。ただ、ここでいいたい普遍化とは、どんな〈老い〉にもあてはまるような生理性に、じぶんの〈老い〉を拡げたということではなく、たれにでも心的に、そして個性的に〈老い〉をよびおこすまでに普遍性をあたえた、というほどの意味である。茂吉は、いったん放下した諦めを急速に回収し、圧縮させる。それによって、短歌形式は、ふたたび呼吸を吹きかえし、不平を鳴らしはじめる。この不平は、青年期の『赤光』の不平とは、異質であった。

上《かみ》ノ山《やま》の町朝《あさ》くれば銃《つつ》に打たれし白き兎《うさぎ》はつるされてあり　（『白桃』）

よひ闇《やみ》より負けてかへれるわが猫は机《つくゑ》の下に入りてゆきたり　（『白桃』）

断間《たえま》なく動悸《どうき》してわれは出羽ヶ嶽の相撲に負くるありさまを見つ　（『暁紅』）

年老いし父が血気《けつき》の盛《さかん》なるわが子殺しぬ南無阿弥陀仏　（『暁紅』）

鼠の巣片づけながらいふこゑは「ああそれなのにそれなのにねえ」　（『寒雪』）

隣り間に嘯《しやくり》して居《ゐ》るをとめごよ汝《な》が父親《ちちおや》はそれを聞き居《ゐ》る　（『小園』）

この〈老残〉と〈若やぎ〉にたいする、いずれおとらぬ偏執は、もちろん、茂吉の内部では、まったくおなじ源から発している。その源が、茂吉の〈老い〉の固有さである。この源の性格は、なんと名づけるべきだろうか。そして、この不協和音の見事な蘇生は、どこからやってきたのか。どこからやってきたかは、あるいは伝記的な〈事実〉から探しだせるものかもしれない。だが、ここにある茂吉の〈寂寥〉は、茂吉の〈老い〉の奥のほうから噴きだしてきた独得なものである。茂吉は、じぶんの〈老い〉を裏かえしてみせる。弱年のころから名づけようもないものに恐怖し、縮こまり、おどおどしてきたのは、じぶんである。そうだとすれば、じぶんの生理的な〈老い〉は、いいかえれば、漠然としたなにかにたいする恐怖や縮こまりや、おどおどしさからの解放であってよいはずだ。つるされてある「白き兎」のような対象に着目し、衝撃を感じ、その衝撃を歌にすることで出発したのは、弱年のころのじぶんである。そうだとすれば、〈老い〉のじぶんは、いま、はっきりと「白き兎」は銃で打たれたものだ、といいきってよいはずである。わが家の飼い猫が机のしたに入って眠っている、という視線の特異さは、弱年のころのじぶんの歌を特徴づけたものである。そうだとすれば、いまのじぶんは、思いきってこの猫は、外の暗がりで、ほかの猫と喧嘩して負けてきたのだ、と限定してもよいはずだ。出羽ヶ嶽という巨漢の相撲とりがいた。短い全盛期には、巨軀を利して、ちぎっては投げという感じであった。だが、腰と脊椎を悪くしてからは、だれにでも負けるばかりで、それでも引退することができずに幕内から消えた。その土俵ぶりは〈老醜〉そのものであった。じぶんが、どんなに出羽ヶ嶽の内面と相撲ぶりに感情をこめているかを、いまは、はっきりと歌ってよいはずだ。年老いた父親が、血気さかんなわが子を殺す、という動機も、心理も、事件も、この俗世間の三面記事には、珍らしいわけではない。それに、偏執するじぶんは、半分くらい父親に手を添えてやってもいいとおもっている。念仏が口を衝いて出てくるのは、殺しそのものが無残だからではない。自然に逆らって、老いぼれが若い息子を殺害することのなかに、人間の存在そのものがもつ不条理が具現されていることを感ずるからだ。

茂吉が、〈老い〉について到達しえたふくらみは、たぶんここまでであった。だから、これが茂吉の〈老残〉の思想と歌の到達点だとかんがえてもそれほど間違いはない。それ以外のところまで、ゆきたいとおもえば、短歌形式そのものを放棄するほかはない。茂吉の最終の歌をめくりおわるとき、どうも、こんどは短歌形式が、茂吉の〈老い〉や〈死〉への予感の大きな表現力を、堰きとめているように思われてくるのは、なぜだろうか。

戒律を守りし尼の命終《みやうじゆう》にあらはれたりしまぼろしあはれ　（『白き山』）
名残《なごり》とはかくのごときか塩からき魚の眼玉をねぶり居りける　（『白き山』）
わが生《せい》はかくのごとけむおのがため納豆買ひて帰るゆふぐれ　（『つきかげ』）
暁《あかつき》の薄明《はくめい》に死をおもふことあり除外例なき死といへるもの　（『つきかげ』）
いつしかも日がしづみゆきうつせみのわれもおのづからきはまるらし　（『つきかげ』）

ほんとうは、茂吉のこの〈死〉への最終の諦念は、いまのわたしの手には負えないというべきかも知れぬ。いいかえれば、〈死〉は人間を平等なところへ追いやる、ということは判っても、〈死〉の予感が人間の認識を、〈自然〉に同化させるということはいまのわたしの理解を超えている。そういうべきだろうか。

# 情況への発言

——きれぎれの感想——

## 1

連合赤軍事件がテルアビブ空港事件にまでたどりついたとき、わたしは〈とうとう行くところまで行ったな〉という感想を抱いた。だがしかし、よくよく考えてみれば、この両者には質的なちがいがある。連合赤軍事件には、原寸大のものを無理やり拡大鏡にかけたような強烈で偏執的なイメージが対応する。テルアビブ空港事件には、原寸大の風景を、無理やりに〈地の果て〉に遠退かせたようなイメージがつきまとう。この両者が、べつべつの分派によって行われた事件なのかどうかは、わたしの距離からは区別できない。連合赤軍なるものを行動的に支配した理念は、まず〈国家〉との直接な、早急な、そして銃器をもった対決なしには、世界性に到達できないという論理である。かれらに、さしたる論理がなかったとしても、無意識のうちに、みずからの〈国家〉との対決を回避しては、世界性をかんがえるのは無意味だ、という発想だけは存在した。ところが、テルアビブ空港で自爆を遂げた（未遂もふくめて）赤色青年たちには、国家との対決という視点はなくなっている。だから脱国家的である。この〈国家〉との緊張関係を放棄した度合に応じて、何の関係もなく、たまたまテルアビブ空港に降りてきた旅客が機銃や手投弾やピストル乱射の対象として登場してくる。なんのために、そんな行為が成立つのか。〈国家〉との緊張関係を喪失して、なお〈革命〉志向と自滅志向に忠実だとすれば、現在の世界を、黒板に描かれた平板な図式とみて、二色に〈類別〉するより仕方がない。いいかえれば、現在の情況で、立体的な世界像を、平面的な判りやすい世界像に転化するためには、〈国家〉との対決を、理念的に回避し、つぎに実感的に脱国家に到達するのが唯一の方法である。だから、テルアビブの自爆青年の背後には、現在、得体の知れない格好をして、赤シャツ、長髪、つけ髭で、新宿や池袋あたりにたむろしたり、芸能と芸術の中間の、甘ったれたふき溜りを巣にして、ときどきはテレビ用の群衆になって、芸能じじいや、ばばあを、カラカっていい気持になっているような無数の青年が、ぞろぞろ続いている。テルアビブ自爆青年の背後に、無数のこれらの亡者が視えなければ、たぶん占師としても失格である。

この優れて〈情況〉的なテルアビブ空港事件は、懐古的な類推で満足するとすれば、日本にはもはや〈革命〉の手がかりなし、と称して大陸に押しわたり、火つけ、強奪、阿片密売、陰謀に従事して、ついに自らも正体を喪って、軍、官、天皇制の走狗となった〈大陸浪人〉になぞらえることができる。また、殺害と自爆の仕方だけにライトをあてれば、特攻少年の行為に類比させることもできる。現に、かつての連合艦隊司令長官山本五十六のように、テルアビブ自爆青年をおだてたり、賞めそやしたりする煽動家たちも出現しているくらいである。

わたしもまた、テルアビブ空港事件が、日本人の自爆青年によって行われたということに〈象徴〉を感じる。この事件は、何らの世界性も、革命性も、有効性ももたない自滅事件にしかすぎないが、〈情況〉そのものの〈象徴〉として鋭い典型をしめしているからだ。この〈象徴〉は暗く、かれらの屁理窟とはうらはらに、個人的であり、内閉的である。すでに、自己を聖化するどんな〈義〉も見出せなくなった青年の、〈無動機〉ともいえる殺戮行為が、政治的理念の看板の背後に直感される。

では、脱国家的（反国家的でも抗国家的でもない）な〈理念〉が、国内に閉塞しているだけではなく、海外に押し出されてゆくことには、どんな情況の現在性が対応するのだろうか。きわめて常識的に、この頃は安っぽく海の外に渡れるからな、というのも理由のひとつには、なりうるのかもしれぬ。しかしさしあたって、そんなことはどうでもよい。意味をみつけるとすれば、ただひとつ、近代的（あるいは古典的）な国家像が、社会的な国家と政治的な国家との矛盾として、あるいは、経済社会構成体と、その上層としての国家との関係の仕方として、先進的な資本主義と、その国家機構のあいだで、〈変容〉しつつ存在することと対応しているということである。これらの〈変容〉の内部では、国家の政治的な中枢は、すでに、部分的には産業資本や金融資本の志向性を統御できないようになっている。その空隙をつたわって〈脱国家〉の理念と行為は成遂されるのだ。

ここで、もっとも残骸をさらしている〈国家〉についての理念は、なんであろうか。テルアビブ自爆青年から、世界革命浪人と自称する煽動家たちまでを支配している残骸はなんであろうか。かれらが近代的な民族国家の変質過程を〈情況〉として把握しきれないために、自己解体の表象を、単純な世界図式として表出せざるを得なくなっていることである。かれらの政治思想的な、自己解体に対応するのは、本来は、決して世界図式ではなく、〈国家〉像の変質にほかならないのだが、かれらの能力は（というよりも耐え性のなさは）、古典的な近代民族国家の像の変質過程をたどるだけの余裕をもたないため、対応すべき現実的な、具体的な拠点を、なにももちえなくなっている。駄ボラは煽動にならず、じつに駄ボラとしてしか存在しえない。それとともに注意深いものは、かれらが〈国家〉という概念の代同物として、〈民族〉とか〈種族〉とかいう概念を、あいまいに等置させていることに気付くはずである。かれらは〈日本国家〉を消滅させるという代りに、〈日本民族〉を絶滅させるという。べつだん種族として、さして変りばえもしない朝鮮、日琉、東南アジア、および極東アジア沿海部民、島嶼民を、ことさらタテに割ってみせる。原拠は、八切止夫のフーテン史観だから、少々頭がこわれていなければ、付合いきれるものでもない。だが通俗小説や歴史読物以上のものは、読む根気さえなくしてしまった駄ボラ吹きの背後に、漫画や映画で〈革命〉を学習した低能な学生（上り）が引っかかってくるという図式は、まさに切実に〈情況〉的なのだ。まさに『話の特集』そのものなのだ。もちろん、かれらは、アラブへゆくとか、東南アジアへゆくとか、韓国へゆくとか、つまらぬことを口走り、それがあたかも意義ある〈潜入〉であるかのように称しているが、べつに〈潜入〉しなくても、この連中などは、行きたいところへフリーパスでゆけるわけだし（駄ボラのほかに何もしてないじゃないか）、どうせ奇特な国際的利権屋いがいに、たれもかれらを相手にするものなど、いるはずがない。これだけは、間違いなく、かつての〈大陸浪人〉がたどったとおなじ道をたどるはずである。

どうせ日本にいても、通俗大衆小説と芸能界にはさまれた、どうしようもない退廃した泥沼にしか生棲できないかれらは、国際浪人として、陰謀、火つけ、強奪、テロ、麻薬密売の手先となって朽ちはてるのも決して悪くはない。

ところで、ゆきつくところまでゆきついてしまった白けきった政治情況が、白けきった言葉によってではなく、切迫した装いで語られる余地があるのはなぜだろうか？　たぶん、わたしたちが、具体的に、現実的に直面している問題と、理念的に、共同的に当面している問題とを混同すべき多くの契機に見舞われているからである。わたしたちを切迫した鼓動で襲っている問題は、古典的な理念の当てはめが、通用する余地を失ったと感ずる、観念的な切迫感に根拠をもっている。だがこの理念的な切迫感に見合うような、具体的な現実性は、どこにも存在してはいない。軍事評論家や、公害評論家や、交通評論家は、それぞれ一日にどれだけ人間が殺害され、汚染されているか、といったデータや情報を嗅ぎだしてきて、切迫感を鼓吹することはしているし、軍国主義復活を誇大に宣伝することに、老後を賭けている著作家もいる。しかし、情報やデータで、世界が把握されることは決してない。世界が把握されたとき、はじめて情報やデータは物の用をなすにすぎない。これらの情報通の世界分析の欠陥は、さしたる方法的な原理なしに、限りなく〈事実〉に密着するときの踏み外しに共通なものである。このようにして、さしたる根拠のない問題から苛立ちを与えられ、確たる根拠がある課題にたいして、〈休暇〉させられている。このちぐはぐさは〈情況〉の根柢に敷きつめられている礎石である。つまり、苛立ちは二重なのだ。わたしたちがもっているのは、愉快な頓馬な戦士たちだが、もう一方の、テコでも動きそうもない馬耳東風の戦士を取上げなければ、苛立ちの二重性に当面したことにはならないかもしれぬ。

商業雑誌『前衛』（一九七二年八月号）に、野村俊夫という「法学者」が「吉本隆明の形而上学」という文章を寄せている。副題に「国家イコール『共同幻想』なる国家観」としてあるから、まさしく、わたしの『共同幻想論』を、そう読んだにちがいない。わたしは、野村俊夫という「法学者」をまったく知らないが、その無能さと不勉強さとは、すぐに理解することができる。まあ、その言うところの批判を、少し抜き書きしてきこう。

「六〇年安保のとき、手ひどい挫折感におちいったことのある吉本は、さいきんでは一部の知識人のように直接的な暴力・妄動を呼びかけるという点では派手な動きは示していないが、しかしペシミズムを基調とし、大衆＝愚民、知識人＝前衛だとし、反共、反労働者階級的な方向での観念的作業をくりかえしている点では、まさにトロツキズムへの通路にふさわしい。」「したがって、吉本の『共同幻想論』の方法における根本的な特徴のひとつは、つまるところ、認識論上、唯物論にたいして否定的であり、社会現象、ことに上部構造現象の認識の次元では唯物論的歴史観にたいして否定的である点にみられるといわなければならない。」「吉本の場合には、マルクスとちがって、『観念の世界』の『位相』における『疎外』ではなく、『対象化』の『世界』が存在することが認識されなくなってしまっているのである。」「マルクスの『疎外』論にふくまれているこのような初歩的な問題の把握さえ欠落する以上、人間の自己『対象化』がなにゆえ『自己疎外』になる場合があるかの必然性や諸条件は認識されがたくなるから、『疎外』の現実的否定とその諸条件もまたあきらかにはされないことは、当然の帰結となるだろう。」

……

こういう「法学者」の批判は、いくら引用しても堂々めぐりだが、ある部分では、まんざら当っていないこともないところが味噌なのだ。だが、何という呑気な男が、現在の〈情況〉のもとでも存在するのだろう?

わたしは、すぐに参院選挙で、議席がふえたというので、万歳を三唱している共産党本部のテレビ風景を、「反映論」的に思い浮べて、その悠長さに驚嘆した。ただ、この種の呑気なとうさんの背景にも、身なり小ぎれい、明るく健康、歌いましょう、踊りましょう、集団就職者は朗らかに手を握りあい、明るい未来へ向って流れを変えましょう、といった、気耻かしい進歩政党のポスターのような、おあつらえむきの亡者が、ぞろぞろ存在することを見なければ、まったく無意味なのだ。

わたしは、しばしば、このごろ真面目な論争をやらないなどと云われるが、どうやって、こういう連中と真面目に論争できるものか教えてもらいたい。馬鹿につける薬はないのだ。かれらの脳髄は永久に「現実」を「反映」しているだけで、ひとかけらの自発的な意志もなく、その「現実」とやらが、その時々の日本共産党の猫の眼のように変る〈戦略〉と〈戦術〉を指すものだとしたら、わたしでなくても付き合いきれるはずがない。

もちろん、わたしの著書にあらわれた見解は、少しも「現実」などを「反映」していない。「現実」とは、もし現存している具体性と解するかぎり、頭脳に「反映」させるものではなく、それを生き、それを引掻き、それと悶着を起こすものだ、ということは、まったく自明だからだ。この馬鹿な「法学者」は、わたしにマルクスの『経済学批判』の「序」をよみ、そこで提出されている唯物史観の定式を考えよと説教を垂れている。そう云われるまでもなく、マルクスが発見したと信じた歴史法則の定式をよく承知している。しかし、わたしが読むと、この自称「法学者」のようには、読めないから不思議である。すくなくともマルクスの述べている歴史法則の定式は、たかだか百年足らずしか生きることができない人間のひとつの生涯の時間を、捨象できる時間的尺度を前提としなければ成立しないし、そういう意味でしか述べられていないことは、まったく自明のことである。だが、この「法学者」は日本共産党の愚物が、そのときどきに定めた「現実」なるものを「反映」して生涯を終えるつもりらしいのだ。馬鹿らしいからよせ、とは敢えて云わない。しかし、くだらないマルクス理解に惑わされて一生を空振りして、打率ゼロで三振アウトになったとて、恨むのは自分であって、他人のせいにしたり、権力のせいにしたりするのは、逆恨みだということは知っておくがいいのだ。わたしのような奴がトロツキストに橋渡しをしたせいで、おれは、無為徒食のうちに老いぼれてしまった、などといっても、わたしは一切責任を負わない。この「法学者」とて、スターリニストに橋渡しをしたくて、つまらぬ文章を書いているのだ。こういう鈍感な異端狩りの情熱に接すると、その情熱はどこから吹き上げてくるのかを考えて、暗い奈落をのぞきこむような気がしてくる。小林一喜の『どこに思想の根拠をおくか』の書評（『図書新聞』昭和四十七年六月二十四日号）もこの類いである。この男が、誰の変名であるか知らないが、「現状分析研究会」に所属すると記してある。「現状分析研究会」といえば、六〇年安保闘争の終焉とともに完全にけしとんだはずである。津田道夫をはじめ、この連中の国家論も日本資本主義分析へのアプローチも、六〇年以後俄かに生彩を失ってきたのは、周知の事実である。理由は単純なのだ。坐して闘争のさやをとる政論家や文化官僚という存在の仕方自体が、すでにさやをとる方途を失い、存在理由がなくなったからだ。もうそういう時代は完全にすぎたのだ。以後、この連中は、あるいは「新日文」に、あるいは大学教師の空き間になだれ込んだ。本来ならば生々とした創造と研鑽の場であるべきところは、こういう連中のために灰色の〈墓場〉に変ってしまった。それは何よりも、かれらが理論の追求や研究に打ち込めば、〈あいつは実践から離れた〉と云われはしまいか、とビクつき、政治的実践を行おうとするには、手足をもっていない傷病軍人としてしか機能しない、という理由によっている。マルクスのように、もう頓馬たちと付きあう義務もなくなった、〈喜んで公生活から卻く〉と称して、『資本論』に打込む、といった度胸も見識ももたない小官僚のなれの果て、とはこの連中を指していうのだ。

だいたい考えてもみるがいい。ひとりのレーニンとその共同性が出現するためには、チェホフも要れば、ツルゲーネフも要る。トルストイもドストエフスキーも要る。どれ一人とってきても同時代の世界に拮抗しうる学者も、研究者も、芸術家も要る。その背後に膨大な裾野を形成している無名の無数の文化も科学も要る。もちろん、一党派の小賢しい戦略や戦術などで、〈革命〉に到達できるなどと考えることは、たわ言にしかすぎないのだ。しかし、この連中のやっていることは、政治革命後のロシアの小官僚のまねごとである。

小林一喜と称する亡霊が、ただくさすためにのみ、『吉本隆明』論や『黒田寛一』論をかきはじめたのは、「現状分析研究会」が解体に瀕してからである。この亡者が、わたしや黒田をくさすために、一冊の書物をでっちあげた情熱は、どこからくるのだろうか。もちろん、スターリン主義者特有の異端狩りのつもりもあろうし、亡者の怨恨もあるかもしれない。だが、わたしは警告せざるをえない。亡者は、ただ墓場で、仲間とのみ私語していればよいのだ、と。小林一喜とやらは、資本主義の経済社会的分析に打ち込めば、この世界の〈現実〉が判るつもりらしい。講座派や労農派が昔やった馬鹿気た認識を、また蒸し返したいらしいのだ。マルクスは、〈資本〉のメカニズムを解明することを、経済社会構成の歴史的現存性の解明とみなしたが、「現実」の解明だなどと考えなかった。そもそも、現存する世界を、経済学的な範疇で解明すれば、現存する世界の「現実」を解明したことになるなどと考えることがどうかしている。講座派や労農派は、かつてそう信じて、資本主義の経済社会的分析から、政治的な〈戦略〉や〈戦術〉を導き出そうとした。もっと、はっきりいえば、コミンターンの打ちだした政治的〈戦略〉と〈戦術〉に合致するように、日本資本主義の経済社会的な分析を当てはめた。その結果はべつに経済学を知らない大衆が、最初の一瞬で直感した〈現実〉把握にも到達しなかったのである。そもそもこの世界の〈現実〉が、経済分析で解明できるものだなどという頓馬なことを、たれが小林一喜に教えたのだ？　もしそうだったら、わたしたちは、長洲一二や力石定一や伊東光晴のテレビ経済解説を、三拝九拝しなければならないだろう。すでに小林一喜などの連中は、「現状分析」どころか「現実」と経済社会構成との区別も失ってしまっているばかりか、経済的な範疇が、この世界の「現実」のどこに位相するか、をかんがえるだけの、生々しい現実感覚すら無くしてしまっているのだ。

たった一冊、トロツキーの著書をホン訳したら、市民主義者からトロツキスト同伴者に転身してしまった『図書新聞』の編集者、大輪盛登におだてられて、しゃしゃり出てくる薄汚なさが、わたしにはやりきれない。小林一喜という亡者が、いいたいことは何なのか。ようするに、おまえの仕事は、六〇年代でおわった、おまえの文章は衝撃力を失った、だから邪魔だとアジテーションしたいだけにすぎない。冗談ではない。それは、小林一喜という亡者の、いじらしい希望的観測の告白というものだ。この亡者のような、怠け者にショックを与えることなど、どだいたれにも不可能なのだ。じぶんが理解できないことは、衝撃力がなくなった、と云えばすむ男に、まともな仕事を読ませても豚に真珠である。こういう頓馬が、マルクス主義者づらをして、インテリを脅し、インテリの方も恐れ入るなどという図式はとうに亡んで、どこにも場所が無くなったのである。もっとも『図書新聞』のように、原稿料はできるだけ払わず済まして、サギ行為で飯を喰っているくせに、天下の公器のような見せかけで、読者をだましつづけている書評紙と、小林一喜とはどう契ったにしろ、相ふさわしいと云うべきかもしれない。口さきだけで偉そうなことを言ってもはじまらない。小林一喜は表現者としての良心と智力にかけてわたしの仕事を否定できるか。また、わたしの提起した仕事を克服できるか。政策的な駄ボラ、すなわち、政治行動でもなければ、自立した思想でもない政論で、大衆をだませる時代は永久に過ぎたのだということを知るがいい。小林一喜という亡者に、わたしがいいたいことはそれだけだ。すでに正体をなくしてしまった、左翼くずれが、ジャーナリズムや芸能界の陰に、蛆のようにうごめいている。そこにはルールもなければ良心もない。もちろん責任などは、さらさらない。商売になればどんなことでもするくせに、見せかけだけは左翼的言辞をもてあそんでいる。そこが現在のジャーナリズムに底流している死臭である。かれらは商業ジャーナリズムが、多少えげつなく商行為をするのをとがめるが、左翼くずれのジャーナリストの退廃には、一言も口を出すこともできなければ、声をあげることもできないのだ。なぜならば自分も同類だからだ。わたしは、表現者として登場している何人とも、袂別の用意をもっている。すでに、そうしてもよい情況だとおもうからだ。

## 2

『季刊芸術』（夏季号？）の匿名子が、こういうことを云っている。古典を論ずるばあいに重要なことは、テキスト・クリチックを正確にやることであり、研究書などはいくら読んでも駄目なのだ、そのもっともよい例は、松本清張の言動である、と。松本清張の高松塚古墳にたいする発言は、わたしも駄目だとおもっている。しかし、なぜ駄目かということについては、この匿名子の指摘は見当外れである。高松塚古墳の壁画は、すくなくとも帰化人の手になるか、大陸様式の影響をうけた日本人の画工の手になるか、という意味では、大して重要さをもたない。また、墳墓の主がたれであるか（それは九割くらいの確率で日本人の高官あるいは王族である）という、意味でも重要さをもっていない。松本清張が駄目なのは、その論法が事実乞食の方法と現在の〈朝鮮人問題〉とを折衷した、いいかげんなモチーフから成立っているというところにあるのだ。松本清張もまた、この問題について素人が陥りやすい盲目さに陥っている。高松塚の壁画様式が大陸到来の模倣を、ある程度日本風にアレンジできているかどうか、墳墓の主がたれかというような問題は、七、八世紀前後の時期として、金達寿などが誇張するほど人種問題についての重要さをもっていない。そのことに、松本清張が盲目になっていることが駄目なのだ。これは、上山春平然り、梅原猛もまた然りである。素人のもの哀しさは、じぶんが発見したと信じ込むと、その外のいっさいが視えなくなり、つい、じぶんのとりあげている問題が、当時においても、現在においても、たいへん重要なものだと錯覚するせき込みにやられることである。
『季刊芸術』の匿名子は、このせき込みの必然を、まったく理解していない。ただ、たまたま、「記紀歌謡」をはじめて読んだだけの、それこそトーシローにしかすぎないことがよく判る。頭かくして尻かくさず。よせばいいのに江上波夫の〈騎馬民族征服王朝〉説をくさし、ついでに、古典を論じている現代詩人（わたしもその一人に含まれている）の仕事に、けちをつけている。冗談ではない。この匿名子は、古代史や古代文化について、三割くらいの確からしさを確保していたら優れた古代史や古代文化の研究者だといえる、ということを、全く知らないトーシローなのだ。その意味では、松本清張の高松塚古墳についての発言も、上山春平の神々の系譜についての発言も、梅原猛の雑誌『すばる』でやっている発言も、それぞれ有意義であり、専門バカに刺戟をあたえるという意味で良いのだ。たとえ、その確からしさがゼロであっても、意義はあるのだ。テキスト・クリテイク、なるほど時間がかかり、地味で重要なことにちがいないが、それは学者ならたれにでも出来ることなのだ。べつに自慢すべきことではない。それに『季刊芸術』の同人、江藤淳が、大学で社会学（？）を講じ、日米外交関係について、自民党アメリカロビーなみに、アメリカで演説をぶったりして、おおよそ素人の床屋政談を図々しくやっているではないか。まず、仲間をたしなめることだよ。津田左右吉や和辻哲郎の日本上代史の研究も、もちろんたくさんの穴がある。しかし、当時として、打率三割にせまる優れた業蹟であることに変りはない。たまたま「依網《よさみ》の池」（朝廷直属の灌漑用水池）の開拓に関与した農民がある程度の自立農民であった、というたれでも常識上、知っている事実をたてに、いっぱしのことを言いえたつもりになっているのだから嗤わせる。

テキスト・クリテイクが重要だとおもうならば、黙ってやるがいい。それだけが余暇と文献をもてあました大学教師のとりえだからな。それさえもやらずに、ジャーナリズムにせせり出たりしたら、きみたちは自滅だぜ。現代詩人が、この匿名子程度に古代史や古代文学にたいして無智蒙昧だとおもったら大ちがいだよ。身の程を知るがいいのだ。

## 3

梅原猛は、雑誌『すばる』や『創造の世界』で、しきりに専門家と称するものが、じぶんの古代史にたいする創見と仮説を黙殺していると不平を鳴らしている。しかしそれはちがう。梅原猛や上山春平の上代史や上代文化の考察には、たとえば古くさい発明狂が、夢中になってじぶんの発明に固執して、あたかも天下の大発明のように思い込んでいるのとおなじ、素人のうら哀しさがにじみでている。このことに気付かなければ、歴史にとって何が重要であり、なにがトリビアルであるかについて、とてつもない思いちがいをやる危険に充ちている。わたしには、梅原や上山の上代文化史や歴史への考察は、残念ながら打率ゼロに近いとしかおもえない。梅原は、それならどこが駄目か指摘してみよ、というかもしれない。それは手易いことだが、やる気が起らない。なぜならば、たとえ打率ゼロに近くても、梅原や上山の切り込みの意義を充分に尊重しているし、尊重する価値があると信ずるからだ。専門家でさえ、打率三割を出ない現状で、たとえ、打率ゼロであっても、ひょいひょいと出ているかれらの創見は、充分に意義を認められるべきだからだ。梅原や上山の上代史に関する仕事をみると、さしたる原理的な方法なしに、文献の深読みと場所詣をすることの危険さを、まざまざと示している。もちろん『季刊芸術』の匿名子は、それ以下の代物である。

原理的な方法は、それを持つものに、方法が繰り込みうる〈事実〉だけを問題にし、それを逸脱する記載については、たとえ、確からしくても言及すべきでないことを教える。文献上の確からしさを、主観的連環のなかにつなげてしまうことの危険さは、いくら誇張しても足りない位である。もちろん、〈騎馬民族説〉は、事実の文献的連鎖としてみれば、穴のおおい仮説である。しかし、上古の共同体のうち、大陸北方辺周部の種族的〈宗教〉を共同体の統治原理として採用したものが、統一王朝の形成に成功した、という意味にまで、方法的に抽象すれば、充分に根拠をみつけることはできるのだ。『季刊芸術』の匿名子などが、しったかぶりでせせり出してくる余地は、まったくないといってよい。それに江上波夫の〈騎馬民族説〉は、三割くらいの打率は確保している。

4

スターリニストのあいだでは〈自立〉主義は、目ざわりだから、これは死滅してもらえばたすかるという願望が、〈自立〉主義は死ぬ（あるいは死んだ）という断言命題にまで転化している。だが現在〈自立〉主義だけが死んでいない。毛主義者やフルシチョフ主義者が死なないのに、〈自立〉が死ぬはずがない。また、毛主義者やフルシチョフ主義者ではないとしても、その尻尾をふっきれないで、ときには握手したりできるものが、死滅しないのに、〈自立〉主義はどうやって舞台に登れるのか。小林一喜のような、大輪盛登のような、久保覚のような卑劣な愚物が死滅したとき、はじめて〈自立〉の幕は上る。

雑誌『現代の眼』で、日本共産党論などをやっている連中は、全部、ナツメロ歌手である。いまどき、そんな歌にだまされる奴がいるとおもっているのだろうか、この頓馬達は。

5

『現代詩手帖』は、「吉本隆明」特集号なるものを発行した。わたしの関与するところでないことは、雑誌『流動』が「吉本隆明をどう粉砕するか」という特集をやり、また、正体不明の左翼くずれが、わたしの文章や詩や講演を無断で造本し、儲けていることに、わたしが関与していないのと同様である。

にもかかわらず、わたしに、『現代詩手帖』の特集はよくありませんね、とわざわざ、言う男たちが、ごまんといた。馬鹿だねえ、そんなことを云う暇があったら自分のよちよち歩きでも直したらどうなんだ。第一、お前たちは、「吉本隆明をどう粉砕するか」にも、無断出版にも声をあげて抗議したことはないだろう。じぶんの資格を知るがいいのだ。わたしは、かれらの口をそろえた発言の裏に硬、軟スターリニストの謀略の匂いを嗅いだ。それから無意識の願望を嗅いだ。人がいちばん信じてはならないのは、即自的な党派思想である。新約書では、人が信じてならないのはその家のものであるとなっている。なぜならば、思想にいかれた経験をもっている奴は、よほど優れたものでない限り、箸にも棒にもかからない人格崩壊者か、観念の伝染病にかかりやすいお人好か、どちらかである。政治のえげつなさをくぐって、なお純正な素朴な資質を保存しているものに出会うことは稀である。

## 6

### 詩人金芝河についての戯詩

きみは知ってたはずだキムジバよ
天道《てんとう》さまはどこから昇りどこへ沈むか
ここまで書けばぶんなぐられ
ここまでならば安全だってことを
弾圧はたんにきみのミステイク
〈子はサンガーのミステイク――辻潤〉

それとも蕃勇って奴か
病気、貧乏、弾圧、やりようではなんでも手にはいる自由な国で
きみはちょっと安息がほしかった
ところで日本にはお節介屋が沢山いる
左は世界革命浪人（つまり昔の大陸浪人）
右は良心市民（つまり昔は軍《ぐん》・官《かん》・顔《がん》の手蔓をたのんで、食糧を独占し、戦後に、わたし戦争反対だ
ったとぬかしたリベラリスト）
きみのつまらぬアジ詩をほめたたえた
わざわざきみの病棟へおとずれた
テレビに映っていたきみの問答は
〈わたしひとりでたたかっている。べつに援助いらない〉
〈あなたにたいする支援は日本でも拡がっている。不当弾圧とたたかうことに敬意を表する〉
きみは腹切のかわりに病気になってみせた
つぎに架空の会見で世界革命浪人がいった
〈きみの詩はすばらしい
いまに日本文学は朝鮮人に独占されるだろう〉
〈わたしたちそんな実力ないあるよ〉
あったりまえじゃないかキムジバよ
朝鮮人であることに特別の意味なんかないさ
北鮮と南鮮をたてに切り、アイヌをたてに切り
琉球をたてにきり、部落民をたてに切り

組織をたてにきり、切りそこなったのは日本人だけ
鈍刀は世界中どこでもよく切れない
窮民と非窮民をたてに切り、そのあげく自分たちをたてに切り損なった
世界革命浪人を真先にたてに切れ
自製の免罪符をたてに切れ
すると貧血で血も流れない亡霊というわけさ
つべこべ言わずに幕を下ろし引っこんでいろ
はやく東南アジア、アラブ、アフリカ、韓国や台湾へ消え失せろ
たった一人の窮民だって
こういうペテン師を相手にしないことが判るさ
どうしてこういうことになったのかキムジバよ
きみがむかし日本に悪いことをされたとおもっていると
それだけ悪いことをしたとおもうお節介屋がいるからさ
大昔の話をしっているか
中国君主は朝鮮も日本も中国の封土と称し
朝鮮、日本の君主も安東大将軍の称号がほしくて
使いを中国へ送りこんだものさ

## 7

テルアビブ空港事件は、わが国の赤軍派なるものが、ゆくところまで行った証左である。このお人好

したちは、いちばん嫌なことをしてくれた。生命《いのち》の安い日本人の典型であり、またそのために、なんの関わりもない人々の生命《いのち》を安くみた。こんなのは戦争中の少年特攻隊のなかにごろごろしていたからな。この連中がお人好しにすぎないことは、かれらの親なるものが、〈天下に謝罪します。うちの息子を極刑に処して下さい〉などと口走ったことからも知れる。親のお人好しはかならず子に遺伝する。まず、この生命《いのち》の安っぽいお人好したちの親が〈うちの息子がやったことにじぶんは関わりない。たぶん、それなりの政治的確信をもってやったのだろう。親の資格で言わしてもらえば、なかなか良い息子だった〉というように、頓馬な新聞記者の攻勢をはじき返すようにならなければ、何事もはじまるわけがないのだ。

　ところで、もっとお人好しは「テルアビブ空港を襲撃した〝日本人〟のゲリラを私は固く支持する、心情においてではなく、理性において。」（『映画批評』7「梅内恒夫への私的な応答」）などと書いているルポ・ライターである。お前も、まだ、美空ひばりを論じたり、沖縄へ行っても左翼と称するのが、あまりくだらないので、酒ばかり飲んで遊んでいた、といった悪ふざけを書いているうちは、ましだった。いつの間にか、生真面目な〈世界革命浪人〉とやらになって、〈革命〉家気取で馬鹿気たことをいいはじめたら、もうずっこけてしまった。山田風太郎だとか、夢野久作だとか、八切止夫だとか、大島渚だとか、みんなどうてことない娯楽品だぜ。もちろん、お前が、のこのこテレビ番組に出て、頓馬のまた頓馬を相手に、ラジカリストぶった左翼常識など喋言って得々としているのをみると、つくづくうら哀しくなってくる。佐々木守作るところの「天下御免」をみると、うら哀しくなるのとおなじだ。ようするに、きみたちの一番の欠陥は、芸能界の安っぽい寄生虫にすぎないじぶんのうら哀しさを、自分のものにしえないため、テレビ発言やドラマにうら哀しさが流出してしまうことだよ。

映画やテレビをだしに〈革命〉などを論ずる馬鹿は、花田清輝、武井昭夫どまりかとおもっていたら、まだ居やがった。死ね。お前たちは、淀川長治以下なのだ。淀川長治には、映画やテレビが好きで好きでたまらないものの良さがある。お前たちには、映画やテレビが好きでたまらないものの良さもなければ、〈革命〉者の厚みもない。あるのは駄ぼらだけだ。お前たちの駄ぼらの構造は単純だ。主体性唯物論者が、じぶんの実感や現実体験を理論のなかに流入させるところから始めるのに、おまえたちは、世界図式から始めて、差別、被差別、窮民、非窮民、帝国主義、植民地で世界図式を二色にわけているだけだ。もちろん、お前たち自身は、はじめから〈亡霊〉だから、この図式のどこにも入らない。つまり、デザイナー気取で製図板に向っているつもりになっている。〈亡霊〉のくせに、飯を喰って、おまけに、やくざ映画など、抜目なく観てやがるのだ。もう一度云う。死ね。

9

世界の了解を、世界図式からはじめるか、日常の箸の上げ下ろしからはじめるかは、もちろん恣意的な自己倫理であり、またそれ以外のなにものでもない。しかしながら、このいずれの発想も政治運動の帯域の問題になりえないことは、まったく自明のことにしかすぎない。

〈政治運動〉は、それに固有な帯域をもち、運動者に、その帯域の内部で消滅することを要求する。文学には、それに固有な帯域があり、その帯域の内部で消滅することを強いるのとおなじである。

ところで、頓馬な政治運動家は、〈政治運動〉と〈革命〉とが、なにか関係があるかのように錯覚している。そして、途方もない世界図式を描くのだ。そして、頓馬な政治好きと政治嫌いが、その図式に追従する。〈政治運動〉と〈革命〉とは、なんのかかわりもないことに自覚的なものだけが、政治運動に耐えうるのだ。文学が、徒労にしかすぎないことに自覚的なものだけが、文学に耐えるように。

では、ただの人たちは（大衆は）なにに耐えているのか。もちろん日常生活の繰返しに、夫婦や親子や職業の、どこにも解放されない卑小な生活に耐えている。耐えていないものなんか存在しうるのか。存在しうるかどうかは別として、亡者として存在しているのだ。

いま、この問題にとって必要なのは、共同体の累積の仕方と方法の同一性と相異性について、もう一度、世界を洗い直してみることである。つまらぬ密輸品の観念を粉砕するために。そうすれば、帝国主義、植民地、先進地帯、後進地帯、第三世界、アジア的、西欧的、社会主義国、資本主義国などという世界国民は、一度は霧散するにちがいない。

# 「SECT6」について

六〇年安保闘争の終息のあと、真向うから襲ってきたのは、政治運動の退潮と解体と変質の過程であった。この闘争を主導的に闘った共産主義者同盟は、この退潮の過程で、分裂をはじめ、分派闘争の進行してゆくなかで、その主要な部分は、革共同に転身し吸収されていった。この間の理論的な対立と分岐点については、あまり詳かではないし、ほとんど、わたしなどの関心の外にあったといってよい。ただ、あれよ、あれよというあいだに、指導部の革共同への転身がおこなわれたという印象だけが、鮮やかに残っている。この間に、指導部からいわば置き去りにされた学生大衆組織としての社会主義学生同盟にはいくつかの再建の動きがあり、まことにおっくうな身体で、それらの会合に附き合ったことを記憶している。わたしのかんがえ方では、社会的には楽天的な評価が横行しているのに、主体的には、ほとんど崩壊にさらされている学生大衆組織に、もし内在的な逆転の契機があるならば、〈嘘を真に〉としてでも、社会的評価とのバランスがとれるまで、支えるべきであるとおもわれた。しかし、これは甘い、ほとんど不可能に近いものであることを、いやおうなしに思い知らされた。安保闘争に全身でかかわった学生大衆は、この間に上部との脈絡を絶たれて、ほとんどなす術を知らず、指導部と同じくマルクス主義学生同盟に移行する部分と、個にまで解体してゆく部分と、共産党の下部組織に融着してゆく部分とにわかかれた。こういう外部的な表現は、あまり意味をなさないかもしれない。別の云い方をすれば、指導部の転身と分裂によって方途を失った社会主義学生同盟は、政治過程の遥か下方にある暗黒の帯域で、それぞれの暗中模索の過程に入ったというべきなのかもしれない。

当時、共産主義者同盟の同伴者というように公然とみなされていたのは、たぶん清水幾太郎とわたしではなかったかと推測される。わたしは、組織的な責任も明白にせずに、革共同に転身し、吸収されてゆくかれらの指導部に、甚だ面白からぬ感情を抱いていた。おまけに、同伴者とみなされて上半身は〈もの書き〉として処遇されていたわたしには、被害感覚もふくめて、ジャーナリズムの上での攻撃が集中されてきたため、この面白からぬ感情は、いわば増幅される一方であった。公開された攻撃を引きうけるべきものは、もちろん革共同に転身したかれらの指導部でなければならない。しかし、かれらは逆に攻撃するものとして登場してきたのである。内心では、これほど馬鹿らしい話はないとおもいながら、それを口に出す余裕もなく、まったくの不信感に打ち砕かれそうになりながら、ただ、言葉だけの反撃にすぎない空しい反撃を繰返した。この過程で、わたしは、頼るな、何でも自分でやれ、自分ができないことは、他者にもまたできないと思い定めよ、という考え方を少しずつ形成していったとおもう。

わたしは、もっとも激烈な組織的攻撃を集中した革命的共産主義者同盟（黒田寛一議長）と、かれらの批判に屈して、無責任にも下部組織を放置して雪崩れ込んだ、共産主義者同盟の指導部（名前を挙げて象徴させると森茂、清水丈夫、唐牛健太郎、陶山健一、北小路敏、等）を、絶対に許せぬとして応戦した。おなじように、構造改革派系統からは香内三郎などを筆頭とし、文学の分野では、「新日本文学会」によって組織的な攻撃が、集中された。名前を挙げて象徴させれば、野間宏、武井昭夫、花田清輝などである。わたしは、これに対しても激しく応戦した。ことに花田清輝は、某商業新聞紙上で、わたしの名前を挙げずに、わたしをスパイと呼んだ。わたしが、この男を絶対に許さないと心に定めたのは、このときからである。それとともに、対立者をスパイ呼ばわりして葬ろうとするロシア・マルクス主義の習性を、わたしは絶対に信用しまいということも心に決めた。わたしは、それ以来、スパイ談義に花を咲かす文学者と政治運動家を心の底から軽蔑することにしている。

後に、香山健一（現、未来学者）、竹内芳郎などが、わたしを「右翼と交わっている」と宣伝し、ことに竹内芳郎は雑誌『新日本文学』に麗々しく「公開状」なるものを書いた。わたしは、この連中が、どういうことを指そうとしているかが、直ぐに判ったが、同時にそれが虚像であることも知っていたので、ただ嘲笑するばかりであった。もっとも「新日本文学会」が竹内芳郎の「公開状」の内容に組織的責任を持つならば、公開論争などをとび越して、ブルジョワ法廷で、竹内芳郎および「新日本文学会」を告訴し、その正体を暴露してもいいと考えて注目していた。しかし「新日本文学会」は、その後の号の雑誌で、小林祥一郎署名で責任を回避した。わたしは竹内芳郎というホン訳文士などを相手にする気がないのですっかり調子抜けしてそのままになった。わたしは、たとえ百万人が評価しても、竹内芳郎や「新日本文学会」などを絶対に認めない。かれらが、いつどういうふうにデマゴギーをふりまくかを知ったので、その後、いっさい信用しないことにしている。

これらの多角的に集中された、批難と誣告とは、ただひとつの共通点をもち、また共通の感性的、思想的な根拠をもっている。それは、どんな事態がやってきてもわたしが決して彼等の組織の同伴者などに、絶対にならないだろうということを、彼等が直観し、あるいは認識しているということである。そしてこの直観や認識は当っているといってよかった。そして、またこれこそが、誰れにも頼るなというわたしの安保体験の核心であった。

ここで、わたしは、いつも衝きあたる問題に衝きあたる。退潮してゆく雪崩れのような〈情況〉の力は、ほとんど不可避的ともいうべき圧倒的な強さをもっているということである。この退潮を防ぎとめる術がないという意味は、かつてわたしが戦争責任のようなものを提起したときに認識していたよりも、はるかに根底の深いもののようにおもわれる。抗することの不可能さといってもよいくらいである。〈情況〉雪崩れに抗するということは、もちろんみせかけの言辞や、政治行動のラヂカルさということとはちがう。また、身を外らしてしまうこととももちがう。比喩的な云い方をすれば、科学的な技術の発達が、政治体制の異同や権力の異同によって、抑しとどめることができない、というのと似ている。なぜそうなのか。それは、科学技術を支えている基礎的な推力が〈そこに未知のことがあるから探求するのだ〉といった内在的な無償性に支えられているように、〈情況〉の本質もまた、〈そこに状況があるからそうなるのだ〉という、自然的必然に根ざした面をもっているからである。個々人の〈情況〉についての意志の総和が、〈情況〉の物質力として具現する、という考え方は、たぶんちがっている。そして〈情況〉に抗うことの困難さ、不可避さということだけが、あとにのこされる。

わたしの感性的な体験では、このような〈情況〉の雪崩れ現象の渦中では、針ねずみのように身体を縮めて耐えるよりほか、術がないように思われた。上半身くらい〈物書き〉であったわたしは、どうしても、書かなければならないものを書きうる場所を、創設しなければならないと考えはじめていた。それが谷川雁、村上一郎、吉本隆明を同人とする雑誌『試行』となって実現することとなった。わたしは、すでに、どんな政治的な党派もあてにせず、どんなジャーナリズムもあてにすべきでないという決意を固めていた。いわば、もっとも身を縮めた場所で『試行』の刊行を決意していた。谷川雁は、安保、三池闘争の敗退のあとで、自立した労働者運動としての大正行動隊の結成に立ち会っており、東京における『後方の会』の結成、『自立学校』の創設、などとおなじように、政治的な布石の一環として『試行』同人への参加を考えていたかもしれない。村上一郎は、もっと生粋に文学的な表現の拠るべき場として望んでいたように思われた。

おなじような〈情況〉のもとで、安保体験を経た中大社学同のグループを中心に、「Sect 6」を機関紙に、社学同再建の動きがはじめられた。わたしは、その内部的な動きを知らないし、組織化がどのように進められ、どのように展開されたかも知らない。むしろ、その意味では「Sect 6」に結集した中大社学同グループとは私的に付き合っていたという方がよいかもしれない。この中心グループは、政治的には、谷川雁と大正行動隊の労働者の自立的な政治運動への越境から、多大の影響を受けたのではないかと推察する。わたしは、いくらか労働者の運動の実体を、それ以前に知っていたので、大正行動隊の活動に、それほど過大な実効性を認めていなかった。「Sect 6」の中心グループが、大正行動隊と接触し連帯する志向性を示したとき、私的にはむしろわたしは、止め役だったとおもう。わたしの止め役の理由は、〈労働者から学ぶものは、じぶんも労働者になるという位相以外のところでは、なにもない〉ということであった。もちろん、わたしの〈私語〉は、「Sect 6」の中心グループには通じなかったのではなかろうか。

現在、残されている機関紙「Sect 6」を読めば直ぐに判るが、このグループの政治意識には、わが国の左翼的な常識にくらべて、開明的なところがみられる。それとともに問題提起の仕方に学生運動を独自的な大衆運動として固有にとらえようとする態度が、かなり明確に打ち出されている。この態度は、学生運動を、政治党派の〈学生部〉の運動とみなしてきた既成の概念と、枠組が異なっているということができる。このことが組織体として有利に作用したかどうかは、まったくわからない。ただ萌芽としては、その後にジグザグのコースをとりながら行われた六〇年代の学生運動の問題意識は、ほとんどこのグループの問題意識のなかに含まれているといってよい。

「Sect 6」が、最初に当面したのは、たしか憲法闘争であった。その場合の問題提起の仕方は特徴的に、つぎのようになっている。もともと憲法闘争は、政府の憲法調査会の設立などを契機とする改憲の動きに端を発していた。そして改憲問題の中心になったのは、ひとつは、国民統合の象徴としての〈天皇〉に、政治的な権限を回復させるかどうかであり、他のひとつは、自衛隊を公然と常備軍隊として認め、戦争放棄の条項に改訂を加えるかどうか、に重点がおかれた。これに対して、わが国の反体制勢力の闘争目標は、〈護憲〉ということにおかれた。そして〈護憲〉の中心的な課題もまた戦争放棄の条項を護るということにおかれた。もっと詳しくいえば、戦争放棄の条項を護るために、国民統合の象徴としての〈天皇〉をも、一緒に護るということに帰せられる。あたかもこの時期に革共同全国委員会（黒田寛一議長）は、反戦インターの設立、米ソ核実験反対という政治目標を提起して、反戦闘争の一環として黒田寛一議長を参議院選挙に立候補させた。これらの新旧左翼の動きは、憲法問題の核心を反戦というところにおいている、ということで、ラヂカルに主張されても、そうでなくてもおなじ発想に根ざしていた。

わたしの当時の考え方は、まったく異なっていた。米・ソの主導する核爆弾の開発競争は、全面〈核〉戦争を不可能にした、とわたしには考えられた。したがって、もし世界的な規模での矛盾が集約されるとすれば、〈核抜き〉の局地戦争の群発としてあらわれるほかないことは、まったく自明であるとおもわれた。したがって〈反戦〉に闘争の目標を定めることは、無意味だとおもわれた。このことを、黒田寛一の参議院選への立候補応援に名を連ねた埴谷雄高に公開質問したことを記憶している。「Sect 6」は、憲法闘争において、つぎのように問題を提起している。まずはじめに、「憲法問題」研究会の設立を呼びかけている。実際の問題として、戦争期まで支配した旧明治憲法と、戦後の憲法を対比させると〈天皇〉の処遇と〈軍隊〉の処遇について、〈革命〉的な変化があることがわかる。しかし、特に、この新旧二つの日本国憲法が、民衆のどんな意向をも反映していない少数部分で作り変えられたこともわかる。つぎの問題は、わが国の大衆は〈憲法〉の規定することに、べつに関心などはもっていない。つまりどうでもいいことなのだ。〈憲法〉が、〈憲法〉という名の政治的国家だとすれば、大衆は、ただかれらの生活的な関心を境界線とした、もう一つの政治的国家をもっている。それから、もう一つ〈社会〉という名の政治的国家をもっている。この最後のものに至っては、啓蒙的な知識人自体をさえ、辟易させているくらいである。つまり、わが国では、国民が〈憲法〉を作らないばかりか、〈憲法〉が国民を作りさえしていない。〈憲法〉によって、天皇に軍隊の統帥権があるかどうかを、大衆が知るのは、徴兵令によって軍隊に入れられてからであった。そして軍隊は、即ち戦争を意味した。なぜなら、明治以後十年とたたないうちに戦争が始まり、終ったかとおもうと、また始まるという体験を、旧憲法の下で繰返してきたからである。敗戦後の新憲法は、天皇の統治権を否認し、軍隊の交戦権を放棄した。しかし天皇は最高統治権であり、軍隊は戦争であるという体験しかもたなかった大衆には、この意味は実感できなかった。いいかえれば、この二つは、条項なき条項にしかすぎなかった。一般的にいえば、〈憲法〉に規定された条項は、その条項にたいする政治的国家の危惧の表現である。もし危惧がなければ、条項はないはずである。基本的人権擁護に関する〈憲法〉の条項は、基本的人権擁護についての懸念のあらわれである。懸念がなければ条項は存在しなくてもよい。大衆にとって条項なき条項は、〈無関心〉の別名なのに、〈憲法〉にとっては、条項なき条項は、〈当然〉の別名である。これらの実体については、検討を要するのだ。

〈憲法〉を意志表現とする政治的国家、ということと、〈憲法〉に則って政治的体制を構成している政治的国家という概念とは、まったく異っている。わが近代の政治的国家はたしかに意志表現としての〈憲法〉をもってきたし、いまももっている。しかし、〈憲法〉に則って構成された政治的国家であったかどうか、ということでは、ぬえのように不可解な存在であった。絶対主義国家であるとか、ブルジョワ国家であるとかいう論議が、戦前に花を咲かせ、立憲君主制であるか否かの論議が、戦後に花を咲かせたのは、ようするに〈憲法〉なるものの本質と現実の政治的国家の体質について、論者たちのほうが、ゴマかされていたからである。なぜならば、わが近代国家においては、立法権と〈憲法〉とのあいだに、目印をつけるほどの〈意志〉〈国家意志〉的な区別がつけられていなかった。〈憲法〉改正か〈護憲〉かという以前にそれはまず〈研究〉されねばならない問題であった。その意味では〈護憲〉による戦争放棄条項への固執も、反戦運動への転化もそれほどの意義があるとはいえなかったのである。

〈憲法〉のなかに生活が登場すれば、生活のなかに〈憲法〉が登場する。また、〈憲法〉のなかにイデオロギーが登場すれば、イデオロギーのなかに〈憲法〉が登場する。では、春秋の筆法をもってすれば、〈憲法〉のなかに知識が登場すれば、知識のなかに〈憲法〉が登場するはずである。微細な差異を逃さなければ、このばあい知識の質が問われる。知識がもし、〈憲法〉を政治的国家の意志表現とみることと、〈憲法〉に則して政治構成を作りあげた政治的国家との、あいまいな許容境界に、思いいたらないとしたら、戦争放棄条項を擁護しても、これを改訂しても、少なくともわが国では、ほとんど意味がないといってよい。「Sect 6」の「憲法問題」研究会が、もしも、ここのところに重点をおきかえたならば（いつも若しもであるが）且て、あらゆる反体制運動が提出しえなかった課題を、提出しうるはずであった。たとえば、自衛隊を解体せしめるとか、自衛隊のなかに政治的な根拠を獲取して、やがて銃を逆に支配者にむけさせるためには、むしろ戦争をやらせるほうがいいのだ、といった西欧的発想のイミテーションが、わが国では、まったく無意味であり、また不可能であるといったことが、明晰に出てくるはずであった。

旧天皇制の軍隊が〈憲法〉であり、戦争であり、また、戦後の〈憲法〉が、自衛隊であり、戦争放棄であるとすれば、この両者の差異は、たんに戦争と平和との差異ではない。その根底に、新旧〈憲法〉を貫通している二重構造がある。この二重構造のところでは、政治的国家としての〈憲法〉と、政治的国家構成としての〈憲法〉とが、度外れに異質の意味をもっている。〈憲法〉が人権を認めても、人権は〈憲法〉を認めない。〈憲法〉が、戦争を放棄しても、戦争放棄は〈憲法〉ではない。〈憲法〉が、常備軍隊を否認しても、常備軍隊の否認はなんら〈憲法〉ではない。この局面では、〈憲法〉が、大衆を政治的国家に登場せしめても、大衆は〈憲法〉を政治的国家に登場せしめない。〈軍隊〉は〈叛乱〉しないし、〈叛乱〉は〈軍隊〉を、あるいは武装を要しない。それはただ〈スイッチ〉の構造の問題である。少なくとも、この種の課題に迫ろうとする萌芽は、ただ「Sect 6」のグループにだけ、存在した。そう云ってよければ限定概念のない得体の知れないものが、得体の知れないものに変ったという二重性をもつものであった。この二重性のなかでは、政治的国家も二重性であり、旧軍隊も自衛隊も二重性であり、その性格は曖昧であるといってよい。

「Sect 6」は、この課題にたいして、〈憲法〉の研究会を通して、〈軍隊〉に、〈軍隊〉の在り方を通して〈叛乱〉の問題に到達することができると考えている。この考え方は、ほとんど北一輝が、別の側面と立場から提起したものと類似している。少なくとも〈憲法〉の問題から、戦争と平和の課題を見つけ出したり、戦争放棄の条項を固守するために戦後〈憲法〉の全体を擁護すべきであるという考え方や、反戦の問題を導き出すといったうんざりするような常識からくらべれば、遥かに〈憲法〉問題を本質的に捉えているというべきである。「旧権力から自立し、新権力を樹立するために、軍事力の組織化は必要不可欠条件である」という「Sect 6」の結論をみれば、当否はべつとして、現在やっとたどりついた〈情況〉は、すでに十数年まえに、かれらによって把握されていたといってもよかったくらいである。

かれらのいうところを少し掲げてみる。

国士会事件（右翼団体によるクーデター事件——註）の示した第一次の決定的な性格は彼らの自衛隊に対する接近工作にあった。それは、月並みな「左翼的」革命論議に対して、次のことを、すなわち軍隊、自衛隊について語れ！　それに接近せよ！　ということを要求している。

従って逆説の立場は、かつて北一輝にとって絶対不可侵な先験的なもの、すべての前提条件であった国家主義がその内部から崩壊しはじめている現在、ありうべき革命の立場は〈憲法停止〉をエピローグに、すべてをその結論にむけて運動を推進すること、マッセン・クーデターを不断なものに、即ち永久化すること！

ほとんど七〇年代の赤軍派の挙動の根拠の問題はここに語られているといってよい。

そこで、わたくしたちは、ひとつの納得に到達する。すなわち、わが新旧両〈憲法〉における軍隊＝

自衛隊の性格を、政治的国家の下士的な暴力装置とかんがえて、これへの工作、銃を逆に向ける反乱への期待、暴力的な対決を強調することは、当然、北一輝的、あるいは赤軍派的な戦術に行きつかざるを得ないこと、がその一つである。もう一つは、わが国の新旧両〈憲法〉を政治的国家、また政治的国家の形成の法的な意志表現と解するかぎり、事態は、護憲か、改憲か、戦争放棄か、反戦かという課題に還元されてしまうことがその二つ目である。このことは、〈憲法〉を政治的国家の普遍的なもの（意志表現）とみなすことから由来している。しかし、わが国の〈憲法〉の成立過程、つまり、なぜ〈近代〉的国家への脱皮が、王政復古、一君万民（「大日本帝国ハ万世一系ノ天皇コレヲ統治ス」）となって表現されたかの過程をみるかぎり、簡単ではない。わが国では、〈憲法〉は政治的国家であり、宗教権的国家であり、近代資本主義的な国家であり、潜在的な貢納的な絶対主義国家であり、等々の多頭性を帯びている。そして、この多頭性は、行政的な権力としての多頭性というよりも、象徴的、あるいは潜在的な多頭性であることに基礎をおいている。ここでは、「Sect 6」の主張するような「憲法―軍隊―叛乱」という図式は成立しない。また、おなじ理由で、〈憲法―反軍隊―叛乱〉という図式も成立しない。なぜならば、わたしたちのもっているのは、この場合、いつも〈憲法（多頭的法国家）―軍隊（多頭的軍事国家）―（多頭的反国家）〉というぬえ的な図式だからである。しかし、この六〇年代前半に出された図式が、〈戦争放棄―自衛隊（軍隊）の違法性―平和擁護〉という図式や、〈戦争放棄―反戦インター設立〉という図式にくらべて、遥かに射程距離の長さと、正確さをもっていたことは明らかである。〈憲法―軍隊（自衛隊）―叛乱〉の図式に沿って、中央大学学生自治会は、米ソ核実験にたいする無条件反対の立場から〈自衛隊に対して〉抗議文を手交している。その主要部分の論理はつぎのようになる。

ソ連のグロムイコ外相はアメリカ核実験に対して彼等の新たな実験計画を我々の前につきつけている。我々は第二のビキニを望まない。我々は米ソの実験競争が我々国民に対する武力的な威嚇行為であると判断する十分な根拠をもっている。

世界の世論は高まっている。

我々はさしせまったアメリカ核実験に無条件反対であり、これを中止させることは世界平和に対する国民的義務であると考える。

日本政府は口先だけで反対をとなえることは最早やできない。問題はさしせまっており、日本国民の「自衛権に基づく」とされている自衛隊は、実験を中止すべく抗議船団を早急に編成し、かの地域に出動すべきである。

右　要求する。（中央大学昼間部学生自治会）

この論理は「自衛権に基づく」自衛隊が、たんに極大に解釈して〈軍隊〉でありうること〈改憲派の解釈〉ばかりでなく、極小に解釈して国民の〈自衛権〉そのものをも保持しえないぬえ的な存在であることを、暴露しようとしている。そして、自衛隊を本質的にぬえ的存在にしているのは、〈憲法〉と〈立法権〉とのあいだのぬえ的な関係に基づいていることはいうまでもない。

主旨は大体解りましたが、自衛隊に船を出せというのは少々無謀ですね。御承知のように自衛隊には「自衛隊設置法」という法律がありまして、そこには自衛隊は侵略の脅威に対してだけ出動することが明記されていますので、こうした船を出すなどということは考えられないのが第一と、そして二つ目には、もし船を出すようなことになれば、アメリカは実験水域から日本の船を武力で追い払うでしょう。そうなればもう国際紛争ですよ。政府は現在国際紛争を起すことを望んでいませんので、核実験に対しては常に抗議声明を発表し、国際世論に訴えて、これを中止するよう努力しているんです。だから船を出すということは逆効果になるし、有効な手段じゃないですよ。私がお

答え出来るのは以上の二点ですよ。〈会見した「防衛庁幹部」談話〉

当然こうなるべきぬえ的な答えである。しかし、このぬえ的であることは一見すると優柔不断のようにみえて、じつは、本質的なのである。いずれにせよこのぬえ的な本質を引出しうることが、おそらく抗議文の眼目であったにちがいない。「中央大学学生自治会」と「Sect 6」とをそのまま同一視することはできないが、この場合、それが可能であるとおもわれる。そして自衛隊（軍隊）の性格がどうかというよりも、〈憲法〉そのもののぬえ的な本質をかれらがよく心得ていたようにもおもわれる。

北一輝が、〈憲法停止〉にこだわったのは、たぶん旧〈憲法〉における〈天皇〉の政治的な統治権と旧軍隊への統帥権に過大な意味をみつけたからである。ということは、北もまた、日本の〈憲法〉が、政治的国家として、また、軍事的国家としてもっているぬえ的本質に盲目であったことを意味している。この本質は、敗戦時に、〈天皇〉の統治権と、軍隊の武装的国家としての解体の仕方の卑小さと下らなさとが、徹底的に暴露されたとき、はじめてメッキをはがされたのである。

# 『林檎園日記』の頃など

哀しく冷たい　雨すだれ
おさない心を　凍《い》てつかせ
帰らぬ　父《ちゃん》を待っている
ちゃんの仕事は　刺客ぞな
涙かくして　人を斬る
帰りゃあいいが　帰らんときゃあ
この子も雨ン中　骨になる
この子も雨ン中　骨になる

（小池一雄「子連れ狼」より）

わたしは、五本の指で数えるほどしか新劇を観ていない、と幾度かかいたおぼえがある。観ない理由は、強いてあげれば、おっくうだからということになる。そして、もっと無理をして理由をあげれば、しいんと澄ましかえった観客のかもしだす雰囲気に、あまり馴染めないということもあるかもしれない。何だい馬鹿馬鹿しい。いくらか改たまった恰好をして、どうせ、はじめから、高級ではありえない演劇を観にきている人種というのは、わたしのもっとも好まぬタイプの人種である。こうかいていながら、どこかで〈いやそうぢゃない。おまえは案外ああいう雰囲気と、ああいう雰囲気をもった役者や観客などを好きなんぢぁないかな〉という陰の声も、小さくきこえてくるような気もする。新劇の世界にいる人々は、いずれにせよ、社会の優等生も演じきれず、文学の優等生も演じきれず、そうかといって優等生などに支配される世界は、どんなところでもお断りだ、といった種類の人々にちがいない。そうだとすれば、もっともわたしの好きなタイプとはいえないが、二番目くらいには好きであっていいはずである。そして、意識しないどこかで、その通り二番目くらいに好きな人種の集まった世界なのかもしれない。昨年のことだったか、演劇が好きで会社勤めをやめて、そういった世界に入った女性に、十年ぶりくらいで、ひょっくり出遇ったことがあった。相変らず、若手のひとたちの劇団で、雑用のような、マネージメントのようなことをやっていますと、けんそんしていた。だが、役者の品定めをしているうちに、随分成長していることが、すぐわかった。何のことはない、〈誰さんは、すくなくとも体操をするとか、バーベルを挙げるとかいう身体の訓練だけはやってますよ〉と、彼女はなに気なく云った。わたしは〈わあ、やっぱり会わないうちに、貴女は、ずいぶん立派になりましたねえ〉と、思わず口走った。〈テレビ出演でアルバイトしている若手の新劇俳優を観ていても、こいつは身体の訓練さえ怠っているか、どうかなんて、直ぐわかるものねえ。〉また、すれちがったまま何年も彼女と出遇うこともあるまいが、演劇の世界に馴染のないわたしには、彼女の歩んだ道が、そのまま新劇の雰囲気と歩みの象徴として、すぐに浮んでくる。彼女が、いつか〈ああ疲れた、もういい加減、世帯をもって家庭に落着きたくなった〉といえば、たぶん、それは戦後の新劇の歴史が、ひとつのサイクルを終えた象徴になるような気がする。役者や演出家が、新劇をささえているのではなく、彼女のような観客や偏愛者が、わが国の新劇をささえていることは、たれの眼にも明瞭だからだ。

どういうめぐりあわせか、戦後、数回しかない観劇のなかで、久保栄の作品の上演には二度ゆきあたった。『林檎園日記』と『火山灰地』とである。いずれも民芸で上演したものだと記憶する。観客の雰囲気から云いはじめたついでに、いうと、『火山灰地』を観に出かけた日に、本多秋五さんを遠くからみかけた。本多さんが幕間に、独りで椅子から立って歩いている姿には、声をかけたりするのがためらわれるような雰囲気があった。たぶん、本多さんは戦前の築地小劇場の運動いらい左翼新劇を観てきているのだろう。そうだとすれば、その姿には、さまざまな思いが去来しているのかもしれない。戦争中にそだって新劇らしい新劇に出あったのは戦後になってからであり、しかも数えるほどしか観たことのないわたしの胸のうちは、また、おのずからちがっている。なまじ挨拶などしない方がよいのだ、とそのとき思った。ついでに、もう少し与太話をつづけさせてもらうと、本多秋五さんや平野謙さんの〈胸をかり〉ながら、わたしは戦後を文学的に歩いてきた。また埴谷雄高さんや山室静さんの仕事は、ひそかに尊重してきた。本多さんや平野さんには、悪たればかりかいてきたような気がするが、出会えば心から頭をさげて挨拶することがいまでもできるようにおもっている。ある時、本多さんが、自らの狭心症の発作について、精密に描写している文章をみてから、あまりに父親の症状と似ていたので、それからは本多さんに悪たれるのをやめた。禱平安である。平野さんが、最近、浅見淵を追悼する文章のなかで、近ごろの若い批評家は、スケールは大きくなったかもしれないが、眼のまえにある文学の問題に眼をふさぎ、その云うところも、抽象的で肉声がきかれず、読んでもつまらない、もっと文壇の現場に眼を注ぐべきだ、というようなことを記していた。この平野さんの批判は、わたしなどにも、思いあたるふしがある。たしかに左様でしょう。しかし、わたしは、文学に淫しているような若い批評家の書くものをみると、じぶんが文学にのめり込んだ動機になった、幼時からの内面の問題を潰されたようで、嫌になるし、政治と商売とを程よくミックスさせて政商的多数を誇っているような左翼文壇や、それを支持する編集者などを、雑誌の背景に感ずると、心の底から文壇などにつき合いたくない、と思ってしまうのだから仕方がない。また、平野さんの口から「産学協同」などという、もっとも下らぬ左翼分派しか使わない政治用語など、ききたくない。あまりに無惨ではないか、平野さん。これは、わたしの因果な性分であり、また、ある時期から自ら意志して択んだ道であり、いまさらひきかえすこともできはしない。わたしは、人間は利に聡く、下卑た動物であるという固定観念を信じて疑わず、ハリネズミのように絶えず身を固めて警戒していた、という一点で、伊藤整が好きでなかった。文士のくせに、心の貧しさを忘れてしまった、という一点で、尊重する若い批評家江藤淳が好きではない。また、たいした悪もできないくせに、悪党ぶっている批評家をみるのも好かぬ。

『林檎園日記』を、戦後、初演のときはじめて観たとき、わたしの気持はかなり複雑であった。俳優たちは、また演劇らしい演劇を上演できる時代がきたという解放感に、のびのび息づいているようにおもえた。その象徴としていまでも忘れがたいのは、清水将夫の扮する登場人物が、一升びんを傍らに茶碗酒をあおりながら、説白を忘れてしまい、といいながら、一瞬だけ観客をはっとさせたが、つぎの瞬間には〈おれはいま何を喋言ろうとしていたのかな〉といいながら、一升びんから茶碗に二、三杯酒をついでは呑んでいるうちに、スムースにもとの説白をつないでいった場面であった。ああ、これがリアリズム演劇の極地なんだな、とおもった。久保栄の原作もそうだが、『林檎園日記』は決して面白いとか、観ていて愉しいといった印象ではなかった。しかし、こういう方法でさえ戦争期の禁圧をくぐりぬけることはできなかったろうし、いま、それを演技のうえに打出すことができるようになった俳優たちの、心の躍りかたは、その抑制した説白と演技から、鮮やかに感ずることができるようにおもわれた。ところで、観客のひとりであるわたしの方はどうだったのだろうか。心に潜んだ興奮のようなものを感じながら、もう一方では、戦争と敗戦のしこりから解放されてはいなかった。〈おれにはこういう芝居を観て、愉しんだり、感銘したりする資格もないし、赦されてもいないのだ。泣くことはできても、ひとびとのように心から哄笑することはできないのだ〉というおもいが、つきまとって、生々しかった。所詮は、じぶんは場ちがいの観客だということには、変りない。芝居が果てて観客が散ってゆくとき、みんな黙りこくっている。たぶん、じぶんもおなじように黙りこくって帰ってゆく一人の観客にみえるだろう。しかし、その黙んまりの意味は、それぞれに無限の距離がある。そのとき『林檎園日記』を演じていた滝沢修も、清水将夫も、いまでは、白髪あるいは禿頭の長老になっている。かれらの俳優としての生命を、いまも保たせているのは何であるのか。たぶん、職人的な名人芸である。若い演劇の俳優たちは、それに反撥する。もちろん、芝居を演ずるものと観客との在り方についても反撥する。当然なのだ。しかし、もしかれらが、腕でこい、演技はへ理窟でもなければ理論でもない、と居直ったら、どういうことになるのか。わたしなら、もちろん、職人的な演技力などは、どんなに細工が精巧でも、なんの意味もないのだ、要は、ヘソの位置を、あるいはヘソのあたりにおいた覚悟の位置を、職人芸よりもっと下の〈乞食〉芸のあたりにおくことが、できるかどうかにあるのだというだろう。理論や知識と、演技とが、ともに蓄積されるところは、そこよりほかにない。世阿弥いらいの演技の名人たちの〈芸談〉のたぐいに、いまさら、感心するくらいなら、死んだ方がましなのだ。また、いまさら〈社会主義〉的な、あるいは〈西欧前衛〉的な、あるいは〈西欧近代〉的な演劇理論にいかれる位なら死んだ方がましなのだ。

戦後、わたしを、機縁があって観劇に誘なった『林檎園日記』や『火山灰地』の原作者、久保栄はたしかに、自殺してしまった。久保栄の自死が、鬱病の素因のもとに促進されたのか、あるいは、ほかに原因があったのか、わたしはなにも知っていない。死は、ある年齢以後では、心の〈スイッチ〉の、ほんの押しちがえ事故で起りうることもたしかだから、久保栄の自死もその類いであったのかもしれない。ただ久保栄のよく調べられた緻密な、あまりにも緻密な、それでいて解放感の少ないリアリズムの方法でかかれた戯曲を読むと、悲劇を感ぜずにはおられない。かれは、社会主義リアリズム論争いらい、もっとも忠実な、その実践者であった。それは、たぶん、久保栄の資質にも叶っていたにちがいない。久保には、村山知義のようにユージン・オニールの『ああ、荒野』を、すぐに『初恋』に翻案してみせるような器用な綱渡りなど、できなかったにちがいない。そうかといって、社会主義リアリズムに叛旗をひるがえすこともできなかった。また、小器用な忍者小説で、ブームをつくることもできなかった。せめて〈疲れたら休息すること〉を知っていたら、自死にいたらなかったかもしれないが、たぶん、かれの自恃と、周囲の雰囲気が、それを許さなかっただろう。わたしは、六〇年前後のころ、知り合いの転勤のあと、留守番がてら、御徒町の問屋街にはさまれた小さなしもたや風の家で、心は鬱々としながらも怠惰な日々を送っていたことがある。近所の貸本屋で、推理小説やチャンバラ小説を借り出しては読みふけっていた。読みつぶすと、別の貸本屋を探しては読んだ。芥川龍之介の詩「汝と住むべくは下町の　水どろは青き溝づたい　汝が洗湯の往き来には　昼もなきつる蚊を聞かむ」というほどでもなかったが、かなり気に入っていた。たまたま、用件で訪問された渡辺マサ氏が、ふと、〈久保栄は、ほんとうはこんな家に住みたかったんですよ〉ともらされた言葉を忘れない。ブドウの蔓がからまった格子窓のある古ぼけた薄汚ない部屋で、ごろりと寝ころんでいる、平安な久保栄の姿が、一瞬、空想されたからであるかもしれない。

# 情況への発言

——切れ切れの感想——

## 1

年頭、テレビの歌謡番組を視かかっているとき、連合赤軍の森恒夫が独房で自殺したことが報じられた。司会の前田武彦は、芸能アナウンサーが紙片をみながら、それを知らせおわったとき、〈この連中は死ぬときまで嫌味だねえ〉と口走った。一瞬、時間が尖り、そして次の瞬間には、新年歌謡番組おあつらえの雰囲気にかえった。しかし、前田のような男に、一瞬、〈私怨〉を想起させ、芸能界の寄生虫である分限を忘れさせた、だけでも森恒夫の死は〈嫌味〉ではない。人間は他者の、党派は、別の党派の、思想にたいして拒絶反応を示す自由をもっている。このことを、どうすることもできない。政治的思想は、党派と党派とのあいだの憎悪によって、また、党派内部の憎悪によって、大半のエネルギーを消滅させて、自死にまで至ることも、どうすることもできない。なぜならば、こういう関係の内部では、人間は他者と、党派は、別の党派と、絶対に平等だからだ。実践が理念にたいして優位なのでもなく、一党派が、他の党派にたいして優位なのでもない。また、その逆でもない。絶対に平等なのだ。芸能ガキを相手にタクトを振るのを商売にしている前田武彦にも、森恒夫の、新年おめでた最中の自殺を、〈嫌味だ〉という権利が、絶対的にある。しかし、この権利は、商売自体が〈嫌味〉である前田武彦の存在を、なにも正当化しはしないのである。

森恒夫が、首を吊って死んだ。この〈事実〉だけが重要なのだ。決して〈死〉が重要なのではない。〈死〉はひとつの契機であり、契機を喪失しても、契機に出あわなくても、〈死〉は、白けてしまう。たぶん、今年、わたしたちは連合赤軍事件の裁判とやらをみることになるだろう。二種類の〈殺人〉を抱えこみながら、〈死〉は、二種類に共通するただ一つの〈事実〉である、という矛盾に、どういう血路をみつけてゆくか。もしかれらが、白けきった〈生〉のなかから、死にものぐるいでその血路を、わたしたちにみせてくれるならば、それは注視すべき重たさがあるのだ。青年が、はじめに決意を交わしてしまったことは、誰にも止めることはできない。その結末がどうであろうとも、また、その理念がどんな誤謬にみちていても、どうすることもできない。冷静に注視することができるだけだ。醒めて後にたたかい、そして生きることの困難さに、かれらが耐えることを願うだけだ。救援は、毛沢東にやらせるのがいい。菅孝行などの出る幕ではない。

## 2

中共は、パンダ二匹と林彪事件をすりかえた。頓馬な毛沢東主義の中国学者、新島淳良は、パンダ二匹のかわりに、ニワトリの方を撰んだ。わたしは、こういうオポチュニストの中国学者などが、坊主ざんげをしようと、山岸会へ転身しようと、べつにどうとおもっているわけではない。ただこの〈三日坊主〉の男が、〈三日〉前にわたしを罵ったことを、忘れないように、この〈事実〉を書きとめておくだけだ。連合赤軍派から新島淳良まで、竹内芳郎から津村喬まで、竹中労から太田竜まで、松田政男から平岡正明まで、これらの悲喜劇役者を演出したのは毛沢東である。その責任は毛沢東に帰せられるべきである。もし、この連中が、ひとりのアンドレ・マルロオをもっていたら、かならず文学作品で、毛沢東を十字架にかけただろう。残念なことに、この連中は、学者中の屑と、芸能界の屑しか、もっていないのだ。そこで果てしない寝首がつづく。じぶんを悲喜劇役者と気づかないか、気づいていても居直っている役者は、愚劇を演じつづけることになる。入場料を支払って観る気はしないが、観えるものは観るほかない。

3

**「日本の青年がテルアビブでああいうことをやる。そのことの良し悪しとか何か、それはいろいろ議論があるだろうけれど、その良し悪しは、これまたパレスチナ解放を闘っている人々が、その闘いを発展させるという見地から、その闘いの総体との関連においてのみ正しくなされるのであって、既存の理論や人道主義とか何とかで評価できるものではない。それはともかく、ぼくはあの事件は、インターナショナリズムというものが、ようやく日本の青年に身についてきた一つのあらわれであり、それもいまや日本革命もグローバルに考えねばならないという現段階の基本的特徴から生れてきたのだと思う。」**（対談「革命と歴史」井上清発言、雑誌『現代の眼』三月号所収）

まったく、馬鹿気た発言としかいいようがない。わたしはテルアビブ空港事件の自爆（未遂）青年の行動について、究極まで断定評価する気は毛頭ないが、「インターナショナリズム」が身についた証拠だとは微塵もおもえない。そういいたければ〈コスモポリタニズム〉の風潮に浸しょくされたものであることは間違いない。インターナショナリズムとは、現存国家との対決の角度を明瞭に把握できたときに、はじめて課題となしうるものである。コスモポリタニズムは、たんなる横すべりにしかすぎない。観光から留学まで、世界中どこに行っても、日本人がうじゃうじゃ、きょろきょろしているのとおなじである。だいいちに「ところが新左翼諸派は、歴史をまるまる清算する」と、つい前の個所でとがめている井上清が、「既存の理論や人道主義とか何とかで評価できるものではない。」などというのは滑稽ではないか。〈コスモポリタニズム〉は、国家におけるエコノミック・パターンの変質によって、イカレポンチほど手易く身につけるものである。

**「だから、そのころぼくは書いたんだけれども、戦前でもとにかく中国は共和国になって日本より先進国なんだよ。先進国に向かって後進国が戦争を仕掛けるというんだから、侵略戦争であるかないかというもう一つ前に、先進国に対して後進国が戦争を仕掛けて、勝てるはずはない。」**（同対談「革命と歴史」羽仁五郎発言）

ここでは政治的国家の機構いかんが、「先進国」、「後進国」を決定する尺度になっている。だが、未開の自然経済のうえにのった共和制も、共産制もあれば、近代資本主義的な祭政一致制もありうる、ということは、まったく自明のことである。それに、後進国は、先進国に戦争を仕掛けると勝てるはずがない、などというのは可笑しな史観である。やくざの哥兄ちゃんが、羽仁五郎になぐりかかっても、羽仁五郎には勝てない、なぜなら羽仁五郎は先進インテリで、やくざは後進無学だからというのとおなじだ。わたしにはそんな馬鹿らしいことを云う神経がわからない。腕っぷしが強く、喧嘩になれたやくざの哥兄ちゃんの方が、勝つにちがいないと、わたしなら信じて疑わない。

もっとも、羽仁五郎が、古代から近世までは、中国が先進国で日本は後進国であった、という意味でいうのなら話はわかる。したがって、数千年にわたって中国は先進国であり、日本の先進性は、たかだか百年の歴史しかない、というのならば、よく了解できる。さらに竿頭一歩をすすめて、日本、朝鮮、南北の中国辺境部族、東南アジア諸民族が、数千年間、中国から〈ケモノ偏〉で蔑視され、蛮族あつかいにされてきた怨みが、近々百年たらずのあいだの差別や蔑視や残虐行為などと引き代えに、解消するはずがないから、中国が、中華思想を捨てないかぎり、アジア諸民族は、中国をとびこして、もっと先進的な欧米やソ連と手を結ぶだろうというのなら、もっとよくわかる。

**「歴史の第一の教訓は、疑いを抱くということだ。」**（同対談「革命と歴史」羽仁五郎発言）

そうだ、すべてを疑えだ。疑いには信仰がないのは、いうまでもないが、党派もまたないのである。

**「吉本隆明にいうことは、戦争を露出してやるからちょっと待っておれということだ。」「そういうことです。戦争が露出してきた、と吉本隆明はいうけれど。」**（対談「現代流民考」平岡正明、竹中労　同誌三月号）

そんなこと、どうでもいいから、死ね。この頓馬たちにいいたいのは、ほんとうをいえばそれだけだ。いやそれも、ほんとうはいいたいわけではない。わたしは、退路がなくなるように、かれらを追いつめるのは好きではない。この対談の全発言が証明しているように、この連中は、あまりに人が善すぎるだけだ。喋言れば喋言るほど、うら哀しさが浸み出してくるのはそのためである。善意の心が傷つき、猫の背中のように毛を立てて大きく装っている。将棋指しでいえば、一手しか先がよめない縁台将棋の天狗が、気張っているということころだ。そうコマネズミのように、動きまわる必要はない。寝ころんで、ぼんやりしていたらどうなんだ。だいたい物質のエネルギーが、運動量できまるなどという力学は、古典力学にしかすぎない。現代力学では質量と光速度の自乗の積、つまり$mc^2$に比例して定まることを教えている。沈潜した核のないエネルギーは、あぶくにすぎないということを。

4

**まず第一に、キム・ダルスが証明しようとしているのは、「帰化人伝播」などではなく「朝鮮文化の日本への土着」なのであるから「新羅明神の信仰だけが分布した」のであっても、それは朝鮮文化の伝播した証拠にはなるのだ。また、地名の類似には傍証が必要だと樋口清之はもっともらしくいっているが、キム・ダルスは、たとえば、朝鮮系の神社や仏寺の存在をもって朝鮮系の地名の傍証にしているのであり、あるいは、飯塚市の「柏森」（カヤノモリ）・「日の隈」（ヒノクマ）と大和の「柏森」（カヤノモリ）・「檜隈」（ヒノクマ）のように地名がセットで存在する場合や、「百済木」（百済城）、「白木」（新羅城）、「唐木」（伽羅城）、「小牧」（高麗城）、「荒木」（安羅城）などのように地名のあいだに一定の法則がある場合を問題にしているのだ。そのほか、「スキ」、「シキ」、「スカ」が古代朝鮮語では「村」または「城」を意味したことを知れば、「志々伎」は新羅村、「佐須岐」、「佐職」、「佐色」も沙羅（＝新羅）村、「春日」（加須賀）は伽羅村、「飛鳥」（阿須賀）は安羅村、「白須賀」は新羅村、「須賀」、「須玖」は「村」そのものだとわかるし、「プル」が古代朝鮮語では原または村を指したことを知っていれば、九州ではなぜ「原野川」、「春日原」、「田原坂」、「西都原」の「原」を「ハラ」ないしは「バラ」と読むかもわかろうというものである。**（鈴木武樹「改めるべき朝鮮史への視点」『読書新聞』昭和四十八年一月二十九日号）

（これはハル、バルの誤植だろう――吉本註）

こういう子供だましのようなことを、さも意味あり気に、声高にわめき散らして歩く男たちが横行するのをみると、つくづく、うら哀しくなってくる。鈴木武樹という「評論家」がどんな男かはしらないが、こんなのが左翼づらをさげてまかり通れば、左翼全体が保守主義者や右翼から、ナメられるだけであることを、よく知るがいいのだ。竹中労などは、また、吉本は劇画〈レインボー・マン〉の〈死ね死ね団〉みたいだ、などというかもしれぬが、頓馬は死ね、とでもいうよりほかない。鈴木武樹という「評論家」が云っていることは、東京には、〈クラブ・ロンドン〉という看板の家があるから、その家の住人は英国人であり、〈クラブ・パリ〉と看板をかかげた飲み屋があれば、その家の住人は、フランス人であり、〈クラブ・マンハッタン〉というキャバレーがあれば、その経営主は、マンハッタンから、わざわざ、日本、東京くんだりまでやってきた男だ、というのと全くおなじことである。まさか、いっぱしの「評論家」と名告る男か、そんな馬鹿なことを云うはずがない、とおもうかも知れないが、古代の〈地名〉の類似や音便の類似や、相違などは、現在の〈クラブ何々〉くらいの意味しか、持ちえないのである。

わたしたちは、この種の幼稚な混乱が、古代史ブームに乗じて横行し、あげくのはては、井上清とか、門脇禎二とか、羽仁五郎のようなお人好しの頓馬な左翼学者（もともと、ただのオポチュニストで、思想など何もないのだが）などのあとに、気の弱い研究者が追従するようになっては、もはや救おうにも手おくれだから、問題を、はっきりさせておこうではないか。

第一に、金達寿《キムダルス》が、雑誌『日本のなかの朝鮮文化』その他でやっている、子供だましの語呂合せは、鈴木武樹とやらが、故意に誤解するほど、純粋、明解な、素人なりの、冷静な仕事ではなく、やる手つきの幼稚さに似合わず、老獪な政治的モチーフに貫かれている。ようするに日本列島のなかに、タテ割りの〈朝鮮水割り〉をして歩くことで、北鮮優位を印象づけようとする、小汚ない点数稼ぎの、煽情的モチーフをかくしている。劣等感を裏かえした優越感を誇示して、誰にたいしてか知らぬが、点数を稼ぎに歩きたいだけだ。手元にある任意の一冊をとりあげれば、「『輸入』ということば」（『日本のなかの朝鮮文化』十一号、一九七一年）のなかで、金達寿は、こういう、自信のない、もってまわったいい方をしている。北九州の福岡県と佐賀県のあいだにある背振《せぶり》山脈や、そのなかの高祖《たかす》山などについてふれながら、「この背振というのも朝鮮語ソボル（徐伐）ソウル（京・都）ということばから来たものという。」から、

「これもみな朝鮮から『輸入』したものでなくてはならない。しかし山や山脈を『輸入』することはできないから、ではその山名や地名だけを『輸入』したのであろうか。」といった按配である。金達寿は、ここで、何をいいたいのか。鈴木のいうキム・ソッキョンの三韓は九州にあったという、素っ頓きょうな説に勢をえて、北九州に分布居住していたのが、〈日本人でなく朝鮮人だった〉と云いたいのだ、ということは明白である。それならば、はっきりと度胸をきめて、金達寿は、そう主張してみるがいいのだ。わたしは、朝鮮人にも中国人にも黒人にも、どんな偏見ももっていないし、どんな優越感ももっていない。また、ことさら坊主ざんげや追従をする気もない。しかし金達寿の自信のない、もってまわった、北九州人＝朝鮮人説の主張の仕方をみていると、金達寿だけには、人種的偏見をもちたくなるから不思議である。

　金達寿にしろ、鈴木武樹とやらにしろ、〈地名〉や〈人種〉問題について、本質的な課題を全く誤解している。この誤解こそが、もっとも危険な誤解というべきである。それは、鈴木や金が、素人にすぎない（その通りであるが）から起る誤解ではなく、明治以後現在にいたる朝鮮人蔑視の問題を、政治的モチーフのみで拾いあげて、つまらぬ語呂合せのなかに溶し込んでいる誤謬から起る誤解だ、ということが問題なのだ。

　第一に〈地名〉の問題からはじめよう。鈴木や金のいうように〈地名〉が、朝鮮語から借りた訛音である可能性は、もちろんありうる。たとえば、原野《ハルノ》、田原《タバル》、都原《トバル》……という〈地名〉のばあいの〈ハル〉が、朝鮮語の〈プル〉あるいは〈パル〉からの訛音であることが、正当である可能性は、充分ありうる。しかし、鈴木や金のいうような並べ方では、別の方向から当っていたと傍証されても、まったく、実証の手続きとしては意味がない、ということが、〈地名〉問題の本質なのだ。いいかえれば、〈当るもハッケ、当らぬもハッケ〉の遣り方では、別の角度から当っていることが実証されたとしても、意味がないのである。つまり〈キャバレー・ロンドン〉と看板にかかれた建物の主人は、英国人だというのと大差はないのである。〈地名〉や〈人名〉に朝鮮語を借りようと、ポルトガル語を借りようと、中国語を借りようと、そんなことは、隣接地域のどこにでもありうることにしかすぎない。そこの住民の〈人種〉について何を語る材料にもならない。

第二に〈種族〉の問題について語るばあいの必須の前提についていう。

わたしたちは、大和朝廷による統一国家成立以後に、あるばあいは大陸文化や技術の指導者として、あるばあいには徭役労働者として、あるばあいには王族亡命者として、あるばあいには、個々の移住者として渡ってきた朝鮮半島からの移住民を、〈帰化人〉と呼び慣わしてきた。これを〈到来人〉と呼びかえようと、その実体は、べつになんの変りもないのである。

ところで、地理上からいって、まったく明白なことだが、朝鮮人あるいは、朝鮮経由の種族が、大和朝廷成立より遥か遠い以前から、集団で、あるいは個々に、何度も数えきれないほど、朝鮮半島南端その他から、北九州に、あるいは山陰に、あるいは越《こし》の国に渡来し、上陸した地域の近傍から、それ以前に在住の日本列島人と混血しつつ、各地に分布し、文化や技術や労働に従事したことも、まったく理論上、明白なことである。そして、わたしたちが、その混血人を、殊更、朝鮮人と呼ばずに、日本人と呼び慣わしていることも自明のことである。

ところで、さらに、大和朝廷による統一国家成立以前に、遠い太古から、東南アジア、南支那沿海、朝鮮半島南部、大陸北方沿海部その他から、何度も集団で、あるいは個々に、朝鮮半島経由、または直接に、さまざまな種族が、文化や技術や産業をたずさえて日本列島に渡来し、上陸地域（または地続き）から分布を拡げ、在来人と混血していったことも明白である。わたしたちはこの混血人を朝鮮人とか、ベトナム人とか、モンゴール人とか、モン・クメール族とか呼ばずに、日本人と呼んでいることも明白なことである。この日本列島には、旧石器時代、あるいは、それ以前の化石人類以来、人間が住んでいた。そして数十万年前や数万年前に、大陸と地続きであったり、また、地質上の造陸運動で、陥没して島嶼となったり、隆起して地続きとなったりした。もちろんそれ以前にも地質上の変動があった。この間に、大陸から、また南方と北方から、数えきれないほどの種族（あるいは人種）的な移動があり、そのあいだに、多重的に混血して、現在日本人とよばれている種族が形成されたのは当然である。もちろん、その間、南中国や東南アジアから朝鮮にたどりついた種族も、大陸北方から朝鮮半島にやってきた種族も、おなじように日本列島にやってきて、多重的に混血したことも当然である。

また、漢族を中心とする中国が、冊封体制の名のもとに、東南アジア、南中国沿海民、朝鮮人、北方沿海人、モンゴール人、日本人などの異族を、数千年来、蛮族とかんがえ、〈ケモノ偏〉をつけて呼び、冊封体制内の属国（領）として扱ってきたことも、まったく明瞭なことである。馬鹿学生運動家や、頓馬な古代史家や、井上清のように、いつも自己批判ばかりやって、転々ところんでいるオポチュニストは、日本の太平洋戦争中の中国人への残虐行為や朝鮮にたいする植民地的差別をもちだされると、とたんにマゾヒストになって、しおらしい自己批判を囀りはじめるが、わたしは、かれらが数千年の長きにわたって、日本人やアジア辺境民を、蛮族あつかいにしてきた中国の残虐行為や差別観に、戈先を向けたことがあるのを知らない。ようするに、お人好しで近視眼の頓馬にすぎないのだ。わたしは、近々、百年のあいだの日本の残虐行為や人種差別よりも、中国が数千年来、アジア辺境民に加えてきた残虐行為や、差別のほうが、はるかに今後の世界史を歪める要因として根深いことを信じて疑いようがない。井上清は、中共が尖閣列島は中国のものだ、などと、おおよそ社会主義の何たるかを知らない民族主義を露骨にむきだした声明を発するや、尖閣列島が中国に帰属するという結論を得るために、日清条約をほじったりしている。また、石田郁夫のようなトンマなトップ屋に乗せられて、尖閣列島は中国領だ、などという声明を発している。いったい、どういう頭の構造になっているんだ。中国は、数千年来にわたって、日本列島も朝鮮半島も越南（ベトナム）も、モンゴールも、中国のものだと主張して来た。何という馬鹿なんだ、君たち老人は。無能なもうろく歴史家と水滸伝や三国史のチャンバラ与太話の部分で、革命を論ずる花田清輝以来つきない馬鹿と、マンガで革命を学習した低能学生とがお手々をつないで、何処へゆくつもりなんだ？　当分、天下は太平であり、この連中などに、本気ではつき合えるものではない。

　ただ、はっきりと云っておかなければならないのは、〈種族〉（人種）や、その文化、技術の影響を問題にするばあいには、かならず時代的な尺度をどの辺に採っているかを、明瞭に把握していなければ、まったく無意味だということである。〈地名〉や〈人名〉で、語呂合せをやっても、そんなことは、何の役にもたたないのだ。近世までの日本にとって、中国や朝鮮半島経由の中国が、文化的、技術的な先達であり、近代以後において、わが国が西欧文化や技術と直接に交渉したため、この関係が逆転した、ということは、べつだん金達寿や鈴木武樹とやらをまつまでもなく、まったく自明のことにすぎない。素人が専門外のことに介入することは、何ら悪ではなく喜ぶべきことだが、無智やオポチュニズムが介入することは許されないのだ。たんに〈地名〉や〈人名〉や〈寺社〉の名称を平面的に並べて分類し、それを〈人種〉とか〈種族〉とか、その技術的文化的な影響と短絡させてはならない、ということは、そういう手続の無効性とともに、はっきりしている。仮りに、そういう遺り方で、的《まと》にあたることがあっても、なお無効であることに変りはない。そのくらいの見識をもったうえで、威丈高になってみせないと、鈴木のように、凄んでいるつもりでも、マンガにしかならないのである。まったく、マンガNO・1たるインチキ左翼につき合うには、余程、程度の低いことを、くどくどと繰返さなければならないのだから、やりきれない。頼むから鈴木のような無智な男が、横合いから口を出すのを、やめてもらいたい。せっかく、粒々辛苦して蓄積されてきた、わたしたちの方法的優位は、こういう連中と一緒くたにされることで、ぜんぶ、ぶちこわしになってしまうのだ。

5

**自立とは言いたいことを言いたいように言うことだ、と吉本はいう。幸福な人である。**（『現代の眼』新年特別号「少数異見」匿名子）

程度の低いのは鈴木ばかりではない。まったく、ぐうたら雑誌に匿名で、いちども吉本が云ったこともないフィクションを並べて、いくばくかの原稿料を貰っているこの男は、のんきな男である。どんなにしぼりだしても、こういう批評には、笑いも涙もでない。心にひっかかるものはなにもない。この男は、「自己表出」というのを、「自我（主体）表出」だと、読みちがえている。まったく無能な男である。せめて「自己表出」を「自働表出」というように読みちがえて呉れるのなら、まだ脈があるんだ。

**「自我」にとっての世界、人間はかけがえのないものだ、なぜならそれは人間なのだからといった自同律、こういった神話と倒錯を、いったん批判的に解体し、「類」としての人間本質――全体としての人間――へのみちすじを、まったく固有につくり直さなければならない。**

冗談じゃありませんよ。そんな「みちすじ」など、わたしが、とうにつけていますよ。知らないのは、この男だけさ。何せ、「自己表出」を「自我表出」のことだと読みちがえるようじゃ、ぜんぶ読みちがえだ。もちろん、わたしの著書など読みちがえても、どうってことはないが、この男は、〈国家〉も〈自然〉も〈人間〉も〈動物〉も〈社会〉も読みちがえてきたのだ。津村喬や平岡正明が、戦争を読みちがえ、戦後を読みちがえ、中共を読みちがえ、〈情況〉を読みちがえているのとおなじように。また、新島淳良が、毛沢東を読みちがえ、対中共の窓口を読みちがえて、ひんしゅくされ、ニワトリとその他の動物の差別を読みちがえて、山岸会に転身したのとおなじように。また、人間は猿から進化したものだ、などと信じきっている（つまり十九世紀的自然観、進化論を信じきっている）生物社会学者とおなじように。

この匿名子が、個人的に幸福であるのか不幸であるのかしらない。ただ、どんなに囀っても、〈ただひとつのこと〉が欠けていては、言うことやることぜんぶ駄目なんだ、ということが判らないのだ。こんなことを云っても、この男には通用しまい。先験的に〈政策〉（政治などという高級なことではない）的にしか、言葉が表出できなくなっているのだから。それは怖ろしい思想的犯罪だよ。現在の世界にたいして犯罪ならば、まだましだが、自体的に、とことん本質的に犯罪なのだ。先験的に党派的に発言したいならば、現実に、他の思想を抹さつできる覚悟がなければならない。この男は、わたしが花田清輝を読みちがえているというが、そんなことはない。とことんまで理解しつくしたうえで、批判しているのだ。

〈義〉は〈義〉に感応し、〈義〉の立場につけば、〈義〉の構造は問われずに免罪されるものだ、などとかんがえる男は、幸福な男である。〈不義〉とおなじように〈義〉もまた、苛酷にその骨の髄まで疑われ、問いただされることを、免れるものではない。そして、どんなに疑われ、問いただされても、なお耐えうるときに、〈義〉もまた〈自然〉に、あるいは〈自然〉の固さにはじめて触れることができる。〈自立〉は、すこしも幸福ではない。少くともこの匿名子ほど幸福ではない。なぜなら、自分ができないことを、他人がしてくれるなどということを、まったく信じないことから出発し、なんでも自力でやってしまうよりほか、仕方がないと思い定めてきたからだ。それは〈自我〉を至上物に祭り上げることなどと、なんのかかわりもないことである。

6

この連中に、〈欠けているただひとつのこと〉とはなにか。それは、例えば、著者への印税は、できるだけ払わないようにしながら（つまり著者をサクシュしながら）、出版とは何か、などと麗々しく書いている〈良心〉出版社の如き欠陥である。また、利権のために窓口を争いながら、主義、思想のために争っていると称する社会主義的、資本主義的利権屋の如き欠陥である。また、〈神話〉の成立に、政治的動機を読みとれば、〈神話〉を理解したかの如く、装うものたちの欠陥である。また、差別民を解放することをスローガンにうたいながら、じつは差別を固定化し、利益を脅しとって〈富〉を擁し、外にむかっては、言葉遣いが悪いなどと、特高まがいの摘発をやって〈義〉のごとく見せかけるものたちの欠陥である。

またそれは、ありふれた大衆ならば、あるいはありふれた大衆を、自分のなかに包括しているという厳然たる事実に自覚的ならば、黙々とたたかい、だまって行動するだろうに、〈海外旅行〉あるいは、せいぜい〈フィールド・ワーク〉にすぎないものを、鳴物入りで、自己宣伝するいい気な思い上りのなかにある欠陥である。この連中は、芸能界やマス・コミの裏側に巣くっているうちに、常なる大衆の生活と心とを忘れて、じぶんを、それと区別さるべき何ものかと思いちがえてしまった。それがまた、政治的前衛意識と結びついて、自己妄想は二重化してしまっている。救いようがないのだ。

7

「この国家は（日本国家は――註）ブルジョア国家である。」〔This state is a bourgeois state〕だから、「他民族を抑圧しはじめ、植民地を隷属化しはじめた」――レーニンの文調は断乎たるものであって、通説のように、「絶対主義国家」だとか、あるいは、「軍、封帝国主義」（レーニンが、資本家的帝国主義と区別されるツァーリズムの帝国主義を指して言った言葉）など入れる余地は絶対にない。そんな一カケラもない。もしかしたらレーニンは日本が君主制（天皇制）であるのを知らなかったのではないか？　とんでもない。レーニンは、「商品生産の最も完全な発展の条件、資本主義の最も自由な、広汎な、急速な生長の条件」が、日本という独立民族国家において創出されたことが「争うべからざる事実」だ、と言っている。そしてそうならば、君主制にもかかわらず、それが絶対王政的であるわけはなく、その存在にもかかわらず、日本国家はブルジョア国家だとキッパリ断言したのである。さすがはレーニンだというのは、絶対王政下で、「商品生産の最も完全な発展の条件、資本主義の最も自由な、広汎な、急速な生長の条件」が創出されうるわけはないからである。もしそれが可能だというならば、なにも絶対主義を打倒するブルジョア革命などというものはいらないことだからである。（対馬忠行「レーニンの日本観」雑誌『現代の眼』新年特別号）

わたしは、べつに講座派も労農派も、いまは、擁護する気はない。しかし、近頃は、馬鹿気た、回顧的老人や、トップ屋くずれや、学生運動くずれが、つまらぬことを云いはじめて、まったく、どうにかなっているのだ。創造する手数も労力もつかわずに、いまさらレーニンやスターリンや毛沢東の言葉をかつぎだせば、どうにかなるつもりなのだ。対馬忠行が、ここでやっているのも、おなじことである。わたしは、創造せずに回顧的になりたがる老人やチンピラをみると、いつまで寝首がつづくんだと苛立たしくなってくる。

対馬は、ここで、君主制（この君主制というのは、どんな君主制なんだ？）ならば、レーニンのいう「ブルジョア国家」でありうるが、「絶対王政」（これも君主制の一形態ではないのか？）的ならば、「資本主義の最も自由な、広汎な、急速な生長の条件」がないと主張しているのだ。わたしには、こういう馬鹿気た語呂合せが、まったく信じられない。対馬が、こういう語呂合せを必要とせざるを得ない理由は、ただひとつである。

レーニンが「この国家はブルジョア国家である」というときの「国家」は、〈社会的国家〉ないしは〈経済的国家〉を意味していることは明瞭である。そして、レーニンが〈社会的国家〉や〈経済的国家〉を、〈国家〉そのものとかんがえていたとすれば、それはレーニンの方がおかしいのである。極端に誇張していえば、〈社会的国家〉あるいは〈経済的国家〉の外に、どんな〈政治的国家〉あるいは〈宗教的国家〉が、多重化されていることも、理論的には可能である。理論的に可能であれば、現実的にも可能である。だからこそ、〈政治的国家〉あるいは〈宗教的国家〉は、その構造を内在的に解きほぐさねばならない、という課題は、レーニンの国家論の外に確然として存在するのだ。この課題は、対馬忠行のように、レーニンの権威にすがって安堵することによって、何ら解決されるものではない。

8

わたしは啓蒙家ではない。また、政治的な趣味人でもない。だから、つんぼの耳にむかって云うことも、聡い耳にむかって云うことも同じである。本質的な意味では、わたしには、聞きとどけられないための失望などはない。また、自分にのみ語ることも失望の種子にはならない。しかし、熱狂的なつんぼが、さめて後、そんな話は聞かなかった、などというのを聞くのは、つねに寂蓼であることに変りはない。

9

**竹中**　またまた話題転換、まさに義経だな（笑）。ぼくは台湾に行って一番行きたいところは紅頭嶼という、蘭嶼ともいうけど……。

**平岡**　つまり彭湖列島に渡り、それから台湾に来るその橋頭堡になるわけですか。

**竹中**　いや違います、東海岸。ここにヤミ族というのがいるんです。この島にだけいるんです。このヤミ族の島にはどんなことがあっても渡ります、松田政男のいう、日本人の祖形を求めて渡るのではありません。あるいはコミューンを求めて渡るのではありません。ぼくは戦争を見つけにいくんです。つまり台湾の山地原住民、あるいは島嶼原住民にとって、戦争というのは自由の最も適切な表現であったということを見にいくんです。これ以上のことはいえません。ぼくの今度のアジア幻視行は、ほとんどそのテーマで貫かれているわけですよ。

**平岡**　吉本隆明にいうことは、戦争を露出してやるからちょっと待っておれということだ。

**竹中**　そういうことです。戦争が露出してきた、と吉本隆明はいうけれど。

**平岡**　こっちが露出させたんだ。（竹中労、平岡正明「現代流民考」）

嫌になっちゃうね、この馬鹿たちは。交通公社発行の観光案内の代りに、河村只雄が昭和十四年に出した『南方文化の探究』一冊よんで、ヤミ族の島に、観光旅行にいくだけじゃないか。つまりいま流行の〈ディスカヴァー・ヘンキョウ（辺境）〉じゃあないか。〈兼高かおる、世界の旅〉のほうが、理窟がないだけましである。それに、素っとぼけちゃあいけねえや。〈戦争を見つけ〉たければ、わざわざ金をかけて観光旅行などする必要はない。現在、五十歳以上の、左右を問わない政治的愚物や、まことに見事に変身した平和なサラリーマンや、商人の一家を、あるいはルポライターを（つまり、おまえを、ということだよ）、〈幻視〉すれば充分である。なにが流民だ。このバカは。

それにどこまでいっても、この連中のいうことは、通俗小説やインチキ左翼のかいた通俗テレビドラマの画面を出られないのだ。毛沢東の思想とおなじで、この連中のいうことを聴いていると、無理やり立体から平面に閉じこめられたような、なさけない気になる。

丁度、我々が行儀よい姿で外出しようと思ふとき羽織・袴で出かけるのと同じ様な意味で、ヤミの人々はかゝる場合、さうした出立ちで外出する。併しながら、ヤミのいかめしい槍も蕃刀もよく見ると錆ついた、凡そ時代もの、感を与へ、人など殺せさうにもないものである。それもその筈で、ヤミの蕃刀や槍は決して人を殺す為のものではなく、単なる儀礼的・魔よけ的のものに過ぎないのである。

ヤミ族の最大特長は何であるかと問はれたら、私は敢て、彼等が未だ曾て首狩をしたことがないことだと答へたい。高砂族中随一の平和族である。言葉は通じないが、彼等は心からの好意を顔に浮べて我々を迎へてくれた。（河村只雄『南方文化の探究』）

この文章は、この三馬鹿連中が露出したがっている〈戦争〉中に、ヤミ族について書かれたものだぜ。ほんとうに〈錆びていない槍〉を〈幻視〉したいのなら、また〈戦争〉をみたいのなら、わたしたちのなんの変てつもなさそうな日常の周辺を視れば充分である。この〈平和〉な日常性に〈戦争〉を視る方法をもたないものが、どこで〈戦争〉をみつけることができよう。かれらは〈戦争〉を、銃撃パンパン、斬り込み、ゲリラの槍、とおもいこんでいるのだ。ようするにチャンバラ小説クラスの想像力しかないのだ。〈戦争〉を体験し、いまはマイホーム父親になりすましている五十以上の男たちに、〈戦争〉って何だと訊ねてみるとよい。〈荷物ばかり背負うこと〉、〈歩いてばかりいること〉……というような、平凡で散文的で、きつい応答がはねかえってくるだろう。自衛隊の幹部軍人などに訊ねてもだめだ。かれらは変身の方法を知らない頓馬な〈露出した戦争〉野郎であり、軍人として三流以下のハリコの虎である。ほんとうに優れた軍人、兵士であったもの、それは、たぶん、無気力なボロカバンを提げて、毎日、近づいた定年をおそれながら、会社に通勤しているような、中老のサラリーマンなどに〈変身〉しているにきまっている。だからこそ、こういう人々の無気力さに〈畏敬〉と〈怖ろしさ〉を視ることができないものには、たぶん永久に〈戦争〉も〈革命〉も視えるわけがないのだ。

# イギリス海岸の歌

宮沢賢治には、いくつかの歌曲がある。そのなかで、わたしは「イギリス海岸の歌」がいちばん好きである。もっとも、この「好きである」には、いくらかの註釈がいる。わたしは音譜がまったく読めない。だからこの「好きである」は、だいいちに歌詞がよくできているという意味になる。これは歌曲としてみなくても、宮沢賢治の詩のなかで、優れた作品のひとつといってよい。

イギリス海岸の歌

Tertiary the younger tertiary the younger
Tertiary the younger mud-stone
あをじろ日破れ　あをじろ日破れ
あをじろ日破れに　おれのかげ
Tertiary the younger tertiary the younger
Tertiary the younger mud-stone
なみはあをざめ　支流はそそぎ
たしかにここは　修羅のなぎさ

十八、九のころ、宮沢賢治の作品をはじめて読んだ。その頃どうしても英語の部分の意味がわからなかった。学校仲間に訊ねても、やはりよくわからない。そのころから、わたしは化学の生徒であった。そこで、はじめから“tertiary”という言葉に先入観があった。たとえば“tertiary group”というとき、化学の概念では「第三級の基」（化学結合基）ということになる。そのために、この言葉にひっかかって、とんでもない方向に考えが外れて、どうしても理解できなかったのである。

ところが、ある時、「ユリア　ペムペル　わたしの親しい友たちよ」とか、「白堊紀砂岩の層面に」とかいう、うろおぼえの宮沢賢治の詩の言葉が、口をついてでてくるうちに、はっと地質学と宮沢賢治との繋がりに思いいたった。それまでは、わたしも化学の生徒であり、宮沢賢治も農芸化学が専攻であった、という思い込みから、〈化学〉という共通点だけを無意識に抽出していたのだ。そこで“tertiary”という言葉は、「第三紀層」という概念にあたるはずだと気がついた。そうであれば“tertiary the younger mud-stone”は、「第三紀新生泥岩層」というほどの意味になるだろう。この解釈がついたとき、じつはかなり嬉しかったことを覚えている。当時、すでに草野心平編『宮沢賢治研究』は、出版されていたと記憶するが、東北の盆地の街へ住みついたばかりの田舎高工生としては、それ相当に苦心した〈発見〉であった。ところが、この歌曲についた宮沢賢治の自作の曲の方は、簡単なものにおもえたが、まったくわからなかった。夏休みに帰京したとき、工業学校の音楽好きのクラスメイト・Nに、この方は、どういうことになるか訊ねた。かれは、出だしのところを二、三度〈フフフーン〉というようにハミングしたあとで、すぐに歌いだした。単調で沈みこむだけの、でも強いて意味づければ「修羅のなぎさ」のイメージがよくわかるようにおもえるメロディだった。東北の風物は、みなそういうようにおもえる、といった象徴がこめられているともみえた。現在でも、わたしは前半部の“Tertiary the younger tertiary the younger　Tertiary the younger mud-stone”のところだけは、うろおぼえだが、唱うことができる。だが、後半部は忘れてしまった。あまりに単調なメロディだからである。だが、歌詞の方は、いまでも空んずることができる。〈なみはあをざめ　支流はそそぎ　たしかにここは　修羅のなぎさ〉というように。

あらゆる早熟の天賦の才能がそうであるように、宮沢賢治も死にいたるまで〈幼児性〉を保存していた。農学校の応援歌を作詞作曲し、歌曲を作詞作曲し、空なる童話を沢山のこした。いわば、その成熟には〈幼児〉期から連続した曲線があり、断絶による成熟、過去の棄却による成熟の面は、背後にかくれることになっている。「あをじろ日破れ　あをじろ日破れ　あをじろ日破れに　おれのかげ」も「なみはあをざめ　支流はそそぎ　たしかにここは　修羅のなぎさ」も、表現としていい度胸である、というほかない。こういう言葉の高い幼児性の調子に、照れることなく耐えるということは、ただ、天賦の才能にだけ許された特権であるようにおもえる。

一昨年のことか、山室静さんに云われて、日本女子大へ宮沢賢治の童話について喋言りに出かけた。女子学生たちの合唱団が「種山ヶ原」を唱っているのを聴いた。なぜか、わたしには、その雰囲気が耻しく照れくさくて仕方がなかった。浮かぬ気持であった。彼女たちは、どうして「イギリス海岸の歌」を唱わなかったのだろう。そうしたら救われた気分になったのに。口直しに飲まずにはおられない気持で、理論社の小林厚氏夫妻と、新宿へ出かけて、飲み直した。

# 情況への発言

——切れ切れの感想——

## 1

したがって、タンパク質こそは、化学機械（生体内の生化学反応を指す——註）の活動を一定の方向に導き、首尾一貫した機能を果たさせ、そしてその機械自身を組み立てるものなのである。これらの合目的的性能は、突きつめれば、すべてタンパク質のもつ《立体的特異性》（〈立体異性〉の構造のことらしい——註）にもとづくのである。それは、タンパク質が、他の分子（他のタンパク質をも含めて）をそれぞれの形——その形はそれぞれの分子構造によって決定されている——で《認知》する能力なのである。これは文字どおり、微視的な識別（《認識》とは言わないにしても）能力なのである。ある生物の合目的的な働きや構造はすべて、それがいかなるものであれ、原則として、一個、数個、あるいは非常に多数のタンパク質の立体特異的な相互作用に帰せられると言ってよい。（ジャック・モノー『偶然と必然』渡辺格・村上光彦訳）

この現代フランスの生物学者の著書を、わたしに面白いから読んでみろ、とすすめたものは、二、三にとどまらずあった。そういうことは、滅多にないので読んでみた。なるほど面白く、かなり煽情的に書かれた啓蒙書である。おまけに、化学術語のホン訳に間違いが多く、そのため一層煽情的になっている。一言でいえば、分子生物学が、細胞の核タンパク質に与えた細胞増殖の構造と、機序をふまえて、それを度外れに拡大解釈してみせたものである。つまり、現在の形態学的な、あるいはサイバネティクス的な方法で、人間をふくめた生物の世界を、統一的に割りつけてみせたものである。おまけに、〈生物〉のみになりたがっている、現在の人間たちにとっては、まったくおあつらえむきに、人間も〈生物〉のみとして扱っているので、小気味がよい、といえばいえる。

現在では、誰もが人間であることに幾分かずつ疲れているし、観念が迷走しつつ、からみあった経路に入り込んで、ひとつひとつ解きほぐしながら、まともな貌をして引きかえしてくるだけの根気もなければ、意味も見出し難く、途方に暮れているといえば云える。一切の観念的な迷路を一掃することができるなら、どんなにさっぱりすることか、という思いは、誰の胸の中にも、大なり小なり存在することは、確かである。そこで〈人間は生物の一つの種である〉という疑いようもない事実は、〈人間だって生物の一つの種にすぎない〉という倫理的な断言命題のなかに融かし込まれる。

もう一つの要因は、生体内の細胞増殖の生化学的な反応が、分子構造レベルで、かなりな程度はっきりつきとめられ、それが意外に単純な要素的な反応であることが、解明されてきた。生体の細胞増殖や遺伝反応には、なにも神秘的な要素はなく、たいへん巧く出来ているにしろ、生体内の高分子含窒素化合物間の化学的な撰択反応にすぎないことが判ってきた。唯物論《タダモノ》で、人間的な現象をふくめた世界関係を覆い、生物学の傘の下に閉じこめようとする考え方が、出てくるのは当然すぎる情況にある。そして神秘的な迷妄の代りに、迷妄的神秘化に付き合わされるのだ。「タンパク質」が「他の分子（他のタンパク質をも含めて）をそれぞれの形」で「《認知》する能力」というような言い方は、化学（科学）にたいする迷妄的神秘化である。ただ〈生体内の化合物は、それぞれの構造の特異性に基いて、活性の著しい位置で、他の化合物と反応する〉と、云えばよいところを、J・モノーは、「タンパク質」（窒素含有高分子化合物の一種）が、他の分子を、形で《認知》するというように、擬人化し、あるいは人間の観念作用に使われる用語で、人間化するのである。中途半端な人間化ではないか。

J・モノーは、別のところで、生物を他の自然存在と区別すべき特徴として、(1)合目的性、(2)自律的形態発生、(3)複製の不変性をあげている。べつに面倒なことを云っているわけではない。生物の細胞が自己増殖しているかのようにみえ、また、天然物が恣意的な形態で分解したり、分裂したりするのに、生物は、かならず同一の形態(ある魚はある魚、ある植物はある植物、ある人間の子供はある人間の子供)を保存してゆくということを指している。そしてもし、生物が、このような自己増殖性や、形態不変性を保持しているとすれば、それは何らかの「合目的性」に根ざしているのではないかという考え方をしている。

J・モノーが、こういうことをことさら強調し、また度外れに拡大して意味づけている理由は、魚屋にとって、店先にいる人間は、魚を買う人間か、あるいは魚を買わない人間かに分類されるのと、おなじことである。おなじ根拠である。いままで、生物の〈生〉の機構には、何らかの〈神秘〉性や、〈不思議〉性が介入する余地がのこされ、また、おなじ〈種〉は、おなじ〈種〉の形態を保ったまま自己増殖し、また、つぎの世代に〈遺伝〉性を保存してゆくことに、〈生命の神秘〉とでもいうべき観念が介在する余地があった。しかし、この過程にかんするかぎり、どんな〈神秘〉も〈不思議〉も介入する余地がなく、生体内のタンパク質を構成する高分子化合物の化学反応であり、この高分子含窒素化合物の立体異性体(おなじ分子式をもっていても、原子または基の立体的な配列がちがうもの)の反応撰択性の如何にかかわりが深いことが、ここ十年―二十年の分子生物学の発達によって、はっきりさせられたことによっている。これは、たぶん、ある種の人々にとって、衝撃的なことであるにちがいない。しかし、そうだからといって、生物学的哲学や世界観が、度外れに大きな顔をする根拠にはならないのである。では、なぜ、J・モノー自身が、度外れな拡張をやってのけているのか。それは、生物の〈観念性〉(人間以外のばあい、そうとまではいえないが、自己増殖と、形態不変性にみられるような、また、挙動にみられるような、無生物とちがってみえるところ〉を、J・モノーが、身体生理そのものに求めているためである。つまり、J・モノーは、自らも一員として開拓した分子生物学の進展によって、自らの観念論に度外れな衝撃を受けとったことを意味している。しかし、人間の〈観念作用〉は、べつに身体内の生物学的な化学反応自体ではないし、身体内の分子レベルでの化学反応そのものの、直接的な所産でもないということは、はっきり指摘しておく必要があるのだ。そうでなければ、数学者は度外れな数学的な人間の思考モデルをつくり、電気学者は、度外れな電気的脳モデルをつくり、生物学者は度外れな〈観念形態〉モデルをつくり、祖述家がこれに追従するという事態は、とめどなくつづくにちがいない。もちろん、この種の発想は、技術的には、有効な成果をあげた。電算機を生み、環境生物学の一分野をつくり出した。その考え方は誤りであると云えば、〈誤りのなかにある深さ〉は評価しなくても済ましてしまい、その考え方は正しいと云えば、〈正しさの構造〉は問われなくても済まされ、その挙句は、いつも自己侮蔑と他者追従で間にあってしまう、わたしたちの文化の伝統からみれば、羨むべきことにはちがいない。しかし、分子生物学的な世界観に、自己侮蔑と他者追従からかかわってゆく存在をみるとき、そこには限りない寂寥だけが残る。

## 2

さらに一歩を進めれば、それぞれの生物種が、他のすべての種と同じ材料と同じ化学反応を営みながら、他のすべての種と区別される、その種に特徴的な構造的規準を、各世代をつうじて不変なままに維持できるのは、どうしてなのであろうか。

今日、われわれはこの問題を解決する鍵をもっている。一方、核酸のばあいにはヌクレオチド、他方、タンパク質のばあいにはアミノ酸という普遍的構成要素があるが、それらは論理的に言ってタンパク質

**の構造、したがってその立体特異的な結合能力を綴っているアルファベットのようなものといえる。したがって、生物圏が包含している構造と働きの多様性のすべてが、このアルファベットで書くことができることになる。このときDNAのなかのヌクレオチドの配列という形で書かれたテキストが、それぞれの細胞増殖のさいに不変のまま複製されることによって、種の不変性が保障されているのである。**

（同前）

大変よくない比喩が使われている。J・モノーがここで云っていることは、核酸の高分子結合鎖の単位になっているのは、ヌクレオチドであり、タンパク質の高分子結合鎖の単位になっているのは、アミノ酸であるが、これらは立体異性体をとりうるから、同一の「材料」と、おなじ「化学反応」をもつのだが、立体構造の相異から、結合位置に高分子結合鎖の立体的に異なった点が生じ、このためにそれぞれの〈種〉に固有な生体内化学生成物を生じ、そのために細胞増殖と不変性が〈種〉によって固有となりうるのだ、ということである。「アルファベット」、「テキスト」、「複製」、みな無くもがなの悪い比喩である。このことは、J・モノー自体が、刺戟、通信、反射機械としての生物（人間も含めて）という、サイバネティクスの概念に、ひどく患わされていることを自ら物語っている。生体内化学反応とその結果おこる細胞の増殖作用と不変性には、なにも驚異や神秘性はないのに、J・モノー自身が、神秘めかした比喩にすりかえてしまっているのである。高分子化合物が、同一の原子の同数個から成っていても（つまり分子式として同一に表現されるものでも）、立体異性体をもちうること、そして、立体異性体は、それぞれ別の化学的、光学的、物理的な性質を示すことは、たんなる化学的な常識にすぎない。つまり、J・モノーは、この常識に、後から、哲学的な意味づけをやっている。その意味づけは幼稚なサイバネティクスの発想に基いている。J・モノー自身が、生物の細胞増殖（現象的には自己増殖ともみえる）と、遺伝的な不変性、にたいして、俗にいう〈生命の神秘〉をみていた。しかし、そこに何の神秘もなく、生体を構成している含窒素高分子化合物のあいだの、撰択的な化学反応しかなかった。この〈撰択〉が、細胞増殖の固有性と不変性を決定していたのである。わたしには、この機序が、分子レベルで、しだいにはっきり指摘できるようになったということが、人間の観念作用を、生物的基礎に還元して済まされるものであるとは、到底おもえない。にもかかわらず、J・モノーが、ここで驚かなかったとしたら、云っていることは、すべて陳腐な化学的事実となってしまう、こともたしかである。

| | | |
|---|---|---|
| DNA | 二つの同一な二重鎖 | |
| | ↑ | （複製） |
| DNA | 相補的なヌクレオチド配列をもつ二重鎖 | |
| | ↓ | （翻訳） |
| ポリペプチド | アミノ酸残基の線状配列 | |
| | ↓ | （表現） |
| 球状タンパク質 | アミノ酸残基の線状配列が畳み込まれたもの | |

## 3

**次の図式は、複製および翻訳という二つの本質的な過程を象徴したにすぎないが、これだけでさしあたっての議論の基礎としては十分であろう。**

**第一にはっきり示しておかなければならないのは、DNAが不変のまま複製される《秘密》は、非共有結合によって複合体を形成している二本の鎖の立体化学的相補性に存するということである。したがって立体特異的な結合性という根本原則——タンパク質の識別特性はそれで説明される——がDNAの複製作用の基礎にも見出されるのである。**（同前）

生化学術語のホン訳が不充分なので、意味がとりにくいが、J・モノーは、たぶん、ほんとうはこう云っている。DNAが、すべての生物体内反応でDNAとして、不変のまま再生成する機構は、強固な化学結合である共有結合（反応の両方の成分から出される電子対による化学結合—註）ではなく、比較的に弱い化学結合である非共有結合（non-coordinating bond—註）によって、付加重合生成物（あるいは会合のことか？　またはたんに複合生成物のことか？—註）をつくっている二つの化学結合鎖（あるいは二重結合のことか？—註）が立体化学的に、結合を補強しあっているため、この結合のところで反応活性をもつところから由来している、ということである。Ｊ・モノーの云うことには、いくらかのコメントが必要である。戦後まもなく、英国の理論物理学者クリックとアメリカの生物学者ワトソンは、生体内の含窒素高分子化合物である核酸のＸ線解析から、核酸の分子構造のモデルをつくり、これが分裂して、まったく、おなじ核酸分子二個が生成する模型を提出した（Ｊ・モノーのいう「複製」の過程）。そのあと数年たってから、クリックは核酸分子をもとにしてタンパク質が合成されるというモデルを提出した（Ｊ・モノーのいう「翻訳」の過程）。また、このあと数年たって、Ｊ・モノー自身がＦ・ジャコブとともに、タンパク質の合成の際に立体異性、光学活性その他の相異により、タンパク質の構造は変化するというモデルを提出した（Ｊ・モノーは「畳み込み」などの概念、立体特異性、旋光性などの概念で説明している）。これらは、実験的に確かめられるにいたって、いわば分子レベルでの〈生命〉の機序が、一応はっきりさせられたのである。

4

**その結果、突然変異が次のような原因に帰せられることがわかってきた。**

**1　ひとつの**（ＤＮＡ中の—註）**ヌクレオチドの対（ペア）が他の対に置換される。**

**2　ひとつあるいはいくつかのヌクレオチド対が欠損するか、あるいは付加される。**

**3　まちまちな長さのＤＮＡが倒置されたり、繰り返されたり、転置されたり、融合されたりして、遺伝暗号のテキストがいろいろなぐあいに《かきまぜられる》。**

**この変化は偶発的なものであり、無方向的なものである。**〈同前〉

そこで生物の進化とか遺伝とかは、ただ偶然だけに左右される、という結論になる。さらにJ・モノーは、これを拡大して生物としての人間も、ただ偶然の所産であり、その〈老化〉や〈死〉もまた、ホンヤクの暗号機構が、生体内で量子的にパーターベーションをおこさざるを得ないところからやってくる、と結論している。このことは、いいかえれば、人間は生れようと意志して生れたわけでもなく、老いようと意志して老いるわけでもない、ということを分子生物学のレベルでいいかえたものにほかならないし、進化や遺伝も、生体内の化学反応に、たまたま偶然の条件が加えられて、少し構造の異った生成物が生じたということにすぎないものだ、と云いかえたものである。〈人間は偶然の所産だ〉といえば、衝撃的なことが語られているようにおもえるが、その種の云い方は、わたしたちがよくやることだとかんがえれば、ありふれたことが語られているとも云うことができる。

ところで、一般に、どんな化学反応でも、かならず反応の主生成物のほかに、副生成物が、大なり小なり生ずることは認められる。しかしながらこのことは、化学反応が、〈偶然〉に支配されるということを意味していない。少くとも、量子統計熱力学が、この種の生体内化学反応の傾向性を、近似的に記述するのに適しているということと、それが〈偶然〉、〈無方向〉に支配されるということと同一ではない。最終生成物と反応条件とのあいだには、決定的な関係があることは、はっきりしている。生体内の化学反応で、反応条件の微視的なちがいが、いまのところ明瞭でないことと、〈偶然〉、〈無方向〉ということはちがっている。ただ、J・モノーは、DNA自体の挙動について、〈偶然〉の構造的な摂動がありうることを、主にかんがえている。だが、これとても量子的不確定性を指すのでなければ、〈偶然〉でも〈無方向〉でもないことは、はっきりしている。

5

**人間はついに、自分がかつてそのなかから偶然によって出現してきた〈宇宙〉という無関心な果てしない広がりのなかでただひとりで生きているのを知っている。彼の運命も彼の義務もどこにも書かれてはいない。彼は独力で〈王国〉と暗黒の奈落とのいずれかを選ばねばならない。**（同前）

すこし大げさな結論というべきか。生物体のなかで行われる細胞の増殖と、遺伝的に再現される形態同一性が、含窒素高分子化合物間の立体異性からくる撰択反応性に帰せられる、ということから、どうして「人間」の「運命」や「義務」について語れる根拠がうまれるのか。まったく了解すべくもない。「人間」の「運命」や「義務」の概念は、「人間」の生物学的な基礎に依存しない。ただ、歴史的現存性の概念に依存するだけである。つまり、まったく〈観念〉に属するものであるといえる。〈観念〉が、〈王国〉や〈暗黒の奈落〉を撰択するかどうか、その撰択に促されて歩みはじめるかどうか、は、その瞬間の身体生理に依存することは、きわめて少いだろうし、身体の欠損がおおきく作用を及ぼす〈病者〉や〈肢体不自由者〉でも、なお〈観念〉の〈王国〉をもつだろうし、それに従いたいと思うだろう。この生物学者は、もともと〈人間〉というものを誤解している。人間は〈生物〉としてみれば、何ら別格のものではないということ、また、生物体内の細胞の増殖、遺伝反応が、明瞭になってきたという分子生物学の発展は、きわめて喜ぶべきことだが、このことは〈人間〉としての人間の生物学的な基礎の解明にしかすぎないことは余りにも自明なことである。J・モノーの頭に宿っているのは、その生物学的な業蹟とちがって、つまらない哲学である。つまり生体内の化学反応と、その反応にあずかる成分の構造が明白になってきたという事実に、すこし遅れて理窟づけをやっている。この理窟づけが、生物学的な世界観というところまで、度外れに拡大されると、あるものはびっくり仰天し、あるものは、〈またか〉と舌打ちしたくなる、といったことになる。J・モノーも、そういう人騒がせな一人である。自らも寄与した分子生物学の最近の発展によって、もっともびっくり仰天しているのはJ・モノー自身であることがよくわかる。

人間の思考作用と行動とを、電気的な刺戟伝達、反射作用としてモデル化する考え方は、サイバネティクスを生み、電気自動制御装置を生み、情報理論を生んで、所定の有効な成果をもたらした。おなじように、人間の生物学的なモデル化は、過剰な観念論や、中途半端な神秘主義に打撃をあたえ、生体の生理と病理の治療に有効な手段を提供することになるようにおもわれる。しかしこのことは、人間を、電気的刺戟通信機械や生物化学機械的にモデル化することを、何ら正当化するものではない。これはいうまでもないことである。

## 6

**羽仁**　実際ぼくは日本の現代文学がどこから生まれてくるかといえば、三里塚から生まれてくる。現に「ガンガンが鳴りわたる」なんて文句、ぼくは初めて日本で生まれた最高の文学でないかと思う。夏目漱石、島崎藤村といったって、上からながめた文学ですよね。

**戸村**　そういう意味で、三里塚闘争の中にやはり芸術家が入ってこられないというところに、日本の芸術の腐敗があるんですよ。ああいう中にこそ、ほんとうに事実に即した、生きた数多いテーマがあるんじゃないかと思うんです。ああいった生活の中から小説とか、絵画とか、彫刻というものが生まれる筈だが……。

**羽仁**　ことに詩なんかね。

**戸村**　出てこなければならない。ところが、いまの既成美術団体の展覧会に行ったって、ほんとうにわ

**れわれに迫るものはないでしょう。資本主義体制のブルジョア芸術の腐敗を見るばかりです。**

**羽仁　詩人だって、西脇順三郎とか、あるいは吉本隆明なんていう連中の詩は、内容がないのを無理やり言葉を面白おかしく、ただ言葉をもてあそんでいるにすぎない。**〈対談「革命的農民像を求めて」羽仁五郎・戸村一作　雑誌『現代の眼』八月号〉

羽仁五郎という老人は、一ヶ月に一度くらいの割合で、頭のおかしさを公表する人物らしい。しかし、この老人、ほんとうは、わたしの詩なぞ読んだことはないのだろう。お前の三里塚闘争にたいする「上からながめた」（羽仁の発言）関心と、せめて、おなじ程度の関心で、わたしの詩を読んでごらんなさい。もう少しは、政治や芸術や社会や生活が判るようになるよ。だが、まて。そのまえに、お前の息子夫婦や孫娘がテレビでつまらぬ商品のコマーシャルをやっているのを絶対に観ることを、忘れるべきではない。それを怠ってわたしの詩を読んだら、頭脳より先に、眼のほうがつぶれるぜ。戸村一作というのは何者なのだ。肩書には、「三里塚・芝山連合新東京国際空港建設反対期成同盟委員長」という、〈ジュゲム・ジュゲム・ゴコウノスリキレ……〉に優るとも劣らぬ長ったらしい肩書が付けてある。何のことだ。わたしはこういう人物が闘争を指導しているかぎり、絶対に三里塚闘争は勝てないとおもう。国家権力が圧倒的な力で、地域農民を包囲しているから勝てないのではない。戸村などが、現在における農民闘争の〈勝利〉とは〈勝つこと〉ではなく〈負けないこと〉にあり、そう闘われるべきであるという本質を、まったく判っていないから勝てないのだ。戸村は、日本の芸術家が、三里塚闘争に入ってこられないなどと、ホザイているが、何もわからぬくせに、冗談もほどほどにしろ。お前のような頓馬が指導者づらをしている地域農民闘争に、どんな芸術家（文学者）が入ってゆけるのだ。入ってゆくのは「腐敗」した「既成美術（文学）団体」の芸術家（文学者）くらいのものだ。

こういう指導者のもとで行われる農民闘争では、たぶん戸村がひた隠しにしている〈脱落〉した農民の云い分のほうに、真実の農民の闘争が潜んでいるにきまっている。この原則は、農民闘争にかぎらない。肩書だけ〈指導者〉でありながら、農民の真実の心にも本音にも、一度も正面からぶつかったこともなく、また、その本音を公然と素直にあばき出して、闘争に組み込めない指導者に、何ができよう。せいぜい「上からながめ」て感激したがる幼稚な老人の同調が得られるだけだ。わたしは、戦争中、わたしの学校の学長であった羽仁五郎の兄、森平三郎の、幼稚な感激症（そのときは戦争謳歌の感激症であった）に抗がって、説教された覚えがある。血は争えないというべきか。

7

**こういう「危機」のまえでは、たとえば吉本亜流の「自立」主義者たちは、もっとも思想的に怠惰であり、無神経なようにみえる。彼らが二言目には「新日文」という差別用語で片づけ、のりこえたつもりでいる運動のなかでさえ、たとえば栗原幸夫は、プロレタリア文学の再検討を、一貫して日本の近代とは何なのか、どういう思想的な蟻地獄なのかという一点に執着しつづけることによって、「近代」をのりこえようとしながら結局はまぎれもない近代信仰者であった日本知識人の典型をさぐりあてようとして、苦闘しているのだ。**（『現代の眼』七月号「少数異見」欄）

なるほど、結構なことだ。お前も一緒に「苦闘」とやらをやってみせてくれ。ただ「苦闘」とやらは、匿名や責任逃れの沈黙ではできないのが〈近代〉という奴の本質である。そして、一旦、公然と顔をだせば、主観的「苦闘」なぞは、あぶくであり、仮しゃくなく粉砕されるものであることを、よく覚えておくがいい。商業出版社や編集者仲間で、またぞろ「新日文」などがのさばってきたとて、「新日文」の過去の罪状が、免罪されるなどと考えたら、おおまちがいだ。わたしが生きているかぎり絶対に「新日文」という特殊部落の存在などを赦さぬ。「新日文」と一括すると、この匿名の男には差別用語とみえるらしい。しかしこの差別は、「新日文」自身が造りだしたものであり、それ以外のものがつくりだしたものでないことを知っているか。

わたしは、〈狐憑き〉よりも、もっと〈狐〉のほうが嫌いである。自ら他を差別したものは、他から差別されなければならないのは、自明である。〈自立〉も〈自立〉主義者も、自ら他を差別したことはない。しかし、差別したものには、必ず差別仕返えすことになっている。それが、しみったれた特殊部落を粉砕する必須の前提だからだ。お前にこの〈現代〉的な〈苦闘〉が判るか。お前が、しゃっ面をかくして云っていることは、感傷的な幼稚なイロニーにすぎないのだ。

8

**それから、吉本隆明センセイ、あなたはいつまでも立派に奮戦しているけれども、「自立」マークは、六〇年代、もっとも華やかで、もっとも権力的なキッチュであったことも、どうぞ忘れないでいて下さい。それはちょうど、五〇年代の「党《パルタイ》」に似ていたのではありますまいか。**（『現代の眼』八月号「少数異見」欄）

ようするに、程度が低いんだ、お前のヒネリは。もっとも、お前の程度が高ければ、こんな、ぐうたら雑誌など蹴っとばすだろうがな。山口昌男が、つまらない原稿を量産せざるを得ないのは、若く才能の萌芽をもった研究者の悲劇のようなものである。つまり、お前のような程度の低い匿名子が、たくさんたくさんいるので、この程度の才能が、ジャーナリズムから使いまわされてしまうということである。もうすこし、真面目に物申せば、山口昌男が駄目なところは、後進空間や古代時間へ入る入射角ともいうべきものが、よくつかめていないことに由来している。つまり、〈移行〉と〈現行〉の二重構造について、途惑って、方法をもちえないからだ。澁澤龍彦や種村季弘の途惑いは、先進空間や未来時間にたいする出射角ともいうべきものを把みきれないための途惑いである。しかし、決して、この匿名子のいうように、たんに〈「様式」をパターンへ、パターンを商品へ移行させ〉ているのではない。かれらには〈資質〉の微かな匂いが底流している。つまり趣味かと見まがうかもしれぬ〈資質〉の必然が。

しかし、問題は、たぶんそんなところにはない。才能ある研究者が、研究室を一歩はみだしたとき、才能ある外国文学者が、外国文学の圏から一歩はみだしたとき、才能ある文学者が、文壇を一歩はみだしたとき、〈場〉があってはじめて開花すべきいっさいの営為を、まず、基礎工事から、人工的にはじめなければならない重圧に、独力で耐えなければならないことにある。その膂力を持ちあわせなければならないという点にある。近代を超えようとして超えられない日本知識人の問題を、ほじりたければ、このこともほじる必要がある。

9

わたしは、ほんとうに甘い甘えが嫌いではない。しかし凄んだつもりの甘ったれや、冷酷なつもりの甘ったれは、好きではない。これにたいしては、断乎として訣別し、断乎としてたたかう。〈前世代〉であろうが〈後世代〉であろうが、〈同世代〉であろうが、知ったことではない。この情況のなかで、遠慮しながら生きるつもりは毛頭ない。さあ、どなたも、はっきりさせようではないか。

# 情況への発言
## ——若い世代のある遺文——

### 註

過日、兵庫県に住む未知の人から、わたし（吉本）宛に、息子の自殺と、息子の遺言により、わたし宛に最後の遺文を送付し、参考に供する旨の書簡があった。以下に掲げるのは、その遺文の全文である。「××さんには知らせぬよう。」の「××」のほかは、訂正も削除もない。遺文は、わたしの考え方にたいする批判にかかわっている。わたしとしては、じぶんに関することなので、意見を述べることはさしひかえる。わたしは、過去に、この種の未知の、読者の正常でない死に方や生き方に、幾度も立ち会ってきた。このような場合、どこまで、どのように介入すべきかを、わたしは知らない。わたしが、自身に漠然と下している判断では、わたしの書くもののどこかに、本来ならばわたし自身が自殺や狂気にいたるべき要素が潜在していることの投射ではないのかということである。わたしの信頼している詩人の意見では〈そうではない、きみの書くものに救済を求めたものが、途中ではぐらかされた感じをもったために自殺や狂気や反撥に終るのだ〉ということである。わたしのからめ手からの辛らつな批判者によれば〈あなたは、どんなに優しくしてくれたって、家事やすい事をやってくれたって、まったく手のかからない男だったって、ほんとうは、たいていのことは、どうでもいいとおもっているのよ。悪魔が羽ばたいていているっていう重い感じよ。わたしだって自殺したいところだけど、他人がみれば、どうしたって、わたしが悪いということになるのが、しゃくだからねえ〉ということである。これらの批判は、相当な部分で当っているような気がする。しかし、わたしの心の底のほうで〈いや、ちがう〉という声にしても仕方がない抗弁と寂寥とがある。それは、たれに語るとも理解されないような沈黙の声であるほかはない。また、わたしは、どうしてよいかわからない。この種の経験をつみ重ねているうちに、わたしが把んでいるわたしの像と、他者が把んでいるわたしの像に、かなりのギャップがあるらしいことに、この頃、気がついてきた。これは、うかつといえばうかつな話だが、べつにカマトトぶって言っているわけではない。

わたしは、自殺者の親から、遺文を贈られた形になるが、このような形で公表するのが妥当であるのかどうか判らない。もちろん、わたしが責任のすべてをもつことはできるとしても、だ。ただ、この遺文の、わたしにたいする批判に好意を感ずるだけの余裕はもっている。

最近、『吉本隆明論』なる一書を物した若い男がいる。この男は、以前に〈昨晩は、吉本さんの夢をみたから、それは、職場を休んでここへ来てもいいということだ〉などという奇妙な理窟をつけて、朝から居坐って奇妙な論議を吹きかけて、わたしを無意味に疲れさせた男である。わたしが、この男に感じたのは、自己の中に他者をみることがまったくできない（これは左翼くずれに多い）ことと、薄っぺらな論理で、他者をオルグしているつもりになり、じつは他者に赦されているにすぎないことに、まったく気づかない鈍感さとであった。もっとも、青春とはそういうものであるといえばいえる。また、幾分かは、わたしの影でもあるような資質である。これも、わたしのからめ手からの辛らつな批判者にいわせれば〈あなたは他人に寛大でゆるしているようにみえながら、あるところまでくると、他人には唐突としかおもえないような撥ねつけ方をするよ。決してその都度、わたしは、そういうことは好きでないとか、いやだからよしてくれとは云わずに、ぎりぎりの限度まで黙っていて、限度へきてから、一ぺんに復元しないような撥ねつけ方をするよ〉ということになる。わたしには、この批判は、かなりうがっているようにおもえる。しかし、依然として〈いや、ちがう〉という無声の声を挙げるほかない。しかし、その声は、どこにも、たれにもとどかない、ことを、どうすることもできない。わたしはこの私的な生存の困惑に〈情況〉的な普遍性が、いくらかでもあるかどうか知らない。ただ、ますます困難を加えてゆく状態で、すべての営為に立ち向かうよりほか、わたしには道がない。そうするであろう。わたしが、その遺文の筆者の〈人として生きることができない〉かどうか、という問いに関心を抱かざるを得ない所以である。

［遺文］

## 吉本隆明の国家論について

山田修治

「〈社会〉の共同性のなかでは、彼（彼女）が人間としての人間性の根源的な総体を発現することはできないのだということとは先験的である。この先験性が消滅するためには社会の共同性そのものが消滅するほかはないということもまた先験的である」（著作集4〈個人、家族、社会〉P466）

この文章から私達が受ける印象は、常の吉本隆明のそれとは少し違っている。つまりめづらしく肯定的に語っているのだ、よく考へずに読めば『□《ヌケ》哲草稿』などをやたらにふりまわす新左翼の学者や思想家のそれと何ら違わないように見える、実際「人間性の根源的な総体を発現する」とか「疎外」とか「類的本質存在」とかいう言葉は、彼等がうるさいほど使うものだ。然しそれは似ているというだけのことであって、それぞれの表現への態度はまるで異ってゐる。後者に於てはマルクスの人間論、疎外論が一つの構成的思想だという自覚すらなく、マルクスが疎外からの解放が窮極目標であるというから、そうだ、あるいは人間性の全面的解放というからこの上もない課題ぢゃあないかと信じているだけなのだ。人間性の総体的発現などというのは虚しいあるいはよけいな観念に過ぎないのではないかという反省を見る事ができないのだ、然しその反省がなくては「人間性」がただ文句の付けようがない、又主体的というカッコいい条件も備えているというだけのことで「民主主義」とか「社会主義」と同じように物神化されるだけだ。「詩」にさえなっていない事が多い。
吉本隆明はそれとは違って「人間性」などという物神によって立ってはいない、そのような観念を媒介せずに、じかに「大衆の沈黙」に責任を負って彼自身によって立っている。そしてその真実を私達は何よりも彼の詩の中から聞きとる。だがここで彼は理論によって自己の真実を語ろうとしている。肯定的に語っているとはそのことであり、それが私達読者にある危惧の念を起させる。詩によって語られた真実は人に言葉がある限り真実であり続けるだろうが、理論によって語られたものは理論の非を指摘されただけで真実であることを止める。語り方を間違ったのではないか？
『だが彼は無自覚にそのような語り方をしたのではなかったと思ふ。必然的にそれ以外にはあり得ないということで、そういう語り方をしたのだ。
残念ながら時間がないので年代を確めながら順番に調べてゆくということが出来ないので確かではないが、昭和四十年前後に何か内的な変化が吉本隆明において生じたらしく思われる。何よりも詩の調子が変ってゐる、その原因として考へられるものに一つは「情況」の変化と云うことがあげられるだろうし、もう一つ今問題になるいよいよ彼固有の「世界観」が姿を現して来たと云ふ事があげられる。然し著者に即して考へると、このような感想は不十分なものである事がわかる、その事を示すために彼の特異な世界観形成への態度に就て考へて見る。
「世界観」と云ふのは勿論幻想論、幻想としての人間論と呼ばれる体系の事である。宗教、法、国家を共同幻想として家を対幻想として文学、芸術、を個人幻想として一貫して「幻想」の問題としてとらえる彼固有の世界観の形成と云ふ事は、其の特異性に因って、理論によって真実を語ると云ふいはば冒険を不可避的なものにしたのだと思ふ』
では其の特異性とは何か？　世界観の内容そのものは後で考へる事にして、特異なのは何よりも世界観思想への態度であり「思想観」だ私達は彼の文章の中にしばしば思想そのものへの言及を見る。思想観に対していかに彼が重きを置いてゐるかを知る。而もそれは一見奇矯な感じのする考へである事が多い。例へば、
「一つの思想的な経路と云ふものは全部否定されるべきであると云ふようになってまいります」（著作集14〈自立の思想的拠点〉P107）
この後に次のように付け加えてゐる。
「こう云ふ手厳しさと云ふものはがんらい日本の思想情況、文化情況、の中ではあまり通用しないんですけれども……」（同P108）
何が此のような奇妙な思想観を語らせるのか簡単には解けないが、ここに吉本隆明自身の文化価値の解き方を示した文章があるのでそれに従って考へて見よう。

「一つは現在に到る迄の人類史の総ての価値創造を、人間史の中の表現の連続性としてとらえる事である。
　他の一つは現在の情況の総体が私達に強いる切実な現実上の課題をこの価値創造の連続性の上に位置付けることである。」（著作集13〈戦後思想の価値転換とは何か〉P172、173）

　はじめに彼はマルクスの思想を世界観として、現在迄の最高の達成、つまり「表現の連続性」の最先端にあるものとみなしている。次に「情況の強いる課題」はそのマルクス思想及びロシア的変容をしたスターリン主義によっては応じ得ぬために情況の強いる課題との対決を通して、マルクス思想の上に自分の世界観を付け加へると云ふ事になるがこれ丈では解らない。「情況の課題」とは何なのか？　国家論に関する部分は後で考へるので吉本の情況へかかわる全体的側面をとり出して見る。

「知識人あるいは知識人の政治的な集団としての前衛は幻想として情況の世界水準にどこまでも上昇して行く事が出来る存在であるたとえ未明の後進社会にあっても知識人あるいは前衛は世界認識としては、現存する世界の最も高度な水準に迄必然的に到達すべき宿命を、云ひ換へれば必然的な自然過程をもっている」（著作集13〈情況とは何か〉P340）

　この知識人論は外へ延せば

「レーニンとトロツキーがロシアの大衆の自発的な蜂起に戸惑ひした時その戸惑ひの根源には自然過程としての知的な上昇を大衆からの目覚めの過程として混同したという問題が含まれていた」（同P346）

と云ふように極めて実践的な政治論となるが唯それ丈のものでもない、内へ下れば其れは次のような怖るべき表白となる。

「市井の片隅に生まれ、育ち子を生み、生活し、老いて死ぬといった生涯を繰返した無数の人物は千年に一度しかこの世にあらわれない人物の価値と全く同じである、……知識について関与せず生き死にした市井の無数の人物よりも知識に関与し、記述の歴史に登場したものは価値があり又並はずれて関与したものは、並はずれて価値あるものであると幻想する事も人間にとって必然であると云える、然しこの種の認識はあくまでも幻想の領域に属している、幻想の領域から、現実の領域へと馳せ下る時実はこう云った判断が成り立たない事が直ぐわかる、市井の片隅に生き死にした人物の方が判断の蓄積や、生涯に出遇った事の累積について決して単純でもなければ劣ってゐる訳でもない……幻想と観念を表現したい衝動の恐しさに目覚る事丈けが思想にとって何事かである。生れ、婚姻し、子を生み、老いて死ぬという繰返しの恐しさに目覚る事丈が生活にとって何事かであるように」
（著作集12〈マルクス伝プロローグ〉P154、155、156）

　何が彼を耐えさせているのか？　と云うよりも、なぜ彼は「習慣のように書き続ける」ことを止めないのか？大衆の沈黙への責任意識によってである。そしてそれと抜き難く結合せられた革命への志向である。革命という言葉に唯反感を憶へるものも、この責任意識の真実性を否定する事は許されないと思ふ。勿論その両者を分けてしまうと云ふのは正当な扱い方とは云へない。責任意識と革命とが不可分になっているから現在見られるような思想が展開せられて来た訳だし私達読者としては絶えず或「媒介」を行ひつゝ彼の思想を解いて行かなければならないのだ。

あの〈プロローグ〉の位置から「情況の強いる課題」に答え得る革命思想の不在と云ふ「情況」を見るとき新たな世界観を形成する事が著者にとって一つの「使命」となった事は容易に理解される。ここには類例を見ない、姿勢がある。例へば或る学者が民衆のために学問をしているとする。然し彼は「民衆のため」を物神化しているから安んじて大学の特権を享受してゐる、己れの業績を顧み、そうまで言わなくとも自分がその学問に志した時から大衆の生活が実質的には何等変っていないことに罪意識をおぼえると言ふ事もない。「民衆のため」を物神化などはしないが真に民衆を愛していた柳田国男はそれを持っていた。「思想」と云ふものの意味がこれほど厳しく問われた事はおそらく未曾有である。思想家なら多くいるが、それは、ひどい部分ではただ自尊心を満足させるだけのものであり、或は自分の（或は他人の）魂や生活にかかづらうこと自体が思想であったりするだけで、いわば即自的に思想者であるわけで「思想」の領域と云ふものを、生の本然から対象化して、それにかかわること、つまり最も深い意味の使命として思想構築にたづさわると云ふ事はないのである。

このような者にとっては思想構築と云ふのは、今迄ある思想に何か自分の独創を加えて修正したり、別のものを作ったりすると云ふ事ではない。「人間史の中の表現の連続性」と云ふ言葉はそのような、いわば才気ある仕事を促しているようにも見えるが、実際の意味は正反対で一人の人間が死にものぐるいで仕事をしても、今迄人類の達成した表現史の段階に僅か一歩を加へ得るにすぎないと云ふ事を意味してゐる、それに又表現史の中に位置づけられるのは結果に過ぎない、彼の絶えず立ち戻って自己検証をしなければならぬのは

「わたしの（書く）ものは私にとって如何にして（書かない）ものの世界に拮抗する重量と□《ヌケ》を獲得しているか？」

と云ふ問ひである、あらゆる「表現」を無化する怖ろしい問である、マルクス主義に実存主義をくっつけても構造主義で新規なものにしても、この問ひに耐える事が出来なければ総て無意味なものと化す、この問に耐え得る思想とは「子を生み生活しそして老いて死ぬ」と云ふ唯

の日常生活が根のはえた世界であるのと同じように、「頭をきり替へる事によっては何のような情況も通る事が出来ないような（幻想）…（幻想）とは本来そう云ふ怖しい根の生えた世界だ」（「情況とは何か」P352）と云ふものでなければならぬ。

吉本の「思想観」の特異な厳しさの理由として更にあげなければならない事は、日本に於てはかつてあの問いに耐え得た思想が生み出された事が一度もない、つまり自立した思想が形成された事が無いと云ふ点である。

ここで前半の論に区切を付けるために再び最初の問題に戻る事にする。詰り吉本隆明は其の文章に於て、理論によって自己の真実を語ってゐる。私達読者はそれを危うく思うしその語り方は駄目なんぢゃないかと感じる。然し著者に即して考えてみれば、昭和三十九年か四十年の頃から独自の世界観が姿を現わして来た。これは今述べたような思想的作業の必然の帰結である。論理は思想者を初めは予想もしなかったような処に導いて行くかも知れぬが、其れは避け得ない事である、だから私達の為すべき事は単に理論で真実を語ろうとする態度を危ぶむ事であってはならない、其の論理（世界観）が本当に真実を盛り得てゐるか、「人間の歴史が生み出して来た全思想的な課題の中に位置づけ、位置づけした問題が現実の切実な課題とわたり合いながら提起される交点に」存在するとされる「思想的な課題」（14巻「反権力の思想情況批判」P57）に本当に答へ得ているかを問題にしなければならないのだ。

## 幻想論に付いて

『対幻想の発想の源になるもの』

「情況とは何か」に於て吉本（Yとする）は川島や有賀などの家族の定義を挙げて一括して否定し一対の男女の自然的性関係を基盤とする対なる幻想と云ふ点に家族の本質を求める事に固執している。それを一つ一つほごして行って見よう。

Yの説では共同幻想は個々人の幻想のみからは決して生れない、必ず対幻想を経て形成されると云ふ。そして共同幻想の消滅した暁には対幻想が残るのみと云ふ、この後半の説は単なる理論としても見られるが、同時にYの実践的欲求をも秘めている。対幻想のみの残る状態こそ好ましい、と云ふ、ところで其れは一体どんな状態か？　平常は人は共同幻想を遠ざけて（意識の領域から抹消して）人間と其の生活に付て考へる事は出来ない。例えば子の事を思えば思うほど、其の子の這入って行く社会と生活の事を考えざるを得ない、親の不安も総て其の点にある。親が共同幻想を遠ざけて子に付て考え得る場合と云へば、だから自分も子供の様になって一緒に遊んでゐる時とかさもなければ死んだ時である。遊ぶ事はつまらなくはないが、切実に子の人生に付て考えると云ふ場合、共同幻想を遠ざけ得るのは、死んだ時丈けだろうと思ふ。生きている間は、何とか身を固めさせなくてはいかん、自分のように学歴が無いと損だから大学へやろう……と云った懸念をする事が即ち子を想う事であるように見える。其の子が死んだ時初めてそれは問題の総てではなかった、人間の死ぬべき事を全く閑却していた事に気が付くのである、では死んでしまわなくては共同幻想を遠ざけて子に付て考へ得ないか？　否人間の死ぬべき事を肝に銘じて子の人生に付て考えようとする時、共同幻想を絶えず遠ざける事つまり生（死の反対）に不可避的にまつわりつく共同幻想との絶えざる緊張を決して手放さないで其の中から人の真の生き方を模索しようとする課題が生じる。

ここで私はキルケゴールの思想を思い出す。「死に至る」病等からすれば上の「課題」等は笑止なものと見える。人が死ぬべき事を自覚し乍ら其の課題は未だ「いかに生きるか」にかかづらっているからだ。キルケゴールにすればそこに生じる課題は唯一つ「救済」と云う事丈けである。生死事大、無常迅速である。然し私達は其れがキルケゴールの全課題で無かった事を知って居る。詰りレギーネ事件に於ける彼の課題は決して其れに止まって居なかった。

多くの人間が「自己自身」に覚醒する事も無く、死に至る病「永遠の絶望」に陥って行くと云う事は泣いても泣き切れぬ事だとして死に至る病の事を書いた彼はそれら大衆に対しては唯泣いたり或は高見から批判する事が出来たり「真理の証人」として弾劾する事も出来たがレギーネに対してはより多く泣きはしても批判する事もましてや弾劾する事もしなかった彼の念じたのは如何にともども「死に至る病を超克し、宗教的直接性に於る婚姻を成就するか」と云う課題である。結末は周知の通り、レギーネがあまりに「非精神的」で其の課題に耐え得ぬと彼が見為して破談となる。此の事件は実は高村と智恵子との関係と同様全くキルケゴールの一人舞台である。顚末の本質はキルケゴールの異常な観念の中にのみ存在していて他者であるレギーネは、云わば翻弄された丈けであると云って良い。キルケゴールのキリスト教思想は吉本が「マチウ書試論」に於て課題とした原始キリスト教の観念的ラディカルよりも遥に徹底していて「右の頰を打たれたら左の頰を」と云ふ倒錯倫理からさえ超絶して凡そあらゆる人間性と相容れないものとなっている。彼によれば人間性（これは彼に於ては、自然性、直接性と同義）は宗教的直接性の示現される場合に於てのみ虚無でない。でない場合は虚無に過ぎぬ。私がはじめてキルケゴールに異和感を覚へ而も彼の本質を云い得ている言葉が「瞬間」の中に有る、それは宗教は此岸のためにに存在するのではない彼岸のために存在すると云ふものである。私達が自己の人間としての（神でもなければ動物でもない人間）存在自体を抹殺すまいとするならキルケゴールの思想の方が抹殺されねばならぬ、私達が人間以外ではあり得ぬし人間として生きようとする限りキルケゴールの思想は必然的に解体せねばならぬと云う事は、ほかならぬレギーネ事件が「実証」してゐる。破談は人の身で、宗教的直接性と云ふ途方もない観念を現実化する事の挫折であった。そこで残された道は「人間的に」考える限り、其の観念を自己解体させてしまうか、さもなければ、凡そ非人間的な観念に固執し続けるの、どちらかであった。だが彼のとった途は勿論其の何れでも無かった。彼は骨の髄までのキリスト教徒だったのだ。総ての異教徒は絶望である（これも死に至る病で）と云ふ凡そ前近代的な、他者の自立性を無視した、言葉を思想の必然として書かねばならなかったほど、徹底的なキリスト教徒だった、彼が現代に蘇へるなどと云ふのは全くの幻想である。ともかく彼は一旦破談にはしたものの、神には総てが可能であると云ふ事を疑いはしなかったし、だから婚姻への意志も失なわず、自身に対しては絶望との闘いに再び立ち向って行くのである。ここまで来ると、もう黙って訣別するほかないようにも見える。幾ら云ってても水かけ論にしかならぬ。然し人は瞬間に於て彼が次のような気味の悪い事を云ってゐるのを忘れてはならぬ、やがてレギーネの方はシュレーゲルと結婚をし、そればかりでなく、夫と連れ立って遠くデンマークを離れて何づれへか行ってしまうのだがキルケゴールは、シュレーゲルは此の世に於けるレギーネの夫ではあろうが永遠に於ける夫は私なのだと書いているのだ。この世以外ではレギーネは存在する事は出来ずだから誰の夫にもなれないのだ、と云ふ子供にも分かる事を彼は見逃しているのだ、誠に、私はここで、見逃していると云ふより他に表現を知らない。何かここには心の底迄凍り付くような巨大な錯覚がある。私はキルケゴールのあの言葉を思い出す度に人間の生み出す観念（吉本の云ふ幻想）の世界の恐しさを感じると共に死ぬ迄一人の女性を思い乍ら其のたった一人の女性とも結ばれる事のなかった一人の唯の男を見出して「泣いても泣ききれない」のである。

本筋に戻る。キルケゴールが泣いても泣ききれぬと云った大衆は同時に又彼にとって弾劾もし呪詛もし得る大衆であった又それ丈であった。ただレギーネのみは「愛」の為に共に生きねばならなかったのだ。彼とて決して自分に関する限り此の世の人間的な生活、幸福と云ふものを否定していたのではない。所謂る禁欲主義者ではない。ただ不幸な彼の観念が其れを不可能にしたと云ふに過ぎない。だが私達は次の様にも云わねばならぬ、彼は他人の生活と幸福を自己のそれを思うように思ってはいなかったと。他者への「配慮」と云ふ点に関しては キルケゴールはレギーネにおいてさえも完全な錯誤をしている。彼は彼女を自分の怖るべき罪と絶望の世界から眺め、そして、そっとして置く事が無上の「配慮」だと考えた。本当は彼女に対して最も多くを実際に与えたのは、結婚し家庭の静かな幸福を与えたシュレーゲルの方である事は云ふ迄もない。そして彼は唯彼女の娘時代を翻弄した男と云ふに過ぎない。他者への真の「配慮」とはキルケゴールの考えた様なものでは全くなかったのだ。そして其の様な真の「配慮」が世界の何処かでなされている時彼に出来た事と云えば、それを俗物的、平凡、絶望と云って愚弄する事丈けであった。

此の批判の終る地点から大衆の課題が始まり、社会と政治の課題が始まる事は云ふ迄もない。

人が自己を意識するより僅かに早く、既に自己は生きていると同じように、現在では生きるとは不可避的に共同幻想の下に生きると云ふ事である。死によってしか其れを脱れ得ない。然し真の「配慮」は共同幻想の下では決して為し得ないのだ。だから絶えずそれを遠ざける事、そして遂には其れを廃絶する事が本質的な課題となる。其の緊張の中に於てのみ、私達は志向すべき世界を微かに垣間見る。それは我、汝の世界である。人を非本来的な生に留める社会の消失した世界だ。

そこで更に考えなければならぬ、すぐ予想される反問は「社会が無くなるなんて有り得ない事ではないか」と云ふ事だ、「『社会』の共同性の中では、彼（彼女）が人間としての人間性の根源的な総体を発現する事は出来ないのだと云ふ事は先験的である、此の先験性が消滅するためには社会の共同性そのものが消滅する他は無いと云ふ事も亦先験的である」等と云ふのはそれこそ先験的に誤謬なんぢゃないか、と云ふ事だ、是は唯の革命思想よりももっと無茶に見える、何故ならそれは今ある社会をぶっつぶしても社会主義社会とか共産主義社会とかを別に作ろうと云ふのだが是れは潰しっぱなしだ……「幻想」と云ふ観点の導入されるのはここだ。幻想としての社会詰り「共同幻想」「幻想共同体」とは自然的な社会とは別のものと云ふ事であろう、人や人の作った物が唯集って居る事はそして其の上に相互交渉をしていてもそれだけでは「幻想」としての社会の存在と同じ事ではないと云ふ事だ。早い話が動物の社会である。ローレンツを始めとする今世紀の動物社会学の成果は、動物にも極めて複雑な社会構造があり秩序がある事を教えている、何よりも動物に社会があると云ふ事が既に新発見である、私達の国では其の上人間までを包含する動物社会「哲学」を主唱して来た者が居る、云う迄もなく今西錦司である。

「また人を鳥獣に異りと云ふは人の方にて我れ褒めに云ひて外を侮るものにて、また唐人の癖なり」（「日本のナショナリズムについて」より13、P106）の現代版である。

吉本隆明の立場は、それと「原理的」に対立する、今西の社会観も、マルクシズム社会観も自然的社会を人間の社会の総てと見なして居るに過ぎない。共同の幻想を疎外した時に始めて正しい意味での人間の社会は出現したと云ふ事である、唯ここで誤解しない様にすべき点は「共同幻想」と云ふものが単なる客観的に存在する自然的社会に関する意識では無いと云ふ事である。例へばサルの社会が或時私達は知識と実際の接触の程度によって幾つもの異なった意識、つまり「猿社会に付ての観念」を持つ事が出来る。

其処に実に微笑しい世界があり、ミイラの子を口にくわへ続ける母ザルの様にホロリとさせる世界もある。人間と同じようなプライド、劣等感、恐怖、怒り、etc がある。それら総て含めての「サル社会についての観念」ではない。共同幻想の最初の難関はここにあるので詳しく考へて見る必要がある。今私はちょっと無造作に「同じようにして考へられた」と書いたが人間社会に付て同じように考へるとはどう云ふ事であらうか？　面倒な論議は苦手だが、それは所謂社会科学的に考へると云ふ事に他ならないだろう。今西達の其れをも含めて云ふなら人類学的とでも云った方が良いかも知れぬ、とすれば掲げた二著作の他に「生物の世界」を加へられる。此の社会科学的と云ふ事には勿論『資本論』から『プロテスタンチズムの倫理と資本主義の精神』迄含まれて居る。此処で考へるべき事は、其の様な「社会科学的な社会観」人間の社会意識の総てでは無いと云ふ事である。社会科学的社会観を持たぬ人もそれぞれの社会意識を持って生活している。いやより正しくはそれぞれの社会意識に於て生活して居る。此の両者の相違は明瞭である。前者は構成された社会観であり、後者は生活されて居る社会意識である。私達は『イデーン』のフッサールのように前者を自然主義的立場、後者を自然的立場と云ふ事も出来る。自然に関しては人はどちらがより真実に近く、どちらが無知に近いかを容易く云ふ事が出来る。如何なる「常識」も相対論や量子論を生み出す事は出来ないのだ。斯う云ふ面のみに着目すれば、必然的に「デューイ」の様な技術主義が生じる、又フッサールが幾ら力んでも自然に関しては自然科学には立ち打ち出来ないのだ。では人間に関しては何うか？　此処では自然的立場に対する自然主義的立場の無条件の優位性は覆ってしまう。例へば或る人が悲しんで居る時悲しんで居ると云ふ事の他に真実が有り様がない。客観的に見て悲しむ理由等無いと云ふ事だとしても「彼は喜んでいる」と云ふのが虚偽である事は自明である。これは単純な感情であるが複雑な社会と社会意識に付いても同じ事が云へる。人々がこれこれの愛と憎しみ、これこれの不安、これこれの意志に於て生きて居る時其れを捨象した人間観社会観は一面的である。そして恐らくこれこれの国家意識の基に生活して居る時それを捨象した国家観は虚偽である。但し此処迄来ると問題は単純でなくなる。勿論これは自然主義的立場を拒絶するものでは無いが自然的立場を欠けば虚像以外のものを得る事は出来ないだろう。此処迄なら誰でも考へ得る。唯之れ丈の事ならば歴史に於て物質的条件と観念との係りを追求したM・ウェーバーの方がずっと先へ行っている。「所謂唯物弁証と史的唯物論と云ふものは、一九二〇年代のロシアで発展されて来たものですけれ共、そう云ふものは大体前提に於て経済的範疇をちからの様に考へて展開されたものであるから無効である」（14「現代とマルクス」9、P161）等を見ると吉本はウェーバー以前ぢゃないかと云ふ風に感じられる。

歴史ではウェーバーは巨匠かも知れないが、吉本隆明の進んだ方向は違う、私の論じ方も調子を変えなければならない。其れと云ふのも自然主義的な詰り社会科学的な社会観と、生活された社会意識、客観的関係と観念様態と云ふ区別自体一つの抽象であり、社会に関しての自然的立場からの遊離を意味しているからだ、私達は大衆の生活の現実の真唯中へ降り立たなければならない。

時間がないので作品を読返す事も出来ないし全体の構想を立てる事も出来ないので書き乍ら考へて行く。

今迄すっかり書き忘れて居たが、吉本隆明を戦後動かして来たのは戦争、敗戦、体験であった。其処で彼は国家と云ふもの「自分以外のもののため」とは何なのかと云ふ問題を自己形成の為の不可欠の課題として強いられた。罪意識はそこから出てくるが、国家を問うこと、止揚することなくしては自己自身が成り立たないと云ふ課題を背負ったのだと思ふ。初めに最大の懸案だった天皇制の問題は国家とは共同幻想であること大衆の課題は生活過程を自覚的にくり込む事にあること、そして大衆の意識が戦前戦後の国家の共同性の水準に達していないと云ふ認識等から云わば完全に対象化されて、其の威力の根源を宗教的儀式の世襲に求める、更に其の威力を天皇制成立以前数千年来の日本古文化（それは沖縄の研究に依って明らかにされる）に依って相対化、無化する等と云ふ形で最近展開されている。だから最大の課題は依然として「天皇制によってでもなく、理念に依ってでもなく其れ自体として生きてゐる」（12「丸山真男論」P26）大衆にある。

大衆の生活とはそれ自体として見れば「生れ、婚姻し、子を生み、老いて死ぬ」と云ふ事に尽きるし、国家との関係で見れば氏族制の遺制が強大で「（まだ）国家や社会に成りきらない過渡的な存在である」（〈情況とは何か〉末尾）と云ふ様に捕えられる。そして前者はあらゆる思想が其処から離陸して行く基盤であり、究極的な真理の基準でもある、これは彼が追つめられた時、口説の輩として保身する事なく、一人の人間として滅びる覚悟を常に失って居ない事を示している。そう云ふ実践（より正しくは生活）の問題であると同時に、原始キリスト教批判に見られる様に「人間性」と原理的に背反する総ての思想、観念に対する拒絶の主張でもある。そして後者は国家の共同性の水準に達して居ない存在の仕方は寧ろプラスに転化し得ると云ふ政治的主張を生み出す。

此の様な基本的立場に於ては一貫して居るが幻想論の構築は吉本隆明の世界に小さくない変容をもたらした様に私は思う。思想構築自体が彼の〈情況〉となり、それ迄の様な〈情況〉との直接的な出会いが無くなったと云う事が第一にあげられる。新たに「幻想」を媒介としての関りが始った。「ある精神の位相、ある幻想の位相と云うものをとれば、もういや応なしに現実の諸問題と云うものが自分の所に覆いかぶさって来ると云う、そう云う位相を、本当を云へば避けて欲しくないと思います」

（14〈自立の思想的拠点〉P122）

我々は今平穏の所な日々を生きている
今日一月の給料が支払われたと云う事は
すくなくとも此処数日の平和である

…………

我々は今深い井戸の底に居る様である

…………

（1〈われわれはいま―〉P257、258）

「―が／彼の肉体は十年／派出な群衆のなかを歩いたのである」（〈異数の世界へおりてゆく〉P185）ではなくて、生活人としての「成熟」を不可避に強いられつつあるのだ。

「幻想」は「革命」は？
この執着は真昼間なぜ身すぎ世すぎはなれないか？
そしてすべての思想は夕刻遠くとおく飛翔してしまうか？

わたしは仕事をおえてかえり
それからひとつの世界にはいるまでに
日毎千里も魂を遊行させなければならない

…………

積み上げられた石が
きみの背丈より遥かに高かったとしたら
君はどう云う姿勢で其の上に石を積むか
だからそれは不思議ではない

（1この執着はなぜ　P260）

変容は更に「幻想」の世界に於ても生じた。

例へば彼にとって思想の究極の基準は大衆の原像にこそあったはずだが、次の文章ではそれが理論に託して述べられている、少し長いが

「すると思想の真理を保証するのは何か。……これははっきりつかめなかったが〈関係の絶対性〉と名づけることができるように思われた。……そこでわたくしにとって人間の社会的な存在の仕方の中にあらわれるこの世界との関係の総体は何か、それはどのような基軸によって構造的にとらえることができるかという問題がおぼろげながらあらわれたのである。もしこれが解きつくせると

すればそれは〈関係の絶対性〉の具体的な内容となりうるはずでありそれは思想の党派性の彼岸にある人間と世界との関係の絶対性として、すくなくともあらゆる思想が現実のさまざまな場面でつきあたる領域に関するかぎりでは思想の真理性の基準となりうるはずである」（『情況』〈基準の論理〉P30～31）

　はじめにこの文章にはおそらく無意識の誤解があると私は思う。〈マチウ書試論〉に「世界との関係の総体は何かそれはどのような基軸によって構造的に把えることができるかという問題がおぼろげながらあらわれた」と云うのは真実だが「それは〈関係の絶対性〉の具体的な内容となり得る」と云うのは明らかに誤謬である。「関係の絶対性」という言葉は其の様な意味では使われていなかった。それは唯「倫理思想の到達できない」ところでしかもマルキストの様に「階級対立は客観的に存在するぢゃないか」と云えないところで思想の相対性を超え、革命を救援するために考へ出された中途はんぱな観念にすぎない。「はっきりつかめなかったが」というのは正直な回想だと思う「関係の絶対性」の主題が「基準の論理」につながる点は確信とは次元の異ったところに政治思想の基準を求めると云う事だけである。それは新しい体系で共同幻想は個人幻想に逆立すると云われる部分に相当する。

「基準の論理」は「関係の絶対性」ではなくて（マチウ書試論）全体に萌芽する主題を継承して「幻想の学」の体系の中で止揚発展させたものと見るべきである。「人間が生み出す全幻想の領域は、一つの判断基準ではおおえない」（松原という人の対話から記憶による）と云うのは一方では倫理的である。例へば原始キリスト教のような観念的ラディカルは「空の鳥野の百合」によって拒否せられねばならぬ、同じく国家のためと大衆のため「自分以外のもののため」とが本当に同じかどうかを考えた事もないような愛国殉死の思想も拒否されねばならぬ。

　逆に大衆の立場から文学などは無意味ではないかとされる時にも、そうではないと考え、文学者が政治は完全をもたらしてくれぬと言うのに対しては国家と言う媒介項が欠けていると答える……。然し単に倫理的であるのではなくて、新たな世界観によってそれを根拠づけようとしているのだ。

　私達は「人間が生み出す全幻想の領域」に関する判断基準という途方もない主題に幻惑されないようにしなければなるまい、それが可能か否かと云う事ではなくて、そもそも世界観を真理の基準とする事自体が虚偽なのではないかと云う疑問は保っておくべきだと思う。唯多くの人の様に其の世界観（原理論）の内容も調べて見ずに「思想で世界を掌中に入れる等と云うのは肌が合わん」と否定し去るのも正しい扱い方とは言えない（五枚目の処で中断した幻想論を続ける）

先づ人間の世界を「自然的立場」で捕へるとはどう云う事か？　例へばオルテガの社会論などはそれをなし得ているか、初めに現実世界から内部世界へ退いて眼だけを外に向けて置く、すると視界の中に他者なる者が出現して来て「私」は警戒の体制をあわてて取る、これが他者と云うものの本質である、同じ様に慣習とは……等と云う議論を私はまじめに受けとる事は出来ない。社会について何も語っていないに等しいし、勿論社会学の基礎ともなり得ていない。何故こう云ふ滑稽な事になるかと言えば、それは物の世界と人間の世界とを同じ態度で扱えると錯覚しているからでは無い。人間の世界は行為の世界である、観念を生み出し乍ら行為する世界だ。行為者自身は最良の自己認識者とは言えないかも知れぬが、少くとも彼は彼の生を生きている。つまり彼の生に関する真実はあくまでも彼自身がもっている。私達はどう言う仕方でそれにかかわり得るか？　彼の辿って来た道筋のまわりの其の時々の私的な状況が浮び上がり、政治情況ではないが、その私的な状況の背後に暗く、ひかえる世間と言ふものがありその暗黙の倫理的強制力があり、それらに促がされ愛に促がされ乍ら生き更に生きて行かうとする其の人の姿が浮んで来る、私達は一人の人間の生涯をさえ完全に知る事は出来ず、だから人間の世界を認識すると言っても決して万人の生涯を知ろうと言ふのではない、又そう言う事には何の意味もないと言っていい。認識する事に意味があるのは自分の人生を生きようとする為で、見も知らぬ、無数の死者を知り尽す事自体に意味があるからではない。

人間の世界の何を知ろうとして居るのか？　これははっきりとは言えないが人として生まれた者が個々に違ってはいてもやはり誰もが辿るし辿らざるを得ないような生き方、その生活する姿と言うようなものだと思う。そんなものは「社会認識」にならぬと言っても、人間の世界のそれが姿なのだからそれを欠いては社会の認識など成り立つ訳がない。そもそも人間の世界のこの姿において「社会」と言うのはどの部分をさしているのか？「社会」と言う概念を規定する為めにも私達は人間の世界のあるがまゝの姿に立ち戻らなければなるまい。

もう一度最初の問に戻ると、そのような人々の生き方、生きている姿と言うものは物の世界を扱うように認識する事が出来ない。方法は唯一つしかない。自ら人間の世界を生きて居る事によって、その真実をもっている者自身がそれを自分自身に開く事である。そして「自然的立場」とはその事にほかならない。ほとんど無意味な議論だったが「私達自体の中にある大衆としての生活体験と思想体験をいわば〈内観〉する……」（〈日本のナショナリズム〉P190）の〈内観〉と言う言葉の意味を考えて見たかった。

次に大衆の原像を「内観」によって把えると云ふ事と、

「あるがままに現に存在する大衆を、あるがままとして把えるために、幻想として大衆の名を語る」（13〈情況とは何か〉P339）と云う事とは全く同じものではない。即ち方法的な発展、明確化がなされている。マルクス思想の再検討がその明確化を促がしたのだろうと思う。その事を考えている時間はない。私が問題にしたいのは、「内観」によって把えられる幻想の世界がどうして個人、性、国家と云う三つの軸にまとめられていったのか、その正当性と云う事と、もう一つは幻想論の哲学的基礎と云う問題だ。

後者から考える。吉本隆明の幻想論の世界から私達は何か茫漠たる恐怖のようなものを常に感じる。それはなぜか？　例えば次のような文章がある。

「わたしたちは無限に多数の行動が人間には可能であると云う事に幻惑される事もなければ、あわてゝその背景の空間を均質化して単純にする事もいらない。個々の人間の〈行動空間〉と、二人からなる集団の〈行動空間〉と三人からなる集団の〈行動空間〉の質的な差異と関連の考察のなかに、人間の無限の多数にわたるすべての〈行動〉の質的な差異は原型として包括されるものとみなす事ができる」（13情況〈機能的論理の位相〉P82）

人は働く時も、愛する時も、本を読んでいる時も、常に観念を生み出しつつ生活しているが、その事を明瞭に自覚すると云う事はめったにない。西洋ではデカルトの問からそれは始っているがインドにおいてはそれよりもずっと早くずっと徹底して観念の世界が問われている。観念への執着は強められると共に世界と自分との関係を逆転させて行く、つまり自分のこの意識の世界の他に現実の世界と云うものが存在するのだらうと云う、倒錯した意識を生み出す。それがなぜ正しくないのかは意識的に自分の意識をとり出す時にのみ成り立つものだからだ。彼とて朝起きて歯をみがく時、道ばたの花を美しいと思う時、家族と会話する時等はただ感じ、考え、話しているだけで意識を意識するなどと云う事はしてゐない、又そんな事をしてゐたのでは生活ができない、一人になって本を読みだしたりものを考え始める時初めてそのような事を行うのだ。つまり意識の世界の外に客観的世界があるためと云うのではなくて、意識を意識する事は毎日の生活の中の一つの（奇妙な）行動であるにすぎぬと云う点を閑却しているから駄目なのだ。客観的世界は否定しても、否定している自分、そして否定すると云うのは、自分が行う御飯を食べたり、人と言葉を交したりと云った諸行為の中の一つだと云う事は否定できない。人間の本質は死んでなければ生き続けているし、生き続けるためには絶えず方策を講じそれを行い続けねばならぬと云う点にあって、上にのべたような主観論はその事を忘れてしまっているのだ。

しかし又いったん意識の世界に着目すると、これ丈が本当で客観的世界など存在しないのではないかと云う感じが生じるのは事実である。この感じは唯物論、観念論とはかかわりがなく、人間の意識にとって普遍的なものだ。詳しく考へる事は出来ないが感じの内容をよく見ると、客観的世界が崩れる時私達は別に意識の世界の存在を確信しているのではない。その事のおかしさは、すぐ横でその観察者を眺めておればわかる、彼がおり、その前にコップがありそうして彼がその存在を疑っているのを知れば、おかしくないはずがない、こゝで重要な点は彼の横にいる私達自身が彼の意識の世界を自覚的にとらえていると云う事だ、平常は自分の意識を意識としてとり出す事がないのと同様に他人の意識を自覚的にとり出すと云う事を私達はしない。私達は彼がいだいているであらう、客観的世界の崩壊という感じを否定（現に彼の前にある）するとともに彼の意識の世界の存在を感じてゐる。主観主義者は、他人と一緒にいるとすぐにボロが出る。然し他人を自分と同じような感じに巻き込むと云う事なら不可能ではない。

「君（つまり私）の前にあるコップを君は唯あると錯覚しているだけだ」と云われゝば、私達は本当にそうかと思い込む事もある。そう思ったが最後私の内部でも客観的世界は崩壊する、こう云う感じは、あくびと同様極めてたやすく伝染するのだ。他人に関してはその感じのおかしさを笑い乍ら自分の番になるとたやすく信じてしまう。どうしてももう一つの場合を考えて見なければならない。それは私が唯そのコップの存在を疑うのではなくて、コップと彼とをもろともに疑う場合だ。そう云う事は勿論可能である、そして見ると同じ客観的世界の崩壊とは云ってみても其の内容は実際にはいろいろある事がわかる。然し更によく考えてみると、いろいろあると云っても本質的には今のところは二つにまとめられる。と云うのも私達はコップを疑っていて、コップの乗っている机をその疑ひから除外すると云う奇妙な事は出来ないからだ。ただ意識の焦点がコップにあると云うだけで、それをずらすだけで机も疑わしくなる。眼の前にあるものが単なるものである場合はそれ以外の仕方はない。然し他人と共にいる場合には、もろともに否定するのとただコップのみを否定するのと二通りの否定の仕方がある。だがこの両者の本当の違いはそういう点にあるのではない。実際感じを伝染されてコップだけを否定する場合も、自分の中にそう云う感じが生じるやただちに焦点をずらして彼を否定するようになるからである。だから相違は感じが生れる始点において私が彼とどのような関係にあるかと云う点にのみ存在するつまり彼を一人の人間としてみなしている時は感じは彼からの伝染によって生じはじめ否定されるのは彼が指示したコップのみであるが彼をものの中の一つとみなしている時ははじめから諸共に否定すると云う事になるのである。

これは一体何を意味するるか？　それを明らかにするために「客観的世界は存在しないのでは？」と云う感じとは何なのかを始めに考えよう。それはあの二通りのどちらでも同じ感じである。私達は意識のおかげでものと伴に存在している、唯物論者だからではなくて、それが当然であるように人間というものは出来ているのだ（これの原因と云うか意味を考えている時はもうない）そうできているから、生活もできる、そしてある時その意識自体に注目する時、たちまち、ものとの共在は消滅する。前にも云ったように、その時私達は意識の存在を確信しているのではない、確信には対象がなくてはならぬが、この状態では全ての対象が否定されているため意識もその例外ではない、ただ意識に注目すると云う始点でのふるまいが、そのような感じを抱かせるにすぎない、重要なのは意識に注目する時、ものとの共在状態が消失すると云う点だけである。そうしてそれも一つの意識であることにはかわりがない。どうして消失するのか今はわからない。

そこでもう一度あの二通りの仕方に戻ると、次のようにきわめて重要な事が結論されるつまり私達が他者を人間としてみなしている場合にはその存在を否定すると云う感じを生じさせる事は決して出来ない。他者を否定するるのは必らず他者をものの中の一つとみなす場合に限ると云う事である。つまりあらかじめその他者との人間的関係をいったん廃棄して一つの客体と化す場合にのみあの感じを生じさせる事が出来ると云う事である。これは更に二つの問題をひき起す。一つはあの感じのあるところでは、人と対象との共在関係は消失し逆に共在関係のあるところでは、あの感じもないのだから、結局その感じをひき起すことの出来ない他者（人間的関係の存在する）とは常に共生してゐる。他者とは共在関係以外の関係のあり得ぬものだと云う事になる。勿論一人の他人を私達は非人間的関係をとる事によって（つまり彼をものにする事によって）共在を消失させる事が出来る。だがそれはただ人間が身体をもった存在であると云う事を意味するにすぎない。定義をすればそう云う存在としてのみ他人にかかわる関係を今非人間関係と呼ぶ。又その他人を他者とは呼ばぬ事にする。そして他者と云う言葉を人間的関係を私がもっている他人とし人間的関係と云う言葉もそのように定義する。私にとって一人の他人はただの身体をもった存在である事もあれば、他者となる事もある。そして他者が他者であるゆえんは他者となるやちょっと考えるとこれはおかしくも見える。と云うのも共在関係にあると云う事だけならば、ただのものだってそうである。然し私はただ永続的に共在関係のあるものを他者と云っているのではない。そんな事なら生涯のうちに一度も意識に着目する事なく終った人にとっては総てのものが他者になってしまう。ことは弁証法的に理解されなければならぬ。他者とものとは、いわば質的に違っているのである。一つの身体を私の前にあらわしている存在は、つまり一人の人間は他者ともなれば、ものともなる他者とものとの違いは、唯同じ平面を二つに分けて、そのそれぞれと云う様にも見える。然し実際はその様な比喩を使えば他者とものとは別平面なのだ。一人の人間であるのに全く非連続的な二通りの存在となる。もう一度言えば私にとって彼はものである事も出来る。そしてその非人間的関係においては、彼と共在している事もあり得るし（例えば学問的に人間を考える時とか、自分の想念に熱中し乍ら歩いている時とか）共在の消滅することもある。然し彼が他者となり人間的関係が生起するや共在関係以外の関係をとる事が出来ない。他者とは他者以外ではあり得ぬものである。

するとこう云う疑問が生じる「人はどうして他者となるか？」もしくは「どうして人間的関係は生起するか？」である。それは今はわからない唯こう云う事は云える少し前に他人がものとなる場合として学問している時とか、考え事にふけっている時とか述べた。これは寧ろ前者だけに統一した方が良いかも知れぬ実際そう云う時以外には私達はものとして他人に出会うと云う事はないのだ。愛している者に対しては勿論ちょっとした挨拶をする場合にも必らず「人間的関係」が生起していると云える。だから現在の人間の通常の存在の仕方から云うなら寧ろ逆にどうして人間をものとするような関係が生じたのかを問う方が自然なのだ。然しそれは別段むつかしい問題ではない。人間が身体的存在である限り私達の意識は必然的にそれを客体としないではおかぬ。ただ生活世界においては寧ろ「人間的関係」を頻繁と要求されるために、他人をものとする暇がないのに対して、そのような対人交渉から退いてものを考える暇のある人は幾らでも他人を物とする事が出来るのだと思う。

さあ時間もなくなって来た（今午前三時）のでいそいで吉本隆明の幻想論とのつながりを付けなくてはならぬ。

そのためには二つ目の問題を考えなくてはならない。つまり「人間的関係」といい「非人間的関係」といい、要するにそれぞれの意識のもとに生起する関係である、そしてその両者が質的、弁証的に異なると言う事は、その意識自体が同次元で考えられるべきものでない事を示している。意識とは共在関係を措定するものであり、共在関係は意識のもとにおいてのみ生起するのだから、これは当然である。すると「人間的関係」を生起させる意識を人間関係の意識と呼ぶとすれば、後者は関係のない意識、ただものとのみ共在する意識、更には個人的意識と呼んで何ら不都合はない。勿論個人的と言うのは、一人の人間の意識と言う事ではなくて、人間的関係を生起させない意識と言う事である。

同じように「共同性」の問題は考えられぬか？　時間がないので要点だけ見ておこう。共同性とは共同性の意識（共同幻想）において「人間的関係」を生起させるものであると同時に、其の中の諸個人との間には「非人間的関係」しかとり得ないような意識であると言う事が出来る。

最後に意外な事なのだが論理の帰結として吉本隆明への批判を行なっておく。

まず私には上の「人間的関係」が吉本隆明の言うように性の関係なのかどうか判断する事が出来ない。これは太古の意識形成の頃にさかのぼって想像して行けば解けるかも知れぬ。問題にしたいのは国家論の冒頭に引用した文章（著作集4〈個人、家族、社会〉Ｐ466）で、そこで彼は対幻想に於てこそ人間は人間的たり得ると言う事を前提としている。然し私が今導いた論理では、「人間的関係」とは唯単に人間が物ではない人間になると言う事しか意味していない、本来的なのは唯、其れ丈ではないのか？　吉本隆明はその前提をマルクス『経哲草稿』の男女論から導いたのだろうが、主観的に対幻想に未来を見ようとする事は自由であっても、それを「先験性」として提示するは誤謬なのではないか？　ここには「関係の絶対性」と同じような弱点が露呈されていはすまいか？

ここに書いた事は半分睡気と闘いながら而もはじめて考へたような事を考え考え書いたので翌日になってみれば全くの出鱈目だったと言うような事になるかも知れぬ、然し私にはもう明日はない、もしも少しでも真実性があるのなら吉本さんに参考にしてもらいたい（失礼な事とは思うが）

人として生きることができないので死にます
○下宿の電気代を払って下さい
○それから鍵はここにありますからそれも返して下さい
○カッターシャツをセンタク屋に出しっぱなしです
　大学前のクリーニング店です
○××さんには知らせぬよう。

八月十三日午前三時半すぎ

山田修治

（山口大学四年在学中　昭和四十七年八月十三日山口にて死去　享年二十三歳）

# 島尾敏雄

——遠近法——

最近、雑誌『海』に連載中の日記で、ミホ夫人が「ああ島尾隊長さんにあいたい」と、何気なく云われたことが録されているのを読んで、おもわずぎょっとした。かつての戦争のころ、《まれ人》として、また、島の守護者である武人として、奄美・加計呂麻島へ渡った島尾さんは、優にやさしい武人であり、狂信的な当時の雰囲気のなかで、墜落死したアメリカ兵士の屍を、墓標をたてて葬ってやったほどの、しっかりした特攻基地隊長だった。ミホ夫人は、そのとき、たぶん島のよろしき家の娘さんだったのだろう。わたしは、島尾さんの日録を読みながら、ミホ夫人は、そのころのことを「ああ島尾隊長さんにあいたい」という言葉で云われたのだろうと受けとった。そのことを、公開の日録に記すときの島尾さんの内心のおもいも、一緒におしはかり、わたしは、ぎょっとしたのだ。たぶん、島尾さんも、そしてわたしも、いまや、少しも恰好よくない生活をしている男になってしまったのだろう。そして、島尾さんは兎も角も、わたしは《恰好よくない方がいいのだ》という論理を編みだして、あらゆる恰好よがりを必死になってくさしているような気がする。つまり卑小なことに、卑小な相手に、卑小な自己に、抜け道も、さっそうたる死もないところで抗って日をおくっているということになる。

わたしは、島尾さんとミホ夫人の生活が、さっそうと南の島に守護神として渡った武人と、島のよろしき家の娘さんの関係という位相から、小さなことにかかずらって、あくせくと抜け道のない日常生活を繰り返す、平凡な夫婦という位相へ、変貌してゆくときの凄まじい内面の段落を想像するごとに、いつも名状しがたい気持になる。何と云ったらよいのか。生きるということとは、かくの如き変貌に耐えるということを指すのか。死は、一度その機会を失うと、もう一度おあつらえむきに、やってきてはくれないようにできている。かくの如きことを識知するのが、生きるということであるのか。この個処で、現在、おおくの人たちが、声なき呻吟をつづけているような気がする。島尾さんの文学が鈍色《にびいろ》の光芒を放ち、ひとびとの心に滲み込んでゆくのは、たぶん、そのためである。

いつになるのか。最初に島尾さんの小岩の住家に奥野健男などと訪れたことがあった。島尾さんが座を外したとき、はしゃぎまわっている子供さんに、いたずら半分「オトウチャントオカアチャント、ドッチガコワイ」ときいた。「スル」と応えた。「オカアチャンガコワイ」とまたきいた。「ドッチガ強イカ」ときくと「オカアチャンノホウガ強イ」と応えた。わたしは、よく知らなかったが、それは、たぶん島尾さんとミホ夫人のあいだに危機が始まったころであったかもしれない。心ないいたずらを云ったものだ、といまでも心にのこっている。ところで、わたしたちが、島尾さんについて挿話を語るとすれば、ここで一応おわりということになるが、島尾さんにとって、それは、はじまりなのだ。島尾さんが、日常生活にかくれている亀裂を、ひとよりも鋭くみつけだし、そこに、《幸福》や《不幸》の数々を招き寄せてしまうのは、この亀裂を発見する眼が、ひとよりも鋭く、また粘りつよいからだ。島尾さんのような《よい人》が、どうしてこんな目にあわなければならないのだろうというような《不幸》が、あとからあとから訪れたりするのをみた時期に、わたしは慄然としたおもいにかられたことがあった。もっと極端に誇張すると、島尾さんには《不幸》を招きよせる特異な能力があるのではないか、とおもったりした。そこのところを解明することが、島尾さんの文学や人間を論ずるばあいのかなめであるような気がする。普通ならば、ひとまたぎで過ぎてしまう日常性の亀裂に、島尾さんは固執する。そうしているうちに亀裂は、病巣のように拡がり、日常性のすべてを覆ってしまう。そのとき、ひとびとは、たぶん、その状態を《幸福》と呼ばずに《不幸》というように呼ぶのだ。ではなぜこの眼に視えない亀裂に、島尾さんは固執することになるのだろうか。わたしが、ぼんやり了解しているところでは、島尾さんの遠近法が特異だからだ、とおもえる。いいかえれば、島尾さんの視界には、ふつうならば、はっきり視えるはずのところが茫んやりと、視えないはずのところが、はっきり、視えてしまう個処があるからだ。また、ふつうならば遠くにあるはずのものが近くに視え、近くにあるはずのものが、遠くに視えたりする、といいかえてもよい。またべつに、ふつうならばあっさり過ぎてしまう個処にかかずらい、かかずらうべきところを、あっさり過ぎてしまう、といってもよいとおもう。この特異な遠近法に、事物がからみついて離れなくなったとき、島尾さんの《不幸》がはじまるような気がする。

南島の、この世のものとはおもわれないような、美しい夏の盛りに、生きて再び還らない特攻出撃を準備し、突然の敗戦が、島尾さんのこの機会をひきはずしたという戦争体験は、島尾さんにとって、たんなる体験以上の象徴的な意味をもったはずだ。あたかも生涯を予兆するかのように。これは、ミホ夫人との出遇いが、体験以上の意味をもったこととおなじだ。このような象徴的な体験の意味が、島尾さんの生涯の結節点で、突然、拡大鏡にかけたように、おなじパターンで突出してくるとき、わたしは「ああ」といった声なき声を発するのを抑えることができない。《不幸》というようなものは、わたしのような悪器のものにこそ、あとからあとから降りかかるべきものである。

島尾さんのうえに平安を。

# 鮎川信夫の根拠

鮎川信夫とはなにか。

わたしにとって、長い間〈かれ〉は、無償な、透明な存在であり、物心両面の支柱であった。そんな思いのなかで、〈かれ〉の存在の核のようなものを探しあてようとすると、いつも意外に難かしいという思いにさらされた。〈かれ〉の私的生活が、もっとも繁々と出会っていた時期でも、よくわからなかったように、〈かれ〉の無償性や、透明さには、わからないところがあった。出会うことも稀になったいま、距離をおいても、依然としてよくわかってはこない。たぶん、〈かれ〉の無償性、透明さは、他者との距離には無関係なのだ。それは、〈かれ〉の〈肉体〉の無償性、透明さと対応するような気がする。

たしかなことは、〈かれ〉の詩が、わたしにとって、詩を創ることを刺戟するたぐいの詩で、決して詩を鑑賞する場所に、読むものをさらってゆくていのものでなかったことである。この感じは、たれにとってもたぶん、おなじにちがいない。創造を刺戟する詩と、鑑賞を刺戟する詩とは本質的にちがっている。いつのまにか、詩作品の流れが、じぶんに滲透し、さらわれてしまうように働きかけてくるとき、ひとは、あっという間に、詩を創るという場所にたたされている。鮎川信夫の詩の特性は、そこにあるようにおもわれる。距離を詰めようという意識なしに、〈かれ〉の詩との距離は零になっている。これにたいし、おおくの鑑賞に適する秀れた詩の特性は、距離の空間性を、いいかえれば、他者との距離の度合いを狙い、その狙いが、ぴたりと定まったものの謂いである。あまり巧みにこれをやられると、読者のほうは、つい、いい気になるなという感じがしてくる。こういう言い方だけでは、納得しにくいから、この問題に、もう少し、理窟を与えてみたい。

読むものに創造を刺戟する詩には、ひとつの本質的な条件と、属性が存在するような気がする。本質的な条件とは、その詩作を、どの断面から切っても《ひとつの主調音》の流れが聴かれることである。《ひとつの主調音》、それは、たぶん〈かれ〉の幼時からの〈資質〉のようなものに関連している。〈かれ〉が、何年何月、どこで生まれたかは、偶然にしかすぎないだろうが、〈かれ〉が、どう生長し、なにに出遇い、どう反応したかは、けっして偶然ではない。もちろん、〈かれ〉が、意志しないにもかかわらず出遇ったことも、意志したため出遇ったこともあるだろうが、これらのすべてを〈かれ〉が必然化しえたとき、はじめて《ひとつの主調音》が生まれるのではないか。

この《ひとつの主調音》が聞えてくるとき、読者は、ひとつひとつの詩句がどうだったかを忘れても、どうでもいいとおもいはじめる。じぶんもまた、じぶんの《ひとつの主調音》を探求すること、いいかえれば詩作行為を強いられるからだ。

鮎川信夫の詩ほど、昂ぶんさせ、しかも、よし、じぶんも詩を書こうという具合に、昂ぶんさせた戦後詩人は、わたしにはなかった。その根拠をたどってゆくと、最後は、〈かれ〉の詩が、いつも《ひとつの主調音》の流れに伴奏されていることに帰せられると思われた。〈かれ〉の詩の言葉の、個々の言いまわしは、忘れてしまっても、この《ひとつの主調音》を忘れることは、できなかった。詩人は、現実体験を、作品行為によって綜合することも、偶発する詩的言語を枕に、自ら流れに身をゆだねることもできるだろうが、《ひとつの主調音》を獲得するためには、すべての偶発的な体験の流れを、〈現在〉にまで、必然化することができていなければならない。ひとつひとつの詩が優れているだけの詩人など、わたしには無意味である。作品の群れをつらぬく《ひとつの主調音》が、聞えてこないなら、たんに

〈かれ〉は、優れた詩人たるにすぎない。優れた詩人など、優れたサラリーマンというのとおなじ意味しかもっていない。そうして、こういう比喩をやったあとで、優れたサラリーマンにも《ひとつの主調音》が存在するのではないか、という課題に、はじめてつきあたる。現実体験ということが、詩的行為とかかわってくるのは、それからである。

鮎川信夫とはなにか――

〈かれ〉それは、なによりも《ひとつの主調音》である。無償に、透明に、どこへでも滲透し、おやっというほどの間もなく、他者を包摂してしまう《ひとつの主調音》だ。わたしは〈かれ〉を、じろじろ観察したことなど一度もないが、亡霊のように滲透する力の確かさだけは、しこたま体験してきた。もちろん、〈かれ〉の詩がもっている力もまた、同質のものであった。

鮎川信夫の詩から聞える《ひとつの主調音》は、きわめて複雑な〈喪失〉感に帰せられる。そして、この〈喪失〉感がどこからやってくるかを、追尋しようとすると、意外にも根深いことが、思いしらされる。この〈喪失〉感は、よく云われているように、たしかに戦争体験からやってくるようにみえる。だが、それはひとつの要素にすぎないのではないか。

戦争で死んだMよ
高いところに立つて影の眼を開いてみたまへ！
私たちの間には　ひろい荒涼たる眺めが、
黒い足のやうに縮まつてゐる　君の黒い足のやうに――
そして落陽はただひとつ。

（「日の暮」）

廃墟になった焼け跡の街衢は、遠くまで見とおされる。死ねば、街並だって縮まるからだ。しかし、どうして「落陽はただひとつ。」なのか。もちろん、「落陽」が、自然現象だからではない。鮎川信夫はここで、おれの戦争体験は、おれひとりで必然化したものだといっているのだ。この「落陽」は、一望におさめられる焼けおちた街衢の、荒涼とした風景を照らしながら、いま眼前に沈みつつある「落陽」ではない。もしそうなら、「落陽」は、ただ夕刻の自然現象にしかすぎない。そんなものなら、鮎川はとうに信じてはいない。多くの人にとって、おなじ場所にたてば、おなじように眺められる無数の「落陽」だからだ。「落陽」が〈ひとつ〉でなければならないのは、鮎川が、じぶんの戦争体験は、じぶんが必然化したとおもいきめて、佇んでいるからである。

〈かれ〉のこの決意は固く、また独特である。〈かれ〉は、戦争体験など、とうに忘れたし、固執するに不毛なものだ、という声を拒絶するとともに、そんな体験など、もたない世代には無意味だという声をも拒否する。無数の戦争体験、無数の戦争死、ただそれだけなら、無数の場所から、無数の人々に眺められるひとつの「落陽」、というのとおなじように、無意味なのだ。〈かれ〉は、ここで主体性や、個的体験の差異、自我、などを擁護しているのではない。すべての現実体験を、必然化するために必要な、無償な意志を、どんなものにも置き代えたくないと思いきめている。かれが戦火をくぐることで〈喪失〉したものは、全生涯であり、そうだとすれば、戦火をくぐって生きのこったことで獲得するものも、全生涯を賭けたものでなければ、釣り合いはとれない。きみは、青春の途上で、生きながら全生涯を〈喪失〉した、という体験が、どういうものか知っているか。鮎川信夫は、《ひとつの主調音》のなかで、繰返しそう云っているようにみえる。この声が聞えないものは、去るがよい。だが、きみも、また、戦前の左翼運動のきびしさは、とか、おれたち若い世代は、とかいうくだらぬ泣きごとを、云わぬほうがいい。きみたちなど、なにをはじめたって、どうせろくなことはできはしないさ、と鮎川は云っているのだ。

埋葬の日は、言葉もなく
立会う者もなかった
憤激も、悲哀も、不平の柔弱な椅子もなかった。
空にむかって眼をあげ
きみはただ重たい靴のなかに足をつっこんで静かに横たわったのだ。
「さよなら、太陽も海も信ずるに足りない」

（「死んだ男」）

この「死んだ男」は、戦争で倒れたもの一般であってはならない。親友森川義信の戦争死でなければならない。これが鮎川信夫の唯一ではないが《ひとつの主調音》を形づくっている。「死んだ男」が、たんに戦争で倒れたもの一般であったら、そのあとには、戦争はもうごめんだ、から、平和を守れにいたるまで、さまざまな雑音でくりひろげられているこの国の、都合の悪いところだけ忘れられ、都合のよいところだけ記憶された、平和音頭の伴奏にしかならないだろう。鮎川はもっと別のことを云いたいのだ。「重たい靴のなかに足をつっこんで静かに横たわったのだ。」というイメージは、森川義信の屍体ではないとしても、重い軍靴に足をつっこんで、棒きれのようにころがされている兵士の屍体を、じっさいに視たことのあるもののイメージである。もっとはっきりいえば、そういう兵士を、じぶんを葬るように引きずって穴に埋めたことのあるもののイメージだといってもよい。この推測が確かだとすれば、もう、人間としてはそれ以上、やることは何もないのではないか。東条英機に無理矢理、銃砲を握らされたとほざく戦中派も馬鹿だが、戦争を露出させてやるなどとほざくチンピラも馬鹿である。おれは一貫して戦争に抵抗してきたなどと見栄を切る男は、もっと綜合的な馬鹿である。こういう連中も、ひょんな拍子で、政治権力者に一矢くらいむくいることはできるかもしれないし、〈わだつみの像〉とか〈平和の像〉とかいうくだらぬものを、壊したとか壊さないとか騒ぐことはできるかもしれないが、「重たい靴のなかに足をつっこんで静かに横たわった」ただの兵士の、埋葬された像を打ち壊すことはできない。だが最後にはそれを打ち壊すことができないかぎり、なにもはじまるわけがない。この課題の解決からすれば、わたしたちは、まだ、たくさんの里程を隔てられた〈彼岸〉にいる。鮎川信夫の詩は、さまざまな言葉をつかって、たえずこの課題を指しつづけてやまない。〈かれ〉の詩に余裕ある同伴者を見出すことも、投げやりな虚無を見出すことも、かつてひとびとがそうしたように、反動を見出すことも勝手である。しかしそういう評価は、なにかから化かされているものの評価である。かれが、手を挙げて信号するとき、かれの〈肉体〉に宿った全観念が信号している。この信号の必然性と侵し難い孤独に、〈かれ〉の戦後の生の根拠が賭けられている。それを知ったとき、わたしたちが為しうることは、言葉になりにくい信号への応答のようなものである。風景が「縮まって」みえるのは、展望がきくときか、じぶんの眼の高さが成長したときである。とおなじように〈肉体〉が「縮まって」みえるときは、老いたときと、死んだときである。軍靴につっこまれた足は、痩せほそって黒ずんで縮まっているが、軍靴は、それと対決するかのように、大写しで迫ってくる。この奇妙な戦争死のイメージに、鮎川信夫の戦争体験がこめられている。このイメージを、べつのものに置き代えることは、〈かれ〉にはできないのだ。ただ〈軍靴〉は、さまざまな、べつの素材によって変奏を生むことができるだけである。

姉さん！
片言まじりの甘美な言葉で
あなたはどうして人生にさよならを告げたのか
わたしはいまでも眼鏡のつかれをぬぐい
誰もいない淋しい部屋を夢想する
姉さん！

飢え渇き卑しい顔をして
生きねばならぬこの賭はわたしの負けだ
死にそこないのわたしは
明日の夕陽を背にしてどうしたらよいのだろう

（「姉さんごめんよ」）

ここで、「姉さん」は、近親の象徴として登場している。鮎川信夫は、幼なくして〈死〉んだ近親の異性という象徴によって、銃火と戦乱のなかをくぐって、もうこれ以上人間として為すべきことがない極限の体験から生きのこってしまった自己の象徴を、ひとりの男性と、他者であるひとりの女性との関係ともちがい、また、たんなる人間的な諸関係ともちがう中間の、近親の異性という微妙な設定で対比させている。そして「飢え渇き卑しい顔をして　生きねばならぬこの賭けはわたしの負けだ」とじぶんの生を裁いていることになる。鮎川には、近親の異性という微妙な設定の仕方が、なぜ必要だったのか。そして、この異性は、なぜ、幼死したものでなければならなかったのか。たぶん、鮎川信夫は、ここでじぶんの幼児期の体験を反芻している。幼児の心の戯れを、ひとつ残しておいて、戦争をくぐり、無理に〈喪失〉させられた青春の生が、どういう位置にあるのかを、確かめようとしていると思える。しかし、この対比には確かな位置はない。むき出しにではないが、無惨な〈生〉と無償の〈死〉との対比だけが、ひとりでに秤の両端に載ってきて、座を占めてしまうだけだ。ここに表現された〈喪失〉感は、鮎川信夫の意志とはどこかちがっていたかもしれない。〈死んだ男〉あるいは〈M〉（森川義信）と、近親の象徴である〈姉さん〉とは、どこかで湊合されねばならない。そうでなければ、幼死した近親の異性（姉）という、たぶん架空の設定は、まったく無意味になるからだ。何を対比させても、けっきょくは戦争で死んだものと、幼死したすべての異性との、〈生〉と〈死〉の対比に還元されてしまうのなら、〈かれ〉の戦争体験は、すべての戦争の死者と、戦争の生者との対比にしかすぎなくなってしまう。

鮎川信夫にとって、戦後すぐに必要だったのは、とにかく〈出発〉することであった。だが、どこへ向って〈出発〉したらいいのか？　だいたいそんな処はこの世界に存在するのか？　存在するかどうかはどうでもよい。ただ〈出発〉することだけが、いま大切なのだ。こういう切実な焦慮が、戦後詩屈指の秀作である「繫船ホテルの朝の歌」を、鮎川信夫に書かせたにちがいない。

繫船ホテルの朝の歌

ひどく降りはじめた雨のなかを
おまえはただ遠くへ行こうとしていた
死のガードをもとめて
悲しみの街から遠ざかろうとしていた
おまえの濡れた肩を抱きしめたとき
なまぐさい夜風の街が
おれには港のように思えたのだ
船室の灯のひとつひとつを
可憐な魂のノスタルジアにともして
巨大な黒い影が波止場にうずくまっている
おれはずぶ濡れの悔恨をすてて
とおい航海に出よう
背負い袋のようにおまえをひっかついで
航海に出ようとおもった

電線のかすかな唸りが
海を飛んでゆく耳鳴りのようにおもえた

おれたちの夜明けには
疾走する鋼鉄の船が
青い海のなかに二人の運命をうかべているはずであった
ところがおれたちは
何処へも行きはしなかった
安ホテルの窓から
おれは明けがたの街にむかって唾をはいた
疲れた重たい瞼が
灰色の壁のように垂れてきて
おれとおまえのはかない希望と夢を
ガラスの花瓶に閉じこめてしまったのだ
折れた埠頭のさきは
花瓶の腐った水のなかで溶けている
なんだか眠りたりないものが
厭な匂いの薬のように澱んでいるばかりであった
だが昨日の雨は
いつまでもおれたちのひき裂かれた心と
ほてった肉体のあいだの

空虚なメランコリイの谷間にふりつづいている

おれたちはおれたちの神を
おれたちのベッドのなかで締め殺してしまったのだろうか
おまえはおれの責任について
おれはおまえの責任について考えている
おれは慢性胃腸病患者のだらしないネクタイをしめ
おまえは禿鷹風に化粧した小さな顔を
猫背のうえに乗せて
朝の食卓につく
ひびわれた卵のなかの
なかば熟しかけた未来にむかって
おまえは愚劣な謎をふくんだ微笑を浮べてみせる
おれは憎悪のフォークを突き刺し
ブルジョア的な姦通事件の
あぶらぎった一皿を平げたような顔をする

窓の風景は
額縁のなかに嵌めこまれている
ああ　おれは雨と街路と夜がほしい
夜にならなければ

この倦怠の街の全景を
うまく抱擁することができないのだ
西と東の二つの大戦のあいだに生れて
恋にも革命にも失敗し
急転直下堕落していったあの
イデオロジストの顰め面を窓からつきだしてみる
街は死んでいる
さわやかな朝の風が
頸輪ずれしたおれの咽喉につめたい剃刀をあてる
おれには堀割のそばに立っている人影が
胸をえぐられ
永遠に吠えることのない狼に見えてくる

あたかも、かつての講座派の領袖、山田盛太郎が、戦後革命は終った、とひそかにつぶやいた時期にあたっていた。天皇制は占領軍によって〈象徴〉に退かされ、地主の土地は、部分的に解放され、小作農は、理念的には自立の機会を獲得した。ブルジョア的革命は初期占領軍によって大綱を成就されつつあった。見当はずれの民主民族統一戦線論は、現実的な基礎のないところで、方途と意義をうしないつつあったにもかかわらず、なお固執されている有様であった。戦後革命は、敗戦直後から見当はずれのまま、崩壊に瀕しつつあったのは、たれの眼にもはっきりしていた。大衆の直観もそれを体得していた。鮎川信夫の「繋船ホテルの朝の歌」は、こういった情況のなかで、あたかも爆弾のように、鮮やかに炸裂したのである。

いまなら、この詩の意味を、もう少し微細にたどることができそうな気がする。

　ここでは、鮎川の設定した他者は、〈姉さん〉ではなく、全きひとりの他者である〈恋人〉に変っている。風景もまた抽象的な戦火の癈墟の街衢ではなく、海岸ちかくの安ホテルの窓からみえる光景に変えられている。わたしは、この詩をよむと、なぜか幼児期によく馴染んだ銀座裏の三吉橋附近の濠割のあたりや、築地明石町あたりの光景が、すぐに浮んでくるが、じっさいは横浜の港町あたりの光景なのかもしれない。一見すると、深いニヒリズムと倦怠の詩のようにみえるが、鮎川信夫にとって、戦後の〈出発〉の歌であった。〈喪失〉に伴奏された〈出発〉だが、この詩に底流している《ひとつの主調音》は、意外にポジティヴなものとみることができる。どこへ〈出発〉するのか？　そして〈たれ〉と？「おれたちの夜明けには　疾走する鋼鉄の船が　青い海のなかに二人の運命をうかべているはずであった　ところがおれたちは　何処へも行きはしなかった」という表現は、それを象徴している。鋼鉄の船にのって、どこかに脱出しようとしても、すでにどこにも楽園がないことは判りきっている。戦争の体験はそれをいやというほどおしえてくれた。行こうにも、行くべきところなど、この世界にはない。〈かれ〉は、安ホテルの窓から、唾を吐いて女と二人して、ちぐはぐな心理で、倦怠の朝食の卓にむかうほどのことしかできない。この世界は、戦争の果てに、なにかを〈喪失〉してしまった。〈かれ〉もまた、戦乱をくぐったのちに、もっとも人間を素朴に健康にしてくれるはずの〈希望〉を〈喪失〉していた。しかし、〈出発〉とは、こうでなければならないことは、戦後世界の普遍的な課題ではなかったか。「繋船ホテルの朝の歌」が、鮎川信夫の〈出発〉であるとともに、戦後の世界的な課題につながる所以はそこにあった。鋼鉄の船に乗ろうが、ジュラルミンの航空機に乗ろうが、乗りさえすれば、あとは文明が、じぶんを目的地に運搬してくれる、などと信じられるものは幸いである。そんなことを信じるくらいなら、戦火のなかで死んだほうがましであった。

　それに、「繋船ホテルの朝の歌」は、たんなる〈出発のない出発の歌〉ではなかった。また、戦後世界の現実を、見事に詩として綜合的に掬いあげただけの詩でもなかった。この港町の風景には、幼児期を喚びさましてゆく力が底流している。ここには秘された鮎川信夫の原風景のようなものがある。それを確かな言葉でいうことができないが、幼児がもった倦怠のようなものとでも、いうべきだろうか。幼児もまた倦怠をもつことができる。〈かれ〉の父と母が、ばらばらな存在として、そこに〈家〉が形成されてあるならば、だ。異和や葛藤としてではなく、ただ、ばらばらな存在としてあるという在り方によって、幼児もまた、倦怠することができる。この幼児の倦怠には理窟はない。ただ、両親の在り方の、忠実な反映があるだけだ。すでに幼年に、ある種の倦怠を浴びてしまったものの嘆きが、恋人との不安定な関係の描写のなかから、ひとりでに想像されてくる。この綜合的な詩作品には、いうべき欠陥を見つけることができない。ただ、〈出発のない出発〉を必然化した詩人には、無限に繰返される〈喪失〉が、未決のまま残されているだけだ。

ぼくたちを閉じこめている格子は
鉄でもなければ、木でもなく
なまの筋肉で出来ている、
この動く格子のなかから
ぼくはどうしても逃れることができない。
おまえの熱い血の管は
ぼくのほそい頸にまきついて、
形のない魂の叫びまでしめあげてしまう。
わからない、どうして此処へ落ちたのか
ぼくにはわからない、

(「夜の終り」)

その夜――
妹のところへ電話をかけようとして
ぼくは暗い路地を走り出た
どの家も寝しずまっていて
まがりかどにオレンジの外燈がひとつ
近くの闇を照していた
こんなふうに父が死ねば
誰だって僕のように淋しい夜道を走るだろう
崖下の道で息がきれた
明るい無人の電車が
ゴーゴーとぼくの頭上を通過していった
　……苦しみぬいて生きた父よ
死にはデリケートな思いやりがあった
ぼくは少しずつ忘れてゆくだろう
スムースなスムースなあなたの死顔を。

空中の帝国からやってきて
重たい刑罰の砲車をおしながら
血の河をわたっていった兵士たちよ
むかしの愛も　あたらしい日附の憎しみも

（「父の死」）

みんな忘れる祈りのむなしさで
ぼくははじめから敗れ去っていた兵士のひとりだ
なにものよりも　おのれ自身に擬する銃口を
たいせつにしてきたひとりの兵士だ

（「兵士の歌」）

大木の幹にかくれて
胡麻的な頭と頭をくっつけて寝ているなつかしいきょうだいたち
眠りのなかで繁殖し
眠りながら腹をこやす王国を夢みているうれしいはらからたち
嵐は数えることをしないが
運命は一瞬の光でおまえたちを数える
待ちどおしいぞ　世界の終りが

（「戦友」）

わいせつな歴史の棺桶の
ぬばたまの未来の闇で
そいつらがまた　盲の子をうむ

地底の川はどちらへ？
どちらにしても
血の海はたぶたぶと近い

（「My United Red Army」）

なにが、鮎川信夫を、目的地のない〈出発〉の歌に閉じこめているのか。肉体の形をした〈他者〉であるようにもおもえるし、戦争の無惨な体験であるようにもみえる。また、戦後の変質と、酸敗であるのかもしれない。〈かれ〉の《ひとつの主調音》は、これらすべてを貫通して、幼時へ近親へと、収斂してゆくようにもおもえる。すべて、この世界への拒絶には、たいていは理念や思想が必要なのだが、鮎川信夫にとって、理念や思想を代用しているのは、たったひとつしかないじぶんの〈身体〉の固有さみたいにみえる。そしてこの〈身体〉が、独創的なのは、内部に〈生理〉が埋蔵された〈肉体〉ではなく、〈観念〉が埋蔵されて、人体の形をしているところからきている。鮎川信夫は、なぜ生きているのか、という問いが、そのまま応えであるような場所に、いつでも佇っている。

白い月のえまい淋しく
すすきの穂が遠くからおいでおいでと手招く
吹きさらしの露の寝ざめの空耳か
どこからか砧を打つ音がかすかに聞えてくる
わたしを呼んでいるにちがいないのだが
どうしてもその主の姿を尋ねあてることができない
さまよい疲れて歩いた道の幾千里
五十年の記憶は闇また闇。

（「宿恋行」）

これが、鮎川信夫の艶やかな立姿である。

# わたしが料理を作るとき

わたしは、ごく親しい知り合いから、吉本さん、料理の本を書くといいよ、と冗談半分、真面目半分にからかわれたことがある。わたしが、巧みな料理人だからでもなければ、包丁さばきがよいからでもない。病弱な妻君の代りに、ほぼ七年間くらい、毎晩喜びもなく悲しみもなく、淡々と夕食のオカズの材料を買い出し、料理をつくり、お米をとぎ、炊《かし》ぐということを繰返してきた実績を、その人がよく知っていたからである。七年間もやっていると、料理自慢の鼻もへし折れ、味の愉しみなど少しもなくなり、ただ、そこに夕方が来るから、口に押し込むものを、す早く作るのだ、という心境に達する。そして、ウーマン・リブの女たちを、一人一人殺害してやったら、どんなにいい気持だろう、などと空想するのが、料理中の愉しみのひとつである。たぶん、わたしは死ぬまで、特別の用件で出かける以外は、この料理役を繰返すことになるだろう。そして家事から解放されたり、解放されなかったりする女達を呪いつづけて死ぬことになるだろう。だから、この文章は、料理についてのわたしの遺書のようなものである。女性が、じぶんの創造した料理の味に、家族のメンバーを馴致させることができたら、その女性は、たぶん、家族を支配《リード》できるにちがいない。支配という言葉が穏当でなければ家族のメンバーから慕われ、死んだあとでも、懐かしがられるにちがいないといいかえてもよい。それ以外の方法では、どんな才色兼備でも、高給取りでも、社会的地位が高くても、優しい性格の持主でも、女性が家族から慕われることは、まず、絶対にないと思ってよい。ウーマン・リブに理解ある進歩的、あるいは革命的亭主、昔ながらの髪結いの亭主的存在、これらは、心の奥底で、かならず女性を呪っていることを、女性は忘れるべきではない。また結婚した女性が、じぶんの創造した固有な味に亭主を乗せることができていたら、性格の不一致、性的な不一致、センスの不一致、女男出入などで、どんな波瀾をむかえようと、たぶん、決定的な破局を避けることができるにちがいない。また、女性が、じぶんの創造した固有の味に、亭主を馴致できていなかったら、たぶん、その外のことで、どんな琴瑟相和していても、イデオロギーが一致していても、いつも別離の危機をはらんでいると思ったほうがいい。わたしに料理についての体験的な哲学があるとすれば、料理の種類と味というのは、ふつう、ひとびとが考えているよりも、ずっと、空恐ろしい重さをもつものだ、ということに尽きる。

わたしにとって、その料理（おかず）を作ると、ある固有な感情をよびさまされるものを二、三記してみる。

㈠　ネギ弁当

(イ)　カツ節をかく。カツ節は上等なのを、昔ながらの削り箱をつかってかく。

(ロ)　ネギをできるだけ薄く輪切りにする。

(ハ)　あまり深くない皿に、炊きたての御飯を盛り、(ロ)のネギを任意の量だけ、その上にふり撒き、またその上から(イ)のカツ節をかけ、グルタミン酸ソーダの類と、醤油で、少し味つけをして喰べる。

㈡　ソース・じゃが芋煮つけ

(イ)　じゃが芋の皮をむき、大きく切る。量は任意である。

(ロ)　油揚を二、三枚とタマネギ二、三個を細目に切る。

(ハ)　(イ)のじゃが芋と(ロ)の油揚とタマネギを、深い鍋でじゃが芋が半煮えになるまで水煮する。この時少量の水しか残らないことが望ましい。

(ニ)　つぎに薄いソースを可成りの量で加えて、ふたたび、じゃが芋が完全に煮えるまで、弱めの火でソース煮する。任意に皿に分けて喰べる。

㈢　白菜・にんじん・豚ロース水たき

(イ)　白菜一個または半個を輪切にして、平たい鍋に入れる。

(ロ)　にんじん大き目のもの一、二本を皮をむいて適当な長さで薄切りにして、(イ)の白菜の間に押し込むようにして仕込む。

(ハ)　豚ロースを薄く切ったものを、おなじく白菜の間に押し込むようにして、少量の食塩とグルタミン酸ソーダの類を入れて水煮する。

(ニ)　別に小鉢に、タマネギをすりおろしたもの、にんじんをすりおろしたもの、七味唐辛子、練り辛子、パセリのみじん切りにしたもの、ネギのみじん切りにしたものを混合して用意する。これに醤油とグルタミン酸ソーダの類を入れたものを、薬味として、水たきを喰べる。

㈠のネギ弁は、職なく、金なく、着のみ着のまま妻君と同棲しはじめた頃、アパートの四畳半のタタミに、ビニールの風呂敷をひろげて食卓とし、よく作って喰べた。美味しく、ひっそりとして、その頃は愉しかった。

㈡のソース・じゃが芋煮つけは、子供の頃、母親が、じつに巧みに作った。わたしは、その味の記憶を再現しようとして、何度も試みてきたが、まだ成功したためしがない。㈠と㈡は、いずれも、他者にとって一般的とは云い難いだろう。㈢は、す早くでき、かなり美味しく、手軽で、日々の生活のところで、冬場なら誰にでもすすめられる。ようするに、料理を繰返しの条件に叶うものに限定して云えば〈料理は時間である〉という鉄則が成立つように思われる。時間がかかる料理、それはどんなに美味しくても〈駄目〉である。ままごと料理、それも〈駄目〉である。見てくれの良い料理、それも〈駄目〉である。なぜなら、日常の繰返しの条件に耐ええないからである。料理の一回性、刹那性の見事さ、美味さ、それは専門の料理人の世界であり、かれらにまかせて、客の方にまわればよいとおもう。

# 情況への発言

——切れ切れの感想——

## 1

○この定義（大塚久雄の―註）によれば、現代日本の経済はよほど独特の性格をもったもの、欧米社会に普通にみられる資本主義とはかなり違ったものであることがわかる。つまり、労働と労働力とは必ずしも分化せず（よそよそしい関係にならずという意味、つまり疎外関係にならず、ということであろう―註）、労働力市場は一般には（全般的にはという意味であろう―註）成立していないし、また生産者と生産手段の分離も完全ではない。したがって、資本が完全に資本家の私有物であるという社会的条件も成立しないのである。これらのことを理解することこそ、現代日本の経済を理解するうえで決定的に重要である。

○この点、日本においては、事情は根本的に異なる。労働市場は一般的には成立せず、労働者も企業共同体の一員である。ゆえに、労働者、資本家の階級対立よりも、特定の企業に対する帰属意識が優先することになる。それであればこそ、労働組合における重要ポストが出身企業の毛並みによって決定されたり、労働組合の全国大会において下請企業からの代表が肩身のせまい思いをしたりするなどという奇現象が、なんの抵抗もなくまかり通る。日本の労働組合は、いかにも労働市場とは無関係に、いわば企業という共同体の下位システムとして形成される。（以上、小室直樹「日本経済の危機と日本経済学の危機」）

私註　何を云っていやがるのだ、この先生は。これでは〈資本主義〉の眼鼻ぱっちり人形モデルの裏返しではないか、と思うが、何を訴えようとしているかは、理解できるというべきかもしれない。ようするに経済学的な範疇に、あいまいなまま、共同体のもつ観念の水準を入れこむことからでてくる混乱。日本経済の危機も日本経済学の危機も、勝手にしろだが、資本主義のペテンと、インフレ原因と、大衆の観念的パニックとの経済学的基礎の現状分析だけは、はっきりやってもらいたいものだ。

○一九七一年における日本の消費エネルギーを資源的に区分すると、原油七三・五%、石炭一七・九%、水力六・七%、残り二%を天然ガスと原子力とで占めている。その中で、原油の九九%以上、石炭の四五%が外国からの輸入なので、全エネルギーの約八三%が外国に依存していることになる。

○総資本のエネルギーコストを安くするために、アメリカ資本のメジャーから石油を輸入して、三池炭鉱労働者を弾圧し炭鉱をつぶし、わが国のエネルギー政策が完全にメジャーの支配に従属したため、今回の中東紛争によって石油パニックに陥ることとなったのである。それと同様のことが、わが国の食糧政策についていても起こっていないだろうか。

○わが国の食糧自給率を品目別にみると四十五年度で自給体制にあるものは米一〇六%、魚介類一〇八%、いも類一〇〇%、野菜九九%、果物八四%などであるが、麦類は年々減少して小麦九%、大麦も二八%となり、穀類全体としては十五年前の昭和三十年度の八七%から四八%に低下した。豆類も、この期間に、大豆が四一%から四%に下ったために、全体として五一%から一二%に落ち込んでいる。肉類は八九%と高い率を示しているが、濃厚飼料の約七〇%、量にするとわが国の一年間の米の生産に匹敵する約一千万トンも輸入していることを見落としてはならない。

砂糖も一〇一%となっているが、それはわが国が精糖国であるためで、原料ベースでみれば、自給率は一五%である。国民の栄養に主要な地位を占める油脂も、植物油脂の自給率九九%となっているが、その原料の大豆のほとんどは輸入であり、実質的な自給率は一一%にすぎない。

○わが国は資源に乏しいのでその海外依存度はきわめて高いが、ニッケルはニューカレドニア一地域で八五・八%、原料炭はアメリカ、オーストラリア二国で八五・六%、原油は中東地域に八四・一%というように少数地域に集中していることは、資源の安定確保という面からみると、経済的にも安全保障の上からも問題がある。（以上、木村禧八郎「弱点をさらけ出した綱渡り経済」）

○こうした世界的インフレの元凶は、いうまでもなく米国のスタグフレーションであり、ドルたれ流しとそれが世界市場にあまねくつくり出した過剰流動性——すなわちだらしない世界的な信用膨張である。米国のスタグフレーションすなわち停滞下のインフレ——実はこれこそ、戦後アメリカの戦争国家体制を内部から蝕む戦争国家の死に至る病い——であった。このスタグフレーションは、戦争国家の軍事的支出削減と、その条件のもとでの独占的大会社《ビッグ・ビジネス》と独占的労働組合《ビッグ・ユニオン》による頑固な〝成熟と停滞構造〟の表面化が根本原因であった。

○一九七一年八月に発表されたニクソンの新経済政策は米国の公然たるドル防衛放棄宣言、公然たる為替通商戦争開始の宣言となった。ニクソン政権は、いわゆる対外均衡のために対内均衡を犠牲にすることを拒み、はっきり国内優先を打ち出し、経済上の世界政策の転換を打ち出したのである。この転換は、七一年七月に打ち出した対中平和共存、ベトナム和平の政治・軍事上の世界政策の転換と対をなしていた。そしてこの新世界政策は、一口にいえば、政治・軍事上も経済上も国内に重荷になるようなことは避けながら、極力「核の傘とドルの傘」の現状を維持しようという性格のものだった。

○物価上昇のもっとも激しい日本ではすでに商社による大規模な買占め投機にはじまり、換物心理からの大衆的な買いだめが発生した。（中略）すなわち資源問題は、環境問題の場合と同様、生態系全体の拡大生産、鉱物資源の計画的利用およびそれと結びついた新資源利用の開発という全地球的、全人類的課題にまったく無頓着に推し進められた先進帝国主義諸国の利潤第一主義、成長第一主義の重工業発展と資源開発が根本の原因となっている。OAPEC諸国の行動の根底には、掘って掘って掘り尽くせ、あとは野となれ山となれ式のメジャーに対する、ひいては帝国主義全体に対する不信が秘められているのである。ただ、このアラブ諸国の大義名分は、同時にうなるほどオイル・ダラーを持って、世界一の金持のアラブの王様たちの抜け目ない打算に裏打ちされている。

ドル体制の崩壊と主要通貨の減価の中で、もうこれ以上ドルを持っていても仕方がない、むしろ資源として保持したほうが得策だという打算である。

○統制経済とそれを担う強力政権、これが名医ならぬ日本株式会社幹部の唯一の経済危機克服策の答案である。この答案は、われわれの近い将来、いままでとは比較にならぬ、ゾッとするような管理社会、管理国家が待っていることを意味する。（以上、川上忠雄「資本主義に迫る膨張型破滅の道」）

○一九七〇年時に世界の鉱業生産の地域的分布をみると、先進資本主義国が全体の四一％、開発途上国が二七・五％、社会主義国（ソ連・東欧）が三一・五％をしめ、いまだ鉱業生産がもっとも活発であるのは先進資本主義国であることが知られる。

○一九六〇年には開発途上地域の石油生産は世界生産の四七％を占めたが、一九七二年にはその比率は七九％まで上昇した。この地域の生産の六四％が輸出され、南の世界が世界消費に占める比率はわずか一四％にすぎない。

鉄鉱石については、一九四八年に開発途上地域は世界生産の八％を占めるにすぎなかった。一九六九年にその比率は四〇％まで上昇し、うち八五％が輸出されている。（中略）

ボーキサイトは一九四八年の開発途上国シェアは六一％、六九年に六九％であり、そのうち九〇％が

輸出されている。（中略）
銅は一九五六年に開発途上地域生産のシェアは四二％であったのが、一九六九年には五四％に増大し、そのほとんど全部が輸出されている。（中略）
精製錫については、一九六〇年代をつうじてほぼ九四％が、ボリビア、マレーシアなど開発途上地域の生産であり、そのほとんど全部が輸出されている。
○ところがこの増大する資源需要にさいして、開発途上地域の資源は主として先進工業国起源の多国籍企業によって支配されている。一九六九年に資本主義世界石油生産の六一％が、スタンダード石油ニュージャージー（現在のエクソン）など七大メジャーによって把握され、銅では六六年にケネコット、アナコンダなど十大国際産銅会社が六八％を生産し、ニッケルでは六〇年代末にインコ（全体の六五％のシェア）など四大会社が九八％強をおさえ、アルミニウムではアルコアなど六大アルミ会社が、ボーキサイトで六五％、アルミ地金で七一％の産出をおこなっている。開発途上国は資源産出国といわれるが、実はこの地域で資源産出をおこなっているのは国際資本であり、現地政府ではない。
○まず第一に、今日の資源危機は基本的には資源産出国が多国籍企業に対して自国資源の恒久主権を確立しようとする紛争に発している。それは決して資源産出国と消費国間の衝突ではない。
○問題はもはや利権料の高低の問題ではなく、資源の統制権にかかっているのである。すると欧米系メジャーの後に「和製メジャー」あるいは「自主開発」方式をもちこむことは、生産国との摩擦を増大こそすれ、協力関係を密接にする方向ではない。（中略）われわれはむしろ、今日の資源問題は、世界的視野からすれば、資源の確保問題ではなく、資源の分配と自由処分の問題であることを見てとり、開発途上国の資源の自由処分＝工業化に積極的に協力するなかで、一定の資源を分けてもらうという互恵的発展の道に踏み出すべきであろう。
○こうした根本的な問題を考えるならば、わが国が今回の石油ショックをよき契機とし、産業構造の福

**祉＝低成長路線への大胆な転換に踏み切ることができるかどうかが、日本が今後の国際化時代のなかで平和的に生きぬいていけるかどうかという問題とそのまま結びついていることが知られよう。そしてこのような転換の可能性は実は、われわれ国民一人ひとりの価値観の転換にかかっているのである。**（西川潤「第三世界はいま資本主義の運命をにぎる」）

私註　これら切れ切れな断片のモザイクは、現在、わたしたちの周辺に混乱しつつうごめいているパニック的な様相の背景をなす経済的な現象を概観するために、『月刊エコノミスト』一九七四年一月号から採ったものである。より無能なもの、より有能なものの僅少の差はあるが、平均値的な経済学者の平均値的な見解は、ここらに落着くとみてよいようにおもわれる。そしてこれだけの断片があれば、それぞれが現在の情況について自己の像を形成するには大過はない。

それにしても、経済学者というのは、どうしてこう、高所から鳥瞰したような物云いになってしまうのか。その処方箋はどれも、いわば、支配者代行の口ぶりになってしまっている。その順序はこうである。はじめに世界経済の現在の動向が語られ、しだいに各世界地域のブロックの現状に及び、それから日本国家の経済的情勢に至る。

ところで、われわれが実感する経済現象は逆である。ほとんど数日のうちに値段が釣上げられ、しかもその釣上げが乱脈であるような日常資材や食糧品の価格に、圧迫感を余儀なくされる。つぎに、まったく商業資本の恣意のままとしかおもわれない生活資材の不足と価格の高騰がある。これには大衆の観念的なパニックが伴っている。このパニックは諸物価の高騰に名目を与え、力を貸している。この痛烈な実感が、論者のいう世界経済や日本経済たて直しの処方と、どこで交錯しうるのか。直接的大衆がつき上げるのは国家を占めている政治委員会や政治党派の無能さの、個々の表われだけではない。わたしたちの思想もまた、直接につき上げられている。

## 2

現在、ラディカル・リベラリストたちが、国家権力による統制法令に対して、どのような理由によっても反対であることを強力に主張できないならば、わたしたちは、また、少くとも思想的には、戦争期の轍を踏むことになる。大衆の窮乏をみるに忍びないという大義名分に手易くいかれて、わが国の社会主義者たちは、社会ファシズムまたはそれを補足するものに転じていった。その思想的な内省なしに、戦後を出発したわが国の社会主義政党なるものが、社共を問わず、ふたたびある地点で社会ファシズムの補完物へ転化することは、わたしには自明のようにおもわれる。それは、物価高騰と生活資材の不足が、これ以上つづけば労働者、大衆の生活は窮地に陥らざるを得ないから、金融、産業、商業資本の悪質な金融支配、買占め、売り惜みによる人為的インフレ促進操作を許さぬという論理から、国家の物統令や大衆にたいする節約ムードの押しつけを、消極的に許容するという形であらわれるだろう。その地点がどこにあるのか、を注視する必要がある。国家による物統令や資源節約ムードの宣伝などが、労働者や大衆を益したためしはないのだ。だが、自称社会主義者たちは、まだ、何度もだまされ、だまされて、国家権力を補完することで、労働者や大衆を裏切りつづけるだろう。ラディカル・リベラリストのうち、国家と、労働者や大衆の両極からのひんしゅくに耐えてリベラリズムの本質をつらぬいたものは、かつて、戦争期にひとりも公的には見当らなかった。つまり、同伴者進歩主義を逸脱して、自立した経験をもっていないのだ。

わたしの漠然とした予測では、本年の春と秋とに際立つだろう情況の屈折点で、たぶん、国家の政治委員会は、『エコノミスト』的なぐうたら経済学者のように、近代経済学の経験の範囲で、この危機を乗り切るだろう。だが思想的には、ラディカル・リベラリズムは、真の経験に耐えねばならない課題をもっている。リベラリズムがこの課題を貫けなければ、自称社会主義者たちは、戦争中とおなじように、知らぬうちに社会ファシズムの道へ逸脱することになるだろう。性こりもなく、だ。労働者や大衆もまた、性こりもなく、国家や社共にだまされるだろう。その貴重な経験を、何べんでも、本気で繰返しやったほうがいい。

## 3

**吉本氏は柳田の方法を「無方法の方法」とよんだが、私はそうは思わぬ。彼の中には一貫した方法がある。たしかに、柳田学は体系的ではない。それなら、モンテーニュの『エセー』が体系的でないという理由で、これを利用すべき（キリスト教も反キリスト教も）なまの素材といってよいだろうか。モンテーニュの『エセー』には、その叙述形式とはべつに一つの明瞭な内的体系がある。**

**同じように、柳田学の中にも一見そうみえるものとはべつの一つの内的体系がある。それをつかむかわりに、柳田学を体系化しようとすることは〝抽象〟の本質とは無縁である。むしろ柳田はその種の抽象が自己完結したとたんに、いつも別の相貌を以てあらわれる。私は何を知っているか、という永遠的な問いかけがそこにあらわれるのである。**（「思考と抽象」柳田国男試論(1)　柄谷行人）

こういうもっともらしい云いがかりを前に、〈それでも地球は動く！〉と、まず云うべきだろう。柳田国男から、わたしが学べるとすれば、その膨大な蒐集と珠子玉と珠子玉を「勘」でつなぐ空間的な拡がり、だけである。もちろん、それは柳田国男を過小評価することでもなければ、「叙述形式とはべつに一つの明瞭な内的体系」があることを否定するのでもない。わたしが、柳田について感想をのべたのは、柄谷の引用している「無方法の方法」という十枚前後の月報文章だけにちかい、といってよい。あとは『共同幻想論』のなかに、『遠野物語』を介して出てくる問題について触れているのみ。柄谷のここでやっている詐術は、まず、わたしがまとまった柳田国男論をやり、それを「無方法の方法」というところに集約していると、読者に印象づけるような書きっ振りをしているところにある。第二の詐術は、わたしの〈方法〉と〈体系〉が、柄谷のこの雑文ごときで片がつくと読者に思わせようとしているところにある。どっこい、そうはいかない。わたしの〈方法〉の背後にも〈体系的叙述〉の背後にも、柄谷の云いぐさをかりれば「その叙述形式とはべつに一つの明瞭な内的体系」があることを、見ぬふりをしているにすぎない。柄谷が、〈ブント〉についていた頃は、「年から年中騒ぎ立てている急進主義者」（柄谷自身の言葉―註）であり、〈柳田国男〉を試論すれば、たちまち「世間」とか「分別」とかを尊重する若年寄に変貌してしまう、といっただらしなさや、小利巧さや、幼稚さを挙げつらっても仕方がない。「内省の学」ではないような学問は空疎な知識だという柄谷の文章のどこに、柄谷の現在軽蔑する「急進主義者」から「世間」や「分別」に感心する小廻りのきく〈オポチュニスト〉に変貌した過程への「内省」があるのか。まったく「内省」のない「学問」も〈批評〉も、三文の値打ちもないのである。もっとも「内省」だとか〈転向〉だとかいう大げさな問題ではなく、ごく俗な意味でのハートがないのである。山崎正和、野口武彦についで「内省」も「謙虚」もないハレンチ第三号とでもいうほかはない。まことに、柄谷のいうとおり「変えるということは『反省』することにほかならない」のだ。そして、まことに、「それらは秀才たち」の末路を語っている。ただ、こういう詐術にごまかされやすい読者が、こういう〈批評家〉をつくり出す、ということだけが重要なのだ。

柄谷の詐術はもっとある。たとえば柄谷が「柳田を批判する急進主義者に欠けているのは、知るということ自体のラディカリズムである。また、柳田が『土着思想』を発掘したなどというのは甚だしい迷妄である」と書くとき、ほとんどハレンチとしかいいようのない詐術をやっている。馬鹿な読者には、それがみえないで、あるいはカッコイイ言葉とでもおもうかも知れないから解説しておく。たれが、「柳田が『土着思想』を発掘した」などといったのか、わたしは知らない。柳谷が勝手につくりだした俗耳に入りやすい標的かもしれないと思う。しかし、たれの発言であろうと、柳田が「土着思想」を発掘した、とたれかが書いたとすれば、「土着思想」という不完全な造語で、論者が何を云いたかったか、ということは、どんな幼稚な、メダカのように群れてあるく文壇批評家にも推察できるはずである。それを推察できないとすれば、柄谷が頓馬であることを物語っているか、あるいは柄谷が故意に知らぬふりをして「甚だしい迷妄である」などという、カッコイイ見得を切りたいつまらぬ男であることを証明しているにすぎない。つまり、軽薄な才子にすぎないということなのだ。だいいち、つい十年ばかり前には、東京大学の学生「急進主義者」であり、そのまま「大学教師」に滑り込んだ柄谷が、「柳田を批判する急進主義者に欠けているのは……」とか、「分別」や「世間」という概念をあらためて対象化せずに、「社会」や「理念」という概念にとび移り、にわかに難解な言葉をしゃべりはじめるのがつねである、などと他者に向っていうのはコッケイではないか。そうは「内省」しないか。あるいは、はにかみくらいはないのか。いつどうやって「常民」も変り、「世間」や「分別」も大事などという阿呆らしいことを、難解な言葉で理屈づけながら、おれもつまらぬことを云うように変った、と「内省」できぬ男になっちまったんだ。

わたしは、以前に、柳田国男の実証性を信用しすぎて、とんだ手間をくったことがある。柳田国男など、ろくに読んだこともないで書いている柄谷には、いい薬になるから記しておこう。速水保孝の『つきもの持ち迷信の歴史的考察』に、柳田国男は序文を寄せていた。

私の家は、身内が医者であつたために、明治以来の医学のこの方面の研究、その他をみてきたのであるが、約六十年前、精神病理学の立場から、榊俶先生が「狐憑病新論」を著して研究の端緒が開かれたにもかかはらず、医学的な面は、依然として無力の状態を続けてきてをり、現象に対する理解の不充分から、つきものつき病を精神病理学的に治療した例は非常に少く、もつぱら旧式な加持祈禱にのみ頼つてゐるのが現状である。この本の出版を機会に、是非この問題について考へてもらひたいと思ふ。

そこで、わたしは榊俶に『狐憑病新論』という著書があるものと、すっかり信用し、精神医学者にも尋ね、また、「探している本」として、ある書評新聞に書いたりもした。ところで医学者のほうでは、榊俶にそんな著書はないとおもうと云う。一方、未知の読者の人からは、門脇真枝『狐憑病新論』というのがあるが、それでよければ読めるようにお貸ししましょうと云う知らせがあった。わたしは是非にと頼み込んだ。そして必要なコピーをとり、本は有難くお返しした。門脇真枝という人は、榊俶先生にはお世話になったとして榊俶の写真を掲げていた。つまり、順当な推測では、柳田は、この本の内容を読んでいなかったのである。もちろん、この本を手にしたことはあったのだが、著者の名前は忘れてしまい、肖像写真を掲げてあり、且つ、日本の精神医学の草創期の大家である榊俶の名前は熟知していたので、著者の名前は柳田の記憶のなかで入れちがってしまった、とも考えられる。いずれにせよこの手間取りを通じて、柳田の方法の特質が、事物の内容よりも、現象の珠子玉を空間的に関係づけることにあるという確信を、わたしは、一層信ずるようになった。柳田に、だれもできないことをしたという業績があるとすれば「抽象」的には、たった三行くらいでいえることを三万行の事実の繋がりとして蒐集したことにあるとしかおもえない。そういう無駄を恐れなかったことにあるとでも云わなければ、とうてい、最後まで附き合える代物ではない。わたしに附き合えないのに、文壇のメダカ批評家である柄谷などに附き合えるはずがない。わたしは「世間」とか「分別」とかいうものの内実を、実践的に拒否するがゆえに、対象化の欲求をもつので、それ以外に「世間」の概念に感心した振りをしているのは、アランのような西洋的な思想コットウ屋か、生イカを喰べれば色白になると言われて、生イカを喰べて本当に色白になってしまう女とおなじく、対象に乗り移って、ほんとうに対象そのものと同じように自分を錯覚してしまう柄谷のようなミイハア批評家だけである。わたしは、柳田国男に比べれば、お前などはコケだといわれても、わらって我慢してもよいが、柄谷ごときにコケあつかいされるような仕事をしてきた覚えはない。

わたしは戦術や小才だけで、文学の世界をわたりあるく文学者の失墜を信じて疑わない。

4

日本共産党の理論（?）機関誌『前衛』（一九七四年一月）に、「吉本隆明氏によるマルクス主義の『変革』」という、ポンチ絵まがいの批判を書いている野村昂という人物も、柄谷とは立場こそちがえ、おなじ病いとしかいいようがない。まことに、人間は自分の解決しうる問題のみを提起するとは、こういう連中に具体的に適用したほうがいいのだ。いったい柄谷にしろ、この野村という人物にしろ、わたしの仕事を、だしにつかったり批判したりするのに、一カ月のやっつけ仕事で可能だとおもっているのか。まさに、野村昂の頭脳に像を結んでいるわたしの思想は、野村自身のポンチ絵的な頭脳構造の反映にしかすぎない。だが、野村にこの文章を書かせた動機だけは明瞭である。わたしが、つい先ごろ、大岡昇平との対談でエンゲルスを批判したことが、気に入らなかったのである。つまり、エンゲルスの無謬性という伝説を、できるだけ守りたいという動機が、『前衛』にあり、野村がその役を振りあてられた、というに過ぎない。しかし、エンゲルスの大才をもってしても、時代的な制約はどうすることもできない。野村が、主題にのせていることのおおくは、エンゲルスが、モルガンの『古代社会』とダウィンの『種の起源』の決定的な影響下にあって書いたものであることは、申すまでもない。モルガン以後の民族学や人類学の実証的な探索の累積は、具体的な事実に即している部分では、エンゲルスの理論化を、ほとんど決定的に無化してしまっている。しかし、実証的な無化は、エンゲルスの理論そのものの意義を、ただちに無化するものでないことは、わたしが、繰返し述べているところで、すくなくとも、わたしのエンゲルス批判は、野村がでっち上げているほど単細胞的なものではない。ダウィンの進化論も、また、時代的な制約の産物であることは、『古代社会』とすこしも変るものではない。野村昻は、相も変らず、人間は猿から進化したものだと信仰しているらしいが、対象がマルクス主義イデオロギーであれ、十九世紀進化論であれ、日共であれ、〈信仰〉はすべて悪であるとはいわないが、すくなくとも、野村が好きな言葉であるらしいエンゲルスの「科学的社会主義」とは無縁なことは確かである。「科学的社会主義」などという思想が、すでに、既製品としてでっち上っていて、それを信仰する諸個人および政党があるなどとかんがえることは、少しも「科学的」ではないし、すくなくともエンゲルスが、もっとも嫌った連中であった。野村は、野村の信仰するエンゲルスがそういう「非科学」的な連中を指して、もはや「頓馬たちと附き合う義務もなくなった」と、マルクス宛の書簡で述べたのを知っているか。「科学的」とは、対象たる「社会主義」を扱う仕方によって決まるので、先験的に「科学的社会主義」などというものが、どこかに存在するわけではない。現在の生物学、人間学の諸成果によれば、猿は猿として残された種であり、人間の人間化の過程にあらわれたひとつの種であるという考え方は、否認されつつある。人間が単一の地域から発生して、環境の差異により、皮膚の色を異にするようになった、という考え方さえも疑点になりつつある。このことは、すくなくとも理論的には予測されうるものである。そうでなければ、白より黄のほうが劣り、黄より黒のほうが劣るというような妄見を打破する契機が把みうるはずがないのだ。

野村昻は、わたしを「デューリング氏」に仕立てあげたいらしい。そうでもしなければ、『前衛』という日本共産党中央委によって作られ、何十万か何百万か知らぬが、頓馬たちに馴致された連中に売りわたされ、その利潤に、笑いがとまらない日共にとって、ばつが悪いに相違ない。主として数千の直接読者に支えられて存在しているわがつつましやかな『試行』誌などと、その有産者ぶりを比較するのも愚かな話ではないか。わたしの著作の固定の読者は、せいぜい数千を出ない。しかし、宮本や不破などが、つまらぬ対談集や著作集を出せば、数十万は無理やりにでも売れるだろう。まったく、資本主義社会は、人類史の知恵ある錯誤の産出したものというほかはない。野村昂の肩書は「社会思想史研究家」となっている。しかし、野村は〈選挙〉については語っても〈革命〉について語ったことなど一度でもあるか。そういう男が、わたしを戯画化する資格はない。まことにエンゲルス流に云うならば、野村昂などの連中には『前衛』の御用評論を書いて、〈選挙〉に具えているうちは、その公害も、せいぜい頓馬たちの範囲に及ぶだけだが、決して〈革命〉の匙だけは持たしたくないものである。その匙加減によっては、公害は、労働者や直接大衆の全生存に及ぶからである。ひとりの「デューリング氏」は、エンゲルスの『反デューリング』によって、存分にからかわれているが、「デューリング氏」自身が、野村程度の御用評論でお茶を濁していた、ちゃちな思想家だとおもったらおお間違いである。「デューリング氏」が、〈盲目の教祖〉として、あたかも黒田寛一のように存立し得たのは、それなりの社会的必然があるのだ。その必然のうち、真先に数え上げねばならないことは、あらゆる政治的な党派とその運動が、野村と「科学的社会主義」との関係とおなじように、宗教的な〈宗派〉としてしか存在しなかった段階にあった、ということである。この段階は、大義名分によって測られるのではなく、政治党派とその成員の関係の在り方によって、また政治党派と、その御用評論家との関係の在り方を分析することによって、測ることが可能である。そして、これによって測るかぎり、野村のように、一夜づけで「エンゲルス氏」に宗教的に乗り移るだけで、じぶんでは、何ひとつ創造しようとしない御用イデオローグが、中央理論（?）機関誌に登場しうる政治党派が、どのような段階にあるのかは、口に出して云うも愚かなくらいである。由来、わが国の現在までのあらゆる政治宗派は、労働者や大衆が目醒めないがゆえに存続しえているにすぎない。かれらが自己の力量に覚醒したとき、すくなくとも内容的には消滅することは、自明である。

野村昂は、「ひとことおことわりしたいことは、非マルクス主義理論にたいするマルクス主義的批判は、本来、マルクス、エンゲルス、レーニンがその模範を示しているように、批判の対象を単に理論的に粉砕するにとどまらず、その対象をいわば突き抜いて、争われる諸問題についての全面的なマルクス主義的解明を対置すること、さらにその論戦を通じて、マルクス主義理論それじしんの創造的展開と豊富化を果たすという課題にも答えるところにその本質がある」などと、身の程もしらずに、大時代な見得を切っている。よう、大根役者！　と声をかけねばなるまい。

ところで、わたしのほうは、野村昂の「マルクス主義」とやらと、論戦する食欲が少しも沸いてこないのは、どうしたことか。理由は、簡単である。野村の「マルクス主義」には、名辞だけあって内容が何もないからである。つまり、やっとこさでマル・エン全集やレーニン全集を読んだのだが、断片の引用が精いっぱいで、そしゃくするだけの強い歯もなければ、あらをみつけるだけの蓄積もないからである。もちろん、わたしの著作さえも、「反人民的」、「反マルクス主義的」にみえる片言隻句だけを、鬼の首をとったように拾いだしてみせびらかし、えげつない心性を暴露しているだけで、噛みくだくことなどできていない。誰がロボットと論戦できるのか？　ことに、はじめから反対することだけを、コダマのように繰返すことを教え込まれているロボットと！　こういうロボットと、論戦すると、ただ疲労するだけである。何故ならば、わたしの云ったことだけに、反対語がオウム返しされてくるだけで、しかも相手は、機械だから、わたしは、けっきょく機械とたたかう非機械ということになり、相手に回路の障害でもおこらないかぎりどうしようもないからだ。野村昂とやらは、もっと自分の言葉で自分の考えを発見しようとしたらどうなんだ。野村の空想する〈マルクス主義〉とやらは、他の人間の創造を測る物差しにはなり得ないものなのだ。いや、一般的にどんなイデオロギーも、物差しとしては使えないし、使えば自己自身をつき抜ける凶器となるが、他人にはポンチ絵にしかみえない。だいいち、野村には、わたしの全仕事の内容と、それをつらぬく原理すら、つかめてはいないではないか。つぎに、わたしが野村などと論戦する気になれないのは、野村が、たんなる腕自慢の頓馬にしかすぎないからである。度外れな自惚れは、社会思想史に、じぶんが少しでも何かを創造的につけ加えたというところからくるのではなく、マル・エン全集とレーニン全集を読んで、乗り移った気になっているところからきている。そんな程度で、どうしてわたしを「理論的に粉砕する」つもりなんだ？　無駄なことだ。わたしを「理論的に粉砕」し、「突き抜」く唯一の方法は、勉強なさることである。わたしは、マルクスやエンゲルスを気取ったこともなければ、レーニンを気取ったこともない。ましてや「デューリング氏」を気取ったた覚えもない。ただ、学び、考え、試みということだけは、たぶん、野村昴とやらの幾十倍くらいはやってきた。それが、わたしの考え方の支えにはなっている。しかし、それ以外にどんなつっかえ棒を頼みにしたこともない。いまのところ、野村昴には、わたしを「理論的に粉砕」したり「突き抜」いたりすることは、無理だとおもう。もう少し、腕を磨いたらどうだろうか。

野村昴の見得を切っていることのなかで、もうひとつ自覚的に取り上げてみなければならない問題がある。野村は、無造作に、「非マルクス主義理論にたいするマルクス主義的批判」などといって、とんだ喰わせ者であることを暴露している。宜しいか、野村とおなじ云い方を幾つかやってみよう。「非魚屋にたいする魚屋的批判は」、「非男性にたいする男性的批判は」、「非日共にたいする日共的批判は」……この調子でやれば、世界は、もらさず双分されるような気がしてくる。これを形式論理と呼んでいる。レーニンは、『哲学ノート』で、すべての事象は、Aでなければ非Aだという数学の排中律が、どうして具体的現実性についておかしいか、それは「非A」のなかに要因があるとメモしている。形式的ワク組みがあれば、内容も範疇もかんがえずに、この種の分類は可能である。だが、理論の問題とは、なによりも内容と範疇の問題である。だから、野村昴が、主観的に〈おれはマルクス主義者〉だと思うことは勝手であるが、それを保証するものなど客観的にどこにも存在しない。仕方なしに野村はその保証を日本共産党に求めるということになる。いうまでもなく、これは範疇的な混乱であって、馬券の良否を競馬馬に保証してもらうようなものである。だから、よく、おれの方が、ほんとうのマルクス主義理論で、おまえの理論は非マルクス主義だなどという論争を、いい年をした政治屋や学者などがやっているではないか。そればかりではなく、ソ連と中共のあいだでもやっているだろう。ようするに、この種の争論は、先験的な誤謬の表象にすぎないのだ。野村昂は、マルクスの思想とマルクス主義とは、あたかも孔子の思想（論語）と朱子学や陽明学とが異なる程度において異なり、同じ程度において同じであるに過ぎないということを、まず、マルクスの思想が、歴史的に展開されてきた過程の内部においてさえ認めねばならない、ということくらい前提として知っておくべきである。〈非マルクス主義〉と〈マルクス主義〉などという区別は、わたしが余り信じていない唯物弁証法と史的唯物論の土台のもとで展開された哲学の内部においてさえ、たんなる形式論理的な区別にしかすぎない。こういう似非論理からなる区分けなど、犬に喰われろだ。わたしを「突き抜」ける前に、野村昂自身の脳髄を「突き抜」け、その挙句、野村自身の理論的死が、まず、必ずなければならぬはずである。現在のわたしには、まともに物を云う時間的な余裕がない。残念だが、たくさんの反撃を残しておくほかない。

（一九七四・一・二三）

## 5

反対語を仕込まれたロボットとの論戦！　それはどんな紳士めかした相手でも食欲がわかぬ。なぜならば、先験的な党派性だけが目的意識であり、すべての言辞はただ付け足しにすぎないからだ。岡庭昇という執念ぶかい大学教師の、わたしに対する反対語も、聴き得てもう数年になる。この男は、どうしても、わたしが共同性、組織性、全体性にたいして、個体を、自我を、対立させていると思い込みたいらしい。そして先入見なしにわたしの仕事を検討する気など少しもなく、そこだけは眼をつぶって変更しようとしない。こういう頓馬にむかって何を言えばよいのか。死ねとでもいうほかない。わたしは、言葉を尽して共同観念と個的な観念とが、次元を異にすることを認識することが重要であると説いてきた。だが、この男は、共同性と個とを、ひたすら対立せしめたり、野合せしめたりする偏見から逃れられないのである。極限において、共同性と個とは逆立するのであって、決して対立したり野合したりするものでないこと、それはまったく自明のことであり、これが判らぬ岡庭のような男を、スターリニストとよぶに、何のはばかりがあろうか。

（一九七四・三・二三）

註　岡庭昇は、大学教師ではなく、テレビ・ディレクターであると注意してくれた人が二、三あった。べつに確認したわけではないが、そういう事実があったことだけを記しておく。くだらない男は何を職業としていても、くだらないことには変りないから、わたしの論旨にとってはどうでもいいことだ。

# 藍蓼舂き

ぬばたまの　黒き御衣《みけし》を
ま具《つぶさ》に　取り装ひ
沖つ鳥　胸見る時
羽叩《はたた》ぎも　これは相応《ふさ》はず
辺つ波　背《そ》に脱き棄《う》て
鴗鳥《そにどり》の　青き御衣を
ま具に　取り装ひ
沖つ鳥　胸見る時
羽叩ぎも　此も相応はず
辺つ波　背に脱き棄て
山県に　蒔《ま》きし　藍《あ》蓼《たてつ》舂き
染木が　汁に　染衣《しめころも》を
ま具に　取り装ひ
沖つ鳥　胸見る時
羽叩ぎも　此《こ》し良ろし

（『古事記』歌謡4より抄出）

これは、神話の大国主命が、須勢理毘売を前に、片手を馬の鞍にかけ、片足を鐙にふみ入れた所作で、出雲から大和へ上ろうとしてそう歌った、となっている歌謡の数節である。もとより虚構の物語であり、この描写が、黒い衣裳を着ようか、緑の衣裳を着ようかと惑いながら、けっきょく藍染めの衣がよいといいうことにきめた、という意味の品定めの所作であることはたしかである。そして衣裳を着て、とつみ、こうつみして、また脱ぎすてるさまを、沖の浮鳥が項を傾けて胸のあたりをみては、羽ばたきするさまに比喩しているところに、この歌謡の描写の確かさが、よくあらわれている。

ところで、いまここでとりあげたいのは、古代染色のことである。この歌謡に登場する主人公は「ぬばたまの　黒き御衣」を着てみたのだが似合わないというので脱ぎすて、つぎに「鴗鳥の　青き御衣」を着てみて、気に入らないで脱ぎすて、最後に「藍蓼舂き」した染汁で染めた染衣を着てみて、はじめて満足する。上村六郎の研究によれば「ぬばたまの　黒き御衣」は、くぬぎの実、つまり橡《つるばみ》を、媒染剤として鉄塩を用いて染めた衣であると確定されている。そしてこの色の衣は「家人奴婢」が着るものと、上代では定められていた。つぎに「鴗鳥の　青き御衣」は、上村六郎によれば、藍と刈安とで交染した緑色の衣であるとされている。そしてこの色の衣は、官人の当色としては比較的下位にあるものの着衣の色である。

最後に「藍蓼舂き」の義解になる。

ここでいう「藍蓼」は、蓼科に属する藍草のことで、延喜式は、諸国に、これを栽培し貢納すべきことを義務づけている。春に苗床に播いた苗を、適当な時期に畑に移し、夏に開花する直前に刈取って日光で乾燥し、これを打って茎の部分を除いて乾葉だけにしたものを葉藍とよんだ。これをねかせて水を掛けながら醗酵させる。約七十五日で醗酵がおわる。これを蒅《すくも》という。この蒅を木製の臼に入れて木槌で「舂き」かためたものを藍玉と称した。これが「藍蓼舂き」の意味になる。この藍玉をつかって染めた衣の色はどんな色だろうか。穏当にかんがえれば、もっとも良いばあい紺紫色とかんがえることができよう。しかし、この色相の問題もひと筋縄ではいかない。もうすこし、この歌謡について評釈しておくと「これは相応《ふさ》はず」、「此も相応《ふさ》はず」、「此し良《よ》ろし」という表現は、〈これは気に入らない〉、〈これも気に入らない〉、〈これは気に入った〉ということではないかもしれない。このばあいの「相応はず」とか「良《よ》ろし」とかいうのは、〈身分に相応しない〉、〈身分にかなっている〉の意味に解するのが、服装令の主旨に忠実なのかもしれない。

上代の藍染めにつかう藍には、「藍蓼」のほかに、「山藍（大戟科）」、「ゐそのみづたで（蓼科）」、「琉球藍（きつねのまご科）」などがあった。

「山藍」は、中南部地方、九州、琉球に産し、これだけが、日本列島に、もとから自生する藍であった。しかし、藍の含量が少いので、葉っぱをもんで、型の上から摺りつけるもっとも原始的な方法にしかつかわれなかった。外来種の藍が輸入され栽培されるようになってからは、大嘗祭の小忌服につけるものや、加茂祭の青摺衣など、古式の祭儀を保存しようとするために故意に用いられるほか、あまり使用されなくなった。

「ゐそのみづたで」は、北海道、千島等に産し、根を用いて黄色に染めるものである。

「琉球藍」は、原産地は印度で、鹿児島、琉球、台湾に産する。俗に〈やま藍〉とよばれることがあるので、「山藍」と混同されやすいがちがうものであると、解釈されている。

藍染め玉をつくるには藍葉を槽に入れ、葉が全部没するまで清水を注いだのち、石や竹の類で上面を圧して、加熱熟成させた後、約二十四時間くらい太陽の光線にあてると醱酵がはじまる。槽からとりだして、他の槽に移し約一時間くらい攪拌してのち静置する。藍成分は沈澱堆積するので、上澄液だけを排出し、沈澱は濾過し水分を除いて後、かげ干しする。これを藍染めに用いる。

ひと口に藍といっても草本として種類がいくつかあるように〈藍染め〉といっても、その色は単一ではない。わたしたちは、〈藍染め〉といえば、典型的に紺紫乃至は紺青色を想いうかべるのが普通だが、すくなくとも〈藍染め〉を、一部分でも使って得られる色としては、つぎのようなものが挙げられる。(口絵も参照)

| 色名 | 色相 | 明度 | 彩度 | 色名(Ⅰ) | 色名(Ⅱ) | 備考 |
|---|---|---|---|---|---|---|
| 紅梅 | 7.5R | 8/ | /8 | 紅梅色 | かき色 | くれないと藍との交染 |
| 鶸《ひわ》 | 2.5GY | 8/ | /6 | ヒワ色 | あを朽葉 | 黄はだにうすく藍を交染 |
| 鶯 | 5GY | 7/ | /6 | コケ色 | 苔《こけ》色 | 藍と豆のご汁で下染め |
| 萌《もえ》黄《ぎ》 | 5GY | 8/ | /8 | モエギ | なたね色 | 藍と刈安で染める |
| 緑 | 5GY | 7/ | /8 | モエギ | なたね色 | 同右 |
| 松葉 | 7.5GY | 7/ | /4 | 明るい灰・緑 | 老《おい》緑色 | 同右、藍を多くする |
| 山藍摺 | 5G | 7/ | /4 | さびあさぎ | ねかなえ色 | 日本産山藍で染める |
| 紺 | 7.5PB | 2/ | /4 | コン色 | 搗《かち》色 | 濃い藍染 |
| 納《なん》戸《ど》 | 2.5PB | 5/ | /6 | サックスブルー | 千草ねずみ | 藍染の一種 |
| 縹《はなだ》 | 2.5B | 7/ | /4 | 水色 | 老《おい》竹色 | 浅い藍染 |
| 浅黄 | 7.5G | 8/ | /2 | 明るい灰青緑 | 白緑色 | 淡い藍染 |
| 二《ふた》藍《あゐ》 | 10PB | 7/ | /4 | フジナンド色 | うす滅《けし》紫色 | 藍と紅花《くれない》の交染 |
| 桔梗 | 1.0PB | 5/ | /10 | 群青 | ききやう色 | 同右 |
| 藤 | 7.5PB | 8/ | /9 | フヂ色 | 紅藤色 | 同右 |
| 牡丹 | 7.5RP | 4/ | /12 | ボタン色 | 紅梅色 | 同右 |

| | | | | |
|---|---|---|---|---|
| 鈍《にび》色 | 5Y | 5/1 | 灰黄赤色 | 灰汁《あく》色 | 藍に墨を混ぜて染める |
| 青《あを》鈍《にび》 | 5Y | 7/6 | 灰色 | 灰汁《あく》色 | 同右 |

注(1) 色名は上村六郎、山崎勝弘 増訂『日本色名大鑑』養徳社 昭和二十三年四月十五日三版による。
(2) 色表示は『JIS標準色票』(JIS Z 8721準拠) 一九六四年で目測した。
(3) 色名(Ⅰ)は『工業用色名帳一九六八年版』日本色彩社によるもの。
(4) 色名(Ⅱ)は和田三造の『色名総鑑』春秋社 昭和六年七月二十日刊によるもの。

これでみると、交染めで、部分的につかう場合をふくめて云えば、藍は真赤紅色をのぞけば、すべての色彩の染めに使われていることがわかる。そこで「紺屋」というのは、近世になって「染物屋」の代名詞のように呼ばれるようになった。しかし、推測でいえば、藍蓼が栽培されるようになったときから「紺屋」は、実質的にはあったはずである。それゆえ『記』、『紀』の成立の時期には、すでに「紺屋」はあったとしなければならない。それは『記』の歌謡4がしめしている通りである。かれらはたぶん、宮廷あるいは官人にれい属する職業的曲部の民として、藍染めに従事した。藍蓼の到来と、栽培、染めの技術の輸入により、日本自生の山藍と摺りつけの原始的な操作が消滅したことが、「紺屋」の成立を測るメルクマールである。かれらは、後の「紺屋町」の名が象徴するように、職業集団として、村落にひとかたまりとなって住みついて、用達に応じていたかもしれない。あるいは個々に宮廷の首長や官人にれい属していたかもしれない。たいへん考え易い臆測になるが、初期の大和朝廷の威勢が衰え、行政権が朝廷の上層の大豪族の手に移ったころから、私的な家人、奴婢としてそれぞれの貴族にれい属するか、あるいは流浪をはじめるか、またはそれぞれ各地の村落に潜んで、個々に定着する道をたどったと考えられる。

流浪のものであれ、村落に潜んで細々と暮しをたてていたものであれ、ふたたび浮びあがってくるのは、中世後期に木綿が輸入され、その栽培がはじめられるようになってからであろう。それまでは麻が衣裳の生地の主なものであり、麻をのぞけば、獣皮や絹や楮や藤や蕁草の布地しかなかったが、ここで染めやすさで比較にならぬほど優れている木綿生地が流布されるにつれて、「紺屋」もまた、町や村で、旗やのれんを掲げうるようになったのである。ただ、藍染めの技術が延喜式以来それほど発達したとは思われない。これは近世にはいって上梓された染色法の秘伝や便覧のたぐいの抜すいを、のぞき見しただけでも云えるような気がする。紙幅の関係で、二、三の例だけを挙げてみる。

深縹綾　一疋　藍十囲　薪六十斤
浅藍色帛　一疋　藍半囲　黄蘗八両　（『式内染鑑』）

にあひぞめの事。八月のすゑ九月ごろ。あい葉くきともにかりとつて葉をばこきとりて。そのくきを一ひろ一しやくなわにてゆひ。一そくに水手おけ一つ半分ほと入て。一おけほどにせんじつめて。まへの葉をもみいだしてこれは紺をそむるなり。一日もそめいろうすくば二日もそめべし。（『萬聞書秘伝』）

藍蠟
京都大坂より下夕る上々のあひろうを。よく〳〵澄みたる水にて硯により猪口に入。夏ハ三日冬ハ二日斗よくおどませて。上ハ水をとり用。是は干シつけず。水のまゝ置なり。
絵の具どめハいらずとまるなり。
水は京都の水よし。江戸にては浅草堀田原辺。谷中三崎辺の水よく合なり。（増補『華布便覧』）
（以上　後藤捷一・山川隆平『染料植物譜』所収）

「糸紺屋」という言葉があるそうだが（『着物の歴史』埼玉県立文化会館）、はじめは「紺屋」に糸を染めに出し、その糸をつかってそれぞれの家で布を織った。また、型紙をそろえてたてに織った布を「紺屋」で染めてもらった。そのうちに次第に、「紺屋」が、染めについて主導性をもつようになった。それとともに、柄や文様についても多様な高度な染めができるようになり、下絵屋までも分業として成立するに至った。ごく普通にいって、技術がそれほど進歩したり変ったりしなければ、家屋も街のたたずまいも、ない。これは、もはや近世のマニュファクチャー史の歯車のひとこまとして考えてよいのかもしれまたそれにたずさわる人間の心も固定されてゆく。「紺屋」には、それ特有の店構えと雰囲気ができあがる。いまも残っている染物屋の店構えから類推するわけにもいかないかもしれないが、ちがい棚や、重ね引出しを背にして、帳台をおいた上りがまちに人がひかえており、紺のれんと、屋号をしるした、たて看板に区切られた格子戸をくぐりぬければ、話はまとまるが、家の裏手では染め場や干し場が、店表てとちがってせわしなく動いているといったイメージが浮んでくる。そして店表ての話はスムースに運ぶが、それは家の裏手の作業のすすみ具合とは、また、回転する時間がちがっている。ただ、たしかなことはひっそりとした「紺屋」のたたずまいは、衣裳にいくらかの綾をつけるのが、ほとんど唯一の愉しみであった近世の女性たちの夢と焦慮のおきどころであった、と思えることである。

「紺屋」について、ことわざが意外におおいのは、染めの技術の不易さと、女性の夢や焦慮のあつまるところだったからではないのか。

紺は藍より出でて藍より濃し

たぶん、藍色とよばれていたのは、縹《はなだ》色あるいは浅黄または赤味を混じた青を意味したのだが、紺色は典型的にいえば濃い藍色を示すものだったところから来ている。俚言の意味はまったくべつで〈出藍の誉〉というのとおなじで、平凡な環境から優れた子供が育ってゆくという意味にも、よい環境からそれをさらに鮮やかにみせるような子供がつくりあげられるという意味にもつかわれる。

## 紺屋の明後日《あさって》

「紺屋」は、明後日できあがると云ってひき延ばすのが習い、という意味にとられている。こういう弁解がどこから来るのか不明である。「紺屋」があまり繁昌するので約束をひき延されるという解釈は信じ難い。むしろ、「紺屋」が、よく庶民のあいだに普及したのは江戸末から明治初年までのわずかだったはずである。仕込み、染め、洗い、干しという過程を、幾度もくりかえすことが大変もどかしい仕事であり、そのため、やればやるほど速やかに染め上るというものではないため、「紺屋」にとっていざ腰を上げるということが、おっくうなものであるというほどの意味に解した方がいいのかも知れない。

## 紺屋の地獄

「紺屋」は、仕上りの口約束をたがえてばかりいるので、その罰で地獄へおちるという意味であろう。注文はやたらに引受けなければ、商いに不安があり、染めは天気まかせのところがあり、どうしても二枚舌にならざるを得ないということだろうか。

## 紺屋の白袴

ひとのためには紺染めをやるのに、じぶんは染めもない白いはかまをはいている「紺屋」という意味で、いわば医者の不養生とおなじようにつかわれる。

### 紺屋町の夕立のよう

紺屋町のここかしこで、染め糸や布を干しているさまがよくうかがえる。夕立がくると、ここもかしこも急いで干した染め生地を、ばたばたと取り込むので、あわてて俄かに立ち振舞うことをたとえることわざである。このことわざは、イメージの鮮かさでもっともいいことわざである。丁髷姿の小さな染め所の男たちが、川の流れで布を晒したり、また、ぴんと枠張りに張って布を干したりしながら、忙しくたち働いている紺屋町のありさまが浮んでくる。夏の夕刻、西の方から俄かに雲がかぶさってきて夕立ちになる。こんどは男たちが急いで干した染め地の布を片づけるために立ちまわっている。近世の藍染め法では、雨に打たせたら染めは斑らになったり、変質したりすることを免れないだろう。また、下地の処理もやりなおさなければならないだろう。「紺屋の明後日《あさって》」というのも、こういう天気の条件もふくめて、さばを読んでおかなくてはならない、という理由もあったかもしれない。

ここまできて、わたしはおもいだした。谷中三崎町の坂を下った一角に、藍染町という町筋がある。二十年ほど前、学生のころ都電の池の端からすぐのところに、〈蓬初町〉（「蓬初橋」か？）という停留場があった。いまは根津一丁目となっているところである。いまは壊してしまったが、中里介山が一時期住んだという家もそのあたりにあった。そこは、以前に藍染川という川が流れていた。そして、いまでも染物屋が乏しいがのこっている。たぶん、このあたりは染め仕事の作業場のあった「紺屋」の裏方の町であった。そして藍染川の流れで生地が晒されたり、染めあまりが流されたり、染布が洗われたりし、その都度、川の水は色を変えた。なぜ、このあたりが「紺屋」の裏方町であったのか、偶然のことなのか、よくわからなかった。こんど、『華布便覧』のなかに「水は京都の水よし。江戸にては浅草堀田原辺。谷中三崎辺の水よく合なり。」という記載があるのをみて、時折ふとその辺りを歩きながら感じてきた疑問が、ひとりでに解けるのを感じた。

# 和讃

——その源流——

## 1

和讃の起こりは、ふた色にかんがえられる。ひとつは哀傷歌や釈教歌みたいな宗教的感性と理念をもった和歌の流れに。もうひとつは『梁塵秘抄』の四句今様みたいな、あるばあい歌舞をともなった俗謡の流れに。

未開の社会では〈死別〉はそれほど哀傷ではなかった。これは、世界に共通にいえることで、再生や転生の一種であり、骨を嚙んだり、肉を喰べたりすれば、いつまでも死者はじぶんのなかに生きつづけるとかんがえられた。死者に出遇おうとすれば、何かに転生した姿として招きよせられた。大乗教以前の仏教では、さまざまな形でこの民俗的な宗教の姿が保存されていた。ただ、わが国で仏教が公的にうけ入れられたのは大乗教としてであり、すでに生者と死者の世界の距りの遠さが、よく自覚された以後のことであった。死者は肉体のあとをとどめず〈煙〉や〈露〉となって消えてしまい、魂魄は自然のどこかに憑いているのだが、もう見定めることができないとおもわれた。そこで、仏教的な感性のはじめは、すくなくともわが国では、〈死別〉の哀傷に源があったとおもわれる。八代集のはじめである『古今集』で「哀傷歌」（巻十六）といえば、まずなによりも〈死〉にまつわる哀傷であった。はじめに〈死別〉の歌がおかれて、延々とつづいている。

妹の身まかりける時よみける

なく涙あめとふらなむわたり川水まさりなばかへりくるがに

小野篁朝臣

「妹の身まかりける時」というのが、死んだその時にというのか、死別した事実を省みてという意味なのかよくわからない。これは『古今集』時代の歌の虚構性の質とかかわっている。〈雨のふるように激しく涙を流すと三途の川水が溢れてきて彼岸の愛人がまたもどってきてくれるかもしれない〉という想いを、じかにぶつけているのか。「わたり川」の川水がふりつづく雨で水量をましていることにかけて、死んだ愛人にもどってきてくれとうたっているのか。ただ〈死〉は哀傷の最たるものであり、また、哀傷といえば〈死別〉を意味した。哀傷はもともと理念的な感性ではない。だが、ここでは仏教的な感性にひき寄せられている。死後の世界と現世とが、まだそれほど距たったものではないとおもわれたときには、〈死〉はたんに転生あるいは再生の実感に強く支えられ、哀傷ではなかった。けれど死の世界と現世との距たりが遠くなると〈死〉は哀傷の感性である。そして、距たりの意識のあいだに、理念がはいりこんでくる。これは象徴的には〈煙〉〈雲〉〈露〉〈夢〉〈水の流れ〉〈季節の移ろい〉等々によってあらわされる。〈煙〉や〈雲〉は火葬からの連想であり、火葬が一般的になりはじめたのは、仏教的な習俗がひろくうけ入れられてからであった。〈露〉や〈夢〉や〈水の流れ〉や〈季節の移ろい〉は、生の〈はかなさ〉や、〈死〉による肉体の完全な不在感の象徴である。

堀川のおほきおほいまうち君身まかりにける時に
深草の山にをさめてける後に詠みける

空蟬《うつせみ》はからを見つゝもなぐさめつ深草のやま煙だにたて

僧都勝延

姉のみまかりにける時によめる

瀬をせけば淵と成りても淀みけり別《わかれ》をとむるしがらみぞなき

壬生忠岑

藤原の利基の朝臣の右近中将にてすみ侍りけるざうしの身まかりて後人もすまずなりにけるに秋の夜ふけて物よりまうできけるついでに見いれければもとありし前栽いと茂く荒れたりけるを見て早くそこに侍りければ昔を思ひやりてよみける

みはるのありすけ

君が植ゑし一むら薄虫の音のしげき野べともなりにけるかな

「哀傷」歌の特色は〈死〉が虚構でないから、主題はすくなくとも虚構ではないことにつきている。これは、長々しいメモランダムの前詞をよめばわかる。「哀傷」歌では、まだ前詞に事実だけを記し、心を歌に凝集させるという考え方が生きていた。

近親や知友の〈死〉が、事実であるように、強固に、前詞自体が現実上の生々しい事実を記している。それは、ほんとは珍しいことだった。前詞が虚構をもち、歌がその要約の意味で対等となったときには、もう歌物語がはじまる。〈死〉の哀傷歌は、はじめからそんな変化をうけ入れない。歌はそのまま釈教みたいな理念の表現になるほかはなかった。

式部卿のみこ閑院の五のみこにすみわたりけるをいくばくもあらで女みこの身まかりにける時にかのみこのすみける帳のかたびらのひもにふみをゆ

ひつけたりけるをとりてみれば昔の手にてこの歌をなむかきつけたりける
かず〳〵にわれを忘れぬものならば山の霞をあはれとは見よ　読人しらず

この歌が代作ならば、それに応じて「かたびらのひもにふみをゆひつけたりける」も虚構だということはありうる。ということは〈死別〉の哀傷もまた、虚構性を混えうるということだ。「かたびらのひもにふみをゆひつけ」る風習は、よくあったらしい。そう理解すればこの前詞は虚構ではなく、事実だということになる。しかし、「かたびらのひもにふみをゆひつけ」る風習自体のなかに、累世の虚構の語りがあると云えばいえる。

「哀傷」歌に、仏教の理念がはじめて登場するのは『拾遺集』（巻二十）である。

左大将済時白川にて説経せさせ侍りけるに
今日よりは露の命もをしからずはちすのうへの玉とちぎれば　実方朝臣

極楽をねがひてよみ侍りける
極楽ははるけき程とき丶しかど勉めていたるところなりけり　仙慶法師

市門にかきつけて侍りける
一たびも南無阿弥陀仏といふ人の蓮の上にのぼらぬはなし　空也上人

光明皇后山階寺にある仏跡にかきつけたまひける

三十ぢあまりふたつの姿そなへたる昔の人のふめる跡ぞこれ

大僧正行基よみたまひける

法華経をわがえしことは薪こり菜つみ水くみつかへてぞえし

百草にやそくさそへて給ひてし乳房のむくいけふぞ我がする

南天竺より東大寺供養にあひに菩提がなぎさにきつきたりける時よめる

霊山の釈迦のみまへに契りてし真如くちせずあひみつるかな

かへし　　　　　　　　　　　　　　　　　　　　　　　波羅門僧正

かびらゐに共に契りしかひありて文殊のみ顔あひ見つるかな

仏理が歌にはじめて登場したのは、編者たちの意識に、はじめて理念として仏教が登場したのを象徴している。裾野の方には浄土理念が民間信仰として流布されて久しかった。これは空也の歌が拾録されていることからもうかがわれる。光明皇后や行基の活動は八世紀の前半であり、空也の民間念仏の布教は十世紀の半ばころだから、仏教の理念的感性の多様さは、これらの歌の作者たちだけにあったのではない。ただ編者の意識に、量質ともに浄土的理念の表現が無視できないものとして登場した。「今日よりは露の命もをしからず」にうかがわれるように、はじめに〈死別〉の哀傷の象徴みたいにあらわれるはかない〈露〉は、こんどは、哀傷の否定の象徴としてあらわれる。〈露〉の生命やその死が、そのまま、すなおに哀傷されるのではなく、来世で蓮の台につつまれるといった理念によって「をしからず」

とうたわれる。じっさいに〈露〉のいのちが惜しくないのではない。理念によって〈露〉の生命が哀しくても救済だとみなされている。広い意味では浄土欣求の感じ方といえる。仙慶法師の歌も浄土理念的である。「極楽」は遠いところだが「勉めていたる」ところだとされる。空也では民間の浄土信仰の理念がうたわれる。一ぺんでも「南無阿弥陀仏」をとなえれば「蓮」の台のうえにのぼれるという易行の道理が唱えられる。

空也。「生地・出身ともに不詳。若くして仏道にはいり、阿弥陀念仏を唱えながら諸国を巡歴、橋をかけ井戸を掘るなど民間と結びついて伝道教化につとめたので、市聖、阿弥陀聖とも呼ばれ、民間にも念仏が盛んになった。のち六波羅蜜寺を建立。」(高柳光寿・竹内理三編『日本史辞典』角川書店)

『拾遺集』ではこういった仏教歌は、哀傷のひとつの形で、釈教歌として分類されてはいない。〈露〉の生命のはかなさや〈死別〉の哀傷が、しだいに救済感として自覚されてゆく途中に、こういった歌は集められた。〈哀傷すること〉自体がうたわれることから、しだいに〈哀傷すること〉が対象としてうたわれるようになる。『拾遺集』の成立を長徳〜寛弘年間とみれば、ほぼ源信の『往生要集』の成立と時をおなじくしている。〈死〉のはかなさや〈死別〉の哀傷を裾野に、その救済が死後の浄土の世界に託される。その感性的に単色な世界が充ちていた。そして源信の『往生要集』は、これらの欣求浄土の感性を、浄土門教理によって集大成したといってよい。法華経の信仰は、伝聖徳の『三経義疏』以来の貴族的な伝統だったが、死別を哀傷し、浄土を願う感性が流布されたのは新しい息吹きであった。もちろんもともと別だったわけではない。源信自身は天台宗の僧侶であった。ただ源信には「利智精進の人は未だ難しと為さず、予が如き頑魯の者、豈敢てせんや。」(『往生要集』一)という覚醒があった。これを源信に促したのは背景にある大衆的な騒乱であり、生死のことについておちおちとしていられなかったのである。
八代集のあいだで「哀傷」と「釈教」とが、はっきりと分離したのは、『後拾遺集』がはじめてである。それは貴族社会での経典の講会《こうえ》の隆盛と一致するようにみえる。

太皇太后宮五部大乗経供やうせさせ給ひけるに法華経にあたりたる日よみ侍りける
さきがたき御法《みのり》のはなにおく露ややがて衣のたまとなるらむ
康資王母

維摩経の十喩のなかにこの身芭蕉の如しといふ心を
風ふけばまづ破れぬる草の葉によそふるからに袖ぞつゆけき
前大納言公任
（『後拾遺集』巻二十）

同工の歌は、まだ六、七首ほどある。法華経も維摩経も、伝聖徳『三経義疏』以来のわが国での大乗教の公典みたいなものだったから、釈教歌の前詞にこういった経の講説が、まずあらわれるのは当然である。
「釈教」と分離された「哀傷」（巻十）には自然の風物が導入される。これ以前にも〈春の霞〉とか〈月〉とか〈花〉とかが〈死別〉の哀傷歌のなかにあらわれたことはあった。しかし辛うじてあらわれたというほどの意味においてである。この集ではじめて歌の完成された形姿としてあらわれる。極端にいえば、〈哀傷する〉じぶんが観照されたのである。季節ごとの自然物の名が、理念にぴったりしたヴェールをかぶせられる。

円融院法皇うせたまひて紫野に御さうそう侍りけるに一とせこの所にて子日せさせ給ひし事など思ひ出で、よみ侍りける

左大将朝光

むらさきの雲のかけてもおもひきや春の霞になしてみむとは

入道一品宮かくれ給ひて葬送のともにまかりて又の日相摸がもとにつかはしける

小侍従命婦

はれずこそ悲しかりけれとりべ山立ちかへりつるけさの霞は

二月十五日のことにやありけむかの宮のさうそうの後相摸がもとに遣しける

古の薪もけふの君がよも尽き果てぬるを見るぞかなしき

かへし

相摸

時しもあれ春のなかばにあやまたぬよはの煙はうたがひもなし

三条院の御時皇后宮のきさいに立ち給ひける時蔵人つかまつりける人のうせたまひて葬送の夜したしきことつかうまつりけるを聞きて遣しける

山田中務

そなはれし玉のをぐしをさしながら哀かなしき秋にあひぬる

道信の朝臣諸共に紅葉見むなど契りて侍りけるに
彼の人身まかりての秋よみ侍りける

見むといひし人ははかなくきえにしをひとり露けき秋の花哉

藤原実方朝臣

「哀傷」の歌のすがたは完成されて、時間的に〈追憶〉の域にはいりこむようになる。〈追憶〉は現在性によって撰択された過去の「哀傷」といえる。そのために歌は時熟した意味となる。『後拾遺集』の「哀傷」歌と「釈教」歌の分離は、浄土的な感性の表現を消失させた。理念は漠然と時代をおおう雰囲気から、貴族社会の経典の講説の場面に凝縮される。そのはてには必然的に『三経義疏』以来の伝統的な教理の要素が濃くあらわれた。一方で「哀傷」は純化され、時間に漂白されて〈追憶〉さえもとり込んでしまうようになった。歌の時熟がそうさせたのか〈死別〉そのものが歌の主題として重くなったために、歌が観照的になったのかあまり明瞭ではない。ただこういう編者たちの傾向のあいだから、浄土門の理念は、こぼれおちてしまったとも云える。

『金葉集』の成立は大治二年（一一二七）、『詞花集』の成立が仁平元年（一一五一）である。「釈教」や「哀傷」の巻はなくなって「雑下」（巻十）として浄土欣求の歌があらわれた。あたかも法然が浄土宗をたてて念仏を専らにすべきことを説き、一宗派を樹立した期間にあたっている。その勢いは庶民、武士団、貴族社会の一部を席捲するほどであった。だが『金葉集』、『詞花集』に収録された浄土欣求の歌は、まだ源信の『往生要集』の影響から成立っている。

範永朝臣出家しぬときゝて能登守にてはべりける
ころ国よりいひつかはしける

よそながら世を背きぬと聞くからに越路の空はうちしぐれつゝ

藤原通宗朝臣

心経供養してその心を人々によませ侍りけるに

色もかも空しととける法なれど祈るしるしはありとこそきけ　摂政左大臣

八月ばかりに月あかゝりける夜あみだの聖のとほりけるをよびよせさせてさとなる女房にいひ遣しける

あみだ仏ととなふる声に夢さめて西へかたぶく月をこそみれ　選子内親王

依釈迦遺教念阿弥陀といふ事をよめる

教へおきていりにし月のなかりせばいかで心を西にかけまし　皇后宮肥後

極楽をおもふといへる事を

よもの海の波にたゞよふ水《み》屑《くず》をも七重の網にひきなもらしそ　源俊頼朝臣

地獄の絵に剱のえだに人のつらぬかれたるをみてよめる

あさましや剣の枝のたわむまでこは何のみのなれるなるらむ　和泉式部

人のもとに侍りけるに俄にたえいりてうせなむとしければしとみのもとにかきいれて大路におきた

りけるに草の露のあしにさはる程郭公のなくをきゝていきのしたによめる

草の葉にかどではしたり郭公しでの山路もかくや露けき　　田口重如

かくてつひにおちいるとてよめる

たゆみなく心をかくる弥陀仏ひとやりならぬちかひたがふな

障子のゐに天王寺の西門にて法師の舟にのりてにしざまにこぎはなれてゆくかたかける所をよめる

阿弥陀仏ととなふる声をかぢにてや苦しき海を漕ぎ離るらむ　　源俊頼朝臣

般若心経講会の歌のひとつを除けば、すべて浄土教的な感性が表現されている。法然の専修念仏より以前の、自力による誓願浄土だが、すでに浄土教的な理念が貴族層に滲透しているさまが推察される。空也のような浄土教の「聖」が、月の夜に念仏しながらとおりすぎるのを、よびよせるほどに浄土渇仰のおもいは、貴族上層に滲透していたし、また風俗のひとつにもなっていたのである。また和泉式部の歌をみると、源信が思いを凝らして集めた地獄のイメージを、絵図をもとにして感性的に歌いなおしているといえる。本質的な意味では、これらの歌には、釈教歌の理念性もなければ、哀傷の生々しさもない。もっと歌の姿をととのえるほうに気がつかわれているし、〈死別〉あるいは死後の浄土への渇仰よりも、それをも歌の主題のジャンルのひとつにしてしまっている。そのために時間も空間も拡大され、ある時空の距たりを介して、はじめてこれらの歌はうたわれている。立ちのぼる火葬の煙から〈霞〉や〈雲〉を連想する生々しさもないし、近親や愛人や親しいものたちの〈死〉にたいする哀切もない。〈はかなし〉という詩的な美の規準に、浄土教の現世虚仮、欣求浄土の感性が釣合ってこういう歌はつくられている。この傾向はつぎの『千載集』でも深められた。

## 2

〈死別〉のあと死後の世界が浄土であればというほどの意味で、浄土は願われている。そのまえに死んでしまうと肉体が亡んで〈煙〉となって消えてしまう。こういう肉体の〈死〉に他者として立会う絶対的なわりなさや衝撃は、中世の根源的な課題であった。交通の発達も手伝って、悪疫や戦乱や飢餓もまた重なって、この思いに拍車をかけた。生きていることはもろく、はかないものではないのか。こういう感じ方は、おもに浄土教の理念をかりて、かなり深く貴族層のなかにも、武門のあいだにも、庶民にもひろがっていった。この観念に耐えるために〈出離〉とか〈出家〉とかが編み出されてくる。西行の歌にしばしばあらわれるような〈出離〉とか〈出家〉とかいう概念は〈世に背《そむ》く〉と呼ばれた。これは俗世間に背をむけるというよりも、現世と来世とのあいだにメタフィジカルに位置することであった。あるときなぜ〈死〉はさけがたいのかというような思いがかれらを襲ったとき、いわば〈死〉の準備としての〈出離〉や〈出家〉がはじまるといってよかった。また、臨終のとき俄かに出家して往生の望みを叶えたいという場合もあった。これは〈自然〉を生きたもののように感じやすい風土では、あるいはさけがたいものだった。〈自然〉はゆるやかに呼吸しながら、季節を経めぐる生きもののように感じられた。貧困もこれをたすけた。嘉禄二年京極の外れに新たに建て増した藤原定家邸は、南向に唐門をたて、門をはいって七丈（十二、三間）ゆくと、せまい丈間の三間四面の寝殿があった。その東にある持仏堂が六尺間で三間の間口があり、四面に七尺間の庇があった。西側の平屋は五十尺の間口で侍所であった。その母屋は二十七尺の間口（四間半）、奥行は三十六尺（長六間）それに庇が一間であった（藤田之春

『日本民家史』）。定家は正三位民部卿であったが、屋敷のだだっ広さにくらべてこの程度の母屋である。庶民の住いがどんなに粗末だったか、おして知るべしとも云える。来世に家をたて安養を得たいとする上下層の思いが、浄土の理念を手易くうけ入れた。その果ての思案が、来世と現世とをスムーズにつなぐ〈出離〉や〈出家〉の形をとった。

嫗《をうな》の子供の有様は、冠者は博打の打負けや、勝つ世なし、禅師は夙《まだき》に夜行好むめり、姫が心のしどけなければ、いとわびし　（『梁塵秘抄』三六六）

此の頃京にはやるもの、りうたいかみ〳〵ゐせかつら、しほゆき近江女女冠者、長刀《なぎなた》持たぬ尼ぞなき　（『梁塵秘抄』三六九）

聖をたてじはや、袈裟を掛けじはや、数珠を持たじはや、年の若き折戯れせん　（『梁塵秘抄』四二六）

一方で浄土のデカダンスとしてこういう風俗もまんえんしていた。僧侶は色好み、尼は長刀をやたらにふりまわし、若者は、猫も杓子も坊主、念仏、数珠を掛けるなどまっぴらで、若いうちは遊ぶのだ。そんな避けがたい傾向も、ごった返した世相としてあったのである。

『新古今集』にきて「哀傷歌」（巻八）、「雑歌下」（巻十八）、「釈教歌」（巻二十）などの部立てで、〈死〉の観照性、〈出離〉や〈出家〉の形式を、ほぼ完全に定着させた。

小野小町

あはれなりわが身のはてやあさ緑つひには野べの露と思へば

年頃住み侍りける女の身まかりにける四十九日はて、なほ山里にこもり居てよみ侍りける

たれもみな花のみやこにちりはて、ひとりしぐるゝ秋の山里

左京大夫顕輔

公時卿の母身まかりて歎き侍りける頃大納言実国のもとに申しつかはしける

悲しさはあきのさが野の蟋蟀《きりぎりす》なほふるさとにねをや鳴くらむ

後徳大寺左大臣

母身まかりにける秋野分しける日もとすみ侍りける所にまかりて

玉ゆらのつゆも涙もとゞまらずなき人こふるやどのあきかぜ

藤原定家朝臣

蓬生《よもぎふ》にいつかおくべきつゆの身はけふの夕暮あすのあけぼの

前大僧正慈円

（『新古今集』巻八「哀傷歌」）

少将高光横川にのぼりてかしらおろし侍りにけるを聞かせたまひてつかはしける

都より雲の八重たつおくやまの横川のみづはすみよかるらむ

天暦御歌

百首の歌に

式子内親王

くるゝまも待つべき世かはあだし野の末葉の露に嵐たつなり　（『新古今集』巻十八「雑歌下」）

何か思ふ何かはなげく世の中はたゞ朝がほの花のうへのつゆ

比叡山中堂建立のとき　伝教大師

阿《あ》耨《のく》多《た》羅《ら》三藐《さんみやく》三菩提の仏たちわが立つ杣に冥加あらせたまへ

菩提寺の講堂のはしらに虫のくひたる歌　智証大師

しるべあるときにだにゆけ極楽の道にまどへる世のなかの人

臨終正念ならむことを思ひてよめる　法円上人

南無阿弥陀仏の御手にかくる糸のをはりみだれぬ心ともがな

題しらず　僧都源信

我だにもまづ極楽にうまれなば知るもしらぬも皆むかへてむ

法華経二十八品の歌人々によませ侍りけるに提婆品の心を　法成寺入道前関白太政大臣

わたつ海の底よりきつるほどもなくこの身ながらに身をぞ極むる

百首の歌の中に毎日晨朝入諸定の心を　式子内親王

しづかなる暁ごとにみわたせばまだふかき夜の夢ぞかなしき

人の身まかりける後結縁経供養しけるに即往安楽
世界の心をよめる

昔みし月のひかりをしるべにてこよひや君がにしへゆくらむ　　瞻西上人

観心をよみ侍りける

闇はれてこゝろのそらにすむ月は西の山辺やちかくなるらむ　　西行法師

（『新古今集』巻二十「釈教歌」）

小野小町の歌にあるように〈露〉の生命は、わが身にあてはめられ、現に生きることの〈あはれ〉が歌われる。歌は内省的なわけではなく、わが身のはかなさが、いわば自身によって観照的に述懐されている。これは定家の「玉ゆらのつゆも涙もとゞまらず」の歌でもおなじことがいえる。母が死んだことに関連してうたわれたことは前詞ではっきりしている。だが直情によって悲しむことは、もうできなくなっている。「なき人こふるやどのあきかぜ」では〈じぶん〉が亡き母を恋い〈じぶん〉の宿の秋風をきいているのか、観照的に他人称でそうたっているのか、微妙にわからなくなっている。表現の位相はそんなふうにおもえる。母の〈死〉をじっさい悲しんでないのではないが、悲しむにもスタイルが必要になっているのだ。

これは式子内親王の「くるゝまも待つべき世かは」という一首でもおなじである。若い身空で厭世的になっていないといえば嘘になる。だが厭世が歌の衣裳になっていると解釈できなくもない。そうでなければ「あだし野の末葉の露に嵐たつなり」という整った虚構があらわれるはずがない。ただ生命のままならぬ現世という想いが、あだし野の末葉におく露が嵐に吹き散らされてしまうという景物になぞらえられる。

『往生要集』の著者源信と伝教大師の歌が肩をならべているのは象徴的である。また、法華経の二十八品が歌の主題としてはじめて登場してくる。旧仏教とあたらしい浄土教の来世感とが、同時に「釈教歌」のなかにあらわれる。これは、そのまま貴族社会での信仰のさまを語っているようにみえる。そして、いずれが勝ちをしめるのか、まだよくわからない状態にある。この伝教大師の「阿耨多羅三藐三菩提の仏たち」が、そのまま『梁塵秘抄』のなかに収録されていることからも判るように、民間の「聖」、「山伏」、「神祇」などの信仰と習合しながらも、浄土理念はほとんど風俗になるまで滲透していた。

## 3

和讃を俗謡のひとつの形としてみれば「仏足跡歌」が源流にやってくる。

「仏足跡歌」の成立を天平勝宝四年（七五二年）頃として、そのなかに浄土信仰をうたった歌は一つである。

この御足跡《みあと》を　尋《たづ》ね求めて　善き人の
坐《いま》す国には　我も参《まゐ》てむ　諸々《もろもろ》を率《ゐ》て

「善き人の　坐す国には」は仏土、浄土をさしている。浄土を欣求する心性が、逆に現世を穢土とみなし、じぶんじしんを穢れた心性とする罪障感や、じぶんを煩悩具足のものとかんがえる倫理を生みだした。このようなざんげをうたった歌は、もう一つみつけられる。

善き人の　正目《まさめ》に見けむ　御足跡《みあと》すらを
我はえ見ずて　石《いは》に彫《ゑ》りつく　玉に彫りつく

これらで「善き人の」というのは、土橋寛の校注では、阿弥陀経「是ノ如キ諸上善人ト倶ニ一所ニ会スルヲ得ン」の「善人」とおなじで、「諸仏諸菩薩」をさす。現世がつたなく物がなしく嫌悪すべき所で、逃れるために来世の浄土をもとめる浄土欣求の理念が、深く滲透している。石に仏足跡を彫りつける行為が〈仏〉の存在を観られないまでにじぶんは堕ちてしまったというモチーフをあらわす。それが濃密なリアリティに裏うちされている。

「仏足跡歌」の成立は『懐風藻』の成立とほぼひとしく『万葉集』の成立より数年はやい。また『古事記』、『日本書紀』の成立にくらべると四十年ほど後にあたる。いまみられる最古の詩歌が流布されていたほぼおなじ時期には「仏足跡歌」の類いは成立していた。

白石大二・新間進一・広田栄太郎・松村明共編の『古典読解辞典』（東京堂出版）をみると「この形式は、ほかには古事記・万葉に各一首あるのみである」と記している。そして『万葉集』の一首はつぎの歌をさしているとおもわれる。

伊夜彦《いやひこ》神の麓に今日らもか鹿の伏すらむ皮服《かはごろも》著《き》て角附《つのつ》きながら

（『万葉集』巻十六　三八八四）

『古事記』の一首が、どれを指しているのかよくわからない。ただ、つぎのような歌謡の系列にはいるものとみられよう。ただ一首に限定すべき理由は理解しがたい。

命の　全けむ人は

畳薦《たたみこも》　平群《へぐり》の山の
熊白檮《くまかし》が葉を　髻華《うず》に挿せ　その子
（『記』歌謡　31）

こういう古歌謡から推して「仏足跡歌」の形式は、寿歌、祝歌として口誦されたり、大歌として楽府でうたわれるうちに、短歌謡の最後の句のあとに、強調のため別様の句をも一度繰返したものともいえる。またまったくべつに、こういう形式は、文化的な中心に近い大和地方で、独自な発達をとげ、あるばあいには寿歌、祝歌として、また、あるばあいには仏讃歌として流布されるようになった、とみることもできよう。「仏足跡歌」の形式が、音調にのせて歌唱されているうちに、最終のところに強調のアクセントがおかれてできあがったのではないか。こういう考え方に根拠を与えるのは、「神楽歌」みたいな音調にのせた歌謡である。音数律がまったく「仏足跡歌」とおなじで、ただおなじ終句を二度繰返しで止めている。

しながどる　（や）　猪名《ゐな》の湊《みなと》に　（あいそ）　入る船の　楫《かぢ》よくまかせ　船傾くな　船傾くな
（「神楽歌」39）

しながどる　（や）　猪名の柴原《ふしはら》　（あいそ）　網《あみ》さすや　我が夫《せ》の君は　幾らか獲りけむ　幾らか獲りけむ
（「神楽歌」41）

はっきりと音調によくのせ、手際よく止めるために、終句を二度繰返してアクセントをこめた。それが「仏足跡歌」とおなじ五・七・五・七・七・七の形式を生みだした主因とおもえる。音調の必要から歌を、「本」と「末」に分けるばあいには、おなじ主形式でも、いくつかヴァリエーションが生みだされる。

榛《さいばり》に　衣《ころも》は染《そ》めむ　雨降れど　雨降れど　移ろひがたし　深く染めてば　（「神楽歌」38）

道の口　武生《たけふ》の国府《こふ》に　我はありと　親に申したべ　心あひの風や　さきむだちや　（「催馬楽」20）

桜人　その舟止め　島つ田を　十町《ちぢ》つくれる　見て帰り来むや　（そよや）　明日帰りこむ　（そよや）　（「催馬楽」29）

婦《いも》と我と　いるさの山の　山蘭《やまあららぎ》　手な取り触れそや　貌優《まさ》るがにや　速《と》く優るがにや　（「催馬楽」43）

難波《なんば》の海　（難波の海）　漕ぎもて上る　小舟大船　筑紫津までに　今少《すこ》い上《のぼ》れ　山崎までに　（「催馬楽」56）

（え）　我が夫子《せこ》が　今朝の言出《ことで》は　七絃《ななつを》の　八絃《やつを》の琴を　調べたる如《ごと》や　汝をかけ山の　かづの木《け》や　（をををを）　（「東遊歌」2）

筑波山　葉山繁山　繁きをぞ　（や）　誰が子も通ふな　下に通へ　我が夫《つま》は下に　（「風俗歌」13）

こういった形式は終句を繰返しで止めてはいない。そこで「仏足跡歌」と、おなじ終句を二度繰返す

「神楽歌」や「催馬楽」や「風俗歌」の中間にちかい形式とみることもできる。内容から類似をさがすと、和歌形式を基においても、「命の　全けむ人は」のような大和地方の古歌謡体を基にしても、音調にのせてうたわれているうちに、〈俗謡性〉をたくさんもつようになったのではないか、とみられる。

ここで〈俗謡性〉という意味は、かなり複雑なことになる。だがおおざっぱに書き歌謡の定型である五・七の音数律の繰返しや、短歌のように二度だけ五・七調を繰返して七でとめる形式から、音声でうたわれるうちに変容してしまったもの、とみなせばよい。この変容は、うたわれる途中で五・七の音数律が乱調になったものと、書き歌の特徴である五音数起句が、いつの間にか七音数起句になってしまったものに大別される。

和讃の主な形式を、いわゆる四句今様とみなせば「仏足跡歌」から「和讃」へ移行する形式には、途中に中間の俗謡形式が想定できる。ただ「神楽歌」、「催馬楽」、「風俗歌」、「東遊歌」などには、すでに和歌の流れが混入している。つまり和歌と俗謡とはいつでも混合できる契機をもっていた。八代集の和歌は、いつでも音声にのせてうたえばそのまま、俗謡に転化できた。現在、『古今集』以後の和歌は高踏的なものとふまれがちだが決してそうでない。俗謡の感じでかんがえたほうが、かんがえやすく、実相に叶っている。そういう面が意外におおい。たとえば、

梅が枝に　来居る鶯　春かけて　鳴けどもいまだ　雪は降りつつ

（『古今集』巻一　五　よみ人しらず）

このよく知られた「よみ人しらず」の歌は、「催馬楽」では、つぎのような歌曲体に直されている。

梅が枝に　来居る鶯　（や）　春かけて　（はれ）

春かけて　鳴けどもいまだ　（や）　雪は降りつつ
（あはれ）（そこよしや）　雪は降りつつ
（「催馬楽」28）

この歌は、忠岑の『和歌体十種』に華艶体として挙げてある。当時、秀歌とみられていた。また俊成も『古来風体抄』のなかで『古今集』の代表的な歌としてあげ「これらはいまのよにもいみじくをかし」と評している。だから当時、いちばん水準の高い和歌とみなされていた作品が、そのまま俗謡として音声にのせてうたわれる基盤があったことになる。
和歌と俗謡とが感性としては一致してしまう契機があった。それを前提にすると、ただ四句今様へゆく中間の形式がどれかを拾いだせば、「仏足跡歌」と〈和讃〉とをつなぐことができそうにおもえる。この途中の形式は、わずかにつぎの形で見つけられる。

紀の国の　白良《しらら》の浜に　ま白良の浜に　降ゐる鷗　（はれ）　その珠《たま》持て来《こ》
風しも吹けば　余波しも立てれば　水底霧《き》りて　（はれ）　その珠見えず
（「催馬楽」33）

小車錦《をぐるまにしき》の　紐解《ひもと》かむ　宵入を忍ばせ夫《せ》　（よやな）　我忍ばせ子　我忍ばせ　（そよ）　まさに　寝てけらしも
（「風俗歌」8　前段）

東路に　刈る萱の　よこほ路に　なさけを　かい刈る萱の　見ねむばや　事も安らに　刈る萱の
（しさや）　かい刈る萱の
（「風俗歌」17）

たたらめの花の如《ごと》　かい練《ねり》好むや　実《げ》に紫の色好むや
（「風俗歌」43）

これを和歌形式を基準にしてみると、七音収斂、五音収斂そして、五・七音数の繰返しにいたるきざしをみせている。少なくとも、和歌形式や「仏足跡歌」の形式から離れてゆく徴候は、はっきりと読みとれる。ことに「風しも吹けば」や「小車錦の」みたいに七音数またはそのヴァリエーションからはじまる俗謡がみえることは、和歌や「仏足跡歌」の形式から決定的に距たったことを意味している。いいかえれば四句今様の形式に、間近まできている。

「仏足跡歌」から四句今様への形式の変遷が、ひとつの系譜とみとめられるとすれば、いちばん重要な形式上の変化は、七音数からはじまる俗謡があらわれたことである。なぜなら古来からの短歌謡も長歌謡も、応分の精練をへながら「八代集」の流れをくだってきたが、七音起句の歌謡が発生したことは、この流れを堰とめるほどの意味をもった、といえるからである。さきの例で、

小車錦の[8]　紐解かむ[5]………　（「風俗歌」8）

東路に[5]　刈る萱の[5]………　（「風俗歌」17）

この音数律の起りを繰返してわかるように、七音律の起句は声にのせたうたい出し、いいかえれば他者に語りかけるうたい出しを暗示している。これにたいして五・五音律にはじまる「東路に　刈る萱の」は、せんれんされた書き言葉の謡いの感覚である。これらの俗謡の主題は宗教的なものにかぎられていない。叙景であったり、作業歌であったり、恋歌であったり、滑稽のはやし歌であったりする。それにもかかわらず今様歌として共通なのはせんれんされた音調と、他者にむけたうたい出しが、七音起句の今様を生みだしたことである。ここから『梁塵秘抄』などに収録された四句今様の世界は、くびす

を接するものだった、といってよい。四句今様は、あきらかに音声にうたい出されてできたものだ。俗謡がうたい出しの歌曲に移ってゆくばあい、どうしても書き歌謡の名残りを引きずった五音数起句をふっ切って、七音数起句に転化しきることが、なによりも大切であった。『梁塵秘抄』から、仏《ほとけ》ものの優れている今様を拾いあげてみると、

仏は常にいませども　現《うつつ》ならぬぞあはれなる　人の音せぬ暁に　ほのかに夢に見え給ふ
（「仏歌」26）

弥陀の御顔は秋の月　青蓮の眼は夏の池　四十の歯ぐきは冬の雪　三十二相春の花
（「仏歌」28）

積れる罪は夜の霜　慈悲の光にたとへずば　行者の心をしづめつゝ　実相の真如を思ふべし
（「普賢経」56）

幼き子どもはいとけなし　三つの車を乞ふなれば　長者は我が子の愛《かな》しさに　白牛の車ぞ与ふなる
（「法華経廿八品歌」72）

三身仏性玉はあれど　生死の塵にぞ汚れたる　六根清浄得て後ぞ　ほのかに光は照らしける
（「法華経廿八品歌」137）

暁静かに寝覚して　思へば涙ぞおさへあへぬ　はかなく此の世を過ぐしても　いつかは浄土へ参るべき
（「雑法文歌」238）

法華経の譬喩品がうたわれてたり、浄土への「ほのか」な欣求があり、また、心情的な暁方の寝覚めの無常感ありと多様だが、ここでは漠然とした無常の感性が主調音になっている。だがそのままで宗派的な信仰にゆきつく徴候はない。理念にならないままの感性が法華経や阿弥陀経への傾きとしてあらわれている。そしてこういう形のない感性に形を与え、これを拾いあげる手だては、新仏教の興隆をまつよりほかはなかった。なぜならば、これらは風俗として流布された無常の感性であり、そこから択びだすには、仏教理念のある転倒が必要とおもわれるからである。

「仏は常にいませども　現ならぬぞあはれなる　人の音せぬ暁に　ほのかに夢に見え給ふ」は、たぶん、法華経の「安楽行品」の「若於夢中　但見妙事」（若しくは夢の中においても　但、妙なる事を見んのみ）、あるいは「諸仏身金色　百福相荘厳　聞法為人説　常有是好夢」（『諸仏の、身は金色にして　百福の相にて荘厳したもうに　法を聞きて人のために説く』と常にこの好き夢あらん）などから着想された。この今様仏歌の表現の仕方には特色が認められる。前段で、法華経の天台教学的な解釈で、現世に常在するはずの〈仏〉なるものが、じぶんにはすでに見えなくなってしまったとうたわれる。これは法華経自体の思想にはなく、浄土教的な感性なしには生み出されない。もうここでは〈仏〉と現実界との距離の遠さがうたわれている。そして暁の〈夢〉のなかにだけ〈仏〉は、微かに相をあらわす、という。この今様の全体的な感性は、法華経のきらびやかな確信の世界とは、はるかにちがっていた。「弥陀の御顔は秋の月　青蓮の眼は夏の池　四十の歯ぐきは冬の雪　三十二相春の花」も〈仏〉の相が自然の四季を具足する比喩になっている。これもまた法華経の「妙荘厳王本事品」の「其眼長広　而紺青色　眉間豪相　白如珂月　歯白斉密　常有光明」を今様ふうに翻案したともみられる。しかしこの感性は〈あはれさ〉〈はかなさ〉といった現世的な無常感だといっていい。「暁静かに寝覚して　思へば涙ぞおさへあへぬ　はかなく此の世を過ぐしても　いつかは浄土へ参るべき」だけが、現世の〈はかなさ〉と浄土への憧憬を、直截につないでいる。ここにある俗謡の感性は、すこしも浄土教的ではないが、浄土門的であるとはいえよう。暁方の寝覚めに涙をもよおして現実の〈はかなさ〉と、浄土への願いをおもいうかべる、という感性が、ある勢いで流布された状態は、現在からはとても考えにくい。だが言葉の意義よりも、底に沈んだ感性の流れとしてみれば、いつも、わが国の詩歌の底に澱んでいた。

『梁塵秘抄』は、法華経廿八品の要約をうたいあげた今様を収めている。また華厳経、般若経、無量義経、普賢経についてうたわれた今様も数首ずつ掲げている。天台教学の観点からする大乗教の理念がある勢いで一般に滲透していたことをうかがわせる。それは浄土信仰に道を開く感性を用意していた。おおくのひとびとに必要だったのは〈仏〉をとりまく荘厳世界と、その教理ではなく、現実社会と荘厳な〈仏〉世界との確実な距離の感性であった。その距離さえたしかに実感されるなら、寺社にでかけて掌を合わせて帰ったあとで、どんな苛酷な現実の出来事が待ちうけていても、ひとびとはある安堵を与えられた。

極楽浄土は一所《ひとところ》　つとめなければ程遠し　我等が心の愚《おろか》にて　近きを遠しと思ふなり

極楽浄土の東門は　難波の海にぞ対《むか》へたる　転法輪所の西門に　念仏する人参れとて

浄土は数多《あまた》あんなれど　弥陀の浄土ぞすぐれたる　九品《ここのしな》なんなれば　下品下《げほんげ》にてもありぬべし

（『梁塵秘抄』「極楽歌」六首のうち）

「極楽浄土」は〈時間〉と〈空間〉を超越した他界として、教義どおりに描かれているかとおもうと、難波江から霞んでみえる瀬戸の島々の影を入口とした世界として、〈空間〉的にも描かれている。それといっしょに「極楽浄土」から隔てられたじぶんたちの位置は、浄土門の教えのとおり「下品下」の凡俗の境涯としてかえりみられる。維摩経や法華経を頂点とする初期大乗経典の世界が、ひとびとの生活感性のところまで垂鉛を下ろしたとき、不可避的に、大乗教が浄土門のほうへ引き継がれてゆくさまを想像することができよう。もちろん、こういった今様の世界は、漠然と浄土門の世界の萌芽を暗示したが、浄土教そのものではなかった。まったくおなじ理由で、こういった今様は浄土和讃的だと云えても、まだ和讃そのものではなかった。和讃は形式こそ今様的だが、高度な宗派の理念を背景に負った世界だからだ。和讃では仏歌今様の世界の〈あはれ〉や〈悲しみ〉はもっと煮つめられ、それといっしょに宗派に特有な理念が凝縮された世界が、当然あらわれてくるはずだった。

# 情況への発言
## ——切れ切れの感想——

### 1

**『試行』四〇号で吉本は、野口武彦や山崎正和をつまらない秀才たち、岡庭昇をスターリニストとよび、ついでに「愛弟子」柄谷行人を多くのスペースをつかって「破門」している。ついにこの自立主義のセクトテーゼへの逆立に吉本自身がたまりかねたということか。だが、柄谷がメダカのように群れつどっている文壇批評家であることなど、周知の事実ではないか。こういう「自立主義者」の卑俗化の責任は、むしろ吉本自身にある。一番下ッ端の党員をスケープ・ゴートにしてすむ問題ではない。なぜなら、『試行』での「切れ切れの発言」それ自体が『赤旗』の、誰のものはトロツキストだから読むな、という党内部むけのレッテル貼りと同じ機能として自立ブタ集団内部に働いているのであり、「情況」のそういう党派性の転落そのもののなかに、柄谷ごときものの頽廃はすべて根ざしているにちがいないのだ。**

(『現代の眼』一九七四年六月号「少数異見」欄　匿名ブタ)

この匿名の小ブタの云っていることは、残念ながらただの一単語も〈自立〉の的を射てはいない。もっとも、このブタにとっては、そんなことはどうでもいいので、ただ、わたしをクサしたいという女々しい執念だけが真実なのだ。よろしい、その真実だけは買ってやろう。どうせ名告りでてわたり合うほどの気力などもちあわせていないことは、よくわかっている。ブタ以下の集団に属するメダカにきまっている。

このブタのカングリには気の毒なことだが、わたしはかつて柄谷行人の師であったこともなければ、柄谷も「愛弟子」であったことはない。また、柄谷はただの一度も〈自立〉派であったことはなく、『試行』に一度でも寄稿した人物でもない。また、柄谷の名誉のために云っておくが、柄谷がわたしの門をたたいて教えを乞うたという事実もない。一年に一度あるかないか顔を合わせて語り合ったことが、ある時期にはあったくらいのところである。「弟子一人ももたず候」というのは、わたしたちにとって自明の前提にしかすぎないのである。このヤミブタは、わたしが柄谷を文壇批評家であることを、自らていると勘ちがいしている。若い身空で旧くさいスターリニズム文学理論の囚虜であることを、自らバクロしているのだ。わたしはむしろ、「新日文」とか『現代の眼』とかいう左翼づらをした文壇・論壇予備軍の腐臭に染まるな、それよりは文壇のほうが、ずっとすっきりして、また、それなりに修練を重ねた文学者が多いから、ずっといいと文壇批評家になることをすすめるようなことを云った覚えならばある。

悲しいかな、この『現代の眼』の匿名のブタは、このことで、第一に〈自立〉ということを誤解している。内心では文壇・論壇にたいして死ぬほど恋い焦れていながら、「新日文」とか『現代の眼』とかで空威張りをかき散らし、そのうちに文壇から声がかかると、もはや文学運動も政治運動もなく、ただの文学行政屋になり下がり、しかも、その専門的な修練たるや、文壇以下だ、というような、わが国の左翼文士や政治屋などを、いやというほどみてきており、そういう連中と断乎として訣別することから、〈自立〉ははじまったのだ。どだい、この匿名のブタなどの云っていることは、はじめからお話にもならないのである。わたしが柄谷を批判したのは、そういうことではない。かつて十年ほど前は、みずからが〈急進主義者〉であったものが、現在、どういう考え方をもつにしろ、あまりに〈急進主義者〉を、批判する仕方に、自己確認の過程がなさすぎるではないか、どこに批評家として、思考を変えた自らのプロセスへの解明があるのか、と批判しているのだ。「メダカのように群れてあるく文壇批評家」とは、柄谷の事実を指しているので、何ら倫理的な判断を混じえているのではない。この匿名のブタは、一から十までスガメで文章を読みならしている。もちろん、わたしは野口武彦や山崎正和を、この匿名のブタよりも、はるかに高く評価している。なぜならば、かれらには、このブタにない専門的な修練があるからだ。わたしがかれらをハレンチ呼ばわりしたのは、文壇文士にはない専門的な修練があるからだ。わたしがかれらをハレンチ呼ばわりしたのは、文壇文士にになったかからでもなければ、このブタの云う理由とまったくちがっている。自らの思想を変更していったプロセスが、何らその仕事のなかに見られないことを指してハレンチだと云っているのだ。

この『現代の眼』の匿名のブタは、一度でもいい、暮夜ひそかに胸に手をあてて考えてみたほうがいい。今日、文壇が許容している左翼の限度は、構革派（くずれ）までであり、いわばそれは「新日文」などとツウ・カアの出店にしかすぎないことを。そしてそういう連中の書くものは、保守主義的な文学者に、はるかに及ばないのである。まあ、ハンディをつけずに文壇に通用するのは、中野重治と花田清輝くらいなものである。だが、〈自立〉主義者はちがう。専門的修練、問題意識ともに、今日の日本の文学の水準を抜いていることは、このブタが何といおうと厳たる事実である。

「新日文」や文壇左翼の文士や編集者が、逆立ちしても、現在の〈自立〉主義者の仕事を理解するには、あと十数年はかかるのだ。天幕かついで興行をぶっても、わたしたちは、誰にも甘ったれたこともなければ、イデオロギーで芸を割引いてもらったこともない。どこからでもおいでなされい。わたしたちを乗越えるには、イデオロギーや党派などという自明の前提で脅かしても、なんの効き目もない。必死になって勉強せよ。それ以外に方法はない。わたしたちも必死になっている。それは、この匿名のブタに象徴される文壇・論壇左翼や文壇・論壇保守主義者などに打克ちたいためではない。そんなものは、どうせアブクなのだ。わたしたちは、現在の世界思想と芸術・文学における真実の課題を、自らの手で把みたくて悪戦しているのだ。こんな幼稚な小ブタに何んで判ろう、わたしたちの目的意識が。

2

注目をひくのは、自立派における〝左翼バネ〟とでもいうべき現象だ。吉本隆明は『試行』で柄谷行人をメダカのように群れたがる文壇批評家とののしって破門した際に、自分が生活者のリアリティや常民の意識に着目してきたのは、批判的にそれを対象化しようとしたからで、柄谷のようになにか絶対的な価値として信奉するためではないという、注目すべきダメ押しをしている。自立派信者たちは、そんなことはあたりまえで、先生はいつも批判的にしか考察していないというかもしれないが、左翼的権威にのみ対応してきた吉本は、たとえば江藤との野合などをとおして、いささかもこのようなケジメはつけなかった。

彼ら自身、左翼的な権威（党や「新日文」）をうつとき、どうみても必要以上に仮象（のはず）のキイ・ワードにのめりこんでいたことは、まぎれもない事実である。いまおなじハンチュウを用いる機会主義者たちに対して、迷惑だからこちらへ寄ってくるなといっても、いささか虫がよすぎるというものだ。（『現代の眼』八月号「少数異見」欄　匿名のもう一匹のブタ）

『現代の眼』というブタの群れを集めた商業雑誌は、まあ、よくも毎号こりもせずに、暗箱のなかで盲目《めくら》のブタを鳴かせるものだ。わたしは、短い文章ひとつ正確には読めず、つまらぬウワサ話に歪んだ先入見で、論旨や事実をねじ曲げてしまうブタ（しかも名告りもあげられない）をみるとうんざりする。ブタの正体は「左翼的な権威（党や「新日文」）」などという口振りから、範囲をせばめることができる。ヤミブタよ、「党」ってどの「党」のことなんだ？　わが国には現在、数十の「党」があるのを忘れるな。「新日文」が左翼的な権威だって？　冗談いうな。メダカの群れ、ブタの群れではあっても権威などとおもったことはない。また、「党」といえば、日共のことを意味するらしい、この匿名のブタなど、過去も現在も未来も「野合」する気など毛頭なかったし、ないこともはっきりと言明しておこう。たとえ、文学者としての江藤淳と「野合」することはあってもだ。こういうことは原則的にはっきりしているのだ。江藤淳にも、この匿名のブタが「右翼」「戦後民主主義左派」、と罵ったつもりで軽蔑している入江隆則や中野孝次にも、この匿名のブタが決して持っていないもの、いいかえれば専門的な修練がある。また、江藤淳には、抜群の才能と業績がある。わたしは、そういう文士と「野合」したいとかんがえているが、いつも、向うが逃げてしまうのだ。なぜなら、かれら保守文学者にも偏見があり、この匿名のブタの群れと、わたしとを同類とおもいこむ先入見に支配されるからである。じぶんの怠惰、専門的修練なしに文学者でありうるとかんがえる誤謬、ブタ同志で群れていれば、専門的修練もなしにイデオロギー（じぶんで創ったものではなく、むかしむかしの大思想家が創ったものだ）で補いがつけられるとかんがえている甘ったれたこの匿名のブタや、鈴木武樹のようなド素人の臆面なさしか取りえがない男たちと、わたしは断じてわたしを区別する。また、優れた文学者を、そのイデオロギーの故に断罪するスターリニスト官僚主義と、じぶんの〈自立〉とを断じて区別する。この原則は、この匿名のブタの群れが、時として身を擦りよせて来ようが、脅かしてこようが、譲るわけに参らぬのである。また一度も譲ったり変更したりしたことはないのである。このブタも、前のブタとおなじように、わたしが商業文壇イコール駄目と考えていると錯覚している。そんなことはない。左翼文壇＝「新日文」＝ダメと考えているのは事実だが、商業文壇それは必ずしも否定するのに単純ではないとかんがえている。少なくとも片道だけは、専門的修練をたすけるたしになるし、この左翼論壇や文壇に巣喰ったブタなどのイデオロギー的な甘え合いからは生まれない専門的な修練のシノギだけは削った体験の持主がいるからだ。ほかの全部が欠陥だとしても、この修練が、文学をして文学たらしめ、思想を思想たらしめ、政治を政治たらしめる前提だとすれば、前提すら踏もうとしないこの匿名のブタの群れなどより、文壇のほうを高く評価するのは当然である。

この匿名のブタの勘ぐりに対して気の毒だが、柄谷がわたしの「弟子」であったためしもなければ、『試行』に寄稿したこともない。むしろ文壇批評家たることをすすめたくらいである。また、わが『試行』誌は、誰にたいしても、かくかくのことについて寄稿しないかなどと言い寄ったことなどはない。すべて自発的に、自らの追求するモチーフにもとづいて寄稿している表現者から成っている。個人的な親疎はあるから、時々会う執筆者も、事務的に手伝ってさっと消える執筆者や読者も、一度も顔をみたことがない執筆者もいる。また、個々のイデオロギーをほじれば保守派も進歩派も超進歩派もいるだろうが、いずれも表現された仕事以外のものによって連帯したり内訌したりすることは皆無である。それこそが〈自立〉の第一歩なのだ。この匿名のブタ共とわたしたちを区別する第一歩なのだ。専門的な修練を自分に課さずに、イデオロギーで補って、やっと専門家ぶっている人物が皆無であることだけは確かである。

わたしは、この匿名のブタとちがって、文壇を軽蔑もしていないし、また、イデオロギー的に軽蔑したふりをしながら、内心で恋い焦れてもいない。そこがこのブタの云う「新日文」などとわたしたちとを分ける第一歩である。みたまえ、このブタ共は、一旦、文壇の座敷にのれば母胎など一度もふりむいたことなどない文学行政屋の群れにすぎないのだ。わたしたちはちがう。文壇批評家を軽蔑もしなければ、その足もひっぱらない。ただ、わたしが柄谷を批判したのは、批評家としての思想変化のプロセスを明瞭にすることなしに、十年前の自己思想にツバを吐いている味気ない身振りを見せつけたからだ。〈転向〉という概念すら、本来的にはどうでもよいとかんがえているわたしが、たかが商業文壇と左翼文壇の差異くらいに、眼くじらなどたてるはずがない。この匿名のブタには、柄谷ほどの専門的な修練もないし、才能もない。では、思想はどうなんだ？　昨日の毛沢東、今日のアジア・アラブ、波まかせ風まかせ、その内省のなさで、どうして柄谷などを批判する資格があるのだ。どこにおまえなどを入江隆則や中野孝次や柄谷行人以上に評価する根拠があるんだ？

3

**ところが、きみは、前記の乞食文章の中で、明治大学の学内グループの第三番目として「他大学出身の教授グループ」を挙げ、「これは主として東大出身の教授たちで、テレビ・タレント（？）の藤原弘達元教授とか、野球評論家（？）の鈴木武樹教授のような〝有名人〟も少なくない。しかし、その大半は『明治大学のＰＲに役立っても、学内政治には無関係』な紋次郎サンだという。カッコいいだけなのだ」と書いているからには、すくなくともわたし鈴木武樹に関わる事実誤認については、今後、『現代の眼』にきみの謝罪文が掲載されるまでは、わたしが責任編集する季刊誌『東アジアの古代文化』をはじめ、ありとあらゆる雑誌・新聞・ラジオ・テレビジョンで、自由民主党員や吉本隆明に対する場合と同様、つねに反論の行なわれる可能性があることを、充分、きみの予測のうちに加えておくようにとわたしは忠告する。**（『現代の眼』八月号　鈴木武樹（明治大学教員）「池田信一氏に教える」）

ちえっ、たかが助教授のところを、教授と間違えられた位で、「事実誤認」の「謝罪文」を掲載せよなどといきり立つような小心な神経症の大学教師の分際で、薄っぺらなことをぺらぺら喋言り歩くな、眼障りだからな。おまえが、テレビでつまらぬ与太話をぺらぺら喋言って、ひとかどの進歩派ぶって泳いでいるのをみると、どうせすぐ沈没することは誰にでも判るのだ。「自由民主党員」とやらも、「吉本隆明」も、そうなめちゃいけねえよ。この馬鹿教師と藤原弘達とは、誰がみたって同じじゃないか。そうでなければ軽薄なテレビ局や新聞が、おまえを泳がしてくれるはずはないさ。

この馬鹿は、「自由民主党員」と「国家」の区別もわからないし、「国家」と「政府」（政治委員会）の差別と本質もわきまえてはいないのだ。わたしは鈴木が「自由民主党員」など許しても許さなくてもどうでもいいが、鈴木武樹のような男が、わたしと同じ陣営だなどという〈事実誤認〉を、万人にふりまくことだけは許さぬ。また、この男が軽薄な風潮にのって、ど素人の臆面もなさで金達寿などの尻馬にのって、〈地名の朝鮮料理〉などを販りに出して、気の弱い、だが篤学の古代学者を脅迫して歩くことなど、断じて許さぬ。鈴木武樹とやらは、胆に銘じておけ。泣き言など云うことを絶対に許さぬからな。おまえがどんな馬鹿な「事実誤認」を古代史にたいしてふりまき、どれだけの障害を古代史の解明にたいして与えているかは、仮借なくあばかれねばならないのだ。「東大出身」の大学教師でも、わたしがそのたたかいぶりを注視せざるをえない松下昇などにくらべたら、お前はとんでもない馬鹿な与太話を触れて歩いている薄っぺらな男にすぎないのだ、ということを忘れたもうな。智力、腕力、思想、識見、すべてをあげてわたしと闘ってみろ。わたしはおまえの存在にも職業にも、「自由民主党員」に対すると同様無関心だが、おまえの書いたり喋言ったりしているような与太話が、学問、研究、啓蒙としてまかり通ることだけは断じて許さない。

# 『石仏の解体』について

佐藤宗太郎の写真集『石仏の美』をはじめてみたのは、もう何年まえであったのか。だいたい石仏などに心をとめるのは、野の花の可憐さに惹かれるときとか、気が弱ったときか、ふと心が翳ったときかにかぎるくらいにしかおもっていなかったわたしにとって、この石仏写真集はひとつの衝撃であった。この衝撃は、石仏や、石仏愛好家にたいする先入見を破られたということに帰せられる。佐藤宗太郎の石仏写真には、感傷も情緒も流れていなかった。また、宗教的な通念がとりまいてもいなかった。ただ〈石〉や〈岩〉の肌や木細《きめ》が、迫力をもってせり上ってくるだけだ。これならば、べつに石仏ではなくて、岩石の造型ならば、なんでもいいことになるのではないか。たしかにそういうことになるだろうが、わが国では宗教造型いがいのものとして、〈岩〉や〈石〉の彫刻は成り立ってこなかった。自然石を山頂や山腹や山麓に配置するだけの磐座《いわくら》でさえも、宗教的なものであった。縄文期の石器、石具のたぐいも、宗教性と道具性のあいだで、自然と人間の両方から合作されたといえばいえる。たぶん、佐藤宗太郎が石仏に惹かれていった経路は、ふつうの石仏愛好者の動機と変らなかったにちがいない。かれは現実に鬱屈する契機があった頃、ふと、路傍や墓地や寺院の片すみのほうに、野ざらしになった石仏を、じぶんの現実的な姿になぞらえたことがあった。石仏は、野原や墓所や寺院の境内におかれていても、けっして母屋を占めることができない。すくなくとも人が住まう家屋は、草と木と土で作られていて、〈石〉で作られたものは、母屋の道具の主座を占めることをしなかった。〈石〉は、ただ〈石〉であるという理由で、母屋へはあげてもらえなかった。〈石〉は、ひとびとが普通かんがえるほど堅牢なものではない。木が庇の下に保護されて生きる時間と、〈石〉が野ざらしで風化に耐える時間とは、ほぼおなじくらいである。そういう知慧から石仏は見はなされた存在であった。

わが国の石仏愛好者は、石仏の見はなされ方に、自己慰安と自己投影を感じたものをさしている。ここにはきらびやかな宗派宗教からも、人間の住家からも見はなされたものの、ひっそりした息づかいがあり、社会からも忘れられた存在の仕方がある。供えられた花よりも、自然が供えた野の花がふさわしく、造型的な美よりも、稚拙な自然の人間化の跡があるというように。佐藤宗太郎にも、そういう動機があったのかどうか、ほんとうはわからない。ただ、かれの石仏写真は、かりにそういう動機があったとしても、それを裏切る〈眼〉によって写されていた。かれの作品は、野ざらしの嘆きを表現してもいなければ、忘れられたものの哀れも表現していない。また、木の仏が母屋に入れられているのに、〈石〉の仏は、どうしてせいぜい石窟や洞穴のなかでしか雨露をしのがしてもらえないのか、という疎外された存在性をも写してはいない。〈石〉や〈岩〉があり、石仏や磨崖仏としての造型があり、〈石〉や〈岩〉それ自体の歴史の重さをもった存在の仕方が、はっきりと主張されている。わたしには、かれの写した石仏写真に、いささかの哀れな叙情もなく、〈石〉と〈岩〉との主張が、つよく画面に押しだされていることが驚きであった。そして思わず、〈これは芸術になっているな〉とつぶやいたのを、いまでも覚えている。わたしは写真については素人にすぎない。だが、かれは素人にもわかるような技術しかつかっていなかった。ということは、かれがたった独りで石仏のこちらがわに在るということだ。わたしは試みに、近くの谷中墓地に出かけた。そのまえに、知り合いの写真屋さんから、三脚にストロボをとりつけられるような細工をしてもらった。谷中墓地に散在する石仏は、江戸期、それも中期以後をでるものは少ない。これはいいな、とおもうのは一つか二つである。でもそんなことはどうでもよかった。石仏の前にカメラを据え、ストロボを着けた三脚を、カメラと直角に斜め真横に、かなり近い距離に据えた。もちろん、かれのように巧くはいかないが、これだけの手法で、石の肌が強調されることがすぐわかった。かれは『石仏の美』三部の写真集で、せいぜいストロボを連結して使うという以上の技法はつかっていないようにみえる。ということは、かれが石仏のこちらがわに、独りの人間がいるということを、きわめて禁欲的にまもっていることを意味している。これもまた、わたしには驚きであった。写真作品がつまらないのは、対象の撰択に思想や、情緒や意図を流し込んでしまったあげく、こちらがわに空疎だけしかないことにあるようにおもわれたからだ。また、おおくの美術写真は、対象の模写と再現に巧緻をつくすが、対象にたいする批評や解釈はどこにもない。いや、きちっと対象のなかに籠められているという弁明はありうるだろうが、わたしには信じられない。少なくとも、そういうことが写真でできるとすれば、最終の段階にきて、はじめて意図しうるとしか、おもえないからだ。

写真は、被写された対象をみるのではなく、そのように対象を切りとったこちらがわを、みるものだというかんがえは、わたしの気に入ったものであった。佐藤宗太郎の『石仏の美』は、その意味でもわたしを充たしてくれた。まぎれもなく被写体のこちらがわに、独りの人物がいることを、そしてその人間がどんなことをかんがえて写しているかを知ることができたからである。少なくとも被写体にむかうとき、かれには宗教性はないかもしれない。〈石〉や〈岩〉につよく執着している〈眼〉だけが、たしかにかれのものである。また、〈石〉や〈岩〉を素材に造型された対象に、異常なほど執着している。それならば、どうして石仏でなければならないのか。かれの写真には可憐な野の仏も野趣にとむ石仏もない。ただ、たまたま野原の片隅におかれていれば野原があり、樹々のかこみにおかれていれば樹々が鳴り、雪のなかに埋れていれば雪の景物が画像に入ってくるに過ぎないようにみえる。自然光でさえ、しばしばストロボの閃光でうち消されている。

また、意図にあわない景物のなかに石仏がおかれているばあい、しばしばストロボの閃光で背景を消してしまっている。かれは石仏から情緒的な雰囲気を、できるかぎりもぎとっているともいえる。〈石〉

であり、〈岩〉であり、それが造型によって人間化されていればよいのか。ただ、石仏であるかぎり、造型の意図のどこかに宗教性があるはずである。それは、どうかんがえたらいいのか。石工の心にか、願主の心にか、あるいは勧進した僧侶の心にか、この宗教性は、どこに振り分けたらよいのか？

たれもが、ある年齢を経ればそうであるように、かれもまた、〈石〉に刻まれて野の道や墓地におかれた石仏に、ふと足をとめることがあったにちがいない。そのとき、石仏であるということは、近親が死んだとき、わけもわからずに合掌させられ、拝ませられた幼児の記憶と、それほどちがったものではあるまい。それが宗教性であるというなら、この宗教性は、習俗の別名といってよいのかもしれない。また、このとき幼児の心を過ぎった抹香くさい敬虔さに、信仰があるというのなら、その信仰は未開の信仰ににている。石仏にふと眼をとめたとき、わたしたちの心を過ぎる宗教性があるとすれば、当然、幼児の記憶の場面とそれほど隔たってはいまい。佐藤宗太郎の『石仏の美』は、なぜ、この幼児の記憶ににたやわらかい心を裏切って、〈石〉や〈岩〉の造型性ばかりが前面におしだされてしまっているのか。かれの心の内には矛盾があって、それはかれ自身にもどうすることもできなかったようにみえる。優しい心が傷つき、その傷に蓋をしめて、冷酷に構えようとする思いを促しているかのようだ。

佐藤宗太郎は、当然、このむしろ内的といえる問題に、決着を与えなければならなかったとおもわれる。かれを最初に石仏造型にたちむかわせる機縁をひらいた若杉慧の『野の仏』は、こう記している。

いろんな石の前に腰を低めたり顔を近づけたりしていると、地面から這い上ってくるものがあり、そこには義民や義賊といわれた人や、信仰会合に名を借りて嫁の悪口ばかり言い合った婆連や、姑を恨み死にした若い嫁や、一晩に三人も死んだコロリ兄妹や、多くの人々を地獄の恐怖に陥し入れた罪によって自分もその中に投げ込まれたであろう坊主や、有りもしない文字を書いて威張ってみせた神主や、峠で殺された旅人や、観音をマリヤに見立てて拝んだという隠れ切支丹や、頭の上に三本のローソクを立てた丑満刻《うしみつどき》の女や、疫病で死んだ牛や道に斃れた馬までも、そのよろこび、その悲しみの幾歳月を、生きた化石の表面に刻みつけている。（若杉慧　新版『野の仏』）

これは「風や童謡、すすきの穂や赤い夕日のなかで感傷する」（『野の仏』）のような常識から、石仏の存在を救いだそうとする過程で言われている。ようするに若杉慧は、ここで、無名の生活の凄まじさをみているのではなく、無名の劇を強いて掘り起しているのだ。「美術品、芸術品」としての資格に欠けるが、石仏を建立する「願意およびこれを生んだ時代」に意義をみとめようとするところに、こういう劇《ドラマ》がみえてくるのだ。佐藤宗太郎は、はじめに若杉慧のこういう見解に魅せられるところがあって、その門を叩いたにちがいない。しかし、ここには歴史からこぼれおち、造型の美から見はなされた石仏や石碑から、無名の秘められた事件を掘りおこそうとする発想がある。そしてこの発想は、とうてい虫のように生き死にした無名の生活の、凄まじい非物語性に耐えるはずがない。わたしにもおぼえがあるが、あるとき近所の寺の墓地で、江戸期の、かつてきいたこともない武道の流派の開祖が、じぶんで下手な手跡を刻んだ小さな墓碑があった。わたしは、すぐに、あたらしい刀術の型を見出したと信じこんだ、貧相な武道家の姿をおもいうかべた。そういうことはいつの時代にもあったのだ。また、半分土に埋れかかった〈童子〉・〈童女〉の戒名を刻んだ小さな舟型の地蔵がある。子に嬰児のうちに死に別れると、どういう気がするものか。その悲しさだけは量りかねる。そういう感慨につかまえられる。こういうことを列挙したら、きりがないだろう。しかし、この感じ方には、どこかに嘘がある、とある時ふと思った。

石仏をみながら、窮極的にわたしを驚かすことは、じぶんの死後にも〈石〉はなお生きのこるだろうことを信じて、何かを彫ったり刻みこんだりした人間の情熱である。それはどこからくるのか。これを、もっと普遍化していえば、人間の生涯よりも、〈石〉の生命のほうが長いだろうことを、信じているものだけが、石仏を刻み、石塔をつくり、などするのだということである。そして自己の生の記しを、人はどうして死後にまで残したいのか。その情熱はどこからくるのか。また、その認識はどこからくるのか。生命あるものは亡びやすい。〈石〉は不壊《ふえ》である。〈石〉は堅固であるから長くのこる……等々。

よく考えてみれば、こういう認識は、みな怪しく、それほど根拠のないものばかりである。〈石〉など、偶然の事故で壊れてしまうことは、人間とおなじことである。ただ、人間は〈石〉に永続性のあるもの、したがって堅牢なものという識知と信仰を、もっとも古い時代にすでに獲得していた。その識知は、たぶん視覚と触覚の両方からやってきて、いわゆる石器時代をつくった。人間は〈石〉を未分化な道具性と宗教性によって、最初に他の自然物から類別した。もし、石仏や石塔や石碑に宗教性があるとすれば、その宗教性はまず〈石〉そのものになければならない。そしてこの宗教性とは、永続性、不壊性、道具性、の識知に根ざしている。佐藤宗太郎は、けっきょくは、そこまで遡らざるをえなくなっているようにみえる。

石製の道具、ストーン・サークル、山上の巨石、石室や石棺などに、すでに宗教性が見出されるのに、石仏や石塔や石碑は、なぜ、金銅仏や木彫仏よりも後に出現したのか。佐藤宗太郎によれば、それはわが国でだけ見出される現象でもある。この理由もまた、〈石〉の宗教性と道具性が、もっとも初原にあったこと自体に帰せられよう。〈石〉そのものは、べつに手を加えなくても、それ自体で宗教性であり、同時に道具性であった。そして自然に手を加えることを知ったとき、銅鉄器や土器や木材のようなものが、その対象に択ばれる。それは加工性を本質として人間化されるものだからである。〈石〉もまた加工される。だが、すでに初原の時期に宗教性であり、道具性であった〈石〉は、そこに新たな宗教性や道具性が発見されないかぎり、加工されないだろう。そのためには〈石〉自体からくる道具性と宗教性の外から、あらたに道具性と宗教性の根拠がやってこなくてはならない。もちろん、わが国で石仏が金属の仏像や木彫の仏像よりおくれて出現したのは、ただ、銅鉄器や木製器や土器の時期が、大陸からの移殖によって人為的だったため、ずれを生じたという以外に、普遍的な理由は、みつけられまい。このずれの問題を佐藤宗太郎は、石仏文化の基層性と概念によって説明している。

私は、〈一般仏像史〉に文化的表層性を、〈石仏史〉に文化的基層性をみてとる。端的に言えば石仏が石や岩に彫られているということ自体が、石仏の基層文化的性格を表わしている、と私は考えているからである。石仏の造形としての〈宗教的内実〉に〈自然性〉がいかに作用しているか、ということは第二章で詳しくふれたが、石仏を基層文化的にみるというその発想の起点は、〈岩〉は自然的存在そのものであり、〈石〉は自然性を内在していることにある。〈岩〉や〈石〉の自然性、あるいはそれによって励起された自然崇拝や原始的信仰は、わが国の文化に深く根をおろしている。つまり基層文化的なものなのである。基層的文化なるものの性格は、時間的な不変性に特徴がある。あるいは不変的性格であるから基層性をもっているとも言えよう。一方、表層的文化の特徴は常に時間的に変動することにある。その変化には表層的情況としての変化もあれば、基層方向への深降によるものもある。しかし表層的情況としての変化といっても、内容的には基層的文化からの影響による場合も多分にある。言いかえればそれは基層的文化の内実を表層的文化が吸い上げているのである。言わばそれは見かけ上の表層性——別の言葉（概念）をつかえば社会的上層性を形どっているのである。〈一般仏像史〉には多分にこの見かけ上の表層的情況がある。当然ながら〈一般仏教史〉もそうだ。〈石仏史〉はそうした〈一般仏像史〉から多大な影響をうけている。言いかえれば、わが国の石仏は、見かけ上の表層性をもつ〈一般仏像史〉の流れの一部が、文化の基層方向に深降しきって、〈自然的〉な〈石〉や〈岩〉に結びついて生まれたものと言える。石仏の様相は確かに時代的にはげしく変動している。しかしそれは、石仏が基層的文化として自律的に発展した〈相〉ではないのである。あくまで、時間的に変動する表層文化の基層への深降によって生じたところの、基層文化の時間的（つまり歴史的）変化の〈相〉にすぎないのである。しかし、〈岩〉や〈石〉の基本的性格はそれによってほとんど変ることはない。つまり石仏の基層文化的性格、あるいは〈石仏史〉の文化的基層性は、〈岩〉や〈石〉に保持されているのである。したがって石仏の歴史の流れには、常に基層的文化の不変性と表層文化から不断にうける刺激（つまり影響）とがダイナミックに葛藤しているのである。（『石仏の解体』207ページ）

基層文化、表層文化というような民俗学の概念を借りているので、判りにくいが、ようするに佐藤宗太郎のいいたいことは、石仏の歴史は、〈石〉や〈岩〉の不壊性にささえられ、しかも人間の歴史の初原にあったものだから、もっとも底のほうに沈んだ文化で、金属や木製の仏像は、そのときどきの文明の変化によって変遷し、これらが相互に影響しあうところで石仏の歴史がかんがえられるものだ、ということにちがいない。この見解には危ういところがないわけではない。人間の歴史のはじめに石器時代があり、それが、まだ未分化な〈石〉の道具性と宗教性にささえられていたとすれば、石仏の歴史にまでつながる所以は、原始時代の〈石〉の道具性と宗教性を墨守する階層に支えられてきた、といっているに外ならないからだ。それでは石仏の存在理由が、ポジティヴに説明されたことにはならない。ただ、古層であるために〈石〉の文化は底のほうに沈んでいるといっているに過ぎない。だが、そんなことはかれにとってたいしたことではあるまい。佐藤宗太郎は、ただ、石仏写真でじぶんが〈石〉や〈岩〉自体の造型性にどうしても固執してしまい、石仏の宗教性が、背面に卻いてしまう所以に、根拠をあたえたかったのだ。いいかえれば石仏に惹かれていった心の矛盾に決着をつけたかった。

石仏や石塔や石碑に、正史からも宗教史からもおきさらされた基層の人々の、無名で無明の事件をみつけだそうとすることは、野の花や野ざらしの風雪に耐えている石仏をみつけだそうとするのとおなじように、感傷から入り感傷にとどまっているにすぎない、といえばいいえる。無名で無明の人々の生活が、事件ではないことは、〈石〉や〈岩〉が事件ではなく、ただそこにあるから存在するのだ、ということとおなじである。石仏や磨崖仏に感傷的な救いをみるものは、生活そのものが地獄であることを見ずに、旅の日の空に、地獄やその救済をみようとする感傷者のロマンチシズムである。窮極において、旅は、とりすがる妻子を蹴とばしてするほかないものである。生活そのものが〈石〉や〈岩〉とおなじなのに、どこかへゆけば、いい石仏や石塔に出あえるというのはおかしいのではないか。わたしたちは、ただ石仏や石塔や石碑のように生活し、そこに幻の石仏や石塔や石碑となって佇っているのではないか。

では、石仏行脚とは、幻想の石仏や石塔自身が、現実の石仏や石塔に出遇うために旅するものであったはずである。石仏や石塔や石碑に凝って、それを求めて旅するなどとはナンセンスではないか。じぶん自身こそが幻の石仏や石塔のように生れ、生活し、死ぬところの存在ではないのか。この幻が現実の石仏や石塔に変身するとき、人間の死は確実にやってくるはずである。生きることが事件ではなくて、佇ちつくすこと自体であるとするならば、死もまた事件ではなく、ただ不可避の、石仏や石塔のように佇ちつくすものに訪れる事実であるにすぎない。

〈野の仏〉は私にとってある種の自分の「影」の如きもののように思われてならなかった。石仏に感ずる親しみやすさ、そこから発散される温感、まるで自分が抱擁され、かつ溶融され融合していくような感触。それは皮膚感覚的であると同時に心理的感触でもありますが、そこには〈緊張感〉のようなものが一切なかったのです。だから〈野の仏〉のイメージ世界の中に無意識にそしてただひたすらにのめり込み、沈溺してしまったんじゃないかと思いますね。当時、石仏を称してやたらと「素朴な美しさ」とか「親しみやすさ」とか、「庶民的なあじわい」「何気なく立っていたんですさ」「石仏をみると心が洗われる」とか、はては「石仏は心のふるさと」とまで言っている自然が、いずれも人が言っていることをそのまま借用して使っていたんです。もちろん自分でもそうかたく信じていたことは事実です。だが、これらの言葉は、どれも心情的であっても〈緊張感〉がない。〈弱い〉ですね。（『石仏の解体』21ページ）

石仏へのはいり方は、佐藤宗太郎のばあいでも、たれもとおなじであった。ただ、かれの写真集『石仏の美』は、もしそのような時期に写されたものだとすれば、かれのこの情緒性を裏切って、〈石〉や〈岩〉そのものの造型性と宗教性を実現してしまっているようにみえる。かれが石仏にもとめたものは、ほんとうは別のものだったのではないか。こういう矛盾は芸術ではおこりうるのだ。そしてこの矛盾はかれ自身が、無意識の底までとどくような内省を加えずには解くことができない。

佐藤宗太郎の思考の経路を追ってゆくと、石仏の「素朴な美」というような感じ方から、「確固たる〈生命感〉」という感じ方の方へたどっていったもののようにおもわれる。また、「石仏の内側に存在する〈力感〉」とも言っている。ここまでたどるには、相応の歳月を要したのかもしれないが、ほぼ、じぶんの作品が独りでに実現してしまっている〈石〉そのものの造型性を、うまく言いあてることができている。そしてなぜかれの写真の作品が、風情や情緒の流れを拒否しているかということも。もちろん、〈生命感〉という言葉も〈力感〉という言葉もあいまいであるといえばいえるが、石仏の美しさをいうほどのもので、そこまで風情や情緒を排除して〈石〉の造型性そのものに到達したものはなかった。わたしが、かれの写真集『石仏の美』に、驚きをおぼえたのもそれであった。そこには〈石〉をひきよせ、その肌を露わにし、その迫力をじかに伝える〈力感〉があった。この写真家は、たぶん、宗教を信じてはいまいし、宗教とまでも言いきれない庶民の〈死〉への悲しみも理解してはいまい。ただ、石仏に惹きこまれたじぶんの業縁を、憑かれたように解き放とうとする感じはつたわってくる。

そして、やはり、なぜ対象は〈石仏〉でなければならなかったのか？ 〈石〉の造型でありさえすれば何でもよかったのではないか、という $\alpha$《アルファ》であり $\omega$《オメガ》である問いが、佐藤宗太郎にのこされるようにおもわれた。

石仏や磨崖仏が、そこにおかれ、また彫られるためには、名も知れぬ願主がおり、石工がおり、また聖《ひじり》としてどんな山里へも遊行していって、村落人に勧進する名もない僧侶があったにちがいないと、かれはかんがえている。そうだとすれば、石仏や磨崖仏のもつ宗教性は、これらの何れかに担われていなければならない。石仏信仰の歴史的な推進力として、佐藤宗太郎は、遊行して村里に留まった聖の群れを登場させている。そして、これが、なぜ石仏や磨崖仏にじぶんが惹かれていったか、なぜ、石仏や磨崖仏に〈石〉の造型美をみなければならなかったかについての、かれの解答であるかのようにおもわれる。これは、たしかにいままであまり指摘されてこなかった卓見である。たとえば若杉慧は、子を喪い、罪障をかさね、供養をおもいたった名もない庶民の信心に、石仏の存在した根拠をみたのだし、また、石工の信仰が〈石〉や〈岩〉に刻みつける契機を促したとするかんがえも流布されていたが、遊行する聖《ひじり》の群れの増加と、石仏の群れの流布や増加を対応させて、そこにかくれた信仰と施工を促してあるいた聖《ひじり》の姿を登場させたものは、わたしの眼にはいるかぎり、存在していなかった。これはかれの発見に属している。

しかし、この見解にも危ういところがないわけではない。わたしには、人間の歴史の初めに〈石〉の時代（石器時代）があり、そのとき人間は〈石〉の宗教性と道具性を、未分化なままに識知して自然から類別した、とおもわれる。人間はそのときストーン・サークルのようなものにも〈石〉の道具性をいだいていたし、石の矢じりや石おのいのようなものにも宗教性をいだいていた。金銅仏や木像仏は、ただ道具性のある文明史的な変遷の表われにすぎないので、それらを覆っているのは、原始の〈石〉の未分化な宗教性と道具性であるようにおもえる。わたしたちが、ふとみた野の石仏と、そこに供えられたように点景されている野の花に、心を惹かれるとき、たしかに風情に感傷したり、施主や石工や勧進者の悲しみや信心を想像したりしているのだが、もしどこまでもつきつめてゆけば、〈石〉そのものに宗教性と道具性をみた、人類史の始原につきあたるようにおもわれる。それは、基層文化性ではなく、あくまで人間の宗教と道具の起源の問題である。

ともあれ、じぶんの写真の作品が実現してしまった石仏へ魅せられた契機と、写真作品の〈眼〉が具現した〈石〉の造型美との矛盾に、内的な世界の矛盾を感じ、それに論理をあたえようとして悪戦している佐藤宗太郎の憑かれた姿に、ある痛ましさと、悲しさと、自壊するまでつきつめてやまない真摯さを感じ、一掬の飲み水を添えたい。

# 恐怖と郷愁

——唐十郎——

## 1

上野不忍池の水上音楽堂で、唐十郎一座の天幕芝居「風の又三郎」を観た。正確にいえばジュース缶四ヶほどを手土産にして、特権的に観せてもらったのである。池之端は、おれのテリトリーだといった思いが、わたしにはある。叙情的にいえば「喜びも悲しみも幾歳月」の記憶が、このあたりにはこびりついている。失職もきわまりはてて、もう失業保険をもらいに職業安定所に週参するのも、棲家にかえるのも嫌になったとき、よくここのベンチに腰を下して、枯れ果てた蓮の折れ茎をぼんやり眺めていたことがあった。あるとき浮浪者風の男が寄ってきて、わたしの掌に木の実を三つ四つのせた。何ですかというと、菱の実だという。かれは煙草一本を、菱の実と交換すると去っていった。わたしは菱の実とはなにか、ぼんやりと考え込んだ。なぜ、わたしから一本の煙草をせしめるのに菱の実でなければならないのか、どうしてもわからなかった。たぶん、そのときの心境では、わたしは、呉れと云われれば、もっているものなら、何でもあげただろう。それなのに浮浪者は、なぜ、一本の煙草のために、わたしに謎を呉れたのだろう。いや、ここまで書いてきて少し想いだしたことがある。浮浪者は立去るまえに、深いとおもって不忍池にとび込んだ男がいたが、あさくて泥だらけで、這い上ったそうだという話をするあいだ、わたしと並んでベンチに腰を下していた。こんな与太話をしだしたら、女性との葛藤をふくめてきりがないほどある。ようするに、また、叙情的にいえば「夕べ不忍池ゆく涙落ちざらんや」という鉄幹の『敗荷』の一節のようなものである。

唐一座の「風の又三郎」は、不忍池のつぎは、夢の島で興行するはずで、どちらでもいいから観ませんかとすすめてくれた人は云った。もちろん、どちらもわたしのテリトリーだった。夢の島は、少年期の遊び場の一つだったから。その頃は、いまの夢の島は、東京の塵芥捨て場などではなく、少年の夢をはぐくむよし叢と砂の原っぱだった。唐十郎一座が、不忍池と夢の島をえらんで「風の又三郎」を演じたのに、理由があるのかどうか知らない。わたしにとっては、夢の島は少年のある不在感、また、ある〈恐怖〉をまじえた埋立地であり、不忍池は、むしろ現在につながる〈郷愁〉と泥濘の池だといってよい。宮沢賢治の「風の又三郎」には、だれでも思いあたるような少年の恐怖感が忘れずに登録されている。あの学校の放課後に、机の中にしまい込んだ宿題やら遊び道具などを忘れて、独りでひきかえしてとりにいった教室の、ガランとした不在感を、体験しなかったものは稀だろう。ガキたちの、あのざわめきの夢、あの跡かたもなくなった放課後の不在。どうして人間たちは、こうも速やかに存在の痕跡をまったく消すことができるのか。これは住居でもおなじなのだ。ゴミついた街並から、昨日まであった駄菓子屋が消えて、その空間はもう別の貌によって埋められている。駄菓子屋のおばさんも、そこをたまり場にした洟垂れ小僧たちも、跡かたもなく存在しなくなっている。

少年にはなぜそうなるのか、まったく理由がわからない。放課後の教室はガランとしていて、ざわめきが跡かたもなく消えてしまうような、学校の本質がそういうものだからだ。学校は〈時間〉の住家ではあるが、〈空間〉の住家ではないからだ。だが、少年には、もともと住家とはなにか判らないし、住家を牛耳っているものがなにかも判っていない。それが放課後の〈恐怖〉の本質である。もちろん、これは都市のビル街でもおなじだ。〈時間〉の住家である都市の巨きなビルディングのはざまの街並を、ビジネスの放課後に通ったことのあるものは、その不在感が、少年の日の〈恐怖〉につながっていることを了解する。宮沢賢治の「風の又三郎」は、まちがいなくこの〈恐怖〉の本質を登場させている。もうひとつ、だれにも思いあたる〈恐怖〉が描かれている。制服の袖口は垢と脂汗でぴかぴかと光り、足は素足にズック靴、ボロボロのズックカバンといったガキたちの学校へ、ある日、白エリの学童服に、白い半ソックスとランドセルに革靴といったいでたちの少年が転校してくる。この少年のもっている匂いは、ガキたちとはちがっている。ガキたちは異質なちん入者を好奇心と羨望と警戒心を混えた眼ざしで迎え、やがて少しずつ慣れあってゆく。もちろん、わたしはガキたちの位相でしかこの事態を体験したことはない。なぜ、この転校者は別の世界の匂いをもって、ガキたちをおとずれるのか。

土着のガキたちにとって、転校というものの本質がわからない。だから、或る日、ふってわいたようにやってくるのだ。転校の本質は、まだ、ガキたちにも、異った匂いを運んできた少年の方にも秘されている。そして、なぜか、転校の少年は、まだ、ほんとうに同化しきれないうちに、また、立ち去ってゆくのが常である。土着のガキたちは、なぜ、また、少年が立ち去ってゆくのか判らない。たしかなことは、教室や遊び仲間の群れから、或る日、忽然と、かれが消えていってしまうということである。もちろん、ふってわいたようにやってきた少年が、白エリの学童服に、白い半ソックスとランドセルではなく、同類の遊行するガキであることも、異邦人であることもあるだろう。だが、なぜかわたしの記憶に焼きついているのは白エリ、白い半ソックスの方である。

唐十郎は「我らの闇の時間」のなかで、宮沢賢治を呼び出してこう記している。

「いかりのにがさまた青さ、四月の気層の光の底を唾し歯ぎしり行き来する。おれはひとりの修羅なのだ。ああ輝きの四月のそこを、歯ぎしり燃えて行ききする、おれはひとりの修羅なのだ。日輪青くかげろへば、修羅は樹林に交響し、まことのことばはここになく、修羅の涙は土にふる。」

賢治はこの意外な明るさを、現実を一またぎした森の向うに見ていた。それにアプローチするために彼は風の又三郎であり、妹のとし子のために御椀を持って雪の世界へ飛び出して行った。そして、愚直にも、困っている人がいたらどこに行っても風邪を直してあげたいと思いつづけた。否、風邪でなくて、けんかをすれば止めてやりたいと思っても、自分もやりたいと言っていたのか……。彼岸への投げつぶても、愚直なる彷徨も、また光明の世界に近づいてゆく一つの修業であったのだ。

だが、この岩手の火の玉は、なぜ一人の女が死んでしまったら、次の女が愛せないなどと口ばしるのか？　別の女が出てきても、僕は絶対に愛さないなどといっているが、この欲望の猥雑さを意識の抑圧下に置く青き包茎ぶりこそが、「どっどど・どどうど、どどう」などという森の向うからの夥しい精液の氾濫ぶりを、狂喜しながら書き得たのかも知れない。（「我らの闇の時間」）

わたしには、宮沢賢治が唐のいうほど「愚直」だったとはおもえない。かれは貴種流離と卑種流離とが、ふたつとも存在の〈恐怖〉によって生みだされた虚構であることをよく知っていた。佇ちつくすものの〈恐怖〉といってもいい。賢治が〈体内から一滴も精液を出さなかったのは、世界でワイニンゲルとじぶんと誰それの三人だけだ〉と誰かに語ったという伝説が流布されているが、そういう伝説は、賢治のじぶんにたいする〈恐怖〉につながっている。

かれはどうしてそんなに自分が怖かったのか。なにを怖れなければならなかったのか。じぶんを愛することが怖かったのである。じぶんを愛すれば、女を愛さなければならぬ。女を愛すれば世界を愛することはできない。（「世界がぜんたい幸福にならないうちは個人の幸福はありえない」ということができない。）そんなことはできなくてもよいではないのか。もちろん、できなくてもよい。だが人間には生理というどうしようもない自然がある。これを卑種でもなく貴種でもなく、いわば〈幼種〉に保つことが、宮沢賢治にとって存在の〈恐怖〉から逃れるための意志的なたたかいであった。そうすれば他者におびえることはあっても、じぶんにおびえることはないはずだ。このばあい宮沢賢治の意志的なたたかいは、〈卑しい大人になんかなりたくない〉という生理に督促されたじぶんとの訣れの辛さとは遥かに隔たっている。それを認めたら全世界を失う、というのが賢治の〈幼種〉への執着を支えていた。生理の促しを圧殺することで世界に遍在しようとした。「愚直」などというものではない。

## 2

唐十郎の「風の又三郎」を支配しているのは〈郷愁〉であろう。敗戦後の荒廃した下町の風景の猥雑さにたいする〈郷愁〉だとひとまず云っておこう。

「その日は風の激しく吹く日なり、されば今でも風の騒がしき日には、きょうは寒戸のばばあが帰ってきそうな日なりという。」日向ぼっこの群れもまた、いつの日か、風の強い日に帰ってくるだろう。あのイリュージョンが私の目の前に確固として息づいていた頃、私の家は上野の山のすぐ下の下谷万年町であった。八軒長屋の八つ手の植わった一角がそうであり、お春や、お市などという戦後の有名なオカマの根城がそこにあった。

長屋の連中は皆、オカマヤさんに二階を貸して食べていたが、私の家だけは厳として、オカマに家を貸さず、高潔を保っていたが、少年時代の私が、八つ手の植わった窓ブチで勉強していると、目の前の小路を、オカマ同士がさびたナッキリ包丁を手にダダッとかけては切り合った。さびた包丁で思いきり背を切られたオカマの血が小路の凹地にたまって、真昼の太陽がギラギラと輝き、どこかのラジオから古賀さと子の唄が鳴っていた。悲惨さと焼け跡の太陽がこうやって妙に調和を保っていたのを、臆病な少年は、ある快い関心をもって見つめていた。私にとって戦後はそのように現われた。金がなくて浅草から隅田川のプールまで、父と共に歩いていった夏のあの暑さと、おびただしいほどの銀ヤンマは、今でも私をクラクラさせるほど、官能的であった。焼け跡は、それ故に五歳の少年にとって、黄金の荒野ともいうべきで、私はあきれるほど、それに闖入されっ放しで、夢遊病のように中学まで過ごした。私は私自身についていろんな体験の痛みを知るというよりも、私を囲んだ焼け跡のはるか背景に、ただ立ちつくしていて何も始まらぬ自分を発見するばかりであった。そして、このような私の白痴面は一体何なのかと、二十四歳まで考えてみたけれど、終りまで考えつづける力もなかった。そして、それは紅テントが始まる前の年であった。（「我らの闇の時間」）

これで唐十郎の原風景がいい尽されている。かれの「風の又三郎」は、猥雑な露路を出入する両性具備の卑種でなければならない。かれが街にばっこするとき、少年は背景のなかでじっと佇っている。かれが街から消えてゆけば、少年は孤独な勉強好きの少年にたち還る。この少年には、存在への〈恐怖〉はない。なぜならば、ここには荒廃した焼跡の異様に猥雑な風景と、それを束の間に借りている両性具備の「風の又三郎」はいるが、孤独な少年と又三郎の関係は、庭と借景のような関係だから、ほんとうは一方が引っこめば、一方がせり上ってくるという逆立したものだからだ。では、この孤独な少年にとって、なぜ「風の又三郎」が、点景として必要だったのか。猥雑さへの自負のためか。戦争の荒廃した景物の一つとしてか、あるいは芝居の書割りとしてか。わたしには、ただ、唐の〈郷愁〉が、この猥雑の両性具備者をまねきよせているようにおもえる。

唐の〈郷愁〉とはなにか。なぜ、何にたいする〈郷愁〉なのか。うまくわからないが、これは唐十郎の〈諦め〉と関係があるようにおもえる。この〈諦め〉も、なかなか正体がわからない。ただ、はじめに幾組かの異様な登場人物があり、流れる時間のなかに戦争が点滅し、両性具備の「風の又三郎」が、それらのほころびと断絶を縫いつけてあるけば〈郷愁〉は成立する。また〈諦め〉も成立する。芝居は、

「風の又三郎」の性転換によって構造を逆転させる古狂言に似ている。つまり、唐がやっているのは、猥雑な能舞台である。ただ、現在、何々流の能役者によって演じられ、ひまな老婆たちが観にゆく能舞台と、唐十郎一座によって演ぜられ、ジーパン姿のフーテン娘たちに観られる能舞台のあいだの距離は、宮沢賢治の「風の又三郎」と唐の猥雑な「風の又三郎」との距離ではない。あるいは唐自身も、そう自負しているかも知れないが、まるで、このふたつは異質なのだ。一見、とり澄ましたような賢治の「風の又三郎」には、骨までこたえるような〈恐怖〉の垂鉛があり、一見、異様にみえる唐の「風の又三郎」には拡がってゆく〈郷愁〉がある。でも、この〈郷愁〉の正体はよくわからない。もちろん唐自身にもわからないのかもしれない。唐十郎のもっとも優れた文章「役者の故郷論」をみると、かれが、じぶんの〈郷愁〉のよってきたるところを尋ねあて、何とか根拠をあたえようとしていることがよくわかる。

役者の発祥のひとつは河原乞食である。では河原乞食の発祥のひとつはなにか。「庭掃除、井戸を掘る仕事、それから獣馬の屠殺、もちろん皮をなめすとか、皮をもむなんていうのは屠殺人の仕事ですから、刑場の労働者も携わったり、建築や土木運搬などという仕事をやっていた」し、「能の音阿弥、それから連阿弥などは有名な庭作師でありまして、彼らは河原者の出身者であった」と書いている。よろしい、今日、高級ぶった貌をして芸術・芸能にたずさわるもの、ことごとく元をただせば河原者ときまった。では、それからさきはどうなるのだ？　この辺りから唐十郎もそろそろ怪しいことを云いはじめる。「河原に住みついていた人々が、そこで芝居をやったから卑しくなったのではなくて、もともと河原に住んでいた先住民族の亡霊が卑しい民の群れであったということなのです」。ところで近頃の形質人類学の傾向では、日本人とよばれている人類の基層になっている人種は、この列島で発生したと云われそうな形勢になってきた。人骨発見の発展が列島人の〈時間〉を、数十万年から数百万年のほうへ餡のように延ばすことを可能にさせるようになったからである。これは人間の歴史の〈時間〉をも、目盛をうったあとで、飴のように延ばして考えねばならないことを示している。かつて、歴史を千数百年前の初期統一王権成立以後に限定して考えねばならない理由はない、と云ったら、千数百年だって大変な〈時間〉だと三島由紀夫に反撥されたことがある。おなじ云いかたは、まだしてみたいのだ。

朝鮮人と日本人は、たった一万年くらいで同祖同系種にゆきつきそうな、さして変りばえのしない連中だし、近々、三千年か四千年の〈時間〉まで〈郷愁〉をたどれば、沖縄語と日本語とは同祖にゆきついてしまう。わたしには、朝鮮人だ沖縄衆だ、おれたちがいじめた、いじめられたなどと騒いでいる連中の気がしれない。漢族とその余りのアジア人種の差異ほどの決定的なものは、その余りのアジア人種相互のあいだでは存在しないのである。こういう連中は、じぶんの「故郷論」を、唐十郎とおなじように、はっきりと語るべきである。そうすると、じぶんの〈郷愁〉が、案外どのくらい遠い〈時間〉に設定しているのか、近い〈時間〉に設定しているのか、あるいは過去とも未来とも絶たれた〈現在〉にだけ設定された異常なものであるか、が知れるはずである。場合によっては磁針が狂っているかもしれぬ。そうでなければ、喧嘩にも何にもならないのである。

## 3

もちろん、唐十郎は、ただ「役者の故郷論」を云いたかったので、人種の「故郷論」を云いたいわけではなかった。だが、すべての役者は河原者の末裔であるというとき、その〈時間〉は、せいぜい室町期をさかのぼることはできない。もっとさかのぼって律令賤民制にゆきついても、まだまだ、役者の〈故郷〉にはゆきつかない。統一王権によって〈部〉として召還される以前にも、〈神人〉〈巫女〉とわかちがたい形で、わざおぎもえらぎもあった。だが、それでもまだ足りない。いったい、どこまでさかのぼればよいのか。現在進行中の〈時間〉であり、固定してとらえることはできそうにない。〈故郷〉

がわかる度合は、じぶんの〈現在〉がわかる度合に比例している。そうだとすれば役者たるもの、芸事にたずさわるもの、学芸にたずさわるものは、まだ、じぶんを河原乞食と思いこむのは、はやいのだ。そこで、いま「遊行」ということだけに着目してみよう。

すべての放浪芸の始まりは、移動民習俗の信仰に包括されてしまう。移動民習俗をもつものとしてかんがえられる唯一の集団は、前古代の海人《あま》の民である。かれらは南中国の沿海や南方の諸島の水辺の民とおなじようにやってきたり、ふってもわいたりして、漁場をもとめては、一家一村落すべてをあげて移動し、海辺の農民と獲物を交換し、家船や仮の水屋に住み、また、つぎの季節と漁場をもとめて一家一村落をあげて移動してしまった。〈故郷〉は、漁場によってきまるだけだが、漁場といえども、パチンコ屋とおなじで、この習俗を繰返しているうちに、よく玉のはいる台は、Aなるパチンコ屋ではどれとどれといった具合に、ほぼ定着してくる。

それとおなじように、海辺の泊りも固定的に列島のいくつかの個処に固定されてくる。この泊りと漁場は、かれらの〈故郷〉を代理する。かれらの真の〈故郷〉は、南方にあるのだが、その地形の記憶にかなった海辺に村落をつくり定住するようになったかもしれない。そして、これが列島人の特色といえるものだが、いったん海辺に村落をつくった海人の集団は、同時に農耕民に〈変貌〉することもできたのである。もちろん、代々の習俗は改めがたく、河川にそって天幕や仮小屋をつくって農耕用具をつくって穀物と交換したり、薬草木、食用草木、天然デンプン用の木の実などを採集し、自給自足しながら、こんどは、陸の原料場や作業原材をもとめて移動するものたちも生れた。

かれらは、舟霊様の偶人形からヒントを得て、海で出遇った〈怪〉をもとにして劇をつくって演じ、また、陸にあがって河川の筋にそって移動したものたちは、里神楽やひょんな狂言のようなものを、ゆく土地ごとの伝承をもとにつくりあげたりした。もちろん、この陸に上って河川に沿って移動するものたちが、農耕人や狩猟人とどこで何を、どう混合したかは、まったくわからないのである。これらの偶人劇や里狂言の物語や所作ごとや歌舞は、移動するさきざきでタンポポのように〈風〉に運ばれては、たまたま落ちたところで生みつけられていった。はるか後世になって初期王権は、楽府をつくってこれらの物語歌や所作ごとを召しあげた。『古事記』や『日本書紀』にでてくる〈天語歌《あまかたりうた》〉（ほんとうは海人語り歌である）とか、〈夷振り《ひなぶ》〉とか注がついた歌謡は、その一部である。もちろんそれと同時に、人材をも召上げて遊芸専門の曲部《かきべ》をもつくって侍らせた。蛇取り（「這ふ虫の災《わざはひ》」）の曲部もかれらのなかから履中、反正の頃につくられたと三角寛の『サンカ社会の研究』には記されている。放浪芸（エラギ）もまた、かれらの職業のひとつにはいっていた。

忍びの術もそうである。かれらは、出雲族の末裔であると伝承しているが、それはあてにならない。出雲族などという種族あるいは部族などは範疇として成り立たないからである。おなじように歌舞伎の始祖に伝承されている出雲の阿国が、出雲族だったというのもあてにならない。問題は、ただ、海路と「天離《あまさ》かる」（ほんとうは「海離《あまさ》かる」である）鄙《ひな》を河川の筋にそって滞留したり移動したりするひとびとの習俗が、わが列島では、あたかも南中国の海辺の蛋民とおなじように南方系の海人《あまひと》の集団に発していただろうということである。それが海ジプシーになるものと陸ジプシーになるものとにわかれて、変幻自在であった。穢多非人という呼称は江戸期の圧制のもとにはじめてうまれ、特殊部落という呼称は、明治以後に流布された。

しかしながら、これらを種族として特殊視しようとすることには、どんな根拠もないし、差別する根拠もない。また、唐のいうように先住民族の亡霊をひきずっているということにも根拠はない。かれらは南方系の海辺の民であり、漁場とともに移動する習俗をもっていたので、河川の筋にとまったり、移動したりするものも、農耕民として定着したものも、あらわれた。それをカースト的な曲部の民として固定化し、閉鎖的な共同体をつくらせるようにしてしまったのは、初期王権の政策に端を発している。犯罪者の烙印をおされて河筋に追いこまれたもの、すすんでその群れに投じたものもあったが、もっとも強力にこれを制度化したのは徳川幕府であった。もしこれが賤民ならば、これと関係の深かった初期王権の支配者も賤民だといわなければ、辻つまがあわないのである。かくのごとくかんがえてゆくと、唐十郎の〈郷愁〉は、初期王権の支配者の血縁であるという〈郷愁〉にゆきつくかも知れないではないか。河原乞食などと居直る必要は、さらさらない。この世を支配するものは、騎馬で移動しようと徒歩《かし》で移動しようと、天幕をかついで移動しようと、移動習俗をもつものである、ということにまちがいはない。めんどくさい連中には頭の上を通り過ぎていってもらうというのが、アジア的農耕民の習俗である。だから支配されても支配されないという特色をもっている。

## 4

拙者は、以前から、不思議に思っているのだが、一体いつからこの日本処女列島に居を定めたのかと。未だ、風の神とはなれぬこの身だが、ためつすがめつ、風呂屋の鏡にその姿を映せば、どうやら、息口持った虫の類いだ。この虫が、ただ、この地に群棲しているだけのことではないか。ならば、一つ、風に連れられ、愛の南下運動の旅に出たいものである。血をしたたらせる一握りの肉塊が、風に吹かれて、既視の夢の河を下る。

ひとをさらうとは、この一握りの肉塊からたちのぼる異臭を以て、南下を志すことでしかない。風が、都市の隅々まで、この異物の訪いを予告して、袋小路にかくれた快楽の不吉な触角をなでまわすだろう。煽動の美的風土は、風の神によって運ばれる。

世界の三つの輪ゴムとも云うべき、米中ソの三極構造によって、かつては、キューバ——北鮮であった革命の通底器が、今や、韓国から沖縄、あるいは、台湾、フィリッピン、はたまたベンガルと云う太平洋沿岸の闇市間に設定さるべしと云う平岡正明の水先案内人的急カーブは、風の託宣によれば、三極構造の横車入り以前に黙示録的に指し示されている。これは、虫の嗅覚を以てすれば、当然の南下ポイントであり、どこかなじみ易くなまぐさき風の吹く地獄のマナイタのだだっ広くひろがった範疇を爪でカリカリひっかきながらたどれば、不思議なこと太平洋沿岸をマナイタの表面として、何故かベンガルで途切れる。（唐十郎「日本列島南下運動の黙示録」）

「息口持った虫の類い」という、じぶんに対する比喩は悪くない。だが、〈這う虫〉というとき、この列島の古代では〈蝮〉のことを意味した。

もともと縄文期いらいの堅穴式住居とそれほどちがわない小屋に、長い時代にわたり、土間に薦《こも》を敷いて住んでいた列島人にとって、〈蝮〉に噛まれる危険は、日常いつでもありうることであった。そして〈蝮〉に噛まれて死ぬことがあれば、自然神がかれを死なしめたので、その根源をなす罪穢れは、おはらいによって消滅させられるというのが、かれらの処方箋であった。

そして、〈這う虫〉である〈蝮〉は、東北地方と琉球諸島へは、なかなか渡れなかった。〈ハブ〉のような別の〈這う虫〉がいたからである。履中、あるいは反正は、多治比部《たじひべ》（蝮部）を定めて、〈蝮捕り〉を専業とさせ、みずからそのボスに据わった。〈蝮〉は人畜の害虫であり、同時に、栄養源であり、薬用源であった。されば、比喩を虫にとった唐十郎もまた九州南西部と九州北部までで、阻まれるにちがいないと、わたしは想像する。それ以上ゆくには、別の〈呪〉がいるからだ。

わたしが、唐十郎の〈郷愁〉を信ずるとすれば、まず、モンゴールを混血した北東印度の一部を除いてインドを排除してかんがえること。南中国沿海民の一部を除いて中国を排除してかんがえること。たかだか一万年以内で闇夜でも、真昼でも区別のつかなくなるような朝鮮、沖縄のことは腹中に入れること。カンボジアとジャワ、スマトラの海辺と奥地の水上と樹上の生活民だけに着目すること、などをすすめるほかはない。ということは、結局、下谷万年町でも深川万年町でもよいが、その袋小路に佇っていれば充分だということになるかもしれない。いささか、ムーミン谷に生棲する〈無駄じゃ、無駄じゃ〉という口ぐせの男に似ているような気がしないでもないが、唐十郎の〈郷愁〉は、そこへ帰還してゆくほかないようにみえる。わたしは唐十郎一座の「風の又三郎」を、能舞台を観る眼つきでみていた。ときどき拍手がわいたり、笑いがおこったり、掛声が、かかったりするので、浅草の映画館で、仁義もののか、チャンバラものを観ている気になったり、これブレヒトのV－効果の実践のつもりか、などと考えたりもした。しかし、おおむねわたしの脳裡では、世阿弥の演じ、演出するところの幻の能舞台が浮んでいた。巧く構造がおなじように出来ているのである。李礼仙が演ずる前シテの「又三郎」が、女性への転換を垣間見せるところで後シテに変る。構成の劇的な転換はここのところにしかない。猥雑で佗しい芝居であった。もちろん能狂言といえども、猥雑で佗しい芝居だ。かれらの実現しようとした〈時分の花〉も〈まことの花〉も、現在、わたしたちがかんがえるよりも、ずっと猥雑で、ずっと佗しいものだったのだが、どう頑張っても、また、何々流の能舞台を観にいっても、この猥雑さの質だけは、わからなくなってしまっている。わたしは、そう類推することができる体験をしたことがあった。定家の歌体論に〈幽玄様〉という一体があるのだが、その正体がいっこうにわからなかった。かくてはならじと、一週間ほど新古今時代の歌を四六時中、頭のなかでめくり返したり口誦んだりして、そのうち〈幽玄〉の体に叶う歌を択りだしてみようと試みた。その結果は、ほとんど択りわけることができないことが判ったが、やがて朧気ながら少しずつ肌触りのようなものが知れてきたように思われた。だがその打率は二割くらいが精いっぱいであるとしかおもえなかった。

わたしたちは、たかが、千年にも充たないころの歌を読みとるのに、すでに重大な観点を失ってしまっている。現在の能舞台から、生々しい猥雑さが抜きとられ、たった打率二割くらいで〈幽玄〉や〈花〉をじぶんたちが伝承していると思い込んでいる役者に、なにができるはずがないのである。すると、唐一座の芝居に現代の能舞台をみたほうがいいのかも知れぬと、ふと考えざるを得なかった。ふんだんに〈面白様〉や〈事可然様〉をふりまいてくれるので、息もつかせず愉しかった。しかし、いつ、かれらは〈郷愁〉を捨てて現存在の〈恐怖〉を垣間見せてくれるのか。いまのままなら、将軍家に召抱えられないように用心するほか、一座の〈時分の花〉を保つ方法がないように思われた。この点では、一見、正統派ふうの民俗童話におもわれがちな宮沢賢治の「風の又三郎」に、まだ届かない、というのがわたしの正直な感慨であった。

# 聖と俗

――焼くや藻塩の――

島尾敏雄夫人ミホの『海辺の生と死』を読んで、南島の遺風について、さまざまな感興を喚びさまされた。ここで、わざわざ島尾敏雄夫人と云ったのは、島尾敏雄の存在をかんがえなければ、この本が独立性をもちえないという意味ではない。むしろ、その反対で、内心驚嘆した。ただこの本の表現がひとりでに収斂するところが島尾敏雄という存在だという意味で、どうしても島尾敏雄夫人とせざるをえないものを感じたのだ。なまなかな修練ではとても書けず、昼は人つくり夜は神つくりとでもいうより致し方のないものがここには生きている。この本を縫いつづっている縦糸を、ひと言でいってしまえば、遊行して南の小さな島に訪れて去ってゆく〈聖〉であり同時に〈俗〉である人々、〈貴種〉であり同時に〈卑種〉である人々の姿を、迎えるものの内部から描破しているところにあるといってよい。いいかえれば〈貴種〉であり同時に〈卑種〉であるものの流離譚を、鳥瞰的にでもなく、流離するものの側からでもなく、受けいれるものの側から描きつくしているところに、おおきな関心をそそられ、その意味では、著者が意図しないにもかかわらず、えがたい意義をもっているとおもえた。島尾ミホは、島に流離してくる人々を「沖縄芝居をする役者衆、支那手妻をしてみせる人たち、親子連れの踊り子、講釈師、浪花節語りなどの旅芸人や、立琴を巧みに弾いて歌い歩く樟脳売りの伊達男、それぞれ身体のどこかに障害を持った『征露丸』売りの日露戦争廃兵の一団、それに帝政時代には貴族将校だったという白系ロシア人のラシャ売り、弁髪を残した『支那人』の小間物売り、紺風呂敷の包みを背中に負った越中富山の薬売りなどでした。」と記している。いずれも芸や物を売りに訪れる〈貴種〉または〈卑種〉であるといえる。そして、もとをたどれば、これら遊行する人々は、〈聖〉であり同時に〈俗〉であるというところにゆきついてゆく。かれら遊行の芸または物を商う人々の流浪は、神人や部としての資格を失ったときからはじまったとおもえるからだ。古くまで遡れば、すくなくとも〈神〉と〈人〉との仲介者として尊崇され、また、魔術のように物の形を造ってしまうものとして、尊崇されていた。

こういう系譜の起りは、よくしられているように、『万葉集』巻十六の「乞食者《ほがひびと》の詠《うた》二首」などによって、由来をたどることができる。この歌謡のひとつは、乞食者《ほがひびと》が、猟人になって、獲物である鹿のために「痛」みを述べる形のもので、もう一つは蟹になって「痛」みを述べる形のものである。一方は猟人と獲物である鹿との問答体によって、首長の食前を祝う歌であり、一方は、食べられる蟹の述懐という形をかりて、やはり首長の食前を祝う歌である。いずれの形も、滑稽感をともなった獲物たちの擬人化をつうじて、首長の喰い代を祝ってみせる応答の戯歌謡であるとみることができる。かれらは祝言《ほがひ》をもって村々を触れて巡行し、喜捨を乞う乞食者（ほがひびと）のうち、宮廷に召し上げられたものだった。

まあまあいとしいお立合いの皆々様　わたしが住居からやおら腰をあげて出かけてゆけば　韓の国へいって虎を生取り　八頭も持ちかえって　その皮を畳に縫いつけて　立派な敷物にして　四月と五月のあいだの頃に　薬猟《くすりがり》の勢子となって奉仕すること　かた山に　二本たっている　櫟《いちい》の木のもとに　弓を八つ手ばさみ　鏑矢を　八つ手ばさみ　獲物の鹿がくるのを　待ちかまえていると鹿がやってきて　嘆いていうのに　わたしはもう直ぐ　射られて死んでしまうでしょう　首長のお役に立ちましょう　わたしの角は　笠の飾り　わたしの耳は墨つぼに　ふたつの眼は　磨かれた鏡　わたしの爪は　弓弭《ゆはず》に　わたしの毛は　筆のさき　わたしの皮は　箱のはり皮に　わたしの肉

こ　はなますの添えもの　わたしの肝も　なますの添えもの　わたしの胃の腑は　塩づけの具に　この老いぼれたわたしの身一つが　こんなにたくさん役に立つ　七重八重花咲くような晴れがましさ　七重八重花咲くような栄えの身と　讃めてはやして　讃めてたたえて下さい（『万葉集』巻十六三八八五）

この「乞食者《ほがひびと》」は、たぶん、宮廷に直属してこういう即興の祝い言を並べたてて座興に供する曲部であった。もっとさかのぼれば〈神〉と〈人〉を仲介する言葉を吐き出しうる呪言師だったろうし、さらにさかのぼれば呪言によって村落共同体を傾聴せしめる神人だったともかんがえられる。しかし、時代が下れば下るほど、直属の主家を放たれて諸国を放浪し、村々では〈聖〉なるもののように崇められ、その芸やきいたこともない他国の耳語りを喜ばれながら、また、物を乞うて去ってゆく放浪芸人や放浪工人になっていった、とかんがえることができる。私有財産の多寡が位取りをきめるという形が、人々のあいだに顕在化してくれば、放浪芸人や工人たちの心には〈俗〉である観念が萌し、それとともに村落の人々の心にも、かれらが自分たちよりも〈卑種〉な「乞食者《こつじきびと》」だという観念が萌してくる。神人として〈神〉の代理をするし、おのずから憑依状態で吐かれる呪言が、村落を支配した、とはとてもかんがえられないような時代がやってくる。たぶんこの状態は、わが国では平安期の初期には、はじまっているとかんがえられる。では、村落の人々は、これをどうやって迎え、どうやって送り出したのだろうか。

島尾ミホは、まるで手にとるように、それを描きだしている。もちろん、これは五十年とは遡れない奄美諸島の加計呂麻島の少女の心に写ったものとしてだが、どんなに遡ってもそれほど変りはあるまいとおもえるほど、永続的な描写をふくんでいる。

沖縄芝居が来るということが、旅籠屋の主人の口で一カ月も前から知らされると、島の人々はみんなその日を待っていました。もちろん私もその一人でしたが、芝居の役者衆はきっとあの夏の夜空の真南に輝く船型星のような形をしたマーラン船に乗ってくるにちがいないとひとりぎめに思い込んでおりました。(「旅の人たち」)

それは南国の太陽が群青の海に眩しく油照りしている真昼間なのに、不思議な妖気さえ漂わせ、幻の船のように見えました。だから私は昔話の人物のようにきらびやかな衣装を着けた沖縄芝居の役者衆は、きっとあのマーラン船に乗ってはるばるとやってくるにちがいないと思えたのでした。

「シバ《芝居》ヤヌチャ《がきた》ードー《ぞー》」

と言いながら大人が駆けていく足音の後に、おおぜいの子供たちの歓声と足音が入り乱れて続きましたので、私も思わず縁先から飛び降りてその後を追って海岸に来てみますと、大人も子供も着物の裾をたくしあげ、脛や膝のあたりを砂あぶくのまじった上げ潮に洗われながら、沖に向って右手を高く振り、左手では着物の裾を持って、夢中になって立ち騒いでいました。沖の方からは賑やかな沖縄太鼓と三味線の音に交って、沖縄民謡の調子のたかい女の歌声が海風にのって近づいてきました。ところがそれは幾日も私が幻に画いたマーラン船ではなく、小さな板つけ舟に乗ったわずか七、八人の役者たちが、ごく普通の格好のなんだか貧相な入来でしかありませんでした。(「旅の人たち」)

一少女が遊行の「乞食者《ほがひびと》」をむかえるときの〈聖〉と〈俗〉とに揺れる心が、よく描かれている。たぶん、この「乞食者《ほがひびと》」の到来は、時代が遡るほど〈聖〉と〈俗〉とが合致するものとして思い描かれていた。〈聖〉は、待ち人にとって期待であり、畏怖であり、生れて見たこともない他界の象徴であり、じぶんたちの世界にない劇《ドラマ》を運んでくれるものであった。そして人々にとって、この期待や畏怖や他界の匂いは、容易に同化できるものであった。すくなくとも、「乞食者《ほがひびと》」が滞まっているかぎりは。つまり〈俗〉と〈聖〉とは地続きでなければならなかった。そうでなければ聖俗をわけること自体が無意味なはずである。無縁の疎隔されたものは、到来することもできなければ立去ることもできない。島尾ミホは、継母が娘の額に焼火箸を当てる芝居の場面で、じぶんの額に手をあててその痛みを感じ、泣きながら気の毒な娘（役）に、紙にくるんだ「はな」を投げる見物衆の姿を忘れずに描いている。もちろんそれは芝居でなくて、祝言であっても、古狂言のシテとワキであっても、浪花節のような歌語りであってもよいのだ。劇のクライマックスは、同時に〈聖〉と〈俗〉とが合致するクライマックスである。そして、遊行の「乞食者《ほがひびと》」と、それを待ちうける村落の人々の心とが合致するクライマックスでもある。

もしこの劇《ドラマ》の場面が、継母の娘いびりのような身につまされるものではなく、はじめから別種のものであったらどうなるのか。

　難波江の小さな溜りに　巣をつくって　穴にかくれている　葦のあいだの蟹を　首長がお呼びだとさ　どうしてわたしをお呼びか　いろいろ知っていることを歌わせようとて　歌人としてわたしをお呼びか　笛吹きとして　わたしをお呼びか　琴弾きとしてわたしをお呼びか　ともかくもお呼びに応じようと　飛鳥へ参り　つぎに出立って置勿《おきな》に着き　さてそれから桃花鳥野《つくの》にゆき　東の中の門から屋敷に入り　おおせのとおりした　馬だったら絆もかけよう　牛だったら鼻縄をつけよう　かた山の樅楡の枝をたくさん皮をはぎ　日に干して　わたしと一緒に入れて　柄碓《からうす》でつき　つぎに庭においた　擦《す》り碓《うす》でつき　難波江の塩水の　初手の辛い塩水の垂れるのをとってきて　陶工がつくった瓶を　今日行って明日もってきて　わたしの身中にぬりつけて　蟹の塩辛にして　もてて

はやし　美味いと云い給うたよ（『万葉集』巻十六　三八八六）

「蟹の為に痛を述べて作れる」という左注のこの歌謡は、首長の前で歌われたら食前をにぎやかにする祝言としてうけとられるかもしれぬ。しかし、遊行する「乞食者《ほがひびと》」によって、この蟹に変身した位相で詠われている歌語りが唱われたら、これを迎える村落の人々はどううけとるだろうか。たぶん〈戯《ざ》れ〉〈滑稽〉としてうけとるのではなかろうか。そうだとすれば〈戯れ〉や〈滑稽〉は〈聖〉と〈俗〉との中間ではなく、〈聖〉と〈俗〉から類別されたところで起ると解することができる。村人たちは蟹の喰べられる「痛」みを、継母の娘いびりのように「痛」みとして感ずることもできないし、さればとて蟹を喰べた体験がよそごとではないかぎり、このような歌語りを〈戯れ〉としてうけとるほかはないのではなかろうか。ここに、すべての〈戯れ〉や〈滑稽〉が位置している。このような「乞食者《ほがひびと》」の歌語りが切実であったとしたら、それを迎える村落の人々は、その切実感をなによりも〈戯れ〉として処理するほかないようにみえる。そこでは「乞食者《ほがひびと》」は〈聖〉でもなく〈俗〉でもなく、また、その中間でもなく〈聖〉と〈俗〉との外側に類別されたものとみなされる。ただ、この問題もまた単純ではない。そして、単純ではない場合のことを島尾ミホは、かくべつの情感をこめずに記している。かくべつの情感をこめずに、ということが、あたかも偶然ではないかのように。

それに旧暦の朔《ついたち》と十五日には必ず朝から夕方まで続く、癩病患者の物乞いの群れもありました。手先のなくなった腕に櫂を褸布でしっかりくくりつけ、丸木舟や板つけ舟を上手にあやつりながらやって来るのですが、集落を家ごとに巡り歩いてお金や味噌、黒砂糖、米など生活に必要な品々を、首の両側から吊した二つの三角袋に恵んで貰っては、また何処かへ漕ぎ帰って行きました。
癩病患者は人里離れた海岸や、あちらこちらに散在する離れ小島の磯にひとかたまりずつ寄り合って暮していると聞いていましたが、私は舟に乗ってよそ島へ行く時に、ときどき遠目に見ることがありました。そして一度だけ、海端のユナ木の下蔭に住んでいるらしいひと群れをすぐ間近に見たことがありました。長く続くきれいな砂浜の渚に生えたユナ木の枝には洗濯物が干してあり、浜辺では炊事の煙がゆっくり立ちのぼっていて、煮炊きをしているらしい女の人の横で、子供たちが賑やかな声をふりまきながら駆け廻って遊んでおりました。また若い女の人が赤ん坊を背負って白い砂浜で貝を掘っているらしい姿なども見えていて、それはよそ見にはまことにのどかな場景に見えました。（「旅の人たち」）

癩が天刑病などと呼びならわされて不治の病とおもわれていた時期のことであろう。〈癩〉という病い自体を、祝言あるいは劇として、それをもった「乞食者《ほがひびと》」が、いつも月の一日と十五日を択んで遊行してくるとき、村落の人々がどう振舞うかがよく描かれている。〈癩〉を負った「乞食者《ほがひびと》」は単独であっては、劇は成立しない。群れに荷われたとき〈癩〉は語り、詠いかけ、芝居のクライマックスを村落の人々に観せつける。その劇のクライマックスは、村落の人々が、もしもじぶんが、あるいはじぶんの子供が、この病いであったらという思いに痛切になったところで成立するはずである。しかし、村人たちが〈癩〉を天刑（遺伝的宿命）のようにみなしているときには、〈癩〉は、「万葉」の「乞食者《ほがひびと》」の詠とおなじで〈鹿〉や〈蟹〉のように、じぶんから類別しているはずである。その意味では〈癩〉は〈聖〉でもなく〈俗〉でもない病いである。しかし、〈癩〉が伝染する病いであるという通念があるところでは、〈癩〉は〈聖〉なる病いであるとともに、〈俗〉なる病いだ。畏怖、期待、疎隔化、礼拝など、あらゆる〈聖〉なるものに附随するものが、村落の人々によって〈癩〉にあたえられる。それとともに天刑（罪責のむくい）という通念が流布されているところでは、汚穢の観念がつきまとう〈俗〉なる病いであるといえる。この〈癩〉が、村落の人々にあたえる〈聖〉なるものと〈俗〉なるものとの関係は、たぶん、こうであった。〈癩〉を負った人々が、集団の象徴として村落を訪れるとき、人々はそれを〈聖〉なる病いとして尊崇してあつかった。そして、個々の〈癩〉を背負った人々にたいしては〈俗〉なる汚穢のように対したのである。ここであらわれたのは、たぶん個々ではもっとも〈俗〉なるものが共同的には〈聖〉なるものに転化するということであった。そして、さらに問題があるとすれば——〈聖〉なるもの〈俗〉なるものという概念は、どこに限界をもち、どこで否定されるか、ということだった。

ひとつには〈癩〉は天刑でもなければ治癒が不可能でもないということが、発見されたとき、この病いは〈聖〉性と〈俗〉性をひとしく失わなければならなかった。さらに、〈癩〉は、わずかの期間の接触によって感応（感染）するものではないということが確定されたとき、やはり〈聖〉性と〈俗〉性とを失わなければならなかった、ということができよう。なぜならば、このような識知は〈癩〉を常人から類別すべき根拠をまったく失わせたにちがいないからだ。そして〈癩〉という病い自体を祝言とし、劇《ドラマ》として訪れた「乞食者《ほがひびと》」は、村落の人々によって、たんなる（いいかえれば経済的な）乞食者《こつじきしゃ》に転化するほかはなかった。もはやそこに残されるのは、近代風の同情や慈善や可哀そうの概念だけだ。あのひとは〈癩〉だ、と囁かれることは、あのひとは〈チフス〉だと囁かれることとおなじことになってしまった。そのとき〈聖〉も〈俗〉もおわりを告げるのだ。ただ、もうまいな遺習としてのこされるほかはありえなくなった。

旅の浪曲師「オータさん」は、義士祭の日に学校で、赤穂義士伝を浪曲で語ってきかせ、みなのカッサイをうける。だが、この「乞食者《ほがひびと》」は、素顔にもどると「帰るおうちはないんですよ、家族は私一人だけです」と、島の少女に語る天涯孤独なひとりの老人である。そもそも「乞食者《ほがひびと》」は、ただひとりで〈神〉に対面することができ、〈神〉の言葉を解して仲介することができ、神人として首長に祝言をたれることができた存在ではなかったのか。〈神〉が神殿をはなれて流浪するようになったとき、「乞食者《ほがひびと》」

もまた遊行するようになったのではないか。〈神〉が地上にひきずりおろされたとき、かれらもまた〈卑種〉にひきずりおろされた。かれらが〈神〉の言葉を再現する場所は、地上ではフィクションの世界にしかなくなってしまった。すべての劇《ドラマ》や歌語りの世界には、神が登場するかわりに、主人公が登場することになった。そして主人公は限りなく〈卑種〉に堕ちてゆく。もしも、それを堕ちてゆくというならば、だ。

内閉された旧い村落に、「乞食者《ほがひびと》」の訪れることは稀だった。この稀であったことが、島尾ミホが記しているように、さまざまな期待と空想を肥大させた。「乞食者《ほがひびと》」はいつの間にか〈神〉になったり、貧相な男や女たちなのに、空想のなかでは赫やくたる美形になったりする。ペンキ塗りたての小舟の腹胴は、空想のなかでは「マーラン船」の美しい帆の色にかわっている。もちろん、逆をかんがえてもいいのだ。〈癩〉を負った人たちは骨まで壊え、異邦人は、なんとなく鬼面にかわって恐怖をはこんでくる、という空想だってありうる。この遊行する「乞食者《ほがひびと》」が、いく歳月もやってこなかったり稀にしか訪れてこないとき、村落の人々は、〈時間〉のなかに自分たちで、「乞食者《ほがひびと》」を創りだすよりほかなかった。いいかえればじぶんたちの〈先祖〉や〈死霊〉を幻の「乞食者《ほがひびと》」に仕立て、遠い〈時間〉の彼方からやってきて、村落の人々と交歓し、やがてまた遠い〈時間〉の彼方へ去ってゆく束の間を、「遊びの日」として仮構した。島尾ミホは、この「遊びの日」のことを、つぎのように描いている。

ドンドンドン、ドンドンドン、強い太鼓の音にあわせた調子の高い女の人たちの掛け合い歌の歌声と、それに負けじと張り上げる男たちのかえしの声が競い合って集落の秋の夜空へひびきあがり、晴着を着た老人も子供も男も女も、広場いっぱいに円陣をつくり歌にあわせて手を振り身をくねらせ両の足で調子をとりつつ、「遊びの日」の踊りに湧きかえっていました。その人の輪に揉まれよろめきながら小さな私も見様見真似で手や足をうごかし一所懸命に踊りそして歌いました。

トウモチヌヒ《トゥモチの日》　ウムケショーティ《お迎えしまして》
グショヌ《後生の》ウヤフジガナシトゥ《御先祖さまと》
ウドゥリクラブェ《踊り競べ》
ウヤフジガナシヌンキャン《御先祖さま方に》
メヘラングトゥ《負けぬよう》
ワアキャヤ《われわれは》　ウレ《それ》　エイトウドゥロ《一所懸命踊ろう》
（「洗骨」）

〈先祖〉や〈死霊〉は、踊りの輪の内側に踊っている、と島尾ミホの文章は記している。

踊りの輪の内側に踊っているおおぜいの亡き人々の霊魂に向かって、なお生前の姿を見るかのように、現し身の人々は親しかったその名を呼びかわし、話しかけました。そして「それ、後生の人たちと踊り競べだ、負けるな、負けるな」と歌い、東の空に暁の明星が輝き出すまで踊り続けるのでした。もはや生も死も無く。（「洗骨」）

空間的な「乞食者《ほがひびと》」は海を渡って（あるいは山から降りて）村落へ、時間的な「乞食者《ほがひびと》」は、〈先祖〉の系を伝わって村落へ、というのは、旧くわが遺風だった。そして遡ればこの「乞食者《ほがひびと》」は〈聖〉としての〈神〉そのものであり、何処からともなく異形の仮面をつけて村落の道すじをわたりあるき、何事か予兆を残して、顔もあげられない村人たちの前から消えてどこかへ立去ってゆく、赤マタ、黒マタのような存在でもあった。

島尾ミホ夫人にとって、島尾敏雄は、そのようにしてあらわれた〈神〉に似ていた。これは幸であったのか不幸であったのか、わたしには断じ難い。第二次大戦中、アメリカ軍の南方侵攻路にあたっていた奄美諸島、加計呂麻島に、震洋特攻隊長として島尾敏雄は赴任してきた。要塞司令官はカトリック教徒をあつめては敵国の邪宗を信ずる奴は銃殺だ、十字架にかけるなどと抜刀して威したり、迫害したりした。しかし、島尾隊長は、部下たちに丁重で、外出のときは気軽に老婆の荷を背負ってやったり、尾根筋で子供たちと歌いながら山道を下りてゆくといった案配で、部下たちも村人に粗暴な振舞いをするようなことはなかったので、村人たちは島尾隊長を、あたかも到来の守護神のように「ワーキャジュウ〈我々の慈父〉」と呼んだ。村人たちはどんなことがあっても島尾隊が守ってくれるという信仰に似た思いをもつようになった。墜落した敵機の操縦士の亡骸を、丁重に墓地に葬ったりしたので、村人たちは、「アンチュウクサ、ニンギントゥシ、ウマレカハンヌ、チュウダロヤー〈あの人こそ、人間としての、立派な生まれの極まりの、人であありましょう〉」と称え言い、「あれみよ島尾隊長は人情深くて豪傑で……あなたのためならよろこんでみんなの命を捧げます」という口誦歌をつくり口ずさんだ。

村人たちはみな島尾隊が特攻出撃したときひとところで自決するつもりだった。ゆかりのある島の一人の少女は、真新しい白の肌衣と襦袢に、母ゆずりの白羽二重の下着を重ね、形見の喪服を着けて短刀を呑み、浜づたいに〈腰なずみ〉ながら、島尾隊の基地ちかくまでいって、島尾隊長の出撃と同時に隊長に殉じて自決するつもりであった。

海が行けば　腰泥《こしなづ》む
大河原の　植草《うゑぐさ》
海がは　いさよふ　（『記』歌謡37）

というべき情景は「その夜」という島尾ミホの文章に細密画のように描破されている。

これが、到来した守護神と村落の人々、わけてもゆかりある少女との〈聖〉なる劇《ドラマ》のクライマックスである。それを演じた島尾敏雄と島尾ミホ夫人の、戦後の〈俗〉なる日常性に、なにが必然的におこらざるをえなかったたか、ここでは触れるべきことに属さない。この本の世界は、そこにはないからだ。

チドリヤ《千鳥》　ハマチドリヤ《浜千鳥》
ヌガウラヤ《何故お前は》ナキユル《泣き居る》
カナガ《君が》　ウモカゲス《面影の》
タチドゥ《立つ故に》　ナキユル《泣き居る》
カナガ《君が》　ウモカゲヤ《面影は》
タチマサリ《立ち増さり》　マサリ《増さり》
タチマサリ《立ち増さり》　マサリ《増さり》
シユヤヌケブシ《塩焼小屋の煙》

（島尾ミホ作）

# ひとつの疾走

――安東次男――

安東次男とはじめて出遇ったのは、昭和二十三年か二十四年か、もう定かではなくなっている。場所は神田淡路町の「ショパン」という喫茶店だったとおもう。その頃、わたしと諏訪優とは、雑誌『詩文化』の集まりをここでやっていた。きれいな三人の姉妹と、うまいコーヒーと、それからペルシャ猫がいた。ときどき上京した安西冬衛や猫好きの小野十三郎などがここにやってきた。秋山清と長谷川龍生もときに顔をみせた。ようするに、ありふれた文学青年時代であった。そうはいうものの、そのときのわたしには、いまとはちがう意味で文学のもつ小宇宙がわかっていたのではないかとおもう。それを荒すものを瞋ることができた。たぶん、いまのわたしは、どんなに心を配っても荒すものの側という偏見から逃れることはできまい。

安東次男は、後に詩集『六月のみどりの夜わ』に結晶する詩稿をいつももっていて、わたしに見せた、と記憶する。この人は俳句をやっていたな、とその詩稿をみてわたしが思ったのか、かれが、じぶんで俳句をやっていたといったのか、記憶が確かではない。もうひとつ確かではない記憶でいえば、そういうことで何回目か出遇ったあと、わたしが秋山清に紹介したのだとおもう。それからあと秋山清の主宰する雑誌『コスモス』に安東次男の詩を続けざまに見るようになった。あれよあれよというちに、わたしの頭上を通り過ぎ、天馬空を行く疾走を感じた。ようするに詩を書きはじめたとき、すでに安東は出来上った詩人であった。かれはわたしにずっと丁重だったし、いまも出会えば丁重な気がするが、当時、すでにわたしなどとちがって、あらゆる意味で出来上っていて、とても、わたしたちの詩愛好者といった雰囲気にとどまりそうもなかった。安東は、よく足早やに疾走したとおもう。ところが、ある時期から社会派詩人の座から突然（と思えた）身を引いてしまった。このとき何かがあったのだと思うが、かれがそれを語ったのを記憶していない。かれの詩業を検討してみれば、それがよく判るのではないかとおもう。なぜかこのことは、かれの奥方の貌や言葉とともにわたしの心にひっかかっている。

かれが見事な再生を遂げたのは『澱河歌の周辺』をとりまとめて上板したときであった。少なくともわたしにはそう思われた。揺ぎない確信を、かれは、この最初の蕪村論で得たのではないだろうか。わたしは、ここで再び安東次男に関心をもつようになった。

君は水上の梅のごとし花水に
浮で去ること急《すみや》カ也
妾《せふ》は江頭の柳のごとし影水に
沈でしたがふことあたはず

この「澱河歌」の三首目は、そのまま、安東に抱いていた、その頃のわたしの思いに似ているとおもえた。わたしも、じぶんなりの確信をうるために、どんなにひと所に「沈で」いなければならなかったことか。それは安東が疾走しなければならなかった理由と、たぶんおなじことであった。かれは信じられない才子といった外貌をのこしながら、孤独な疾走をつづけている、とわたしにはおもわれた。『澱河歌の周辺』いらい安東次男の古典注解の仕事は、ときとともに深められていった。この種の仕事には伝統的にひとつのフォルムがある。まず、先人の注釈をできるかぎり俎上にのせ、つぎにその上にじぶんの新しい知見を加える。その方法の基礎にあるのは〈連想法〉ともいうべきものである。類似と類推と想起を武器にして、注解すべき対象にむかって可能なかぎり連環力と知識と想像力を集中する。そして新しい知見が累加されてゆく。後人は、それを基にしていくばくかの知見を、また加えてゆく。この方法は、一見すると馬鹿気ているようにおもわれても、あなどることのできない力と強固さをもっている。なまなかな〈独創〉などはふっとんでしまうものだということが直ぐにわかる。だが、この方法に欠陥がないわけではない。微に入り細をうがち、新しい知見をたて、ということが繰返えされているうちに、対象そのものの重さより注釈の方が重たくなり、秤は注釈の方に傾いてくる。そのとき転倒が起る。対象が客に注釈が主に、部分が全体に、全体が部分に転化される。解釈は世界全体であるのに、対象はその小さな部分であるにすぎないというように。そしておれは何をしていることになるのか、という自問がおとずれる。こういう自問がおこらないような注釈は学者馬鹿の仕事である。

　では、安東次男の注解の方法のどこに、この転倒にたいする防禦装置がほどこされているのだろうか。どこに方法的な新しさが見つけられるのだろうか。たとえば「澱河歌」の三首目の「君」と「妾」を論じながら、二首目の「菟水合澱水交流如一身」を男女の情交の描写の暗喩としてよみ、そして蕪村晩年の糸女との恋の形跡に及ぶ、といった一種の連想の炯眼さにあるのだろうか。わたしには、そう思われない。もしそうなら三首目の「君は水上の梅のごとし花水に　浮で去ること急《すみや》カ也　妾《せふ》は江頭の柳のごとし影水に　沈でしたがふことあたはず」もまた、あたかもヴァンデ・ヴェルデのように、男女の性感曲線の相異の暗喩としてよんでもよいはずである。わたしには、安東の注釈法の新しさを、まさに空想がほん放に飛び、注釈の重さが対象の重さを超えてしまう、ちょうどそのぎりぎりのところで、抑制と防禦の装置を働かせているところにあると思える。研究者には安東のような自在なイメージの連鎖を想起してみせることはできまい。それは現代詩人としての安東の実作の習練によるものだからだ。しかし、現代詩人には、安東のような抑制と防禦は可能ではあるまい。もっとほん放な空想を語ってみたくなる誘惑に抗し難いし、安東ほどの学殖もないからだ。このはざまに身を横たえているところに安東次男の注解法の新しさがあるにちがいない。学者、研究者たちは安東の仕事を素人の仕事として無視することはできまい。また、素人は安東の仕事を重箱のすみをほじくっていい気になるな、ということができない。この仕掛けは、安東が巧んで得たものではない。現在の古典学者や研究者の仕事の仕方と、創造者として古典にのぞんだものとの、断層の深さに絶望したことのあるものが、この断層を自らの身体を横たえて架橋しようと志したとき、はじめて得られたひとつの解決法にほかならない。これが、いかにも気楽そうに蕪村詩を注解している安東の表情の奥にかくされたにがさであるとおもえる。

安東次男がなぜ古くさい注釈法の軌道のうえで、いつはてるともしれない孤独な作業に従事していったのか。そもそも注釈の方法は、対象にあくまでも執着していくようにみえて、じつは当てのない道行き法なのだ。じぶんでじぶんを面白がらせ、じぶんでじぶんを愉しませ、人間の匂いのなくなるまで対象である作品を追いつめる孤独さに耐ええなければ、とうてい全うしうる作業ではない。わが古典学の方法が、依然としてこの方法を王道のようにひき継いで飽きないのは、ほかでもない学者たちが、伝統の本姿がじぶんを通り貫いていることを信仰しているからである。安東のやり方をみていると、とうてい、かれが伝統に貫流されるじぶんの姿を信じているとは思われないのである。かれをこの無限旋律にも似た軌道の上に坐らせているのは、もっと別の理由であるような気がする。それを確かな言葉で云うことができないし、かれも語ってはいない。かれが耐えてきた人間の匂いのない世界には、かれが体験してきた人間不信と人間嫌悪が潜んでいるようにみえる。もちろん、わたしの勘ぐりでは、それを安東は政治体験から身につけたのである。そして、ときにたまりかねて人間の匂いをもとめる。それが、蕪村詩の注釈のなかに、しばしば深読みとして放出されるかれのエロティシズムである。このエロティシズムが、「春風馬堤曲」の注釈では、やぶ入娘と重ねて、蕪村の愛娘くのの姿を喚び出して重ねあわせている。「川は高槻を過ぎるあたりから明るく眺望がひらけ、あと洋々とした流れとなって浪花の地にそそいで入る。このことを念頭に置いて、一種の俯瞰図をそこに想像すれば、疑もなくそこには二本の脚（宇治川、桂川）をやや開き気味に、浪花を枕として、仰向に寝た一つのなまめく女体（淀川）のすがたが、彷彿として浮び上ってこざるをえない。」と蕪村詩の舞台となった地誌を鳥瞰するとき、それは「蕪村にとって親しいもの」というよりも、安東にとって孤独の果てに現われるイメージであるようにみえる。

高橋庄次の近著『蕪村の研究』では「春風馬堤曲」の四つの発句、

やぶ入や浪花を出て長柄川
春風や堤長うして家遠し
一軒の茶見世の柳老にけり
藪入の寝るやひとりの親の側

が抽きだされてきて、これを四句今様に類比させるところから、解釈の緒口をつけているところに特長がみつけられる。佐藤泰正の旧著『蕪村と近代詩』では、たしか、『春風馬堤曲』の曲想をなしている読み下し和詩の試みが、各務支考らによって、いわば同時代的に試みられていた背景があり、また、藤村も新体詩の試みとしてこれを意識的に模作したことがあるのを見出したところに特長があった。それぞれに別様の可成り強い説得力と根拠を提示している。安東は、そういう方法に眼をくれず、ひたすら〈重ね〉の連環法を特長として注釈の極限を指そうとしている。たぶん、安東のほかには馬堤曲の道行きの主人公であるやぶ入娘の背後に、蕪村の愛娘くのにたいする複雑な想いを二重に写してみせたものはいなかったろう。蕪村連詩の舞台である淀川を、宇治川と桂川を脚とした女体という連想でとらえ、それを蕪村の画俳としての視覚的なイメージの特質と結びつけて、注釈のなかに登場させることは、たれもできなかった。この〈重ね〉の多重性を注釈法のなかに導入したことは、安東の古典注釈の方法の独創性であり、手柄であるようにおもわれる。しかし、それもまた、かれのつねに疾走せざるを得ない孤独にくらべれば、何ものでもないのかもしれぬ。かれと出遇わなくなって、もう二十数年にもなるが、かれの仕事ぶりを遠望すると、いつもある苦さと甘美さの体験が想い出されてくる。それは、かれの疾走がいまもわたしに落しつづけている翳のようなものに似ている。おそらくやむときはないのではないか。安東次男の翼の破れは、わたしには想像しにくい。

# Ⅳ

# 吉本隆明の心理を分析する

# ロールシャハ・テスト

被検者　吉本隆明／検査者　馬場禮子

カードⅠ

*1*
ちょっとこの点々、気にかかる。線が気にかかる。薄いのと濃いのとあるのが気にかかる。

*2*
あと、カニ。

*3*
女性器。そんなものでしょうかね。ここが気にかかるな、幾何学的だ、ということ。

*4*
両方出っぱってるのが気にかかる。重たい感じというのでしょうか。あと、平べったいな、と思います。

カードⅡ

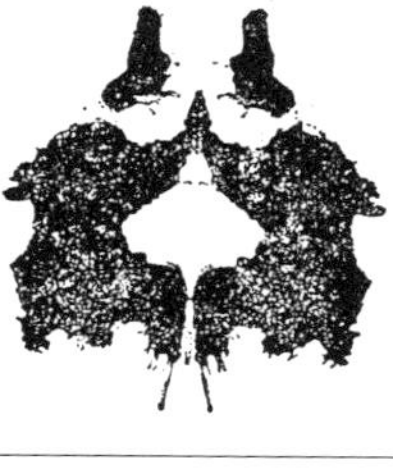

*5*
こうですか。なまめかしいです。やっぱり女性器思い出しますね。

*6*
ランプ。

*7*
からかさ。

8
うーん、てるてる坊主かな。
9
痔疾。——ふん。
10
無理してもいいわけですね。これ人の目。
11
大変気にかかるのこれ、排泄されている血。
12
仮面、何かの仮面。
13
うんお茶碗。無理だなー無理ですねー、何かこう——

カードⅢ

14
黒人女性二人。
15
お尻。
16
乳房。うーん。
17
土器。それに重ねてー、遠心分離器みたいなもの。
18
ネクタイ、蝶ネクタイ。
19
小鳥、二羽。
20
ガマ、カエル。
21
えーと、犬、手を上げている。
22
首輪。お尻って言いましたか？　えー。

カードⅣ

*23*
女性器。

*24*
これ、この辺、この白くなってるのが印象的。

*25*
あと、骨、骨かなー。

*26*
足を前に投げ出して、開いて坐っている。

*27*
こうもり。

*28*
肛門。

カードV

*29*
こうもり、むこう向いてるってことかしら。

*30*
こうもりの足——何かもう少し思いそうなー、えーとー。

*31*
何かかね、非常に暗い感じ。死とか、そういうことを連想しますねー。要するに何もない、何も言いようがないじゃないか、という、うんと暗い感じですね。——

カードVI

*32*
マンドリン。

*33*
追憶でしょうかね、過去の記憶みたい。

*34*
河っていうか、運河ですね。

*35*
あのーねー、無理して、男性器ですね。

*36*

ロート、実験とかに使うこういうの。

37 このー、男性器と言ったのへんで、わりとエキサイトしますね、興奮するというか、エキサイトしますね。

38 ふーん、ここが気にかかるけどもわからない。そのくらい。この男性器という感じが圧倒的に大きくて――全体の形は何かあるようだったけども、本当はあまり問題にならないような気がします。

カードⅦ

39 女性器。

40 人が、踊っている。

41 蜘蛛。人が踊ってるっていうの強いですね。足開いて、爪先でー、っていうの。

42 小さな目。

43 あー、あのー。えーと小さな女の子、口をとんがらがしてる小さな女の子二人ですね。口とがらして――キスしようって感じ。これが束ねた髪。手ですね、手。

44 犬、ワンちゃん、犬ですね。

45 うしろ振り返ってる女の子二人。

カードⅧ

46 さびしい淡い感じ、これは色です、色の感じ。

47 何かに足を掛けてる動物が二つ。

48 蝶々ですね。

49 コマ、コマです。大変いい感じ、好きな感じですね。

50 オレンジ色。うーん、オレンジ色はどうしてこうなったかって、つまり非常に不協和な感じしますね。

51 木の葉。

52 大変——うーん、大変無理して、こう口、大きな口髭をはやした人。

53 うーん。何か、お茶碗、お茶碗ですね。

54

カードⅨ

この、ここの部分が気にかかりますけどねー。何か花、草花ですねー。まあそう——

55 裸の、肩の、うしろの肩の骨見せた女の人。こう見た場合にこの、グリーンとこれが反対になってりゃいいなーっていう感じですね。

56 あのー出産。出産ていう感じ思い出しました、ここのとこ。

57 この肩の骨に見えたとこが、さかさまで、お尻に似てる感じですね。ふーん、そのくらいかな。結局、肩見せた女性がものすごく強い。あと出産の印象が強い。そのくらいかなー。ないなー。

58

カードⅩ

えーと、カニ、ですね。それからここらへんが何か、昆虫がいる。

*59*

子供が描いた動物の絵。子供っていうのは、自分の子供、ぼくの子供。

*60*

うーん、何か、散慢だなっていう印象ですね。

*61*

時計の針。うん……

*62*

小鳥、小鳥、えーとこの黄色いのと茶色いのと小鳥ですね。

*63*

電柱、電柱ですね。

*64*

この、これが無意味であるっていう感じ、これとこっちのが。茶色って、好きな色なんだけど、この場合は大変印象悪いって感じします。そのくらいじゃないでしょうか。

1974. 2. 2.

## ロールシャハ・テスト　量的資料

＊　副分数は½にせず（　）内に実数を入れる。

T.R.　49
$T/R_1$(Av.)　12.2″
$T/R_1$(non.c.)　8.3″
$T/R_1$(c.)　15.4″

F%　45%
New F%　81%
F＋%　64%
Ⅷ＋Ⅸ＋Ⅹ/R%　30%
A＋Ad%　20%
P%　10% (5)

W：D：Dm　15：21：13
M：Σe　3：7.5
FC：CF＋C　1：7＋0
M：FM＋Σm　3：3：1(1)
Fc：cF＋c　6：1＋0
FK：KF＋K　1：1＋0
FC′：CF＋C′　2(1)：0＋0
C sym　1(1)
C.R.　11

| | | | |
|---|---|---|---|
| H　4 | (H)　2 | Obj. 11 | At. 1(1) |
| Hd　4 | (Hd)　1 | Sex　5(1) | Bl. 2(1) |
| A　9 | (A)　1 | Abst. 3 | Lds. 1 |
| Ad　1 | (Ad)　0 | Pl. 2 | Msc. 2 |

# たれにもふれえないなにか

吉本隆明／馬場禮子

## 無防備になろうとする防備

**馬場**　ざっくばらんにお聞きしたいんですけれども、この前、ロールシャハ・テストを受けながら、かなりやりにくい感じをもってらしたんじゃないか。で、おしまいに、テスターが女性だったから、というようなことをちょっと言ってらした。そういう要素もあるとと思うんですが、もうひとつ、もっと大事なこととして、無防備になろうと非常に意識しすぎたということがあるんじゃないかなと……。

**吉本**　たしかにそういうことはあると思います。ですから却ってそういうところがぎこちなくなって、ということはあるんじゃないかなという気がしますね。

**馬場**　自分のいつも使っている適応様式がありますね。それはもう身についたもので、そういうものを使うことがもうすでに自分を防衛していることなんです。それをやめようやめようというふうになさったんじゃないか。そうすると観念活動だとか統合させることだとか、そういうことを一切しまいということになってしまう。それで、とても固い、動かない状態が、反応の上で起こってしまったんじゃないか。最後まで乗らないような不自由な感じをもってらしたと思うし、反応そのものも豊かになってこなかった。

**吉本**　それはもう、きっとその通りじゃないでしょうか。そう思います。

**馬場**　そのへんのことをどんなふうに自覚していらっしゃったのかということが、まず最初にうかがいたかったことなんです。もしそうだとすると、無防備ということについて、無防備になるためには、いわゆるサブリメーション的な活動というものをすべきでないという考え方を持ってらしたのかしら。

**吉本**　それほどまで意識的ではなかったですが、とにかく、そういうテストに対して自分が持っている知識を捨てようとか、どんなふうな反応を呈しても、それを言うことをためらうまいという気はあったと思います。そのことが逆な意味でたいへん意識的になってるということになるんじゃないでしょうか。

**馬場** むしろこういう場面では、ためらうほうが当然だとお考えになるほうが自然ですね。考え方そのものが固いというか忠実すぎるというか、なんかそういうことが一つ特徴としてあるように思います。

**吉本** それはもっともですね。その通りだと思います。

**馬場** テスト上、どういうことが起こったかというと、たとえば全然ルートが違うんだけれども、分裂病の人が、自分がいきいきして活気があって前へ出るような状態になってくると、罪悪感が起こってしまって、自らそういう気分を殺してしまう。そして、閉じこもった、暗い無気力な状態をつくりだすという心理過程があるんですけれども、それとちょっと似たようなことが起こってしまっているんですね。

**吉本** それは大変よくわかります。その通りだと思います。告白的に言うと、青春時代からそうだったけれども、学校の寮なんかに生活していると、男ばっかりだから猥談みたいのが始まるでしょう。それ、興味があるんだけど、あんまりそういうことを自分で言うのが嫌だった。それは今でもそうです。そういう特徴を自分で知っているもんだから、そういうことは努めて言おう、躊躇しまいというふうに意識的だったと思います。そういう意識は性的な象徴について一番そうだったと思います。ほかのこともそうかもしれませんけど。

**馬場** テスト場面でとくに不自然な感じが起こったということもあるし、本来そういうところがあるのかもしれないですね。たとえば性的な反応が反応としては出ますね。ところが、それが展開していかない。ふっ切れてしまって、それに伴う情感を、もっと別の観念に結びつけていくとかというふうになっていかないんですね。

## 自分の衝動を肯定していない

**馬場** なぜそうなるかということを考えてみたんですが、一つは、そういうご自分の衝動を、本当の意味では肯定していないのではないかということです。だから、それを自分の活力にして、分析用語で言えば、それを自我化するとか、自我の動力に使っていくとか、そういうことが起こってこないから全人格とか全心理活動につながっていかない。衝動は衝動そのままでおいておく……。

**吉本** それもよくわかるような気がしますね。そうじゃないかと思いますよ。

**馬場**　だから、性的なものを思いつくと、それをそこでストップさせて観念と結びつかなくしてしまう。それ以外のやり方がない感じになったんですよ。それはテスト上だけの特徴で、本来はそうなのではないのかもしれない。

**吉本**　いやいや、本来そうですよ、きっと。

**馬場**　そうでしょうか。たとえば、このなかで一番気に入ったカードはどれだったか、いま思い出していただけますか。

**吉本**　これ〔カードⅧ〕だと思います。

**馬場**　これは最初にすぐに色の感じのことをおっしゃってらっしゃる。そのへんは自然に出てきた感じで「寂しい淡い感じ、これは色の感じですね」〔反応語46〕とおっしゃって、それから、この狼の形を指して「動物が二つ」〔反応語47〕とおっしゃっている。ですから、色の感じを実際には感じてらっしゃるんだけども、イメージをつくる段階になるともう色から切り離して形だけ見ている。一番見やすいはっきりした形、その形が一番動物に似ている、というように形だけで見ている。動物の動きがあるんだけれどもその動きも、たとえば餌を狙っているとかいうような活気のある動きではなくて、「足をかけている」〔反応語47〕というような、もう見えたものそのもので、それ以上イメージを発展させない。たとえば、「第四の足が浮いている」〔反応語47の説明〕というように、非常に客観的で冷静な見方をされています。そのあと蝶々というのは、ここなんですね。これは領域のとり方から見ていくと、赤、赤と、色の印象の強いところへいっているんだけれども、反応の内容からいうと動物に蝶々というように、色からかけ離れたものを見ている。その蝶々というのも前翅、後翅、胴体という、形だけの説明に終わっている。どういう蝶々だというようなことまで発展していないわけですね。この蝶々の場合、色のことはなんにもおっしゃらないんだけども、前後翅、胴体というように見るということは、色の濃淡を見分けているということを意味するわけです。

　ということは非常に繊細で敏感で、こまやかな情緒の刺激によく気がつくということなんだけれども、それを瞬間的に論理に、翅だ胴体だという形の指摘に置き換えてしまっていて、やわらかさとか濃淡への反応がじかにイメージになる形で意識に上ってこない。そのあと、「全体がコマ」〔反応語49〕で、コマのあと反応語としては木の葉、髭というように単発的に物体の名前をあげていく……。ほかのカードでもそうだったんです、だいたいそういうペースにそこから先は戻ってこられるわけです。で、「このコマはとても面白いコマ」というように感情移入してらした感じですね。ここでも、「この細い線がコマの感じを出してる」とか……、「くるっと押すと回る」〔反応語49の説明〕というような、形のこまやかさということには、とてもよく気がつく。つまり論理の構成ということに関しては、非常に微妙なところまで細かく、きちっと考えていらっしゃると思いますね。それがほんとは、潜在的には情感のこまやかさとつながってきていいはずなんだけど、そこが切り離されている。そのコマの次に、また色の感じに戻ってきて、「大変いい感じで、好きな感じだ」とおっしゃったんですけれども、それが好きな翅、色の連想になっていかないで、その次には「オレンジ色はどうしてこうなったのか」〔反応語50〕という理屈になって「非常に不協和な感じしますね」という、また論理に戻していらっしゃる。それで木の葉と口髭〔反応語51、52〕なんですね、ここが。まあ木の葉は合の手に入ったような感じで、内容としても軽い簡単なものですし、この口髭ですけどね、大きな髭だとおっしゃってカードを逆にしてこういうふうに見てらしたんですね。これが髭に見えるってことは、おそらくこのなかの濃淡の感じなんかを見てらしたんじゃないかと思って、何度も、髭らしい感じはどういうところにあるかとお聞きしたのですが、やはりそのことはおっしゃらなかった。気がついていらっしゃらなかったのかしら。

**吉本**　形に……。

**馬場**　ここでも、形、形、大きいからとおっしゃってましたね。やはり、これを髭に見るということは、情感が働いていて、こまやかさに気がついていらしたんだと思うんだけども、意識にはのぼってきていないということがひとつある。「なぜ」と問われると、大きさ、形というふうになっていくわけですね。そのあともうひとつ、お碗というのは、これはなんとかもう少しなんか見ようという、非常な努力でもうひとつ押し出した、という感じでしたから、あまり実感はないと思いますね。そういうふうなところでした。だいたいどの図版でもそういうところがありましたね。で、ずいぶん感じたり感じまいとしたりという、内面での無意識の操作が非常に動いていて、ご本人はやり難かっただろうなと思います。

**吉本**　なるほど。それはちょっと肯定できますね。そうじゃないかな。

### 非常に傷つきやすい

**吉本**　だけど、ぼくが関心を持つのは、そういうようなことは自分の仕事にとってはそんなに障害だと思っていないから、そういう面じゃなくて、実際問題として、同性でもいいし異性でもいいですが、そういう人間関係のなかで、これがどういうふうに現われるかですね。そして、どうすればいいでしょうか（笑）。

**馬場**　本当のところは、非常に傷つきやすい方なんですね。

**吉本**　それはもう本当ですね。

**馬場**　だから、ほんとに自分の大切なものには決して触らせないようにする。そういう殻がもう自動的に働いてできてしまっている。それがとても固いと思うんです。それはもう、ほんとに小さいときからの対人関係から引きつづいてきているものだと思うんですけれども、そういう自分の大切なものを出さない態勢ができている。だから現場のなまの情緒体験をあまり感じない。全然感じないことはないけれども、それよりも、それがずうっと過去になってから、あああのときあの人は優しかったなと想い出すような形での情緒体験ですね。そういう情緒の殻の固さがすごくあると思いますね。

**吉本**　それはたくさん思い当たることがあります。いつか鮎川信夫から言われたことがあるんですけど、頻繁に会っていたときですが、きみはとにかく、いくら親しそうにしていても、明日から、はいさようならってできるような付き合い方だなあって、そういうふうに言われたことがあるんです。

**馬場**　未練が残らないというか、余韻が残らないというか……。

**吉本**　そんなこともないんだけども。

**馬場**　あとになってから別に出てくるような形かもしれないですね。

**吉本**　時間がたってからですか。だけど、それは男性の場合でしてね。

**馬場**　女性の場合ももとの動きは同じなんじゃないでしょうか。

**吉本**　なるほどね。それじゃもう駄目ですか、治療不可能ですか（笑）。

**馬場**　そんなことないですけれども、生身をさらすのは誰だって嫌いです。けれども、このへんまでなら出してもいいという限度が、人によっていろんな段階がありますね。その出せないものと出してもいいものとの区別がつきすぎている。出せないものは徹底的に出さなすぎる。そこのところをもう少しこう、うまい出し方を工夫なさってもいいんじゃないかというような……（笑）。

**吉本**　そうか。

**馬場**　ですから情感を籠らせたままで、その場で解放しないで残してしまう。それが内面世界になっていって、それを反芻するような形で詩があるんじゃないか。だから詩の世界は、とてもきれいなとてもまとまったあるひとつの世界ですが、それは外界との交流で起こっているんじゃなくて、追憶だとか反芻だとかという、内面だけでの展開ではないかという気がしますね。

**吉本**　それはよくわかります。

**馬場**　その部分はこのテストに出てこなかったんじゃないでしょうか。そういうところを非常に切り離していらっしゃる。

**吉本**　あんまり恐怖みたいなものは感じられないんでしょうかね。

**馬場**　恐怖感が起こるような感情はもう出てこない。むしろ、殻が固いということから、おそらく内面では恐怖感は強いだろう、でなければこんな固い殻をつくるはずがないから、と推論するわけです。

**吉本**　なるほど。どうすればいいかなあ……、治らなきゃしょうがないな。

## 女の人はこわいなと思うエピソード

**馬場**　ですから、もしその通りだというふうにおっしゃられると、じゃあどうしてそんなに警戒するか、というあたりをうかがってみたいところですが……。

**吉本**　つまりそれは対人関係で、ということですね。どのへんまで遡ればいいですか。

**馬場**　それは思いつくことをおっしゃってください。

**吉本**　たとえば今でもひっかかっていて、やだなあっていうふうに記憶してることがあるんです。普通の人だったらなんでもないんでしょうけれども……。小学校のとき、ぼくも悪童で、まあわりあいに出来のいい悪童だったんですけども、男女同級なんですね。悪童連中が、女の子たちをちょっとした軽い気持でからかって遊んでいたという感じだったんですね。そのときにぼくは自分もいっしょにいじめてからかうというようにしなくて、だけども、笑って見ていたということでしょうかね。そしたら、その女の生徒たちが、担任の教師のところへ訴えにいったんですよ。そしたら、ぼくが呼ばれて……、きっとぼくは級長とかなんか委員みたいなのしてたと思うんです。そしてぼくがそのとき止めもしないで、黙って笑いながら見ていたというふうに、その女の子は言ったらしくて、どうして止めないで見てたんだというふうに教師に問い詰められて、困ったんです。そういう場合、自分も悪童になって一緒にやっちゃったらやっちゃったでまあいいわけでしょう。それはほんとに男の子からいうと、ありふれたことで、まあ女の子にとっては止めなきゃ嘘だということだったかもしれないけど、男の子からいうと、ちょっといじめて悪戯してやれってなあんばいだったんです。それを「よせよせ」なんていって止めたら、なんか正義感溢るる優等生みたいな感じになっちゃうんで、ちょっと違う。それをまともに、「どうして止めなかった」というふうに言われてみても、それはそういう問題じゃないんだという感じをもっているんだけど、それを口で説明するだけの言葉がないでしょ。それは違うんだ、止めたら、面白半分で悪戯しているっていう、そういうんじゃなくなって、ほんとに真面目になっちゃう、そういう性質のもんだから止めないのでいいんだ、というふうに自分は思っているんだけども、教師のほうに言いつけられた時点では問題が違うようになっていっちゃっていて、大変真面目に悪戯している、それを黙って笑って見てたというふうになっちゃってるんですよね。そのとき、やられたな、女の子ってのはこわいなというか、そんな感じがしました。それはものすごくひっかかっていることの一つですね。……どうして防衛するようになったか——さあ、なかなかむつかしいなあ。

**馬場**　傷つけられないように殻をつくっているということを、そういうふうに感じてらっしゃるわけですか。

**吉本**　ええ、殻をつくっているんじゃないでしょうか。あるいは、つくっていると自分で意識しなくても、ひとりでに動く防衛機制みたいなものがあるんじゃないかなと思います。その種のことは、記憶に残っていることでたくさんあるような気がします。さて、どこでそれが形成されたのかという場合に、ある大きな事件があって、それを契機にこうなったということは、ぼくはないと思うんです。おそらくは小さいときからの積み重ねがあって、自然にそういうふうにでき上っちゃってると思いますが。

**馬場**　それはそうですね、小さいときから何度も何度も小さな体験をしているうちに、これは出したくない、出して傷つくぐらいなら内へため込んでおいた方がましだということがこびりついてくるわけですね。

**吉本**　そうだと思います。小さなことはいろいろあるように思うんですが、決定的にこれだな、と思えるものはないですね。なんだろうなあ……、ちょっと思い当たるほどのことはないし。その徐々に形成されてきたという、そのなかで、なぜそれが徐々に形成されてきたか……、ないなあ。

## 中間状態がない

**吉本**　対女性的なことでいっても、ぼくなんかにはダンスなんかして楽しむという、そういうことがないんですよ。つまり中間というか、中性の状態というのはないんです。そういう気がします（笑）。

**馬場**　と思いますね。さっき、こっちから一方的に、本当の意味で衝動性を肯定して、自分の活力に利用しているというふうじゃないんじゃないかと申し上げましたけど、そのへんのところは……。

**吉本**　それもそうだと思いますね。それはきっと、ものを書いたり表現したりする世界では、習い性となっていて、すでにある意味ではそれを積極的に自分の方法にしちゃっている。だから、その面でおそらくぼくが不自由を感ずるとか、これはいかんというふうに感ずることは、まずあんまりないと思うんです。自分の方法にしちゃってるように思うんです。そういう衝動性を活力にしちゃっているということはないんじゃないかということは確かだと思いますね。ですから、テストのそれとおんなじで、ぼくがもうみんなぶちまけて出しちゃえと思ったときには、極度な強調として出てくるんじゃないでしょうか。

**馬場**　そうなんです。

**吉本**　そうすると面白いですよ。面白いですよって言うとおかしいけど（笑）、ぼくは論争好きというふうになってるんですけども、ぼくのほうから仕掛けた論争は、かつて一度もないんですよ。いつでも、けしかけられて、それじゃそれに応じようかっていうふうになるわけですね。ところが応じようかっていうまでには、いくつかの心理的な段階があって、あんまり中途半端なところではきっと応じないと思うんですよ。相当詰めていっちゃって、さて、それじゃやるかとなったときにバーッとやる。それがおそらくものすごく強調として出てくる。そうすると人は、そちらのほうが印象的なものだから、あいつ喧嘩好きだということになるんだけどもね。本当は、ぼくから仕掛けた喧嘩というのは一度もないですね。

**馬場**　攻撃性についても同じことなんですよ。やっぱり動力源にしてとか、それでぐんぐんやっていくとか、そういうふうに使っていない。なんかご自分の衝動に対して非常に誠実というか生真面目というか、これは出してはならないとか、これはこの範囲でなければならないとか、きちっと決めておかれるところがあるんですね。

**吉本**　それはきっとその通りなんでしょうけど、それを全部意識してそういうふうにしているんじゃなくて、無意識のうちにそうやっちゃってるんじゃないかなって気がしますね。

**馬場**　切り離しておくとか、別に扱うとか、そういう防衛の仕方ですけども、いろんな規制の形があるわけで、そういう分けておくというやり方が徹底して身についていらっしゃる。これは観念は観念だけで扱って、そこを非常に展開させるなんてことをするときは有利なわけですよ、情感が混入してこないから。そういう意味では扱いいいんだけども、非常にぎこちなくなる、混ざるべきものさえ混ざらなくなっちゃうという……(笑)。

**吉本** そうでしょうね、きっとそうだと思います。

### たれにもふれえないなにか

**馬場** そういう切り離された固い面がテストの上に出てしまったものですから、テストのほうからあまり豊かに申し上げることがないんですね。

**吉本** そこは面白いな。それはもう少し突っ込む必要があるような気がします。

**馬場** もう少し積極的に言えば、不快感を感じまいということがとても強かったと思うんです。テストのときに。きっと、面白くないなとか、湧いてこないなとか、乗れないな、という感じがあって、テストそのものがあまり愉快な作業ではなかったと思うんですね。それをこんどは愉快でないということを感じまい感じまいとなさって、で、わりと子供っぽい無難なイメージのほうへ逃げちゃった感じなんですね。から傘だのてるてる坊主だの……。

**吉本** わかります、それは。それで、それはちょっと突っ込んでみたほうがいいような気がするんです。これはまた嘘かもしれないけれど、テストがありますね、本当言うと、なんにも感じないよ、どれもってきたって、なんにも感じないよというふうに言ってもいいようなところがあると思います。なぜそうなのかということについて自分なりの判断があると思うんです。それはきっと、まあ虚無といったら大げさになるんですけど、なにかそういう、感ずる、感ずる……、何かについて何かをとても柔軟に感ずるというものを、まあ抑えてか防衛してか知りませんけど、それを抑えて、それから、また感ずるよ、また抑えて……って、そういうことについちゃ、もう、ちょっと練りに練っちゃったっていうことがあると思うんです。だから、何も感じないよ……。何に関心があるかといったら、なんにもないよ、というふうにね、言えるところがあると思うんです。それじゃおまえ、なんにも感じないかっていうと、そうでもないんですけどね。

**馬場** 言えるところがある……。

**吉本** 言えるところがあると思います。そして、それはきっと自分の自己幻影にすぎないと思うんですけど、どっかほんとうに小さなところに、誰も触れていないというか、誰もこれは保存していないだろうというくらい、ちょっと触ってもピリピリ痛くなっちゃうというような、一度も何に対しても触れていないような、そういうとても小さな……。そしてそれはきっと誰も持っていないはずだよ、というふうに思っているものがあると思います。

**馬場** それをとても守っていらっしゃるんですね。

**吉本** でも、それは過大評価で、そんなものはないのかもしれないけど、なんとなく自分の主観のなかでは、これだけなんか触れさせないで保存して、なんかあれをもっているのはいないはずだよ、というふうな、そういう主観はあるように思います。

**馬場** ほんとに大切なものには絶対触らせないという……。

**吉本** 触らせないわけでもないですよ。

**馬場** 触られると傷つく……。

**吉本** そうかなあ、それで防衛してるっていうんでしょうか。

**馬場** そういうふうに、わたくしは見たんですが……。

**吉本** ぼくに触ってくれる人はいないんだ、世の中にはっていう、そういう孤独感なんですよ（笑）。

**馬場** それがなにものだかわからないけど、何かそういう大切なものがあるなということはわかりますね。

**吉本** 自分でも具体的なものではないと思います。だけども漠然と観念のなかで、これ、保存しているっていう……、それは防衛しているのかもしれませんけど、そこにスルッと触ってくれる人はいないはずだよ、あるいはいたらいいのになあと思ったり、まあ逆の場合もありますけどね、そういうことあると思いますね。

## 女の人は悲しいなと思うエピソード

**馬場** さっきの、中間状態がないとか、どうしてそうなってきたんだろうかということですけどね。そういうものは幼時期から次第次第に形成されてきて、それが異性愛という方向へ移されていくはずのものなんですが、その根底のところで、情緒の交流という、中間状態を体験することがなかったのか、ということになるんですけれども。

**吉本** わかりますね。それで面白かったんですけど「一日一言」とかいう、いろんな人が書いた断片的な文章を集めた本を送ってきたから読みました。漫画家で東海林さだおですか、ものすごく面白かった。つまり、おれみてえなモテないやつってのはいつでも女性に対してイエスかノーかなんだ、ところがモテるやつに聞いてみると、中間状態というかニュートラルな状態、それが最も醍醐味なんだ（笑）。

**馬場**　どっちでもない状態ね。

**吉本**　そうそう。それは面白かったです。ぼくは、それは頭ではよく分るんですよ。つまり論理の上では、ニュートラルの状態っていうのが重要なんだ、人間の感性的な関係でも心的な関係でも……。好き、嫌いっていう状態はニュートラルな状態のなかにいつでも吸収されてって、またニュートラルな状態から、また次の好き、嫌いってのが出てくるということで、それが重要なんだってことは、ぼくは自分でそう書いてるんですけどね（笑）。それから、こういうのはどうですか。たとえば混んだ電車のなかで吊革かなんかにつかまってる。隣りに女の人がいる、まあ前に坐っていてもどっちでもいいんですけど、電車があるところで急に曲った、ついよろよろっと、こうなった。そういうときに、ぼくはそういう体験もあるわけですが、言葉に出して「いやらしいわね」っていうふうに言われたときと、それからそうは言わないんだけれども、いかにもいやらしいわっていうふうな目つきをされたときと、それから、なんともいえないときもあるんですね。その「いやらしいわね」と言われたり、「いやらしいわね」という目つきをされたとき、ぼくは故意にそういうふうによろよろっとしたわけじゃないんだから、「なにがいやらしいんだ、言ってごらんなさい」って、もちろん言いたい。でも言いたい気持ってのをそこですぐにぶつけるっていう発想はぼくにはないんですよ。言ったってしょうがないというか、しょうがないほど小さな問題だってことじゃないんですよ、ぼくはやっぱり最大の侮辱みたいに感じますね。でも、それをぐっと内側へ繰り込んで、実際に出てくる態度は、その女の人を悲しいなあっていうふうになっちゃうんですよ。「なにがいやらしいんだ、おまえ」って言いたいわけなんだけれども、女の人にはそう言えない。男だったら、わりにやるんですけどね。

**馬場**　そういう場合に、女の場合とくにそうなんですね。怒りが出かかると抑え込んじゃって、相手を軽蔑するというか……。

**吉本**　いや、そうじゃなくて自分も相手も、悲しいなっていう感じですよ。ちょっと理屈っぽい言葉を使いますと、そういう場合にそういうとっさの反応みたいのがストレートに出てこないで、いちおう繰り込んでしまって、少し超越的なところで反応しますね。悲しい人だなと思ったり、女の人って悲しいなと思ったり、なんでもないのにそういうふうに言われたときの侮辱されたみたいな感じっていうのが悲しいなっていうのと、両方あると思いますね。そういうふうにもってっちゃっていますね。

**馬場**　そういう、なまな感情の触れ合いすべてを避けたくて、超越したいという、そしてまたそういうふうにしたことの反動としての悲しさ……、ということですね。

**吉本**　順序立てて言えばそうだとは思いますが、でも一瞬のうちですからね。一瞬のうちに、ぼくはそう反応しないです。でも、ものすごく、なんて野郎だ、女ってなんだろうな、っていう……。

**馬場**　それはさっきの、子供の頃に女の子に言いつけられて傷ついたというのと同じですね。

**吉本**　同じだと思いますね。おそらく、異性だけじゃなく同性の場合もそうだと思うんです。そういうふうにパッと反応するってのはめったにないんで、あるいは反応するというか……。きっと一度ずっと繰り込んで少し超越的なものに直して、それで反応するという、だれに対してもそうだといえばそんなような気がしますけれども、異性なんかの場合とくにそうじゃないかなと思いますね。そういうことはきっと、なんかそういう細かい体験がずっとあって、それをどんどん自分で鍛えちゃって、正体わからなくしちゃったという感じなんですけどね。だからテストでもおれはなんにも感じないよ、なんにもないよと言っても、ほんとはいくらいいなんです。

**馬場**　でも、そうはおっしゃいませんでしたね。

**吉本**　それを多少、一時的に努力し、それからもっとひねくり回して努力し、っていう、そういう感じだと思いますね。

**馬場**　ほんとに、片っ方で出ないように努力して、片っ方で出すように努力して。なんかブレーキひっぱったままアクセル踏んでるようなね（笑）。テスト場面で、あまりに一生懸命に無防備になろうとなさったためにちょっと特殊な状況が起こったんじゃないか、それを計算に入れて考えたいと思ったものですから、いろいろお訊きしたわけですけれども、いまお話ししてみて、すごくご自分の内面の動きに気がついていらっしゃる。そうすると、気がつきながらしまったり出したりやってらっしゃると、情緒的に満たされないというか、寂しいんじゃないかというね……。

**吉本**　そうでしょうね。それはそうだと思うな、きっと。

**馬場**　ほんとに気がつかないで、殻を、これが自分ですということにしているような人だったら、それはそれでうまくいくんですけれどもね。

**吉本**　それはそうだなあ。

## 女の人は皆目わからない

**馬場**　終わりにテスターが女性でなかったら、ということをおっしゃいましたけど、女性でなかったら、どういうふうに……。

**吉本**　こういう感じはあるんですよ。これは誰でもそうかな。同性だったら、だいたい十分か二十分話していたら、たいていこの人はこういう人で、こうだこうだってわかっちゃう。ところが女の人は皆目わからない、未知の領域みたいにわからないんですね（笑）。わかるための通路は自分の細君ですよ。細君を普遍化してこうだなと思ったり、だけど、細君だってわからないですよ。何年たっても、ありゃ、こういう面があったのかとかいうことはありますよ。だから本当のことはわからないという感じが多いですね。わかる通路はそれしかない、だけど茫漠としてわかんないという気持がある。本来ならば社会の半分ぐらいは女の人だから、事務的その他のことで、そんなに接触がないはずがないんです。だけど、その人たちがニュートラルな帯域にあるということはないように思います。男の人でしたら、非常に近しいところから、まあニュートラルな状態、それから非常に遠い状態、そういうところへ全部分布していて大変よくわかるように、ぼくには思えるんですけど、女の人の場合には、ニュートラ ルなところとに考えられない。普通の人にはニュートラ ルなところに考えられるべき女性がいたとしたら、それは向こう側にいる、わからないところにいる、というふうにぼくには思えますね。そういうところがあります、そこがちょっとわからないなあ。

**馬場**　わからなさということですね。女だからやりにくいっていう、そのやりにくさっていうのは、違和感というか……。

**吉本**　そうだと思います。たいへん未知なところの距離にある、そういう人がここにいるんだという、そういうところからくるんだと思いますけどね。まあ違和感もありましょうし、本来ならば反応がニュートラルに出てくるところが出てこないとか、あるところは故意にフランクにしようと思えば思うほどぎこちなくなっちゃうとか、そういうふうなことになっちゃうんだと思いますけどね。

**馬場**　しかもこのたびは、わたくしがテストをする側だってことがありますよね。

**吉本**　それはあるかな、ちょっと待ってくださいよ。ぼくのほうが女性のテストをするといった場合に、ぼくはどう感ずるかといったら……、たいへん興味深いわけですよ（笑）。つまり未知だから、いろいろ知ってやろう知ってやろうと思っているから、だからたいへん興味深いはずなんだ。ところがテストされるっていうときにはどうなんだろうなあ……。

**馬場** そういうふうにお考えになるでしょう。その場でパッとそのときに、わたくしというものを体験的に感じてはいらっしゃらなかったと思いますよね。そこに、すでに始まる前からの防禦態勢がある。

**吉本** ああ、そういうことかもしれないですね。ぼくがテストをする側だったら、同性なんて、もう誰だってわかっちゃってるよなんて感じがあるからね、それが異性なわけだから、ものすごく興味深くて、きっと夢中になるんでしょうけど、今度の場合は反対でしょ。反対だと、よし、今日はなんでもフランクに出しちゃおうと、そういうふうに思って来る。だから、ちょっと防禦が出てくるんじゃないでしょうかね。

**馬場** なんか、さっきの女の子に告げ口をされた話から、ふと連想したんですけども、やっぱり検査する側っていうのは、意地悪する側じゃないけれども、なんか強い側っていうか、主体をもつ側である。それがしかも女であるということで、かなり抑えなければならないアグレッションが、ほんとはおありになったんじゃなかろうか。

**吉本** ああ、きっとそうでしょう。そこ、ぼくは肯定していいように思いますけどね。

**馬場** そこにまた、テスト場面では感情を抑えなければならない要素というものが、もうひとつあったんじゃないでしょうかね。

**吉本** なるほどね。そう思いますね。

**馬場** たいへん苦手なことばかりさせて申しわけなかったような……(笑)。

**吉本** たいへん疲れましたよ。そのときはあまり意識しないからそれほどでもなかったんだけど、家へ帰ったらたいへん疲れていましたね。

**馬場** わたくしの役割とか性別とか、そういうものは厄介な代物として映っていたはずなんだけども、またそれを意識しまいとしていらしたから。

**吉本** そうでしょうね。ぼくは、これもまた頭ではよくわかっていて、ぼくの考え方っていうのは人間というのだけがあって、個々の人間がつまり一対一で他者と関係をもつときに、初めて性という、つまり女性であるとか男性であるとかっていう、それが現われるのであって、本来的に女性、男性っていうそんなことはないんで、ただ個人、あるいは個体みたいのだけがあるんだと。ひとつの個体が、他の一人の他者というものと関係づけられたときに初めて性の問題っていうのは出てくるんだっていう、ぼくの理論ではそうなるんで、ちゃんとそう書いてあるんだけどね（笑）。

**馬場**　互いに人間なんだという中間状態っていうのが、その理論通りにいけば体験されるはずですよね。

**吉本**　そうなんですよ。どうも不思議でしょうがない。

**馬場**　理論と実際とが、どうも結びつかない（笑）。

**吉本**　ほんとにそうなんです、頭では大変によくわかっているつもりなんですけどね。

## 科学的テストと人間の位置

**吉本**　テストするほうと被検者とでやっていくと、テストするほうも動いていくということになっていくわけでしょうね。

**馬場**　そうです。

**吉本**　結局そこまではやりきれなかったということでしょうか。きっとそれもまた防衛みたいなものと関連するんでしょうけど、ぼくは、そういうふうに動いていかないようにしたように思うんですよ、意識的にか無意識的にか。だけど、本当はそういうふうにならないと駄目なんじゃないですか。

**馬場**　受ける側はべつに意識的にそういうことは思う必要はないんです。

**吉本**　ぼくがテストされるほうだというふうに意識しないで、また馬場さんがテストするほうだというのをぼくが意識しないで、両方ともぼくのほうが意識しないでしたなら、逆にぼくが馬場さんにそういうテストをやれるっていう気がしますけどね。なんか、突っ込んでいけるんじゃないかなと思うんですけどね。

**馬場**　そうですね。

**吉本**　それを無意識のうちにこっちがこう、初めから他界にでも置いたように、そういう感じで臨んでいたような気がしますけども……。本当にやっていくと、馬場さんの方でもあまり客観的でなくなってくるということが起こるわけでしょうね。

**馬場**　やはり、こちらの追体験というか、感情移入が必要ですからね。でも、わたくしが検査者であるということのいろいろな要素も計算しているつもりです。だから女であるということ、それでいてこういう役割、かたちをとっているということが相手にどういう影響を与えるか、それに対して相手がどういうふうに乗ってくるか、だから自分も道具になっているわけですよ。ですから、その場合にいろんな反応が起こる、それこそ枠なんかとっ払っちゃって、すぐに個人的な交流の出てくる人もいるわけです。それがその人のやり方ということですね。こちらは同じ言葉で説明して始めますね。それに対してどういう反応が返ってくるかということですね。ですから厳密にいえば検査者によってずいぶん出てくるものも違う。それから解釈の仕方も違いますね。追体験とか感情移入なんてことを考えないでやる人もあります。全部数字で出ますから、記号の比率なんか考えたって結構何か出てくる、それだけで考えるやり方もあるわけです。わたくしの場合は自分のことも計算に入れるというふうに積極的にとり入れているわけだけれども、そういうことを考え始めたらきりがないから、それを捨象しちゃおうという考え方の人もいる、テスターによって違ったら客観性がないではないか、と。そういう考え方を科学的と考える人もおりますね。自然科学のカテゴリーを持ち込んできて、それで料理しちゃおうという……。やっぱり対人交流ということを計算に入れたほうがむずかしいですね。

**吉本**　でも当然そうですね。そうでなきゃ嘘なわけですよ。

## 吉本隆明の女性観A

**吉本**　だけど、ちょっとお訊きしたいんですが、ぼくはいつでも感ずるんだけど、知的な女性の場合、とくにそう感ずるんですが、この人は女性だとかなんとかそういうことじゃない、とにかく一人の知的な人間なんだ、というのと、そうしといて、どっかでこれは女性なんだというのといっしょに考えてないとつき合えないっていうか、そのことはものすごくきついですね。どうなんでしょうか、それはただ一人の人間だと思えばいいわけでしょうか。

**馬場**　それは知的であるということと女性であるということと、どういうふうに噛み合わせて考えてらっしゃいますか。

**吉本**　たとえば典型的な例は飲み屋さんとかなんとかのホステスとか、そういうのは初めっから自分を女性っていう役割っていいましょうか、女性だ、っていうふうにおいているわけですし、また役割としてもそう存在しています。そうだったら、こっちは男性だって思えばいい、ここに女性がいたと、こう思えばいいわけでしょう。ところが知識的な、とくに専門をもっているみたいな、そういうできてる女性っていうのとつき合う場合には、この人女性だと思ってつき合ったら、「わたし人間よ」っていうふうに言われるような気がするんです。「女性も男性もないでしょう」と言われるにきまってると思うから、だから、そうじゃない、そういうところで性っていうのは考えちゃいけないんだ、一人の専門的な人間であると、そういうふうに考えようとするでしょ。じゃそれ一本で大丈夫なのかと思うと、そうじゃないの。もうひとつどっかで女性だっていうのを置いとかないとね。

**馬場**　それは男性一般の感じ方、考え方じゃないでしょうか。

**吉本**　それは正常ですか。

**馬場**　そうは思いますね。だから、わたしがこんな仕事をしてるっていうことは、わたしの存在自体、男性を混乱させることだと思うんです（笑）。

**吉本**　そうなんです、きついわけですよ。ほんとにそうなの。ぼくの細君は、馬場ミンコフスカヤ夫人ほど知的じゃないけども、まあ、いわばそうですよね。だから家のなかでも、きついですよ。それを極度に推し進めまして、ぼくが馬場ミンコフスカヤ夫人が好きになっちゃったとしても、この人と結婚するのは重たいなあって感ずると思うの。お宅の旦那さまなんか、ものすごくきついだろうと思いますよ。

**馬場**　うちの旦那さんも混乱していますよ。

**吉本**　そうでしょう。よくも我慢してるなって……（笑）。大なり小なりそうなんですけどね、われわれも。つまり、いつも人間であるぞと、それで済めばいいんですけど……。

**馬場**　ええ、ですからわたくしも悩んでおりますの（笑）。それでまた男性を、吉本さんを悩ましてると思いますね。だからわたしは男の人の場合、みんな同じ混乱を持つはずで、その混乱をどういうふうに処理してこられるかっていうところに、その男性のパターンが出てくるわけですね。

**吉本**　そうなんでしょうね。これ、たまたまこういう対談ならいいけど、二十四時間あなたの旦那さまつき合ってるわけだから、これはきついなあ。よくも一緒になってるなっていう感じ（笑）。ぼくもそう、そういうところがものすごくきついんだけど、その面倒くさい異性みたいなものを、わざわざ選ぶみたいなところあるでしょう。わたし女よ、おれ男よ、ってことでさ、それで済んじゃっていけるんじゃないか、なにもわざわざ面倒くさい重荷を背負うことはないと思うんだけどさ、大なり小なり背負ってるわけですよね。

**馬場**　いまのような感情を、テストのときにもっとはっきりお感じになるとよかったですね。

**吉本**　そうなんですね……。それはしかし、きついことですよ。いつでも二重性を持っていないと、これはとてつもないとこでカン狂っちゃうぜってことがあるでしょう。人間だ人間だっていうふうに思ってて……。

**馬場**　パッと女を出されたらどうしよう（笑）。

**吉本**　そうなんです。こんど女性だ女性だっていうだけで対応すると、知的にしっぺ返しされるみたいな感じがする。だから二重にいつでもそれを意識にのせておいて、それで対応するってことがある、それはものすごくきついですね。

**馬場**　仕事を持っている女性に対して、一般に男性の風当たりが強いですよね。それはみんな、いまおっしゃったようなことを感じてるんじゃないでしょうか。

**吉本**　そうなんです。それが非常にきついものだから……。

**馬場**　どっちかにしろと（笑）。

## 吉本隆明の女性観B

**吉本**　それからもう一つ、それはあんまり関係ないようなものなんですけど、きついことは、知的な女性、とくに高度に専門を持っている女性ほどそうだと思いますけど、俗な言い方をすると、上がろう上がろうというふうに考えると思うんですよ。だけど、もしぼくが知的な男性って呼べるとすればぼくはもうおりたくてしょうがない。社会的ななんとかかんとかかから全部おりたい、おりたいと思っている。それはおそらく知的な男性のすべての特徴だと思いますよ。

**馬場**　そうですか。わたくしはおりたくてしょうがないんですよ、わたくしは女だからおりたいんじゃないかって、いつも思うのね。男だったら、おりるわけにいかないから、おりたいなんて思いつかないんじゃないか。女はおりる権利があるような気がしてるもんだから、それでおりたがるんじゃないかって思うんです。

**吉本**　それははじめて聞いたな。ぼくらは極端に言うと、会社みたいのがあって仕事といったら雑用で、ちょっと責任のない仕事とか一部分の仕事。あとは客が来たらお茶汲んで、これで給料くれるなら、なんの不足があるんだっていう感じですよね。ところが女の人は、それはいやだ、男性なみに責任もつ仕事を与えよって言うわけでしょ。そこが違いますね。そこが知的な女性という場合の対応が非常にむずかしい。たとえばウーマン・リブみたいのやる女性ってのは、男なみに舞台に乗せろって言うわけですよ。だけども本当の男ってやつはそんなこと思っていない、いまやおりてえと思ってると思うんですよ。

**馬場**　ただ、男性的衝動というのは、支配欲だとか征服欲だとか、前へ前へ行こうとする衝動でしょう。それの裏づけがあるから、男性はのぼりたいという意識が強いんじゃないか。

**吉本**　たしかに、その面はたいへん多いと思います。七割、八割、占めているかもしれませんけど、あとの二割、三割、あるいは人によっては八割、九割、おりたいという願望がある。知的な男性であればあるほど、それは考慮に入れなければいけないような気がするんです。その要素を抜きにすると、ぼくは男性のことはわりに知っているつもりですけどね、違っちゃうんじゃないかと思いますよ、評価が。いくら口では言っても、絶対何割かのところで必ずおりたいという願望を持っている、そのことはやっぱり勘定に入れることですね。

**馬場** よく女が、男のくせにとか、男らしくないということを言いますね。それは男にはこういう衝動があるはずだ、向上したいはずなんだという前提で見ているからですね、男性を。

**吉本** ええ、だけど、それはいま、ちょっと違うんじゃないかなと思います。だから、まあ髪の毛とか服装とかそういうことで、いまの若い人が後ろから見たら男性だか女性だかわかんない、これを一般的に男性が女性化して、女性が男性化している現象なんだって言うけれど、ぼくはそう理解してないで、男性のほうは、おりてえと思っていることとの願望のひとつの現われであって、女性のほうは、のぼりたいっていう願望の現われである。あれを男性の女性化、女性の男性化というふうにみたら、内実的に違うと思います。男性のほうのあれは、まあご当人が意識しているかどうかはわかりませんよ、おりたいと……。

**馬場** 後ろ姿がホンネを象徴しているわけですね(笑)。では、女性で仕事してる人がみんなあがりたがっているかっていうと、わたしの知ってる限りでは、決してそうじゃないですね。

**吉本** そうか、それはちょっと考えなくちゃいけないな(笑)。

**馬場** 若ければ若いなりに、仕事なんかやめて家庭に入ったほうが普通なんじゃないか、そのほうが幸せなんじゃないかと思ってますし、年をとってもやってるのは、仕事を興味につられてやってきちゃったけれども、まあわたくしの場合には、そうした予想外のところまで押し上げられちゃってとても苦しいなっていうような感じで、それはほかの仕事をしている女性もみんな持ってるように思いますね。

**吉本** そうでしょうかね。たとえば鶴見和子さんなんて人いるでしょう。大変きれいな。センスもあるし、大変いわゆる女らしいってとこあるでしょ。だけど、結婚しろなんて言ったら、冗談じゃないよ、そんな重たい荷物を背負っていかれるもんかいっていうふうに思うんですよ。そうでもない、おりたいおりたいっていう気持はありますよ、とおっしゃるけれども、だけども、男性のほうからみて、いわゆる女性的な、神様みたいな女性でも、のぼろうのぼろうというふうに思ってる、こっちはおりたい、おりたいと思ってんだと、そういうふうに理解しますね。

**馬場**　それは、女には女特有の生真面目さってのがありますね。それが逆に、のぼりたがってるように誤解されるっていうことはありませんんか。

**吉本**　ああ、そういうことなんですね。ありますよね、全体的構造みたいな、そういうところへの目配りっていうのはわりあい少ないけれども、このことに対しては、実にビチッと処理していく。

**馬場**　まわりの人がビチッとやってないと批判する、そういうところがありますね。

**吉本**　それはのぼりたいということとは関係ないんですね。

**馬場**　必ずしものぼりたいということではなくて、むしろ忠実さとか、むしろ服従的……、与えられた使命だから果たさなければならないというような責任とか、そういうことについてばかに生真面目ですね。女の考えることは……。

**吉本**　そうですね。そうか、それは必ずしものぼりたいということとは関係ないのですか。

**馬場**　のぼりたい人もいるかもしれないけれど。なんかお互いおりたがっちゃって（笑）。

**吉本**　もうやめたア……（笑）。

1974. 2. 9.

# ぼくが真実を口にすると……

吉本隆明／馬場禮子

## 衝動と論理はどこで接するか

**馬場**　テストの結果を拝見したときから、わたくし疑問に感じていたのは、こういうふうに殻を固くして、衝動と論理を切り分けるものは、吉本さんのどういう部分なんだろうか。もし、常にそうしかしないいんであったら、詩は書けないはずじゃないか。それがわたくしには非常に疑問だったわけです。それで、この前の対話のときもなにかテスト状況の特殊性が作用したのではないかと最初お訊きしたわけです。そうすると、それもあったけれども、やはりそういうことが日常いつもあるというお話で、それはとっても納得がいったんですけども、そうすると、現に詩を書いていらっしゃるんだし、そういう作品はどういうところから生まれてくるのかなと考えたわけです。そういう作品が生まれる面と、それからこのテストに表われたような面、それも実際あるわけで、それらがどのように嚙み合っているのか。言い換えれば、吉本さんという人間全体のなかで、このテストで出てきたような現象に準じるようなものは、どういうふうに位置づけられるのだろうか、それと詩をつくられるような面とはどういうふうに嚙み合っているのだろうか、というあたりが、非常に疑問だったわけです。

詩をつくるということ、これはやはりなにか内的な情念とか衝動とか、そういったものと観念活動とが融合して、何らかの接合をしていく過程だと思うものですから、それがどういうところで行なわれているのかということですね。詩だけではなく、あらゆる意味での活動力というか、そういうものは、内的な衝動に支えられているはずじゃないかとわたくしは思うわけなんです。もしそうじゃないんだとしたら、吉本さんの活動力を支えているものはいったいなにか。それを、実際に衝動的なもので支えているのだとしたら、それはどういうふうに接合されているのか。もしもテストに出たような接合の仕方だけしかないと、ずいぶん疲れるというか、具合の悪いことが起こるはずじゃないか。そういう疑問がいろいろあったわけです。前回の対話のなかでそういうことを話したり、うかがったりしたいと思いながら、それもなんか解決しそびれたような感じで、で、あの対話の前にわたくしがもっていたひとつの仮説というのは、そういう内的な側面はテストの上には反映しないところにあるんじゃないかということでした。つまり対人関係とか対社会関係とか、外界との相互作用のあるようなところではなくて、それから離れた内面の世界を持ってらっしゃるんじゃないかと考えたわけです。前回にもそういうことを少し申し上げてみたんですけれど、それはまあひとつの仮説であって、「そうかも知れませんね」とおっしゃって、それどまりだった。それでわたくしは、いまの状態がもしこのままですべてなんだとすると、現在の吉本さんはあまり詩作に適した心理状況ではないんじゃないかというようなことも考えたわけです。で、そのへんのところをやはりもう一度お話ししてみたいということです。それから、テストと前回の対話の他に、違う資料も入れてみたらどうかと考えて少し吉本さんの作品を読ませていただいたわけなんです。

## 吉本隆明における化学の位置
### ——分析「エリアンの手記と詩」をめぐって

**馬場**　作品を読み、それから編集部でつくってくださった作品分布図を見ますと、わたくしなりにいろいろな感想がわくんですけれども、これを資料として使ってお話ししますと、なんか素人が玄人を論評してるようなことになるので、わたくしとしては非常に面映ゆいし、自信もございません。けれども、そういうわたくしの感想をお話ししてみて、それを聞いて吉本さんが、ああそうじゃないんだ、こうなんだというふうに言っていただければ、それもまたいいのじゃないかと考えたわけです。

　まず、前回、殻ということが話題になったときに、吉本さんは殻はひとりでに少しずつできてきたような感じで、とくにある事件を契機にしたとか、そういうことはなかったような気がしたと言われましたね。だいたいそのとおりだと思うんですけれども、現在のような構造といいますか、そういうものがずっと昔から続いていたものかどうかという視点で、初期の作品から以後の作品の流れをずっと拝見したわけです。そうすると、ここらへんでなにかかなり変わりはしなかったかなというような変遷がいくつかある。それと同時に始めから終始変わらないでいるという面もある。両方あるように思うんです。まず『固有時との対話』までのところ、ここのところを読みますと、非常に傷つきやすさだとか寂しさだとか不安だとか、そういったものをそのまま出されているように思いました。そういうところはいまと違うんじゃないかなという感じなんです。テストのほうで、これだけ殻を固くするということから推して、実際には非常に傷つきやすいのではないかと推測はしたけれど、傷つきやすさそのものはテストには出てこなかったということです。けれども、やはり初期の作品を見ますと、傷つきやすさそのものを、目の前に、自分も見ながら展開させているというような感じで、そこはずいぶん現在と違っていたんじゃないか。それから同時に、寂しいけれども、あえて孤立するんだという意識ですね。受け容れられないから孤立せざるをえないから、だから寂しいんだけれども、それを孤立することによって耐える、背を向けるというか、そうすることによって耐えるという、そういうやり方というのは対人関係の面では、やっぱりこの寂しさをそのまま表現してらっしゃる頃にもあったんじゃないかということ。これはいちいち作品を、ここのところからこういうふうに思ったという資料を出さなければいけないかもしれませんけれども、いまそれをやっていると、たいへん話が長くなりますので、解釈だけなんですけれども。

それから、もうひとつ内面の操作として、「エリアンの手記と詩」の「イザベル・オト先生の風信と誡め」の章のなかに、その頃やってらした化学について「憎しみや迷いがあるとまるで理解出来ない化学」〔全著作集Ⅰ巻31頁〕という言葉がありましたね。これはまさに前回話題になった、自然科学だとか論理だとかを展開させるためには、自分の感情は切り離して遠くへやってしまったほうがずっとやりいいんだということと関連するわけですね。やっぱり化学と詩とを両立させるために、情感をあえて切り離すトレーニングというのをせざるをえなかった、そういうようなことがなかったのかしらと考えますね。そういう内面的な操作を、すでにこの頃からそういうかたちで自覚しながらやってらしたのかなという感じです。で、その頃はこういう言葉が実際にあるところをみると、本人はそれをやることが辛いなとかやりたくないなとかいうような実感を持ってらしたんじゃないか、そこのところはいまと違うんじゃないか、ということがひとつあります。

## 別れの構造
## ——分析『固有時との対話』から『転位のための十篇』へ

**馬場**　それからその次の段階に来てこういうことを感じたんです。『転位のための十篇』と、そのあとの一連のものというのは非常に胸に響いたんですけども、そこへいく前の『固有時との対話』のところでは、拒絶とか離別とか、そういうものをまず態度というかスタイル、形式面で表わしていらっしゃって、それをその次の『転位のための十篇』のところで言葉にして、内容にして語っておられるというふうに感じましたね。

この二つの作品の時期で、もう急速に、弱さを出さない、壁のなかへしまってしまうという方向を打ち出していらっしゃるということがとてもはっきりしていると思うんです。それでおそらく、現実的に、傷つくような体験なんかがいろいろあったんで、それまでの傷つきやすさというものをもう意識して抱えているわけにいかないというような、なにか現実との嚙み合わせがあったのじゃないかと、まあわたくしは推測したわけなんです。その『転位のための十篇』ですけども、非常に感じたのは、こんなにも、なんというか壮絶な別れといいますか、別れをこんなにまで決心しなきゃならないということは、本来非常に別れを好まない人が決心しているということなのではないかということです。たとえば過去の自分のすべてと別れるとか、対人関係のすべて、あたたかいものとか優しいものを失ったとか、棄てるとか、それから叛逆者や浮浪者への同一化とか、それから自分は禁制の思想であって同胞には容れられないのだ、したがって訣別なのだということ、それらが、順を追って展開されていっている感じで、もう一つ一つ棄てていくというふうな感じですね。だからこれは、本来叛逆的でない人が結果的に叛逆になってしまったというような苦しみ、本来本道を歩んでゆくつもりであったし、歩むような体質だった人が、歩みすぎたために結果的に叛逆になってしまったのだというような感じで、それを非常に認識していらっしゃるんじゃないかという感じなんです。

## 自然な情感の回復——分析「ある抒情」まで

**馬場**　で、ここまでは怒りとか失望とか、叛逆の決意とか、そういうものが非常に強く出ていますが、それ以後はちょっと感じが違う。「ぼくが罪を忘れないうちに」とか「異数の世界へおりてゆく」とか、以後の一連の作品のなかでも、このへんの作品にとくに感じたことなんですけど、非常に深い静かな悲しみというか、もう済んでしまったというような感じなんですね。

それで、内容とか姿勢とかも、この『転位のための十篇』よりも、もっと個人的な世界になってきているように思います。だから、このへんであえて情感的なものを切り捨てるという操作があったのではないか。故意にではないとおっしゃってましたけど、こういうふうにつなげて読んでくるともう非常に故意になさったんじゃないかという気がしてしょうがないんです。

**吉本**　ふーむ。

**馬場**　で、このあとはなんか活気がなくなっているし、それから主題のなかに、〝現在〟がなくなっているという感じなんですね、それで〝死〟に関することが多くなっている。ということは、弱さも覆ったけれども、そのために自然の情感全体を覆ってしまったのではないか。そういうようなことがありはしなかったか……。

**吉本**　なるほど。

**馬場**　そのあとはもうずうっと作品の数が少なくなってきているわけです。そうすると、以前に比べて詩をつくりにくいような状態になってきたプロセスがあったのではないか、なにかわたくしがこういうふうに読んでくると、そうなんだと言えるような気がするわけなんです。やっぱり、もっと人への信頼感とか、やさしい感情への信頼感があった、そして、もっと頑なでなかった時代のほうが、情緒の中間状態というのはいまよりもっと表現できたんじゃないかしら、そして知的なものと情感的なものとの融合がもう少し柔軟だったのではないかしら、ということですね。ところが、そんなふうに作品の数も少なくなってきたし、内容も死とか愛の喪失とか、そういうものばかりと思っていましたら、一番最近のこの大きい本（『ユリイカ』一九七三年九月臨時増刊号「現代詩の実験一九七三」）に出てました作品「ある抒情」これはなにかまた違うという感じなんですね。どういうふうに違うかというと、かなり〝たゆたい〟そのものを表現するような、自由さがあるような、決められない心情をそのまま出していらっしゃるようなところがあって、なんかこう、素直になった……、変な言い方ですけど（笑）。

**吉本**　いやいや、いいんです、素直なんですから、ぼくは。

**馬場**　それからもうひとつは、最近の心理状態のなかに、過去の自分にもう一度向き直ってみるという姿勢があるんじゃないかしら。この作品の少なくなっている期間はずっとそれがなかったように思うんですけど。最近になって、相変わらず姿勢は厳しいんだけども、厳しいなかにも自己肯定というか自分に対する肯定感というものが感じられるような気がする。おまえはもう死んだのだと断罪してしまわないで、もう少しやわらかいものが自分自身に対する姿勢のなかにもあるように思うんです。

### 直線的、実直、真面目、不器用

**馬場**　それで最近連載されている「聞書・親鸞」（『春秋』）を、これはほんとにざっとですけど、読んでみたら、これは詩から受けとっていた印象が、もうひとつぱっとまとまってきたような感じがしました。なんか自分の姿勢をいつも非常に真面目に考えていて、始めから何か居心地が悪かった、そしていつもそれに気がついている……、嘘とか矛盾とかそういうことに敏感だと思うんです。繰り返し繰り返し坐り直してきたんだけれども、決して楽な姿勢になろうという意図がなかった。むしろあるべき姿勢というのばかりで続けてこられた。そのバイタリティとか自分への厳しさとか自己探求とか、そういうものはすごいなあと思いました。この前の「おりたい、おりたい」という話ですけど、もう少し楽な姿勢をおとりになったら……（笑）。それで、前回の対話では、テストの結果もあって、性格描写みたいなことは、言葉としてはなんにも言わなかったと思いましたが、やはり言葉で言うと直線的、実直、真面目、不器用、こういう言葉が出てきますね（笑）。それはこの前のテストの場合でも、遊ばなかったということなんかもあったと思うんですけども、まずためらってはならない、こうするべきであるというご自分の論理に合わせようとする。そうすると縛られて情感が不活発になってきますね。で、乗らない、詰まらないというふうになってきて、だけども、まだそれでも気分を変えてしまわない。遊びにするとか、面白おかしくするとかいうふうにできないで、無理にでも反応語を真面目に探しだすということで、ますます動かなくなっちゃったんじゃないかと思います。詩のスタイルということになると、わたくしはまったくの門外漢で、言える資格はないと思いますけれども、やはりほかの方に比べて必要な言葉を追いかけるというか、よけいな修飾をしないというか、そういうことが特徴的で、ここでもいま言ったような性格が個性にもなっている。絶対に必要なもののなかで選んでいくというところで、作品を洗練させていらしたんじゃないか。それは、だれでもその人にとっての必然性を書いているとは思いますけども、吉本さんの場合その必然性のなかに遊びの要素がまるっきりないという。

**吉本**　うん、うん。なんか、みんな言ってもらったみたいな感じがしちゃう。

**馬場**　ですから、もともとこうだということと、途中からこうだということと合わせますと、従来非常に傷つきやすい性格で、投げかけられたものを非常に直線的に受け止めてしまって、決して逃げない、遊ばないという人であったのが、そこにいろいろな社会的な葛藤がかぶってきて、その帰結として、その傷つきやすさを守る殻をつくる。そうすると、自分が拒否するんだから相手からも受ける資格がないというような、そこでもまた非常に筋を通すという徹底性が出てくる。そういうことが続いておられたんじゃないのか。そして、そのなかでも、これではまだおかしい、まだおかしいというふうにやっぱり探求しつづけてきて、今日になってこられた。それが、またこの一番最近作の形にもなっているんじゃないか、そういうわたくしの推測でございます。

### 隠れるようにして詩を書くこと

**吉本**　それで、どうしましょうか……（笑）。ええと、どこから言ったらいいかな。……たしかに、『固有時との対話』の前、初期の頃というと、傷つきやすさでも、憧れでもなんでも、みんなぱっと出していた、それはおそらく詩を書く人はみんなそうなんじゃないかなと思うんですけれどもね、はじめは。そのところでいま言われたことでちょっと気になったのは、化学との関わりということなんです。化学というのは、ぼくにとっては、もう親から決められた宿命みたいなもんなんです。たしか小学校六年生のときなんですが、将来なにになるか、どういう希望か、そういうのを卒業のとき書かせられるでしょう。そのときぼくはなんて書いたかというと、言葉は忘れましたけど、技術的職人みたいなのになりたい、みたいなふうに書いたと思うんですよ。親のほうから言うと、つぶしがきくということなんでしょうけど、こちらから言うと手仕事というか、手で直かにやる仕事というのは、環境からいってごく当然だと受け入れられました。同じクラスでも小学校出たらすぐに魚河岸のあんちゃんになったとか、どっかの鉄工所の工員さんになったとか、たくさんいました。ぼくはちょっとそれだと満たされないものがあったけれども、まあ大体そんなもんだろうというふうに思っていて、技術的な職人といいましょうか、職工といいましょうか、そういうふうに希望を書きました。それでぼくはむかしの工業学校、いまでいえば工業高校のときから化学なんですよ。それはもう決められたコースなんですけど、さてそれで満たされないものがおそらく、若い、十四、五のときから童謡まがいの詩みたいなのを書かせたとおもいます。でも、そんなものを親父に見つけられると、「なにしてるんだ」ということになりました。つまり手仕事でなにか役に立たざるものはみんな駄目だという感じですから、そんなのを、隠れるようにして書いていたと思うんですけどね。そもそも、そういうところからもう分離してしまうようになったのかな、と言われれば、そうだと思います。

## ぼくが真実を口にすると……

**吉本**　きっとその頃だと思うんですけど、ある時期、思っていることをなにも構えがなくて、ぱっぱっと友達に言い、それからひとに言って、その言ったことのなかに、本来ならば、社会的約束か、人間関係の約束か知りませんけども、言っちゃならないみたいなことを言ってる部分があったのかもしれないと思うんです。ぼくが思いどおりのことを言い、思いどおりの屁理屈をこね、というふうにすると、つねに他者が怪訝な顔をしたり、他者をひとりでに傷つけていたりという体験があったと思うんですよ。どこの部分が言っちゃいけないのか知らないけれども、自分の思っていることを思いどおりに言うということは、ほんとはいけないんだなというふうに、きっと考えたと思うんですね。それがおそらくは、馬場さんの言われる殻みたいなものを形成していく最初のきっかけだと、ぼくには思えるんですけどね。自分は思いどおりのことを言ってるぞと思うんだけれども、怪訝な顔や、そういうような反応しか返ってこない、ということの積み重なりみたいのがあって、そのときに、どの部分が言っちゃいけなくて、どの部分が言ってもいいんだという区別が自分でつかないで、全体をこう殻のなかにすうっと入れてっちゃう、そういうふうになったと思うんです。おそらくいまでもそうじゃないかなと思うんです。ぼくの現実の対人関係のなかでは、めったにそういうことはないんだけど、書くもののなかで、言っちゃいけないことを書いてると思うんです。けれども、依然としてぼくは、いまでもどの部分がいけないんだ、どの部分がいいんだということが、わかってないような気がするんです。だから、この前のときも馬場さんに、それは治らないですかねとお訊ねしたわけですけどね（笑）。ここまでは書いてもいい、ここからは書いちゃいけないと、まあ大雑把なところでは、本当のきていますから、大体わかっているんだけど、知恵がついて意味ではいまでもわかってないと思うんです。それは、初期といいますか、小学校出て一、二年ぐらいのときに、すでにそういうことがあったと思うんです。そのときは文字どおりわからなくて、ただ怪訝な反応、違和感のある反応しか返ってこないということがあって、それでだんだん、殻をつくるみたいなきっかけになったような気がするんですよ。それからもうひとつ、実際に小学校出たらすぐに、ぼくは化学の学校にいって、そこで満たされないものは、やっぱり詩で解放するより仕方がない。それをおおっぴらにすると怒られちゃいますから、隠れるようにそれを解放していたと思うんですね。それが詩のきっかけじゃないかなと思います。

**馬場**　ずいぶん小さいときから、詩を書くという世界が親に隠れた世界だったんですね。

**吉本**　そうなんです、隠れた世界なんです。覗きに来ると、ぱっとしまっちゃう。そういう感じで詩を書いてきた、それはおそらく相当あとまでそうだったように思います。おそらく、いま言っていることも嘘をついているかもしれないけれども、分析して言うと、きっとそうじゃないかなと思います。

**馬場**　そのことが、本当にはどこまで言っていいのかいけないのかが分らないということと、つながってくるんじゃないかと思うんです。対人関係の原型は親子関係ですけれども、普通は、いろんなことを柔軟に言って、それは言っていいとかいけないとかいうことが、親との交流のなかで自然に選ばれてゆき身についていくわけです。それがそうでなくて、親には、絶対に言っていいことだけしか言わない、そういう面だけしか出さない。そして、出しちゃいけないものは全部自分一人で育てるというように……。

**吉本**　それは間違いない、そうだと思います。

**馬場**　それで、分かれているまんまなわけですね。

**吉本**　そうだと思います。だから親に対する関係では、ある程度成長したときに反抗します。反抗して葛藤しますね。どちらもどちらで、さんざんねじ伏せよう、ねじ伏せようみたいなことを両方ともやって、そういう時代があって、それで親が衰えたときには、ぼくは親に対しては、可哀想だ、気の毒だというか、いたわりしかない。それ以外の感情はなかったんです。つまり、はじめは隠れるようにという感じ、それからあといいかげん生意気な年齢になったら、もうカッカカッカ葛藤して、両方とも圧服しきれない時期があって、その次にもう親が生理的に衰えてきたというときには、衰えたところに追い討ちをかけるということは、ぼくはしないで、気の毒だとか可哀想だとか、単色にそうだった。複雑じゃなかったと思います。ちっとも逆らわないで、いたわる一方で、死ぬまでそうだった。それはぼくの場合にはあっさりしていると思いますね。だから、そういうところから殻みたいのが形成されたといえば、そういうことになるような気がします。

**吉本**　それで、『固有時との対話』を書いたときには、詩についていえば、詩が書けなくなっちゃったということなんです。いわゆる詩らしい詩みたいのが書けなくなっちゃって、本を読んではノートをとるみたいなことだけしかしていなかったと思います。学校を出て、ちょっと一年ぐらい就職したかもしれませんが、それから、くたぶれたということもあるんですけれども、大学院の特別研究生かなんかで学校に帰った時期だと思います。馬場さんが言われたとおり、そのときはもう具象的なイメージも極端にないし、言葉もなくなりました。具体的なイメージとしてあるとすれば、ほんの数える程度、風とか光とか影とか建築とか樹木とか、そのくらいの言葉の表象しかないんですよ。建築って、どんな建築だなんてことは出てこない、樹木ってどんな樹木だなんていっても、そんなものはイメージのなかにちっとも出てこない。それで『固有時との対話』というのは書かれていると思います。あとは全部失ったという感じですね。それで具体的な精神状態としては、かなりピンチだった。このピンチというのはなぜそういうふうになったか、具体的なきっかけがあるのだと考えても、それほど著しい、これがきっかけだと言えるようなものはないような気がする。多少はありますよ……。

**馬場**　あるとすれば、それは社会との関連じゃなくて、もっと個人的な、内面的な……。

**吉本**　いえ、なんというか、そこらへんはむしろ、精神病理的に言ったほうがいいような状態だったような気がするんですよ。で、そのきっかけとなったのは何かなと考えてみても、それほどないような気がしますね……、ないような気がするな。ただ、具体的なことを言うと、そのときにぼくは、社会科学の本やなんか読んでいて、充分に社会的な関心みたいのはあるはずなんです。それから現実になんか事件があると、こうだこうだなんて言ってちゃんと判断をくだしたりしている。だけども、詩を書く状態、そういうところへ自分をもってった場合には、ぜんぜんそんなのは詩のなかにも入ってこないし、みんななんにもなくなっちゃった。それで自分でもたいへん自分がおっかなかったと思いますね。このまんまこういうふうにやっていったら、結局、四つか五つある、光とか影とか建築とか樹木とか風とか、そういうのもだんだんなくなっていっちゃうんじゃないかなっていうことが、具体的におっかなかったと思います。それで、なんとかして詩の方法のなかに、そういう社会的な具体的な、現実的なものというのを入れられないか。つまり機械的に入れるということじゃなくて、本当に一度内面に繰り込んでそれが入れられないかということで、相当一生懸命に詩の上ではそこのところで転換しよう転換しようというふうに考えたと思いますね。それがきっと、ある程度自分なりにできるようになったなというふうに思えたのが、『転位のための十篇』だと思います。その中間にかなりの無駄もあるし、書き損じ、書き捨てみたいなのもあったと思いますけどね、きっとそうだと思います。それを入れようと、それを入れなきゃ自分がおっかなくてしょうがないっていうことがあった。これはまあ、あとから考えると惜しいことをしたなというような気もします。あのときもう少しおっかながらないで、なんにもなくなっちゃうまで、ずんずんずんずん突き詰めちゃってみたら、きっともっと違ったかもしれないな、というようなことを、あとになって思ったんですけどね。

### 内部と外部をどうつなぐか

**吉本**　それできっと『転位のための十篇』になったと思います。ところが『転位のための十篇』で、現実の課題が内部を通過してスムーズに出てきているかというとそうでもないですね。こんどは破滅的な形で出てきていると思います。それはおそらく、その当時の特別研究生制度というのは前期二年、後期三年、いまの修士とかなんとかみたいなそういう感じだったと思いますけど、その前期二年で、ぼくは会社へ就職して、そこできっと労働者も自分と同一でない、会社も資本も同一じゃないという具体的な体験をしたと思います。だからそこでまた極端にこう破滅的に出てきたんだろうと思いますけどね。詩の上でいうと、なんとかして現実に対する自分の関わり、関心みたいなものを詩自体として表現できないか、それができれば自分の中と外との通路が、詩の上で融合されるはずだ、そういう感じがあって、それからおっかなさもあって、そこで転換しよう転換しようというふうに考えたと思いますね。説明しなければいけないですけど、ぼくのなかで詩とはなにかということになるんです。つまり批評文みたいの書くでしょう、非常に論理的なものからそうじゃないものまでも含めて、そういうものは、自分でほんとにうまく書いたつもりでも、なんかここらへんに、杓《しゃく》れないといいますかね。底に杓れないものが残っている感じですね。ところが少なくとも詩を書くとそれが残らないんですよ。解放感がある。だけど詩以外のものはいまでもそうですけど、そういう解放感がない。自分の情緒的なものとか、そういうものを全部、批評文のなかに入れ込んでいくというようなことを、自分でいくらやっても、どっかに澱《おり》が残っているという感じですね。そういう感じはいつもつきまといますから、きっと、詩を書きたいという欲求だけはずっと続いてきたんだろうと思います。ただ、この前にも言われたように、テストのなかで、あんまり多様な、あるいは軽やかな連想が出てこないというのは、本当のような気がします。始めっからそれはないんじゃないか、あんまり豊富じゃないんじゃないかという感じがありますね。なんか、うまく言いすぎているような、嘘ついてるような気がするんだけど、もっと違うのかもしれない。わかんないです（笑）。

### 転位はどのように可能か

**馬場**　そうすると、『固有時との対話』から『転位のための十篇』へ行ったプロセスは、吉本さんとしては詩が書けなくなったのを、また書けるようにする、そして書けるようになったという、まあ建設的な方向をとっているわけですね、詩を書くことに関しては。

**吉本**　そうだと思います。ひとつには、逆な意味で言えばこわさに耐えられないで、つまり言葉を失ってしまうとか、外界の表象みたいなものを失ってしまうことがおっかなくておっかなくて、それは単に詩の上でだけおっかないんじゃなくて、具体的現実的におっかなかったんですよ。自分の精神状態がおっかなくて、それでそっちへもっていっちゃえというか、そうすればおれは現実を回復できるという、そういう意味じゃ建設的と言えるんじゃないでしょうか。

**馬場**　にもかかわらず内容のほうから言うと、さっき言ったように絶望とか喪失とかになっている。これがなんか意味があるんじゃないか。書けなかったということは、何らかな意味でそれと関係があった……、ちょっとよくわからないんだけれども、だから書けなかったんじゃないかというような気もしますけど。

**吉本**　あったと思います。具体的なことははっきりしているんですけどね。会社で組合活動をする立場になって、それでいろんな他者に対する、あるいは同僚に対する不信感みたいなそういうのを体験したみたいなことがあって、絶望的とか破滅的みたいな形でそれが出てきたという、そういう説明しやすい理由もあると思います。なんかそんなもんだけじゃないんじゃないか、『固有時との対話』のときからその意味じゃあんまり変わらないものがあるんじゃないか。そこはぼくは自分で分析したこともないし、分析しきれないんじゃないかという気がします。さればといって『固有時との対話』のところで、外界を失っていっちゃうということについて具体的なきっかけがあったかというと、どうもあんまりそれが確かじゃないんですよ。それもまた嘘みたい……、自分でも嘘じゃないかという理屈なら言えるような気がするんですけどね。何があったか……。

**馬場**　そういう、何かはあるんだということはわかっていて、でも言葉にならない、そういうことはありますね。そういう社会的ないろいろな場面での体験を詩のほうへ組み込む、そっちへもっていくためにはひとつの段階が必要だったわけですね。きっと。

**吉本**　そうだと思いますよ。

**馬場**　それはどういう段階だったのか、どういうことをそこでやったんだろうか……、結果は詩という形で表われてるわけですね。そういうところへもっていくために内面操作というか、つくりかえるということ、たとえばいままで入れてなかったものを入れるとか、いままで入っていたものを追い出すとか、なにかそういったからくりがあったんじゃないか。

**吉本**　そうですね。それはあったんだろうと思いますよ。さあてそれは、どうやって入れたのかなあ。……技術上なら言えますよ、だけど、そうじゃなくて、なんかがあるからそうなったんですよ。どうしてそうなったのかな……、自分で説明すると、みんな嘘になっちゃうなあ。結局こういうことに気がついたんじゃないかと思うんですね。自分の初期の、憧れの世界とか傷つきやすい世界、ロマンチックな世界、そういうものは人間のもっている、なんて言いましょうか、のぼりたいといいましょうか、のぼりたい、のぼりたいということのひとつの表象としてあるんじゃないかな、というふうに自分で思ったんだと思うんですよ。それで、それじゃ自分はのぼっちゃいけないんだというブレーキというのか、自覚的でなくても、どうもあるような気がする。そこが、ぼくの生涯のコースが狂ったきっかけだと思うんですけども（笑）。つまり向上心に溢れ、希望に溢れ、一生懸命努力してというように割り切れたら、ちょっとよかったんじゃないかなあと思うけれど、そうじゃないですよ。

## ナルシシズムのパラドックス

**馬場**　いまちょっと気がついたんですけれども、吉本さんの「のぼる」という言葉のなかには、いろんな意味がこめられていて、社会的な出世とか名誉とかいうものと、それからナルシシズムということをもこめて言ってらっしゃるように思うんですけども。

**吉本**　そうです、そうです。

**馬場**　その、のぼっちゃいけないんだってことで、ナルシシズムのほうも、全面的に自己愛的なものを殺すということになったんじゃないか。

**吉本**　そうだと思います。まったく、両方です。

**馬場**　わたくしが読んだかぎりでは、それ以前の詩には、いわゆる名誉とか出世とか、そういう願望は全然ないと思いますけれども、ナルシシズムはあったと思いますね。それが『転位のための十篇』のところから違ってきている。

**吉本**　そうですね。それで、おそらくはその自己愛の世界、あるいは自己昇華か知りませんけど、そういうものの世界と、つまり具体的現実的に向上心に溢れ、なんとかという、まったくこれ優等生みたいな、そういうので押し切ることとは、ぼくのなかで同一視されていて、それで自分のなかにそういうふうに押し切れない、なんかよけいなものがあって、それが絶えずぎゅうぎゅう、無意識のうちに、あるいは意識的に引き戻していたんじゃないか。その力というのは、無意識のうちにあったんじゃないか。それがなければ、わりあい素直に、スムーズにすうっていけたんじゃないかなというふうに思うんですけどね。そうするとぼくは理屈をつけて、それは戦争と、それから敗戦といいましょうか、それがおれをムチャクチャにした。それがなかったら、おれはもう、健全無比なる向上心に溢れた技術者として、ずうっとしかるべき会社に勤め、そしてしかるべき嫁さんをもらって、しかるべきところにいっただろうと思います。戦争がメチャクチャにしたというふうにぼくは理屈づけますけどね、それはいわばわかりやすい理屈づけで、ほんとうはもっと違うものが内面的にあるような気がします。そういうふうにさせない自分というのは、もっと戦争がどうだみたいなことを自覚しないような以前から、もっと若いとき幼いときからあるんじゃないかなという気がするんです。そこになってくるとうまく説明ができない。自分でもわからないんだなというところなんですけどね。やっぱりいまでも、自分で分析しきれないとか解釈しきれないという、そういうところがあると思いますね。そういうのを馬場さんが「これだ」っていうふうにとり出してくれると、いろんなことがふっとわかっちゃうような気がするんですけどね。

**馬場**　内面から出てくる活動力とか原動力になるものというのは自己肯定感とか自己愛とか、なにかそういったものが生きていなければ出てこないわけです。それを持っていて、それを肯定していると、それがどんどん向上につながってきて、結果的にはうまくいく方向へのってきますね。ところが、吉本さんにはそうなっちゃいけないんだという意識がおありになって、自己肯定とか自己愛というものを根本から圧し殺してしまうというふうな心理過程がある。

**吉本**　そうだと思います。それがどこからくるのかというのがぼくにはよくわからないんです。

### 罪悪感はどこからくるか

**馬場**　もしかしたら、もっとずっと前から、詩を書くことにひそかに罪悪感というか、そういうものがあったのかな、と……。

**吉本**　罪悪感、ありましたよね。少なくとも家族の雰囲気としてはありました。つまり、いつでも隠れるようにしてしか書けないみたいなね。

**馬場**　そうですね。そうすると、その詩が世に出て認められれば認められるほど、それに応じて、その罪悪感のほうも大きくなってくる。ひそかな愉しみであるうちは、まあ陽の目を見ないんだから、そんなに批判しないでいいわけだけれども……。

**吉本**　自分で満たされればいいということですね。それが表に出てきた場合に……。

**馬場**　認められて、順調に軌道に乗っていってしまうということに対してですね。

**吉本**　それは困る……、いや、あんまり困らないですよ（笑）。困らないというより、ぼくは認められていると思っていないですよ、いまでも。それに対する罪悪感ということではないと思いますね。

**馬場**　じゃあ違うな。じゃあもしかしたら、この頃、一方に社会活動とかそういうことがあるのに、そういう詩の世界という自分の個人的な愉しみを持つということに対する罪悪感……。

**吉本**　うーん、ちょっと違うような気がするな。

**馬場**　それも違う（笑）。ひそかな痛みはずうっとあったとしても、ここでそれが非常にはっきりしてきちゃって、それを殺して何か社会的なほうへつなげていかざるをえないような転機になっていると思うんですけれども、どうしてここでそうなったのか……。でもそれは出てこないかもしれないですよね。

**吉本**　『転位のための十篇』の世界もまた内面的だということはたしかだと思います。つまり、現実に対するなんとか、あるいは社会的になんとかって言っても、それをただ言葉の上でもってくるみたいなことっていうのは、つまらないことですし、またそういう関心をもって、その種の書物やなんかも、実際問題として読んでて、よくいろんなことがわかっているのだということでありながら、詩ということになってくると、それが全然入ってこない。入ってこないだけじゃなくて、外界に対する表象みたいなものがだんだん無くなっていっちゃうということが、どうも自分でおっかなかったように思うんです。これはいけないということで、ずいぶんそこで、詩の表現の上ではいろんな試みをやったり、書き損じをやったりみたいなことはした記憶はあるんですけどね。だから、一度はどうしてもここ通さなきゃ駄目なんだということは、それはわりに自覚的だったような気がするんです。ただ本当にはよくそこのところはわかっていない。

**馬場**　むしろいま考えてきたようなルートじゃなくて、外界への対処ばかりに追われていくと内面的なものを欠いてきますね。そういう時期があって、もういっぺんそれを内面へとり入れ直そうというふうな、そういう働きだったという、そういう見方はどうでしょうか。

**吉本**　実際にはそうではなくて、『固有時との対話』と『転位のための十篇』の間には、いろいろな苦心惨憺の過程があるけれども、その間は、書き損じ、それから破棄したものを全部復元してみると、本当はつながってるんじゃないかと思います。それよりも『固有時との対話』以前と、『固有時との対話』の間に、まったく詩もなにも書けやしない、ぜんぜん詩なんか書けやしないよっていう時期があったように思いますね。そこのところは相当きびしくあったような気がするんです。だから『固有時との対話』っていうのも、いろんな書き損じの断片とか、そういうのが総合されてはいるんですけど、いま見てどうかってことはともかくとして、『固有時との対話』っていうのを書いたときには、これは詩なんだというふうに、自分では自信とか判断とか、そういうのはなかったですね、なんか知らないけど、これしか書けないよ、書けなくなっちゃったよ。ますますこれは書けなくなるよ。ますます言葉が少なくなっちゃうよっていう、そういう感じでね。おれはこれでもって長い散文詩を書いてるんだって気はぜんぜんなかったし、そうだとは思えなかったわけですよ。だからそこのところへ行くところには、もう書けないよ、詩ってのは、という時期があったし、『固有時との対話』自体でも、自分で、これだって散文詩だぜ、というふうにはとても思えなかったですけどね。もちろんそのなかで、ある凝集されたある部分をとってきて、これをさっと出したときには、これは散文詩だよみたいなことを言える箇所もあるのかもしれないけども、自分としてはぜんぜん、これが詩だっていうふうにはとても思えないし、なにかわけがわからんけど、これしか浮かんでこない、なにも出てこないからしょうがない、ということで書いていたんだというふうに思いますけどね。

**馬場**　たしかに「エリアンの手記と詩」から『固有時

との対話』までには断絶がありますね。で、『固有時との対話』と『転位のための十篇』のところは形式が内容に入ったっていうような形でつながっていると思うんですけどね。

**吉本** なんか、そこらへんでよくわからないところがあって……、そこがバカッと出てくると、困惑なんですけどね。……ぼくは、いまの時点でいいますと、いい年してまだ、と言ったほうがいいのかな、自分を変えよう変えようという意欲はたいへん旺盛でして、そんないろんな声というか、ヒントみたいのが入ってきたり、出てきたりするといいとは思ってるわけですけどね。

**馬場** おそらく、理性だけではなくて、いろいろなところから出てくる声もあるわけですね。その違うところから出てくる声にも、吉本さんはとても忠実でいらっしゃるんじゃないか。それも無視できないという、きっとそれが今でも自分を変え、いままでも自分を変えてきたという、そういう原動力になっているんだろうと思います。だけども、それがいつでも前進的なものだけというのではなくって、おそらく多分に破滅的な衝動をも含んでいるんだろうと思うんですよ。そのへんのところ、かなり複雑ですね。それはちょっとここで簡単には言えないけれども、多分、『固有時との対話』の前の一種の空白状態なんかもそうじゃないか。結局は、それがパッとわかるのは、吉本さん、ご自分の自己愛のあり方を見つめられるといいんじゃないかなという気がします。それはかなり複雑に罪悪感に結びつきやすい状態になってるんじゃないか。とかく自己愛を殺してしまうほうへいくんだなという、そのへんが中心になっているような感じですね。

## 「ある抒情」の背景

**馬場** それから「ある抒情」のところで、わたくしはここから浮き上ってくる可能性というか、またなにか出てきたなという感じがしているんですけど、なにか最近、変わってきたんじゃありませんか。なにが変わってきたかというと、もう少し前よりは自己愛とか自己肯定とか感じられるし、自分を自由にさせるというか、そういうたゆたいを無視しないで、そのまま出していらっしゃるという感じですね。なにかこう広くなったというような気持のゆとりといいますか、吉本さんの自己体験としてはどうでしょう。

**吉本** こういう気がするんですよ。それはどこから出てきたのか、なにか具体的なことから出てきたのか、あるいは年齢とかそういうことから出てきたのか、あるいは家族関係のようなことから出てきたのか、そういうことはよく自分でもわかりませんけれども、ただなんとなく、言葉で言いますと、ちょっとどぎつくて違う印象になるかもしれないですけど、捨て身と言ったらいいんでしょうか。捨て身という場合、若い時の捨て身っていうのは、えい、やっちまえっていうやけっぱちみたいな要素があるわけですけど、そういう意味じゃなくて捨て身みたいな、そういう姿勢になったような気がするんですけどね。さてそれでもってどういうふうに自分が変わって、どういうふうにこれから何ができるのか、いままでと違う何かができるのかどうか、それは自分にもわかりませんけど、なんとなくわりあいに平静な意味での捨て身みたいな、そういう感じが自分のなかにできつつあるような気がするんです。それは死のほうから勘定したほうがよく見えるような……、年齢的にそうだってことからくるのか、あるいはなんか家族関係みたいなそういうとこからきたのか、自分でも「これだ」っていうふうに一つに決められないような気がしますけれども、なんとなくそういう精神状態みたいなところに自分を置けそうな実感が出てきたみたいなところはありますね。若いときですと、きっとそれが強調として出てきて具合が悪いんでしょうけど、あんまり強調でもないように思うんですよ。そういう感じがなんとなくわかるようなふうになってきたということは言えると思いますね。

**馬場**　だいたいにおいて、わたくしの読み方は、あんまり狂ってはいなかったらしい（笑）。

**吉本**　最初に全部説明してもらっちゃったような感じで、なんともはや……（笑）。

**馬場**　こういう読み方でよろしいでしょうか、どっか違ってたら教えていただきたいというような感じです。慣れないことをいたしましたので……。

1974. 3. 6.

# 対話を終えて

馬場禮子

吉本氏との対談を通して私は、真にすぐれた作品の生まれる条件について、一つの示唆を得ることができた。ある水準の才能と技法をもち、充分に習熟した創作者でも、作品の質にはむらがある。つまり、すぐれた作品を生み出す条件はこの他にもまだあるはずである。その一つとして、作者が抱いている内面的な課題と、作者がおかれている現実的状況とがぴったり嚙み合った時に、作品の結晶度が高くなると言えるのではないだろうか。

　吉本氏にとって、「エリアン」までの自己愛的幻想の世界を失うことは死を意味していた。私は対話の中で、氏の創作は外界を遮断した追憶の場で行なわれるのではないかと推測したが、この推測はいま棄てなければならない。たしかに初期の吉本氏はこのようなスタイルの詩人であったと思う。このスタイルを捨て、自己愛的幻想そのものを捨て、社会とのかかわりを詩にする新しい方向は、氏にとっては〝旧きよき〟自分との訣別であった。しかもその時、社会との関わりも、訣別、離反、反逆への道を辿っていた。このような時点で、別離と破滅の詩が高い結晶度をもった作品となったのではないか〔『転位のための十篇』及びその後の数篇〕。創作自体が〝身を捨てる〟ことであり、死に向かう行為であるという、この矛盾が作品に迫力を与えたのではないか。死の詩は、この時点で真に要請されたのではないか。

　吉本氏の場合、作品の系列と生活上の状況が非常によく一致し、また、迫力のある作品が、ある時期に集中しているように思われる。あるいはこれは吉本氏固有の（あえて拡大するなら吉本型詩人固有の）現象なのかもしれない。なぜなら、氏は感覚や言葉を遊ばない詩人である。つまり、内的な感覚と外界の刺戟とを自由に、頻繁に交流させてそれを楽しむということがない。また生《なま》の感覚を活用し、展開していく動きも、自由にはなされない（こうした特徴はロールシャハ・テストによく示されている）。従って、氏にとっては、真に重要な（深刻な、といえるかもしれない）出来事が、氏の精神生活をゆり動かし、人生の問題として迫ってきた時にのみ、刺戟としての意味を生じるのであって、遊びごとに等しい些細な刺戟は、無視されてしまうようである。

　以上をまとめると、第一に外界と内面の状況が嚙み合うという条件があり、第二にその噛み合い方に種々相があって、そのあり方は作者のパーソナリティの特性と関連している、と言えるように思われる。

# 起伏

吉本隆明

被験者になりませんかとそそのかされたとき直ぐに心が動いた。馬場さんのテストの解析とそのあとの被験者との応答をすでに何度か読んでいて、そのなかに被験者だけではなく験者の微細な表情や心くばりが、敏感な解析と一緒に滲みでているのを知っていたからである。じぶんがどれだけ読みとられてゆくのか、そのなかにじぶんにとっての未知がどれだけ含まれてゆくのか。そういう関心と一緒にじぶんがどんな感応を示すのか知りたいものだという好奇心もあった。ロールシャハ・テストについてのすべての知識と先入見を捨てること。訊ねられたことには抑制せずに素直に反応すること。感じたことはできるかぎりそのままの言葉で述べること。そうじぶんに言いきかせて馬場さんのテストをうけた。

馬場さんは想像したとおり、ひとりの綺麗な親しみ易い女性という挙動のままで鋭敏な分析者という役割を完全に背後に遮断しながら、しかも分析者を演ずるというように振舞っていた。なにが想像通りかといううと馬場さんのテストの解析と被験者とのやりとりに含まれた分析力の繊細で鋭敏なニュアンスを読んでこれはじぶんの人柄から滲みでてくるものを抑制も加工もせずに表現しながら、しかも冷静な分析者でありうる人にちがいないと思っていたからである。

想像どおりであることにかえってびっくりしてしらずしらずのうちに、ひとりの魅力的な女性に対面するときのように少し固くなって、ひたすら忠実な被験者になりきろうとじぶんで意識して自由な表出がでてくるはずはないとか、こういうばあい何も感じないという感受性の裏にいつも一瞬つきまとっているわたしの空洞な心の色合いをどう判ってもらえるだろうかというように内攻するのだった。そしてこれではいけないとおもいなおして、しだいに馬場さんの方に心を少しずつ開いていったというのがテストとそのあとの応答のあいだのわたしの心の起伏のすべてであった。

テストの全過程がおわるころになってやっと可成りな程度うまく抑制をとりはらう修正をしながら自己表出ができたような気分になっていい感じであった。わたしの感受性に誤りがなければ馬場さんは、わたしがはじめ少し固くなっている抑制を自己修正しようとし、やがて少しずつ流露してゆく過程の曲線を鏡のように写しだしながら、テストの画像をつくりあげているように見受けられた。わたしにとってテストの結果をできるだけよい画像にしようなどという気持は少しも働かなかったが、だんだんとひとりの魅力的な女性に自己告白をしているような気分になってくることに危惧を覚えはじめた。これは本来ならば当然のことであり、また許容されることでもあり、またある意味ではそうでなければ験者と被験者との関係も成立たないことなのかも知れない。けれどそういう心の傾きが不安になったというじぶんの心の動かし方の特徴を記しておかないと不正直な気がする。

ひとりの被験者としての分を越えて色々なことを註を書いてみたくなるそのことのなかに、馬場さんの臨場的な手腕と人格力と魅力とがあるにちがいない。そしてたぶん馬場さんはもっとさまざまなことを感知しながら、それを包み込む言葉の表装の仕方と度合を熟知していることでも優れた力量を感じさせた。

# V

# ひそかな片想い

山室静さんは、たくさんの貌をもった文学者である。わたしにとっては、なによりも、埴谷雄高とならんで戦後文学を戦前と架橋するばあいにどうしても通らなければならない釣り橋のひとつというようにおもえてくる。もうひとつ、いまから二十年ちかくもまえには、黒田三郎の「胸のボタンにはヤコブセンの薔薇」という詩句を口にのぼせると、なぜかすぐに思いうかべる北欧文学の訳者の名前であった。そして失礼ながら女性だと錯覚して、ひそかに片想いをしていた。

第一次戦後派の解体期に山室静さんは、低いぼそぼそとした声で、いわゆる「モラリスト論争」に打ってでた。あまり冴えない形だったが、ジョセフ・シュムペーターの名をあげてマルクス主義経済学もすこしはシュムペーターの理論を考えてみる必要があるというようなことを書いていたのが強く印象された。わたしが、経済学と名づける書物に最初にとりついたのはジード・リストの『学説史』とシュムペーターの『学説史』の指南によった。そしてシュムペーターがマルクスに格別の位置をあたえていないのに驚いて、こういう視方もあるのかと強い印象をうけた記憶があったからである。

《正邪ともに道なし》。わたしの子供にとっては、山室静さんは《ムーミン》の名訳者であり、テレビよりさきにトーベ・ヤンソンの童話の面白さを知っていたというのが御自慢である。

# 究極の願望

もう十数年になるか。鎌倉の近代美術館で高村光太郎の美術作品が一堂に集められたことがある。その折に彫刻作品の質量の膨大な力量に圧倒されて、この人は造形美術では眼高手低の嘆きに生涯を終始したという漠然とした認識を一挙にくつがえされたことがある。やはり高村光太郎は美術家、とりわけ造形美術家であることを腹の底から合点した。造形美術を抜きにしては高村光太郎は語れない。そうだとすれば、高村光太郎の著作を編むときに、美術作品を編み入れることは、わたしにとって究極の願望であった。いま、その願望がわが国で始めて叶えられようとしている。全身の重たい荷から、やっと解放される思いである。

## 優れた芸術品

白川静氏の研究室だけは、大学紛争の真只中でも、こうこうと研鑽の灯りが途絶えることがなかったという伝説を生んだ。彼の主著『説文新義』の数冊は、わたしの手元にあるが、いまだ手に負えないでいる。

この『孔子伝』は、「夢に周公を見ず」という孔子晩年の歎きをわがものになしえた白川静氏の、〈夢に孔丘を見ず〉という歎きを主調音に創造された、優れた芸術品である。かくの如き学徒は乏しいかな。

彼の仕事を遠望するとき、流石に、少し泣きべそをかきそうになるのを、禁じえない。

## 『鮎川信夫著作集』

鮎川信夫の存在は、十数年来、わたしの判断の中心を支えてきたような気がする。かれならばどう考えるか、という自問が、どれだけわたしの瀬戸際を救済したか、量り知れない。それは、たぶん、彼の詩的叡知の源泉が、詩や批評の向う側にひとつの世界をもっていて、〈無償〉を放射しつづけているからである。その〈無償〉の質量を、手触りで確めえた者は少い。また、その〈無償〉を枯渇させるほど、むさぼり尽しえた者もいない。かれの詩的存在を、人々が侵しえないのはそのためである。

## 芹沢俊介『宿命と表現』

「北条民雄」と「教育者としての孔丘」をひっさげて、わたしたちの前に現われたとき、すでに芹沢俊介は、じぶんの宿運と、政治的なものの本質を洞察する者であった。弱年にして、すでに成熟した文体をもって、一路、必然的な軌道に沿って、生涯のモチーフを獲得しているものの落着きと香気を放っている。本書はその、最初の証しであるというべきか。願はくば、かれが耐えぬかんことを！

## おびえながら放たれてくる微光

小川国夫の作品には、上質な洋酒のようなさらさらとした切れの良さがある。だが、よく近づけて瓶を覗くと、蝮のようなものがとぐろを巻いて漬けてある。そうだ、わたしが単に上質な洋酒などに惹かれるはずがない。漬けてある蝮に惹かれているのだ。しかし、この蝮は安物の焼酎に漬ってあるのなら、はじめから飲まないだろう。薬用強壮剤などをもっとも好まないからである。

かれの作品がさらさらした切れの良さを保ちながら、妙に生々しい感触をあたえるのは、かれが何かを断念しているからであろう。この何かを生理的な衝動と呼んでもいい。暗い情念の解放を諦めているといってもよい。そして、この罪を犯したことのない罪人という自己意識に、かれのキリスト教が位置しているようにおもえる。かれの作品は、かれの肉体の枠組から、おびえながら放たれてくる微光に似ている。

## 『どこに思想の根拠をおくか』あとがき

もともと〈書く〉という行為は、〈話す〉という行為が途絶えたところからはじまる。ある時期に話していた言葉が、はたととまり、もはやこれ以上、言葉を発してもその言葉は他者にまで到達しないだろうという思いにかられ、そこから〈書く〉という行為がはじまった。だから、わたしには〈話す〉ということにたいする不信がどこか根深いところにある。そういう人間が〈話した〉ものを集め、ひとつの本にまとめた。どこかに後ろめたい感じがつきまとってくる。

じぶんが〈話した〉言葉の速記や、テープをおこした原稿をみせられていつも感ずることは、〈繰返し〉がおおい、〈くどい〉ということである。わたしの内省では、たぶん、じぶんの〈話した〉言葉が他者に通じるという自信がないため、すぐにおなじことを言葉をすこしかえて繰返さないと不安になるためだとおもう。じぶん自身に内在する不安というよりも、他者に言葉が到達しないのではないかという不安である。さいわい、この本にあつめられた対話の相手は、とびぬけた理解力をもった人たちであるため、到達しそうもないわたしの言葉を、途中まで出向いてじぶんのところまで〈運んでくれ〉、そのうえで〈返す言葉〉をえらんでくれている。それでやっと対話が成立している案配である。だから、もともとわたしの著書というべきではなく、共著とよぶべきであり、しかもあるところでは、共著以上にわたしの本であるという性質は、すくないといっていい。これははっきりとさせておくべきだとおもう。

ただ、わたしにも、対話のばあいに、課している戒律はある。〈じぶんを低くすること〉、〈相手をひき立てること〉。この戒律は、わたしの〈書いた〉ものでは、反対に〈確信のあることだけを確信をもって〉ということになる。ここにあつめられた対話のなかで、いささかでも対話の戒律にそむいて、〈いいつのっている〉個処があったら、それはわたしの方が駄目なのである。これもはっきりさせておくべきだとおもう。

わたしのよい著書にはなりそうもないものを、できるかぎりはよい著書にまで高めてやろうとして、最大の努力をもって装備・小道具の末端にまで力をそそがれたのは、筑摩書房の間宮幹彦氏である。はじめはやや投げやりであったわたしの姿勢は、努力をかたむける氏をみているうちに、〈これはいかん〉と感じて、しだいに居ずまいをこそこそと正して、辻つまをあわせるまで、わたしを感化したのだから不思議である。このよき人に幸あれ。

昭和四十七年四月五日

## 『敗北の構造』あとがき

この講演集は、弓立《ゆだち》社を創設した宮下和夫氏の執念の産物のようなものである。わたしに迷惑や患わしさを感じさせまいとして、気をつかって、隠れるようにしながら、テープ・レコーダーを肩から下げてどこへでもでかけ、かれの手で録音し、また、かれの足で探しだした記録が、ほとんど、全てである。その労力は、言葉に絶するといってよい。けれど、もっと辛かったのは、その間の心的な体験だったかもしれない。あるときは主催者から、うさん臭気な眼でみられ、あるときは吉本エピゴーネンなどと陰口をたたかれ、もっとひどい場合、吉本をだしにして、物心ともに寄っかかって商売をはじめようとしているなどと悪評された。わたしのほうでも同様だ。あいつは、とりまきに担がれていい気になっているという批判は、いつも宮下氏のような存在とこみにして蛆のように沸きあがった。

しかし、わたしは、かれらを嘲笑するだけだ。ためしに、わたしの著作やお喋言りから、良きをとり悪しきを捨てて摂取するとか、影響をうけたなどというだけで、宮下氏のような労力を払えるかどうかやってみるがよい。また、じぶんの著書は、できるだけジャーナリズムに高く売りつけたい著作家などに、わたしがやっていることが、できるかどうか試みてみるがよい。かれらには、宮下氏のような存在や、わたしなどの根柢にある〈放棄〉の構造が判るはずがないのだ。ちょっとしたオルガナイザー気取の男たちの存在などは、底の底までお見徹しで、どうってことはないが、宮下氏のような存在には、黙ってだまされてもよいとおもっている。

講演を依頼されると、大抵はすぐに逃げることにしているが、それでも幾つかの依頼のなかで、どうしても行くことになる場合があった。その理由は二つある。ひとつは、まったく私的なもので、この人の依頼ならば、だまされても、誤解の評価をうけてもいいという契機がある場合である。もうひとつは、大なり小なり公的なものである。かつて、戦争中から戦後にかけて、わたしは一人のなんでもない読者として傾倒していた幾人かの文学者がいた。かれらが、この情況で、この事件で、どう考えているかを切実に知りたいとおもったとき、かれらは、じぶんの見解を公表してくれず、沈黙していた。もちろん、それぞれの事情はあったろうが、無名の一読者としてのわたしは、いつも少しずつ失望を禁じえず、混迷にさらされた。もしも、わたしが表現者として振舞う時があったら、わたしは、わたしの知らない読者のために、じぶんの考えをはっきり述べながら行こうと、そのとき、ひそかに思いきめた。たとえ、情況は困難であり、発言することは、おっくうであり、孤立を誘い、誤るかもしれなくとも、わたしの知らないわたしの読者や、わたしなどに関心をもつこともない生活者のために、わたしの考えを素直に云いながら行こうと決心した。それは、戦争がわたしに教えた教訓のひとつだった。わたしは、まだ、この教訓を失っていない。この講演集は、読者が公的とおもえるところで案外私的な契機に根ざしており、私的だとおもえるところで、案外公的な契機に根ざしているところがある。わたしの読者は、まだまだわたしが〈情況〉を失っていないと信じてくれて結構であり、〈情況〉が大切なところで、わたしの判断や理解の仕方を知ることができるはずである。手に負えなくなったら、ちゃんと手をあげるだろう。まだ、大丈夫だ。

昭和四十七年十一月二十五日

## 全著作集のためのメモ

試行社版の『初期ノート』、『初期ノート増補版』の二つをもとに、あらたに透谷についての断片など、未収録の草稿を加えて、全著作集の一冊として刊行されることになった。透谷についての草稿は、記憶では、ばらばらにほぐして、要旨をわたしの他の文章に使っていると思う。しかし、その詳細は、わたしには、もうわからなくなっている。たれにとっても〈初期〉というのは、かけがえなく自己のみの所有でありながら、ある普遍に属している。この普遍は、未熟、多感性、初々しさ、甘美さ、愚さ、などどんな言葉でくくりとられても、その指さすところはおなじである。ただ、〈書く〉という自己慰安を覚えたものと、幸いにもそういう病いに侵されなかったものとに別れるだけだ。そしてこの病いに侵されたものは、それなりに生涯を自分の手で苅りとらなければならない。それも毒をもって毒を制するという危うい方法で、である。そのうち廃疾にちかくなり、これを免れることはたれにもできない。かれはただ、廃疾だという自覚だけでこの過程に耐えるほか術がない。あらたに全著作集のなかの一巻として公刊されるにあたって、こういう感想をとどめておきたい。

一九七四年四月

## 『詩的乾坤』あとがき

もう数年もこの種の横割りの評論集をまとめたことがなかった。だんだん時間にたいして厳しくなってきて、いつはてるともわからない系統のこもった主題を手がけるようになったのも一つの理由である。だが、もっとほんとの理由は、年齢とともに、心身ともゆとりを失って、きつくなるばかりであったことに帰せられる。わたしが弱年のころ想像していたのは、この逆であった。やがていつかはじっくりとゆとりをもって生きてゆけるときがやってくるにちがいないということであった。壮年になっても、やはりこの夢を捨てることができなかった。いまは、それがどんなに虚妄であったかを思い知らされている。そして、そんな夢は捨ててしまった。人間の生涯は、何ものかに向って、キリを揉み込むようなものではないのか。深みにはまりこんで困難さは増すばかりである。そして誰も生き方について、わたしにこのことを教えてくれなかった。遥かなる未知よ、わたしはそこへ到達できるだろうか。
　国文社の田村雅之氏はじめ、その他の方々の努力なしには、こういう気ままな本をつくる機会はやってこなかったろう。それに応えるためにも、本書の生命が応分の長さを持ちこたえてくれることを祈る。

昭和四十九年六月二十四日

# 『試行』後記

## 第三五号

『試行』35号をおくり出す。値上げ以来、まだ誌代がどうなったか徹底していないで、送料を別送して直接購読を申込まれる人もいるので、あらためて左に明記することとする。
　直接購読の誌代
　各一号分　定価二〇〇円　送料一一五円
　二号分予約　五〇〇円（送料不要）
　四号分予約　一〇〇〇円（送料不要）
つまり、特定の一冊だけ購読を申込まれるときは定価と送料をあわせた額三一五円を送られたい。二冊と四冊予約のばあいは、送料は不要で、ただ、五〇〇円または一〇〇〇円だけを送金されればよい。
　つぎに、広告について当方の原則を申述べる。直接購読者、寄稿者の著書の広告は無料である。また、直接購読者、寄稿者が同時に出版社を営んでいるばあい、その出版物の広告の申入れがあれば、原則的には認められる。もちろん無料である。その方法判断についてては当方に一任されたい。また、「試行出版部」の広告が優先的であることは承知してほしい。それ以外の広告は原則としてみとめない。

寄稿のばあいは、必ずコピーをとったうえで送稿してもらいたい。ジャンルについての制約も、内容についての制約も一切ない。所定の水準にあると判断されたばあいは必ず掲載する。ただ毎度のことだけれど、経済的な基礎が貧弱だからどうしても頁数の制約だけはあるが、この制約の根拠は、かならずしも当方に全ての問題があるというようには考えていない。

『試行』は、特定のテーマについて特定の著作家に執筆を求めることは一切していない。それぞれの寄稿者がもっとも重大に当面しているテーマが、それぞれの自発性によって書かれているということが『試行』にとっては何よりも貴重な前提である。自発性の〈死〉は〈書くこと〉の〈死〉であるから。また、『試行』は特定の人々に寄贈されていない。読みたいと内発されたとき読まれれば、本来的には充分であり、また、寄贈は身銭を切って直接購読される人々にたいする失礼でもある、というのがその理由である。べつにやたらに威張っているからではない。

現在、『試行』が流布されている店頭は、すくなくとも次号を出すまでに売上金の回収ができるよう協力してくれているところだけである。経済的にだけ考えても、いくら部数が延びても売上げ金の回収が半年あとであっては無意味だからであり、これもまた決して威張っているからではない。

したがって、先号までの『試行』発行部数五三〇〇部は、制御された部数であり、在庫数を見込んではいない。また、店頭での販売は、直接購読者がもっとも重要な基盤であるという原理上からも、この〈情況〉を乗り切る物質的な基盤からも、抑制せざるをえない。これもまた威張っているからではない。

さまざまな〈情況〉は〈困難〉をさしている。しかし『試行』はあわてふためいて悲鳴や怒号をまきちらしながら、右往左往している連中に同調する理由はない。確乎としてジリジリと前進するだけである。寄稿者は寄稿をもって直接購読者は購読をもって、わたしたちの、『試行』を注視し、支持されたい。かならずそれに充分応えるところまでゆくつもりである。

## 第三六号

『試行』三十六号はやっと発刊の運びになった。まず、事務上のことから申述べる。第一に、住所変更のばあい通知して下さい。通知がないために戻ってくるものが、いつも必ずある。これに関連して雑誌がとどかない、あるいは送金申込みをしたが、受領証がこないなどの事故があれば必ず文句をいってきて欲しい。稀には双方のせいではないのに、行方不明のこともあるので、原因を追及するためにもお願いする。第二に、寄稿はかならずコピーをとったうえでおねがいする。掲載するかどうか、しないなら原稿を戻してくれ、などといわれても、とても手がまわらないので辛いおもいをする。原稿は、次号を発行するまでのあいだに必ず読むようになっているが、二、三日のうちにもう読んだか、などといわれても、とても手がまわらない。また、第三に、発行がおくれがちであるため、送金したのに、まだ、雑誌がこないのはどうしたのかという問い合わせが、かなりある。早める努力はしていても、賃仕事のあいだをぬってやっているので額面どおりの期日には、なかなか出来上らない。また、連載などのばあい、事情があっておくれると、必ず出来上るまで待つようにしている。そうでなければ、こういう形で雑誌をやる意義は半減される。締切日に追われて不満足なものを出すより、じっくりと書いたほうがよいにきまっている。この点は直接購読者の寛容をお願いしたい。ただし、発刊日のおくれ勝ちということと、事務上のルーズさとは、まったくちがう。事務上の厳密さについては、どんな出版社にも劣らないつもりである。金銭上の取扱いもおなじく厳正をきわめている。問い合せがあれば、どんな問い合せにも応じます。『試行』の店頭販売をしてくれているところは、いずれも、次号の発行までには売上げ金の回収に協力してくれているところに限られている。それにもかかわらず、『試行』が直接購読者の経済的、精神的な支持を基にして運営されているため、店頭販売部数に制約を加えないわけにはいかない。心苦しいが了解していただきたいとおもいます。『試行』は、どこからも資金援助や寄付カンパをうけていない。まったく直接購読者の予約を心棒に、間接店頭購読者からの売上げと、有志の無料労働によって成立っている。勿論、原稿料など誰にも一文も払われていない。また、そのためにこそ『試行』は、いかなる党派、個人、出版社にも妥協しないことができている。もし、執筆者が研鑽を怠ったら、そのときはすべてが駄目なのだ。内容的にいって、現在、どんな商業、非商業出版の雑誌よりも、優れているからといって（これは掛値のない事実であるが）、研鑽を怠ったり、針路を誤ったりするわけにはいかないのである。また、駄ぼら吹きたちの不毛な〈芸術、文化、思想〉運動などを、かえりみてやる余裕などない。勝手にくたばればいいのだ。

「試行」派とか「自立」派などというものはない。ただ〈自立〉があるだけだ。現在の世界のいかなる党派も、追従主義者も、〈自立〉からするきびしい批判を免かれるものではないと知るべきである。今号は頁数の制約から〈涙をのんで〉優れた寄稿のおおくを掲載できなかった。必ず掲載する。

## 第三七号

あたかも〈夏休〉の休暇をとったかのように、37号の発刊がおくれた。いつも、おくれた云い訳けのような文章ばかりかいていると、なんとなく、生きるために弁解している、から、はては、弁解するために生きているような感じになり、うんざりしてくる。しかし『試行』の刊行がおくれるのが、もっとも気にかかることもたしかである。わたしたちは、何かに追い立てられているような気がする。この何かは、〈時間〉の速さであり、この速さのもつ無軌道に抗うために、あえて『試行』のような雑誌を存続させているようなものだが、それでも完全に抗し切ることは難しい。現在の〈時間〉の速さを根底のところで抑えているのは、一労働時間に詰めこまれている生産量の膨大なふくれあがりであり、その膨大さは、すこししか、わたしたちを潤すことをしない。この連鎖を、どこかで断ち切ることができれば、それだけで何かである。せめてその志向だけは、『試行』の刊行の仕方と内容で保持しなければならない。無意味なせき込みでも、無意味なのんびりでもなく、この情況を根底のところで抑えている〈時間〉の速さ、無軌道さとの関連において、〈時間〉の速さを切り替えることができたら、というのが願いである。

ところで、実状は、口で云うほどうまくいってはいない。直接購読者から必ず、もう次号が出ていいころなのに届いていない、どういうわけか、という問い合わせの葉書が舞い込むのが、毎度のことになっている。その度に、ぎょっとするが、それでも、疑問なことがあったら、どしどし問い合わせてくれたほうが有難い。当方で、いまのところ確信をもって云えることは、刊行のおくれと、事務上のルーズさとは無関係であり、事務上の正確さは厳密に確保しているので、購読料を支払っているにもかかわらず、雑誌が届かないというケースで、当方のミスであったことは、ほとんど無いと云えることである。また、寄稿者の有能な原稿で、どうしても掲載する頁数が得られないというのが、必ずある。心苦しいが経済的な理由から、現在のところ、いまの頁数が限度であり、この限度から、逆に内容数を割り出さなければならない実状である。しかし、どこかで解決点を見つけだしたいし、また、かならず掲載する。

だから寄稿者は、ゆめゆめ遠慮されないように願いたいし、直接購読者は、もっと増加してくれたほうが有難い。さまざまな理由を数えあげても、結局、直接購読者の支えが、増頁を可能にする最大の救助である、また、寄稿者の増加と質的な上昇が、増頁を可能にする内在的な根拠である。

原稿が銭になったら、ただ原稿は、必死になって書く気力がなくなって、坐り込んでしまった、というのは、たんなる〈自然的〉、〈社会的〉必然を、かれらが模倣しているにすぎない。べつだん、それを否定はしないし、足も引っぱらないが、口が裂けても〈運動〉だなどと云うな。それは、原稿が銭にならない間、ただ原稿を書いたというのが〈自然的〉、〈社会的〉必然であるのと同様で、何らの〈運動〉でもない。たとえ一人でやろうと、この課題を〈還相〉からとらえられるならば、はじめてそれは〈運動〉である。学問の勉強や文学、思想の創造に打ち込みたいものに、そういう雰囲気もこしらえてやらずに、足を引っぱっておいて、何が〈政治〉・〈思想〉・〈文学〉運動だ。そんなのは、どうせ駄目で、どうてことないさ。

## 第三八号

『試行』の創刊いらいの古い号が、古本屋で高い値段をつけて販られているという話は、かなり以前からきいている。ところが、最近きいたところでは、つい一、二号前の『試行』が、高い値をつけられているということを、耳にした。流石にこれは、いい気持ではない。いい気持ではない、といっても、どうすることもできない。古い雑誌や、発刊いらい揃えられた雑誌が、高く販られることはありうる。わたし自身も高い値段で必要上その種の雑誌をわざわざ買うときもある。また、じぶんが本や雑誌を売るときは、できるだけ高く売れたほうがいいにきまっている。それにもかかわらず、つい、数号前の『試行』が、定価よりも高く販られているという話は、おだやかでない。この責任の一半は、当方にあることが、判っているので、なおさらおだやかでない、ということを書き留めて、そういうことにならないよう願う。

ふつう、雑誌の刊行部数は、その六割くらいが販れればいいという目算で決定され、定価もそれを見込んで付けられるとおもう。『試行』のばあい、主旨からいっても、経済的理由からいっても、専従の者などひとりもいない状態からいっても、予定された部数ぎりぎりで刷り、その都度、残部がのこらないようになっている。そのために、時期を失うと、もはや、在庫する号は皆無になってしまう。しかも、隔月刊と自称しながら、どうしても、おくれがちになり、しかも不定期である。いいかえれば、数号まえの雑誌が定価より高く取引される条件が、揃っているし、この条件を作っているのは、当方であるとも云える。しかし、この条件はいまのところどうすることもできない。直接購読者には、この事情を知ってもらいたいので記しておく。

『試行』38号は、かくの如くおくれる仕儀となった。かくべつの理由があったわけではないが、37号でとくに誤植がおおく、読者からの批判もこの点に集中されていたので、慎重を期しただけである。急いで原稿をつぎつぎに入れてゆくと、全体の把握ができにくいこと、そして印刷の速さに規定されて、つい校正がルーズになりやすいこととなる。しかし、考えてみれば、それほど急がなくてはならない理由はないのだ。

『試行』は、各人にとって、もっとも本質的な、避けがたい仕事を提出してゆく、という原則にかわりはない。この世界が、面白可笑しいことからできているべきだ、と錯覚しているものにとって、『試行』の内容は、つまらないらしい。そういうのは、もっぱら、マンガとか、ルポ・ライターくずれの波瀾万丈の通俗猿芝居とか、ホラ話を読むのがいい。しかし、そんなものから、何かはじまることはありえない。永久にありえないということは、心得ておくべきなのだ。わたしも、マンガやチャンバラ物を読むのが好きだが、屁理窟などつけて読んだことはないし、そういう作品もない。ようするに娯楽品として読むだけだ。

『試行』は、力量不足のため、難かしい表現になってしまうことはあっても、故意に難かしくしているのでもなければ、高級ぶっているわけでもない。ぎりぎり精いっぱいの表現なのだ。読むものに努力を要求しないような芸能のはんらんは、媚態にしかすぎないものと知るべし。媚態は、たんに男女の世界にだけあるのではなく、共同世界にもありうる。『試行』は、それを拒絶する。

## 第三九号

「近代英語に於ける存在と所有の認識」を『試行』に発表された後、吉崎国三氏は逝去された。われわれがが氏にたいして抱いてきたイメージはこうである。氏は、わが国の英語学の草創期における英語学徒の一人であった。秀才たちは中央で、大学教授の傍ら英語学の論文を物した。氏は、志を秘めて地方の中学校や高校の教師を遍歴しながら、独り研鑽をつづけて、生涯を閉じた。独創と独断の危うい均衡のうえに、氏の仕事はあった。このイメージが、当っているかどうか判らない。わたしは、そういう人物を偏愛している。氏の逝去に、眼に視えない一束の初秋の花を投ずる所以である。すべてのそういう〈老い〉に幸いあれ。

『試行』38号は、あまりにおくれた。それをとり戻そうとして、39号は、いささか強引な努力を行ったつもりである。印刷事情は、材料費の高騰、人手不足などを含めて、当分われわれのような自立雑誌に苛酷である。だが『試行』は、敵どもや、味方づらをした敵どもの公然、非公然の願望にもかかわらず、倒れる徴候はない。けれど、なお一層の直接購読者の支援を必要としている。

『試行』は、継続を生命としており、営利を生命としていない。可能なかぎり定価を据置き、また、増頁の基礎をつくりたい。定価の値上げ、内容上の重要な変化は、直接購読者の賛否を問うことなしに行わない。

　寄稿者に申し上げる。もし、重要な原稿であれば、かならずコピーを手元にとったうえで、寄稿されたい。返稿を求められると、たいへん当惑する。保存はしてあるが、返稿の手数の大へんさを知っていただきたいとおもう。寄稿は、すべて捨てる覚悟でやってもらうと有難い。じぶんの抱いている課題の切実さに、他者の抱いている課題の切実さの影が入ってきたとき、はじめて寄稿されるのがよいとおもう。じぶんの抱いている課題のみが切実であるとおもう段階では、書かれたものは、秘かにじぶんで蓄積しておくのがいいのだ。他者の眼に晒すのは無惨であるから。わたしは、かならず寄稿を読むが、号と号のあいだの期間によむことになっている。二、三日たって、すぐよんで呉れたかと云われても、どうすることもできない制約のなかにあることを了承していただきたいとおもう。

　住所変更の通知がないために返送されてくる雑誌が、毎号とも十～二十冊くらいある。これらは行き場がないので、最後には、他の直接購読者の求めに応じて無くなってしまうことにもなる。また、発送に際しては、三回はチェックして確実さを期しているにもかかわらず、届いていないという読者からの連絡が、毎号、数件はある。最後には再送本しているが、なぜ途中で紛失してしまうのか、その原因をつきとめるためにも、雑誌がとどかないときは、是非とも、その旨を連絡していただきたい。届かないという連絡があった場合も、どうしても双方の責任ではなく、郵便公務の責任ではないかと疑われることが、時々ある。しかし、証拠とりそろえて抗議するというところまでいっていないので、協力して欲しいとおもう。38号のおくれを、少しずつとり戻すために、本年の後半を努力してゆく。『試行』の命運は、直接購読者の意向によってのみ決定されるので、駄ボラ吹きたちの雑音、騒音によって決定されるものでないことを改めて申上げておく。

## 第四〇号

はじめに事務的なことで、直接購読者に訴える。毎号あわせて六、七百くらいの予約更新と新規購読とがある。これらを無給の事務係一人と一、二の臨時の無料奉仕の人たちで処理している実状である。そして、これは雑誌発行、校正、発送事務の間をぬって行われている。直接購読者のうちには、送金後、一週間くらいのうちに、送金したが届いたか、返事がこないといぅ督促をされる向きがあるが、この実状に照して少しのんびりと構えていて下さることをお願いする。なぜなら、事務の遅れと事務の厳正さとは別であり、『試行』の事務の厳正さは、どのような商業出版社の雑誌事務にも、劣らないという実績をもっているからである。これは『試行』の発行はおくれ勝ちでも、中味はどのような商業雑誌にも劣らないという実績をもっているのと同様である。

買占め売りおしみ、投機的要因、紙不足等々の条件が重なって、同人雑誌の発刊は、ほとんど、不可能ではないか、とおもわれるほど、わたしたちにとって事態は苛酷である。実際にも、先の見透しは、まったく立てえない状態にあることを、直接購読者をはじめ、読者各位にお知らせしておく。もちろん、紙の入手は、いままでのところでは困難を加えてゆく徴候はあっても、緩和する徴候は、まったくみられない。『試行』は、是非ともこの情況をくぐり抜けるため、最大の努力を払いつつある。ただ、このことですら、主として直接購読者の経済的な、また、精神的な支援なしには不可能である。この事態をよく知ってもらうために、特に記しておきたい。いうまでもなく、わたしたちが、『試行』を存続させるために、とりうる措置は、二つである。ひとつは、どんな方法を用いても、『試行』印刷に必要な紙を確保することである。もう一つは、定価を値上げして、少しでも紙代、刷り代、組代、諸費の高騰に追尾することである。先の見透しがつかないので、何ともいえないが、場合によっては、本年のいずれかの時期にそうせざるを得なくなるかもしれない。そのときは、もちろん、全直接購読者にはかるが、そのようなことが有りうることを予め御了承願いたいとおもう。べつに営利をもとめているわけではないし、また、あまり芸のないことは遣りたくないから、可能なかぎり現状を維持するよう頑張るつもりである。

悪貨が良貨を駆逐するという事態は、雑誌についても、単行本についても、文学そのものについても、芸術一般についても、政治・思想についてもやってくるだろう。この云い方が誇張ならば、良貨の萌芽をもつもの、にとってつらい、だがつきぬけてゆくに価する事態といってもよい。もし『試行』が最後までそれらを擁護する場所でありうるならば、それは望むところのひとつである。

本年は荒れるような予感がする。わたしたちは、悠揚せまらず、だが確乎として情況の所在を、また課題の本質を示しつつ歩みつづけるだろう。なお本号がおくれたのは、もっぱらわたしの私的事情と責任によるもので、準備はすでに去年にできあがっていた。読者諸氏は、他の雑誌群と比較しながら『試行』を注視していてもらいたい。どこがどうちがうか、内容そのもので黙示しつづける。

## 第四一号

現在、紙代の高騰それに伴う印刷諸費、組代の高値などで、ほとんど、同人雑誌、直接購読者の支持によってのみ成立っている諸雑誌は、経済的に存廃の瀬戸際にたたされている。『試行』もその例に洩れない。できるかぎりの努力で定価を据えおき、頁数を抑えて郵送料の現状維持に努力してきたが、すでにそれでも、製作費と諸雑費を加えると、原価が定価の絶対値を上廻るに至った。次に一冊分に換算した原価を概算して掲げる。

| | |
|---|---|
| 封筒 | 八・六円 |
| 封入代 | 二・五円 |
| 領収書用ハガキ | 四・二円 |
| 郵送料 | 八〇円 |
| 印刷費（四〇号により換算） | 一五六・一円 |
| 整理カード代（各号新規購読、住所変更による） | 五・一円 |
| 運搬費（都内および地方一件） | 七・〇円 |
| 連絡用ハガキ・切手・封筒代 | 一八・〇円 |
| | 計二八一・五円 |

事務用品、消もう用品など、一冊にふりわける集計が困難なので除外してある。もちろん、校正、発送、会計その他の事務は、まったく無料でなされている。また、地方の直購入書店への発送費、梱包費などは、右のなかに含まれてはいない。

このような事情のもとで、現状の頁数を維持するために、定価の値上げを最少限度で行わざるを得なくなった。

このような重要な現状変更に際しては、予め直接購読者にはかり、賛否を問うのが、原則であるが、㈠事態は物理的に明瞭な事柄に属すること、㈡前回の値上げに際して、事後処理を完全に終えるまでに一年半くらい要したことなどの理由で、左記のような定価変更と事務処理を、本号(四一号)より実行することを、承認して欲しいと訴える。もちろん強制すべき性質のものではなく、また、われわれは、直接購読者諸氏の予約金を預り、雑誌発行の経済的な基盤については、事務、会計処理を、委託されているに過ぎぬという立場を堅持している。したがって納得できない各位の異議および返金の意志表示はつつしんで承る所存であることは申すまでもない。どうかわれわれの雑誌が、現在も、存在理由を失わないと認められるかぎり、この購読費の変更の不可避さを肯定していただきたい。

**一冊の定価** 三〇〇円
一冊の送料 八〇円
**三号分**予約直接購読費 一〇〇〇円

既予約分については、つぎのような処理をとりたい。

三八号(またはそれ以前)~四一号までの予約購読 そのまま
同三九号(同右)~四二号まで そのまま
同四〇号(同右)~四三号まで そのまま
同四一号(またはそれ以後)~四四号(またはそれ以後)までの予約購読については、一冊分削る

右の処理は、より先まで予約購読されている読者から一号分を削ることになり、不公平であるといえる。けれど、事務上、簡素に処理する方法は、どうしてもこれ以外に見つからないのである。より多くいいかえれば、四一号以後四冊分以上予約購読されている諸氏は、この場合にかぎって分限者ということにしていただいて、この処理に協力して一号分削ることを了承していただきたいとおもう。

この際、報告するが、『試行』の発行部数(すなわ

ち直接・間接読者数）は、現在、八一〇〇部である。そして間接的に小売店に出廻っているのは、直接読者数と同じまたはそれ以下に抑制している。これは『試行』の原理と経済的な存続の条件から致し方がない。現在なお直接購読者数は増加しつつあり、この増加は雑誌存続の経済的基礎をささえている。もし直接購読者が減少してゆけば、存立の理由衰えたものとして、いさぎよくやめるが、そうでないかぎり、読者の希求に応えるためにつきすすむだけである。

寄稿者の諸氏に申しのべる。右のような事情に照してあきらかなように、郵便、公共料金の値上げが行われると、『試行』は、もっとも多くの打撃をうけることになる。そのために郵便料金の現状から、逆に、頁数の限度を割り出し、頁数から逆に、掲載原稿の量を割り出すという哀れっぽいことをせざるを得ないのが、率直な現状である。そのために、水準あるいはそれ以上の原稿を、やむを得ず次号まわし、次々号まわしにせざるを得ないという矛盾に悩まされつづけている。このことは、一つ一つ通知しないが、了承していただきたいとおもう。原稿は特別のミスがないかぎり、号と号の間の期間に読ませてもらっている。ただ、一つ一つ返却したりすることは、実務上、不可能であるので、寄稿のばあいはコピイをとった上で送付していただきたいと思う。

寄稿を択ぶ基準は、あくまでも出来栄えと永続性であり、各人がもっとも自己にとって本質的で重要であるとかんがえる課題を、力いっぱい展開したもの、という以外に希望はない。また、寄稿者のイデオロギーで、割増しをしたり割引きをしたりするようなことは一切しないことは当然である。

ただ、自分なりに、ひたすら力を籠めたもの、ぜひとも追求しなければおられないものであることを願う。

種々の雑音、騒音が『試行』にたいしてなされているが、ほとんどすべて下司のカングリに類した見当外れのものばかりである。

署名、匿名の読者から沢山のカンパをいただいているが、個々にお礼が申述べられないので、この機会に感謝の意を表したい。

# 略年譜

**大正一三年**（一九二四）
十一月、東京都（市）中央区（京橋区）月島に生れる。三男。
**昭和六年**（一九三一）七歳
東京都（市）中央区（京橋区）佃島尋常小学校入学。
**昭和一二年**（一九三七）一三歳
東京都（府）立化学工業学校応用化学科入学。四年生ころから文学書にはじめて接した。幼稚な詩作をはじめた。記憶にのこる師は今氏乙治。
**昭和一七年**（一九四二）一八歳
米沢高等工業学校（現山形大学工学部）応用化学科入学。影響をうけた文学者、宮沢賢治、高村光太郎、小林秀雄、横光利一、保田与重郎。
**昭和一九年**（一九四四）二〇歳
この年九月、繰上げ卒業のため、十月、東京工業大学電気化学科に入学。
**昭和二〇年**（一九四五）二一歳
徴用動員により富山県日本カーバイド魚津工場へ行き、ここで敗戦をむかえるまで生活。敗戦に衝撃。
**昭和二一年**（一九四六）二二歳
動員先より復学したが混乱・虚無でよるべき思想がなかった。記憶にのこる最も鮮明な教師と講義は、遠山啓「量子論の数学的基礎」。
**昭和二四年**（一九四九）二五歳
卒業後、絶縁スリーブ工場、化粧品工場に一年余就職したが職を追われ、この年、特別研究生として東京工業大学無機化学教室にもどる。稲村耕雄助教授に就く。
**昭和二六年**（一九五一）二七歳
東洋インキ製造株式会社青砥工場に勤務。
**昭和三一年**（一九五六）三二歳
東洋インキ製造株式会社を退職（あるいは脱職）。恋愛。結婚。
**昭和三二年**（一九五七）三三歳
長井・江崎特許事務所へ隔日勤務。一二月長女生れる。
**昭和三五年**（一九六〇）三六歳
安保闘争時。六月行動委員会に参加。共産主義者同盟主導下に行動。
**昭和三六年**（一九六一）三七歳
谷川雁、村上一郎と「試行」創刊（11号以後「試行」は吉本の主宰）

**昭和三九年**（一九六四）四〇歳
　七月次女生れる。
**昭和四〇年**（一九六五）四一歳
「言語にとって美とはなにか」を完了。文学理論の分野における古典左翼思想の止揚の基礎づけを終った。
つづいて雑誌「試行」連載の「心的現象論」によって個体の幻想性についての一般理論の創造を試みる。

**昭和四一年**（一九六六）四二歳
　知友岩淵五郎の死に衝撃をうけた。

**昭和四三年**（一九六八）四四歳
　父死ぬ。
**昭和四五年**（一九七〇）四六歳
　三島由紀夫の死に衝撃をうけた。
**昭和四六年**（一九七一）四七歳
　母死ぬ。「源実朝」を刊行。「心的現象論序説」を刊行。
**昭和四七年**（一九七二）四八歳
　連合赤軍事件。

# 解題

## 解題凡例

一、解題は書誌に関する事項を中心に、必要に応じて校異もあわせて記した。
一、各項は、まず初出の紙誌ないし刊本名を記し、発行年月日および月号数（発行日が一日の月刊誌の場合は年月号数のみを記載）、通号数ないし巻号数、発行所名の順序で記した。次に初収録の刊本名、発行年月日、発行所名を記し、さらに再録の刊本を順次記した。再録の記載は原則として著者生前のものとした。著者の著書以外の再録については主要なものに限った。また初出、初収録の表題との異同がある場合はそれを記した。初出の表題や見出しが複数ある場合の言及は最小限にとどめた。
一、校異はまずページ数と行数、本文語句を表示し、そのあとに矢印で初出や単行本などとの異同を示した。初出や底本は［初］［底］などの略号を使用した。

例　三六九・20　宗教的な象徴＝［初］［岸辺］←［信］［文庫］宗教的な特徴

これは「家族・親族・共同体・国家」の本文三六九ページ20行目で、『〈信〉の構造』、文庫『語りの海 吉本隆明』では「宗教的な特徴」とされていたのを、初出と単行本の『知の岸辺へ』によって「宗教的な象徴」と改められていることを示す。

この巻には、一九七一年の『源実朝』とそれに関連する文章のほかは、一九七二年から一九七四年にかけて発表された著作を収録した。ただし、「心的現象論」の連載第二一〜二七回、「書物の解体学」の連載すべて、「最後の親鸞」の二回の連載、「初期歌謡論」の連載第一〜三回が同期間に書き継がれている。

全体を五部に分ち、Ⅰ部には、『源実朝』とそれに関連する文章を、Ⅱ部には、詩八篇を、Ⅲ部には、この期間の主要な評論・講演・エッセイを、Ⅳ部には、著者のロールシャハ・テストとそれをめぐっての二つの対談などを、Ⅴ部には、推薦文やあとがきの類いを収録した。

この巻に収録された著作は、断りのないものは著者生前の最新の刊本を底本としたが、著者の手直しだけでなく、誤植、組み落ちなどが新たに生じ、それらが入り交じり、最新の刊本が信頼しうる版になっていないことも多いので、他の刊本、初出を校合した上で本文を定めた。また漢字・仮名遣いの表記は必ずしも最新の刊本によらなかった。引用文についてもできうるかぎり原文にあたって校訂した。

Ⅰ

### 源実朝

一九七一年八月二八日、「日本詩人選12」（第一一回配

本）として、筑摩書房から書き下ろしで刊行された。本文のほかに「実朝年譜」、「参考文献」、「実朝和歌索引」が付され、口絵に「定家所伝本金槐集」、「大通寺実朝像」、「実朝詠草」、「実朝紺紙金泥写経」、「伝実朝墓五輪塔（鎌倉寿福寺裏山）」（撮影　若杉慧）の写真画像が添えられた。

『吉本隆明全著作集(続)6』（一九七八年七月三一日、勁草書房刊）に再録され、若杉慧撮影の実朝墓の写真が口絵に添えられた。また『吉本隆明全集撰6』（一九八七年一〇月一〇日、大和書房刊）に再録され、吉田純撮影の実朝墓の写真が口絵に添えられた。さらに文庫版『源実朝』（一九九〇年一月三〇日、ちくま文庫、筑摩書房刊）に再録された。XI章の「〈事実〉の思想」のみ、『昭和批評大系5　昭和40年代』（一九七八年三月一〇日、番町書房刊）、『昭和文学全集27　福田恆存・花田清輝・江藤淳・吉本隆明・竹内好・林達夫』（一九八九年三月一日、小学館刊）にも再録された。

本文は、全著作集版でほんのわずかな手直しが加えられ、他方で誤植、組み落ちがいくつか生じており、文庫版で一部は校訂されたが、あらためて各版の異同を確認し校訂した。また『全集撰6』再録にあたって、「参考文献」の末尾に加筆されたように、牟礼慶子の指摘により本文一二五ページの「くれないの」の実朝歌についての評釈に手直しが加えられている。なお実朝の『金槐和歌集』の歌は「参考文献」にあげられた刊本（主として岩波版）によって校訂したが、著者の表記のままにしたものもある。また『全集撰6』の吉田純撮影の写真を口絵に再現した。

### 実朝論断想

『ちくま』（一九七一年一一月二〇日　一二月号　第三二号、筑摩書房発行）に発表され、『詩的乾坤』（一九七四年九月一〇日、国文社刊）に収録され、『吉本隆明全著作集(続)6』に再録された。収録と再録にあたってごくわずかな手直しがなされた。『全集撰6』、文庫版『源実朝』には再録されなかった。

三〇・3　この作品はどの程度↑［底］この作品などの程度

### 実朝における古歌　補遺

『吉本隆明全著作集(続)6』（一九七八年七月三一日）に「実朝論補遺」の原題で発表され、文庫版『源実朝』に再録された。『全集撰6』には再録されず、文庫本に再録されるにあたって表題のように改められ、第XI章の後に配置されたが、本全集では『全著作集(続)6』の位置に戻した。初出の末尾に「引用　塚本哲三校訂『山家和歌集・拾遺愚草・金槐和歌集』有朋堂版／武田祐吉校註『万葉集』上・下巻　角川文庫版」とあった。この項の実朝の歌は有朋堂版によっているため、本論とは表記が異なっている。

### 文庫版によせて

文庫版『源実朝』（一九九〇年一月三〇日）に発表された。

「実朝における古歌　補遺」と「文庫版によせて」はこの巻の収録期間に外れるが、ここにまとめて収録した。

著者の実朝に関する文章は、この巻に収録したもののほかに、講演「実朝論」（第一一巻）と「わたしの実朝像」（第二七巻）とがある。

## II

### 死は説話である

『ユリイカ』（一九七二年一月号　第四巻第一号、青土社発行）に発表され、『吉本隆明新詩集』（一九七五年一一月一日、試行叢刊第七集、試行出版部刊）に収録され、『吉本隆明新詩集第二版』（一九八一年一一月一日、試行叢刊第七集、試行出版部刊）に再録された。また『〈信〉の構造3　全天皇制・宗教論集成』（一九八九年一月三〇日、春秋社刊）に「母の死」の「1」として再録された。『吉本隆明全詩集』（二〇〇三年七月二五日、思潮社刊）、『吉本隆明詩全集7』（二〇〇七年四月五日、思潮社刊）にも再録された。

### 〈演技者の夕暮れ〉に

『文芸』（一九七二年七月号　第一一巻第七号、河出書房新社発行）に発表され、『吉本隆明新詩集』に収録され、『吉本隆明新詩集第二版』、『吉本隆明全集撰1』（一九八六年九月三〇日、大和書房刊）に再録された。また『吉本隆明全詩集』、『吉本隆明詩全集7』にも再録された。

### 〈おまえが墳丘にのぼれば〉

『雁　映像+定型詩』（一九七二年一〇月二五日　第三号、雁発行所発行）に発表され、『吉本隆明新詩集』に収録され、『吉本隆明新詩集第二版』、『吉本隆明全集撰1』に再録された。また『吉本隆明全詩集』、『吉本隆明詩全集7』にも再録された。

### ある抒情

『ユリイカ』（一九七三年九月二六日　九月臨時増刊号〈現代詩の実験1973〉　第五巻第一一号、青土社発行）に発表され、『吉本隆明新詩集』に収録され、『吉本隆明新詩集第二版』に再録された。また『吉本隆明全詩集』、『吉本隆明詩全集7』にも再録された。

二四六・11　代赭色↑［初］代赫色

二四七・2、10　怨嗟↑［初］―［詩全］怨嗟＝「嗟」という字はないが、著者は初期の詩篇でも使用している。

二四八・5　情操↑［初］情燥

二四八・17　不機嫌↑［初］不気嫌

### 〈農夫ミラーが云った〉

『磁場』（一九七四年五月一〇日　創刊号、国文社発行）に発表され、『吉本隆明新詩集』に収録され、『吉本隆明新詩集第二版』、『吉本隆明全集撰1』に再録された。また『吉本隆明全詩集』、『吉本隆明詩全集7』にも再録された。

二五二·5、6　空気はまるで鋼だ　われわれは／いま真空のなかでキビ畑の上に立っている〉↑〔初〕空気はまるで鋼だ　われわれはいま真空のなかでキビ畑の上に立っている〉

**〈五月の空に〉**

『磁場』（一九七四年八月一〇日　第二号）に発表され、『吉本隆明新詩集』に収録され、『吉本隆明新詩集第二版』、『吉本隆明全集撰1』に再録された。また『吉本隆明全詩集』、『吉本隆明詩全集7』にも再録された。

**〈たぶん死が訪れる〉**

『磁場』（一九七四年一一月一〇日　第三号）に発表され、『吉本隆明新詩集』に収録され、『吉本隆明新詩集第二版』、『吉本隆明全集撰1』に再録された。また『吉本隆明全詩集』、『吉本隆明詩全集7』にも再録された。

**帰ってこない夏**

『ユリイカ』（一九七四年一二月二〇日　一二月臨時増刊号〈現代詩の実験1974〉　第六巻第一五号）に発表され、『吉本隆明新詩集』に収録され、『吉本隆明新詩集第二版』、『吉本隆明全集撰1』に再録された。また『吉本隆明全詩集』、『吉本隆明詩全集7』にも再録された。

## III

**情況への発言――きれぎれの批判――**

『試行』（一九七二年二月一五日　第三五号、試行社発行）に発表され、『詩的乾坤』に収録され、『吉本隆明全著作集㊡10』（一九七八年四月三〇日、勁草書房刊）に再録された。『「情況への発言」全集成1　1962～1975』（二〇〇八年一月二三日、洋泉社刊）、『完本　情況への発言』（二〇一一年一一月一八日、洋泉社刊）にも再録された。初出の副題は「ぎれぎれの批判」であった。

**なにに向って読むのか**

『文京区立図書館報』（一九七二年三月三〇日　第五〇号、文京区立小石川図書館発行）に発表され、『詩的乾坤』に収録され、『背景の記憶』（一九九四年一月一〇日、宝島社刊）とその文庫本（一九九九年一一月一五日、平凡社ライブラリー、平凡社刊）、『読書の方法――なにを、どう読むか――』（二〇〇一年一一月二五日、光文社刊）とその文庫本（二〇〇六年五月一五日、知恵の森文庫、光文社刊）に再録された。

**岸上大作小論**

岸上大作著『意志表示』（一九七二年五月二〇日、角川文庫、角川書店刊）の「解説」として発表され、『詩的乾坤』に収録され、『追悼私記』（一九九三年三月二五日、ＪＩＣＣ出版局刊）、『増補追悼私記』（一九九七年七月五日、洋泉社刊）、文庫版『追悼私記』（二〇〇〇年八月九日、ちくま文庫、筑摩書房刊）に再録された。『追悼私記』再録にあたってごくわずかな手直しがなされた。再録での表題は「岸上大作　時代の風圧の証し」であった。

**思想の基準をめぐって——いくつかの本質的な問題——**

著者の最初の対談集『どこに思想の根拠をおくか』（一九七二年五月二五日、筑摩書房刊）の冒頭に発表された。編集者の列挙した質問項目に著者が応答を書き、それに合わせて質問項目を短く文章化して構成された。話し言葉ではあるが著者の応答は書き下ろされたものである。『思想の基準をめぐって』（一九九四年七月二〇日、深夜叢書社刊）に再録され、再録にあたってわずかな語句の手直しと表記の変更がなされた。

**情況への発言——きれぎれの批判——**

『試行』（一九七二年六月二五日　第三六号）に発表され、『詩的乾坤』に収録され、『吉本隆明全著作集(続)10』に再録された。『「情況への発言」全集成1　1962〜1975』、『完本　情況への発言』にも再録された。初出と単行本の副題は「ぎれぎれの批判」であった。

**家族・親族・共同体・国家——日本〜南島〜アジア視点からの考察——**

『叛旗——5・13沖縄討論集会特集号——』（一九七二年七月二〇日、共産主義者同盟『叛旗』編集委員会発行）に発表され、『知の岸辺へ』（一九七六年九月三〇日、弓立社刊）に収録され、『〈信〉の構造3　全天皇制・宗教論集成』、『語りの海　吉本隆明　①幻想としての国家』（一九九五年三月一八日、中公文庫、中央公論社刊）に再録された。単行本末尾の「講演メモ」によれば、一九七二年五月一三日の中野公会堂における共産主義者同盟叛旗派主催の討論集会での講演である。単行本収録にあたって多少の手直しが加えられたが、『〈信〉の構造3』、文庫本再録にあたってもごくわずかな手直しがなされた。第一一巻に収録した「南島論」、「南島の継承祭儀について」の系譜につながる講演である。なお文庫化の際にこれらの講演で言及される「民族学」が「民俗学」に変更されているが、「民族学」が妥当と判断して単行本に戻している。

ほかに初出と単行本に戻した箇所を挙げておく。

三六九・20　宗教的な象徴＝［初］［岸辺］→［信］［文庫］宗教的な特徴

三六九・21　共同体の象徴＝［初］［岸辺］→［信］［文庫］共同体の特徴

**内村剛介**

内村剛介著『流亡と自存』（一九七二年八月三〇日、北洋社刊）の跋文として発表され、『詩的乾坤』に収録された。初出原題は「跋」のみであったが、収録にあたって、表題のように改めた。単行本における手直しか誤植かがきわめてわかりにくい箇所の異同を掲げておく。

三七五・5　読みおえた↑［初］読みえた
三七六・21　対しても。↑［初］対してもね。
三七八・5　日本語の話法↑［初］日本語の語法
三八〇・16　生半可の↑［初］生半可な
三八一・9　よせられて↑［初］打ちよせられて

**〈関係〉としてみえる文学**［島尾敏雄］

『現代日本文学大系90』（一九七二年一〇月五日、筑摩書房刊）の「月報」に発表され、単行本未収録のまま『吉本隆明全著作集9』（一九七五年一二月二五日、勁草書房刊）に収録され、『島尾敏雄』（一九九〇年一一月三〇日、筑摩叢書、筑摩書房刊）に再録された。再録にあたってごくわずかな手直しがなされた。

**斎藤茂吉――老残について――**

『現代短歌大系1』（一九七二年一〇月三一日、三一書房刊）の「斎藤茂吉」の項の解説として発表され、『詩的乾坤』に収録された。初出原題は「斎藤茂吉論――〈老残について〉――」であったが、収録にあたって表題のように改められた。

**情況への発言――きれぎれの感想――**

『試行』（一九七二年一一月五日　第三七号）に発表され、『詩的乾坤』に収録され、『吉本隆明全著作集(続)10』に再録された。『「情況への発言」全集成1　1962～1975』、『完本　情況への発言』にも再録された。

**「SECT6」について**

『SECT6＋大正闘争資料集』（一九七三年四月一〇日、蒼氓社刊）に「解説」として発表され、『詩的乾坤』に収録された。

**「林檎園日記」の頃など**

『久保栄研究』（一九八八年一一月一日　第一一号、「久保栄研究」発行所発行）に発表された。末尾に「――一九七三年五月――」との記載があり、原稿入手のまま第一〇号（一九六九年一月）以後、発行が遅延したと思われる。本全集にはじめて収録された。冒頭の引用（というより題詞）は、小池一夫原作の劇画の主題歌として橋幸夫が歌った歌謡曲の歌詞。『吉本隆明資料集108』（二〇一一年九月一〇日、猫々堂刊）にも収録された。

四二一・15　そうぢぁない＝「そうじゃあない」がふつうだが、著者はしばしばこのように表記している。
四二三・12　若手の↑［底］若干の＝誤植とみなした
四二四・8、10、14　説白＝「科白」がふつうだが、著者はしばしばこの字を用いている。

**情況への発言――切れ切れの感想――**

『試行』（一九七三年六月一日　第三八号）に発表され、『詩的乾坤』に収録され、『吉本隆明全著作集(続)10』に再録された。『「情況への発言」全集成1　1962～1975』、『完本　情況への発言』にも再録された。単行本収録にあたってわずかな手直しがなされたが、誤植、組み落ちとみなして初出に戻した主な箇所を掲げておく。

四六・15　戦争を読みちがえ、戦後を読みちがえ、中共を読みちがえ、〈情況〉を読みちがえ＝［初］↑［詩的］―［完本］戦争を読みちがえ、中共を読みちがえ、情況を読みちがえ

**イギリス海岸の歌**

『校本　宮澤賢治全集』第二巻（一九七三年七月一五日、筑摩書房刊）の「月報」に発表され、『詩的乾坤』に収録され、『際限のない詩魂――わが出会いの詩人たち――』（二〇〇五年一月一日、詩の森文庫、思潮社刊）に再録された。

**情況への発言――切れ切れの感想――**

『試行』（一九七三年九月一〇日　第三九号）に発表され、『詩的乾坤』に収録され、『吉本隆明全著作集㊡10』に再録された。『「情況への発言」全集成1　1962～1975』、『完本　情況への発言』にも再録された。初出の表題は「情況への発言（1）」であった。

**情況への発言――若い世代のある遺文――**

『試行』（一九七三年九月一〇日　第三九号）に発表され、『詩的乾坤』に収録され、『吉本隆明全著作集㊡10』に再録された。『「情況への発言」全集成1　1962～1975』、『完本　情況への発言』にも再録された。初出の表題は「情況への発言（2）」で、著者の「註」は無署名で、山田修二の「遺文」に対して小文字で組まれていた。「遺文」は『詩的乾坤』には収録されなかった。「遺文」の表記は出典表示や語句のわずかな校訂以外は、初出を尊重した。

四四・5　把んで＝「摑んで」がふつうだが、著者はしばしば把握するの意でこの字を用いている。

**島尾敏雄――遠近法――**

『ＵＲ《うる》』（一九七三年九月一〇日、若夏社《うりずん》編、東邦書房刊）に発表され、『吉本隆明全著作集9』に収録され、『島尾敏雄』に再録された。再録にあたってごくわずかな手直しがなされた。

**鮎川信夫の根拠**

『鮎川信夫著作集』第二巻（一九七三年一一月一日、思潮社刊）の「解説」として発表され、『詩的乾坤』に収録された。鮎川信夫との共著『吉本隆明論・鮎川信夫論』（一九八二年一月二〇日、思潮社刊）に再録された。収録と再録にあたってそれぞれ初出に対してごくわずかな手直しがなされた。双方を校合して本文を定めた。鮎川信夫の詩の引用は、著作集第一巻の収録形で引用されているが、「日の暮」だけ『純粋詩』一九四六年一二月号発表の初出形で引用されている。

**わたしが料理を作るとき**

『マイクック』（一九七四年一月五日　二月号　第四七〇号、日本割烹学校出版局発行）に発表され、『詩的乾

坤』に収録され、『背景の記憶』とその文庫本に再録された。

**情況への発言――切れ切れの感想――**

『試行』（一九七四年三月二〇日　第四〇号）に発表され、『詩的乾坤』に収録され、『吉本隆明全著作集㊫10』に再録された。『「情況への発言」全集成1　1962～1975』、『完本　情況への発言』にも再録された。末尾の「註」は単行本で加筆された。

**藍蓼春き**

『帖面』（一九七四年七月　第五四号、帖面舎発行）に発表され、『詩的乾坤』に収録された。収録にあたってごくわずかな手直しがなされ、口絵が付された。本全集でもそれを口絵に再現した。

**和讃――その源流――**

『春秋』（一九七四年七月二五日　七・八月合併号　第一五六号、同年一〇月二五日　一一月号　第一五九号、春秋社発行）に「聞書・親鸞⑬、⑭」として連載発表され、『初源への言葉』（一九七九年一二月二八日、青土社刊）に収録され、『〈信〉の構造　全仏教論集成*1944.5～1983.9*』（一九八三年一二月一五日、春秋社刊）に再録された。収録にあたって大幅な手直しが加えられ、再録にあたってもかなりの手直しが加えられた。

**情況への発言――切れ切れの感想――**

『試行』（一九七四年九月五日　第四一号）に発表され、『吉本隆明全著作集㊫10』に収録され、『「情況への発言」全集成1　1962～1975』、『完本　情況への発言』に再録された。『全著作集㊫10』収録にあたってわずかな手直しがなされたが、誤植、組み落ちとみなして初出に戻した主な箇所を掲げておく。

五六二・7　保守主義者になったからでもなければ、文壇文士におさまったからでもない。＝［初］↑［続全著］――［完本］保守主義者になったからでもない。

**『石仏の解体』について**［佐藤宗太郎］

佐藤宗太郎著『石仏の解体』（一九七四年九月一五日、学藝書林刊）の「序」として発表され、『初源への言葉』に収録された。収録にあたって表題のように改められた。また「〈石〉の宗教性と道具性」と改題されて『〈信〉の構造　全仏教論集成*1944.5～1983.9*』に再録された。

**恐怖と郷愁――唐十郎――**

『別冊新評　唐十郎の世界』（一九七四年一〇月一五日　第七巻第三号、新評社発行）に発表され、『初源への言葉』に収録された。初出原題は「『唐版・風の又三郎』――唐十郎小論「恐怖と郷愁」」であったが、収録にあたって表題のように改められた。

**聖と俗――焼くや藻塩の――**

『海』（一九七四年一一月号　第六巻第一一号、中央公論社発行）に発表され、『吉本隆明全著作集9』に収録

され、『島尾敏雄』に再録された。再録にあたってわずかな手直しがなされた。なお島尾ミホ著の文庫版『海辺の生と死』(一九八七年三月一〇日、中公文庫、中央公論社刊)の解説の位置にも再録された。

ひとつの疾走――安東次男――

『安東次男著作集Ⅳ』(一九七四年一二月一五日、青土社刊)の挟み込み「手帖Ⅰ」に発表され、『初源への言葉』に収録された。初出原題は「ひとつの疾走」であったが、収録にあたって副題が付された。『言葉の沃野へ 書評集成・上 日本篇』(一九九六年四月一八日、中公文庫、中央公論社刊)、『際限のない詩魂――わが出会いの詩人たち――』に再録された。

Ⅳ

吉本隆明の心理を分析する

この部は、精神分析を専門とする臨床心理学者・馬場禮子による「ロールシャハ・テスト」とそれをめぐる二つの対談「たれにもふれえないなにか」、「ぼくが真実を口にすると…」を中心に構成した。全体の表題は著作の表題ではなく、初出誌における企画題である。

これらは『ユリイカ』(一九七四年四月号 第六巻第四号)に発表され、馬場禮子編著『心の断面図――芸術家の深層意識――』(一九七九年一二月一〇日、青土社刊)に収録され、『吉本隆明全対談集3』(一九八八年二月一八日、青土社刊)に再録された。(テストの日時は初出にのみあり、対談の日時は初出と『心の断面図』にあるが、『全対談集3』にはそのどちらもない。なお二つ目の対談の日時が『心の断面図』では「1974.3.4」となっている。)

「対話を終えて」(馬場禮子)は初出誌に掲載され、『心の断面図』に収録されたものであり、「起伏」(著者)は『心の断面図』に発表されたものである。「起伏」はこの巻の収録期間に外れるが、ここに合わせて収録した。また「ロールシャハ・テスト」の末尾に付した「量的資料」は、「単行本にするに当たって、心理検査の量的分析の資料をつけ加えることにした。これはもっぱら心理検査を勉強し研究しておられる臨床心理の方々のためであって、それ故にあえて略号のまま記載する。」(馬場禮子「あとがき」)とされるものである。

『心の断面図』収録にあたってごくわずかな手直しがなされ、『全対談集3』再録にあたって初出に対してより細かな手直しが加えられた。他方で『心の断面図』で加えられた馬場禮子の手直しは『全対談集3』にはまったく反映されていない。そのため著者の発言は主として『全対談集3』によって、馬場禮子の発言は『心の断面図』によって本文を定めた。

本全集への収録のご承諾を得た際に、馬場禮子氏から、テストの検査結果についていただいておられた危惧を記すお便りをいただいたので、馬場氏のご了解のもとに、読者の参考にその文面を引用する。

「実はあのロールシャハ・テストの反応語は、私自身、検査をして非常に驚いたものでした。なぜかというと、その反応のぎこちなさ、情感のなさ、単語羅列の中に唐突に「性器」や「肛門」といった反応語が入る様子がまるで重度の精神疾患の人のようだったからです。吉本氏がそういう人である筈がないと、なぜそうなったのだろうと、その謎を解こうとして、対談の中で私は様々問いかけ、話して頂き、それでも分らないので、遂に詩作品を読んで理解しようとし、そのためにもう一度対談し、それでもなぜ反応語がそうなったのか分りませんでした。ところが、対談終了後の雑談の中で、実は吉本氏は検査を受ける前に、自分で検査用具（インクのシミ図版）を買って練習をしたのだそうです。それも、自分がもっとも言いにくいことを沢山言うように練習したのだそうです。それゆえに、性器や肛門やその他通常滅多に言わないし、もしそれを言う場合には躊躇ったり言いよどんだり、言い訳したりする筈のことを、平然と唐突に、他の感情の籠らない反応語と並列させて言うという、まるで感情が枯死した病者のような反応語集になったのだということが分ったのでした。このことを説明しないでよいのだろうか、もしこの検査のことをよく知っている人が読んだら、吉本氏は精神病だと思ってしまうのではないかと案じたのですが、『ユリイカ』に出す時も『心の断面図』に掲載する時も、何も解説せずに出してしまいました。」

なお『心の断面図』には、著者のほかに被験者として、大岡信、澁澤龍彥、吉行淳之介、谷川俊太郎のロールシャハ・テストと対談が収録されている。

## V

### ひそかな片想い［山室静］

『山室静著作集』（一九七二年五月刊行開始、全六巻、冬樹社刊）の「内容見本」によせられた文章。著者のほかに本多秋五、埴谷雄高、平野謙が文章をよせた。『言葉の沃野へ　書評集成・上　日本篇』に収録され、『読書の方法――なにを、どう読むか――』とその文庫本に再録された。

### 究極の願望［高村光太郎］

高村光太郎選集別巻『造形』の「内容見本」（一九七二年七月上旬刊行の予告）に、もうひとりの編者・北川太一の「造型世界への探針」とともに、「編集の辞」として発表され、『吉本隆明全著作集8』（一九七三年二月一五日、勁草書房刊）に収録された。

### 優れた芸術品［白川静］

白川静著『孔子伝』（一九七二年一一月三〇日、中公叢書、中央公論社刊）の帯に発表された。本全集にはじめて収録された。『吉本隆明資料集94』（二〇一〇年四月一〇日）にも収録された。

『鮎川信夫著作集』

『鮎川信夫著作集』（一九七三年八月刊行開始、全一〇巻、思潮社刊）の「内容見本」によせられた無題の文章。著者のほかに安東次男、大岡信、寺田透、西脇順三郎、埴谷雄高が文章をよせた。『言葉の沃野へ　書評集成・上　日本篇』に収録され、『読書の方法——なにを、どう読むか——』とその文庫本に再録された。

芹沢俊介『宿命と表現』

芹沢俊介著『宿命と表現』（一九七三年一二月五日、冬樹社刊）の帯に発表された無題の文章。本全集にはじめて収録された。『吉本隆明資料集25』（二〇〇二年九月一〇日）にも収録された。

おびえながら放たれてくる微光［小川国夫］

『小川国夫作品集』（一九七四年一〇月刊行開始、全六巻別巻一、河出書房新社刊）の「内容見本」によせられた文章。著者のほかに埴谷雄高、島尾敏雄、佐伯彰一が文章をよせた。本全集にはじめて収録された。『吉本隆明資料集55』（二〇〇六年五月三〇日）にも収録された。

『どこに思想の根拠をおくか』あとがき

『どこに思想の根拠をおくか』（一九七二年五月二五日、筑摩書房刊）の「あとがき」として発表された。「吉本隆明」の署名があった。

『敗北の構造』あとがき

『敗北の構造』（一九七二年一二月一五日、弓立社刊）の「あとがき」として発表された。「吉本隆明」の署名があった。

全著作集のためのメモ

『吉本隆明全著作集15』（一九七四年五月二〇日、勁草書房刊）に発表された。「吉本隆明」の署名があった。

『詩的乾坤』あとがき

『詩的乾坤』（一九七四年九月一〇日、国文社刊）の「あとがき」として発表された。「吉本隆明」の署名があった。

『試行』後記

第三五号（一九七二年二月一五日、試行社発行）、第三六号（同年六月二五日）、第三七号（同年一一月五日）、第三八号（一九七三年六月一日）、第三九号（同年九月一〇日）、第四〇号（一九七四年三月二〇日）、第四一号（同年九月五日）に「後記」として発表された。初出の末尾に「（吉本記）」の署名があった。初出を底本とした。『吉本隆明資料集28』（二〇〇三年二月一〇日）にも収録された。

略年譜

『現代の文学25　吉本隆明』（一九七二年九月一六日、講談社刊）の巻末の一ページに発表された。本全集にはじめて収録された。「昭和四一年」の項までは、第九巻に収録した『われらの文学22　江藤淳・吉本隆明』の「略年譜」をほぼそのまま流用している。（「昭和二四年」の項の「特別特交生」は「特別研究生」に正されている。）底本には事実事項と年表記のあいだにかなり誤記・誤認があるが、以下の年表記の箇所などのみ校訂し他はそのままとした。

六八四・上18　昭和二〇年（一九四五）二一歳↑［底］昭和二一年（一九四六）二二歳

六八四・下1　昭和二一年（一九四六）二二歳↑［底］昭和二三年（一九四七）二四歳

六八四・下5　昭和二四年（一九四九）二五歳↑［底］昭和二五年（一九五〇）二六歳

六八四・下8　無機化学↑［底］無材化学

六八四・下10　昭和二六年（一九五一）二七歳↑［底］昭和二七年（一九五二）二八歳

六八五・上15　「心的現象論序説」↑［底］「心的現象論序論」

（間宮幹彦）

吉本隆明全集《よしもとたかあきぜんしゅう》12　一九七一―一九七四

二〇一六年三月二五日　初版

著　者　吉本隆明

発行者　株式会社晶文社

東京都千代田区神田神保町一－一一

郵便番号一〇一－〇〇五一

電話番号〇三－三五一八－四九四〇（代表）

〇三－三五一八－四九四二（編集）

URL http://www.shobunsha.co.jp

印刷・製本　中央精版印刷株式会社

©Sawako Yoshimoto 2016

ISBN978-4-7949-7112-8　printed in japan

落丁・乱丁本はお取替えいたします。